THE PEEPING TOM MURDERS
MONA
HIGH SIERRA
W.R. BURNETT
LITTLE CAESAR
THE POSTMAN ALWAYS RINGS TWICE
Little Sister
LOUIS BERETTI
NEW YORK HOODLUM
ACT OF FEAR
THE DEAD DARLING
The Wrong Case
THIS GIRL
FLESH

私のハードボイルド

固茹で玉子の戦後史

小鷹信光

早川書房

私のハードボイルド

——固茹で玉子の戦後史

日本のハードボイルドの元祖、
双葉十三郎師にこの本を捧げます。
そして、それぞれのハードボイル道《ドウ》を
私に示してくださった小泉喜美子、青木雨彦、
結城昌治、稲葉明雄、桜井一、田中小実昌、生島治郎、
都筑道夫の八人の道士の霊に。

目次

はじめに　ハードボイルドとは何か　7
第一章　アメリカと私　17
第二章　ハードボイルド戦後輸入史検証　一九四五年～一九四九年　47
第三章　チャンドラーと出会った高校時代　一九五〇年～一九五五年　79
第四章　波乱万丈の青春時代　一九五五年～一九六〇年　115
第五章　激動の時代　一九六〇年代　157
第六章　新生の船出　一九七〇年代　201
第七章　収穫のとき　一九八〇年代　249
第八章　ファイナル・ラウンド　一九九〇年代以降　307

研究篇

レポート1　「ハードボイルド」の言語学　355
レポート2　文芸用語としての「ハードボイルド」の発生と推移　387
レポート3　日本ハードボイルド輸入史——戦前篇　439

資料

1　初期セリ・ノワール収録作家リスト　508
2　ハードボイルド派作家／代表作リスト　501
3　ハードボイルド関連書目　483
4　小鷹信光著作リスト　472
人名索引　519

装幀／ハヤカワ・デザイン
カバーイラスト、小扉カット／山崎多郎
本扉、見返し写真／岡倉禎志

はじめに　ハードボイルドとは何か

「ハードボイルドとは男性用のハーレクイン・ロマンスなのだ」とあっさり言ってのけたのは文芸評論家の斎藤美奈子である。しかしこの道をトボトボと（まあ、いくらか颯爽としていた頃もあったにせよ）五十年以上も歩んできた私、小鷹信光にとっては、コトはそうたやすくは運ばない。確かに的を射ているなどと感心して脱帽するわけにもいかない。

女性には所詮ハードボイルドはわからない、という予断が私の中にあるのだろう。女流作家のハードボイルド私立探偵小説というのになかなか馴染めなかったし、ハードボイルド派の始祖、ダシール・ハメットの分厚い正伝を物したダイアン・ジョンスンという女流にも同じような感想をいだいたことがあった。

一九八三年に刊行され、四年がかりで翻訳したこの『ダシール・ハメットの生涯』のあとがきで、私は言葉の端々にダイアン・ジョンスンへの批判や当てこすりめいた思いをのぞかせている。

ハメットの死後、彼の素顔を世に隠しつづけたヘルマン女史もすでに世を去った（八四年六月）いま、出るべくして出た待望の一書といえるだろう。（中略）それにしてもハードボイルド作家、ダシール・ハメットとはほとんど無縁に近い……この女流作家に、およそ畑ちがいのハメット伝の仕事がなぜまわってきたのか、なぜ白羽の矢が立ったのか。（中略）正直いって、一介のハードボイルド・バフにすぎない私は大いに当惑した……追い討ちをかけるように、ウィリアム・F・ノーランの本書に対するきびしい非難批評があらわれた。（中略）ハメット論に挑むだけの下地が彼女にはなかった、その自信がなかった、という推量も成り立つだろう。じつは、もっと酷なかんぐりが、私にはある。ハメットの作品を……ジョンスンは、すこしもたのしまなかったのではないか、という推理だ。

それにしてもノーランの非難批評はすさまじかった。お粗末で醜悪だとこきおろし、彼女にはハメット伝を書く資格などなかったときめつけたのである。一時期、彼自身のハメット伝の翻訳作業を介して個人的親交が深かったこともあって、私にはノーランの気持ちがよくわかった。言うなれば彼の悪口は、ヘルマンのお墨付と貴重な資料をもらえなかったハメット〝おたく〟の綿々とした〝男のうらみ節〟だったのである。

しかし、女だからこそ、〝男性用のハーレクイン・ロマンス〟がよく見えるという考えが成立することもいまになって気づいた。

ダイアン・ジョンスンは『ダシール・ハメットの生涯』をハメットが死んだ一九六一年のテレビ界の状況から書きおこしている。

テレビにはサム・スペードのイミテーションが氾濫している……『サンセット77』をはじめとして、これらの番組は……ハリウッドの三流ライターの一群によってでっちあげられている。

（中略）セックスと暴力がふんだんに盛りこまれている……安物のガラクタにすぎない。腐敗だけがあとにのこり、きらめく才能はとうの昔に消失してしまった。

そして二十年後、この本の執筆時には「この指摘は当時よりもいっそう確かなものになっている」と彼女は記している。ハードボイルド小説とそこから派生した映画やテレビ・ドラマの変質ぶりをしっかりと見抜いているのだ。好き嫌いは別として、彼女はハードボイルド・ヒーロー像の本質も正しく理解している。

……ハードボイルド・ヒーローは自分の感情をあらわにしない。……彼は自分自身を、それ自体腐敗し、彼を失望させてきた社会の枠組みの外に置いている。彼は自分のとるべき道をきめ、それがきまって世間に認められる道に反し、あるいは法を犯すものであっても、選んだ道に固執する。（中略）わたしたちアメリカ人は、価値観の欠如した世界で、己れの名誉をかけた掟に従って決然と生きるハードボイルド・ヒーローを賞賛する。

さらに彼女はハメットを彼が創りだした物語の主人公たちと重ね合わせ、彼らが「ハメットの過去の個人的体験から生まれた男たちであり、権威にたいする彼の姿勢をドラマ化した人物」であると断定する。『赤い収穫』の小太りの中年男、コンチネンタル・オプ、ジョン・ヒューストンの監督デビュー作『マルタの鷹』でハンフリー・ボガートが演じたサンフランシスコの私立探偵サム・スペードたちのことだ。

またこの本は、物が書けなくなった長い後半生を寡黙に生きた「行動は高潔」かつ「放蕩無頼」であった一人の男の生きる姿もじっと見つめている。それは、〝ゴースト・ライター〟とも言えるかもしれない女流作家に、すべての資料を与えたもう一人の女、リリアン・ヘルマンの視線だった。

「ハードボイルド」とは何か、私にとって何だったのか、それを確かめるために、古い資料の数々を探しだして並べかえ、読み返しながら整理し、未見だった新しい資料を掘りあてて吟味するかたわら、私は「日本のハードボイルドの現況」の観察もつづけた。「ハードボイルド」はいま日本でどのように受けとめられているのか。かつては熱く語られた時代もあった「ハードボイルド」は、いまどのように受け継がれているのか。断片的な手がかりは、造作もなくいくつも簡単に手に入った。

恰好な実例としてまず関心を惹いたのはフランク・ミラーの過激な暴力コミック『シン・シティ』の映画版。監督はミラー自身とロバート・ロドリゲス、そしてクエンティン・タランティーノまで演出に一役買っている鳴物入りの映画だった。〝罪の街〟を舞台に三つのエピソードが交錯し、ミッキー・ローク、クライヴ・オーエン、ブルース・ウィリスの三人の猛者が命を張って暴れ狂う。

この、男性版〝ハーレクイン〟映画とハードボイルドとはどんな関係にあるのか？　私が試写会でもらった豪華なプログラムには、「フランク・ミラーと罪の街」という簡潔な解説（柳下毅一郎）がつけられていた。それによると、一九八六年に発表された『バットマン：ダークナイト・リターンズ』にミラーは初老になったバットマンを登場させ、

……孤高の戦いを続けるバットマンに「汚れた街の騎士」、すなわちハードボイルド・ミステリーの主人公である探偵たちの姿を見出した。もともとミラーはミッキー・スピレーンやレイモ

ンド・チャンドラーといった探偵小説の熱烈な愛読者だった。だからミラーのヒーローはつねにハードボイルドである。

この解説は、孤高のタフガイ・ヒーロー＝暴力＝セックスというハードボイルドの一般概念に則ったわかりやすい記号（〝孤高の〟〝汚れた街の騎士〟）を用いて語られているが、映画のプログラム自体はハードボイルドという言葉を謳っていない。観客動員のための効果的な惹句とはみなされなかったのだろう。

この映画については、「欲望渦巻く大都会で、三人の男たちがそれぞれの愛のために戦う――『シン・シティ』はハードボイルド世界にオマージュを捧げた野心作」（《東京新聞》二〇〇五年十月十一日夕刊）で始まるかなり熱っぽい映画評（稲田隆紀）も目にとまった。ハードボイルドに象徴される世界がまだ人々の関心を惹く力を有しているという前向きの評価が感じとれる。

しかし、その直後に同じ《東京新聞》の紙面でひろった二つの用例では、ハードボイルドの受けとめられ方はいささか異なっていた。

一つめは千野帽子《ちのぼうし》のきわめてユニークな語り口の連載評論「文芸ガーリッシュ／お嬢さんの本箱」の第八回め（〇五年十月十三日夕刊）、清水博子「亜寒帯」のヒロインについての記述。「……安易に連帯しない生意気な孤高と、そして、だれも助けちゃくれないショボい日常にも負けぬハードボイルドな誇りだけが、彼女を生きさせてくれている」

二つめは梶尾真治『精霊探偵』の〝自作を語る〟形式のエッセイ（〇五年十月二十日夕刊）。「猫のウリと申します。私が飼っている人間は、物書きを生業としています。チャンドラーが好きで、ひとりごとで「ああ、ハードボイルドを書きてぇ」と叫んだりするんですね。（中略）ハードボイルドの探偵は、それぞれに自分流の美学を持っていて、文中でそれを語り、行動で貫いていくようです。(中略)ハードボイルドは一人称で物語が進められていき、世の中のできごとや、街や、人生を、本筋に関係ない部分で語ったりします……作者自身の生きかたや、生活態度が投影されてしまう。(中略)だから、へたれな作者が、漢《おとこ》の美学を語っても嘘《うそ》っぱちになると危ぶみました……これは「ハードボイルド」というより「へたれボイルド」と呼ぶべきもの……これでハードボイルドと言えるでしょうか?」

前者ではヒロインがもつ「ハードボイルドな誇り」という一句、後者では「へたれボイルド」という造語に関心をいだいた。若い女性読者層に語りかける〝ハードボイルドな〟(悪ずれしたの意)戯文調の文章の中に出てくるハードボイルドは、〝孤高〟〝ジョボい日常〟の連想から生じた言いまわしなのだろうが、そのニュアンスが書き手の思いどおりに女性読者たちに伝わったか否かは疑問だ。すくなくとも私には〝ハードボイルドな誇り〟とはいかなる誇りなのか、見当もつかなかった。

一方、猫に託してハードボイルドへの果たせぬ思いを語った後者の弁明は、それこそ〝へたれボイルド〟と言うべきだ。一九四七年生まれの著者は、古くからの伝統的なハードボイルドの世界を熟知した世代であろう。チャンドラー流のハードボイルドが好きなのに、いまはそれが成り立たないということもわかっている。その未練を語りさえしなければ、著者自身は、ハードボイルドであり得ただろうに、というのが私の感想だ。

私が二〇〇五年の十一月頃までの数カ月間に直接耳にしたり目にしたハードボイルド体験の最後の二例は、いずれも出版物の宣伝コピーだった。

一つめは、翻訳出版の老舗、早川書房から出た、大判、美麗な翻訳コミック本、『ブラックサッド』シリーズ第二巻『凍える少女』につけられた帯の惹句――〝フランスでベストセラーのハードボイルド・コミック〟である。

動物キャラによる風変わりな絵柄がおもしろいが、中身はいかにもフランス人好みのめりけんハードボイルドの古典調。半世紀前の雰囲気の中で昔懐かしいめりけん浪花節が展開する。「ハードボイルド」と謳えば、それだけで関心をもって買ってくれる固定読者が存在するという危うい錯覚のもとに安易につくられた惹句と言うべきだろう。

そしてもう一つは、大沢在昌の新作『亡命者』の新聞広告。〝ハードボイルド・シリーズ第2弾〟の惹句が自信ありげに刷りこまれていた。おそらくいま、「ハードボイルド」の看板を出版社が悪びれずに掲げる現代作家は、この大沢在昌と矢作俊彦、原尞の三作家だけではないかと思う。

日本推理作家協会の理事長の要職にもある大沢在昌は《ミステリー文学資料館ニュース》(第12号)の「私の一冊」という小コラムにウィリアム・P・マッギヴァーンの『最悪のとき』を挙げ、「この作品と出会わなければ、私はハードボイルド小説を読もうとも、ましてや書こうとなど思わなかったかもしれない」と記していた。「安全地帯に立つ名探偵たちの戦いとは、まるで異なっていた。手に汗握り、怒り、悲しみ、震えた。読み終え、これがハードボイルドと呼ばれるジャンルだと知ったとき、私の運命が決まったのだった」

気っぷのいいハードボイルド宣言である。「私の書く物は必ずしもハードボイルドじゃない」とか「たまたま書きたかったものがハードボイルドというジャンルに近いものだった」などとグジャグジャいうよりよほどすっきりしている。そこが潔い。

多作な大沢在昌とは対照的に、きわめて寡作な矢作俊彦と原尞は、二〇〇四年後半から二〇〇五年にかけて、あいついで新作を発表した。『ロング・グッドバイ』と『さらば長き眠り』――どちらもレイモンド・チャンドラーの『長いお別れ』を意識した題名であることは明白だ。そしていずれもシリーズ物の新作であり、一人称記述を守りつづけている。
英語へのこだわりがあまり見られない原尞とはことなり、アメリカ俗語にもこだわる矢作俊彦がこの新作に英文のサブタイトルをつけていることに気づいて、私はおもしろいと思った。チャンドラーの *The Long Goodbye* ではなく、矢作俊彦の『ロング・グッドバイ』は *The Wrong* (間違った) *Goodbye* なのである。ハードボイルドに間違ったサヨナラを告げるべきではないと教えてくれているのかもしれない。

英語の話が出たついでに、私の本の主役である「ハードボイルド」について記しておこう。きわめて専門的な講義は本書の後半におさめた「研究篇」がやってくれるので、ここでは要点のみにしぼる。前に私は《イングリッシュ・ジャーナル》の〈質問箱〉というコラム(八六年一月号)で「ハードボイルド」という言葉についておおよそ次のような回答を示したことがあった。

> イギリス人はきっかり三分三十秒茹でた半熟《ソフト・ボイルド》の玉子を食べる伝統を持っている。これを十秒短縮して三分二十秒と指定した007ことジェイムズ・ボンドが少しばかり型破りの男だということがこれでわかる。
>
> 一方、アメリカ人の好みは十五分も二十分もかけてコチコチに茹であげた固茹で玉子だ。これがつまり「ハードボイルド・エッグ」で、俗語では「食えないやつ」「御し難い奴」「手強い相手」の意味になる。「ハードボイルド野郎」は一時期、〝締まり屋(どケチ)〟の意味で使われたこともあったが、第一次大戦後は「非情な」「苛酷な」という意味が定着した。それを初めて具体的に記述した『スラング辞典』が一九六〇年に刊行され、新兵訓練所のきびしい下士官や鬼軍曹の糊のきいたコチコチの襟にたとえて、「タフ、無情、非情、非感傷的」なハードボイルド

野郎という形容詞用法が広まったことが明らかにされた。

二〇年代の俗悪な市井の読物雑誌《ブラック・マスク》に拠ったダシール・ハメットらのパルプ・ライターが生みだしたヒーローたちは、まさにこの形容詞のためにある男たちだった。〃タフでなければ生きていけない〃大恐慌下のアメリカの町をひとり歩んで行った男たちの物語にハードボイルドの名が冠せられたのは一九四〇年代の初めのことだった。


さあ、これで準備は整った。ハードボイルドの世界へ出発しよう。

と言えるのならいうことはない。だが、レイモンド・チャンドラーも始祖ハメットもロス・マクドナルドやミッキー・スピレインともども若い読者からはほとんど忘れられかけているというまぎれもない現象がある。気軽に出航の合図は下せない。

これは実際にあった話だが、現状はここまできているのかと思い知らされる一幕をごく最近体験して、私はうろたえてしまった。筋金入りのハードボイルド・ファンである読者も、ぜひ私と一緒におどろいていただこう。

かなり有名な、内容も充実しているあるPR誌の新入りの女性編集者とたまたま昼食を一緒にしたとき、料理がでてくるのが異常に遅かったために、私はハードボイルドに関するヤボな聞きとり調査を始めてしまった。

――ハードボイルドって、知ってる？　この言葉からなにを連想しますか？

高校生のときつきあってた男の子のことかな。

――えっ？

ロバート・B・パーカーのスペンサー・シリーズにはまっていて、わたしにも読め、読めって……

あれって、ハードボイルドなんでしょ。

——で、読んでおもしろかったの？
二、三冊読んだけど、べつに……
——『マルタの鷹』って知ってますか？

中学生の頃、読んだような気がするけど。少年少女向けの本で。

——映画は知ってる？

あれ、映画があるんですか。知らなかった。

（ここでガク然とした私は、後悔する質問をあと一つ、つけ加えてしまった）

——チャンドラーという作家を知ってますか？

知りません。どんな人かしら……？　あ、そう言えば……

さいわいここで料理が並び始めたので、白けたインタヴューはおひらきになり、私も同席していた中年の男性編集長もすくわれた思いがした。

だがこれくらいのことは、べつにおどろくほどのことではないのかもしれない。あっちがチャンドラーを知らないとしたら、こっちは斎藤美奈子の本を読んだことがなかったからだ。「ハードボイルドは男性用のハーレクイン・ロマンス」の一節が『あほらし屋の鐘が鳴る』という楽しいエッセイ本に入っていたのを思いだして、「あ、そう言えば……」と教えてくれたのが件の女性編集者だったのである。おかげでいい勉強をさせてもらった。

さあ、これで心残りはない。ハードボイルドの荒海へ、出航だ。

第一章　アメリカと私

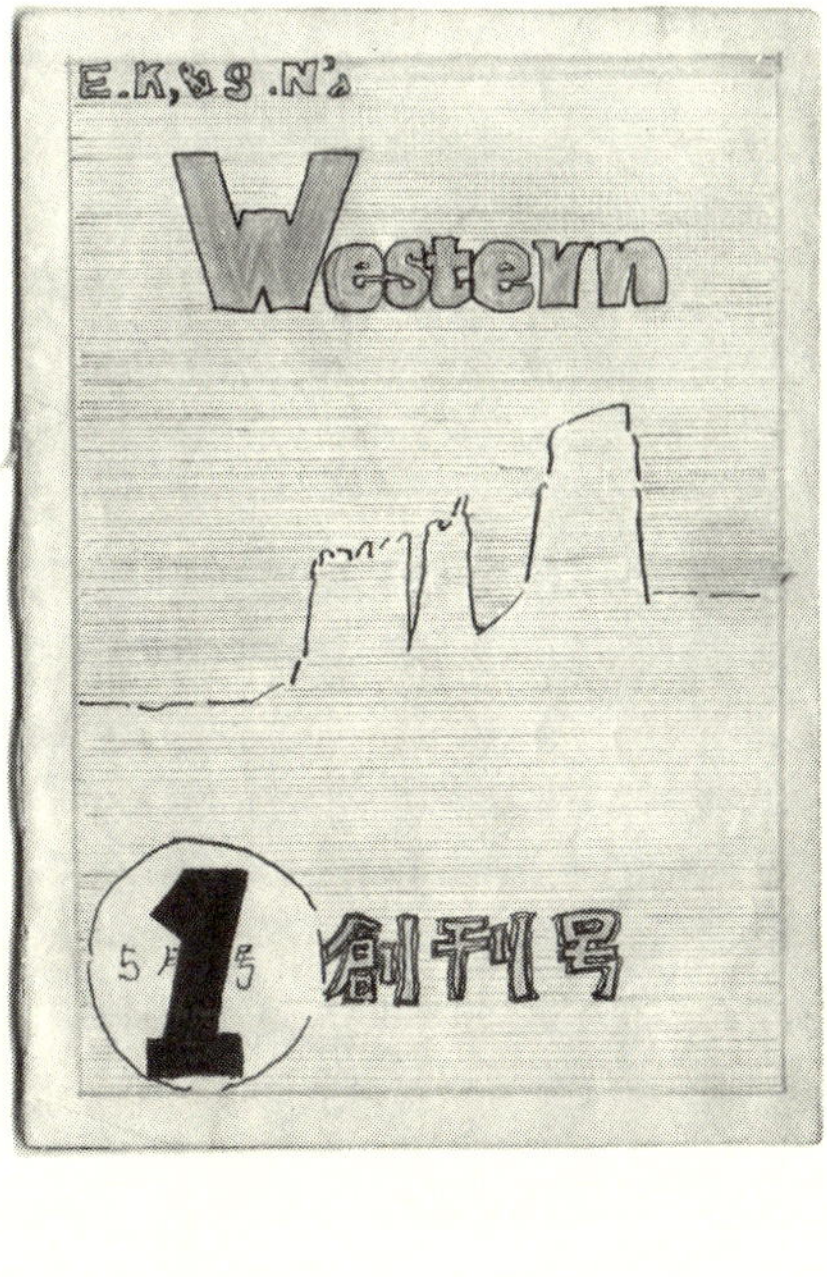

高校卒業後、浪人2年めに友人と2人で編集・制作した手造りの西部劇映画専門誌《Western》。1956年5月創刊号（39ページ参照）。

1　戦後日記——初めてのアメリカ

「ハードボイルド」との長いつき合いを話しはじめる前に、昭和十一年（一九三六年）生まれである私のアメリカ体験の原点をまず確かめておこう。

九歳になる直前の小学三年生のときに学童疎開先で終戦を迎えた私は、ごく身近に米軍による空襲を経験したことはなかった。応召して戦死した身内もいない。あれが何のための、いかなる戦争であったのか、そして広島、長崎の、あるいは大陸や南方の島々における〝地獄図〟についても、戦後の教育は何一つ正確に教えてくれなかった。そのような意味合いで、あの戦争は我が身に直接ふりかかった激しい、暴力的な災厄とはいえない。運がよかった。

しかし戦争はまぎれもなく精神面で大きな影響を私に及ぼした。少年期の人格形成にかかわるその影響を語るとき、私の語り口はこの四半世紀ほとんど変わっていない。たとえばこんな具合に。

　文筆業を生業としながら、（私は）戦後体験を文章につづったことはほとんどない。おそらく学童疎開、焼け跡闇市派の最年少組に属しているのだろうが、三つ四つ年長の作家連中のようには、どうしても戦中、戦後体験を売りものにすることができない。（中略）「人間は感情的に成長することはない」というプルーストの言葉が、日増しに胸のなかでかたくしこりはじめてきたことと関係があるらしい。（中略）小学二年生のおわりから終戦にかけて学童疎開先の妙義山の麓ですごした半年間は……はっきりと自我にめざめた時期であり、人を恋しく思う感情に無残な終止符が打たれた時期でもあった。……私は、毎夜、父と母を思って泣きつづけていた。だが日中は、先生や級友の手前、泣き顔は見せなかったろう。たぶん、能面のような無表情なマスクが九歳にもならない少年の顔にはりついていたにちがいない。（中略）帰郷の日には、その涙も涸れはてていた。やせおとろえ、かわりはてた息子の姿を一瞬見分けられず、ただおろおろしている母親の胸にやっと抱かれたときも、私の目から涙はこぼれなかった。

小学校の同期生たちとつくった文集の中で一度だけ私は学童疎開体験をこのようにあけすけに語ったことがある。その文集を久しぶりに開いてみると、Y・Kという友人が私についてある思い出を語っている一文が目にとまった。私の父が疎開先に面会に来た日のことだ。その日は八月二十六日で、雨が降っていたという。

小学生の二年生の終わり、三月十日の東京大空襲の十日後の三月二十日に、私は最後の学童疎開の第一陣にまじって群馬県の松井田に向かった。学校から板橋駅まで約四キロの道のりを勇ましく歩き始めたときの記憶がいまも感覚として残っている。

疎開は、八月十五日の終戦（整列して玉音放送を聞いたが、意味不明だった）を経て十月十日まで約半年間つづいた。その前後の記憶はぼんやりとしているのに、疎開での記憶はいくつも鮮明に甦ってくる。飢えを体で覚えこみ、悲しみを心の奥に閉じこめていたからだろう。両親・兄弟と離れて過ごした半年間が、人前ではけっして涙を見せない少年をつくってしまった、と私の作文は訴えている。

もちろん、面会にきてくれた父の前でも私は涙を見せなかったろう。父の口からもやさしい言葉は洩れなかった。雨が降っていたことはおぼえていないが、妙義神社の石段に並んで腰をおろし、ボソボソと小声でなにかしゃべりながら、父はブリキの缶に入ったアメをくれた。

しかしその日が、すでに終戦を迎えたあとの八月二十六日だったことを、友人の手記を読むまで私は知らずにいた。父がその日を選んだのは偶然ではなかったのだろう。その日は私の満九歳の誕生日だったのである。

私の両親はいずれも明治の末に北陸の富山で生まれ、父は横浜高商（現横浜国大）を卒業後、昭和三年に富山銀行（現北陸銀行）に就職。昭和七年生まれの兄と昭和十四年生まれの弟は富山生まれだが、次男の私は父が岐阜県高山市の支店勤務だったときその地で生をうけた。

昭和十六年、東京に就職口をみつけた父は銀行を辞め、一家を引き連れて上京。練馬区（当時は板橋区の一部）に新居を定めた。私は四歳半だったが、その引越しの日のことはかすかにおぼえている。が、東京に出てくるまでの記憶はまったく残っていない。昭和十六年のことも同じだ。

年表を参考にこの年の出来事をたどってみると、大日本青少年団結成（一月）、言論統制強化、執筆禁止者リスト内示（二月）、小学校が国民学校と改称（四月）、米穀配給通帳制（四月）、独ソ開戦（六月）、日本軍、南部仏印進駐（七月）、アメリカ、在米日本資産凍結（七月）、同じく対日石油輸出全面停止（八月）、ゾルゲ、尾崎秀実ら、諜報活動容疑で検挙（十月）、開戦派の東条英機内閣発足、日米交渉破綻（十月）、そして日本時間十二月八日午前三時十九分、ハワイ・オアフ島真珠湾攻撃によって太平洋（大東亜）戦争勃発。

真珠湾攻撃でさえ、直接的には私の記憶にないのだが、日本が決定的な転回点にさしかかったこの年に、私の一家は東京へ出てきた。三十代半ばにさしかかっていた父にはそれなりの覚悟と決断があったのだろう。

昭和十七年四月。近くの幼稚園に入園。言葉の訛りをからかわれたこと、色黒だがきりっとした感じの女の先生のこと、学芸会のことなどを記憶している。残っている写真を見ると坊主刈りで、何かの催しがあった教室には〝御真影〟とダイトウア（大東亜）の飾り文字の五文字が掲げられている。

国民学校に入学（昭和十八年四月）後の約二年間の記憶はあいまいだ。昭和十九年末に本格的に始まった東京空襲に少しでも身を危険にさらした経験があれば、戦争の記憶はまったく異なったものになっていただろうが、たまたま私は空襲で殺されもせず、家も被災をまぬかれた。幸不幸は紙一重。ただそれだけのことだ。国民服、防空壕、戦争ごっこ、灯火管制、焼夷弾、空薬莢、B29の遠影、学校給食などは実体験として記憶に甦ってくる。だがその記憶には苦痛も伴わないし、感傷もない。

紀元は二千六百年（昭和十五年）、月月火水木金金、進め一億火の玉だ（のちには一億玉砕）、大本営発表（いつ頃からか市井では〝真っ赤なウソ〟の代名詞化していたこともうっすら覚えている）、欲しがりません勝つまでは、撃ちてし止まむ（ポスター）、さらばラバウルよ、同期の桜、海ゆかば、七つボタン、本土決戦などの標語やハヤリ言葉や歌詞の一節は、奇妙なことにいまもふっと甦ることがある。意味もわからぬまま抑揚やメロディだけで頭に刷りこまれているのだ。

陸軍少年兵、学徒動員、学徒勤労奉仕、学徒出陣、特攻隊などの言葉にいくぶん心が乱れるのは新聞の見出し語が刷り込まれていたからかもしれない。四歳年長の兄にとってはずっと切実な響きをもっていたにちがいないが、そんなことは知る由もなかった。私には「学童疎開」だけが待ちかまえていたのである。

極度の栄養失調におちいり、小学三年生で体重が十五キロしかないのに、下腹だけが異様に突き出ている頭でっかちの少年――それが疎開から帰ってきた私の姿だった。頭でっかちというのは形状だけでなく、中身のこともある。すでに疎開先で総るびの大人の小説を手当たりしだいに頭に詰めこんでいた早熟なガキでもあった。

　しかしそれにしては、小学校の五年生、六年生の頃の私は〝物書き〟としてあまりにも幼稚だった。その幼い自分との対面を避けようとこれまで封印してきたのだが、その頃の日記の実物がじつは手元に残っている。しかも二冊だ。そしてそれ以外にも、中学の一年生から二年生にかけての「昭和二十五年日記」もある。

　あえて封印を切ったこれらの日記の中に、思いもかけず私のアメリカ原体験がいくつか記されていた。といっても重要な証拠といえるほどの具体性も備えていないし、あらためてそのときの記憶が鮮明に甦ってくることもなかった。つまり、自分の日記でありながら、これらもまた〝伝聞証拠〟にすぎない。この日記の分析にとりかかる前に、あと二つ私自身の証言を引用しておこう。


　Ｂ29、空襲、防空壕、学童疎開、飢餓体験、玉音放送、闇市、民主主義教育、生徒会、リーダーズ・ダイジェスト、アメリカ映画、アチーヴメント・テスト、喫茶店、パーティ券、赤線最後の灯、白黒テレビ……要は、これらの共通体験が、昭和十一年生まれにどんな影響をあたえてきたか、ということだろう。（中略）アメリカ文化とどのように触れ合い、どのように反応したかによって、同じ昭和十一年生まれも大きく異なる道を歩んだような気がする。アメリカ軍の進駐は、占領ではなく封建制度からの〝解放〟であった、といいきれるだけの自我にもめざめておらず、かといって鬼畜米英、愛国主義、天皇制の教えを徹底的に、骨の髄までたたきこまれていたわけでもなかった少年時代の私にとって、アメリカは最も刺激的なエンタテインメントだった。

これは、一九七九年に『昭和十一年生まれ』（河出書房新社）という本に私が寄せた序文の一節である。ちなみにこの本の巻末に収録されている「昭和十一年生まれ人名簿」には、〔芸能〕立川談志、毒蝮三太夫、桂歌丸。〔男優〕山崎努、里見浩太朗。〔女優〕市原悦子、野際陽子、白川由美、横山道代。〔野球〕長嶋茂雄、古葉竹識。〔文芸・評論〕寺山修司、伴野朗、柳田邦男、清水邦夫、蓮實重彥、加瀬英明、権田萬治。〔漫画・イラストレイター〕横尾忠則、和田誠、村上豊、司修、小池一夫、古谷三敏、楳図かずお、水野良太郎などの名が挙げられている。現在まで無事生き長らえていればいずれも古希を迎える年まわりだが、すでに他界した人や早くに亡くなって作品だけが生き残っている人もいる。このリストに記されていない人もふくめて、私と同業のミステリや翻訳の分野にも各務三郎、長島良三、村上博基、仁賀克雄、南山宏、青木日出夫、矢野浩三郎など昭和十一年生まれは目立って多い。まだしぶとく仕事をつづけているものがほとんどだが、先立ってしまった者もいる。

昭和十一年生まれに共通している資質をただ一つだけ挙げるとすれば、良くも悪くもそれは「一途《いちず》さ」ではないだろうか。

匂いと視覚と音――この三つから、ぼくは日本に入ってきたアメリカの大衆文化に触れて、のめりこんでいく……視覚は映画、音は米軍極東放送、〔そして〕ペイパーバック本の匂い。（中略）その前の中学時代にであったアメリカ体験で抜かせないのが《リーダーズ・ダイジェスト》……あの雑誌は、アメリカを知る大きな窓だった。（中略）もうひとつアメリカを教えてくれたのが、朝日新聞の漫画の『ブロンディ』。《リーダイ》もそうだけど、アメリカの日常生活や大衆文化で、自分のまわりにはないけど欲しいものにすごく惹かれた。

《ノーサイド》という雑誌に載った私自身のインタヴュー記事（九五年三月号）の一節。具体的に名前が出ている二つの〝アメリカ〟の一つ、《リーダイ》は一九二二年に創刊されたきわめて保守的なマス・マガジン（第二次大戦直後に部数は一千万部を超えた）で、五〇年代には世界二十六カ国で刊行され、情宣活動の尖兵として、一九四六年六月、日本にも上陸。この初の外国雑誌の日本版はまたたくまに日本全国に広まった。ごく初期の頃から父が購読を始めたので、私も埋草記事などをよく読んだ。市井の小さな出来事を報じた記事がおもしろく、州名や地名もこれでおぼえた。

もう一つの『ブロンディ』は、〝チック〟・ヤング作の人気四コマ漫画。資料によると、昭和初期にも一度連載されたことがあったようだが、戦後一九四九年の元旦から《朝日新聞》の朝刊に掲載された。私がとりわけ関心をいだき、粗末な材料で真似をしてつくったのは、ブロンディの夫ダグウッド特製の特大サンドウィッチだった。

この時期に《朝日新聞》を見ていたということは『サザエさん』（夕刊）や獅子文六の『自由学校』、村上元三の『佐々木小次郎』（夕刊）も目にとまっていたことになる。

さて、小学生の五年生のときから中学二年生まで断続的につづいている私自身の日記をあらためて〝原資料〟として分析すると、誤った思いこみがいくつもあったことがわかった。その一つが映画。私が積極的に映画を観るようになったのは高校に進学してからではなく、すでにそれ以前から映画狂いの兆しはあったのである。

まず二冊の小学生時代の日記から。

一冊めは小学五年生。昭和二十二年六月七日から九月十日までのいわば「夏休み日記」。「もっと字をていねいに」という教師のコメントが記されているので、宿題として提出したものだったのだろう。ワラ半紙の二百字詰原稿用紙で四十八ページ。鉛筆でタテ書き。これには映画について三つの記述がある。
一、六月二十二日、父、友人と（映画題名不詳）。二、七月十八日、『ターザン』。三、八月五日、映画鑑賞会（題名不詳）。
資料で確かめたのだが、この『ターザン』は『鉄腕ターザン』にちがいない。このあと昭和二十三年以降に公開されたジョニー・ワイズミュラーのターザン映画はほとんどすべて観ているが、ハーマン・ブリックス（ブルース・ベネット）主演の『鉄腕ターザン』についての記憶は定かでない。しならせた二本の高い木の先端に両脚を縛りつけてロープを切る〝股裂きの刑〟が出てくるのは『鉄腕ターザン』だったのか。

二冊めは小学六年生。昭和二十三年十二月二十五日から昭和二十四年一月十四日までの「正月日記」。マス目はなく、鉛筆で乱雑なタテ書き。提出用ではなかったのか、余白にフクちゃん（横山隆一）とのらくろ（田河水泡）のマンガのいたずら書きが描かれている。この二人のキャラクターは私のお気に入りだったが、のらくろのほうは大陸で次々に手柄を立てて出世してゆくにしたがって関心が薄れていった。ほかにも冒険ダン吉、タンクタンクローがごひいき。ダン吉が黒い肌をした南洋の人たちを部下にし、区別がつかないので背番号をつけさせる差別ユーモアもそのままうけいれた。

この正月には映画は二本。一本めは、三歳にもならない末弟を連れて近くの映画館へ。古川ロッパの『僕の父さん』を観て、くわしい筋書きと感想を記している。二本めは友人と一緒に池袋で一月四日に観た『天狗飛脚』。これも資料で確かめたのだが、一月四日というのは公開初日で、この映画には市川右太衛門（天狗の長太）、加東大介、志村喬、沢村貞子らが出演していた。

とにかく小学校の六年生のとき、友人と電車で池袋まで行き、正月時代劇を封切りで観たということだ。この前年の昭和二十三年一月二十六日に沿線の椎名町で起きた「帝銀事件」（行員など十二名毒殺）のことは当時、新聞で読んだ記憶がある。

小学生時代の日記に始めてアメリカが出てくるのは昭和二十二年の八月十日。「豊島園でアメリカ兵が日本人と野球の試合をしていた」と記されている。ローマ字は小学校のときから習い始め、中学になると英語の勉強にかなり熱中したようだ。日記を英語（単語）まじりで書いたり、英語の尻取りゲームなどをやっている。

中学生時代の「昭和二十五年日記」は二冊にわかれていて、一冊めは昭和二十五年一月一日から四月十八日まで。春休みをはさんで中学一年から二年生に進級。この分は文部省選定教育ノート中学校用、横ケイ、一ページ二十四行、六十ページに横書きでびっしり記されている。二冊めは四月十九日から十二月三十一日まで。横ケイ、一ページ二十三行。粗末なワラ半紙製で九十六ページ。いずれも教師に提出した形跡はない。三月頃から新かなづかいに変わっている。

昭和二十五年は、六月に朝鮮戦争が始まり、世の中が「特需」でうるおった年だが、身近で激しい戦闘が繰りひろげられていることを切実にはうけとめていなかった。三十八度線を境にして、その日の戦局が小さな地図に示されるのを、毎日「ゲームを見るような感じ」で見ていたのをおぼえている。アメリカ軍が不利になり、最前線がしだいに南下したときはさすがに心配になったが、やはり〝対岸の火事〟だった。

一年間に観た映画は日記で確かめると二十六本。元旦の年始の帰りに「連れていってもらった」などとあるように父も映画好きだった。九十四歳まで生きた父の最晩年に、ハミングバード（蜂雀、蜂鳥）の話から、大正十四年（一九二五年）頃、郷里富山市の大正座で観た『蜂雀』という映画（グロリア・スワンソン主演）のことを聞かされたことがある。

翌日の二日は、兄に連れられて板橋の近くまで歩いて映画を観、六日にも兄と池袋で映画を観ている。いずれも題名は記されていないが、すでにアメリカ文化に浸かっていた兄と一緒だったのだからアメリカ映画だったはずだ。一月七日の日記には、夕焼け空を見て、「まるできのう観たマンガ映画の空のようだ」と感想を記している。『白雪姫』の日本公開はこの年の九月なので、これは添えもののカラーの短篇マンガだったのだろう。

映画の題名がきちんと記されていないのは、隠さねばならない理由があったのか、あるいはまだそれほど研究熱心ではなかったからだ。題名が記されているアメリカ映画は『僕の愛犬』『王子と乞食（放浪の王子）』『歓呼の球場』『ラスティ物語』（この四本は学校から団体で出かけた映画鑑賞会で観たもの）と、浅草で観た『海賊バラクーダ』、自転車で常盤台まで行って観たマルクス兄弟もの。

映画鑑賞会で観た四本のうち、『王子と乞食』（一九三七年作）にはエロール・フリンとクロード・レインズが出演。父が戦死、母が再婚したためにぐれてしまった不良少年（ラス・タンブリン）が大リーグ（クリーヴランド・インディアンス）のバット・ボーイになるが、ウソがばれて感化院に逆戻り（最後はハッピー・エンド）というういささか屈折した物語の『歓呼の球場』には「父を亡くした子供の話」というコメントのみが記されている。

註釈が必要なのは映画鑑賞会以外にひとりで観た二本。ポール・ヘンリード、モーリン・オハラ共演のカラー映画『海賊バラクーダ』（一九四五年作）は、春休みに父の会社でアルバイトをさせてもらっていたときに、配達の仕事のあと浅草の日本館で観ている。中学二年にもならない少年が、浅草の繁華街をうろうろしていたことになるが、そのときの刺激が脳裏に刻みこまれたのかもしれない。高校卒業後の浪人時代に、私は浅草のフランス座やカジノ座通いを始めるのだ。

もとより鮮明な記憶は欠けているが、カラーで見るモーリン・オハラの美しさには魅せられたはずだ。資料を読むと、掠奪結婚を強いられた太守の娘が海賊船での初夜の床を拒むきわどいシーンも盛りこまれているストーリーである。

自転車少年だったその頃の私は、自宅を中心に半径五キロ区域を行動範囲にして走り回っていた。北は川越街道の先、志村方面まで、西は小学校の頃の教師の家があった富士見台まで、南は哲学堂（水道タンクが目印）から青梅街道まで、東は板橋、池袋、目白まで。自転車でただ走り回ること自体が楽しみだった。

その自転車で観に行ったマルクス映画の題名は記されていないが、「二回めだったがおもしろかった」とだけコメントがついている。同じ映画を二度見たということなのか、マルクス兄弟ものが二本めだったという意味なのかは定かでない。いずれにしろ観たのは昭和二十五年の十一月五日だから、『マルクス捕物帖』『マルクス兄弟珍サーカス』『マルクスの二挺拳銃』のうちのどれかということになる。西部劇仕立ての『マルクスの二挺拳銃』は、はっきりと観たのをおぼえているが、それがこのときだったのかどうかはわからない。

昭和二十五年日記から判明したアメリカ映画はそれですべてだが、公開年月から類推すれば、ローレル＝ハーディの極楽コンビ物、アボット＝コステロの凸凹コンビ物（こっちにも『西部の巻』や『カウボーイの巻』があった）や新宿の新星館で見たおぼえのあるジョン・ウェインの『拳銃の町』などとの出会いも中学生時代だったのかもしれない。

《リーダイ》やマンガや映画以外にもアメリカは中学時代の日記に二度出てくる。最初の記載は七月二十三日。母、弟二人と一緒に夏休みに富山へ向かう混みあった汽車の旅の途中、「軽井沢で太ったアメリカの女の人が降りて、みんな一緒に座れた」とある。もう一つは十一月五日の出来事。弟たちと家の近くで写生をしていると「日本語もしゃべる外国人に英語で話しかけられ返事をした」と記されている。

軽井沢で降りた太った女性が果たして本当にアメリカ人だったのかは定かではないし、英語で話しかけてきた外国人がアメリカ人だったという確証もないが、当時の私にとっては青い目のガイジンはすべてアメリカ人だった。

私の同世代の中には、たとえば基地の近くで、生身のGIたちにじかに接した経験の持ち主が多いが、私自身はジープに乗った制服姿のGIの姿を見かけた記憶がない。

生身のアメリカ人ではなく、私に強烈な印象を与えたのは、西部劇映画に登場するアメリカの西部の男たち（そして酒場の女たち）だった。

ぼんやりと見え隠れしていたアメリカを、初めて自分の意志と足で追いはじめたのは、高校入学（一九五二年）のときだった。西武池袋線の江古田から闇市全盛のカスバのような池袋の町を経て赤羽線の板橋まで通う電車通学をはじめると同時に私の不良時代が到来したのである。

とはいえ、マセていたのは心の中だけで、酒や軟派とは縁がなく、幼いまっさらな頭の中ではアメリカ西部の広大な天地とモノクロームの裏街とがごっちゃに渦巻いていた。

西部劇映画と犯罪映画。この二つのジャンルを通じて知ったアメリカが、私の初めてのアメリカだった。

これはANA機内誌《翼の王国》の「初めてのアメリカ」という特集（九八年二月号）のために書いたエッセイの書き出しだが、〝回想文〟にありがちな思いこみによる誤認がはっきりとみられる。初の蔵出し日記が教えてくれたように、高校入学前の中学生の頃からすでに私は電車や自転車でかなりの数の映画を観てまわっていたのだ。

だが高校に入学し、とりわけ西部劇と犯罪映画に強い関心をいだくようになったのはまちがいない。しかしその偏向ぶりが顕著になるのは高校時代の最後の年から二年間の浪人時代にかけてで、初めのうちは二本立、三本立で安く見ることができさえすれば、どんな映画でもかまわなかった。新宿三越の最上階にあった日活名画座ではフランス映画の数々の古典名作をほとんど全作観つづけた。

2　五〇年代末までの映画体験

ふり返ってみれば五〇年代は外国映画の黄金時代だった。この時代に少年時代から青年時代を過ごせたことは幸運だったのだ。いずれにしろ、映画館で観る映画が最大の娯楽である時代だった。終戦から五〇年代末までに日本では戦前の旧作もふくめて約二千本の外国映画が公開された。資料で確認すると私は、その二千本のうちのおもだった作品をほとんどすべて観ている。公開時に観られなかったものは、のちに場末の二本立映画館まで追いかけていった。

西部劇映画、犯罪映画については後述することにして、五〇年代末までに公開された外国映画を主要ジャンル別に見てみよう。ベスト5、ベスト10選びもついでに試みてみるが、これは私自身がとりわけ強い印象をいだいた映画という意味である。

フランス映画では、ジャン・ギャバンとジェラール・フィリップ主演映画はすべて観た。監督とか内容より、まずごひいきの主演男優めあてで映画を観ていたふしがある。ギャバンは三六年作の『望郷』、三七年作の『大いなる幻影』からノワールの傑作『現金《げんなま》に手を出すな』を経て、老年期の『ヘッドライト』『レ・ミゼラブル』まで十六本。美男のジェラール・フィリップは、四七年作の『パルムの僧院』『肉体の悪魔』に始まって『花咲ける騎士道』など八本。

この二人が出演しないヨーロッパ映画で印象的な作品を公開年順に十本挙げると、『海の牙』(仏)、『自転車泥棒』(伊)、『巴里の空の下セーヌは流れる』(仏)、『天井桟敷の人々』(仏)、『第三の男』(英)、『禁じられた遊び』(仏)、『恐怖の報酬』(仏)、『悪魔のような女』(仏)、『男の争い』(仏)、『死刑台のエレベーター』(仏)となる。これがみんな五〇年代に公開された映画なのにまだ鮮明に記憶に残っている。だがこのほかはほとんどアメリカ映画づくし。

喜劇映画については凸凹シリーズまで前記したが、ボブ・ホープとビング・クロスビー(プラス、ドロシー・ラムーア)の珍道中物、『虹を掴む男』を筆頭とするダニー・ケイ映画、ジェリー・ルイスとディーン・マーチンの底抜けシリーズなども欠かさず全作につき合っている。ジーン・ケリー、フランク・シナトラなどのミュージカル映画も好みだった。たいていのミュージカルがカラー作品だったことも印象的だった。

ごひいきのアメリカ男優は、ゲイリー・クーパー、ハンフリー・ボガート、リチャード・ウィドマーク、ロバート・ミッチャム、早世したジョン・ガーフィールド(『破局』や『その男を逃すな』など)、そしてジェイムズ・ディーン。ジェイムズ・ディーンは、アメリカの映画雑誌からも写真を切りとって手造りの写真集を編集するほど入れこんだが、最近久しぶりに観た『エデンの東』からは感慨は得られず、自分自身の感受性が成長どころか磨耗しているのを知って失望させられた。

シリアス・ドラマ部門のベスト10は、ジェイムズ・ディーンの三部作のほか、ボガートの『カサブランカ』と『殴られる男』、クーパーの『群衆』と『摩天楼』、カーク・ダグラスの『チャンピオン』、マーロン・ブランドの『波止場』および『サンセット大通り』。最後の『サンセット大通り』以外は主演男優の魅力で私のベスト10入りを果たしている。

戦争映画もよく観た。さすがに太平洋戦争や朝鮮戦争をもろに題材にしたものは感心しなかったが『二世部隊』や『硫黄島の砂』も観ている。

公開年順の戦争映画ベスト10は、『ヨーク軍曹』『戦場』『サハラ戦車隊』『砂漠の鬼将軍』『誰が為に鐘は鳴る』『栄光何するものぞ』『地上より永遠に』『第十七捕虜収容所』『ミスタア・ロバーツ』『攻撃』。

ついでに活劇大絵巻《スペクタクル》映画のベスト5を挙げると、『ドン・ファンの冒険』『三銃士』『風と共に去りぬ』『世界を彼の腕に』『地上最大のショウ』といったところ。デビュー当時の『真紅の盗賊』などバート・ランカスターもごひいきだった。活劇とはいえないが、ジョン・フォードが故郷アイルランドでつくった『静かなる男』やリチャード・ウィドマークの冒険物『太陽に向って走れ』なども好きな映画である。SF映画では『地球の静止する日』。宇宙人の呪文をおぼえこみ、家に帰って幼い弟たちに唱えてきかせた。

苦手のジャンルは、ホーム・ドラマ、青春物、ロマンス物。だが、ホーム・ドラマでは『花嫁の父』、青春物語ではジェイムズ・ディーン、ナタリー・ウッドの『理由なき反抗』、ロマンス物では『ローマの休日』や『ピクニック』などを楽しんで観た。

女優のほうは『白い恐怖』『汚名』『凱旋門』などの若きイングリッド・バーグマン、『にがい米』（伊）のシルヴァーナ・マンガーノ、そして大ダコが出てくる『怒濤の果て』や『拳銃無宿』でジョン・ウェインの相手役を演じたゲイル・ラッセルなどの姿がいつも瞼にちらついていた。〝清純さ〟が売り物だったゲイル・ラッセルという黒髪の女優が、ジョン・ウェインと浮名を流したことがあり、酒の空瓶に囲まれて死体で発見されたのが三十六歳のときだったということを知ったのはかなりあとになってからだ。

だが私は、女優よりむしろ主演男優に惹かれて映画を観ていた。ごく当たり前の推理だが、彼らのなかに理想のヒーロー像を追い求めたからにちがいない。身の回りの現実の中には、憧れたり、自己同一化をはかったりすることができるヒーローは見つからなかったということだ。

そしてそこに登場したのが、二挺拳銃の西部の男たちだった。

3　西部劇のヒーローたち

戦後、日本で一番早くに公開された西部劇映画は『拳銃の町』だった。戦時下の一九四四年に製作されたＲＫＯ映画で、日本公開は一九四六年五月。ジョン・ウェインの雄姿が私の幼い頭に刻みこまれた（旧作『駅馬車』の再公開は一九五一年）。

終戦の年の十二月に公開されたアラスカが舞台の活劇映画『ユーコンの叫び』を皮切りに、アメリカ映画は昭和二十一年に四十本封切られた。この中では前記のようにこの『拳銃の町』や『鉄腕ターザン』、そして『ルパン登場』などをよくおぼえている（スクリーンに偽の道路を映して、追跡してくる車を森に突っこませるシーンがあった）。だが『カサブランカ』『我が道を往く』『ラインの監視』『疑惑の影』などを観たのはかなり後のことだったかもしれない。

この年、一九四六年には西部劇は『拳銃の町』のほかにも『スポイラース』（四二年作）と『アリゾナ』（三九年作）の二本の古い作品が日本で封切られた。戦前に一度公開された『オクラホマ・キッド』『大平原』『砂塵』『新天地』なども早い時期に再上映されている。ジョン・ウェインを筆頭に、ジョエル・マクリー、ジェイムズ・スチュアート、ジェイムズ・キャグニー、ランドルフ・スコットなどが顔を並べ、若きウィリアム・ホールデンや悪漢役ながらハンフリー・ボガートも姿を見せている。

翌一九四七年は、ジョン・フォードの『荒野の決闘』とジョン・ウェインの喜劇仕立ての『西部を駈ける恋』、四八年はマーガレット・オブライエンを立てた人情物『悪漢バスコム』とエロール・フリンの『カンサス騎兵隊』とつづくが、西部劇がもっと賑やかになるのは四九年以降のことだった。四九年公開の西部劇映画は九本。心理サスペンスを重視した『追跡』（ロバート・ミッチャム）、ジョン・ウェインがゲイル・ラッセルにメロメロになる『拳銃無宿』、ヘンリー・フォンダの『モホークの太鼓』など。

五〇年公開作品は一気に十九本に増え、無法者役のジョエル・マクリーが追いつめられて狙撃者に射殺されるズーム・シーンが印象的だった『死の谷』やエロール・フリンの『賭博の町』、ゲイリー・クーパーののどかな『サラトガ本線』など。クーパーが私のヒーローになるのは、五一年から五三年にかけて公開された七本の西部劇を通じてだ。『西部の男』（四〇年作）、『無宿者』（四五年作）といった旧作から、戦後につくられた『征服されざる人々』『ダラス』などのカラー映画に次いで、五二年には老境にさしかかった『真昼の決闘』があらわれる（バート・ランカスターにくわれっぱなしの『ヴェラクルス』の公開はその三年後の一九五五年）。

私が西部劇映画を積極的に観はじめるようになるのは、高校に進学した一九五二年からである。西部劇の公開本数が非常に多かった頃で、一九五一年から五四年にかけての四年間で百五十本近くにのぼっている。

だがすべての西部劇を観たわけではない。選り好みはほとんどしなかったが、どうしても観るチャンスにめぐりあえなかった作品もあった。高校を卒業した直後にやっと打率（公開本数に対する観た本数の比率）は五割を超え、五五年六月末には二百九本中百二十本（約五十七パーセント）、十一月初旬には二百二十本中百二十九本（約五十八パーセント）に到達した。浪人一年めの夏から秋の四ヵ月間に、映画館へ行って九本の西部劇映画を観ていたのだ。

このようなくわしい数字がなぜわかるのか？　答えは明快だ。日記をつけるかわりに西部劇に関するデータをびっしりと記入したノートづくりを始めていたのである。ノートはぜんぶで十七冊残っている。そのほかに手造りの西部劇映画専門雑誌が二号と新聞広告切り抜き帖が全十巻。この時期私がどれほど西部劇映画にのめりこんでいたかを教えてくれる明白な証拠が存在しているのである。これらの物証を手がかりに、西部劇と私とのかかわりをもう少しくわしく観察してみよう。

先ほどのデータのつづきを追ってみると、西部劇映画を観た本数の打率は、

一九五六年九月に二百三十七本中百六十五本で約七十パーセントに達し、一九五八年五月には三百十七本中二百五十六本で八十パーセントを突破。最後のデータが残っている一九五九年には八十三・七パーセントに達した。二年間の浪人生活と早稲田に入学してからの二年間、合計四年間に約百五十本の西部劇を観た勘定になる。最終データを記した頃には公開西部劇映画全作品を網羅した手造りのチェックリストも完成させていた。

全十巻の新聞広告切り抜き帖は一九五四年から一九六〇年まで切れめなくつづいている。公開された映画館の名称や宣伝文などに資料価値があり、プログラムのかわりにもなるのでつづけたのだろうが、スクラップづくり自体が楽しかったのだと思う。

西部劇映画の新聞広告をすべて切り抜いて若干の編集（切り抜いた材料のレイアウト）を加えたものなので、必ずしもそこに貼られている映画をぜんぶ観たとはかぎらない。短評やコメントが記入されている映画もある。映画評論家の映画評が載っていることもあるが、西部劇の評価は概して低く、

かなり悪意をこめた批評もまじっている。そういう好意的でない批評に対して、私はいつも不満をいだいていた。

切り抜き帖の第一巻（一九五四年〜五五年）には『ヴェラクルス』『戦いの矢』（ジェフ・チャンドラー）、『星のない男』（カーク・ダグラス）、『ララミーから来た男』（ジェイムズ・スチュアート）などの広告が貼りこまれている。五四年公開の西部劇映画は三十一本。以下、順に追ってゆくと、

第二巻（五五年）『ホンドー』『日本人の勲章』（現代版西部劇）、『風と共に去りぬ』（大絵巻）など。ついでに探偵物、犯罪映画のジャンルからハメット原作の『影なき男の影』、エドワード・G・ロビンソン主演『死刑5分前』の広告も貼りこまれている。『スポイラース』のリメイク『暴力には暴力だ！』には「アラスカの感じがほとんどない……レイ・ダントンがうまい」という私のコメントがある。『ララミー〜』には「掌を射ぬかれる場面がすごい。アーサー・ケネディはあいかわらず達者だ」、『ホンドー』には「レオ・ゴードンが悪役。ワード・ボンドはバッファロー・ビルになったがたいした見世場はない」とあり、「眼鏡をかけて見た」とあるのは3D（立体）映画だったためだ。『日本人の勲章』では「悪役のボーグナインとリー・マーヴィンがおもしろい」、『アリゾナの襲撃』では「フォレスト・タッカーは善人役なんて柄じゃない」など、主演者たちよりむしろ傍役に関心を示している。

第三巻（五五年〜五六年）は『追われる男』（キャグニー）、『アラモの砦』（スターリング・ヘイドン）、『デンヴァーの狼』（ジョン・ペイン）など。併映の広告にアラン・ラッドの『恐喝の街』。五五年公開の西部劇映画は二十二本。

第四巻（五六年）ミステリ風味の『六番目の男』（ウィドマーク）、『街中の拳銃に狙われる男』（ミッチャム）、『赤い砦』（カーク・ダグラス）、『誇り高き男』（ロバート・ライアン）など。併

映の犯罪映画では『拳銃魔』『殺人者』『出獄』『青い戦慄』などの広告が貼られている。

第五巻（五六年つづき）『捜索者』（ウェイン）や『必殺の一弾』（グレン・フォード）など。五六年公開の西部劇映画は二十八本だが、この年の十月から十二月にかけて東京近辺で上映された西部劇の一覧表が作成されて記されている。その数なんと百十五本！

冒険活劇『太陽に向って走れ』のほかに犯罪映画としては『死刑囚２４５５号』とケン・ヒューズ監督の『脱出者を狙え』（五五年作）の二本の広告が貼られている。後者は観たおぼえがないが、英国での原題を *Little Red Monkey* といい、主演のリチャード・コンテの名前の上に〝ハード・ボイルドの№１〟と刷りこまれている。なぜ彼が「ハードボイルド」なのかはピンとこない。

第六巻（五六年〜五七年）『最後の銃撃』（ロバート・テイラー）、『襲われた幌馬車』（ウィドマーク）など。併映の映画広告は『暴力賭博』やポール・ニューマンの『傷だらけの栄光』。

第七巻（五七年）『鹿皮服の男』『赤い連発銃』（オーディ・マーフィ）、『決断の３時10分』（グレン・フォード）、『ロンリーマン』（ジャック・パランス、アンソニー・パーキンス）、そして日比谷映画で観た『ＯＫ牧場の決斗』（ランカスターとダグラス）。エルヴィス・プレスリーの映画デビューを飾った西部劇『やさしく愛して』の新聞広告も切り抜いて貼りこんである。併映の犯罪映画の広告は『夜鷹のジョニイ』（ハワード・ダフ）と『ギャングスター』（バリー・サリヴァン）の二本だがどちらも記憶にない。

五七年に公開された西部劇映画は三十八本。これは五一年の四十一本に次いで第二位にあたる。

第八巻（五八年）『縄張り』（羊飼いのグレン・フォード）、『左きゝの拳銃』（ビリー・ザ・キッドに扮したポール・ニューマン）、『西部の人』（クーパー）、『ゴーストタウンの決闘』（テイラー、ウィドマーク）など。ウィリアム・ワイラーの大作『大いなる西部』（ペック、チャールトン・

ヘストン）もあったが、このあたりから西部劇映画は大味でつまらなくなった。五八年の西部劇映画は三十一本。

西部劇と抱き合わせで併映された犯罪映画の新聞広告は『地獄の埠頭』（ラッド、ロビンソン）、『俺に近づくな！』（スティーヴン・マクナリー、ヴィック・モロウ）、『絞首台三歩前』（スコット・ブラディ）など。

第九巻（五九年）『縛り首の木』（いくぶん非情な感じの医師クーパーとマリア・シェル）、『リオ・ブラボー』（ウェイン、ディーン・マーチン）、『ワーロック』（ウィドマーク）、『騎兵隊』（ウェイン、ホールデン）、『ガンヒルの決斗』（ダグラス、アンソニー・クイン）など。この年の公開本数は二十三本だが半分近くは観ていない。クーパーの旧作『平原児』の切り抜きもある。

併映の犯罪映画は『地獄で握手しろ』（キャグニー）、トニー・カーティスのボクシング映画『挑戦者』や『お熱いのがお好き』の新聞広告もまじっている。

第十巻（六〇年）『アラモ』『許されざる者』『バファロー大隊』など爽快感に欠ける大作風のつまらない西部劇映画が顕著に増えはじめた。公開本数は二十六本（この公開本数は当時私自身が記録した数字である。短篇映画などもあり、正確な資料の数字とは誤差があるだろう）。

〝マ〟・バーカー・ギャングを描いた『アメリカの弾痕』という犯罪映画の広告も貼られているが、興味深いのは『ライフルマン』や『幌馬車隊』など西部劇の連続テレビ番組の広告が新聞に載りはじめたことである。

この新聞広告切り抜き帖を作成しつづけているあいだに、私はE・Kという小学生時代からの級友と二人で《Western》と名づけた手造りの専門雑誌も刊行した。創刊号が一九五六年五月号、第二号が同八月号。予定ページ数はどちらも二十ページだが、第二号は表紙、口絵のみでほとんど未完成のまま最終号になってしまった。どちらも浪人二年めにつくったことになる。昼は予備校通いを口実に毎日家を出て映画を観てまわり、夜は西部劇映画の切り抜きやデータづくりにうつつをぬかしていた。これでよく大学入試に合格したものだ。

さて手造りの《Western》誌だが、表紙はお粗末なイラストレーションで、ジョン・フォード西部劇の故郷、モニュメント・ヴァレーが二色で描かれている。表紙をめくると巻頭言。これが勇ましい。「今の批評家たち――なんと老人（戦前派）たちの多いことか――は西部劇に対してあまりに冷淡だ……我々は芸術だと思って西部劇は観ない……それでいいではないか」

この巻頭言から察するところ、映画の芸術性を声高に語る戦前派の映画評論家たちに私はかなり反感をいだいていたようだ。芸術映画ではなく西部劇や探偵映画を好むようになるのも、早々と純文学や私小説に見切りをつけて大衆娯楽小説に目を向けるようになるのも、この反感に根ざしていたのだろう。〝芸術〟という言葉が好きではなかった。自分にも理解ができ、おもしろさを確かに感じとれるものを見つけ、それを楽しむことが目標となっていった。

ノートに記されていた別のデータから、もう一つ私自身についての重要な事実もつきとめた。古本屋通いで熱心に探しつづけた結果、一九五七年の時点で私は、戦後刊行されたおもだった映画雑誌のバックナンバーを可能なかぎり集め終えていた。そこに載っていた映画評論家たちの文章をすべて読み終えていたということである。

一九五七年末にまとめた「映画雑誌所蔵リスト」を見ると、

《キネマ旬報》（創刊大正八年。昭和十五年十二月にいったん終刊。戦後、昭和二十一年三月再建号からはじまり、昭和二十五年十月下旬号から月二回刊の復刊号が復刊された）

戦前刊六冊。再建第二号（昭和二十一年四月号、通巻七三八号）から第七十九号まで六十三冊。復刊第一号からはほぼ全号ぞろい。

《映画之友》（創刊大正十二年。昭和二十一年四月号より復刊）

戦前刊十六冊。戦後刊は、昭和二十一年刊が復刊第一号をふくめて三冊、昭和二十二年刊も三冊、昭和二十三年以降はほとんど全号そろっている。

《スクリーン》

昭和二十一年五月創刊号から昭和二十二年初めにかけて五冊。そのあと昭和二十四年刊からほとんど全号ぞろい。

《スタア》

昭和二十一年三月に復刊された同誌の、戦前と同じ大判の号はついに一冊も入手できなかったが、昭和二十五年以降はほぼ全号をそろえた。

このほかにも創刊号（昭和二十七年八月号）からそろっていた《スター・ストーリー》や《映画ストーリー》などもあったが《映画芸術》（昭和二十一年創刊）はこむずかしい感じがしてあまり読まなかった。

これらの映画雑誌をまめに集め、熱心に読みふけっていたのは事実なのだが、じつはそのことを実証する証拠は、所蔵リストを記したノートしか残っていない。今から二十五年ほど前に、『探偵物語』を執筆中に知り合った古物商（この人をモデルにした人物がこの小説に出てくる）にそれまでに収集した全映画雑誌をひきとってもらったからだ。ミステリのコレクションが手におえないほどふくれあがり、古い映画雑誌の山をどうしても処分せねばならなくなってしまったのである。

話を《Western》誌に戻そう。巻頭言のあとにつづくのは新作映画評。リチャード・ウィドマーク主演の『六番目の男』をとりあげ、「くせのある俳優ぞろい」とあって、ヘンリー・モーガン、バートン・マクレーン、ジョン・マッキンタイアなどの名を連ねている（この頃にはデータとして傍役スター・リストも完成していた）。そしてもう一つ特筆すべきコメントも記されている。この映画の原作を書いたフランク・グルーバーは「アメリカのハードボイルド派」の作家だというのだ。

浪人中の一九五六年春、私自身が「ハードボイルド派」という用語を用いたことから何がわかるのか、その話はひとまずおあずけにして手造り雑誌の先をのぞくと、『西部群盗伝』（テレビ・ドラマの劇場版）と『デンヴァーの狼』の二本の映画評がつづいている。前者については、「狂言まわしに鉄道保安官役のジム・デイヴィスを配した探偵趣味の筋立て……リチャード・ジェッケル（ビリー・ザ・キッド）、フェス・パーカー（ダルトン兄弟の一人）、リー・ヴァン・クリーフ（ジェシー・ジェイムズ）など三流スター勢ぞろい」などとある。リー・ヴァン・クリーフは後者にも出ているが「いいところなし」だそうだ。

《Western》創刊号にはこのほか西部劇映画題名学（拳銃、矢、太鼓など）や一月から三月にかけて公開された旧作西部劇リスト（『駅馬車』など五十本）が載っている。

ほとんど未完成の第二号（終刊号）では、題名学のつづきで西部劇の舞台となった州名や地名の分類、『街中の拳銃に狙われる男』の映画評では「六、七人の人間を殺して町に平和をもたらす（？）話」と筋立てに疑問符をぶつけている。偉そうな話に難くせをつけたり、分類・整理をもとにして構成を考えてゆく方法をとったりというのはミステリについて物を書きはじめたときの手法にそっくりだ。西部劇映画を材料にして、私は物書きになる準備をはじめていたのだろう。

これで西部劇映画広告全十巻の解読は終わったが、私は高校時代に、私家版ではなく、所属していた映画研究部の機関誌《映苑》第二号（一九五三年十一月刊）に『シェーン』の映画評を発表している。ただし長文であるだけで、引用すべき箇所もみあたらない平凡な作文。この機関誌には高校卒業後にも「西部劇小論」というのを寄稿（第七号、一九五五年十二月刊）しているが、これもとりたてていうことは何もない仕上りである。

十七冊のノートの中でもっとも興味深いのは中型のダイアリーに記された一九五七年上半期の映画メモだった。上半期ということは、浪人二年めの最後の三カ月と運よくすべりこんだ早稲田の英文学科での新学期の三カ月をさしている。

この半年間で観た映画本数は八十八本（一カ月平均十五本）。そのうち西部劇が三十五本を数える。エロール・フリンがカスター将軍に扮した『壮烈第七騎兵隊』、ウィリアム・ホールデンとグレン・フォードが共演した『掠奪の町』、タイロン・パワーの『ミシシッピーの賭博師』など。日比谷劇場で『OK牧場の決斗』を友人のE・Kとロードショーで一緒に観たのは七月三日だった。入場料はおそらく百円か百五十円だったろう。二本立の映画は六十円から七十円。三十円という入場料もあった。

西部劇以外にも『戦場』『空中ぶらんこ』『上流社会』『打撃王』『ミスタア・ロバーツ』『ヘッドライト』『禁断の惑星』などおもしろい映画をたくさん観ている。犯罪映画は、『俺が犯人だ』（ジャック・パランス）、『復讐は俺に任せろ』（グレン・フォード、リー・マーヴィン）、『恐喝の街』（ラッド）、『死刑囚2455号』（ウィリアム・キャンベル）など小粒なものばかり。

ほかには後楽園へ巨人・阪神戦を観に行ったり（七月四日）、半年間に新宿フランス座や浅草カジノ座などへ十六回もストリップを見に行っている。現在も保存している劇場でもらったチラシには、コメディアンとして、渥美清、谷幹一、関敬六、佐山俊二、八波むとし、石井均、戸塚睦夫、三波伸介らの名前が載っている。大のごひいきでもっとも印象が強烈だったのは、そのあとまもなく大阪で旗上げした石井均だった。

一九五七年前半の映画メモでもう一つ明らかになったのは先ほどちょっと触れた映画館の入場料で

ある。学生割引（浪人も予備校生なら可）やストリップ劇場の分もふくまれているが、一月から五月まで、月に何度劇場へ通い、入場料が合計いくらだったかがマメに記載されていたのである。それによると、

一月。十五回、千二百七十円。
二月。十四回、九百二十五円。
三月。九回（受験シーズンだったのか！）、四百八十円。
四月。十回、六百九十五円。（五円という端数もあったらしい）
五月。十二回、千百三十円。

合計六十回、四千五百円（一回平均七十五円也！）という結果がでたが、これではちょっと予算オーバーだ。高校生のときは奨学金としてもらっていた月額五百円が私のコヅカイだったが、浪人中、親から毎月千円ものコヅカイをせしめていたとは思えない。おそらく受験勉強を名目にナニガシかを水増し請求して映画代（およびストリップ見物代）をやりくりしていたにちがいない。

ところで先ほど出てきた「ハードボイルド派」という記述についてだが、西部劇映画についての古いノートを仔細に点検しているうちに、私自身が「ハードボイルド」という言葉を用いている文章が三つ見つかった。

最も古いのは西部劇映画の短評の中で、一九五四年末に公開された『アロウヘッド』を「典型的なハードボイルド西部劇」と評し、「命を助けてもらったり生死をともにしてきた友人の死体を見て（チャールトン・ヘストンが）にやりと笑うシーンは不気味だった」と記している。これを書いたのはおそらく一九五五年だろう。

フランク・グルーバーを「アメリカのハードボイルド派」と記した一九五六年には別の二冊のノー

トにそれぞれ一カ所ずつ「ハードボイルド」が出てくる。

一つは、人名辞典でも作成するつもりだったのか、西部劇スターをタイプ別に分類している一覧表の中に、「ハードボイルド派」というカテゴリーを設けている。その中に入れられているのが、『アロウヘッド』のヘストン、『追跡』『月下の銃声』のロバート・ミッチャム、『廃墟の群盗』『拳銃王』『勇者のみ』のグレゴリー・ペック、そして『ヴェラクルス』のバート・ランカスターの四人。

ちなみに「温情型」には、クーパー、ウェイン、アラン・ラッド、「西部紳士型」にはエロール・フリン、タイロン・パワーが挙げられている。

最後の一つは、「傍役列伝」のタイトルでアーサー・ケネディについて長文を記している中に出てくる。「……最近のケネディはまた昔の悪役に戻った。と言ってもただの悪役ではない。いわゆるハードボイルドな、内心をつとめて外にあらわすまいとする猫っかぶりな知能犯に生まれ変わった」というのだ。アンソニー・マン＝ジェイムズ・スチュアートのコンビがつくった『怒りの河』『ララミーから来た男』での役柄を指しているのだろう。

五十年前の一九五六年というこの時期に、いったい私はどこでこの「ハードボイルド」という言葉を仕入れ、得意げに使ったのか。

初めてのアメリカとの触れ合いや理想のヒーロー像を求めて観つづけた西部劇映画のことを中心にここまで長々と私の青春時代について話してきたのは、じつはそこに「私のハードボイルド」の原点がひそんでいることに気づいたからだった。

では私に「ハードボイルド」を教えたのは誰だったのだろうか。

第二章 ハードボイルド戦後輸入史検証 一九四五年～一九四九年

《ウィンドミル》昭和22年12月創刊号。

戦後いち早くハードボイルド探偵小説をふくむアメリカのミステリの翻訳を掲載した《ウィンドミル》（72ページ参照）にはハメットの短篇が5篇紹介された。

1「ハードボイルド」のデビュー

一九二〇年代末から第二次世界大戦にかけて、アメリカのミステリ界、とくに探偵小説（detective story）のジャンルでめざましい台頭を示したハードボイルド派の登場とその後の推移が、代表作家や代表作品もふくめて初めて日本に紹介され、少しずつ認知されていったのは、戦後の昭和二十一年（一九四六年）から昭和二十五年（一九五〇年）にかけてのことだった。戦前の海外ミステリのかたよった日本への紹介と戦中の空白期間が二十年近い遅れを生じさせていたのである。

アメリカの探偵小説界の新しい動向、新人作家の作品、ハードボイルドという耳新しい言葉で呼ばれる一派の登場を、戦後初めて日本人に伝えたのは映画評論家の双葉十三郎だった。彼は、昭和二十一年三月号で復刊を果たした大判（A３）の映画雑誌《スタア》の復刊第二号の巻末でレイモンド・チャンドラーの長篇デビュー作『大いなる眠り』をくわしく紹介し、その長文の記事の中で、「ハードボイルド」という言葉を三度用いた。探偵小説の新しい流派を指す用語としてこの言葉が日本で記されたのはこれを嚆矢とする。

《スタア》に載ったこの記事をくわしく検証する前に、まずこの号のあらましについて。ディアナ・ダービンの笑顔（アメリカ帰りのイトウタツオ画）に飾られた表紙の右上に三月二十五日印刷、四月一日発行と記されている（最終ページ最下段の表示は二月二十八日発行）。全十六ページのこの号は特別価格で一部五円。双葉十三郎の名前は、主幹・南部圭之助のあとに編集次長として記されている。

八段組の最終ページは、上二段が「米国近作映画紹介」（鈴木一郎）。『スペルバウンド』（『白い恐怖』）『サラトガ本線』『彼等は消耗品』（『コレヒドール戦記』）の三作がくわしく紹介されている。その次に二段めから四段めにかけて「アメリカ映画のベスト・テン」と題された記事がつづく。その冒頭の一節は、「第二次世界戦争が勝利の終幕を閉じた記念すべき一九四五年のアメリカは、映画界にあっても亦記念すべき勝利の年であった」となっている。この記事には文末に執筆者として「登川尚佐」の署名があるにもかかわらず、アメリカ側の見地をそのまま受け売りしている「勝利の終幕」という表現がちぐはぐに感じられる。それはともあれ、ここでは一九四五年に製作された『失われた週末』『G・I・ジョウ』『ステート・フェア』『ブルックリン横丁』など話題作十本が紹介されていた。

そのあとに四段めの三分の一あたりから始まり、最終段までつづく「アメリカ新刊だより」が載っている。執筆者の署名は「小川一彦」（双葉十三郎の本名）となっていて、戦時中のアメリカ探偵小説界の概観、《エラリイ・クイーンズ・ミステリ・マガジン》（ＥＱＭＭ）と《クレイグ・ライス・クライム・ダイジェスト》の二誌のミステリ誌、現代の人気ミステリ作家（ガードナー、チャンドラー、クイーン、スタウト、エバハート、ライスなど）の紹介がまずあり、そのあとにチャンドラーの『ビッグ・スリィプ』とミニョン・Ｇ・エバハートの『恐怖の翼』の二作の梗概がくわしく記されている。

この本文八段組の活字はかなり小さく、一段は十七字×七十八行（八段で四百字約二十六枚）でびっしり組まれている。『ビッグ・スリィプ』には最も長いスペースがあてられ、約二百行（四百字約八・五枚）になる。

「アメリカ新刊だより」の冒頭の概観の中でもクレイグ・ライスについての記述中に「ハードボイルド」は次のように一度用いられていた。

「筆者は四四年頃の彼女の作品『忿怒の審判』（*Trial by Fury*）というのを読んだが、これなどポケット・ブックの初版で五十五万部も売れたらしい。この一作で察すると、相当ハァド・ボイルドな書き方をする作家で……」

ライスが〝閨秀作家〟であり、自分の名前を冠した《クライム・ダイジェスト》という雑誌を持っていて、ペイパーバック版が五十万部以上売れるなどという情報は明らかに《タイム》四六年一月二十八日号のクレイグ・ライス特集（後述）がネタ元である。となれば、その特集記事の中にたった一度だけ出てきた「ハードボイルド」という表現を見逃さなかったということだろう。

二〇〇三年と二〇〇五年に私は双葉さんと親しく話す機会があり、「ハードボイルドという言葉を日本で初めて活字にしたのはぼくだよ」と言われたのをきっかけに二度目の会見で長いインタヴューをさせていただいた。その一部は《ハヤカワ・ミステリマガジン》（ＨＭＭ）二〇〇六年四月号に紹介したが、そのとき、ではどこでその言葉を仕入れたのかと調べておいた四つの候補を並べた中に、この《タイム》の特集も入っていた。そのときは「それは見ていない」と否定なさったが、これはたんなる思いちがいだろう。さらに《ＥＱＭＭ》創刊号のクイーンの編集者ノートと『赤い収穫』のポケット・ブック版の扉という二つの候補も否定され、結局、軍隊文庫の『湖中の女』の裏表紙が出所だったという結論に達した。

だが実際には、ミステリ用語としての「ハードボイルド」の使用例を年代順に追った「レポート２」の中に記したように、ほかにもいくつか可能性はある。

一九三五年に製作され、同年末に日本でも公開された『ガラスの鍵』の第一回映画化作品の宣伝文に用いられた「ハードボイルド」が日本公開時にどう扱われたか。はたして日本人の目に触れたのか。チャンドラーの長篇は一九三九年から次々に刊行され、アメリカでの新聞の書評には「ハードボイルド」が再三用いられたが、ハードカヴァー本のジャケットにその書評の用例が初めて引用されたのは第四作『湖中の女』（四三年刊）だった。第一作『大いなる眠り』のハードカヴァーは翻訳に使用した、と持っていたことを認めた双葉十三郎さんだが、この『湖中の女』のハードカヴァーについては何もおっしゃらなかった。さらに、「ハードボイルド」は、一九四〇年の《タイム》の書評（ヘミングウェイの『誰が為に鐘は鳴る』）、四一年刊のハワード・ヘイクラフトのミステリ評論書『娯楽としての殺人』、ジェイムズ・M・ケインの一九四二年刊『殺人保険』の自序、クイーンによるサム・スペード短篇集（四四年刊）の序、《EQMM》のクイーンによる編集者ノート（四二年九月号、四五年七月号、四五年九月号）、チャンドラーが《アトランティック・マンスリー》に発表したミステリ論（四四年十二月号）などにも顔を出していた。だが、太平洋戦争のさなかにこれらの出版物が日本に届き、日本人の目に触れた可能性はきわめて低い、むしろあり得ないと言ってもいい。

双葉さんの場合は、記憶に残っている『湖中の女』の軍隊文庫の裏表紙に刷りこまれていた「ハードボイルド」をまず先に見かけ、そのあと《タイム》の特集記事で知識が補強されたということだったのかもしれない。

＊古本屋でも久しく見かけることがなくなったこの「軍隊文庫」（Armed Services Edition）に関する基礎データを《HMM》に連載中の「新・ペイパーバックの旅」第一回（二〇〇六年四月号）でまとめた。参考までにそれを見ておこう。

〔刊行時期〕一九四三年九月から第二次大戦終結後の一九四七年九月まで。従軍中の兵士に無料で配布する目的で、初めは毎月三十点（各五万部）、その後毎月四十点、部数も十五万部以上になった。
〔刊行点数〕千三百二十二点。このうち重版が九十四点あるので、実際には千二百二十八点。総部数は一億二千三百万部。
〔刊行内容〕読物小説が半数以上を占め、その他、ユーモアもの、ノンフィクション、文芸作品など。読物小説の中では西部小説が圧倒的に多い。それにつづくのがミステリで、ガードナーとロックリッジ夫妻が各七作、そのあとにカー、クレイグ・ライス、ナイオ・マーシュ、スタウト、アイリッシュなど。ハメットはないが、ハードボイルド系ではチャンドラーの二作と並んで、ジェイムズ・M・ケインの『郵便配達夫はいつも二度ベルを鳴らす』と『殺人保険』もおさめられている。

この《タイム》のクレイグ・ライス特集については、ごく最近気づいたおもしろい発見がある。「ハードボイルド」が出てくる原文の一節だが、それはじつはこうなっていた。

The American genre has been called the tough, the hard-boiled, the wacky and several other names. It earned the epithets because it is apt to mix the pleasures of the wake and the manhunt in a combination of hard drink, hilarity and homicide.

アメリカ型（の探偵小説）は、タフ、ハードボイルド、ワッキー（風変わりな）などと呼ばれてきた。徹夜騒ぎと人狩りの楽しみを強い酒と浮かれ騒ぎと殺人の渦に混合させる傾向があるのでこんな形容詞がつけられたのである。

六十年前に江戸川乱歩はこの部分を「アメリカの探偵小説2」の中で次のように日本語に置き替えて紹介した。

純アメリカ型探偵小説は、悪徳だとか、残酷だとか、チャンバラだとか、いろいろな悪口を言われて来たが、それは饗宴の歓楽と、人間狩りの愉悦、泥酔とドンチャン騒ぎと殺人との、カクテルの如き作風……を持つからである。

《雄鶏通信》一九四六年五月合併号

もし語順通りとすれば、タフを「悪徳」とし、「ハードボイルド」を「残酷」と訳したことになる。語順が逆なら「ハードボイルド」が「悪徳」に当たるが、いずれにしろ乱歩はこの時点で、「ハードボイルド」という用語についてまだ何も知識をもたずに、単なる形容詞として見過ごしてしまったのに違いない。千慮の一失である。

しかし、「ハードボイルド」を誰がどこで知り、誰が先に使ったかを確認することよりもっと重要なのは、それを誰がどのように戦後の日本に広めていったのか、そのプロセスをじっくりとみきわめる作業である。

そこでもう一度、双葉十三郎の「アメリカ新刊だより」に戻ろう。「洋書の輸入がとだえていた空白期間中に刊行された著名作家ないしは新人の作品を紹介する」という主旨の同コラムのトップ・バッターに選ばれたのがチャンドラーの『ビッグ・スリィプ』だった。もちろんのちに『大いなる眠り』の邦題名で双葉自身が翻訳を手がけることになるフィリップ・マーロウのデビュー長篇である。

前述のとおり、粗筋を物語風に紹介する中で、双葉十三郎は「ハードボイルド」を三度使っている。

《タイム》も『湖中の女』の軍隊文庫の裏表紙も表記は〈hard-boiled〉だったためか、初めて日本でカタカナに置き替えられたこの言葉は「ハアド・ボイルド」となっていた。少し長めになるが冒頭に出てくる二カ所の「ハードボイルド」を引用しよう。

> このスリラアはタイプとしては、ハアド・ボイルドな探偵を主人公とする系列に属し、たとえば、アール・スタンリイ・ガアドナアのペリイ・メイスン物や、ダシエル・ハメットのサム・スペイド物（御承知の通り、ハメットにはもうひとつ『影なき男』の系列があるが）の筋をひくものである。が、流石に、それらの作品より後に書かれただけあって、一段の進歩がみとめられる。はるかに凄くなっているのである……凄い、というのは、文学的な意味である。即ち、表現がぐっと洗練されていること、材料の選択と扱いがすこぶる大胆であること、文章が、所謂ハアド・ボイルド作家の頂点にまで達していること、等を指す。

そのあとかなり具体的に物語の展開を示したあと、結びでもう一度「ハードボイルド」が使われる。「……とにかく動きのはやい、劇しい場面に満ちた一篇である。（中略）活劇的な安手な叙述ではなく、最初に述べた様に、ハアド・ボイルドな文学作品として、立派に通用し得る、高度と密度を持っている」

だがここでは「ハードボイルド」とは何かという定義はまったく示されていない。「ハードボイルド」は探偵と作家と作品の三つを形容する言葉として用いられているが、最も興味深いのは二つめの用例に〝所謂《いわゆる》〟が付されていること。半ば熟しかけているが、まだ一人前とは言えない用語だということを明らかにする表現である。新語、流行語という認識もこの表現から感じとれる。

この先のエピソードはまさに寄せ集めの〝伝聞証拠〟だが、《スタア》の双葉十三郎の記事を見てびっくりしたのが江戸川乱歩だった。「ハアド・ボイルド」という見馴れない言葉が用いられているではないか。これは何なのか？　そして乱歩は、「一度会いたい」という手紙を送り、双葉十三郎が乱歩を自宅に訪ねる。『探偵小説四十年（下）』（光文社文庫）に次の記載がある。

五月九日。小川一彦（双葉十三郎）君はじめて来訪。探小洋書四冊貸してくれる。こちらも二重にある文庫本四冊呈上する。〔註記に、「双葉君が探偵小説通なのに驚いたが、私の師匠ともいうべき、もっと外国探小通の男がいるから、今度連れて来ますという。それが植草甚一君であった。双葉、植草両君は飯島正氏などのグループで、戦前映画雑誌《スタア》に探偵小説を翻訳していたということを、はじめて知った」とある〕

この前後の乱歩の日記を見ると、《タイム》一月二十八日号のクレイグ・ライス特集を読んだのが三月八日、三月十五日にはチャンドラーの『大いなる眠り』とハメットの『影なき男』、三月二十一日にはクレイグ・ライスの『素晴しき犯罪』とウールリッチの『黒衣の花嫁』、三月末にジョナサン・ラティマーの『モルグの女』などを読み、双葉、植草両氏が五月十二日に来訪後、五月二十日にハメットの『赤い収穫』を読んだと記されている。もちろん、すべて原書でだ。

この時期乱歩は進駐軍の将校と近づきになったり、軍隊文庫やペイパーバックを可能なかぎり入手し、巻末に載っている刊行リストをもとに資料を作成したり、米軍が開いてくれた公開図書館に通って《タイム》などのニュース誌のほかミステリ専門誌《ＥＱＭＭ》なども極力探しまわって、海外のミステリ情報を精力的に集めていた。ときには誤記をしたり、誤った解釈をくだしたりする例もあったが、戦前・戦中の空白期間を少しでも埋めようとする情熱と努力は敬服に価する。

アメリカの探偵小説界の新しい動きを紹介した、戦後ごく初期の江戸川乱歩の情報伝達活動のおもだったものを顧ってみよう。

「最近のアメリカ探偵小説界」と題されて《雄鶏通信》の一九四六年四月下旬号に載った記事では、前線文庫本（戦時用のペイパーバック）として軍用叢書（軍隊文庫）やポケット・ブック、エイヴォン・ブックなどのペイパーバック、マーキュリ・探偵叢書（雑誌形式の長篇もしくはアンソロジー）などを挙げ、それらにつけられた巻末リストから、アメリカの有力作家としてガードナー、クイーン、ハメット、チャンドラー、スタウト、女流ではラインハート、エバハート、ライス、リー（ジプシー・ローズ・リー）などの名を拾い出し、「この内チャンドラー、スタウト、マーシュ、ライス、シーリイ、リーなどは、戦争中に登場又は台頭した作家で、我々に目新しい」と付記している。さらに、ポケット・ブックで百万部を突破して表彰された六人の作家のうち探偵作家はクイーンとハメットの二人だったという紹介のあとに、

「この頃、アメリカ探偵小説は二つの大きな系統に、分けることができるという見方が、行われている。その一つはポー、ドイル、ヴァン・ダイン、クイーンと流れている謎と論理を主眼とする本格の系統で、今一つは、ダシール・ハメットによって創始され、チャンドラー、ライスその他多くの追随者を持つアメリカ式探偵小説とでも言うべき系統である」とあり、クリスティー、カー、ハメット、ポースト、アリンガムなど著名作家の作品を載せた《ＥＱＭＭ》を数号読む機会があったとか、ヘイクラフトの『文芸としての殺人』（『娯楽としての殺人』）という興味深い評論書があるのに残念ながらまだ入手できない、とも記されている。

乱歩はおそらくこの原稿を《タイム》のクレイグ・ライス特集にちらっと目を通した段階で記した

と思われるが、同じ《雄鶏通信》の次号（前出の五月合併号）では、ハメットとライスについていっそうくわしい情報があつかわれている。《タイム》の特集記事を読み、それにもとづいて三月十三日にこの原稿を書いたことも明記されているが（前述したように、このとき乱歩は「ハードボイルド」を読みすごしてしまった）、特筆すべきはこの稿の冒頭で、乱歩がアンドレ・ジッドとハメットとのかかわりに触れていることである。

乱歩は前回の紹介をうけて、「次に純アメリカ的探偵小説の驍将ダシール・ハメットであるが……」と書き始め、なぜ彼の作品が百万部も売れるのか、代表作『痩せた男』とその映画『影なき人』にどれほどの魅力があるのか合点がいかないと述べたあと、

「ところがアメリカでは、ハメット作風の追随者が非常に多く、（中略）その上にまた、我々の敬愛するフランスのアンドレ・ジイドが、ハメットの『赤き収穫』を、口を極めてほめ上げたのである。

米誌『ニュー・リパブリック』の記者が、スイスに滞在中のジイドを訪ねて、アメリカ文学の感想を尋ねた時、ジイドはヘミングウェイ、スタインベック、フォークナーの三人を賞揚したあとで、探偵作家ハメットの『レッド・ハーヴェスト』を「残酷とシニシズムと恐怖の点で、完璧のもの」と褒めたたえたというのである」と記し、この記事の情報源として、雑誌《世界》一月創刊号の名を挙げた。だが乱歩は、まだこの時点では『赤い収穫』を読んでいなかった。だから自分なりの評価はそれを読んでからにすると意見を保留している。

2　ジッドはハメットをいつ、どこで褒めたのか

すでに六十年の歳月が経過しているのだが、乱歩が引用した岩波書店の《世界》創刊号の記事をまず検証しておこう。じつはこの記事には疑問箇所がいくつかみられるのである。

まず最大の誤認と思われるのはジッドの文芸批評の形式についてだ。《ニュー・リパブリック》一九四四年二月七日号掲載時には、内容を優先して表紙に大きく“American Writing Today”（現代アメリカ文学）と刷りこまれているが、二ページにわたる新刊紹介欄の本文には“An Imaginary Interview”（架空会見記一篇）としか記されていない。そしてジッドの本文が始まる前に、訳者マルコム・カウリーによる次のイントロダクションが付されていた。

フランスの偉大な作家アンドレ・ジッドはドイツ軍がチュニス（チュニジア）から駆逐されたあと同地の連合軍統治地区に移ってきた。その直後に評論誌《フォンテエヌ》がアルジェで現代アメリカ文学の特集号を計画し始め、ジッドはその特集号に以下のダイアローグを寄稿した。このダイアローグは、今年の後半、クノップ社から刊行される『架空会見記』（*Imaginary Interviews*）に収録される。

架空のインタヴュアーとの会話のやりとり（ダイアローグ）で全文が成り立っているハイブラウな文芸批評『架空会見記』のアメリカ版は一九四四年十月末にクノップ社から刊行され、《フォンテエヌ》と《ニュー・リパブリック》に掲載された「現代アメリカ文学」についての一文は同書の第十六章として収録されている（研究篇の「レポート2」で詳述。四〇九ページ）。

これが架空対話形式の文芸批評であることに気づかずに、《世界》の担当者は雑誌記者がジッドに直接会ってインタヴューを試み、記事をまとめたと思いこんでしまったらしい。《世界》の記事の書き出しはこうなっていた。

次に亡命作家に筆を移すと、まずアンドレ・ジィドがある。彼は目下スイスに滞在中であるが、最近アメリカの雑誌《ニュー・リパブリック》の記者の訪問記によれば、アメリカ文学を勉強中であり、近くそのアメリカ文学論が出版される由である。以下にその訪問記からジィドの言葉を紹介して置きたい。

この書き出しの部分について後世のジッド研究家はさぞ頭を悩ましたことだろう。『ジッドの日記』その他をくわしく検証しても、ジッドがスイスに滞在していたとかそこにアメリカの雑誌記者が訪れ、インタヴューに応じたなどという形跡はどこにも見当らないからだ。また《世界》の記事はその記者とジッドがあたかも実際に会話を交わしているかのような記述をつづけ、本文から引用した翻訳問答も紹介している。原文ではなく翻訳でアメリカの小説を読んでいるというジッドの返答に「翻訳では原作の本当の味は失われはしませんか」と突っこませ、「実は私も原文で読んでみようとしたが、私の手元にある辞書には全然載っていない単語が続出するので匙を投げてしまった」とジッドに答えさせているのだ。

スイスという地名が出てきたのは、「現代アメリカ文学」の章が収録されていないフランス語版の『架空会見記』初版（一九四三年刊）を刊行したのがスイスの出版社だったことと関連があるのかもしれない（戦後間もなく堀口大學訳で鎌倉文庫から翻訳書が刊行された日本版にも「現代アメリカ文学」の章はない）。

近く出版される予定のアメリカ文学論というのは、そもそもアメリカ版『架空会見記』の第十六章にあたるこの「現代アメリカ文学」のことだったのではないか。
アメリカの小説を原文で読むのか、翻訳で読むのかという議論については、ジッド自身が実際に触れているので、《世界》の記者はそれを使ってまさに〝架空会見記〟を創作したのだろう。
いずれにしろ《世界》のこの一文は日本のフランス文学界だけでなく、翻訳ミステリ界にも影響を及ぼし、そのあと乱歩その他がほぼ半世紀にわたって何度も誤認情報をそのまま引用することになった。

……こんどの大戦中スイスに亡命していたアンドレ・ジードが、米誌《ニュー・リパブリック》の記者の問に答えてアメリカ作家評を試みた中に、ヘミングウェイ、スタインベック、フォークナー等とならべてハメットの作品（『赤い収穫』）を取り上げ、その異常な魅力を称讃したという話は、あまりに有名であるから読者諸君もご存知のことと思う……

村上啓夫『デイン家の呪』解説（日本出版協同、五三年刊）

この解説は「ダシール」という名前の由来やハメットの生い立ち、ピンカートン探偵社での経歴、結婚などについても触れ、「しだいに探偵小説から遠ざかり……小説の筆を断つにいたった。（中略）思想的立場はかなり進歩的で……最近例の赤狩りで有名なマッカシーの……槍玉にあがり」著作物がブラックリストに入れられたと近況も伝えている。中村真一郎の次の一文もやはり孫引きで、「ジッド、ハメットを褒める」を踏襲したものだ。

……福永（武彦）の方は、戦争直後に、ジードがダシール・ハメットをヘミングウェイにまさると賞めたこともあって、新しいハードボイルド物に熱中しはじめた……

『ハヤカワ・ミステリ総解説目録』（一九九三年刊）

ジッドがハメットを褒めたことを知った乱歩がそれを《雄鶏通信》で紹介する以前に、じつは同誌はジッドについて二つの短信を載せていた。一つは創刊第三号（一九四五年十二月十五日号）の「戦争中のアメリカ文学」（細入藤太郎）での「アンドレ・ヂードのアメリカ作家評（一九四四年）」という言及。これは《ニュー・リパブリック》掲載論文のことにちがいない。もう一つは一九四六年四月下旬号の「雄鶏通信」という情報記事（書き手は春山行夫と思われる）。ここに「クイーンのミステリー雑誌」という一項があり、「ダシエル・ハミット」に関連して、「蝿取り紙」が巻頭に掲載されている《EQMM》一九四二年七月号〔原文では一九四五年十二月号と誤記〕の表紙を載せ、クイーンの編集者ノートの一部を紹介している（「『痩せた男』の著者……アメリカでの偉大な探偵小説家の一人」）。そしてそのあとに、少し疑問のある次の記述がある。

「アンドレ・ジイドがハミットに感心したというが、ジイドはハミットがベネット・サーフの眼識で、モダンライブラリィに入っていることを承知の上で、インタビューにきたアメリカの新聞記者に、アメリカの探偵小説の批評を織りこんで、煙にまいたものらしい」

疑問というのは「インタビューにきたアメリカの新聞記者」の一節。これはおそらく《世界》の記事の受け売りで、しかも《ニュー・リパブリック》を新聞名だとカンちがいしたための誤りである。しかし、この記事を書いた担当者は、まちがいなく乱歩より先に《世界》の記事に気がついていたことになる。乱歩が次の号で《世界》の名を挙げたのはこの記事に教えられた可能性もあるということだ。

実際の刊行月日の先後までは判然としないが、《雄鶏通信》の第一回、第二回の記事と相前後して乱歩は、ハメット、チャンドラー、そしてハードボイルド派について次のような記事を次々に発表した。

①「アメリカ探偵小説の二人の新人」《宝石》一九四六年四月号

未見。ウールリッチともう一人はクレイグ・ライスだろうか。

②「アメリカの探偵雑誌」《ロック》一九四六年四月号

《ＥＱＭＭ》《ディテクティヴ・ストーリイ・マガジン》その他、ミステリに関連のある目につくかぎりのアメリカの雑誌を紹介し、《ＥＱＭＭ》収録の有名作家の一人としてハメットの名を挙げている。

③「アメリカ探偵小説の諸相」《旬刊ニュース》一九四六年四月上旬号

「戦争中最も多く読まれた作家は旧人ではガードナア、クィーン、ハメット……新人ではスタウト、チャンドラア、ウールリッチなどが出色で（中略）一つは……クィーンをリーダーとする本格派……一つはハメットを創始者とする純アメリカ型探偵小説で……今日では一つの大きな勢力を為している」という概説があり、〝ピストルと酒と女と殺人〟の一項を設け、おもにハメットの『影なき男』の探偵（ニック・チャールズ）の酒びたりの生き方をあきれながら紹介している。このときはまだ『赤い収穫』は読んでおらず、「ハードボイルド」という用語も使っていない。

④「ライス夫人の『すばらしき犯罪』」《宝石》一九四六年五月号

このときはすでに《タイム》の特集記事を読んでいたと思われる。

⑤「探偵評論家ヘイクラフト」《宝石》一九四六年六月号

当時乱歩はハワード・ヘイクラフトの『娯楽としての殺人』はほんの一部の引用箇所しか読んでい

なかった。

⑥「フダニット随想」　《ぷろふいる》一九四六年七月号

「……今年の三月に入ってから、進駐軍の将校に知合いが出来たりして、アメリカの前線文庫を相当読むことが出来た」と記し、アイリッシュ『幻女』、ライス『すばらしき犯罪』、チャンドラア『大いなる眠り』、ラティマア『モルグの麗人』、ハメット『痩せた男』などの題名を挙げている〔乱歩が言う前線文庫は戦時版ペイパーバックの総称で、いわゆる軍隊文庫のことのみを指しているのではない〕。そして文末近くでハメットについて触れ、

「……近頃アンドレ・ジイドが彼の『赤い収穫』を激賞したので、未読のこの人を理解しようとして、その代表作を読んで見たのであるが、私にはどうもよく分らない……ガードナア、スタウト、チャンドラアなどにはどうも心酔出来ない。つまり私には純アメリカ好みのハード・ボイルド型が好きになれないのである」

　と明言した。初めて「ハードボイルド」を使った一文が皮肉なことにハードボイルド探偵小説への三下り半のような文章になっていたのだ。

⑦「アメリカの探偵小説」《雄鶏通信》一九四六年八月号

　連載の三回目。ここで乱歩はウールリッチ（アイリッシュ）やライスを紹介したあとハメットについて再論。「ジイドのほめた『血の取入れ』は、純粋のギャング小説で、謎や推理は殆んどない。私の見方では探偵小説とは言えないものである」と突き放している。「暗黒界の親分達の世界が実に生き生きと描かれ……文章は簡素を極め、会話は歯切れがよく……人殺しは二十人以上に及び……活劇場面頻出、主人公は快探偵……男の中の男一匹、機知と命を的の荒仕事で、パーソンヴィルという田舎町のギャングの親分達を根こそぎ一掃するという、痛快至極のものである」と読ませどころはしっ

かりとおさえているのに、西洋股旅物がどうしてもしっくりこなかったのだろう。

⑧「グルーサムとセンジュアリティ」《赤と黒》一九四六年九月号

「……《タイム》記者の所説によると、この型の創始者はダシール・ハメットであって……この傾向の作風はハード・ボイルドとも言われ……ハメット直系の最も有力な作家は恐らくレイモンド・チャンドラアであろう。この人の異常なテーマと簡潔にしてしかも詩情ある名文には私も可なり惹きつけられている」チャンドラーを読んで乱歩のハードボイルド観も少し好意的になったのかもしれない。ということは結局、ハメットの作風と肌が合わなかったということにもなる。

⑨「推理小説随想」《改造》一九四六年九月号

「……ハメットは好きで読んだのではない。今アメリカ探偵作家の筆頭に来るものは誰かと言えば、クィーンなどよりもハメットを挙げる人の方が多いので……『痩せた男』を読んで見たのである。又、昨年であったか、アメリカの雑誌記者がスイスにいたアンドレ・ジイドを訪問して感想を聴いた時、ジイドはヘミングウェイやフォークナアと共にハメットの『レッド・ハーヴェスト』を称揚したというので……一読してみたのである」と前置きしたうえで乱歩は「しかし、両方とも私には大して面白くなかった」と繰り返している。

⑩「トリックの重要性」《ロック》一九四六年十月号

「アメリカでは近来ハメット、チャンドラア（この人の文体は私は相当高く買っているが）などを代表者とする所謂ハード・ボイルド派が有力で……本来の探偵小説から逸脱して奇妙な方向を取りつつあり、私は探偵小説の主流がこういうものになっては困ると考えている。（中略）アメリカでハード・ボイルドが有力だといっても、本来の探偵小説は厳として存在しているのに反して、日本の場合は……」と、ここで乱歩は初めて「ハードボイルド派」という表現を用いた。そしてアメリカのハードボイルド探偵小説を批判しながら、矛先は日本のミステリ界に向けられている。

⑪「二つの角度から」《プロメテ》一九四七年一月号

「……一九三〇年頃からアメリカに発生したハード・ボイルド派は厳密には推理小説ではないのであるが、その勢力は決して軽視することが出来ない。ハード・ボイルド派の発祥地は探偵雑誌《ブラック・マスク》であった。同誌に拠ったハメット、ホイットフィールド、デイリー、ネーベルなどの作家が初期の同志である。（中略）ハード・ボイルドとは直訳すれば「茹ですぎ卵」であるが、その意味は文体が簡潔でテキパキしていて、探偵の性格がタフで……探偵小説に限った渾名ではなく、アメリカ純文学にもこれがあり、ヘミングウェイの文体、会話などはハメット派の好んで模倣するところである」と記しているが、《ブラック・マスク》や同誌出身の作家たちの名前などはおそらく《EQMM》のクイーンの編集者ノートから知ったのだろう。「ハードボイルド」という用語についても理解度はかなり高くなっている。

終戦翌年の一九四六年から四七年の初めにかけて、乱歩はハメット、チャンドラー、もしくはハードボイルド派についてこれだけの発言をしている。ここまでくわしく追跡したのは私も初めてだが、「ハードボイルド」についての情報を、当時私が江戸川乱歩から得たことはまちがいない。《雄鶏通信》でのごく初期の三つの発言のみは同誌の復刻版合本（一九七五年刊）をつい最近入手するまで未見だったが、残りの発言はすべて一九四七年初版の『随筆探偵小説』に収録されている。清流社版の黒表紙のこの本は海外の探偵小説を読み始めたばかりの頃の私の貴重なアンチョコだった。私が入手したのは一九四九年刊の再版で、定価は百二十円。当時こんな大金を支払えるはずがない。当然古本屋で買い求めたのだろうが、残念なことに古書価格は記されていないし、書店名も見当らない。一九五二年に高校に入学後、古本屋通いを始めた頃入手したのだろう。映画雑誌で双葉十三郎がやがてひんぱんに用いることになる「ハードボイルド」と相前後して、私は乱歩が記した「ハードボイルド」や《ブラック・マスク》という文字を目にしていたのだ。

＊『随筆探偵小説』は光文社文庫の江戸川乱歩全集第二十五巻『鬼の言葉』に、小さな誤りなども正すくわしい注解つきで完全収録されている。

この本の一九四九年刊の再版を入手したあと私は一九五一年刊の『幻影城』（岩谷書店刊。光文社文庫第二十六巻に収録）も古本屋で手に入れた。これには《雄鶏通信》一九四七年十一月号と十二月号に載った「英米探偵小説界の展望」がおさめられ、「ハードボイルド派の選手達」の章で、チャンドラーの「単純な殺人芸術」やE・S・ガードナーの評論「行動派探偵小説の起源」（いずれもヘイクラフト編『ミステリの美学』収録）を参考にしながら、乱歩はハードボイルド探偵小説に関する総まとめをおこなっている。ハメットの『赤い収穫』がどうしても馴染めないと洩らしていた乱歩にとってハードボイルド探偵小説は結局肌が合わなかったようだ。「ハードボイルド派の選手達」の章でも、「ハードボイルド派は……アメリカ人には非常に愛せられているが、我々日本人にはそれほどに感じられないところがある。私などはこの派の作風から侠客講談の名調子を連想し、日本では長谷川伸の股旅ものとなった同じ世界が、アメリカではハードボイルドとなって現われたのだというような感じを受ける」と正直な感想を記している。

3「ハードボイルド」の紹介者たち

戦後まもなく、翻訳ミステリの分野で、江戸川乱歩以外に「ハードボイルド派」について関心をいだいていた人たちもわずかだが存在した。

その筆頭が、ほどなくハメット訳者として大いに活躍することになる翻訳家の砧一郎である。砧一郎は戦前からすでにダシール・ハメットに強い関心をもっていたが（「レポート3」参照）、戦後も《雄鶏通信》を舞台にいち早くハメット紹介につとめた。

最も早い（古い）のは同誌一九四六年九月号に掲載された「トルコ街の家」の抄訳だ。この長めのコンチネンタル・オプ物語は《ブラック・マスク》の一九二四年四月十五日号に掲載されたもので、その続篇にあたる「銀色の目の女」とあわせて、私自身が後年新訳を試みた思い出深い作品である。

砧訳と推定される訳文の書き出しはこうなっている。


私が探している男はトルコ街のある一部に住んでいると聞きこんだのだが番地が、わからなかった。（中略）ある雨の日の午後、軒並に呼鈴を鳴らしては、次のようなきまり文句を並べたてたのも、そういう訳からであった。（中略）通りの向側へ行って……五番目の家の番になった……小柄な老婦人が、ドアを開けた。片手には灰色の編物を持ち、金縁の眼鏡の向うには、潤びたような眼が楽しそうにきらりと光っている。


いくぶん長めに引用したのは一人称の語り手を「私」としていることもふくめて、抑制のきいた訳文の調子を紹介したかったからだ。ここには五〇年代のハードボイルド探偵小説の翻訳でよくみかけることになる乱暴なべらんめえ調は見当たらない。現在形をうまく使っていることも特徴の一つである。

この「トルコ街の家」には次のような短い序も付されている。これが、訳者によるものか、編集長

（春山行夫）によるものかは判然としないが、本邦初の「ハメット解説」であることは確かだ。

ダシル・ハメットは、わが国では映画『影なき男』の原作者として、一応は知られている。しかし作品的にハメットが問題になりだしたのは、ごく最近のことである。

アンドレ・ジイドがハメットの『血の収穫』を賞賛したという。し……エラリー・クイーンが《ミステリー・マガジン》で、特別席を与えているのも、ハメットである。

「トルコ街の家」は、コンチネンタル探偵社のオップ（ＯＰ）で知られているハメットの連作もの一つである。

Op v. Elvira, Op v. Hook, Op v. Tai に、ハメット特有のこまかい描写が示されてゆく。オップがこの仕事に関係したのは三十五歳のときだ。

そして、序と本文の前に二段ぬきの大きな見出しがたてられ、「ハメットの流れるような文体はヘミングウェイよりもさらにスピーディで、文学的だといわれている」と記されている。『赤い収穫』に寄せたジッドの感想を脚色したのだろう。

ここでひとつ気になるのは「トルコ街の家」の原文の出所だ。編集部か訳者がたまたま《ブラック・マスク》の古い掲載号を持っていたのだろうか。この短篇は一九四六年に雑誌形式で刊行されたクイーン編のハメット短篇集 ***Hammett Homicide*** に収録された（デルのペイパーバック版は一九四八年刊）。それを運よく入手して、すぐさまテキストに用いたのか。それとも……。

じつは、正解の見当はついている。《ＥＱＭＭ》一九四六年三月号にこの作品を再録したとき、クイーンは前出の《雄鶏通信》の解説にヒントを与える次のような凝った編集者ノートをつけていたのだ。出所はここだったにちがいない。

まるで色とりどりの花火のような狂想劇に登場するオプ。オプ対赤毛で煙った灰色の目をしたエルヴィラ、オプ対うるんだ青い目と緑に変わる薄いそばかす面のフック、オプ対黄色い肌と濁った黒い目をしたタイ……ごく初期の、弱冠三十五歳のオプが騒々しく暴れまわる事件！

江戸川乱歩は手に入るかぎりの《ＥＱＭＭ》を読んでいたが、この時期同誌におけるクイーンの編集者ノートは、海外ミステリ研究にとってかけがえのない資料だった。

だが、砧一郎の資料源は《ＥＱＭＭ》だけではなかった。《雄鶏通信》の復刻版合本の中で私が一番びっくりしたのはハメット・インタヴューの紹介記事だった。「元探偵ダシール・ハメット」（エリザベス・サンダースン）と題されて同誌一九四六年十二月号に紹介されているこのインタヴュー記事には、はっきりと《ブックマン》一九三二年十二月号という出所が記されている。戦前にこの雑誌を購読あるいは入手していたのか、あるいは戦後、図書館で閲覧したのかはわからない。

本文に入る前に「戦争中にスイスに逃れたアンドレ・ジイドを訪問したアメリカの通信員が……ハメットの『赤い収穫』を、ジイドが推賞」云々という誤った伝聞の序がついているが、インタヴューの中身はほぼ全文がきわめて忠実に再現されている。

六十年も前に、先人がとっくに紹介していたことをそのときはまだ気づきもせずに、《ＨＭＭ》連載の「新・ペイパーバックの旅」第三回（二〇〇六年六月号）で私は、ニューヨークの図書館経由で入手したばかりのこのインタヴューの原文コピーをもとに、ある事実を得意げに指摘した。それはハメットの名前の発音のことだった。

六十年前に、砧一郎も同じ部分を正しく伝えている。

……母方の家系……の名、ド・シール De Chiel を、アメリカ風に言い変えたのが、彼の名乗るダシール（Dashiel ダッシェルではなく、ダシールと、二つ目のシラブルにアクセントを置いて欲しいとは彼の言である）である。

これ以来、砧一郎は「ダシール」の表記を採るようになる。奇怪というか、お粗末というか、この記事があったにもかかわらず、かなり後年まで日本では、ダシェルかダシルかダシールかという発音上の混乱がつづいた。正しいことが必ずしも正しく伝わらない、というよくある話の好例といえよう。なお、砧一郎は『マルタの鷹』の紹介記事も《雄鶏通信》一九四七年一月号に書いている。その記事はまず次のハメットの紹介に始まり、そのあとにかなりくわしく物語の概要が記されている（ハードボイルドという用語は使われていない）。

いわゆるアメリカ的探偵小説の作家として、ダシール・ハメットは斯界に特異の地位を占めているようである。好んで暗黒街を舞台として、男の度胸の息づまるような鍔せり合いを書き、事件を解決に導く推理はむしろ副次的な位置に退き、仁俠世界のユニークな雰囲気の描写が、重きを成している。（中略）シャーロック・ホームズに馴らされた読者にはとっつき難いかも知れないが、簡潔な叙述とキビキビした会話とは、また違った面白さを与えてくれる。（中略）ジイドはハメットの『赤き収穫』に感心したといっているが……これ（『マルタの鷹』）は……興味ある対照をなすものと思う。

ほぼ二ページを占める概要の結びでKinu氏は、冒頭に出てくる二つの殺人の真犯人が誰であるかをあっさりと読者に教え、しかも争いの中心となった鷹の彫像の正体まで明かしてしまう。『マルタの鷹』の原書を入手し、誰よりも早く読了したことを証明しておきたかったのかもしれない（ポケット・ブック版の書影も掲載されている）。

本家本元の乱歩のほうは、同じ一九四七年の四月に二つの「追記」の中で「ハードボイルド派」について触れているが、新味のある発言はしていない。

このほかにも次のような関連記事が発表されているが、いずれも私はまだ現物には接していない。

植草甚一「ダシール・ハメット（作家点描）」《ぷろふいる》一九四七年四月号
桜田順「アメリカのハードボイルド派について」《雄鶏通信》一九四八年十一月号
栗栖貞「クリスティー？」「米推理小説の新人達」《ロック》一九四八年十二月号
同「酔っ払い好色探偵クレーン」《真珠》一九四八年第六号

《ロック》《黒猫》《Gメン》など戦後まもなく数多くの探偵小説誌が創刊され、うたかたのごとく姿を消していったが、四〇年代の後半には、ごく短命だった二つの探偵小説専門誌にハメットの短篇があいついで翻訳された。

《ウィンドミル》（一九四七年十二月創刊）
「謎の大陸探偵」（四八年一月号／二月号分載）、「死の会社」（四八年第六号）、「判事最後に微笑む」（非シリーズもの）、「フエアウェルの殺人」（いずれも四八年第七号）、「消えた令嬢」（五〇年第一号）の五篇。著者名の表記は「ダッシェル（ラッシェル）・ハメット（ハメエット）」、訳者名は不詳。《ウィンドミル》には、クイーン、デイモン・ラニアン、ジョン・オハラ、ドロシー・キルガーレン（エッセイ）、ウールリッチ、ホイットフィールド、F・C・デイヴィス、デイ・キーンなどの作品が訳載されたが翻訳者名はいっさい記されなかった。

《マスコット》（一九四九年一月創刊）

「忍び寄るシャム人」（四九年一月創刊号）、「愛は裁く」（「殺人助手」非シリーズもの、四九年第二号／第三号）、「おんな二人」（「パイン街の殺人」妹尾《せのお》アキ夫訳、四九年第五号）、「第十の手懸り」（四九年第七号）の四篇。妹尾訳以外は訳者名の記載なし。全七号で休刊になった《マスコット》には、フィリップ・ワイリー、ミルトン・オザーキ、ヴィンセント・スターレット、ウールリッチ、ウィルキー・コリンズ、フィリップ・マクドナルド、Q・パトリック、ライスなど雑多な作家の作品が訳載された。

《ウィンドミル》と《マスコット》は、キング・フィーチャーズ・シンジケートと契約し、翻訳権を取得した上で刊行された翻訳専門の読物雑誌だったが（《マスコット》は終刊間近に日本作家の作品も載せた）、残念なことにどちらも長続きしなかった。

『推理小説雑誌細目総覧Ⅰ』（山前譲編、一九八五年刊）に掲載されている表紙を見ると〝新しいアメリカ雑誌の日本語版〟〝米国大家特別名作集〟といった惹句が刷りこまれている。だが、キング・フィーチャーズ自体は版権代理業の元締めのような組織だから、《EQMM》におけるエラリイ・クイーンのような定見のある編集者はいない。日本の出版社側にも新しい翻訳ミステリ雑誌を刊行する心構えが足りなかったのではないだろうか。

しかしいずれにしろ、まだ中学生だった私にとっては、《ウィンドミル》も《マスコット》も実際に購読するには〝大人すぎる〟雑誌だった。たぶんその頃はまだ《少年》を読みつづけていたはずである。そして、高校に進学した頃には両誌ともすでに休刊になっていた。古本屋で見かけた記憶もない。かわりに私がせっせとバックナンバーを集めだしたのが、前章で記したように外国映画雑誌だった。

ミステリの分野以外で、私に「ハードボイルド」の存在を教えてくれたのはいうまでもなく《映画之友》《スクリーン》《スタア》といった華やかな映画雑誌だった。

手造りの私家版西部劇映画雑誌の巻頭言で戦前派の映画評論家たちを批判しておきながら、映画通の大人の映画鑑賞術からはたくさんのものを学んだ。「映画が大好きで、映画を観ていると楽しくてたまらない」という素直な姿勢がとりわけ感じられたのは双葉十三郎と淀川長治の両氏の映画評だった。こむずかしい理屈を並べる《キネマ旬報》はもっぱら資料用として利用した。

その双葉十三郎著『ぼくの採点表Ⅰ』（１９４０／１９５０年代篇）を仔細に検索した結果、二十本の映画評の中で「ハードボイルド」が使われているのを発見した。高校時代に私がこの映画評を読んだことはまちがいない。

まず、四〇年代末までに公開された映画では、四七年七月公開の『ローラ殺人事件』（四四年作。オットー・プレミンジャー監督）と四八年十二月公開のジュールス・ダッシン監督『裸の町』（四八年作）の二本に「ハードボイルド」がでてくる。

比較的いいのはダナ・アンドリュウスのマークで、ハードボイルドな感じの探偵らしさが表わされている。

『ローラ殺人事件』

作品のタッチからいうと、これはいわゆるハードボイルド的である。が、そのハードボイルドにいささか感傷的な扱いがまじっているのが気になる。　『裸の町』

扱いが感傷的と指摘されているのは、殺された女の死体を両親が検分に来るシーンのこと。「ハードボイルド」と「感傷」は相反するという認識があったのだろう。

モノクロでセミ・ドキュメンタリ手法が評判だった『裸の町』という映画はこまかな筋立ては忘れたが、全体の流れはいまでも感覚的におぼえている。「部分的にこういうシーンは感傷に流れていてよろしくないが、全体としてはこれをハードボイルド・タッチというのだ」てなことを、双葉評を読んで私も知ったかぶりで口にするようになっていたかもしれない。

双葉十三郎より八歳年長で〝師にあたる〟飯島正の『世界の映画（１９４５‐１９５０）』に収録された映画評にも「ハードボイルド」がでてくる。フレッド・ジンネマン監督の『暴力行為』（四九年十一月公開）についての記述の中に次の一節があった。

「……暴力的な場面が冷静にとりあつかわれているのは、いわゆる「ハアド・ボイルド」の上を行くものである。そこから「詩」さえでているからだ」

「扱いが冷静で、ハードボイルドを超え、詩になっている」という指摘だが、こういう表現は当時の私にはあまり受けなかったろう。やはり、映画畑で私の頭に「ハードボイルド」をわかりやすく刷りこんだのは双葉十三郎にちがいない。

この二人の映画評論家の長老は同世代の植草甚一が一九七九年に亡くなったとき、追悼文（《ＨＭＭ》八〇年三月号）の中で次のような思い出話を披露していた。

ハードボイルド小説の知識も植草さんにおしえられた。戦前のダシール・ハメットやレイモンド・チャンドラーから戦後のミッキー・スピレイン、ロス・マクドナルドまで……ハードボイルドも元祖のハメットやチャンドラーはやはりわるくはないとおもうようになった。（飯島正）

進駐軍の兵隊文庫が出まわりはじめたころ。出不精なぼくに、どこへ行けば手に入るかを教えてくれたのも彼である。あるとき、欲しい一冊をいうと……伊勢佐木町からずっと外れたところにある小さな本屋を地図まで書いて教えてくれた……のこのこでかけてみたら、ちゃんとその本があった。（双葉十三郎）

いま名前がそろった植草甚一、飯島正、双葉十三郎は、戦前、GGクラブというのを結成した仲良し三人組としてよく知られている。GGというのはグレアム・グリーンのことだ。どうやら一番先にグリーンを見つけだしたのは植草甚一だったらしい。その三人組の一人、飯島正が〝自伝的エッセー〟の中で戦後の話としてこんなことを記していた。

GGクラブの面々は、アメリカの探偵小説を読みながら、次第に方向が、いわゆる「ハードボイルド小説」に移って行くのを発見した。ぼくなどは、いくらかはグレアム・グリーンにもちかい、アメリカの「ハードボイルド」に飛びついたという観があった。（中略）だがぼくは……暴力的な描写がわざとおおいことに、いささか辟易した。この点は植草甚一とややちがっていて、弱音を吐いていた。そして、暴力的とはいえ人間性の弱味も十分に忘れない、ぼくにいわせれば「準ハードボイルド」ともいえるジェイムズ・M・ケインの『郵便配達はいつもベルを二度鳴らす』のほうに、心をひかれた。ぼくはこの翻訳を、戦後一九五三年に、荒地出版社から出版した。簡潔で、スピーディな、映画的スタイルが気に入ったのである。

飯島正『ぼくの明治・大正・昭和』（青蛙房、一九九一年刊）

あらためて確認したのだが『郵便配達……』の初訳は飯島正だったのだ。

ここでタイム・マシンに乗って時は一気に二〇〇六年の今に移行するが、双葉十三郎の映画評で「ハードボイルド」が初めて使われたのがヴェラ・キャスパリ原作の『ローラ殺人事件』だったと知った私は、どうしてもこの映画を再見したいと思った。再見ではなく、いまではフィルム・ノワールの一篇に数えられるようになったこの曰くつきの映画を当時私が見損なった可能性もある。

そんなことを考えていたとき、たまたま三月に私はサンフランシスコ空港内のビデオ屋で〈フォックス・フィルム・ノワール〉の一篇として販売されていた『ローラ殺人事件』のDVDを見つけ、あと先も考えずに購入した。アメリカ版（リージョン1）のDVDは日本では通常の方法では再生できないことを無知な頭にたたきこまれたあと、私はこのDVDをわざわざ持参して六月にハワイへ赴き、やっとのことで現地でジーン・ティアニー扮するローラにめぐり会えた。

やはり予想していたとおり、記憶は何も甦らず、モノクロの画面のすべてが私の目に新鮮に映った。たぶん初見だったのだろう。最大の収穫は、篇中雨のシーンで、むっつりと無表情を押し通す警部役のダナ・アンドリュースがポスターどおりにトレンチ・コートを着用しているのを確認したこと。戦後、『カサブランカ』のハンフリー・ボガートの次にトレンチを着て登場したハードボイルド風味のヒーローはなんと色男のダナ・アンドリュースだったのだ。

また、四九年に公開されたが当時見損なったような気がするグレン・フォード、リタ・ヘイワース共演の『ギルダ』も最近あらためて観る機会があった。せっかくのハードボイルド調が結末で腰くだけになるが、気のきいた台詞のやりとりが多く、けっこう楽しめた。

第三章　チャンドラーと出会った高校時代　一九五〇年～一九五五年

「ハードボイルド」というカタカナ用語を初めて日本に紹介した映画評論家、双葉十三郎訳によるレイモンド・チャンドラー『大いなる眠り』の初出雑誌《別冊宝石》第13号（昭和26年8月刊）の巻頭ページ。世界探偵小説名作選第4集としてパーシヴァル・ワイルド作『インクエスト』を同時収録（91ページ参照）。

1　ハードボイルド元年

翻訳やエッセイも数多くものしてきた明治生まれの映画評論家、双葉十三郎が「ハードボイルド」というカタカナ英語を初めて用いて、レイモンド・チャンドラーの長篇デビュー作『大いなる眠り』を映画雑誌に紹介した一九四六年が、日本のハードボイルド元年だった。そしてその四年後の一九五〇年、日本ハードボイルド輸入史における画期的な出来事が起こった。〈R・チャンドラア傑作特集〉と銘打たれ、〈翻訳権独占〉と表紙に刷りこまれたうえで、チャンドラーの三作の長篇小説の翻訳が雑誌《別冊宝石》に一挙に掲載されたのである。版元は東京の岩谷書店、発行日は十月十日、定価は百七十円だった。

一九四六年に探偵小説誌《宝石》を創刊（三月号）した岩谷書店は、本誌を補うため四八年には特集形式の《別冊宝石》を創刊（一月号）。当初は両誌とも日本作家の作品によって陣容を固めていたが、一九五〇年から海外のミステリをどちらも積極的に翻訳掲載するようになった。前章で紹介した《マスコット》が四九年に、《ウィンドミル》が五〇年にあいついで休刊したために、品薄になった翻訳ミステリの分野の新たな紹介者役を買って出たのだろう（《宝石》は一九五六年に版元が宝石社に変わり、一九六四年五月までつづいた）。

この路線修正によって、日本のミステリ・ファンの眼前に未知の海外ミステリの世界がとつぜん華やかにひろがった。創作に携わる日本作家にとっても大きな刺激となったにちがいない。先陣を切ったのは《宝石》一九五〇年三月号に訳載されたエラリイ・クイーン『災厄の町』。五月号にはウイリアム・アイリッシュの『幻の女』。アリバイ探しという趣向に新鮮味のあったこのサスペンス小説の名作は、戦後まもなく江戸川乱歩が褒めまくった曰くつきの作品である。

そのあとふたたびクイーンの『フォックス家殺人事件』とアイリッシュの本名コーネル・ウールリッチ名義の『黒衣の花嫁』がつづき、一方の《別冊宝石》はディクスン・カー特集号（八月号）で口火を切った。

そして、クイーンとカーの謎解きミステリ、アイリッシュ＝ウールリッチのサスペンス物に一歩遅れて登場したのが十月刊のチャンドラー特集号だった。ハードボイルド派がほぼ完全に無視されていた戦前の偏向ぶりを考えれば、遅れをとったというより、ついにハードボイルド派が追いついたというべきだろう。

キリッと紅を差したブロンドの若きローレン・バコールが流し目をくれる、上方は黒、下方は赤色の地の表紙に飾られたこの特集号はアメリカの刺激的な匂いを強烈に漂わせていた（本書の帯参照）。〃20円〃という古本屋の価格が裏表紙の左上隅に鉛筆で記されていたこの《別冊宝石》第十一号（世界探偵小説名作選第2集）を私はいつ、どこで買い求めたのか。

第一章「アメリカと私」で、積極的に映画を観はじめたのが高校入学後だったと思いこんでいたのは誤りだったと記したが、これと同じ誤認が古本屋漁りについても言えるかもしれない。私は中学生の頃から古本屋通いをやっていたのか。そしてチャンドラー特集号をごく早い時期に古本屋でみつけたのか。

だが五〇年の十月に売り出された定価百七十円の雑誌がすぐさま二十円にまで値が下がるとは思えない。また、どうしてもその雑誌が欲しければ、私の懐には充分な資金があったはずだから（第一章で記した一九五〇年の春休みのアルバイトで私は大枚千円の報酬を得ていた）、即座に新刊で買っていただろう。だがたとえ買うチャンスはあったとしても、ハードボイルドの世界は当時中学生だった私からはまだ遠く、機が熟すのはもう少し先のことだったと思う。

ではそれはいつだったのか。このこたえは前に記したことがあるが（『ハードボイルド・アメリカ』第十章）、百七十円の定価が二十円にまで値下がりしていることと、かすかな記憶をたどった結果、入手したのは高校入学の年（一九五二年）の四月か五月、現在の西武池袋線の椎名町にあった二軒の古本屋のうち、雑誌が比較的安価だった大きなほうの店だったにちがいないという結論に達した。チャンドラーと私の出会いは高校一年生（十五歳）の春だったのである。

高田馬場や渋谷の古本屋にも映画を観に行った帰りに寄ることはあったが、最初に習慣になった古本屋めぐりの定番は、池袋駅西口からゆるやかな坂をまっすぐ山手通りまで下り、そのまま椎名町まで歩き、電車に乗って次の駅の東長崎にいたるコースだった。土地柄からいって老舗の古本屋はなかったが全行程で店は八つか九つ。私が買うのは翻訳ミステリかその関連書、《宝石》《別冊宝石》、そして映画雑誌ぐらいなものだったからそれで充分だった。もちろん艶笑本や《笑の泉》《夫婦生活》《あまとりあ》などを、さりげなく映画雑誌のあいだにはさみこんで買い求めたこともあった。

《別冊宝石》のチャンドラー特集号が刊行された一九五〇年から翌五一年にかけて、あいついで刊行された三つの翻訳ミステリの単行本シリーズのことも記しておかねばならない。

一つは新樹社のぶらっく選書。五〇年から五一年にかけて刊行された十八冊の中には、クイーンの『災厄の町』やXYZの悲劇三部作、クレイグ・ライスの『怒りの審判』『素晴しき犯罪』、ウールリッチの『黒衣の天使』『恐怖の冥路』、ジョナサン・ラティマーの『盗まれた美女』などが収められていた。この中でハードボイルド派と呼べるのはラティマーただ一人だが、当時の私にはまだそれほどはっきりした選り好みはなかった。どの作品もそれなりにおもしろかった。翻訳ミステリであればなんでもくいついた。

ぶらっく選書と同じく五〇年から刊行を開始した雄鶏社の雄鶏みすてりーず（全十八巻）は謎解き物が主流だったが、ここで私はE・C・ベントリーの『トレント最後の事件』やクロフツの『樽』、フィルポッツの『赤毛のレドメイン』などの名作を残らず読み進んだ。シムノンもクリスティーも読んだ。しかしハードボイルド派の作家としてただ一人選ばれていたハメットの『影なき男』を読んだという強い印象は残っていない。戦前に一部紹介されていたために非ハードボイルド小説のこの作品がまず選ばれてしまったのだろう。

もう一つは早川書房の世界傑作探偵小説シリーズ。グレアム・グリーンの『第三の男』を皮切りに五一年から五二年にかけて十冊が刊行されたが、そのうちの五冊はクリスティーで、私はあまり惹かれなかったような気がする（そろそろ偏食が始まりかけていたのか）。戦前訳もあるオースティン・フリーマンの『オシリスの眼』を持っていて、おもしろいおもしろいと言いながらついに貸してくれなかった小学校時代の同級生がいたことも思いだした。

三つのシリーズとも、新刊で買ったおぼえはない。古本屋で買うか、仲間内で貸し借りするか、さもなければ貸本屋を利用する。本を読むにはこの三つの方法しかなかった。今も手元に残っている新樹社のぶらっく選書の一冊、江戸川乱歩が色情派ミステリとあきれはてた『盗まれた美女』の最後の余白ページには鉛筆で〝30〟（三十円）と記され、「新刊書籍・貸本／紙屋文庫／電話羽田（74）0039番」の印が押されている。その頃私自身もひんぱんに利用していた貸本屋から古本屋へ流れてきた本だったのだろう。

当時の貸本屋については調べてみたいことが山のようにあるが（たとえば貸本屋の料金のことさえよくわからない）、たまたまハヤカワ・ミステリ（ポケミス）の創刊時を語った二つの思い出話の中に貸本屋の話が出てくることに気づいたので、ここに引用させていただいた。

　戦後十年そこそこしかたっていなかった当時は、一般庶民の生活水準からみると書籍はかなり高価で、貸本屋はどこの街にも二、三軒はあったものだった。姉は、貸本屋の前を通ると、「奥さん、ハヤカワ・ミステリ入りましたよ」と声をかけられるほどの常連だった。

仁木悦子《ＨＭＭ》八三年十月号

　敗戦から八年目、朝鮮戦争の休戦協定が調印された。ＮＨＫと日本テレビが……本放送を開始した。（中略）そこに、スピレインの『大いなる殺人』がぽんと出た。（中略）ぼくは早稲田の学生で、ハヤカワ・ミステリを買うことができなかった……四二〇番あたりまでは、確実に貸本屋で読んだ。大学を出て横浜にいたぼくは本牧の貸本屋で借りまくった記憶がある……特にガードナーの名は忘れられない。ハードボイルド派という風にまちがって紹介されていたガードナーは、アクションの多い〈本格派〉（この言葉もなつかしい）であった。

小林信彦『ハヤカワ・ミステリ総解説目録』（一九九三年刊）

ガードナーの名前が出たついでに記しておくが、私にとっても読んで一番おもしろかったのはガードナーのペリイ・メイスン・シリーズだった。〝一番〟というのは、ハメットやチャンドラーやスピレインよりも上という意味である。《別冊宝石》の特集号やガードナー大売り出しを始めたポケミスを漁りつづけ、飽きがくるまでほぼ全冊を読破した。大学入学後の話になるが、初めて翻訳に挑戦したミステリもガードナーだった。作品は『門番の飼猫』だったと思う。訳すのは原書で読むほど簡単ではないことを悟るまで、大学ノートにつたない訳文をびっしり書き込んだ記憶がある。

手元にあるその他の古いミステリ本も何冊かのぞいてみよう。保篠龍緒訳アルセーヌ・ルパン・シリーズの総ルビつきの一冊『怪奇の家』は一九四八年刊の愛翠書房版。たぶん戦前版の紙型をそのまま流用した復刻版だろう。定価六十円に百円の古書価格がつけられているのは入手時期がかなり後だったということかもしれない。だが私には、そもそもの始まりはシャーロック・ホームズではなくモーリス・ルブランのルパン物だったという頑固な先入見がある。

次なる二冊は日本出版協同刊のマッカレーの『地下鉄サム』シリーズ（坂本義雄訳、松野一夫装画）。五三年刊の第二巻は定価百六十円が五十円、同じく第四巻は百六十円が二十円。入手時期は五四、五年だろう。私の大のお気に入りのシリーズだった。最終刊の第四巻の巻末にはアルセーヌ・ルパン全集改訳決定版全二十三巻という自社広告が載っている。

もう一つオマケに紹介しておきたいのは怪奇SF翻訳小説のハシリとなった誠文堂新光社刊の『アメージング・ストーリーズ』叢書。手元に残っているのはいずれも一九五〇年刊の第二巻と第四巻から第六巻までの合計四冊。百円の定価がたったの十円（一冊のみ三十円）になっている。第六巻にロバート・ブロック「火星から来た女」が収録されていた。

この叢書で特筆すべきは版元のジフ・デイヴィス社の名前を記し、国際法にもとづいて翻訳権を取得している旨が明記されていたことである。その翻訳権料が高すぎたためにせっかくの新シリーズも長くつづけることができなかったのかもしれない。

《別冊宝石》のチャンドラー特集号にも翻訳権取得の表示があり、日本版権所有者としてジョージ・トマス・フォルスターの名前がでてくるのだが、この人物をめぐる翻訳権にからんだ戦後の混乱期の〝騒動〟については宮田昇著の労作『翻訳権の戦後史』（みすず書房、一九九九年刊）をぜひ参照していただきたい。

2　チャンドラー三本立

さて問題のチャンドラー特集号の内容だが、収録作品は『聖林殺人事件』『ハイ・ウィンドォ』『湖中の女』の長篇三作およびチャンドラー関連のエッセイが三本（他に横溝正史の「探偵小説論」、高木彬光による「フェル博士・神津恭介架空会見記」、白石潔の「愛すべき創作探偵談」を併載）。

三つの長篇と三本のエッセイを検討する前に、この特集号の仕立て方を見てみよう。これまで気づかなかった〝新発見〟だが、先ほど記した表紙のローレン・バコールは「目次」によると松野一夫画となっている。チャンドラーのデビュー作『大いなる眠り』を映画化した『三つ数えろ』（四六年作。日本公開は五五年）に出演したときのバコール（当時二十一歳）のポートレートを元にして描かれたものだったのだろう。この映画はもちろんモノクロだし、雑誌のカラー口絵というのも普及していなかった頃だから、淡いブルーの瞳などはアメリカ映画雑誌のカラー・ページを見つけて参考にしたのだろうか。

また三つの長篇にはそれぞれ八、九枚の挿絵がつけられているが、黒いストッキングだけを着けてベッドにあお向けに横たわる殺された全裸の女を描いた大胆な構図のものも配されている。

巻頭の四ページのグラビア（セピア色）は完成したばかりの映画『湖中の女』（四六年作。日本公開は翌年）および日米合作映画『東京ファイル212』のスチール紹介と「チャンドラアのハリウッド地図」。これに合わせて、『聖林殺人事件』の訳者でもある清水俊二の同題のエッセイが収められている。

『映画字幕五十年』（八五年刊）という日本エッセイスト・クラブ賞を受賞した著書のある清水俊二は戦前の一九三三年に映画字幕の仕事のためにニューヨークに向かい（横浜から船でシアトルへ渡り、そのあと大陸横断鉄道でシカゴ経由ニューヨークへ）、足かけ三年のニューヨーク暮らしのあと、帰路はロサンジェルス経由、ふたたび船旅で帰国。これほど早い時期にアメリカを実体験し、映画字幕の仕事も精力的に手がけてきた達者な語学力を買われて、戦後まもなく秩父市に駐留したアメリカ軍を相手に通訳をさせられたこともあったという。そのときのやりとりを記した箇所はまるで戦後武勇伝のようだ。

《別冊宝石》に収められたエッセイは、チャンドラーの小説を楽しむLAガイドの役目を果たしている。「彼の作品を正しく理解するにはどうしても、ハリウッド及びその付近の地図を一応頭に入れておく必要がある」と清水俊二は記し、地図を作成したのもおそらく彼自身だろうと思われる。だが、ご本人のハリウッド体験記は出てこない。まだ実際にはハリウッドを訪れていなかったのだろう。

清水俊二の没後、高弟、戸田奈津子（字幕翻訳家）および上野たま子（映画評論家）によって編集された『映画字幕は翻訳ではない』（九二年刊）にも興味深いエピソードがいくつも収められている。ハードボイルド・ミステリの翻訳に関連したものでは、チャンドラーの最後の長篇『プレイバック』に出てくるセリフにまつわる話がおもしろい。清水俊二の有名な訳文「しっかりしていなかったら、生きていられない。やさしくなれなかったら、生きている資格がない」をうまく言い換えた「男はタフでなければ生きて行けない。優しくなければ生きている資格がない」というキャッチフレーズ（森村誠一原作、角川書店製作の映画『野性の証明』）をめぐる丸谷才一の非難発言（《週刊朝日》で角川に嚙みつき、清水俊二にも腹を立てろとけしかけた）もまじえて大騒ぎになった一幕である（本書第六章参照）。

アラ探しをすれば、この本にはニューヨーク通の清水俊二にふさわしくない明白な誤記もある。なぜ編者や編集者が気づかなかったのか不思議なのだが、ニューヨークの地下鉄について触れたエッセイ中に「デイモン・ラニアンが書いたSubway Sam〔地下鉄サム〕というスリを主役にしたブロードウェイ物語」という記述がある。Thubway Tham（本人の舌もつれのため発音も表記もこうなる）の原作者は『怪傑ゾロ』で有名なジョンストン・マッカレーなのだ。

《別冊宝石》のチャンドラー特集号に話を戻そう。チャンドラー関連のエッセイはあと二本ある。その一つは江戸川乱歩の解説。「ハードボイルドの代表作家チャンドラアの紹介者としては甚だ不適任」とまず弁明したあと乱歩は、六年ぶりの新作*The Little Sister*（『聖林殺人事件』）の次のような《タイム》書評欄の紹介から始めている。

「……探偵マーローはロスアンゼルスのネオンとナイロンの激流の中で生れたかの如く、映画界にはうってつけの性格であった。（中略）無鉄砲さと、そして感傷性……何よりも、彼は新鮮である……生がいい。（中略）彼の発明による新感覚の語法が、いたる所に、胡椒の如くふりかけてある」

また乱歩は、「（『さらば、いとしきもの』）はハメット風のハードボイルドを継承する最も優れた作品である」というハワード・ヘイクラフトの批評も引用し、チャンドラーは「純アメリカ的なハードボイルド、リアリズム文学」であると結んでいる。

もう一つのエッセイは推理作家、島田一男の「茹で過ぎ卵」。「ハードボイルド」という言葉そのものについて言及した初めてのエッセイと言える。

「ハードボイルドとは〝茹ですぎた卵〟という意味だということである。一体（そのような）探偵小説とは、いかなる感じなのか……わたしには理解できない。（中略）むしろわたしの感じでは、生卵をたたきつけたような探偵小説といいたいのである。（中略）殺人も恋愛も……激情的な荒々しさで描かれ……文章は簡潔で……会話には一分の隙もない。（中略）読んでいると、驀進してくる機関車の前に立ったような圧力をさえ感じるのだ。（中略）新鋭チャンドラアによってハードボイルド探偵小説は黄金時代を迎えた」

ここで一つ気づいたのだが、「ハードボイルド」という言葉をせっかくとりあげていながら、残念なことにこの島田エッセイはいささか勉強不足だ。と言うか、谷譲次のめりけんじゃっぷ物語に何度も出てくる「ハードボイルド・エッグ野郎」という先例（「レポート3」参照）や、戦前の英和辞典に記載されていた「手に負えない」「一筋縄ではゆかない」といった「ハードボイルド」の俗語的な意味合い（「レポート1」参照）がまったくといってよいほど戦後の日本に伝わっていなかったのである。

その話はひとまずおいて、ついでにこの特集号の短い編集後記（署名はT）を紹介しておこう。「ハードボイルド」が当時どのようにうけとめられていたかをうまくまとめた一文だ。

「……チャンドラアの魅力は、ハード・ボイルド派のスリラア映画を観るような、ダイナミックなスピード感そのものといった味でしょう。（中略）チャンドラアはアメリカを代表する一方の雄……ハリウッドという映画都市で象徴される現代アメリカの生んだ、最も近代的な作家であり、ヘミングウエイ、ドス・パソス、フォークナアなどにも匹敵すべき……つまり単なる探偵作家でなく、アンドレ・ジイドが激賞したダシェル・ハメットの系統に属する巨匠と言えましょう」

ここで読者は（私もふくめて）、なるほどハードボイルドはいっぱしの文学なんだ、と頭に刷りこまれる仕組みになっていた。

ところでこの特集号に収録された三長篇の初訳だが、翻訳文の原稿枚数を推定し、のちの単行本の推定枚数と比較してみると全体を約六十パーセントに縮めた抄訳であったことがわかった（原作の章立ても変えられ、章の数はほぼ半分になっている）。主人公のフィリップ・マーロウは訳文では三作とも「私」に統一されている。なお、『聖林殺人事件』はのちに『かわいい女』と改題され、改訳版として創元推理文庫に清水俊二訳で収められたが、『ハイ・ウィンドォ』は『高い窓』、『湖中の女』は同題で、いずれも田中小実昌訳で早川のポケミスに改訳版が収められた。ところがややこしいことにマーロウの一人称を「おれ」で通した小実昌訳は、その後清水俊二による文庫版でふたたび元の「私」に戻った。このあたりの経緯は元祖チャンドラー訳者としての清水俊二の執念を物語っている（結局、清水俊二の手が及ばなかったのは仲が良かった双葉十三郎訳の『大いなる眠り』一作のみとなった）。

その双葉訳『大いなる眠り』の初訳が掲載されたのは翌五一年八月刊の《別冊宝石》第十三号（チャンドラア、ワイルド特集号）である。この号も私は古本屋で二十円で購入している。併載されているパーシヴァル・ワイルドの『インクェスト』を読んだか否かはおぼえていないが、椅子に座った全裸の若い娘の正面像が描かれている挿絵入りの『大いなる眠り』のほうはよくおぼえている。

十月の半ば、朝の十一時頃だった。陽は射さず、強い雨が来るらしく丘がくっきりと見えた。私は、藤紫色の服に、濃紺のワイシャツ、ネクタイ、飾りハンケチ、黒いゴルフ靴、濃紺の刺繍いりの黒いウールの靴下をつけていた。鬚も剃り、小ざっぱりして、糞真面目な顔付きだった。

誰に知られようと構うことはない。どこから見ても身嗜みのいい私立探偵のピカ一だ。なにしろ四百万弗を訪問するのだ。

この印象的な書き出しの一節は創元推理文庫版の増刷八十版でもほとんど変わっていない。訳者の双葉十三郎はこの特集号に「チャンドラアの特殊性」というエッセイも寄稿し、五年前に《スタア》で初めて紹介したこのチャンドラーの長篇第一作の翻訳苦心談を披露している。

双葉十三郎はまずチャンドラーの作品の特徴は、「本筋がどこにあるか、なかなかわからない」構成と「言葉の使い方、描写、形容の仕方」などの表現法にあると指摘している。

また、「派生的な事件にひきずられてゆくうちに、隠された真の事件にぶつかるという行き方はチャンドラアのリアリズムの一つのあらわれ」とか、「ハードボイルド派の作品は、物凄く細かい描写があるかと思うと、一刀両断的な省略がある」と鋭い観察力を示したあと、それだからこそ「この行文の面白さを出すことは難かしい。絶対に難かしい。不可能といえるくらい難かしい」と、翻訳がいかに難しかったかを素直に訴えている（「いままでにもずいぶん翻訳をしたが、こんなに手古摺ったことは初めてである」）。

さらに一つの提言として、「チャンドラアの描写には、実に面白い形容が多い。この形容をぬかして、単なる叙述だけにしてしまったら、チャンドラアの価値は半分以下になってしまう。ところが抄訳となると、そういう部分がぬかされがちである。チャンドラアは全訳すべし、との鉄則が生れる所以である」とも記している。三長篇を一挙掲載した特集号で、一篇を約三百五十枚（四百字詰）に縮めてほしいという無理な注文がつけられたことへの批判だったのだろう。三長篇一挙掲載という画期的な特集号だったのだが、今にして思えば私もチャンドラーの半分を味見させてもらっただけだったのである。双葉十三郎が正しく指摘しているように、形容（比喩）の妙が身上であるチャンドラーの文体の香りは二分の一の抄訳からはかすかにしか伝わってこなかったろう。

この発言のためもあってか、一年遅れで登場した双葉訳『大いなる眠り』はほぼ完訳に近い仕上りだった。映画評にでてくる「ハードボイルド」だけでなく、この双葉十三郎のチャンドラー論も、私に多くのことを教えてくれたのだと思う。

まがりなりにも四つの長篇が翻訳されたあと、シリーズ第二作にあたる四〇年作の『さらば愛しき女よ』も《宝石》五一年十月号から四回分載の形で訳載された（訳者は清水俊二。五四年末、《別冊宝石》第四十三号に『大いなる眠り』とともに再録）。分載だったということは、できるかぎり完訳をめざしたのだろう。だが、チャンドラーの初期の清水訳に省略箇所がめだつというのは事実であり、それに対する批判は現在までつづいている。

ここでもう一つ追記しておかねばならないのは、のちに何度も翻訳されて有名になったチャンドラー自身のミステリ評論「単純な殺人芸術」（原題は“The Simple Art of Murder”で邦題名は何種類もある。「レポート2」参照）が《別冊宝石》第三十八号（五四年六月刊、水野曜太訳）とこの第四十三号（桂英二訳）の二度にわたって、きわめてずさんな〝怪訳〟というべき抄訳で紹介されたことである。とくに「ハードボイルド」についての箇所は省略がはなはだしい。当時読んでいたにちがいない私にとっても何の参考にもならなかったろうし、感銘をうけたおぼえもない。

3　ハメットが先かチャンドラーが先か

その頃はまだ資料も少なく、ハードボイルド・ミステリの翻訳そのものもわずかな数だったので、「ハードボイルド」についての論者、論評の数は微々たるものだった。そんな情勢の中で「ハードボイルド」紹介の第一人者と目されていたのが双葉十三郎である。《宝石》の五一年秋の臨時増刊号に収録された「海外探偵小説を語る」という座談会でも、「ハードボイルド」の分野に関しては双葉十三郎のひとり舞台だった。

「何でも手当り次第に読みとばしていますが、ぶつかるのは九分どおり、ハード・ボイルド物ですね。ハード・ボイルドではやはり今までのところレイモンド・チャンドラーの右に出るひとはいない」と前置きしたうえで、ヘンリイ・ケイン、ジョン・エヴァンス、ウェイド・ミラア、スチュアート・スターリングなどの目新しい作家の名を挙げ、一応は売れているが、みんな亜流と断じている。

江戸川乱歩、植草甚一、清水俊二、翻訳界の長老、長谷川修二などが出席したこの座談会（司会は作家兼社主の城昌幸）で異色の発言をしたのは評論家の大井広介だった。ハードボイルドをどう思うか、と乱歩に水を向けられた大井広介は、「面白くない」とそっけなく切りすて、「……とにかくハード・ボイルドは右から左に人間がいったりきたり、追っかけたり、突き落されたり、麻酔薬かがせたり、接吻してみたり」「……探偵小説のうけとり方が日本人とアメリカと違うんですよ。アメリカはチャンドラーに限らずみんなハード・ボイルドになった。探偵小説に限らず、文学でも、世の中すべてハード・ボイルドになっている」と嘆いている。

ハードボイルド批判だけでなく、長篇ミステリの翻訳で抄訳が平気でおこなわれていることに大井広介が強く異を唱えたことも記しておきたい。

そのほか、すでに話題になりかけていたミッキー・スピレインのあくどさや性描写に双葉十三郎が拒絶反応を示していること、チャンドラーびいきの清水俊二が、チャンドラーを日本語にするのは非情に難しいと洩らし、彼の小説は「探偵小説というよりハリウッドの文化時評」だと指摘していることなど。

江戸川乱歩の総括風エッセイやこの座談会での発言をうけて、「ハードボイルド」についての次のような定義が出まわるようになったのは五一年末から五二年にかけてのことだった。

純文学派――探偵小説を純文学に高めようという説……ハードボイルドの祖ハメットはジイドに認められたりして米探偵小説界最高の文芸作品といわれているが、チャンドラーの方がハメットより上だと称揚する評論家もいる。

ハードボイルド派――純アメリカ式の探偵小説である。／ハメットを始祖とし、チャンドラーをその後継者とする。／タフな悪漢と、タフな探偵が登場し、すばやい勘と行動によって筋をすすめて行く……行動派探偵小説ともいわれる。

《米英探偵小説傑作選》（雄鶏社、五二年一月刊）のコラム

ハメットをハードボイルド派の始祖と見なす考え方が定着する一方、日本ではチャンドラー人気のほうが上という趨勢も定まってきた。この日本ハードボイルド輸入史のごく初期の段階で、「先後」を確認しておくべき対照的な出来事がいくつかある。それを順に挙げておこう。

（1）短篇小説はいくつかの戦前訳があるハメットが一歩先んじているが、戦後のハードボイルド長篇小説の翻訳は、チャンドラーのほうがハメットより早くに《別冊宝石》誌上で紹介された。つまり正史では十年以上先輩のハメットをさしおいて、後続のチャンドラーが先に輸入されたということだ（五〇年刊のハメットの『影なき男』は非ハードボイルド小説だった）。

（2）実質的にはほぼ同時だが、五三年に刊行を開始した早川書房のポケミスのトップ・バッターはミッキー・スピレインの『大いなる殺人』で二番バッターがハメットの初訳『赤い収穫』だった。つまりハメットの長篇はスピレインと同時に日本に輸入されたわけだ。しかもその年は〝スピレイン旋風〟が吹き荒れ、ハメットの初登場は影が薄くなってしまった。

（3）『マルタの鷹』は映画のほうが小説の翻訳に先行。二本の戦前版に次いで、真珠湾攻撃のあった日米開戦の年に製作されたジョン・ヒューストン（監督）、ハンフリー・ボガート（主役のサム・スペード役）による決定版が日本で公開されたのは五一年一月。小説の初訳は五四年（ポケミス）だった。この「先後」は私自身の『マルタの鷹』体験の「先後」と同じである。高校入学後、二本立の映画館で先に観て、それから翻訳で小説を読んだという順序だ（ことによると、翻訳で読んだのはずっと後だったのかもしれない。原書が先行した可能性もある）。

第一章の「アメリカと私」では高校入学の頃から積極的に観はじめた西部劇映画についてくわしく記したが、ハードボイルド系の探偵映画、犯罪映画はどうだったのか。高校時代の一九五二年から五五年にかけて日本で公開された映画の中でとりわけ印象的だった作品を公開年代順に挙げると、前に記した『裸の町』のあとにつづいたのがヒューストン、ボガートの『マルタの鷹』、早世したジョン・ガーフィールドの『破局』、W・P・マッギヴァーン原作、グレン・フォード主演の『復讐は俺に任せろ』、W・R・バーネット原作、ジョン・ヒューストン監督のノワールの名作『アスファルト・

ジャングル』、そしてチャンドラーの『大いなる眠り』の映画化『三つ数えろ』などがすぐに思い浮かぶ。

（4）この戦後の公開順でおわかりのように、映画ではハメット原作の『マルタの鷹』が先でチャンドラーの『三つ数えろ』が後。チャンドラーのマーロウ物は四七年公開の『湖中の女』がじつは先行したが、この映画は探偵の視点をカメラ・アイと同化させるという実験的な試みのもとにつくられたため、マーロウ探偵（ロバート・モンゴメリー）の顔は鏡に映らない限り画面にでない。そのためすっきりとしたヒーロー映画にはならなかった。

そんなわけで、ハードボイルド・ヒーローは『マルタの鷹』のサム・スペードが先で、『三つ数えろ』のフィリップ・マーロウは後塵を拝することになった。ただし、二人の探偵を演じたのはどちらもハンフリー・ボガートだったので、私もそうだったが、スペードが先かマーロウが先かなどということはあまり問題にならなかった。ハードボイルド探偵と言えば、まずボギー！　だったのである。

（5）これはごく個人的な「先後」だが、私が原書で初めて読んだハードボイルド・ミステリは何だったのか。

こたえはシグネット版のミッキー・スピレイン。これだけはまちがいない。スピレインのマイク・ハマー・シリーズとの出会いについては『ペイパーバックの本棚から』やごく最近は『ジム・トンプスン最強読本』（二〇〇五年六月、扶桑社刊）でくわしく記したが、若干の訂正を加えて、ここでは後者の一節を引用しておきたい。

　私が所持しているスピレインの初期七作のシグネット版の刊行年月を調べてみると、初版が三点ふくまれていた。しかもそのうちの〔『俺の拳銃は素早い』と『大いなる殺人』の〕二点の刊行年は一九五〇年と一九五一年である。朝鮮戦争に従軍していたGIを経由して日本の洋書古書市場（神保町、早稲田、渋谷、横浜など）に流れついたものだったのだろう。この二点は私自身が同時代に入手したものではなく、東京の練馬区から横浜国立大学まで電車通学をしていた兄（卒業後、ホンダに入社）からのおさがりだったにちがいない。

所持している他の作品の本国での刊行年月をみてみると、『裁くのは俺だ』が一九五二年十二月（第二十六版）、『復讐は俺の手に』（早川書房他）は一九五三年一月（第十八版）、『果された期待』（日本出版協同他）も一九五三年一月（第六版）、そして七作目の『燃える接吻』（早川書房）が一九五三年四月（初版）となっている（六作めの『寂しい夜の出来事』は五三年五月刊の第十八版を持っている）。古本屋に流れつくまでに半年から一年が経過していたとして、私が実際に購入したのは高校在学中の一九五三年から五四年にかけてのことだったのだろう。

その当時、洋書店で一冊二十五セントのペイパーバックを新刊で購入した記憶はない。その資金もなかった。古本屋に出まわると値段は五分の一から十分の一になり、一冊十円から二十円になった。新刊の洋書店では、立ち読みと一冊ずつから得られる情報（広告や既刊リスト）をメモにとって盗むぐらいのことしかやらなかった。

4　ポケミス創刊とミッキー・スピレイン旋風

ミッキー・スピレインの初期七作との出会いは、高校生である私にとってはやはり衝撃的なものだった。だが、異質であり、新鮮ではあってもそれほど強烈な刺激ではなかったように思う。自分の中できわめてクールに、新しい楽しみとしてうけいれ、消化していた気がする。実際面では明らかにおくてで妄想だけがふくらんでいた思春期の頃の私はまだ充分に理解もできず、実体験も乏しい大人の世界をのぞき見しただけだった、ということかもしれない。

四つ年長の兄は、私と同じ北園高校を私よりかなり良い成績で卒業し、横浜国大の工学部に現役で入学したが、じつは九中時代から電車通学を始めていたので、世間に接するのもずっと早かった。私のアメリカかぶれはこの兄の影響が大きい。

だが思春期の私になにより大きな影響を与えたのは生活環境の変化だった。〝越境入学〟を果たしたために、電車で通うことになった板橋の北園高校は私にとってまさに〝異国〟だった。一学年はなんと約四百人（女生徒が百人）の大世帯だったが、その中に中学時代の私を知っている生徒はただの一人もいなかったのである（一人だけ小学校の頃の同級生がいたことがのちに判明）。

私はどのようにも〝エトランゼ〟をきどることができた。新しい人格を思うように〝演出〟することも可能だった。はっきりと自覚して決心した。もういい子ぶるのはやめよう、模範生とはおさらばだ、と。小学生の頃の級長さん、中学での生徒会長という型にはめられた役柄から解放されたのだという思いがとりわけ強かった。そして出来上ったのが、かぎられたサークル内の親しい友人としかうちとけない内向的な高校生だった。

生徒会にも短期間かかわったが生徒たちから遊離している委員会のあり方に疑問をいだいてすぐに背を向けてしまった。一年生（たぶん二学期以降）から三年生までが同じ教師のもとでホームルームを形成する指導教官制がとられていたが、そのホームルームのクラス誌《あゆみ》にも在学中は一度しか寄稿しなかった。中学時代に教えをうけた年輩の国語教師にあてた、交友関係（女生徒とのことも）についての近況報告である。このときは下手な字で自分でガリを切った。

北園高校の指導教官制は、希望する教師を生徒が選ぶユニークな制度（面接があった）だったが、私が選んだドイツ語の阿部賀隆先生は横浜国立大に栄転となりクラスは解散。そのあとまもなく指導教官制も廃止された。阿部クラス解散後もホームルーム教室の部屋番号にちなんだ「一〇一会」は存続し、《あゆみ》の刊行もつづき、一九五九年には私が二号だけ編集にあたった（次章参照）。

私は映画研究部に入部したが、映画を観るのはいつも一人で、仲間を誘うことはめったになかった。だいたいが映画は一人で観るものなのだ。二本立、三本立の映画館通いと古本屋、貸本屋漁り、あとは麻雀（麻雀は中学生の頃に父と兄に教えられた。息子たちと卓を囲むことが堅物の父の数少ない楽しみの一つだった）。高校では〝主催者〟になり、当時の麻雀仲間によると、千点五円のレートで級友をカモにしていたらしい。まだ麻雀荘には出入りできず、〝開帳〟できる場所を探して、仲間の家を転々とした。仲間の一人Mの父親は文筆業だったが、放課後Mの家にそっと入りこみ、隠れるようにしてゲームを始めると、麻雀牌の音を聞きつけた父親に、「またやっているのか、山賊ども」と大声をかけられたりした。父親も仲間に入りたがっていたのかもしれない。

私の家では、一人だけメンバーが足りなかったりすると、大学生の兄の友人たちと対等にゲームをさせられることもあった。兄が在学中に、兄の友人の一人が大型の黒いビュイックを乗りまわしていて、何度かそれに乗せてもらったときのスリルと興奮も忘れられない。

日本にはまだモータリゼーションの時代は到来していなかったが、このビュイックの思い出やホンダに入社した兄の影響もあって、私の中でも車への憧れが芽生えていたのだろう。自転車で走りまわるのが好きだったことも遠因だったのかもしれない。ひんぱんにアメリカを旅するようになるのはまだかなり先の話だが、映画で知ったアメリカの広大な土地をどこまでも車で走ってみたいという単純な夢が少しずつふくらみ始めていた。

このような高校時代をすごしていた私の目の前にとつぜん現われたのがミッキー・スピレインと探偵マイク・ハマーだった。

初めて読んだスピレインが何だったのか、これも推測するしかないのだが、たぶん貸本屋で借りたポケミス第一弾『大いなる殺人』（清水俊二訳）ではなかったか。刊行年月は五三年九月。だがそれより前に、同じ年に出たポケミス第五弾『裁くのは俺だ』（マイク・ハマーのデビュー作。中田耕治訳、五三年十一月刊）を手にとっていた可能性もある。のちにいろいろと教えをうけた中田耕治の名前を知ったのもそのときだった。

ポケミスに収められたスピレインのこの二書には同シリーズの監修者、江戸川乱歩による解説がつけられている。

「本当をいうと、私はスピレイン紹介の適任者ではない。（中略）私はスピレインを余り読んでいない。しかし、本国でのやかましい評判は、いろいろ読んでいるし、ハードボイルド派の系列として考えれば、いくらか書いておくことがある」と『大いなる殺人』の解説を渋々書き始めた乱歩は、ハードボイルド派の特徴であるタフな探偵を「したたか探偵」と呼び、元祖は「フランスの大作家アンドレ・ジイドに激賞された」ハメット、次いで「批評家からハメット以上に買われている」チャンドラー、現在の代表作家としてジョン・ロス・マクドナルドの名を挙げたあと、「（批評家の）悪評が却って売行きに拍車をかけている」スピレインの「したたか探偵」マイク・ハマーを講談の〝森の石松〟にたとえている。

乱歩はさらにスピレイン通のベテラン翻訳家、黒沼健の《毎日新聞》（八月十七日号）に載ったエッセイから次の一文を引用している。

「どうして、そんなにも人気があるのかというと、彼の小説の中には、人間本来の欲求が赤裸々に描き出されているからである。良識という日常生活の桎梏の中にあって不満をかこっている読者に、ひとつの解放感を与えているからであろう」

このあと乱歩は『裁くのは俺だ』の解説以外に《宝石》にもスピレインについて書いているが、彼が〝適任者〟と推す黒沼健も《宝石》のほかに《あまとりあ》《人間探求》といった性雑誌にスピレイン論を寄稿した。一つの社会現象ともいえるスピレイン・ブームがおこり、大きな話題になっていたのである。というのも、早川のポケミスと競合する形で、日本出版協同からも五三年に、『俺の拳銃はすばやい』（向井啓雄訳）、『復讐は俺の手に』（平井イサク訳）、『寂しい夜の出来事』（高木真太郎訳）の三本のマイク・ハマー物が翻訳され、おまけにめったに翻訳物など掲載しない《オール読物》までが版権取得合戦に参入し、非シリーズ物の『私は狙われている』（黒沼健訳）をその年の暮に二回にわけて分載した（同作と、同じく非シリーズ物の『果たされた期待』、中・短篇集『他国者は殺せ』、およびハマー・シリーズの『燃える接吻を』は翌五四年に日本出版協同から刊行）。

スピレインの日本輸入については〈マルタの鷹協会〉（第七章参照）の会報（第二十九号、一九八四年十月刊）におもしろい証言が載っている。二十代の半ば（一九五三年）に、スピレインの第一作『裁くのは俺だ』を訳した中田耕治が当時をふりかえって次のような発言をしているのだ。


……一級下の宮田昇が早川（書房）にいて、僕んとこへ「何かいい本ないか？」っていうわけ。（中略）たまたま読んでたスピレインを「……こういう面白いのがあるよ」って……そしたらその足でタトルへ行って、二冊分翻訳権をとってきた……一冊を清水俊二さん、一冊を僕がやることになった。（中略）そしたら難しいの……何が書いてあるのか分んない部類なんだ。（中略）スピレインの名がわあっと広まったのは、黒沼健さんが〔《毎日新聞》に〕書いてからね。確か七社くらいが競り合った。僕と宮田は大笑いだよ。残ったの競り合ってるって……初版は四千部くらい……サディスティックでエロティックな作家だというんで売れたんでしょうね。そしたら、〝中田耕治はこれで終わりだ〟なんて声が聞こえてくるんだよね。でもこんなことで終わるはずはないと思った……

この証言で私がとりわけおもしろいと思ったのは、スピレインを手がけたために「中田耕治はこれで終わりだ」などという悪口が聞こえてきたというくだりだった。「戦後、最年少の批評家として文壇に登場し（『ショパン論』など）」、すでに舞台演出まで手がけていた〝神童〟中田耕治ともあろうものが〝スピレインごときに手を染めるとはなにごとか〟と噂する人たちがいたのだろう。

このスピレイン・ブームについて評論家の中島河太郎はわりに好意的な解説を五四年刊の『果たされた期待』の巻末に寄せている。

……このスピレーンの如き、同時に全著作八巻が翻訳されたことは稀有な事象であって、世にスピレーン旋風の声を聞くのも、強ち奇矯な表現ではない。（中略）一九四七年突如として登場したスピレーンの作風がハメットの流れを汲むことは明らかで、構成描写は……行動派の埒外にさほど出ているとは思われないが、異常な反響を喚んだのは……主人公マイク・ハマーの性格行動に基ずく点が大きい。（中略）行動的超人を拉し来った着眼の好さは賞讃されるべきである。

こうやって当時をふりかえると、私自身のスピレイン初見がポケミスだったのか日本出版協同版だったのか、あるいは《オール讀物》だったのかはにわかに断じ難くなってくる。

その当時からほぼ二十年経過した一九七一年に、私は創元推理文庫で『スピレーン傑作集』という短篇集を編訳した。既訳中篇「私は狙われている」「他国者は殺せ」の改題・改訳をそれぞれの柱にし、未訳の短篇を寄せ集めて日本独自の二巻本の短篇集を編んだのである。ブームに乗り遅れた新参者の後だしジャンケンのような短篇集だが、二回にわけて掲載した巻末の長い解説も助っ人になってくれ、創元推理文庫のロングセラーになった。《HMM》二〇〇六年七月号の「新・ペイパーバックの旅」の第四回にいきさつをくわしく記したが、この短篇集の二巻めには〈栄光シリーズ〉で知られるジョン・エヴァンス（本名ハワード・ブラウン）がスピレインの名前を借りて代作した曰くつきの〝怪〟SFハードボイルド中篇「ヴェールをつけた女」も収録されている。

ところが実際に私が初めて作ったスピレイン本はこの短篇集ではなかった。これも「新・ペイパーバックの旅」の第二回でご披露した話なのだが、手造りハードボイルド・アンソロジーの一冊に私は前出の《オール讀物》のスピレインを収めていたのだ。一号しかつづかなかった手造り西部劇雑誌（第一章参照）とはちがって、《宝石》《別冊宝石》《探偵倶楽部》などから気に入った作家の翻訳作品を切り取り、表紙と目次をつけて製本した手造りミステリ本のほうは十巻ぐらいまでつづいた。現在手元に残っているのはそのうちの二冊のみだが、幸運なことにその一冊にスピレインの「私は狙われている」が収められていたのである。

そこにつけられていた訳者（黒沼健）の解説には、「一九四七年に……デビューし、今日までに二千万部以上……この人気者がミッキー・スピレイン。今年三十四歳になる新進探偵作家である」と記され、

「今度の戦争を契機としてアメリカの探偵小説界ではハード・ボイルド派が俄然優位を獲得しはじめた。（中略）最近のハード・ボイルド派の作品には、エロティシズムが多分に加味されている感があ

るが、これはスピレインに至って最高峰に達している。（中略）このため手酷い攻撃を受けた。しかし、人気は増すばかり……大衆の満たされぬレジスタンスのグラスに、彼は……清新なジュースを注ぐのである」

というハードボイルド論が展開されている。

一方、江戸川乱歩は監修を担当したポケミスで、初期の頃は全巻解説という大役をこなした。スピレインの解説でも尻ごみしていたが、苦手のハードボイルド・ミステリについても必ず一言しなければならなくなったのである。

スタート時のポケミスからハードボイルド系、サスペンス系の作品を刊行番号順に並べてみよう（実際の刊行順には若干の先後がある）。ベテランの砧一郎と若手翻訳家、中田耕治の活躍がひときわ目につく。

101　ミッキー・スピレイン『大いなる殺人』（清水俊二訳）
102　ダシェル・ハメット『赤い収穫』（砧一郎訳）
103　コーネル・ウールリッチ『黒衣の花嫁』（黒沼健訳）
105　ミッキー・スピレイン『裁くのは俺だ』（中田耕治訳）
110　アイラ・レヴィン『死の接吻』（中田耕治訳）
123　ウイリアム・アイリッシュ『暁の死線』（砧一郎訳）
125　ダシェル・ハメット『マルタの鷹』（砧一郎訳）
134　J・R・マクドナルド『人の死に行く道』（中田耕治訳）
155　ヴェラ・キャスパリ『ローラ殺人事件』（小野ヨチヨ訳）

161　J・R・マクドナルド『象牙色の嘲笑』（高橋豊訳）
169　ダシェル・ハメット『ガラスの鍵』（砧一郎訳）
183　ウイリアム・アイリッシュ『幻の女』（黒沼健訳）
231　ヘンリイ・ケイン『地獄の椅子』（中田耕治訳）

ここまでが一九五五年までの顔ぶれで、このあと、

236　ダシェル・ハメット『デイン家の呪』（村上啓夫訳）
247　レイモンド・チャンドラー『さらば愛しき女よ』（清水俊二訳）
257　J・R・マクドナルド『死体置場で会おう』（中田耕治訳）

とつづく。

じつはわざと省いたのだが、210と211にはクレイグ・ライスの二作が入り、259番までにE・S・ガードナーが十六作収められている。数の上からはガードナーが断トツの一位だったのである。私の手元には初期のガードナーは数点しかないが、そのうちの一冊『義眼殺人事件』（147番。五四年二月刊）のボロボロになった巻末の広告ページで私はいままで気づかなかった〝あるデータ〟を発見した。半分破れているがかろうじて数字が読みとれる貸本屋のラベルに、〝当日20円、次の日より5円〟と記されていたのだ。これが貸本料だったのだろう。このページには鉛筆で書かれたお馴染みの〝10〟の数字もある。貸本屋から古本屋に流れて十円の値段がつけられていたのだ。

さて、ポケミスの乱歩のハードボイルド評といこうか。めぼしい箇所を拾い読みすると、『赤い収

穫』の解説では、お定りのジイド激賞云々やハメットの略歴、ヘイクラフトのハメット評の引用があり、ロス・マクドナルドとの対比でスピレインは「最も堕落したハードボイルド」という批判を紹介、ハメットは三つしか読んでいないが『赤い収穫』が比較的おもしろい、というのはジイドが褒めたという先入観の作用かもしれないと素直に認めている。論評としては、「しかし、この非情と、金銭的利己と、好色は、日本の戦後人種の心理とも、どこか共通点があるのだから、ハードボイルドは存外受け容れられるのかも知れない」が示唆的である。アメリカ産ハードボイルドが日本の戦後の世相にごく自然に迎え入れられたということだ。

次はロス・マクドナルドの『人の死に行く道』（五四年十月刊）につけられた解説。このポケミスも私はごく初期に入手し、くたびれ果てたまま私の書庫に横たわっている。乱歩の解説も当然その当時に読んでいたということだ。

「アメリカのハードボイルド派探偵小説は、始祖ハメット、これをつぐ名選手チャンドラーと栄えて来たが、その流行につれて亜流作家の続出となり、暴力英雄主義と変態性慾描写の極端にはしり、文学としての堕落を嘆かれている……が、その中にあってジョン・ロス・マクドナルドだけは、ハメット正系のハードボイルド作家現役の第一人者として認められている」

と、書き出しから正論が決まっている。この時点で、ハードボイルドを語り継ぐ文脈の王道（安易な道）が完成したと言えそうだ。

五三年末から五四年初めにかけてスピレイン本を六点刊行した日本出版協同は五四年の前半に、ジェイムズ・M・ケインの『セレナーデ』『深夜の告白』『バタフライ』『郵便屋はいつも二度ベルを鳴らす』の四作も刊行（いずれも蕗沢忠枝訳）したが、全八巻の予告を打ちながら残りの四巻は未刊に終わった（倒産のため）。

一方この頃、日本におけるアメリカ文学の世界でも「ハードボイルド」という用語の使用法はほぼ固まりつつあったようである。その一例として、アーネスト・ヘミングウェイの短篇集『殺人者』（五三年八月刊、角川文庫）の訳者（龍口直太郎）解説を見てみよう。

「……（ヘミングウェイ）が芸術的に完成した非情《ハード・ボイルド》派のスタイルは、彼に次ぐほとんどすべての若い作家たちに大きな影響をあたえている。ジェイムズ・ケインとかジョン・オハラなどはそのもっとも著しい例であろう」

当時はこれで通用したのだろうが、実際にはケインはヘミングウェイより六歳年長であるし、オハラがヘミングウェイの流れを汲むというのも〝怪説〟である。

「……（『武器よさらば』は）恋愛の肉体的な面を、大胆な、迫力ある筆致で描写した点には新しさがあるが、この作家のハード・ボイルド性という特色は、あまり発揮されていない」とか「ヘミングウェイ文学の意義は、彼の思想よりは、むしろその〝ハード・ボイルド性〟にかかっていると見るべきである」といった勇ましい発言も見られる。

私が知るかぎり、「ハードボイルド」をヘミングウェイ文学の全容を読み解くキーワードとして論を展開させた評論家は海外には存在しない。日本では、「ハードボイルド」という用語の流行が先行し、それに合わせてヘミングウェイがひっぱりだされたのだろう。私自身は、短篇「殺人者たち」「五万ドル」および長篇『持つと持たざると』（映画『脱出』の原作）ぐらいにしかヘミングウェイの〝ハードボイルド性〟を認めない。ヘミングウェイが作品中で用いた興味深い「ハードボイルド」については「レポート1」の第3項を参照していただきたい。

5　双葉十三郎のハードボイルド映画評

四〇年代末に日本で公開された『ローラ殺人事件』『裸の町』の二本の映画評の中で双葉十三郎が「ハードボイルド」という用語をつかったことは第二章で記したが、そのあと五〇年代にはさらに十八本の双葉映画評に「ハードボイルド」がでてくる。『ぼくの採点表I』を丹念に繰って見つけだしたものなので、若干の意外な見落しはあるかもしれないが、ハードボイルド調の映画はすべてふくまれているはずだ。

年代を少しさかのぼって、一九五一年一月（製作時から十年後）に公開された『マルタの鷹』以降、公開年順に双葉映画評を追ってみよう。前にも記したようにこれらの映画をすべて私はほぼ同時代に観ているし、映画評も読んでいる。いまも私の頭に刻みこまれているハードボイルド・パレードの開幕である。

まずは大本命の『マルタの鷹』。いくぶん長めの映画評の中に「ハードボイルド」は七つ出てくる。

いわゆるハードボイルド派の探偵物の面目を遺憾なく伝えている。（中略）極言すれば、僕たちが見る最初の完璧なハードボイルド派探偵映画である。（中略）相棒が死ねば直ぐ事務所の看板を書きなおさせるのも非情派の面目だが、死んだアーチャーの妻アイヴァが言い寄るあたり、短いショットでハードボイルド派のスピリットを躍如とさせている。（中略）ヒューストンの演出は、ハードボイルド派の探偵小説の文章を、視覚に移す場合はどんなふうにしたらいいか、という問題の、見事な解答……ボガートはその後多くのハードボイルド型の主人公を演じているが……こんなに柄に合った好演はない……ハードボイルド私立探偵の感じをよく出している。（中略）ハードボイルド派の探偵作家たちは、彼をモデルに主人公を描いているのではないか、とさえ思えるくらいである。

『マルタの鷹』を観て大いに感心しながらこの映画評を書いていた頃、双葉十三郎はチャンドラーの『大いなる眠り』の翻訳にとりかかっていた。その翻訳苦労話は前に紹介したが、ハードボイルド探偵小説をよく読み、翻訳もしていたことがこの映画評におのずと現われている。「作家はボギーの演技やスタイルをモデルにしてハードボイルド小説を書いているのではないか」という指摘は正しいかもしれない。ハードボイルドのヴィジュアルな典型を初めて示した役者がボガートだった。

『マルタの鷹』の原作の翻訳はこのあと丸三年待たされることになるが、《宝石》五一年一月号には映画公開に合わせてグラビア・ページとともに新機軸の〝映画小説〟が掲載された。だが公開当時、この映画は日本ではそれほど大きな話題にはならなかったという。

五〇年から五一年にかけて公開されたハードボイルド調の映画にはほかにもアラン・ラッド主演の『暗黒街の巨頭』（四八年作。原作はF・スコット・フィッツジェラルドの『偉大なるギャッビー』）、ボガート、バコール共演のヒューストン映画『キー・ラーゴ』（四八年作）、カーク・ダグラス主演の非情なボクシング映画『チャンピオン』（四九年作）や、ヘミングウェイ原作で四七年に公開されたこれまたボギー、バコール共演の『脱出』（四四年作）をジョン・ガーフィールド、パトリシア・ニール共演で再映画化した『破局』（五〇年作）などがあったが、双葉評に「ハードボイルド」がでてくるのはこの最後の『破局』のみ。「原作（『持つと持たざると』）はハードボイルド・タッチで知られているが、映画はそこまでゆけず、人情劇的な匂いがつよい」と評されている。細部はおぼえていないが、共演者二人がごひいき俳優だったので、私の大好きな映画だった。

五二年公開のハードボイルド系の映画は、リチャード・ウィドマークを売り出した『死の接吻』（四七年作）、ジョージ・ラフト主演『赤い灯』（四九年作）、スティーヴ・コクラン主演のギャング物『明日なき男』（五一年作）、ガーフィールドの『その男を逃すな』（五一年作）、ウィドマーク再登場の『情無用の街』（四八年作）など。双葉評にはどれも「ハードボイルド」はつかわれていないが、主役男優の演技はすべてハードボイルド調だった。

五三年公開のハードボイルド系映画は、ヘミングウェイのハードボイルド名短篇をもとにした『殺人者』（四六年作）、ジェイムズ・M・ケイン原作の『深夜の告白』（四四年作）、ジョン・ペイン主演の『銃弾都市』（四九年作）、ウィドマーク主演の反共映画『拾った女』（五三年作）、そして前出の『復讐は俺に任せろ』など。奇妙なことに初めの二作の双葉評には「ハードボイルド」はなく、うしろの三作とミュージカル『バンド・ワゴン』の中に「ハードボイルド」がたてつづけに出てくる。「ハードボイルド型探偵小説によくある型」というのが『銃弾都市』、「いわゆるハードボイルド・タッチの犯罪物……スピレーン小説のマイク・ハマーみたいにスゴんで復讐を誓う」のが『復讐は俺に任せろ』。『拾った女』については「ジーン・ピータースが従来と一変したハードボイルド演技を見せている」と女優評に用いられている。

フレッド・アステア主演の『バンド・ワゴン』には、私も鮮明に記憶している「ガール・ハント・バレエ」の一景があり、これは「流行ミッキー・スピレーンの色情的探偵小説を完璧にパロディ化……アステアのハードボイルド気取りはユーモアたっぷり」と評されている。

五四年に公開されたハードボイルド調の映画の筆頭はヒューストン監督の『アスファルト・ジャングル』（五〇年作）だったが、双葉評は少し歯切れが悪い。「一糸みだれぬバランスで統御され……そのため、形式的にはハードボイルドな印象がうすい。（中略）だが、本質的にはハードボイルドであることにはかわりない。（中略）ロマンティックな甘さなしに描写……客観的で非情的である」。
このほか、アラン・ラッド主演が二本。『対決』（五一年作）と「例によって例のごときハードボイルド的表情」のラッドを看板にした『零下の地獄』（五三年作）。キャグニーの『明日に別れの接吻を』（五〇年作）とボガートが検事役の『脅迫者』（五一年作）の双葉評には「ハードボイルド」は出てこないが、『殺人者はバッヂをつけていた』（五四年作）は「原作はトーマス・ウォルシュ、脚色はロイ・ハギンズと、二人のハードボイルド派探偵作家が名前をつらねた作品で、物語的にはたいへん面白い」と評された。

そして、私自身の自分史と重ねあわせると、受験戦争からみごとに落伍し、その先二年間つづく大学浪人生活がはじまった一九五五年四月、鮮明に記憶に残る二本のフランス映画、『恐怖の報酬』（五二年作、イヴ・モンタン主演）とジャン・ギャバン主演『筋金《ヤキ》を入れろ』（五五年作）とのあいだに公開されたのが、チャンドラーの『大いなる眠り』を原作にしたハワード・ホークス監督の『三つ数えろ』（四六年作）だった。双葉評には「ハードボイルド」が三カ所に出てくる。

> ……題名のことはともかく、これは原作にたいへん忠実な映画化である。（中略）ハワード・ホークスが「マルタの鷹」のジョン・ヒューストンのようなハードボイルド・タッチを出せれば、もっとずっといい映画になったにちがいないが……ホークスの弱点はマーロウにぴったりのボガートで充分にカヴァーされている（中略）ハードボイルド派の私立探偵の役は……やはりボガートが当代一流（中略）原作の会話の面白さは充分に生かされ……ハードボイルド探偵小説独特のものである。

映画評の形式を借りたハードボイルド紹介者としての双葉十三郎の役割が戦後の日本ハードボイルド輸入史の中でかなりのウエートを占めていたことがおわかりいただけたと思う。

当時はまだそれほど意識はしていなかったが、気づかぬうちに私は双葉十三郎のハードボイルド映画評を頭に刷りこまれ、手造りの西部劇映画雑誌や切り抜き帖の短文に「ハードボイルド」という言葉をつかうようになっていたのにちがいない。

『ぼくの採点表』の中で「ハードボイルド」を五〇年代末までに何本の映画でつかったか（正確には二十本）を、二〇〇五年九月のインタヴューのときに告げると、双葉さんはこともなげにこう言った。

「じゃあ僕は、ハードボイルドの大家だね」

このとき九十五歳の双葉十三郎の自負に満ちたこの言葉はとても印象的だった。

＊ちょうどこの章を書き終え、次章にとりかかる準備をしていたとき、偶然にもミッキー・スピレインの訃報が届いた。最初に電話でしらせてくれたのは友人の木村二郎だった。そのあと夕刊に載った一段二十三行の共同通信の配信記事で確認した。

記事によると二〇〇六年七月十七日、サウスカロライナ州の自宅で死去。享年八十八歳。「1940年代に私立探偵マイク・ハマーを主人公にした「裁くのは俺だ」を発表して人気を博し」とあるが、〝40年代〟という表現はあまりにもずさんだ。正しく一九四七年とするか、少なくとも四〇年代後半、あるいは第二次大戦終結後とすべきだろう。だがこの記事は「自ら流行作家と割り切り、評論家からの批判的意見を意に介さなかった」となかなかおもしろい結び方をしていた。

第四章　波乱万丈の青春時代　一九五五年〜一九六〇年

左より有岡、菅谷
湯川、中島の各氏

愛読者座談会

●いいたい放題

出席者（AB順）

有岡鶴治（東大学生）
中島信也（早大学生）
菅谷やす寛（成城大学生）
湯川礼子（無　職）
司会　和（編集部）

和　先々月でしたが、雑誌にモニターを募集させていただきましたところ、全国のかたがたから百いく通かのおハガキをいただきました。誌上をかりてお礼申し上げます。じつはあのとき、モニターを東京近郊のかただけにしようとおもったんですけれど、地方のかたにもなんらかの方法でモニターになっていただけると存じたしだいですが……きょうは、とりあえず東京のかたがたから四名さまをお招きいたしまして、雑誌のことをうかがいたいと存じます。
　はじめて、お目にかかるわけですが"マンハント"は、はじめのころから、お読みいただいておりますか？
有岡　創刊号は買いそこないました。
湯川　私は八月創刊号からのファンです。
中島・菅谷　創刊からです。
湯川　はじめ、創刊のときは、じつにショックでしたわ。
和　ショックと申しますと？
湯川　いままでの日本にはない新しいセンスと、すごくエロで……
中島　従来の探偵小説雑誌の概念からみるとダンチなんですよ。
菅谷　おどろきでした。これだけはたしかです。もっとも、さい近の雑誌には、創刊当時のあのへんな味はちょっとうすれているような感じだな。
中島　こういうモニター会議みたいの、毎月やるんですか？
和　できればぜひやらせていただきます。本来ならば、皆さま方がお寄せいただいたお便

55　いいたい放題

〈世界最高のハードボイルド専門誌〉と謳われ、1958年8月号から始まった雑誌《マンハント》の愛読者座談会（1960年2月号）に「早大学生」として本名で登場（写真右端。154ページ参照）。

1　早稲田で知り合った仲間たち

浪人暮らしの二年間と早稲田大学での四年間、私の健康状態は非常に不安定だった。時期や先後に多少不明な点があるが、悪性の帯状疱疹、重症のバセドー病、切除手術を要した扁桃腺炎、長期間の断塩を強いられた急性腎炎などを患い、大学での最後の年には結核性眼底出血（左眼のみ）による網膜剝離を生じ、硝子体混濁が薄らいだあとも、視野欠損が残った。しかし浪人生活一年めの前半はさほどめんどうな病気にはかからなかったらしい。早稲田をめざしていたわけではなかったのに、手元に残っている使用済みの定期券によれば、私は高田馬場にある予備校に通っていた。予備校生でも学割がもらえ、料金は西武池袋線の江古田から三カ月間で千十円だった。

こんなものがあるくらいだから、映画館のチラシはもとより、意味もないチケットの半券もあれこれ残っている。地下鉄丸の内線の池袋‐お茶の水間開通記念乗車券の日付は昭和二十九年（一九五四年）一月二十日。後楽園ゆうえんち開場記念入場券の日付は一九五五年九月。この年に始まった帝国劇場のシネラマの観覧券の半券もある。地下鉄はお茶の水まで開通したが、後楽園や銀座は池袋から17番系統の都電で出かけることが多かった。そのほうが安かったからだろう。

話はいきなり海の向こうのアメリカに飛ぶが、一九五五年の九月三十日に、天才スター、ジェイムズ・ディーンが、二十四歳の若さで自動車事故死という報が伝わった。『エデンの東』で主演デビューを果たし、『理由なき反抗』のあと矢継ぎ早に『ジャイアンツ』を撮り終えた直後の出来事だった。ジェイムズ・ディーンに入れ込んでいた私にとって、この悲報はかなりのショックだった。

だがいまふりかえると、ジェイムズ・ディーン伝説が日本で築きあげられていった経過や、私自身の入れ込み様に少しばかりつじつまがあわないことがあるのに気づいた。この悲劇の若者への思いと共感は彼の死後培養されたものではなかったか。手に入るかぎりのグラビア写真やスナップ写真を集め、分厚い手造りの個人アルバムを私が作成したのは彼の死後だったのか。そのあたりのことがはっきりしないのだ。

同じ一九五五年に日本では、二十三歳の若きヒーローが誕生した。一橋大学の学生作家、石原慎太郎である。この年の《文学界》七月号に載ったデビュー作『太陽の季節』を私が読んだのは、翌年の二度めの大学受験シーズンのまっただなかだった。国立一期校（一橋大）に落ちたあとなにかの病気にかかり、母に付添われて出かけた二期校（横浜国大）の受験日の前夜、駅前旅館の〝障子のある〟和室でのことだ。これではダジャレにもならない。試験に受かるはずもない。

『太陽の季節』が賛否両論の渦の中でもみくちゃにされながら芥川賞を受賞したことを、私は知っていたと思う。時期から考えると、たぶん芥川賞が発表された《文藝春秋》でこの小説を読んだのだ。父が欠かさずに購読していた《文藝春秋》を持ちだした、というのが正解だろう。

そのあとの浪人二年めには鮮烈な出来事は何もなかった。大塚の啓成予備校に通い、小学校からずっと同級で、映画やミステリの好みも共通していた例のE・Kという友人とあちこちふらふら歩き回ったり、西部劇映画の広告を切りぬいたり、手造りの雑誌や私家版ハードボイルド・アンソロジーづくりに精を出していた。受験勉強にはまったく身が入らず、経済学部は早々にあきらめ、なんとか早稲田の一文に受かったのは奇蹟のようなものだった。

当時の第一文学部の英文科は一学年約百人。アイウエオ順に何の意図もなく分けられた「英文C級」の二年めの名簿は私の名前から始まっている。すでに数名の中退者がでていたらしく、総数は三十名（女子が七名）。この中で在学中に親しくなり、卒業後も交友関係がつづいた級友は三人しかいない。あらためて名簿を見直しても記憶が甦る名前はほかには一人もなかった。それほどまでに〝仲間意識〟が欠如していたということなのか、私だけが特別だったのか、この英文C級自体についての思い出はほとんどない。

卒業後もつき合いが続いた三人の級友の一人、T・Nは大磯に住み、いまもときどき電話で声をかけあうことがある。彼には教育学部の学友が二人いて、その連中と一緒に高田馬場の玉突き屋や新宿伊勢丹裏の狭いローラースケート場でよく遊んだ。いわば大学時代の〝悪友〟である。教育学部の一人、K・Wは射撃部に入っていたスポーツマン・タイプの男で、彼を射撃場に訪ねてライフルに触らせてもらったこともあった。

英文C級の残り二人の級友は、二年生のときにつくったクラス誌に一緒に寄稿した野村光由（卒業後、東京12チャンネルに入社）と、私同様にペイパーバック・ミステリを収集、乱読していた山口剛（卒業後、日本テレビに入社）である。私もふくめて、大学の一年生、二年生の頃にはもちろん自分たちの将来が出版やテレビ業界に向かっていることなど考えてもいなかった。奇妙な縁である。

大学一年生の秋、その山口剛と私の目にとまったのが、ワセダ・ミステリ・クラブの会員募集のチラシだった。二人で入部の申し込みをしてわかったのだが、発起人は商学部一年生の大塚勘治（のちに本名を逆に読んだ仁賀克雄のペンネイムで海外ミステリの評論、翻訳を始める）だった。江戸川乱歩や、千代有三のペンネイムで作家活動をしていた英文科の鈴木幸夫教授を訪ねたりしてワセダ・ミステリ・クラブ（ＷＭＣ）を設立した功労者である。

機関誌《Phoenix》（フェニックス）のＷＭＣ創立三十周年記念号に大塚が寄せた「ＷＭＣの創立とその時代」の冒頭に、「一九五七年十二月二日にＷＭＣは学生会館二階の広間で創立総会を開いた。鈴木幸夫会長、江戸川乱歩顧問が出席され、学生六十名が集った。ワセダ・ミステリ・クラブの名称は乱歩の示唆による」とある。

〝伝説の巨人〟乱歩を一目見ようと、私も創立総会に参加したはずだが、そのときのことが記憶に残っていない。江戸川乱歩が出席していたにちがいないパーティに私が初めて出たのは、翌五八年の五月、たしか池袋の西武デパートの最上階のレストランで開かれた新入生歓迎パーティだった。じつは乱歩の姿も日付も場所もうろおぼえなのだが、一つだけ鮮明に記憶していることがある。窓際の席のうしろをすり抜けるようにして上座に歩み寄った、ずんぐりした体格の学生がいたのだ。教育学部三年、射撃部在籍、大藪春彦。彼がその場で鈴木幸夫会長に進呈し、〝伝説〟によれば「一部百円で会員に売ろうとしたが誰も買わなかった」同人誌が教育学部でつくられた《青炎》の創刊五月号だった。その同人誌にほぼ全ページを費やして掲載されていたのが、彼が春休みに一気に書き上げた『野獣死すべし』だったのである。

この大藪春彦のデビューとそれにまつわるエピソードについては後段で触れることにして、五〇年代半ばから後半にかけてのハードボイルド輸入状況を先に記しておこう。

ハメットの『デイン家の呪』とチャンドラーの『さらば愛しき女よ』がポケミスにおさめられた一九五六年にはロス・マクドナルドの『死体置場で会おう』（非アーチャー・シリーズ）とアーチャー・シリーズの第五作『犠牲者は誰だ』もポケミスに収録された。

ＬＡの私立探偵、リュウ・アーチャーは初登場以降、一年一作の確実な新作刊行によってハードボイルドの新しい読者を開拓する機動力となった。このようにほぼ同時期に、ハメット、チャンドラー、スピレイン、ロス・マクドナルドの四作家の作品がどっと輸入され、受け手である日本の読者の側に混乱が生じたのだが、ハメットは二〇年代末から三〇年代にかけての悪名高き禁酒法時代の末期に創作活動のピークを迎えた古い作家だ。ハメットより六歳年長でデビューが十年遅れのチャンドラーも初期四作を三〇年代末から戦中に発表した作家だった。戦後派のスピレインとマクドナルドは先人二人とは明らかに異なる新世代作家なのである。良くも悪くもこの二人は第二次大戦後の現代アメリカの息吹きを感じさせた。

前章のポケミス創刊の頃の裏話で紹介したように、初期のスピレインは二冊がポケミスに入り、残りは日本出版協同から刊行された。これもたまたま成り行きでそうなっただけだろうが、戦後のハードボイルド派の筆頭、ロス・マクドナルドの初期リュウ・アーチャー・シリーズはポケミスと創元が刊行をわけあうことになった。アーチャー・シリーズの第一作『動く標的』（四九年作）と第二作『魔のプール』（五〇年作）がポケミスに一歩遅れて一九五八年に創元の世界推理小説全集におさめられたのである（一九五九年に完結した全八十巻の同全集には、ハードボイルド系の作品は、このほかにハメットの再訳が三点と初めて単行本になったチャンドラーの『大いなる眠り』『かわいい女』の二点、およびトマス・ウォルシュ、フランク・グルーバーの各一点、合計九点のみ。そのあとの創元の現代推理小説全集、全十五巻にはハードボイルド系は新人、ウィリアム・P・マッギヴァーンの『最悪のとき』、全二十九巻のクライムクラブにはやはり新人、ホイット・マスタスンの警察小説『非常線』の各一作しかおさめられていない。選者、植草甚一の好みがよくあらわれている）。

一方の早川のポケミスからは一九五八年にシリーズ七作めの『運命』が出た。日本版《EQMM》五八年三月号に載った全ページ大の自社広告には、「ハード・ボイルド小説の第一人者」とあり、

「ハメットが完全に創作から離れ、チャンドラーも4年の沈黙をまもっている現在、正統ハードボイルド派の現役第一人者は誰だといえば、ロス・マクドナルドをあげて、異論はないだろう。（中略）近刊予定の『裁判官たち』（『運命』）は……作者が1年の歳月を費やした野心作である」という宣伝コピーが記されていた。

ロス・マクドナルドの初期九作中五作（六〇年刊の『ギャルトン事件』まで）を訳したのは、スピレイン・デビューに立ち会った中田耕治だった。いわば中田耕治は新しいハードボイルド・ミステリ翻訳の先駆者だったのである。その中田耕治が自分の訳した『運命』を文芸評論家、平野謙に批評され、それにこたえる一文を《EQMM》五九年三月号に発表した。

「……アクション・ドラマめいた作品であると指摘され、あわせて、作中の「私」が探偵でありながら叙述者である点に弱点があるのではないか」という疑問に対して、「（この）作者は……通俗的なアクション・ドラマを根本のところでは疑い、決してそれに安住するとしてはいない……ヘミングウエイは「かつて一度たりともハード・ボイルドであつたことはなかつた」と自分自身について書きましたが、ロス（・マクドナルド）も遂にハード・ボイルドであつた事はない」とこたえている。その頃少しずつ姿を見せだしていた〝通俗ハードボイルド〟〝軽ハードボイルド〟という便宜的分類の範疇に入る作家でないことを強調したのである。また、〝私〟という視点については、「探偵小説も文学である以上、一流作家には一流作家としての人間認識が輝くので……これらの作家の「私」という視点設定は、作品創造の必然」であると論じている。

これとは対照的に、もっとくだけたハードボイルド賛成派の意見もあった。ベテラン翻訳家の井上一夫が、《EQMM》の五九年二月号で、リュウ・アーチャーは「非情な世界に一人ぼっちで刃向ってゆく現代の子だ。（中略）ところが、非情の世界のそういう探偵に、案外情にもろいところがある。

（中略）浪花節調だが、なかなか有情なところを見せる」というハードボイルド・ファン特有の思い入れを示しているのが好ましい。私もそれと似たような思いでアーチャー物語を読み始めたのだと思う。

2　ハメット大売り出しと日本版《EQMM》創刊

新人ロス・マクドナルドの登場と並行して旧「ハードボイルド」派の輸入も順調に進んでいた。五四年までに長篇五作の翻訳が出そろったダシール・ハメットは、独占翻訳権が生じなかったために、第二陣、第三陣の〝新訳〟がそろって刊行され、華々しい競訳合戦を繰りひろげた。『マルタの鷹』と『赤い収穫』は田中西二郎訳が新潮文庫と前出の世界推理小説全集（創元）に収められ、『ガラスの鍵』の大久保康雄訳も同じ創元の全集に入った。

その後もハメットの競訳はつづき、『赤い収穫』と『マルタの鷹』は、一九六一年までにいずれも三種類の訳書が出まわる結果になった。翻訳界の長老、大久保康雄とは翻訳の仕事では直接の師弟関係はなかったが、八〇年代になって始めたゴルフでは新入りの弟子として遊んでもらった。永井淳、山野辺進といった猛者にまったく歯が立たなくなっていた頃だったので、目の前にあらわれたへぼの私をおもしろがって相手にしてくれたのだ。

しかし、翻訳の話となると、ことはそううまく運ばなかった。一九九三年にハヤカワ・ミステリ文庫から刊行された『ガラスの鍵』の訳者あとがきで、私はその間の事情をこう記している。

……（大久保康雄）先生は私のゴルフの師匠でありライバルだった。六年前に亡くなられるまでの数年間、ゴルフを通じて親しくしていただいたが、翻訳の話がでたのは一度だけだった。私が訳した『マルタの鷹』をさしあげたところ、「ありがたくもらっておくが、読みはしないよ。西さん（田中西二郎）のを読んだから」

とクギをさされてしまったのである。

一九五六年に刊行された、その田中西二郎訳の『マルタの鷹』の解説を読み返してみると「ハードボイルド」に関するしっかりした記述がみつかった。

……ハメットこそ、この派の始祖であって、「ハードボイルド」という形容詞は、探偵小説の世界では、実は彼の作品の特色を説明するために用いられた言葉だという。（中略）hard-boiledは日本の文壇用語の〝非情〟にあたる。（中略）この言葉に関する限り、ハメットがヘミングウェイの後塵を拝したとは断言できないようだ。

ハメットのリアリズムをヘミングウェイのそれと区別する大きな特色の一つは、その描写の異常な精密さである。（中略）〝肉眼〟的な、日常的感覚にとらわれない〝眼〟――そこにハメットの文体の独創性がある。

このあと田中西二郎は、〝非情〟な、カメラ・アイ的なリアリズムを通じてハメットは、〝本格〟探偵小説では味わえない文学性、芸術性を作品にもたらし、さらには「犯罪を媒体にして……アメリカの現代社会の深部を抉り出した」とし、興味深いことに日本作家、石原慎太郎との対比で解説を締めくっている。

石原慎太郎氏の文学は、アメリカのハード・ボイルド文学から血を引いていると、わたしは見ている。（中略）〔どちら〕もモラリストの文学である。（中略）『太陽の季節』がＰＴＡ族その他の旧道徳の支持者を刺激したように、『マルタの鷹』の主人公サム・スペイド探偵も……スノビズムに真向から挑戦する。（中略）それが反道徳的に見えるところが、ハメットのリアリストたる所以であり、この作品の凡常を超えている点である。

この当時、これほどの正論はめずらしい。さすが筋金入りのハードボイルド訳者である。ハメットの名前が日本でもしだいに知られかけてきた頃、じつに細々とした情報伝達の糸を伝って日本に流れてきたのが四〇年代末からアメリカでヒステリックな猛威をふるいはじめていた〝赤狩り〟（コミュニズム弾圧活動）のニュースだった。

単にハメットがらみの興味深い情報として、少しでも早く知りたいと願っただけだったのかもしれないが、私は必死に目と耳をそば立てた。〝赤狩り〟についてごく早い時期に日本で出版され、刊行後まもなく私が古本屋で入手した本が三冊手元にある。

一冊はオーエン・ラティモアの『アメリカの審判』（みすず書房、一九五一年六月刊）、訳者は陸井三郎である。ロシアのスパイであると名指しで非難された一学者が非米活動委員会のジョゼフ・マッカーシーに猛然と反撃を加えた自伝風の本で、アメリカでは前年に刊行されたばかりだった。ラティモア教授は同書の第九章で、「マッカーシー流のごろつき政治屋」という表現を用い、「こういう魔女狩りの連中がわれわれに押しつけようとしている基準は、宣伝の基準、暴民的考え方の基準、思想統制の基準である」と手きびしい。

同書の解説で私が名前を覚えた陸井三郎の編による『ヒステリー・エージ』（月曜書房、一九五二年六月刊）は《シカゴ新報》という邦字新聞からアメリカの話題を選りすぐった一書で、第一章、第二章、第九章の三章が〝赤狩り〟のニュースにあてられていた。そして第一章「魔女狩り全アメリカを席捲す」の「ハリウッドの赤狩り」の項に、

「なお、そのほかに共産主義の同情者〔シンパサイザー〕として摘発されているなかには、次の諸名士がいる」とあり、『影なき男』を創作した探偵小説家、ダシール・ハメットの名が挙げられていた（ほかにアインシュタイン、作家のトーマス・マン、建築家、フランク・ロイド・ライトらの名がある）。

最後の一冊はハワード・ロースン著『ホリウッドの内幕』（岩崎昶訳、新評論社、一九五五年八月刊）。ハメットの名は直接は出てこないが、一九四七年に始まったハリウッドの〝赤狩り〟に焦点があてられ、映画界から追放された「ハリウッド・テン」の名前も明らかにされている（ドルトン・トランボ、リング・ラードナー・ジュニアの名もある）。

単行本ではなくニューズレターのようなもので〝赤狩り〟の頃のハメットの消息を追った記憶もあるが定かではない。そしてその後も、ミステリ関連書では、没後十年以上が経過するまで〝赤狩り〟に関するくわしいハメット情報は伝わってこなかった。後年の評伝類によると、ハメットは一九五一年七月九日、証人として出廷したニューヨーク連邦裁判所の法廷で八十回以上にわたり証言を拒否。法廷侮辱罪に問われ、保釈もとりけされ、同年十二月九日まで約五カ月間、〝名誉〟の服役をみずから受けいれた。この事実が、当時の日本には正確に伝わらなかったのである。

＊ハリウッドの〝赤狩り〟について言及した本は数多いが、二〇〇六年七月に、上島《かみじま》春彦著『レッドパージ・ハリウッド』というすぐれた研究書が世に出た（作品社）。年表や索引、詳細な註もつけられ、知られざるハリウッドの悲痛な裏面史となっている。

出所後、ダシール・ハメットはひっそりとした晩年を送るのだが、彼の短篇は日本ではふたたびミステリ誌に登場し始めた。《宝石》の初ハメットは一九五五年五月号の「身代金」、《ブラック・マスク》一九二三年十月十五日号初出のコンチネンタル・オプ物の第二作である。この短篇には解説はつけられていないが、同号の編集後記には「チャンドラーが発狂したと新聞が報じている。どんな事情か不明なので案じつつ詳細を待つ」という曰くありげな一文がある。一まわり半年上の妻シシーに先立たれたあと錯乱状態におちいり、何度も拳銃自殺を企てたり、施設に入ったり、ホテルの窓から飛び降りると騒ぎ立てたりした一連の奇矯な行動を報じたニュースだったのだろう。

《宝石》《別冊宝石》《探偵倶楽部》などからお気に入りの翻訳物を破りとって再編集した私の手造り本の生き残りの二巻には、残念なことにハメットは収められていない。だが数の上からはゆうに三巻分の翻訳があった。ハメットとの出会いについて記した「新・ペイパーバックの旅」の第三回めによると、

《宝石》で言えば「身代金」とか……「蠅取り紙」（五五年十一月号、能島武文訳）、「王様稼業」（五六年四月号、小山内徹訳）などが古いところだ。
《探偵倶楽部》のほうは、「午前三時路上に死す」「一時間の冒険」「うろつくシャム人」「焦げた顔」「甘いペテン師」の五篇が一九五六年に、そのあと五七年に四篇、五八年に五篇、合計

十四篇。都筑道夫訳がペンネイム（谷京至も）をふくめてこのうち六、七篇、久慈波之介（稲葉明雄）も二篇に顔をだしている。

このあと《宝石》五六年十月号に掲載されたサム・スペード物の短篇「貴様を二度は縊れない」には「潤」の署名（おそらく訳者の田中潤司）による長文の解説がつけられた。《ブラック・マスク》時代のこと、クイーンが編纂したハメットの短篇集のことなど、すぐれた書誌研究家の片鱗をのぞかせる詳細な解説である。

私がまだ浪人暮らしをしていたこの一九五六年に、戦後ミステリ輸入史上のビッグニュースと言うべき〝事件〟が起きた。早川書房が、一九四一年創刊のエラリイ・クイーン編集による《EQMM》の翻訳出版権を取得し、日本版《エラリイ・クイーンズ・ミステリ・マガジン》をスタートさせたのである。七月創刊号には、ハメットのオプ物の一篇「雇われ探偵」が掲載された。本国版創刊号以来、クイーンが根気よく再録をつづけてきた三十篇近いハメットの旧作短篇の一篇だった。

だが、「〔オプ物の〕短篇は、ハードボイルド派の揺籃時代に「ブラック・マスク」誌などに発表されたものが大部分だが、それぞれ捨て難い味を持った傑作揃いである」という無難な解説をクイーンの名前を借りて書いたのは、同誌の編集部に入りたての自称〝泥なわ編集者〟都筑道夫だったにちがいない。《HMM》の八四年一月号に載った超長期連載エッセイ「推理作家の出来るまで」の第九十三回「また多町がよい」（多町が良い、ではなく多町通い）に次の記述がある「〔多町は神田多町のこと。早川書房の社屋がある〕」。

早川（清）さんは、田中潤司君が急にやめた理由も、説明してくれた……私にとっては、もうどうでもよかった。（中略）まだ入っていない原稿もあった。それは、ぜんぶ田中君が書くはずの原稿だった。エラリイ・クイーンの解説の翻訳や、クイーンの解説のないものに、つけるはずの解説である。

では、五七年一月号に掲載された非オプ物の「二本のするどいナイフ」（戦前《新青年》に掲載された）につけられたエラリイ・クイーンの解説を翻訳したのは訳者（中田耕治）だったのか、都筑道夫だったのか。ほぼ全文が忠実に翻訳されていること、余分の追加がいっさいないことなどを見ると、クイーン解説の翻訳をやったのはたぶん訳者だったのだろうと思われる。そしてその解説は次の示唆的な一節で終わっていた。

（本篇の作風）の控え目さが、アンドレ・ジードが、最近強調されすぎのハード・ボイルド主義のうちにいみじくも指摘してみせたあの安価さをも、うち消してくれているのである。

当時すでにお気づきになられた方もいらっしゃったと思うが、じつはこのクイーンの解説こそ、アンドレ・ジッドが実際にハメットをどのように褒めたのかを、日本のミステリ読者に初めて正確に伝えた一文だったのである。「レポート２」の四〇九ページにあるように、ジッドはハメットを手放しで褒めたわけではなかった。ヘミングウェイなどの新しいアメリカの偉大な作家たちとは「同列に並べられないとはいえ」という留保条件つきの讃辞だったのだ。だが、《世界》の創刊号（四六年一月号）に載ったジッドに関する記事をもとにして江戸川乱歩が広めた〈ジッド、ハメットを絶讃〉説（第二章第２項）は、このクイーン解説をもってしてもその勢いを弱めることはできなかった。これは、戦後ハードボイルド意外史のナンバー・ワンと呼んでもいいだろう。

《EQMM》の初代編集長は、詩人でもあった田村隆一、二代目の都筑道夫が実務をうけもち、六〇年一月号まで編集部に在籍した。ところが都筑道夫は編集長に在任中、五七年五月号と六月号の二号の「編集者ノート」を、早川書房入社は先だが歳は四つ若い小泉太郎に書かせた。よほど忙しかったのか、なにか内輪の事情があったのだろう。すると若い小泉太郎は半ばやけくそ気味に年長の編集者たちを編集者ノート上で〝皆殺し〟にする計画を練る。

編集長の田村隆一は酒に毒を盛ってやる。体内にミステリしかつまっていない都筑道夫は数千冊の蔵書に火をつけてやればみずから火中に身を投ずるだろう。慢性の十二指腸潰瘍をこよなく愛している福島正実は、手術をして治してしまえば厭世自殺を企てるにちがいない、といった具合だ。

この血気盛んな青年編集者、小泉太郎こそ誰あろう、退社後の六四年に『傷痕の街』でデビューしたハードボイルド派作家、生島治郎である。私が翻訳ミステリの世界に足を踏み入れた頃の大先輩たちが総出演しているこんな楽屋話もいまになってみれば懐かしい。

長篇の翻訳が一足先に出そろっていたチャンドラーのほうは、五四年以降、《宝石》と《別冊宝石》で長めの短篇があいついで翻訳された。五四年は「ナイトクラブの女」と「スマート・アレック・キル」（「殺しに鵜のまねは通用しない」）、五五年は「ヌーン街で逢った男」「猛犬」のほか、年末に刊行された《別冊宝石》の『ハードボイルド三人篇』にジェイムズ・M・ケインの『恋はからくり』、フランク・グルーバーの『笑う狐』と合わせて「ネヴァダ・ガス」「スペインの血」の二篇が収められた。古本屋で六十円で入手した『三人篇』も私のお気に入りの一冊だった。

この《別冊宝石》には例によって乱歩の解説があるが、大半は九年前に《雄鶏通信》に発表した小論の引用で、ほとんど目新しい発言はない。「ハメットも、マクドナルドも、よくわからない……スピレインに至っては、少しも感心しない」と、まさにお手上げ状態である。しかし、ハードボイルドの影響はあちこちにあらわれ、「私自身でさえ……近頃は意識的に、短かく切れ切れの文章にかわって来たが、無意識に、この世界の流行に順応しているのかも知れない」と結んでいる。

一方、《EQMM》の編集長を引き受ける直前まで、おもに《探偵倶楽部》でハメットやチャンドラー、ウールリッチなどを数多く訳していた自称〝泥なわ翻訳者〟時代の都筑道夫は、一九五五年末に「彼らは殴りあうだけではない――非情派探偵小説について」というきわめてシリアスなハードボイルド本質論を書いている（光文社文庫『探偵は眠らない』収録）。

……ハードボイルド派の文学を、「冷酷非情」と説明する文学の上ッつらだけで受けとっていたところに、これまで日本におけるこの派の文学への、誤解の多くが生れていたように、私は考えます。（中略）少くとも、日本においてハードボイルド探偵小説をこころざすものは、やたらに、女を殴ったり、裸にしたりする、行動の外形を模倣するより以前に（中略）ハードボイルド文学の真価は、実はその表看板である行動性に存するのではなく、その精神にあるのですから――。

読み直してみてあらためておどろいたのだが、この大マジメな筆づかいは都筑道夫流の軽妙さとはかけはなれている。いくぶん気負いもあったのだろう。この一文は、もともとこの『ハードボイルド三人篇』のために〝寄稿した〟ものだったそうだが、実際に載ったのは《宝石》の五六年一月号だった。スピレインのマイク・ハマー全盛の頃で、大藪春彦はまだ登場していない。ハードボイルド論の空白の時期に発表された〝呼び水〟のような役目を果たした評論だったと言えるだろう。

そして五〇年代の後半は、チャンドラーの話題がハメットを完全に圧倒した。五六年には長篇第二作『さらば愛しき女よ』がポケミスに入り、《宝石》と《探偵倶楽部》に短篇が各一篇。五七年、短篇二篇。五八年には、五三年作の『長いお別れ』がついにポケミスに登場。他に短篇二篇。そのレイモンド・チャンドラーに〝サドン・デス〟が到来したのは五九年の三月二十六日。遺作『プレイバック』が刊行されたのはその年の十月だった。

3　大藪春彦の鮮烈デビュー

一九五七年に発足し、いくぶんおぼつかないスタートを切ったワセダ・ミステリ・クラブの内部で、翌年の初夏、前出の〝大事件〟が発生した。ペイパーバック好きで少し風変わりなクラブ会員、大藪春彦が、まさに私の眼前で鮮やかにミステリ界デビューを果たしたのである。私にとっては、『太陽の季節』が芥川賞を受賞したときより衝撃的な出来事だった。

石原慎太郎の『太陽の季節』も大藪春彦の『野獣死すべし』も旧世代からはきびしい批判をうけた小説だが、私自身はほとんど違和感なしに受けいれた。むしろ二人の若い作家の反逆的な姿勢に共感をおぼえた。文学性などそっちのけで、ただ刺激的な楽しめる読物として受けとめたのである。受け入れる下地があり、免疫があったからこそ可能だったとも言える。シグネット・ブックでミッキー・スピレインの洗礼をうけていた私にとっては、この二つの小説はむしろ積極的に容認できるものだった。これを否定するだけの文学的〝教養〟がたんに欠けていたと指摘されればそれまでなのだが。

早稲田に入学した直後から、一九五九年末までにじつは私も〝小説を書きたい病〟にとりつかれ、前出（第三章）の《あゆみ》というクラス誌に四、五篇の短篇を発表した。一九五九年にはこの雑誌の編集に携ったのをよいことに、かなり長めのものを掲載させてもらった。だがその最後の一篇には、指導教官だった阿部先生（一九七五年逝去）から、「事件の設定には面白味があり……何よりも形は整いました。週刊誌の読物小説程度には」という辛辣な評をいただいた。

これも編集委員の一人として名をつらねた英文C級のクラス同人誌《三文誌》にも「道化」という短篇を書いた。池袋の盛り場でチンピラ・ヤクザになっていた小学校時代の旧友と出会い、その男と一緒にふらふらと道化のように夜の町を歩きまわるエピソードをつらねたものだった。刊行は五八年六月。この同人誌は一号かぎりで終わってしまったと思うが、前出の級友、野村光由も小説を、山口剛は散文詩を寄稿した。

比較しようもない話だが、その同じ六月に、教育学部の同人誌《青炎》初出の『野獣死すべし』は、江戸川乱歩の推薦により月刊誌《宝石》の七月号にすぐさま掲載された。同号の編集後記で「R」（乱歩）は、

「ハードボイルドの思想と文体はアメリカ独特のもので、これを日本に移すのはむつかしいと考えていたが、二十才を越したばかりの若い作家は、ぼつぼつこれをわがものにしはじめている」と書き出し、ハードボイルド派新人として高城高《こうじょうこう》と大藪春彦の名前を挙げ、『野獣死すべし』は「スピレイン風の痛快作、ハードボイルドぎらいの読者にも、百七十枚を一気に読ませるこの面白さには、異論がないだろう」と強く推している。この小説が《宝石》に載った直後に《毎日新聞》が「痛快無類の探偵小説」ともちあげたこともあり（六月十八日）、しだいに大きな話題になっていった。

やがてこのデビュー作が、秋に単行本になるという噂が立ち、早稲田祭のWMCのプログラムに載

った講談社の一ページ広告（もう一つの一ページ広告は早川書房）にその噂を実証する近刊予告が刷りこまれた。曰く、「ハードボイルドの野心作、大藪春彦『野獣死すべし』二八〇円」。

ちなみにこの年のWMCの早稲田祭講演会には、講師として江戸川乱歩、松本清張、大下宇陀児、千代有三の四氏が招かれた。華やかな行事だったのである。

その広告は当然私の目にまぶしく映ったにちがいない。さらに追い討ちをかけるように、この小説が東宝で映画化されるという報も伝わってきた。実際に映画が完成し、公開されたのは翌年の六月だが、私は須川栄三監督、白坂依志夫脚本、仲代達矢主演のこの東宝映画を近所の江古田文化劇場で二本立の一本として観ている。

当時WMCには個人誌や私家版の手造り雑誌が何種類もあり、大塚勘治編集による《Waseda Mystery》の創刊号に私は「行動派探偵小説展望」という小論を発表させてもらった。「いわゆる行動派——又はハードボイルド——と呼ばれる一連の探偵小説がある。その特徴は非常にリアリスティックで血のかよった生々しさと、いきの良い主人公と歯切れの良い文体にある」で始まる解説、紹介風の記事だった。その一群の探偵小説をさらに先駆者（《ブラック・マスク》派）、正統派（ハメット、チャンドラー、マクドナルド）、本格派（ガードナー他）、サスペンス派（ジェイムズ・M・ケイン、ウールリッチ）、アクション派（スピレインなど）に分類し、「展望（一）」と謳ったのは長期連載をもくろんでのことだったのだろう。できるだけ多くの資料を集め、それを年代順に並べ、内容を分析して分類・考察する方法をおぼえたのもこのときだった。創作よりもこのほうが性に合っていたのか、それ以来ずっと私は同じ手で〝解説屋〟をやってきたような気がする。

くわしいいきさつはおぼえていないが、私の連載記事の第二回は、一九五八年の六月にWMCの正式機関誌として発足した《フェニックス》の創刊第四号（十二月十五日刊）に掲載され、以後、卒業までの約二年半（第二十号まで）一号も休むことなく連載をつづけた。

一九五八年にはほかにも身辺でいろいろな〝事件〟が起こった。前出のT・Nや教育学部の悪友たちと春に伊豆へ旅行に出かけ、旅先で知り合ったBG（当時のオフィス・レディ）とデートを重ねるようになったのもこの年だった（そのBGが現在の家内である）。

七月にはWMCの会員五名が企画の相談で東映の今井正監督に招かれた。《フェニックス》第二号の「編集後記」（江藤浩城）に「去る七月七日、木挽町の某料理屋で、東映の今井正監督、本田延三郎プロデューサーとWMCの山口、中島（小鷹）、大藪、伊藤、江藤の各会員が推理小説と映画といったテーマで話をした。今井監督が今度推理小説の映画化を考えているらしく、そのための準備運動と思われる」という記述があるのを見つけた。

〝見つけた〟ということは、バックナンバーを繰ってこの記事を目にするまで、私自身はこの〝事件〟をまったくおぼえていなかったということである。今井正監督に会ったことも、大藪春彦が同席していたことも、私の記憶から欠落しているのだ。

前出の《フェニックス》の創刊号には一九五八年六月現在の会員名簿も収められている。会長、鈴木幸夫、顧問、江戸川乱歩のあとに現会員の名簿がつづき、０番はすでに大学院修了ずみの清水聰（のちに間羊太郎のペンネイムで『ミステリ博物館』などを発表し高名になったが一九九一年に早逝）となっている。６番に名前がある紫藤甲子男《しとうきねお》は私と同い年で学年は二つ上の商学部四年生。のちに戯画、戯文を中心に、おもに雑誌の色ページで活躍した創作集団〈パロディー・ギャング〉の仲間として長いつき合いが生じたが、WMC時代は面識がなかった（彼も二〇〇五年にひっそりと他界したことをあとになって知った）。《フェニックス》の創刊に尽力した江藤浩城（商学部三年生）は12番、大藪春彦は18番、今井正監督に会いに行ったとき一緒だった伊藤吉昭（私以上のペイパーバック収集家だった）が20番。そのあと26番山口（剛）、27番中島（信也）、28番大塚（勘治）と並んでいる。
最近開かれたWMCのOB会で、東映の今井正監督に招かれたときのことを、そのときの同席者の江藤、山口の両氏に尋ねると、次のようなエピソードを思いだしてくれた。

自己紹介のとき、大藪だけが「僕が『野獣死すべし』の大藪春彦です」と胸を張った。めったに食べられない料理と大枚のお車代のことが忘れられない（江藤談）。

アイラ・レヴィンの『死の接吻』のことを訊きたいという話で呼ばれた。若い学生の完全犯罪というプロットのことや当世学生気質を知りたかったのだろう。のちに『白い崖』という作品にアイディアの一部を使ったらしい（山口談）。

＊一九五五年六月にポケミスから刊行された『死の接吻』（五三年作）は五六年にアメリカで映画化され、日本では『赤い崖』の邦題名で公開された（今井正の『白い崖』と同年の一九六〇年）。レヴィンの『死の接吻』の原題名は *A Kiss Before Dying* だが、四七年につくられた *Kiss of Death* というエリザー・リプスキー原作の犯罪サスペンス小説（未訳）の映画化作品が五二年に『死の接吻』の邦題名で先に公開されていたので話がややこしくなった。さらにややこしいことに、『赤い崖』は九一年に、『死の接吻』は九五年に、それぞれリメイク作品が同じ『死の接吻』という邦題名で公開されている。それにしても換骨奪胎でつくりあげた映画に『赤い崖』ではなく『白い崖』という題名をつける度胸はたいしたものだ。果たしてレヴィンの『死の接吻』は原案としてクレジットが記されていたのだろうか。

大藪春彦はデビュー作が載った翌月の《宝石》八月号に「チャンドラー以後のハードボイルド派に

ついて」という八ページにわたるハードボイルド論を発表。その中に「探偵小説において純すいな意味でのハードボイルド・スタイルはハメットに始まり、ハメットに終った」という歯切れのいい、まさしく自己否定にもつながりかねない卓見が示されている。またハードボイルドとは「自己の苦痛や情念に対し他人事のような無関心をよそおい、受けた痛手を無視して戦いぬくストイシズムに他ならない」と、本人の大陸からの苛酷な引き揚げ体験に強く裏づけられた発言を通して、自己のハードボイルド作法の基本も表明した。

アメリカの作家については、「適度の感傷」もふくめてチャンドラーを認め、ロス・マクドナルドの文学性も買っているが、スピレインは「古めかしいまでのウェットさゆえに、ハードボイルドと認めるわけにはいかない」と斬りすて、本国版《マンハント》の常連作家の暴力的風俗小説は「馬鹿らしくて読めない」と相手にもしていない。おびただしい数のペイパーバックを読みすててきたことを示す、鼻っ柱の強い迫力ある一文である。五八年に雑誌に発表した作品が《マンハント》に載ったフランク・ケインの短篇の盗作と非難を受けたのは皮肉な話だが、一九九六年に六十一歳で他界するまで、当の本人は自分の信ずる道を孤独に歩き通したのだと思う。

大藪春彦がデビューした一九五八年の夏休み、私は生まれて初めての下宿暮らしを経験した。一年生のときに第二外国語（フランス語）の単位がとれず、級友たちに一歩遅れをとったぶんを夏期講座で挽回するためだった。集中講義をうけ、試験に受かれば一課目の単位がとれる。たぶん私は二課目の夏期講座をとったと思う。

授業のスケジュールがきびしく、絶対にサボルことも代返《だいへん》（人を頼んで出席したふりをすること）もきかないので自宅から通うのがたいへんだ、というのは親に告げた理由で、じつは一度でいいから〝家出〟をしてみたかったのだろう。学童疎開で家が恋しくて泣き暮していた少年がひと夏の〝不良学生〟に変身したのである。

たしかに夏期講座のスケジュールはきつかったが、授業以外の時間は何にも制約されない勝手気ままな毎日を過ごした。一年先輩の麻雀の〝師匠〟と組んで、へぼの学生から賭麻雀でコヅカイをまきあげたりもした。そんなある日、

……はげしく雷鳴が轟き、大粒の雨が降りだしたかと思うと、数メートル先も見えないドシャ降りになった。ぼくは、シャツの内側に一冊の雑誌をたくしこみ、下宿屋まで走りつづけた。体はいくら濡れてもかまわなかったが、買ったばかりの雑誌を濡らしたくなかったのだ。


この一節は雑誌《宝島》の一九七八年九月号に載った「《マンハント》がおもしろかった頃」からの引用である（自著『マイ・ミステリー』に収録）。私が抱きかかえていたのはいうまでもなくその《マンハント》日本版の創刊号（八月号）だった。この雑誌との出会いから休刊にいたるまでの五年半のつき合いについてはこのあと少しずつ記していこう。

下宿暮らしをしていた五八年の夏休み、私にはもう一つの大仕事があった。デートのことではない。大当たりをもくろんで、私もハードボイルド小説を書き始めたのだ。その当時のことをおぼえているWMCの古いOB会員の記憶によれば、大藪春彦の成功に刺激をうけて、誰も彼もが自分なりの『野獣死すべし』を書こうとしたという。

自分のことで頭と手がいっぱいだったのでまわりのことには気づかなかったが、のちにWMCの三十周年記念号のエッセイで、大塚勘治が『地獄の復讐鬼』なる「物凄い探偵小説を書いて没になった」と記しているのに気づいた。私が書きあげてボツになったのは『孤狼』と題したヤクザ小説まが

いの怪しげなハードボイルド物だった。

「一九五八年九月十七日脱稿」と記されている四百字詰二百六十二枚の原稿を、私は初め《フェニックス》に載せてもらおうと当時の編集責任者（江藤浩城）のところにもちこんだらしい。ところが、「あまりハードボイルドが好きじゃなかったので読まずにいたら、やいのやいのとしつこく催促され、謝って返してしまった」（江藤談）というわけで、そのあと私は原稿をWMCの千代有三会長にもちこんだ。柔和な方だったのできびしい批評はなかったが、「この程度ではどうにもならない」というようなことをやんわり告げられ、私はすごすご尻尾を巻いて退散した。

前述したように私が五九年末まで懲りずに《あゆみ》に寄稿をつづけたのは、きっぱりとあきらめがつかなかったからだろう。それでも「週刊誌の読物程度」にまでは上達したが、やがて《フェニックス》の連載評論を根気よくつづける作業で手一杯になり、最後の年には卒業論文が待っていた。

＊封印しておいた『孤狼』の古原稿をとりだし、ざっと吟味してみた。構成は十二月二十四日から三十一日までの七日間の七章立て。記述は三人称。登場人物一覧がつけられていて、主人公は「譲二」（暗い過去と希望のない未来をもつ謎の青年）、「山脇伴作・俊作」（山脇組の四代目と現役の五代目）、「隼の鉄」（俊作の子分）、「京子」（不良女子学生）、「松木」（ナイトクラブのマスター）、黒岩警部（銀座署勤務）などがわきを固めている。

「街は野獣のように吠え、石油工場の火事のように燃えさかり、野球場のように騒然としている」が冒頭の一節。これでは先を読みすすむ気にもなれない。このあと、クリスマス・イヴの狂騒の銀座の街を「よれよれのレインコートをひっかけて無表情に歩く譲二」が登場してもまったく気分はのってこない（千代先生、江藤先輩、ごめん）。それに『孤狼』というタイトルももうあきらめるしかない。堂場瞬一に同題の警察小説（二〇〇五年刊）があることに気づいたからだ。

それでも、野獣、譲二→谷譲次、「隼」→『マルタの鷹』、レインコート→トレンチコートなどという連想ゲームぐらいは楽しめるかな。三百枚近い小説を「三人称」で書くなんて芸当があの頃できたとはおどろきだ。

4　ミステリ三誌競合時代の幕開き

《マンハント》が一九五八年の夏に創刊され、その一年後の五九年夏にこんどは《ヒッチコック・マガジン》が創刊された。翻訳ミステリ業界にとってもミステリ・ファンにとっても老舗の《EQMM》をふくめて非常に刺激的な三誌競合時代の幕が開いたのである。《マンハント》創刊の裏話をまず中田雅久元編集長のインタヴュー記事から引用させていただこう。

中田　これを出していたのは久保書店ですが、《あまとりあ》という（新しい）雑誌（一九五一年創刊の性風俗研究誌）を出すというので入ったんです。（中略）《EQMM》があるじゃないですかと言って……当時〝ガールハント〟という言葉が流行りだした頃で、そっちのほうへ結びつけた……いくらかエロティックだといって。（中略）（こまかなことは）《EQMM》の編集長のところへ行って教えてもらった。（中略）あの人にはだいぶ最初のとっかかりを教えてもらいました。

小鷹　翻訳者はどうやって集めたんですか。

中田　まず都筑さんのところへ行って……あまりお金の高い人には頼めないから、若い人でこれから出ていくような人ばかり探したわけです。

このインタヴューは〈マルタの鷹協会〉（第七章参照）の会報（一九八六年六月号）に掲載されたものだが、なんのことはない、ある意味では自社の社長をだましながら中田編集長はライヴァル誌の編集長から新雑誌創刊の手ほどきをうけていたのである（都筑道夫も別のところでこのやりとりを事実と認め、「そのほうが業界に活気が生じ」おたがいのためになると考えたという発言をしていた）。

江戸川乱歩から祝辞も寄せられ、〈世界最高のハードボイルド専門誌〉と堂々と表紙に刷りこんだ《マンハント》は部数五万部から船出をしたという。これが実販売部数で、しかもそれを維持しつづけたとしたらおどろくべき数字だ。

「ハードボイルド派は、今や現代文学の方向を決定してしまった。（中略）ハードボイルドとは、一口にいって〃非情〃の文学だ――などと片づけられていますが……血も涙もないインゴウ金貸しみたいなものではなく、登場人物も……めまぐるしい現代を呼吸して喜び、嘆き、ノボセ上るナマ身の人間なのです。（中略）〃物〃同様なハメに追いこまれた人間の……〃生命力〃が、たまりかねて噴出した形態だといえましょう」と、「創刊のことば」も勇ましい。

戦後まで生きのびた雑誌《新青年》の最期に立ち会い、同誌のリニューアルをはかった経験をもつ中田雅久は、大人の色気のある、粋で楽しい雑誌をつくりたかったのだろう。その目的のためにとりあえずいれもの、あるいはキャッチフレーズとして使われたのが「ハードボイルド」だったのである。

言うまでもなく私にとって《マンハント》は、受け手から送り手へと変身する場を与えてくれたたいせつな雑誌だった。くわしい話は次章でまた。

＊WMCの後輩にあたる鏡明が季刊誌《フリースタイル》に「マンハントとその時代」を連載している。彼とのひと回りの年齢差が《マンハント》の受けとめ方の微妙な差となってあらわれているのがおもしろい。《マンハント》は「ミステリー雑誌以上のもの」であり、(無自覚の)カルチャー・マガジンだったと鏡明は述べ、「意図的にアメリカ文化で読者を洗脳しようとしていたとは思わない。ちょうど60年安保をめぐって、世の中は、騒然としていた……が、マンハントの読者はそうした政治の世界とは遠い世界の住人だったろう」と分析している。そう、そう言えば私も政治とは遠い世界に住んでいた。

一年遅れで登場した《ヒッチコック・マガジン》の創刊は一九五九年八月号。創刊第二号の表紙のモデルに、新宿フランス座でお馴染みだったコメディアン、石井均が起用されているのを知ってニヤリとさせられた。

早稲田の英文科の先輩である中原弓彦編集長が、新雑誌創刊のしらせを持ってワセダ・ミステリ・クラブを訪ねてきた、と会報に載っていたが、あいにく私はその場に居合わせなかった。そのときに縁ができたのか、私と同期の大塚勘治は、やがて《ヒッチコック・マガジン》で「みすてりい・おーるうぇーぶ」という海外情報欄を担当することになる。

映画だけでなく、オチとヒネリを身上にしたテレビの「ヒッチコック劇場」で多くのファンを集めたアルフレッド・ヒッチコック〝編集〟と謳ったこの新雑誌は、《マンハント》流のお色気は排しながらも、シャれた都会派のメンズ・マガジン路線を歩んでいった。《マンハント》にとっての「ハードボイルド」と同様に、ここではヒッチコック調ミステリは看板であり、いれものだったと言える。

そして両誌とも、ストレートとくせ球を投げわける雑誌だった。

全般的にハードボイルド志向の時代だったので《ヒッチコック・マガジン》も、目次に「ハードボイルド中篇」と謳ってライオネル・ホワイトの「暴力への招待」（中田耕治訳・解説）を載せたり（五九年十月号）、同年十二月号ではヒッチコック調ハードボイルド特集を組んだりしている。この特集の作家の顔ぶれは、ジョナサン・クレイグ、ブライス・ウォルトン、ジャック・リッチー、ヘンリイ・ケイン、リチャード・デミングの〝五人男〟でまさに《マンハント》の常連作家たちでもあった。

「若い読者から、ハードボイルド物の御註文が多かったので、この特集をやってみたわけだが、これは一回かぎりのこころみ。次号よりは、また、ヒッチコック趣味を濃厚に出すつもりである」という中原弓彦の編集者ノートがつけられていた。

その翌月、六〇年一月号では「英米推理小説界の現状と動向」という座談会が誌上公開され、ハードボイルド分野では、例によって双葉十三郎が進行役。同席した乱歩、植草甚一、翻訳界の長老、宇野利泰の三氏は聞き役にまわっていた。

双葉発言を短評にしてまとめると、「エド・マクベインは人情ハードボイルド……カーター・ブラウンはハードボイルドには違いないけれどもパロディだな……デイ・キーンという奴は正にエロチック・スリラーの親玉」といった具合。植草甚一は、ハワード・ブラウン（ジョン・エヴァンス）とマイクル・アヴァロンをおもしろいとすすめている。

《ヒッチコック・マガジン》とハードボイルドとの関係で最も華々しかった企画は、六〇年三月号に掲載された大藪春彦の「野獣死すべし——渡米篇」。目次の袖には「伊達邦彦の右手が電光のように短く早く閃めいた。マイク・ハマーは撲殺された豚のような呻き声をあげて五、六米吹ッ飛んだ！」というものすごい一文が大きな活字で印刷されていた。ものすごいと言えば、出だしの一節も感動的だ。「ロスアンゼルスゆきの大陸横断豪華列車」が「グランド・キャニオンの雄大な光景を右に見て、コロラド川を渡る」のである。そんな鉄道路線はどこにも存在しないし、実現不可能だ。伊達邦彦はハーヴァード出身ではなかったのか〔この「渡米篇」は短篇集『歯には歯を』（一九六〇年、荒地出版社、一九六三年、路書房）や光文社文庫版『野獣死すべし』などに収録されている〕。

一方、先発の《EQMM》では都筑道夫編集長が「望遠レンズ」と題した海外ニュース欄でアメリカのハードボイルド派の新作紹介をごく早い時期から精密に始めていた。

五六年九月号から約一年間のあいだにこのコラムであつかわれた話題を順に示すと、

「ジョン・ロス・マクドナルドはハードボイルド正統派の現役筆頭／やや通俗なヘンリイ・ケイン」
「《マイケル・シェイン・ミステリ・マガジン》創刊／新人エドガー・ボックスは純文学のゴア・ヴィダルのペンネイム」
「スピレインがメンズ・マガジン《キャヴァリアー》に中篇発表」
「フランク・ケーンとイーヴァン・ハンターの短篇集刊行」
「ハードボイルドの衰勢のあと警察小説が流行のきざし／ゴードン夫妻、エド・マクベイン登場」
「R・S・プレイザー、E・S・アロンズ、ヘンリイ・ケーン、ライオネル・ホワイトらの新作情報」
「ベテラン作家W・R・バーネットの新作」

といった具合に熱心な情報収集活動の成果が見える。このコラムがやがて私がWMCの機関紙に連載を開始する「行動派探偵小説展望」の重要な情報源になってくれたことは言うまでもない。

都筑道夫はこのコラムのほかに、特定作家の新作を紹介する「ぺいぱあ・ないふ」というコラムも持っていて、ここでアイアン・フレミングの『死ぬのは奴らだ』やマッギヴァーンの『緊急深夜版』をいち早くとりあげた。《マンハント》本国版について触れたのもこのコラムでだった。また《ヒッチコック・マガジン》の先手をとって、五九年八月号ではハードボイルド特集を組み、ハメット、グルーバー、ホイット・マスタースンの中篇などを並べ、編集者ノートではその号に起用した若手の翻訳者たちを読者に紹介している（宇野利泰さんのお弟子さんの稲葉由紀君、田中小実昌さん推薦の山下諭一君、本誌編集部で進行を担当している小泉太郎など）。ほかに翻訳者として常盤新平（のちの同誌編集長）の名前もある。次章に登場する山下諭一はやがて《マンハント》で中田編集長の参謀になる。

私自身にとっても馴染みの深い先輩たちの名前がそろそろ出そろったようだ。このあと都筑道夫は作家として独立するために、六〇年一月号を最後に早川書房を退社。そのあとを引き継いだ生島治郎新編集長は六〇年十月号で早くもハードボイルド特集を組み、決然とした宣言ともとれる編集者ノートを記した。「代行」として書かされた三年前の編集者ノートとはうって変ったきびしい口調である。

　日本の社会は、真夏のアスファルトに放りだされた屍体のように、醜く、あからさまで、汚辱にまみれながら、少しずつその内部を腐爛させているようです。……アメリカの社会がかつてこのような様相を帯びた時、いくつかの秀れたハードボイルド小説が生れたのですが、現在の日本の社会からは、ただ、金銭的に交換率のいい虐殺小説しか、まだ生まれてきていません。（中略）私は日本の作家の才質を、怒ることのできる才質を、信じています。……やがては、社会のひずみを適確にえぐりだすハードボイルド小説が生れてくるのを、あなた方と共に心から待望したいと思うのです。

これはデビューがすぐ近くにまで近づいていた生島治郎自身のハードボイルド宣言でもあった。

五七年から六〇年にかけてのその他の動きにもざっと触れておこう。早川のポケミスでは、都筑道夫がコラムで紹介したイアン・フレミングの007シリーズ『死ぬのは奴らだ』が五七年九月に刊行された（ブームに火がつくのは映画公開後）。二つめの『ドクター・ノオ』は五九年九月刊。軽ハードボイルド（《HMM》八四年十一月号の連載エッセイにあるように都筑道夫の命名）の雄、カーター・ブラウンの初登場は五九年七月刊の『ブロンド』。だがカーター・ブラウンもすぐにはブームにならなかった。二作めの『コール・ガール』が六〇年二月刊、そのあとに『変死体』『死体置場は花ざかり』『ミストレス』『恋人』『墓を掘れ！』とつづいて、ブームが始まったのは六〇年の後半である。エド・マクベインの87分署シリーズは、五九年十二月刊の『警官嫌い』から始まり、これは一気に人気が加速し、翌六〇年のうちに十作が刊行され、《月刊87分署》と皮肉られたりもしたらしい。

海外ミステリの単行本のシリーズでは先行していた東京創元社が創元推理文庫をスタートさせたのは、ポケミスにかなり出遅れ、一九五九年五月のことだった。六〇年までの品ぞろえの中には、ハードボイルド系の新訳はロス・マクドナルドの『凶悪の浜』、ジェイムズ・ハドリー・チェイスの『ミス・ブランディッシの蘭』、W・P・マッギヴァーンの『ビッグ・ヒート』『ゆがんだ罠』など、007シリーズの『ダイヤモンドは永遠に』もおさめられ、既訳作品の文庫化もふくめて、ハメット、チャンドラー、ロス・マクドナルド、マッギヴァーン、フレミングといった大物作家はすべて早川のポケミスと競合することになった。

私がWMCの《フェニックス》にハードボイルド派の紹介記事を連載していた五九年から六〇年にかけてのこの時期は、翻訳ミステリ界が新旧とりまぜたハードボイルド・ブームで揺れ動いていた時期でもあった。時流に乗っている、という少し浮わついた気持ちが私自身の中にあったこともよくおぼえている。

レイモンド・チャンドラーの訃報に接した私は「行動派探偵小説展望」の第六回（ジェイムズ・M・ケインとウールリッチを紹介）を寄稿した号（五九年四月刊）で、「チャンドラーに続くもの」と題した小文を書かせてもらった。その中で私は、ロス・マクドナルドを筆頭にあげたあと、エヴァン・ハンターとW・P・マッギヴァーンを高く評価し、さらにエド・レイシイ、トマス・B・デューイらの名を挙げ、チャンドラーの「現代にも通ずる彼の小説の世界が多くの若い作家達によって絶えることなく世に問われることを、期待したい」と結んでいる。

連載六回までに私がとりあげたのはハードボイルド派の二十作家。第七回では、警察小説のマスタースン、ジョナサン・クレイグ、リチャード・デミングや私立探偵シリーズのハロルド・Q・マスア、ウィリアム・キャンベル・ゴールト、スティーヴン・マーロウ、マイクル・ロスコウなど十作家をとりあげているが、その作業の進行ぶりはこんな具合だった。

まず古本屋、貸本屋、新刊書店で、私のささやかな資料に収録もれのデータはないか、手帳片手に立ち読みをする。（中略）午前中にこの仕事を終え、雑誌、ペイパーバック、書籍の切り抜きなどで足の踏み場もない書斎兼寝室にとじこもり、整理を始める……マンハント本誌や日本語版の隅々まで目を通し、ペイパーバックのうしろについている目録を探す。（中略）予定の十作家の資料が集まると、その色わけを中心に構成を考える。紹介文、気のきいたセリフなどを抜き書きし、いよいよ本腰を入れる。（中略）一枚書くのに遅いと三十分……最後の一枚を書き終えるのは深夜……書き終えて一服しながら、ラジオのスウィッチを入れる。（中略）あたり一面に散乱した紙クズや本にうずまって、完成した原稿をゆっくり読み直す時の楽しさ。こいつだけは、金や時間のはかりではかれない。だからやめられないってこと。

原稿料はもちろんただの一円ももらえない機関誌の仕事だった。原稿を一枚書くのに煙草が一本煙になるので、一枚マイナス五円だとぐちをこぼしたりもしている。身分不相応と言うべきだが、喫っていたのは両切りのピース。十本入りが五十円だった。肺気腫と宣告されて五十年間喫いつづけた煙草をきっぱりやめたのは三年前のことである。

5 《マンハント》読者代表座談会

前章にならって、結びは双葉十三郎映画評から始めよう。第一章で記した探偵映画、犯罪映画と一部重複するが、『三つ数えろ』のあと五五年以降に公開された作品の映画評で「ハードボイルド」の出番はどうだったのか。

『キッスで殺せ』（五五年作）スピレインの『燃える接吻』をラルフ・ミーカー主演で映画化。近著では「暴力的なハードボイルド私立探偵マイク・ハマー」となっているが、『ぼくの採点表』のときは「ハードボイルド探偵小説というやつは主人公が歩きまわって出たとこ勝負で事件を片づける」となっていた。原爆がアメリカ本土で暴発するという破天荒な結末があって、いまではノワールの珍品の一作に数えられている。

『恐喝の街』（四九年作）「ハードボイルド探偵小説の定石を踏んだ一篇」でアラン・ラッドは新聞記者役。

『青い戦慄』（四六年作）チャンドラーのオリジナル・シナリオ『ブルー・ダリア』をもとに映画化。

「チャンドラー的な味で面白く……この原作者の十八番たるハリウッドが中心舞台で、雰囲気もなかなかハードボイルド的」。映画公開から三十年以上たった一九八八年、私は縁あってこの脚本を翻訳する機会にめぐまれた（角川書店）。一書になったこの本の巻末には製作者ジョン・ハウスマンの回想「失われた二週間」（石田善彦訳）と編者マシュー・J・ブラッコリの「チャンドラーとハリウッド」（木村二郎訳）の貴重でおもしろい二文が収録されている。

『前科者』（三九年作）ジョージ・ラフト、ウィリアム・ホールデン、ハンフリー・ボガートが顔をそろえた人情物で「近年のハードボイルド物とだいぶちがい、古めかしくも奥床しい」。

『地獄の埠頭』（五五年作）無実を晴らそうとボスのエドワード・G・ロビンソンに立ち向かう男。「ハードボイルド小説の定型で、アラン・ラッドも十八番の役どころ」。

『悪の対決』（五六年作）ジェイムズ・M・ケインが映画化をあてこんで執筆した『恋はからくり』が原作。「要するにハードボイルド物の一典型……ジョン・ペインがわざとつまらなそうな顔でハードボイルドぶっている」と双葉評はあまりノッていないが、こっちはころりとだまされておもしろがって観たおぼえがある。

『殴られる男』（五五年作）バッド・シュールバーグ原作（翻訳あり）のボクシングの八百長をテーマにしたお話。「マーク・ロブスン（監督）は……ハードボイルドな雰囲気を出そうと苦心している」。ボガート対ロッド・スタイガー。

五〇年代末までに公開された映画で双葉十三郎の映画評に「ハードボイルド」がつかわれていた最後の一作はジャン・ギャバンがギャングではなく刑事に扮するフランス映画『夜の放蕩者』（五七年作）。「警部のくせに、重大な容疑者とみられる娘とあっさり関係してしまうなど、ミッキー・スピレーン以後のアメリカのハードボイルド探偵も顔負けである」。

ちょうどこの時期はフランスのノワール映画の最盛期で、ジャン・ギャバンは『その顔《つら》をかせ』（五四年作）、『筋金《ヤキ》を入れろ』（五五年作）、『現金《げんなま》に手を出すな』（同）、『赤い灯をつけるな』（五七年作）とギャング映画がつづいていた。ギャバンが出ないノワールでは、逸品『男の争い』（五五年作）や『死刑台のエレベーター』（五七年作）などがあった。

アメリカ映画にも、ロバート・テイラー主演、W・P・マッギヴァーン原作の『悪徳警官』（五四年作）、主演のヴィクター・マチュアよりわき役のアーネスト・ボーグナイン、悪役のリー・マーヴィンのほうがずっとおもしろい『恐怖の土曜日』（五五年作）、ウィリアム・ホールデンがブン屋に扮する『黒い街』（五五年作）、スピレインの非シリーズ物『果たされた期待』を原作にして、アンソニー・クインが主演した『指紋なき男』（五二年作）、製作年度が一九四九年と少し古いが、ロバート・シオドマーク監督でバート・ランカスターが主演をつとめた（ワルのダン・デュリエにやられる）犯罪映画『裏切りの街角』（五四年作）、オースン・ウェルズが監督、出演（悪徳警官役）したホウィット・マスタースン原作の『黒い罠』などがあった。

このほかにも暗いムードが漂う犯罪臭のある映画が多かった。エヴァン・ハンターの出世作『暴力教室』、ジョン・ペイン主演の『悪魔の島』、ボガートが善玉弁護士役の『暗黒への転落』、シナトラ、キム・ノヴァクの『黄金の腕』、W・R・バーネット原作『ハイ・シエラ』の再映画化『俺が犯人だ』（ジャック・パランス主演）、ライオネル・ホワイト原作、スタンリー・キューブリック監督の『現金に体を張れ』、シナトラがニューロティックな殺し屋に扮した『三人の狙撃者』、ジャック・パランスの『0番号の家』、トニー・カーティス、シドニー・ポワチエの『手錠のまゝの脱獄』、ワイラー監督、ボガート主演の『必死の逃亡者』、刑務所物の『真昼の暴動』、ロバート・テイラーの『賄賂』などがまざまざと記憶に甦ってくる。

五〇年代、とくにその後半はノワール映画の最盛期だった。病気がちなために西部劇映画を観る回数は減っていたが（五七年公開のエルヴィス・プレスリーの映画デビュー作『やさしく愛して』は見逃さなかった）、アメリカン・ノワールだけは観つづけた。

五〇年代も後半にさしかかると、すでに「ハードボイルド」は双葉映画評の専売ではなくなってきて、たとえば前出の《マンハント》のコラムで都筑道夫も「ハードボイルド」を多用した。そのあとを追って登場した《EQMM》の「ポケットの中の本棚」（山下諭一）では「ハードボイルド」が主役だった。これらの情報コラムも大いに参考にしながら、私はワセダ・ミステリ・クラブの機関誌で、ハードボイルド紹介をつづけ、クラブでは〝HB博士〟の異名をつけられていたのである。

当時の映画評やエッセイで「ハードボイルド」があつかわれた実例をいくつか並べてみよう。

映画評では、「ハードボイルドとモダーン・ジャズの『殺《や》られる』」と題して、ロベール・オッセン主演のノワール映画を岡俊雄が批評し、「フランスのハードボイルド派第一の人気作家アルベール・シモナンが……脚色に当った」「アクションだけでもりあげていった典型的なハードボイルド・スタイル」と認めた上で、アクションの表面的な描写に終始したため、登場人物の性格描写が充分ではないのは「ハードボイルド派の欠陥」と批判も加えている。

ハメットもチャンドラーもケインも訳した大先輩のコミさん（田中小実昌）は、「こんなのもハードボイルドかね」と首をかしげながらカーター・ブラウンもすいすいと翻訳してくれたが、五九年に書いた二つのエッセイではけっこう難しいことも言っている。

……仏教の悟りの境地などは、たしかに、ハードボイルドだ。つまり、無心ということが、いちばんハードボイルドといえよう。月のように、また石ころのように――。

「100％ハードボイルド」《ＥＱＭＭ》五九年二月号

……天にかわって不義をうつ、なんてことを言えば、もうハードボイルドではなくなる。（中略）いったん類型化されると、もとの、ほんとの味がうしなわれてくる。

「三代目ハードボイルド」《別冊宝石》第九十三号（五九年十一月刊）

もっと醒めたハードボイルド評もある。《ヒッチコック・マガジン》で一度だけハードボイルド特集を組み、大藪春彦に『野獣死すべし』の〈渡米篇〉という前出の怪パロディを書かせた同誌編集長の中原弓彦（小林信彦）は、「ハードボイルド四人集」（大藪、高城高、河野典生、寺山修司）を組んだ《宝石》六〇年六月号に「銃に賭ける男」と題した大藪春彦論を寄稿、いきなりこんな文章から書きだしている。

日本にハードボイルド小説無し、というのが、ぼくの持論だった。（中略）アメリカの推理小説界にそういう一派があるからといって、日本にもなければならない、というような阿呆なリクツはない。

だが、中原弓彦はハードボイルドを完全に否定したわけではない。石原慎太郎の短篇「処刑の部屋」を高く評価したあと、「最近の、牙を抜かれたけもののようなこの作者の体制順応型の小説には、もうウンザリ」と斬りすて、そのあと大藪春彦に移り、「暗い春」という、大学の射撃部の部員を扱った短篇を「彼の全作品の中で、ハードボイルド的に最もすぐれている」と評し、「もし日本にハードボイルドなるものが生まれるとしたならば、それはここから出発しなければならない」と断じた。
この卓見は後続の日本のハードボイルド派作家にどれほどの影響を与えたのだろう。
中原弓彦のハードボイルド論をうけつぐような形で、評論家の村松剛も次のような発言をしている。

……ただ、それにしても不思議なのは、ハードボイルドが、翻訳を通してあれほど一般に迎えられながら、大藪春彦の数篇ぐらいをわずかな例外として、一向にのびてこないことなのだ。なにもアメリカのまねを、のぞんでいるわけではない。行動と現実感覚で、既成のプロットを打ち破ろうとするようなはげしい意欲が、なぜどこからも、燃え上ってこないのだろうか。

《宝石》一九五九年秋季増刊号

村松剛の一文には「ハードボイルド礼賛」というタイトルがつけられているが、中身はすぐれた和製ハードボイルドの出現待望論だった。

＊ここで記すのは当を得ていない気もするが、私が書いたそれほど多くもない短篇小説の中で、のちにアンソロジーに収められた作品が三つある。
一つは「殺しのアンコール」で日本冒険作家クラブ編による『友！』（徳間文庫、一九八八年刊）に収録。もう一つは今年（二〇〇六年）、ミステリー文学資料館編の『わが名はタフガイ』（光文社文庫）に入った「ロス・カボスで天使とデート」、そしてもう一篇が一九九二年に〈昭和ミステリー大全集〉の『ハードボイルド編』（新潮文庫）に収められた「ダーティな夜」。出発点か到達点かはわからないが、ハードボイルド小説として一番サマになっていると思われるのがこの最後の一篇。愛着のある作品だが、こんなのを書いていては食べていけないという見本のような短篇小説である。

ここでまたタイム・マシンに乗って一九五九年の昔に逆戻りをするが、私が一読者としての受け身の立場から転じて《マンハント》に積極的にかかわりをもつようになったきっかけは「投書」だった。誤訳を指摘したその投書のことは『翻訳という仕事』の中で記したことがある。

……警察が無線で使う符牒の翻訳がおかしなことに気づいたのだ。〝テン・フォー（Ten-four）〟〔〝了解〟という意味〕が明らかに誤訳されていた。それを指摘した私の投書が編集者の目にとまり〔誌上には載らなかった〕……こうるさいことをいってくる学生がいると憶えてくれ……大学三年のとき……誌上読者座談会に呼ばれた。

座談会が行われたのは五九年末、その模様は《マンハント》の六〇年二月号に掲載された。四人の読者が参加したこの座談会には私のほかに東大と成城の男子学生が各一名ずつ顔を並べていたが、四人めの紅一点はのちに音楽評論家となる湯川れい子で、肩書きは「無職」となっていた。彼女も創刊号からのファンだったという。

ジェイムズ・スチュアート主演の『連邦警察』を試写で観たあと、銀座の小料理屋かどこかに席が設けられたらしく、雑誌に掲載された写真を見ると、わたしは片膝を立てて生意気そうに煙草を喫おうとしている。だがたいした発言はしていない。十代の非行をテーマにしたハイティーン小説はスラングが多くて「非常に訳しにくい」などと偉そうなことを言っているだけだ。

それが縁で、私は中野の哲学堂の近くにあった久保書店の《マンハント》の編集部に出入りするようになるのだが、その前後の一九六〇年の春、いきなり私は左目の視力を失った。

一瞬、左目の視界が真紅に染まり、暗転して、何も見えなくなった、というように記憶している。この章の冒頭に記した眼底出血に襲われたのである。

連載をつづけていた「行動派探偵小説小論」の第三回め「十代の犯罪」の後記に「目が不自由なので」今回は長いものを書けなかったという弁解が載っている。これが載った号は六月十五日刊と記されているから左目の〝失明〟は五月頃だったのだろう。

硝子体を混濁させた出血を吸収するために刺激となる塩分を眼球に直接注射するというおそろしい治療に耐えつづけ、視力はしだいに回復したが、これをきっかけに私は卒論のテーマを変更すべきか否かという大きな決断をせまられた。

私がとりかかっていたのは『セクサス』のヘンリー・ミラー。未訳の作品もあり、あまりの難解さのために突破口さえ見出せずにいたテーマだった。この目の状態ではとてもやり通せない。私はヘンリー・ミラーを諦め、《フェニックス》でとりあげたアメリカの少年非行犯罪小説にテーマを変更した。これが成功だった。

第五章 激動の時代 一九六〇年代

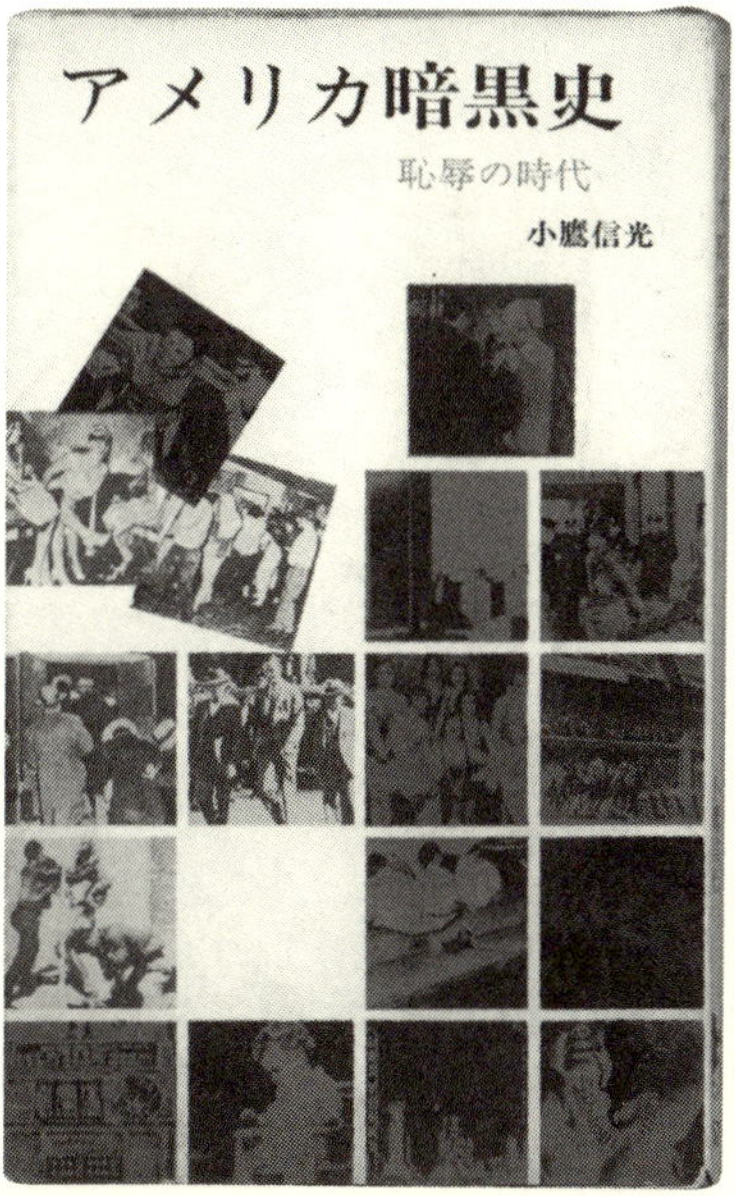

アメリカの犯罪（誘拐、売春、麻薬、賭博）をテーマにしたノンフィクション『アメリカ暗黒史』（三一新書、188ページ参照）。奥付の刊行年月日は1964年12月15日。同じ月に出た初の翻訳書『破壊部隊』（ドナルド・ハミルトン作、ポケミス）より刊行日が10日早いデビュー作。

1　二足のワラジを六年間

私が「小鷹信光」というペンネイムを用いて初めて原稿料を得たのは《マンハント》の一九六一年一月号に掲載された「行動派探偵小説史」の連載第一回「悪徳の世界との対決」という固苦しいタイトルの小論だった。いきなり稼ぎ高を白状すれば、単価は四百字一枚百円、手取りは千五百円ぐらいだったにちがいない。いまでも悔しいのは、原稿料の安さではなく、デビューしたての私のペンネイムがその号の目次で「信之」となっていたことだ。私の字が乱雑だったために起きた誤植だったのだろう。

誤字、脱字や字の乱雑さについては、そのあと卒論「現代アメリカ未成年者犯罪小説論」の講評で、言葉づかいに厳格な、担当の三浦修先生から〝みっともない〟というきびしいお叱りの言葉をいただいた。採点は「優」をくださったが、このひと言は身にしみた。

もともとこの卒論は、前章の結びに記したように、目を患ったために急遽テーマを変え、ＷＭＣの《フェニックス》に連載していた「行動派探偵小説小論」をふくらましたものだった。その決断が効を奏したので「成功だった」と記したのである。

この卒論のあらましは、一九六七年に《ＨＭＭ》に連載した「序文学」の第五回め（六月号）でくわしく紹介した。それを「証言」として全文収録したいところだが、とりあえず概要だけを記しておこう。

全体は四百字詰で百三十一枚。本論のほかに注釈、表、図（マンハッタンのスラム街の地図など）、写真（代表作のペイパーバックの表紙）がついている。本論は三章立てで、第一章がアメリカ犯罪小説概観（ハードボイルド派の歴史を中心に）、第二章が代表作家とその作品、第三章が未成年犯罪小説論となっている。

この卒論はのちに、前出の「序文学」だけでなく、そのまえにまず《マンハント》での連載第一回の基礎資料となり、やがて《宝石》に発表するハードボイルド論（後出）でも大いに役に立ってくれた。「成功だった」の意味はここにもある。もし卒論にヘンリー・ミラーを選んでいたら、私の物書きへの転身は難しかったか、まったくちがう方向に向かっていたと思う。

好きな道での物書きとしてのデビューを果たし、卒論も無事合格したが、肝心の就職はなかなか決まらなかった。

いろいろな新聞社や出版社の入社試験を受けたが……どこにも入れなかった。下から数えたほうが早いような成績だったからだ。（中略）それまでの縁で《マンハント》に頼みこんで拾ってもらおうと思っていたところ、まったくの幸運で医学書院という医学書専門の出版社に入社することができた。

入社がきまり、ほっとしたものの最初に出勤した日の暗澹《あんたん》たる気持ちは、今もよく憶えている。地下鉄・本郷三丁目を下りてとぼとぼと会社に向かうときの情ない感じといったらなかった。俺はこうやって毎日ここに通うのかと思うと、初日からすでに一日も早く会社をやめなきゃならないという思いが強かった。

しかし、入社と同時に〔研修期間中の四月末〕結婚もしていたし、生来の生真面目さも手伝って、会社にいるあいだは、会社の仕事に全力を費やした。（中略）医学書専門の固い出版社の社員としての表の暮らしとは別に、ミステリー評論家として原稿書きもするという二足のワラジの生活が、こうして大学卒業と同時に始まった。

……厳しいサラリーマン生活との二重生活はとにかく多忙をきわめた。丸五年、二足のワラジの生活を送り、一日十六時間労働で体をすりへらした時期である。表のほうは九時から五時までの勤めだが、編集者の仕事が時間通りに終わるなどということは、まずない。したがって帰宅してから夜の一時、二時頃まで原稿書きをする日が、毎日のように続いた。

『翻訳という仕事』の第二章「翻訳家ができるまで」からの引用である。ここには「丸五年」とあるが、二足のワラジの生活は「丸六年近く」が正しい。

さて、私が初めて「小鷹信光」として物を書き始めた《マンハント》というのは、いったいどんな雑誌だったのだろう。《マンハント》との出会いについては前章で記したが、中身のほうも少しのぞいてみよう。

赤線の灯が消えた昭和三十三年、雑誌《マンハント》は創刊された。〝世界最高のハードボイルド専門誌〟と表紙にうたい、アメリカの通俗犯罪小説を十数本、イキのいい翻訳で料理したバタ臭い雑誌だった。定価百円。その年まで、この雑誌五冊分が、新宿二丁目（赤線）のショートの相場だった。

……キザッぽくいえば、《マンハント》は雑誌じゃなく、一つのフェノメノンだった。編集者と翻訳者やコラムニストが徹底的にハメをはずし、こわいもの知らずに悪のりして、それに一万人か二万人の読者が加担して六年間をたのしくすごした一現象だった。

……色気のある、おもしろい話というのが狙いだったのだろう。（中略）創刊号では〝エロ話〟めいた風俗犯罪小説にまじって、二つのシリーズものが紹介された……酔いどれ探偵カート・キャノンのデビューである……このシリーズがいまでも強い印象をのこしているのは〔訳者の〕都筑氏の演出がよかったから……大ゲサにいえば、《マンハント》は読物小説の翻訳に一大変革をもたらしたということ……

……《マンハント》は中田編集長がいうように、〝六〇年安保〟を横目でながめながら通過した。どうでもよかったからではなく、そうやって通過することで一つの意志を表明したのだ。

これは前にも引用した《宝島》の記事（七八年九月号）からのサワリの抜き書きである。いま書き直しても結局同じことを繰り返すだけなので、次の一文も同じように再利用させていただこう。

「マンハント」の〔読者〕座談会で生意気な発言をしたあと……編集部にもぐりこむ機会に恵まれた。（中略）それがいつの間にか無料奉仕の編集助手になってしまった。生来の整理・分類好きの悪癖を刺激され、コツコツと資料の整理などをやることになった。（中略）うっかりすると同じ作品を……二度載せてしまうようなことさえしかねないのんきな編集部だったので、本国版のバックナンバーをもとにまず作家別の作品リストづくりを手がけた。これが完成したのは、大学を卒業して一年ほどたってからのことだった。私が原リストを作成し、その頃知り合った、めっぽう英語に強い友人がタイプを打って完成させた。

私の『翻訳という仕事』は初版のあとジャパンタイムズ刊の増補ハードカヴァー版とちくま文庫版に二度形を変えて刊行されたが、この一節は八五年刊のプレジデント社版の初版以来変わっていない。当時の話をするために、《HMM》の二〇〇六年八月号の「新・ペイパーバックの旅」でも、「六一年末に完成した作家別作品リストの黒い表紙に、中田雅久編集長がラベルを貼った。記された文字は〝マンハント秘帖〟だった」と補った。そのときもこの手造りのリストづくりに協力してくれた片岡義男の名前をもちだしたが、彼と「その頃知り合った」という記述には少し注釈が必要なようだ。つまり、早稲田在学中はつき合いがなかったということである。神保町でペイパーバックを集中的に漁り始めるようになった頃、何かのきっかけで話をするようになったのだろう。そのきっかけが、いつ、どこでだったかは定かではない。いつのまにか親しくなり、そのあとメンズ・マガジン《F6セブン》や〈パロディー・ギャング〉で活動を共にするようになる。

しばらくのち、《マンハント》が《ハードボイルド・ミステリィ・マガジン》と改称されたあとの六三年九月号で、片岡義男と私が二人一緒にインタヴューをうけている記事がひょっこり見つかった。聞き手は〝伝説〟の異才、大伴昌司（そのときは秀司だった）で、「現代ニッポン英雄伝」という大ゲサな連載タイトルがつけられている。その紹介文によると、「両氏とも、ミステリィ・ファンの間では、すでにおなじみのライターだが、一般の読書家には、未だなじみの薄い新人だ。（中略）ライターではあるが……直接それだけから生活の糧を得ているプロフェッショナルではない」とある。

現代の英雄ともちあげられながら、このインタヴューで尋ねられたのはみみっちい話ばかりだった。資料として購入する本は「月に八十冊ぐらい……一冊二十円から五十円の古本がほとんど」で「苦労してまで買いたいとは思わない」が、「遊ぶ金があれば本を買う」とこたえている。

読書量については、「いまの〔二足のワラジの〕生活にあわせると、昼休みとか通勤の電車のなかに限られてくる。（中略）十日で四冊〔原書をじっくり〕読んだら目が痛くなった」とこたえ、仕事のために一時間に四冊ナナメ読みもできるし、それで作品の良し悪しぐらいは見当がつくとも豪語している。

大伴昌司は私と同い年で、そのあとも何度かインタヴューをうけたことがあるが、三十七歳の若さで病死。質問ばかりされていて、こちらからはほとんど何も訊くことができなかった奇妙な縁の人物だった（紀田順一郎の近著『戦後創成期ミステリ日記』にも登場する）。その三年後、《ハードボイルドMM》がとっくに終刊を迎えたあと、《HMM》六六年八月号に載った三度めのインタヴューのときも「いまだにサラリーマンとの二足のワラジだ。昼間はまじめに会社づとめをし、仕事は夜する」と答えた。私が二足のワラジを一足にはきかえたのは六六年末だった（あるいは年度末の六七年の三月だったのか）。とにかく勤務先の医学書院は本郷の東大前にあり、地下鉄で移動しやすかったためにペイパーバック漁りの中心はお茶の水から坂を下った神保町周辺、小川町のブックブラザーや専修大学近くの泰文社などが主戦場だった。

その頃の私の姿は、同じ稼業の先輩諸氏の目にも留まっていたらしい。大先輩の中田耕治は第三章で紹介した〈マルタの鷹協会〉のインタヴューでこう語っている。


あなた（小鷹）も本をお買いになるでしょう。安いペイパーバックを。あの頃、第一は植草さんなのね。神田で植草さんの顔みた瞬間、「あ、オレ、今日だめだ！」（笑）……お金ないから都筑道夫と福島正実とつながって歩いてる。（中略）福島はSFプロパーでしょ。で、矢野浩三郎とか南山宏なんかを見た瞬間、あきらめるわけ。（中略）探偵小説に関しては（とっくに）あきらめたね。というのは都筑には敵わないし、僕もやたらに買うから。あなた（小鷹）と片岡義男と青木秀夫が買いあさり始めてて、恐しい奴らが出てきたって。あいつらが買わないうちに（早く）行こうってさ。

先輩諸氏にとっては〝新種の目ざわりな若い連中〟だったのだろう。〝戦国時代〟の始まりだったとも言える。

当時、神保町周辺でのペイパーバック漁りの仲間だった（ライヴァルと言うべきか）青木日出夫（秀夫）の訃報をつい最近新聞で目にした。亡くなったのは二〇〇六年八月三日。葬儀は近親者ですませたとあった。この悲しいしらせは、公表されるまで誰からも伝わってこなかった。

六〇年代後半、早川書房のポケミスでシリーズ物をやったときよく一緒に仕事をした青木日出夫はリチャード・スタークの悪党パーカー・シリーズでは二作めの『逃亡の顔』（文庫化されなかった幻の一冊）、ドナルド・ハミルトンの〈部隊シリーズ〉では三作めの『抹殺部隊』を翻訳している。

最後に会ったのはやはり同い年の矢野浩三郎が亡くなったあとのしのぶ会（二〇〇六年五月二十八日）だった。矢野浩三郎は早川書房が都会派男性雑誌《ホリデイ》をだしたとき（一九六一年末。一号きりで終刊）短期間同社に在籍していたが、その後出版代理人としても活躍した。そのときの《ホリデイ》の編集長、常盤新平と宮田昇の両氏が呼びかけ人だったこのしのぶ会には、青木日出夫のほかに太田博（各務三郎）、ＳＦの森優、シムノン訳者の長島良三などが集い、まるで同期会のようだった。久しぶりに会って、顔をみたとたんに、考えもなしに「少しやつれたみたいだな」などと思いやりのない言葉をかけてしまったのがいまとなっては悔まれる。

若いミステリ・ファンは、古手の翻訳家や翻訳家から転向した物書き連中のわずかな年齢差などには何の関心もないと思うが、当時は一歳の年の差が先輩、後輩の序列をきびしく決めていた。私が〝同期〟にこだわるのもそのくせがあるからで、〝先輩〟と記せば、それだけで敬意をはらうべき年長者ということになる。いまとなっては、とくに若い人の目には同年配のジィさまに思えるだろうが、中田耕治、都筑道夫は私にとっては〝大先輩〟であり、常盤新平、小林信彦（中原弓彦）、青木雨彦は〝中先輩〟、稲葉明雄、永井淳は〝先輩〟ということになる。そしてもう一人だいじな〝先輩〟が翻訳家の山下諭一だった。

私が《マンハント》に出入りするようになった頃には彼はもう同誌の〝主〟のような存在だった。カーター・ブラウンを五つほど訳し、私立探偵、曽根達也物の軽快な読物小説も書くようになり、そのあとはジャーナリスト専門学院（通称ジャナ専）の名物講師となった才人で、私にとっての〝師〟の一人である。

ところが八〇年代になって、〈マルタの鷹協会〉の例会にゲストとして出席してくれたときの話で知ったのだが、山下諭一は実際には創刊当初から《マンハント》にかかわっていたのではなかった。そのときの話をまとめた記事（同協会の会報十三号、八三年四月号）を参考にしながら、《マンハント》と山下諭一の出会いをふりかえってみると、角川書店で校正の仕事をして食べていた頃、早川の《EQMM》の真似をして久保書店という出版社が新しい雑誌を出すことになったので翻訳の下訳をしてみないか、と田中小実昌さんと親しい編集者に声をかけられたのがきっかけだったという。

一枚百円というのがとにかくうれしかった。月三百枚書けば三万円……そのころ、同年輩のサラリーマンの月給が一万三千円くらい……こんないい話はない。

創刊当時の《マンハント》は、それぞれの収録作品には訳者名を記さず、目次に翻訳スタッフの一覧をつける方針をとっていた。創刊号に名をつらねた翻訳者は（五十音順に）荒正人、淡路瑛一（都筑道夫）、井上一夫、宇野利泰、荻昌弘、北村小松、久慈波之介（稲葉明雄）、今官一、田中小実昌、中田耕治、野中重雄の十一名だった。

そのスタッフの一人、荒正人（評論家）の下訳をやったところ、「リライトの必要なし」という御託宣があり、格上げになると同時に原稿料も一気に一枚二百円になったという。先輩諸氏の原稿料も二百五十円どまりだったらしい。

「午後から顔を出して、本国版を片っ端から読み、どれを誰に訳させたらいいか（を決める）編集の仕事をしないか」ともちかけられて山下諭一はびっくりする。「よく聞いてみると（編集長の）中田さんは英語が読めないんだって」。

こんな成りゆきで《マンハント》にかかわってゆき（創刊第二号の翻訳スタッフ一覧にはもう名前が出ている）、私が顔を出すようになった頃には文字どおり《マンハント》の〝黒幕〟になっていたのだ。

〈マルタの鷹協会〉の例会では、「小鷹さんは酒も飲まずカネばかり稼いでバカみたいだ」と言われたが、〝師〟というより私にとってはやさしい〝兄貴〟だった。そのときやっとわかったのだが、〝兄貴〟が物書き稼業で忙しくなったために《マンハント》編集部の整理や下読みの仕事をタイミングよくやらせてもらった〝後釜〟が私だったのである。

2　非情なハードボイルド論争

純アメリカ産のハードボイルド小説が新旧とりまぜてひととおり輸入された頃合いをみはからっていたかのように、六〇年代の前半、かなり熱っぽいハードボイルド論争が繰りひろげられた。その顚末を、その後誰も記さなかったので、ここで少しくわしく語っておきたい。

伏線は前章で紹介した都筑道夫のシリアスなハードボイルド論だったのかもしれないし、口火は大藪春彦の「ハードボイルド論」（《宝石》五八年八月号）だったとも言える。二年後、流行作家になったその大藪春彦を《宝石》六〇年六月号で論じた中原弓彦が「日本にハードボイルド小説無し」ときめつけたのも火をかき立てることになったのだろう。そしていきなり、私と同い年の新進気鋭の評論家、権田萬治の「感傷の効用」が同誌六〇年八月号に掲載され、第一回宝石評論賞に佳作入選した。ハメットよりもむしろチャンドラーの感傷性に重点をおいた新しいハードボイルド論だった。この評論で権田萬治は、大藪春彦の『野獣死すべし』を「ハメット、スピレーン、のカクテルであるにしても、画期的な作品であることは疑えない」と記した。その直後に登場したのが、やはり前章で紹介した《EQMM》六〇年十月号の生島治郎新編集長による勇ましい「ハードボイルド宣言」だった。

その号のハードボイルド特集には、次のような書き出しのハードボイルド論も掲載された。

> ハメットの登場によって……推理小説は大きな転換に遭遇する。彼の小説は……ブルジョアジイを背景として成立した個人の自由、寛容、そして、推理小説の設定上の厳重な鉄則などの諸概念に基礎を置いたデテクティヴ・ストーリイに対する過酷な容赦のない敵意にほかならない。

「さらばわが名探偵たちよ」と名づけられたこの評論の書き手は中田耕治だった。

「……ごく低俗なストーリイ、ヴァルガーなスタイルが、ときとしては上品な、ファンシーフルなストーリイよりもいっそう真実で、いっそう完全な人間像を描き得る」という的を射た一文もある。数多くのハードボイルド小説の翻訳を手がけていた中田耕治の初ハメット翻訳はこの評論の直後に《EQMM》に載った中篇「血の報酬」だった。だがもちろん、始祖ハメットの作品とは、すでに原書でじっくりとりくんでいたのだろう。この評論の中でも、『マルタの鷹』の第七章にでてくる〝落下してくる鉄の梁〟のエピソードを「ハードボイルドの根本にひそむ不条理のきわめて特徴的な例」として早くも引用している。それまでにこのエピソードをとりあげた『マルタの鷹』論やハメット論の先例はなかったのではないか、と気づいていまさらながら私は中田耕治の眼識の鋭さにおどろかされた。〝鉄の梁〟についての直接の言及はないが、「サム・スペードが、フリットクラフトの話をしてブリジッドに遠まわしな愛の告白をする忘れ難い」シーンと記したのはロス・マクドナルドだった（「ハメットに脱帽」《EQMM》六四年十一月号）。

そして、ハードボイルド派の将来についての中田耕治の予言は、次のように結ばれていた。

……リュウ・アーチャーを最後の代表者として、コード・ヒーロー・ストーリイは今後ますます変質するだろう。むろん、好ましくない方向に向って。（中略）サム（・スペード）が二十年代、マーロウが三十年代、そしてアーチャーが、「戦後」に対して持っていた象徴的な関係を、ほかの名探偵諸君〔T・B・デューイのマックやウェイド・ミラーのマックスなど〕は遂に持つことはなく終るだろう。そして、そのときは、もはや「ハードボイルド小説」は全く成立しないか、成立しても、多数の読者の心を惹くことは許されなくなっているに違いない。

二年前の大藪春彦のハードボイルド論をうけた、悲観的なハードボイルド滅亡論といってもよいし、ハメット、チャンドラー、ロス・マクドナルド讃歌とみてもよい発言である。

そのダシール・ハメットが最晩年の隠栖の末、一九六一年一月二十一日に世を去った。

最初に弔文を書いたのは、常盤新平だった〔まもなく大原寿人のペンネイムでアメリカの二〇年代の記事を書き始め、翻訳家としても知られ、六四年一月号から《EQMM》→《HMM》の編集長をつとめ、その後作家として独立〕。


……チャンドラーが死んだときのようなショックもかなしみも、彼の死からは受けない。(中略)ただ、ハード・ボイルド探偵小説に、ハメットがじつに大きな存在を占めていること、その死によって、あらためて思い知らされる。


この弔文を引用しながら「ハメットの死をめぐって」という特別解説を中篇「血の報酬」に付したのは、訳者の中田耕治だった(《EQMM》六一年四月号)。

「……現在ますます頽廃のかげを濃くしてゆくハード・ボイルド派の姿を思いあわせるとき、文学的な意味でハメットの死」はわれわれに深い反省を強いるという発言に始まり、「常盤氏のような新しい批評家にいつかハメットの作品の根本まで遡って考えてもらいたい」と提言。「ハード・ボイルド小説に於けるハメットの意味を今こそ考えてみる必要がある」と結んでいる。

ハメットが死んだ一九六一年の初めから《マンハント》で連載評論を書いていた私もその折、こわいもの知らずで弔文をひきうけた。「一人の作家の死」と題されて六一年四月号に載ったその弔文の結びは、「時勢の波にのることを潔ぎよしとしなかった一人の作家の死が意味するものは、けっして小さな問題ではないはず」だと、いくぶん挑発的だが、本文のほうはおもに〝赤狩り〟についての情報に費やされ、証言拒否によって約半年服役したことも記した。その出来事をさして、「時勢の波にのることを潔ぎよしとしなかった」と言ったのだろう。

ＷＭＣの設立に貢献し、卒業後、《ヒッチコック・マガジン》で海外ニュース欄を担当するようになった私と同期の仁賀克雄も、商業誌上ではないが、この時期ハードボイルドについての発言をしている（《みすてりい》六二年七月創刊号）。彼はまず、ミステリの一分野としてのハードボイルドの成立を論じ、「全盛だった本格派に対するレジスタンス……知的遊戯に終始していた本格派に対して、現実の社会の生きた人間を描こうとする目的を持った革新的な運動」ととらえ、そのあと日本のハードボイルド派作家に目を転じ、大藪春彦のハードボイルド観（これは《宝石》ではなく自著のあとがきで発表されたものらしい）を論じ（「残念ながら作品上には反映していない」）、『野獣死すべし』については、「機関銃のようにぽんぽん短く切った文章は……痛快感を生みだす……新鮮な魅力があった。ハードボイルドという名称を冠せられたが、もちろん真のハードボイルド小説ではなく、通俗物であるのは確か」と採点は辛口だった。

商業誌ではなかったが同じＷＭＣに籍をおいたことのある大藪春彦がクラブの同人誌だった《みすてりい》に目を通す機会はあったはずだ。この一文も目にとまっていたかもしれない。「ハードボイルドの一考察」と題したこの評論で仁賀克雄は、「厳密な意味では、日本のハードボイルド小説と言えるのは石原氏（『処刑の部屋』）、高城氏、河野氏の数多い作品の中の、ほんの二、三作でしかない。（中略）日本のハードボイルドは、アメリカスタイルをそのまま移植しただけで、日本的風土の上には、しっかり根をおろしていない」と断じた。

これらの諸発言をうけた形で《宝石》が六三年の後半に企画したのが「日本にハードボイルドは育つか否か」と題したリレー連載評論だった。そして、そのトップ・バッターをまかされた中田耕治が、「ハードボイルドは死滅する」と予言したのである。これは、三年前の《EQMM》のエッセイの結びにおいても示されていたのだが、さらに一歩考えをすすめて、「(作家として)私自身は、ハードボイルド派と呼ばれることを好まない」という立場をまず表明した。そのあとに、「……今後も……書きつづけるはずの作品は、ハードボイルド派の作品に近いものだろう。にもかかわらず……しばらくのあいだは通俗ハードボイルドしか書かないだろうし、また、書けないだろう(したがって、私自身の作品と私のハードボイルド観との乖離を指摘する批評などに答える必要はない)」とつづく。

どこで、どんな批評をうけたのか知る由もないが、「評論では偉そうなことを書きながら、小説はこの程度か」という批判めいた言葉は、私自身も後年経験した。これは評論家兼作家業の宿命だ。

中田耕治の小論に私の発言がひんぱんに引用され始めるのはこのあたりからである。「今、新しい作家に必要なことは、いかにハメットの亡霊から解放されるかということ」だとする小鷹信光の意見に「全面的に賛成」するが、誰がいま「それほどハメットにとりつかれているだろうか」「彼独自のハードボイルド精神をきびしくうけつぐ」ことは「はじめから不可能だった」と述べている。

「ハメットやブラック・マスクの諸作品は、あの時代を背景にしたからこそ価値があった。(中略)新しいハードボイルド小説も、今、この時代を背景として書かなければならない以上……ハメットがその時代に対してはたしたとおなじ態度をとるべきではないか。それこそ……ハメットの亡霊から解放されることなのだ」と中田耕治はつづけ、再度私を引用して、「小鷹信光の言葉にならっていえば、人間どうしの愛情や物欲がかもし出す、ありきたりの、それでいておそろしい犯罪……なまなましい犯罪をリアリスティックに描写することが、ハードボイルド派の特質だった。しかし、それも、やがてシチュエーションの固定化とプロットの常套化を招く」ことになり、この分野の小説は今後ますます好ましくない方向に向って変質してゆくだろう、と三年前の自説を反復している。

たぶん《マンハント》に連載中の私の評論に目がとまっての引用なのだろうが、私自身はここに引かれた私の発言が、いつ、どこでなされたものか、充分な認識がなかった。私ごとき駆け出しの物書きの言葉を、すぐあとに否定されるにしてもこんなふうに引用してもらえるだけで光栄な思いがしたものである。

ここまではきわめてオーソドックスな正論だった中田耕治のハードボイルド死滅論が一転していささか〝変調〟をきたすのは後半の文体論である。

「ある人が、日本のハードボイルドの翻訳はほとんど大部分がスタイルの移植ということに失敗しているといっていた。その人自身もハメットをいくつか訳していたはずだから、おそらく失敗したのだろう」と記し〔大部分というからにはご本人もふくまれるはずだと言外に匂わせている〕、「いや、ハードボイルド小説は、その人にしか訳せないのではないかと思う。私はその人の訳した作品を読んだが、乾いた文体でパサパサしていて、浡を食ったような気がしたものだったが」とつづけている。

もちろんこの一文からは軽いからかいの気持ちが読みとれるが、ハードボイルドの文体をあらわす常套句としての「乾いたパサパサした文体」そのものを揶揄しているとも受けとれる。

《宝石》の連載ハードボイルド論の二番バッターはなんと私自身だった。後記するように私の登場はどうやらどなたかの〝代打〟だったふしもある。「ハードボイルド派の発生とその推移」と題された、引用や孫引きばかりで成り立っている概論風の私の一文は、ここであらためて紹介するほどのものではない〔《宝石》六三年十月号に掲載されたこの評論は自著もふくめてどこにも再録されていない。

あしからず」。物議をかもすような発言もしていない。結びの数節だけを引用させてもらおう。

……「ブラック・マスク」誌の作家たちも……低俗なパルプ誌に、書きまくっていたのだ。世人に認められることもなく、名声や文学的評価とは、無縁であった。（中略）そのなかから、新しいスタイル……意味ある思想・文学性が徐々に形をととのえてきた。（中略）乱作・乱読もけっこうではないか。日本のハードボイルドはまだ若い……読者も、常に模範解答を要求すべきではないし、事実期待はしないものだ。

結びの一行だけは、「作家よ、驕るなかれ」の意味で記されているようだが、とにかくとりたててどうということのないそれこそ模範解答のような評論だった。

読み返してみて気づいたのだが（この行為をどうやら私は楽しんでいる気配がある）、この私の評論中にギョッとするような一節があり、書かれていることの真偽を確かめるまでかなりはらはらさせられた。その問題の一節とは、《ブラック・マスク》誌の一群の作家たちと「ハードボイルド派」という呼称に言及した箇所である。《ブラック・マスク》の四代目の有名編集長、ジョゼフ・T・ショーには作家と作品の選択についての確固とした方針があり、彼に認められるか否かにその日暮しの生計がかかっていたパルプ・ライターたちは、せっぱつまった群を形成した――この群の形成が自然発生的なものではなかったことがここでは重要になってくる。

その一群を、明瞭に他のあらゆる作品群ときりはなし、新しい一派としてはじめてみいだしたのは、ロンドンの一出版社であった。（中略）ついで、ニュー・ヨーク・ワールド・テレグラムで、マッキーオーがこの一群を判然とひとつの一派と認める記事を書いた。その一派の呼称としてハードボイルド派（Hard-Boiled School）という言葉が定着したのは四十年代になってからのことではないかと思われる。

これがその一節だ。ところが文芸用語としての「ハードボイルド」の発生と推移（「レポート２」）を書きすすめていた段階で、私はここに出てくる「ロンドンの一出版社」も「ワールド・テレグラムのマッキーオー」のこともコロッと失念していたのである。出典も記さずに物識り顔をしてしまった罰がいまになって下された。いったいこの二つの情報を私はどこで仕入れたのだろう。この評論を書いた時点でどんな資料を自分がもっていたかを思いおこし、結局ネタはこれしかないと結論をくだしてひっぱりだしたのが、私のハードボイルド論のすべての源であるジョゼフ・T・ショーの一文だった。一九四六年に編まれたエポック・メイキングなアンソロジー *The Hard-Boiled Omnibus*（ハードボイルド・オムニバス）につけられた序文である。私がネタを明かさずに若干強引に借用した箇所はこうなっていた。

……ロンドンのある出版社の社長はわたしたちに手紙をくれて、わたしどもが出した雑誌にはほかのアメリカの作品ともちがう（中略）あたらしい文体のものが載っていることに気がついたと書いている。そしてまた「ブラック・マスク」に拠る作家のグループがそういう文体をはじめ、それを完成したのだと言っている。たしかマッキオーだったと思うが、彼は「ニューヨーク・ワールド・テレグラム」に（中略）そうしたあたらしい文体をはじめたのは「ブラック・マスク」の作家たちだと書いている。

「『ブラック・マスク』誌のスタイル」小倉多加志訳《HMM》七三年七月号
（のちに『ハードボイルドの探偵たち』収録）

この評論のこの部分に「ハードボイルド派」という用語が一度も出てこないことを確かめて私はホッとした。ここに記されていたのは文体についての話だけで、「ハードボイルド派」が出てくるのは、少しあとの《ブラック・マスク》についての記述の中だったのである。私は二つの話をむりやりつなげ、誤解を招くような一節をつくりだしていたのだ。だがネタはみつかったが、それより先にはすすめなかった。ジョゼフ・T・ショーはロンドンのある出版社の名前を記していないし、私はマッキーオー（McKeogh）なる人物のファースト・ネイムすらつきとめることができなかった。

《宝石》の連載評論の三番バッターは、ハメット、チャンドラー、ウールリッチの三作家の作品の翻訳からこの道に入った先輩の稲葉明雄（《宝石》では稲葉由紀のペンネイムを用いた）だった。私にとってはただの先輩というよりやはり〝師〟と呼ぶべき人物で、公表されていた生年は私と二歳しかちがわないのに近づきになった当初からすでに〝老成〟した感じのある方だった。同氏の思い出は、かかわりを深めた七〇年代（次章）でまた語る機会があるだろう。

稲葉論文のタイトルは「ハードボイルドなど死滅しようが」だった。お節介にそのあとをつづければ、死滅しようがどうしようが私には関係ない、「自分とハードボイルド派が過去において巡りあった地点にしか興味はない」ということである。

卓見と思えるのは「『マルタの鷹』でハメットは虚無思想を前提として小説をはじめようとしたが、そのゆえにこそ、小説としての形式を踏みぬいてぬっくと立っている『赤い収穫』のほうに、かえって小説としての軍配があがる結果になった」という二作の比較論である。ちなみに、後年稲葉明雄はハメットの長篇のうち『赤い収穫』の翻訳のみを手がけ、とりかかっていたリチャード・レイマンの詳細なハメット評伝をついに訳了せずに鬼籍に入った（一九九九年）。

そして小論の残りの部分の多くは、主観が前面に出たかなり一方的な文章になっている。都筑道夫のエッセイをとりあげ、その論旨の矛盾を指摘したり（後出）、そのエッセイを掲載した雑誌を批判したり、中田論文の私の発言を引用した箇所をとりあげ、引用者＝被引用者の両者を束に重ねてばっさり斬りすてたりと、妥協がない。「ハメットの亡霊」とはいったい何なのか、「こんな奇態な言辞にお目にかかると、なんのことかわからず、ただただ面喰うばかりである」となるのである。またハードボイルドの翻訳において文体の移植に失敗した例として中田耕治が挙げたのは「僕自身のことを指すのではないか」とも記している。感情的な発言の根っこはそこにあったのかもしれない。

《宝石》のハードボイルド論争の最後は、連載四回め（六三年十二月号）で、四人の論者をそろえ、六三年に『殺意という名の家畜』を発表して注目を集めていた河野典生の「告白的ハードボイルド論」から始まった。

……「陽光の下、若者は死ぬ」のあとがきでも、僕は自作をピカレスクであるとしか書かなかった。ハードボイルドの商標で僕の感覚的に受け入れることの出来ない某氏の作品が大量にあふれている時だったから、いささか作為的な動機があったとも言えるだろう。（中略）昨年の後半になって、僕はようやく自分にもっともふさわしい作風が、いわゆる正統派ハードボイルドと呼ばれている作風に近いように思えて来た。（中略）日本のハードボイルドに限って言えば、滅びようにも派というほどの作家群は日本にはない……。

このあとにつづいたのが、河野典生が名指した〝某氏〟その人としか思えない大藪春彦の「ハードボイルドであろうがなかろうが」だった。

〔ある〕批評家はかつて僕の作品を〈認めたがごとき誤解を受けるような発言〉をしたことは残念だ、などと……大藪の作品などハードボイルドなどでない、というのが評論のセンセイたちの定説になっているらしい。（中略）僕は何もハードボイルドの手本通りに書こうとしているわけではない。僕が自分で一番書きたい主題なり文体が、いわゆるハードボイルドと類似しているだけのことかも知れない。

三人めは同じく新進のハードボイルド系作家と目されていた高城高の「親不孝の弁」。

……私などは「赤い収穫」がいいという人に出会えば、スコッチ・ウィスキー並みに信頼してしまう。（中略）ハードボイルドは死滅しない。それがひとつの人生への作家の態度だとすればなくなろうはずがない。豚の平和にあきあきして拳銃をぶっ放すのもハードボイルドに違いない……「育つか否か」の論議では、私は育ちそこなった親不孝者なのだろう。

ミステリー文学資料館編の『わが名はタフガイ』（光文社文庫）には高城高の五八年作「賭ける」が収録され、「大藪とは対照的に抒情性の強い作風で、長篇は『墓標なき墓場』（六二年作）しかないが、いま読み返しても強い印象を残す」という解説がつけられている。

そして四人めが「大坪（直行）編集長への手紙」と題された中田耕治の稲葉由紀への返答。各人それぞれあとひとことと反論したかったことがあったはずだが、その機会を与えられたのは中田耕治だけだった。

私も引き合いにだされたその反論の中で中田耕治は、ハードボイルドの翻訳批判について述べた箇所は稲葉由紀を念頭においたものではなかったと記し、「日本のハードボイルドの翻訳は文体の移植に失敗しているなどという人は、自分で手がけてみるがいい」と言い放った。これは、ハードボイルド小説の純正品と真正面から、翻訳作業を通じて向きあったことのある人でなければ吐けない真実の言葉だ。

その稲葉明雄に再反論の機会は与えられなかったが、そんなことを言いだせばきりがない。「ハードボイルドなど死滅しようが」の中にあった一節に私自身反論したい箇所があるのだが、いまさらたずねるすべもないのだ。その箇所というのは、これである。

……『ハードボイルド・マガジン』〔《ハードボイルド・ミステリィ・マガジン》のこと〕の編集方針に見うけられる文学とエンターテインメントとの関連性に、通俗ハードボイルドの側からする『純文学コンプレックス』の一半がうかがわれるようである。

この一文は《ハードボイルドMM》というより私自身に向けられたものだったのだろう。稲葉明雄の矛先は先輩の都筑道夫にも向けられている。

……都筑道夫氏がハードボイルド・マガジンの随筆欄で、チャンドラーとヘンリイ・ケーンの作品を同日に評価することの愚を説いている。一見すると、非の打ちどころのない論旨のように思われるが、根本的なところに間違いがある。それは一個人が種々の作品を読む読みかたは、それほど器用に多岐にわたるものであるはずがないという点なのだ。

この批判に対して反論するチャンスがあったのか否か、都筑さんももう亡くなったので（二〇〇三年没）うかがうこともできない。一つだけ感想を記せば、稲葉明雄は終生〝文学青年〟の志を貫いた人だった、ということである。

こんな調子でかわされた慇懃《いんぎん》無礼な揶揄や当てこすり、揚げ足とり、相手の言葉尻をとらえた、底意地の悪い反論、中傷をちりばめたむきだしの悪口の応酬はとても論争とは言えない非情な遺恨試合の様相を呈した。これを読まされたハードボイルド・ファンは果たしておもしろがったのだろうか。それともあきれはてたのだろうか。とばっちりをうけた編集者側の評価はどうだったのか。いずれにしろ後味の悪い、不毛の論争だった。そこから良いものは何も生まれなかった。

このあともハードボイルド輸入業界では十年刻みぐらいで、ハードボイルドをめぐるいくぶん過激な発言がとびだしたが、どれも一発きりの打ち上げ花火のように後がつづかなかった。

そのときの論争には直接かかわらなかったが、《ヒッチコック・マガジン》とともに六三年七月号を終刊号として討ち死にした《マンハント》が、誌名をいま稲葉明雄が批判していた《ハードボイルド・ミステリィ・マガジン》と改称して再出発した。なんとも勇ましい出航ぶりだったが、いまにして思えばハードボイルドの最盛期の最後を飾る仇花だったとも言えそうだ。

その《ハードボイルドMM》の第一号（六三年八月号）の編集者ノートで、じつは私は次のように名指しで紹介されていたのである。

……すでに皆さま《マンハント》時代からおなじみの、アメリカ・ミステリィ評論家にして書誌学者、新進気鋭、学識・スタミナともにあふれる小鷹信光氏を慫慂《しょうよう》して、編集面に参画してもらうことになりました……氏の渉書・鑑賞・分類整理の実力が、今後は編集面においても大いに発揮されるわけです。

黒子の正体を明かさないのが名編集長の粋な采配であることが多いのだが、このときは中田編集長はあえて私を前面に押し出してくれた。それをいいことに私は自分の名前を目次に「作品解説」の担当者として明示してほしいと要求した。名も実もとりたかったのだろう。

その《ハードボイルドＭＭ》がわずか半年で終刊を迎え、翌六四年の一月号が「はなはだ突然」な終刊号となってしまった（「レポート２」参照）。日本ハードボイルド輸入史草創期のあとを継いだらたかたの最盛期に幕が降ろされ、諸氏の予言どおり、ハードボイルドは変容をせまられていった。

〔同誌には植草甚一、都筑道夫、テディ・片岡（片岡義男）、児玉数夫、清水康雄、大伴秀司、安部寧、田中潤司、紀田順一郎、野坂昭如、田中小実昌などの諸氏が連載コラムをもち、訳者陣には井上一夫、宇野利泰、泉真也、村上博基、森幹男、川口冬生（永井淳）、岩田宏（小笠原豊樹）、三条美穂（片岡義男）、田中小実昌、山下諭一、稲葉由紀（明雄）、矢野徹などの翻訳家が賑やかに顔を並べていた〕

あたかも《ハードボイルドＭＭ》の終刊を見通していたかのように、《ＥＱＭＭ》は六三年十二月号から三回連載で「くたばれハードボイルド」という過激なタイトルのエッセイ（トーマ・ナルスジャック）を連載した。中身は古色蒼然たる伝統的推理小説擁護論で、フランスの学識派であるナルスジャックは、タイトルはおろか本文でも「ハードボイルド」という用語は使っていない。原題名は

「ブラッフの終り」（"La Fin d'une Bluff"）であり、文中で「ハードボイルド」に当るのは訳文では「恐怖小説」となっていた用語だった。もちろんナルスジャック教授は、「くたばれ！」などという悪態もついていない。ただひたすら、文学の名においてハードボイルド派の卑俗性を糾弾しただけのことだった。それを「くたばれハードボイルド」としたのはひとえに《ＥＱＭＭ》の編集者サイドの強い思い入れの反映、あるいはひやかしだったのだろう。そして六四年一月号の《ＥＱＭＭ》には「まんすりいミステリ漫歩」という小さなコラムにダメ押しともいえるこんな発言が載った。

……ハードボイルドってなんだい？　やたらとオレという字がでてきたりガンがでてくるもの？（《宝石》の）特集として中田耕治「夜のバラード」大藪春彦「廃坑」河野典生「爆発」高城高「星の岬」と四本もハードボイルドっていう小説があったがテンで解らなかったな。（中略）こんなものを書いて小説家はゼニが取れるのか（中略）日本の小説家はやっぱりそんなに偉いのかい？　おれは南海の野村の方がエライと思うんだが……。

このハードボイルド論争の顚末には、もう一つ、私自身の立場からのオチがある。古い資料を整理中に、私が非常に意に染まぬ形で《宝石》のハードボイルド論争に参加させられていたことを〝発見〟したのだ。そのいきさつを私はＷＭＣの会報《フェニックス》に卒業後の六四年秋に書いた。私は、予定していた他の執筆者の〝代打〟として、三日以内に書いてほしいと《宝石》から依頼され、二日がかりで次のような結論の原稿を書き、それをボツにされ、残りの一日で書き直したのが一七四ページのあのお座なりな一文だったのである。

……現在の私の興味は、ハードボイルド・ミステリィよりむしろ現代アメリカ社会の病巣に向けられている。社会の底辺を探るのに大衆小説ほど恰好な題材はない。たとえ文学性や娯楽性を求めて失望させられても、アメリカ研究の一資料たり得れば時間を空費したとは思わない。（中略）大半の読者は巧みな商策（惹句、広告、解説）に偽装された押し売りに泣かされている。ハードボイルド派というレッテルも無責任な業者（出版社、評論・解説家）の便宜的な手段であることが多い……われわれは（その）レッテルに長いこと惑わされ……おぼつかない語学力とアメリカ社会に対する貧弱な知識をもとにハードボイルドの精神を理解させられてきた。

腹にすえかねたのだろう。私はこの原稿を次のように結んでいた。

……「日本にハードボイルドは育つか否か」というような無責任な愚問が編集者の口からとびだす。（中略）いったい……ハードボイルドを育てようという積極性・企画性がどこにあるのか？　みんなくたびれているようだが、締切まぎわにピンチヒッターで仕事を課せられた私は一番くたびれた。

当然これではボツになるはずだ。個人的感情をむきだしにしたほかの論者の原稿もすれすれでパスしたのかもしれない。みんなが一様にシラけて、腹を立てているのにはなにか共通のフラストレーションがあったのだろう。安い原稿料とか（《宝石》は六四年五月に休刊となり、未払い原稿料の一部だけでも受けとろうと、夏の暑い日、債権者の長い行列に加わったおぼえがある）、内輪の足のひっぱり合い、新人いびり、父親殺し（先輩をおとしめて自分が後任につく）といった陰湿なムードが一部に漂っていたのも事実である。まさに日本的非情《ハードボイルド》な風土の典型のような〝村社会〟が存在していた時代でもあった（いまはどうなの？）。

3 悪党パーカー登場

話は《マンハント》と私のかかわりの初期の頃にさかのぼるが、「小鷹信光」としてのデビューは本章の冒頭にも記したように一九六一年の一月号。ぜんぶで丸五年、全六十号の《マンハント》が後半にさしかかった通巻第三十一号のことだった。つまり書き手＝送り手としては、私はこの雑誌の半分、約二年半分としかかかわっていない。

この二年半のあいだに私は短めの連載を三回、長めの一年間の連載を一回やらせてもらい、ほかにもコラムやインタヴューや紹介記事（青木秀夫、片岡義男と組んだ「ポケットの本棚」など）や翻訳などで一号も休むひまはなかった。連載記事のタイトルは、「行動派探偵小説史」のあと順に「横から見た行動派ミステリィ」「行動派ミステリィのスタイル」「行動派ミステリィ作法」とつづき、しつこく「行動派（アクション）」（E・S・ガードナーの命名）という呼称にこだわっているが、要は通俗的なハードボイルド小説（おもに私立探偵物）やコワモテのする読物小説（ノワールの類）、犯罪小説が対象だった。

テーマや対象に関して一つだけ自分に定めたルールがあった。既成作家は極力とりあげないこと、難しい議論はしないこと、誰よりも早く、新鮮でおもしろい作品を読者に紹介すること、これが三原則だった。つまり、ハメットとチャンドラーは敬して遠ざけるという基本方針を立てていたのである。

カッコよく言えば、この二人について、自分の言葉で独自のことを言えるようになるまで口を閉ざしていようと心に決めたのだ。孫引き評論家の苦渋の決断である。

この当時のことをサカナにして、のちに同期の権田萬治と《ＨＭＭ》で対談をしたことがある。タイトルは「ＨＭＭは若く、ぼくたちも生意気だった」とつけられた（八六年七月号）。そのとき私は、あいまいな記憶をもとに次のようなある誤った発言をして、〝中先輩〟小林信彦からお叱りの手紙をいただいた。

……三誌の競合が激しくなってきたころには、「マンハント」側の隠れ編集者みたいになっちゃった。そのころ、作品がぶつからないために、ほんとに短い期間ですけど三社会議というのを開いたことがあるんですよ。中原さんの「ヒッチコック・マガジン」と「ミステリマガジン」と、これはどなたが出てきたか、生島さん自身は出てこなかったような気がするんですけど、私は「マンハント」の編集の中田雅久さんのアシスタントみたいな顔をして、それで三者でトランプのカードみたいに、次号に用意してきたのを出して、ぶつからないようにした。そういう会議を二度ぐらい神田の喫茶店でやった記憶がありますよ。

事実誤認だと指摘をうけたのは、企画を「三者でトランプのカード」のようにだしあったの箇所。「定価にまつわる問題」で早川書房に集まったことは三度ほどあったが、そのあと中田雅久編集長と近くの喫茶店でおしゃべりをしただけで「トランプのカード云々」といったことはあり得ないと事実を正されたのだ。わざわざそのことを指摘したのは、若い〝研究者〟による〝孫引き〟を危惧してのことだという正当な説明も付されていた。

私はそのときすぐに返事をだしたが、どうも素直には誤認と認めなかったような気がする。私の記憶にはその場の情景がくっきりと残っていたからだ。そこで、それからさらに二十年後の新訂正。「指摘をうけたとおり、三誌競合時代にはこのような会議は開かれなかった。実際にこれを一度か二度行ったのは《ハードボイルドMM》になって、私が作品の選択の全権を委ねられたあとのことだった。従って《ヒッチコック・マガジン》の代表者はこの会議にかかわっていない」（ということです、小林信彦さん）。

《マンハント》はそのあと《ハードボイルドMM》として半年間生きのび、私は編集の手伝いをするかたわら「行動派ミステリィ講座」を連載した。またしても「行動派」だが、副題は「犯罪王国アメリカの横顔」となっていて、ミステリをネタに誘拐、産業スパイ、少年非行、麻薬、ギャンブル、売春の六つを対象に選んだ。

そして、この連載中に起きたのが、六三年十一月二十二日のダラスでのケネディ大統領暗殺事件だった。私はこの悲報の受け手だっただけでなく、男性週刊誌で〝ケネディ暗殺七つの陰謀説〟といった特集記事を海外情報をもとにつくりあげるマガジン・ライターの仕事もすでにやっていた。その話はまた別の機会に譲ることにして、私自身の単行本デビューの頃の話をまず記しておこう。

私が初めて丸ごと一冊訳した長篇小説はウィリアム・R・バーネットの『リトル・シーザー』である。（中略）〔私の〕〈翻訳書リスト〉のトップにはドナルド・ハミルトンの『破壊部隊』（一九六四刊）の名が記されているが、実際には『破壊部隊』は私が取り組んだ四冊めの長篇小説だった。最初の二冊は学生時代に怖いもの知らずで手を染めた西部小説と、ガードナーのペリイ・メイスンものの一冊〔第三章参照〕で、両方とも大学ノートに横書きで訳しかけたまま、ついに終わりまで訳しとおすことができなかった。ウォルター・ヴァン・T・クラークの ***The Oxbow Incident***（一九四〇）は西部小説といってもナミの代物ではなく、リンチを題材にした難解な心理小説で、所詮学生の私の手におえる小説ではなかった。ガードナーのほうは九分通り訳し終えた記憶があるが、結局原稿用紙に縦書きで清書するまでにいたらなかった。

それから三年ほど間を置いて、ついに〝完訳〟を果たしたのがこの『リトル・シーザー』だった。訳してみないか、と声をかけてくれたのは、早川書房に入社間もない常盤新平氏だった。（中略）〔前に《マンハント》で〕私がこの小説をとりあげたことをおぼえていてくださったのだろう。

幸か不幸か、私には下訳者としての修行時代というのがない。とくに師事した先輩もいない。（中略）その唯一の例外が、きびしい編集者兼先輩翻訳者としての常盤氏の存在だった。おっそろしく稚拙な字で……精いっぱい気負いこんで訳し終えた生訳稿が、容赦のない加筆、削除、訂正を施されて返されてきたのだ。その達者な赤インクの文字を見ただけで、私はすっかり萎縮してしまった。初めての経験だった。翻訳という仕事が生易しいものではないことを、そのとき私は身にしみて感じさせられた。

『リトル・シーザー』に『小さな帝王』という邦題をあたえて『ペイパーバックの本棚から』におさめたエッセイの冒頭で、私は翻訳家としての修行時代をこんなふうに記した。じつはこの小説を《マンハント》の六二年八月号で紹介したあと、原本の扉に載っているマキャヴェッリからのエピグラムの出典について、大先輩の中田耕治に教えを請うたことがある。正解こそ得られなかったが、そのとき私は懇切丁寧な二通の長い手紙をいただいた。その文面によれば一九六三年の春に、すでに私はこの本の翻訳にとりかかっていたらしい。《マンハント》がほどなく改称されて新雑誌が誕生するらしいという噂について、どんな雑誌になるか気にかけている、「自由に仕事をさせてくれた」思い出のある雑誌だからというコメントもついていた。うれしいことに私の連載記事についてのはげましの言葉もいただいた。

あまりの拙さを思い知らされ、潔く出版を諦めてみずからボツにして封印してしまった『リトル・シーザー』を、私は小学館の熱心な編集者（大西旦）のすすめで甦らせ、なるべく原型に近い生硬さを尊重しながら手を入れ、なんとかサマになる姿で刊行されたのが二〇〇三年。初訳時から約四十年。まさになんとかの一念である。

出だしでのつまづきにもめげずに、ほどなく私の初めての出版物が、まだサラリーマンをやっていた一九六四年の暮にあいついで二冊刊行された。

一冊めは書き下しの評論書『アメリカ暗黒史』（三一新書）だった。書き下しといっても、元ネタはあった。六号しかつづかなかった《ハードボイルドＭＭ》での連載記事「行動派ミステリィ講座」を元にしておこしたアメリカ犯罪レポートだったのである。

……ペイパーバック本で、ミステリ、犯罪小説、風俗小説を読みあさっていた私は、こういう小説が書かれ読まれる社会的な背景ということにそれまで自分があまりに無関心だったのではないかと〔考えた〕

……この道に首をつっこみはじめた私は、『アメリカ暗黒史』でとりあげた「誘拐」「売春」「麻薬」「賭博」など、ミステリ小説の重要な背景、いわば道具立になっている犯罪や悪徳について書かれた研究書、ルポ記事、ノン・フィクションがいかに数多いかという事実に驚かされ…

…当初抱いたフィクションからその背景である現実の社会を探るという試みはひとまず棄てざるを得なかったが……たとえば、「大衆と、英雄像の変遷」といったものを社会的に考察するには、ヒーロー小説、通俗小説の分析も貴重な足がかりになると思う。

《ＥＱＭＭ》に載せてもらった自著ＰＲ文からの引用だが、駆け出しのノンフィクション・ライターの試行錯誤ぶりがうかがえる。私がこれを記したのは一九六四年末。翌一九六五年には、ケネディ大統領暗殺のあとを追って二月に黒人運動のリーダー、マルコムＸが暗殺され、布告なき開戦で始まったベトナム戦争が同じく二月の北ベトナム空爆で激化し、泥沼化の様相を呈しはじめていた。小田実、開高健らによるベ平連がスタートしたのもこの四月だった。

そして、同じ年の八月末、緊張感に武者ぶるいしながら、私は約三週間の初のアメリカ旅行に出発した。シアトルから西海岸を南下し、サンフランシスコとロサンジェルスで各二泊、そのあとラスヴェガス、グランド・キャニオン、フェニックス、ダラスを経てニューオリンズへ時計の針と逆まわりに北米大陸を半周し、後半はニューヨーク、ボストン、シカゴと回り、ハワイを経て帰国。まだ運転免許をとっていなかったので、移動は空路とバス、列車に頼らねばならなかった。当時は持ちだせるドルが五百ドル（一ドル三百六十円！）に制限されていたので、その予算内で二十泊のホテル代と足の便をまかなったわけである（中の下のホテルが一泊十ドル以下）。前年に刊行した『アメリカ暗黒史』の舞台をおそるおそる覗き見する初旅だった。

話はまた本題に戻るが、一九六四年はイアン・フレミングの〈００７シリーズ〉のブームを支えにしてスパイ小説がはやり始めていた時期で、この年に出た私の二冊めの本はペイパーバック・オリジナル（ＰＢＯ）のシリーズものとしてアメリカで人気が出始めていたドナルド・ハミルトンの〈部隊シリーズ〉の第二作だった。映画化（ディーン・マーティン主演）されたせいもあって、このシリーズは評判になり、売れ行きも悪くなかった。

……もともと、大人の童話的アクション小説は、イギリスの冒険小説から、生まれたものだろう。だから、アメリカには期待しなかったが、いちおうM・E・チェーバー、リチャード・テルフェアなどのスパイ小説を読み、ドナルド・ハミルトンのことを、小鷹信光氏に聞いたりした。チェーバーのマイロウ・マーチ物は、なかなか面白かったが、波瀾万丈というわけにはいかない。

《EQMM》六四年七月号でこの「フレイミング・フレミング」というシャれたタイトルのエッセイを書いた都筑道夫は、同誌の「007臨時増刊号」（六五年五月刊）にはフレミング「初紹介の弁」を寄せている。同じ号に私は「007号マカオの冒険」というパスティーシュを書かせてもらった。ドナルド・ハミルトンを訳すことになったのは幸運にめぐまれたからだ。《ハードボイルドMM》が終刊になったあと、私は早川書房の《EQMM》でいくぶん肩身の狭い思いをしながら、新作の解説や紹介記事を書かせてもらっていた。そして、単行本の初翻訳の仕事を私に与えてくれたのが、同誌の常盤新平新編集長だった。これが二度めのチャンス、あるいは最後のチャンスになるかもしれなかった。

たくさんの友人や知人の助けを借りて、やっとのことで陽の目をみたのが『破壊部隊』だった。アメリカ産のスパイ小説とはいえ、ドナルド・ハミルトンはしたたかなプロ作家だった。文体はハードボイルド調でゆるみがない。自分は翻訳には向いていないのではないかと、何度も絶望しかけたあげくの〝難産〟だったので喜びも大きかった。

この実績が自信とはずみになって、私は独立を考え始めた。前にも引用した「翻訳家ができるまで」の中で、私はこんなふうに当時をふり返っている。

勤めていた出版社をやめることになった直接のきっかけは、サイドビジネスから得る収入が給料と同じになったことだった。以前から、本収入に追いついたら宮仕えはやめねばならないと思い定めていた。実際には、結果としてそうなっただけで、計算づくでそうなったわけではないのだが、ともかく、入社五年後の一九六五年には副収入が本業のサラリーに追いついた。当時、私のサラリーマンとしての年収は八十万円にも満たなかったが、これとほぼ同額を、翻訳・評論などの原稿書きで得ることができるようになり、会社をやめてフルタイムで原稿を書けば、給料分くらいは余計に稼げるだろうというメドが立ったのである。

思惑どおり、一九六六年、二足のワラジの生活の最後の年は、副収入が給料の二倍を超え、独立を果たした一九六七年の収入は一気に三百万円を突破した。六五年末に男性週刊誌として再スタートした《F６セブン》や《漫画読本》（文藝春秋刊）での仕事が急速に増えたのが収入増の理由である。ミステリだけではとても食べてはいけなかった。ハードボイルド専業では干上っていただろう。翻訳で大当たりしたという噂を耳にするたびに（００７シリーズの井上一夫とか）、かなわぬ夢を心に描いたが、ベストセラーにはついぞめぐりあえなかった。

００７シリーズの映画化が世界中で評判になり、映画公開と同時に日本でもスパイ小説がよく売れるようになったが、このブームには私もひと役買っていた。ハミルトンの『破壊部隊』がポケミスから出る頃、その前宣伝も兼ねて《ＥＱＭＭ》に「アメリカのスパイ小説」という連載記事を六四年十一月号から書くことになったのである。これが《EQMM》での私の初連載だった（そのあと、テレビで大人気になった〈ナポレオン・ソロ〉をとりあげた六六年刊の増刊号でも「スパイ小説見本市」というのを書いている）。

六〇年代半ばから七〇年代末までこの雑誌（六六年一月号から《ハヤカワ・ミステリマガジン》と改称）は私を鍛えてくれる主戦場になった。六〇年代の後半には、六五年に初めてアメリカを訪れたときの旅行記「アメリカ――うらのおもて」を五回連載。このタイトルは『アメリカ暗黒史』で書いた〝裏面史〟のおもての顔という意味だった。六七年には「序文学」というコジつけめいたタイトルで六回連載。テーマごとに主要な関連書をそろえ、選んだ本の序文のサワリをつまみながら、特定のテーマについて語る趣向だった。もちろんこの連載で、ハードボイルドや少年非行をテーマに選んでいる。

六八年に半年つづけた連載は、歴史的な流れもおさえたミステリ史の一種――「警察小説とその周辺」という読物風の研究評論だった。

私自身はかかわらなかったが、《EQMM》は定期的にハードボイルド特集を組んでいた。六四年三月号では、ハメット、ヘンリイ・ケイン、ジョン・D・マクドナルド、六四年十二月号はハメットとピーター・チェイニーほか、六五年九月号はハメット、チャンドラーに新進のトマス・B・デューイといった具合に、やはり特集の主軸となるのはハメットの中・短篇だった。ちょうどこの頃、私立探偵真木シリーズの第一作『暗い落日』を発表した結城昌治の「一視点一人称」というハードボイルド論が《EQMM》に掲載された（六五年六月号）。

……しかし、この非文学的技術〔登場人物を作者が人形のように操る〕を逆手にとった者がいる。ハメットである。そしてチャンドラー、ロス・マクドナルド――ハードボイルド派と称せられる作品系列である。（中略）一視点一人称で物語が展開する。事件の真相を伏せておくために書きたいことも書けぬなどという嘆言はいらない。知らぬことは書けぬという正当な論理に立つ。フィリップ・マーロウやリュウ・アーチャーは読者と同じ平面に立って事件にぶつかってゆく。

この簡潔で明快なエッセイは後半でハードボイルドの文体についても一言している。この発言はあるいは二年前の不毛のハードボイルド論争への回答だったのかもしれない。

……ハードボイルドといえば、まず文体を無視できないだろう。しかし、ハメットの文体はハメット個人のもので、それを分析したり比較したりするのは研究家の仕事である。移植できるとしたら翻訳家の仕事だ。文体がないのは精神がないのと同じで、小説を書く者は自分の文体をもたなければ存在そのものを否定されてもやむをえない。私がハメットやチャンドラーに学ぶとしたら、それは文体ではない。

さらに結城昌治は「チャンドラー私見」と題して《HMM》六八年七月号に掲載されたエッセイの中でも「タフな私立探偵が拳銃をぶっ放す時代は終った。（中略）現に『長いお別れ』におけるマーロウは決して拳銃を振り回すことなく、しかも彼のいちばんすぐれた作品になっている。（中略）ハードボイルドは、個人のモラルと文体のほかに、なお一人称一視点という最もミステリに相応しい方法をもっている」と述べ、「それは読者に対しまやかしをもたぬ方法であり、フェアプレイという古典的ミステリの原則にいちばん忠実な技巧とも言える」と、一人称一視点の方法を強く支持した発言をしている。

話は少し前後するが、ガン・ブームに乗った誌面づくりをしていた時期もある《ヒッチコック・マガジン》（増刊も出した）が、終刊まぎわの六三年四月号に「チャンドラーの魅力」と題する誌上座談会を載せた。出席者はチャンドラー訳者の清水俊二、ミステリ研究家の田中潤司、そしてチャンドラー・ファンの音楽家・武満徹の三人。

ゴシップめいた噂話が多く、固苦しいハードボイルド論はでてこないが、清水俊二も田中潤司も、チャンドラーのベスト作品に『長いお別れ』を推し、「行動的ではなくなってきて……もっとハードボイルドの精神に徹しきったみたいな感じ」の作品だと田中潤司は述べている。

この座談会での興味深い発言を断片的にまとめると、「チャンドラー初見は戦後、『湖中の女』だった」（清水）、「戦前、神戸在の翻訳家、西田政治さんなどは《ブラック・マスク》に目を通していたらしい」（田中）、「チャンドラーは寓意的な形容がハイブラウ……ものすごく学がある」（武満）、「べらんめえ調の田中小実昌訳はよろしくない。本人もあとでそう認めた」（清水）などなど。言いたいことはけっこうはっきりと言っている。

《EQMM》では、七〇年代に入って早川のミステリ全集の仕事でいろいろ教えを受けた評論家、石川喬司の名物コラム「極楽の鬼」が始まっていたが、誌名を《HMM》に改称したあとの六七年二月号では、チャンドラー、グルーバー、それに《ブラック・マスク》派のノーバート・デイヴィスやリチャード・セイルといったクラシックな作品を集めたハードボイルド特集が組まれ、同時にリリアン・ヘルマンの「回想のハメット」が掲載された。その結びはこうなっていた。

……わたしが病床に駈けよった時には、生命の最後の徴候が残っているだけだった。眼がびっくりした時のようにパッと開き、彼は頭をもたげようとした。だが、ついに意識をとりもどさずじまいで、その二日後に息をひきとった。

ハードボイルド作家というより人間ハメットに焦点があてられた回想記で、ハードボイルド正史上で言えばハメット再評価の幕開きとなった記念すべき一文である。《HMM》掲載時に訳者の橋本福夫が短い解説を寄せ、その冒頭に、ハメットと彼よりほぼひと回り年下の女流リリアン・ヘルマンが「三十年にわたっていわば同棲していた仲だったとは、正直なところ……夢にも想像していなかった」と記していることからもわかるように、ハメット＝ヘルマン伝説の幕開きでもあったのだ。ちなみにこの回想記は、一九六六年にヘルマンが編纂した大部のハメット短篇集に彼女が付した「序文」で、ペンギン版でも十六ページの長さがある。

この序文はのちにリリアン・ヘルマンの自伝『未完の女』の第十六章「ダシール・ハメット」に全文がおさめられ、そのあとも彼女は数々の著作の中でハメット伝説を語り継いでゆく。

《HMM》と誌名が変わっても、私にはめったにハードボイルド系の仕事は発生しなかった。関連企画が少なくなっていたのだろう。だがたまに仕事がくることもあった。六七年七月号では「私の好きなベスト5」というリレー・コラムで「プロの私立探偵もの」を対象に私なりのベスト5を選んだ。

ベスト1は『マルタの鷹』（はじめてハードボイルドの世界とふれあった思い出深い作品）、次が『大いなる眠り』（マーロウはチャンドラーと共に人間的にも深みをおびていった……〝永遠に〟老いることのない安手のシリーズもののヒーローとはそこがちがう）。そのあと第三位はスピレイン＝ハマーの『裁くのは俺だ』、第四位が、一作だけ未訳だったジョン・エヴァンスの〈栄光シリーズ〉の『悪魔の栄光』（ついに二〇〇六年に論創社から翻訳が出た！）、ロス・マクドナルドの『犠牲者は誰だ』がやっとベスト5にすべりこんだ。

ハードボイルドだけに的を絞らずに、視野を広げて仕事の幅を広げてゆくように私を導いてくれたのは、私と同い年なのに、早稲田で長いあいだぶらぶらしていて六四年に早川書房に入社した太田博だった。のちのチャンドラリアン、各務三郎である（常盤新平のあとを継いで六九年八月号から《HMM》の編集長となる）。

六五年から編集部に移り、顔を合わせることも多くなったが（麻雀仲間でもあった）、六八年十二月号から『クラレンス・ダロウは弁護する』という大部のノンフィクション（アーヴィング・ストーン著。のちに『アメリカは有罪だ』と改題して単行本になった）の連載を開始したときは、担当編集者としていろいろ助けてもらった。

二年間つづいたその連載期間中、私はタイプの異なる大物三人の立志伝を単行本として翻訳する機会にめぐまれた。謎につつまれた大実業家、ハワード・ヒューズ、《タイム》《ライフ》を興したマスコミ王、ヘンリー・ルース、そしてメンズ・マガジン界のヒーロー、《プレイボーイ》王国のヒュー・ヘフナーの三人である。

六〇年代の半ばは、〈パロディー・ギャング〉（漫画家の水野良太郎、しとうきねおと片岡義男。初期のメンバーには早逝した異色SF作家、広瀬正らも参加していた）の面々と雑誌コラムなどで悪ふざけをつづけ、六七年にはマガジン・ライター時代の産物として『メンズ・マガジン入門』を出してもらったりしたが、七〇年代につながる仕事としてはノンフィクション、しかもタイプの異なるいくつかの評伝と取り組んだことが大きな経験となった。

そして専門のミステリ分野では、太田博新編集長に見守られて「パパイラスの舟」の出航準備にとりかかっていた。弁護士ダロウの大評伝を仕上げた翌月、一九七〇年十二月号から私の「パパイラスの舟」の長い航海が始まった。

さて結びは例によって駆け足になってしまうが、六〇年代のポケミスでのハードボイルド派はどうだったか、概観してみよう。

最も派手にでまわったのは軽ハードボイルドのカーター・ブラウン。ヒーロー（アル・ウィーラー警部や私立探偵ダニー・ボイドなど）、ヒロイン（女探偵メイヴィス・セドリッツ）をあれこれとりそろえて六〇年代に全五十九作（この偏向ぶりはかなり悪口をたたかれた）。年一作ペースのロス・マクドナルドは着実に九作。これには新しいシリーズ訳者として定着した小笠原豊樹（岩田宏）訳の『ウィチャリー家の女』『さむけ』の二点の名作もふくまれている。リュウ・アーチャーへの関心と人気が一気に高まった時期だった。

私が当時の仲間（片岡義男、青木日出夫）たちと一緒に売り込んだリチャード・スタークの悪党パーカー・シリーズは、『悪党パーカー／襲撃』までの五作（本名のドナルド・E・ウェストレイクでは、『殺し合い』に始まり、いくぶんコミカルな面が強調されるようになった『弱虫チャーリー、逃亡中』まで六作）。

刊行点数が多かったその他のシリーズ物は、筆頭がマイアミの赤毛の私立探偵マイク・シェイン・シリーズ（ブレット・ハリデイ作）の十六作（『金髪の罠』など）。G・G・フィックリングの女探偵ハニー・ウェスト・シリーズが『ハニーよ銃をとれ』から、スパイ物に転じた『ハニー、ナチスに挑戦』までの九作。ハロルド・Q・マスア（マスル）の弁護士スコット・ジョーダン・シリーズが『霊柩車をもう一台』から『死が目の前に』まで七作。マイアミで取り戻し屋という新商売を始めたトラヴィス・マッギーのシリーズ（ジョン・D・マクドナルド作）も『桃色の悪夢』から『黄色い恐怖の眼』まで色とりどりに七作翻訳された。

そのほかのハードボイルド系の作品は、古手のジョナサン・ラティマーが『第五の墓』など三作、同じくロイ・ハギンズのテレビの人気番組になった『サンセット77』物が『女豹』など二作、こわもてのするクライム・ストーリーには、キューブリックが映画化（『現金に体を張れ』）したライオネル・ホワイトの『逃走と死と』があった。

ハードボイルド派の堕落と〝識者〟を嘆かせた通俗派私立探偵小説は、ヘンリイ・ケインのピート・チェンバーズ物『マーティニと殺人と』やリチャード・S・プラザーのシェル・スコット・シリーズが『消された女』など三作、マイクル・アヴァロンのエド・ヌーン・シリーズ、『のっぽのドロレス』『でぶのベティ』の二作はご存じ田中小実昌訳である。

私がゴールド・メダル・ブックのPBO（ペイパーバック・オリジナル）で乱読したプラザーをネット上で呼び出してみると、おん年八十五歳のプラザー老は至極健在でアリゾナのセドナに住んでいることがわかった。

一方の創元推理文庫は、古手ではジョナサン・ラティマーが二作、トマス・ウォルシュが『脱獄と誘拐と』など三作、警察小説ではベン・ベンスンが『脱獄九時間目』など四作とホウィット・マスタースンの三作、同文庫の人気作家の一人、W・P・マッギヴァーンが『悪徳警官』など九作と多かったが、六〇年代のハードボイルド勢をひっぱったのは、なんといっても英国作家、ジェイムズ・ハドリー・チェイスだった。『悪女イブ』『蘭の肉体』などをふくめて全十五作。六〇年代末には、私もWMCの後輩、大井良純の協力を全面的にあおいで、『あぶく銭は身につかない』など三作のチェイスを翻訳した。これが早川でデビューしたあと初めての〝他社出演〟だったのでそれなりの緊張があったことも記憶に残っている。

ここで恒例の双葉映画評の登場。六〇年代に公開されたハードボイルド系の映画評で双葉十三郎が「ハードボイルド」を用いたのは四本。「ハードボイルド・スリラーを読むみたいな感じ」と評された『ギャングの肖像』（ヴィック・モロウがダッチ・シュルツを演じ、レイ・ダントンが親分役をやった）、「もっとハードボイルド・タッチが出ないとまずい」のは、ジェフリー・ハンター、デヴィッド・ジャンセン競演の『男の罠』、「ハードボイルド系のサスペンス作家、ライオネル・ホワイト」の小説が原作の、こちらは『銭の罠』。この三本に加えて、大本命のロス・マクドナルド原作『動く標的』では「ハードボイルド」にも立派に出番がまわってきた。「私立探偵リュウ・アーチャー（映画ではハーパーと姓を変えている）・シリーズは……ハードボイルド派の伝統をつぐものだ。（中略）こういう本格的なハードボイルド私立探偵物は久しぶりで、なかなか楽しめた」と手放しで褒め、ポール・ニューマンの演技も「ボガート以来の成功」と拍手を送っている。ジャック・スマイト監督、六六年作で日本でも同じ年に公開された。

双葉評に「ハードボイルド」は出てこなかったが、ハードボイルド調の映画で印象に残る作品といえば、『殺人者たち』（ヘミングウェイの「殺人者」の再映画化。リー・マーヴィン、ジョン・カサヴェテス、ロナルド・レーガン、アンジー・ディキンスン出演）、スタークの悪党パーカー・シリーズ第一作の映画化『殺しの分け前 ポイント・ブランク』（これもマーヴィン、ディキンスン。ちょっとばかり凄い映像だった）、同シリーズの『汚れた七人』（ジム・ブラウンがパーカー役、ただし両方とも映画での名前は別。新しいメル・ギブスン版の『ペイバック』でも名前を変えられていた）、フランク・シナトラ扮する私立探偵トニー・ローム・シリーズの『セメントの女』と『殺しの追跡』などがあった。

そして、アーサー・ペン監督、ウォーレン・ビーティ、フェイ・ダナウェイ共演のギャング物青春映画『俺たちに明日はない』、犯罪物の『殺しの分け前　ポイント・ブランク』、最後の西部劇、ペキンパーの『ワイルドバンチ』、戦争映画『特攻大作戦』と四本を並べれば伝わってくるメッセージは明白だ。

　伝統の破壊――六〇年代のアメリカはまさに破壊と激動の時代だった。ブラック・パンサーの台頭で激化する黒人運動や公民権運動の急進化のなかで、六八年四月にキング牧師、六月にはロバート・ケネディ元司法長官があいついで暗殺された。その二カ月後の八月、ハリウッドで、ロマン・ポランスキーの妻である妊娠中だった女優シャロン・テートが友人たちと一緒に惨殺される血なまぐさい事件が発生し、やがてこの事件の首謀者チャーリー・マンソンの姿が立ちあらわれる。この世紀の犯罪を題材にした『ファミリー』という重い犯罪ノンフィクションとやがてかかわり合うことになろうとは、当時の私は知る由もなかった。

　ヒッピー、フラワー・チルドレン、ポルノ解禁、性革命、アングラ運動など、アメリカは大きな新しい波のうねりの中で翻弄され、変革をせまられていた。私が小学生の頃から関心をもちつづけてきた古き（良き）アメリカが、目の前ではげしく揺さぶられ、内側から壊され、変形してゆくのを私は息をつめて見つめつづけた。私自身にも変革の時が近づいていたのである。

第六章 新生の船出 一九七〇年代

70年代に《HMM》に連載されたミステリ評論「パパイラスの舟」の3回の航海、各初回の巻頭ページ。

「パパイラスの舟」1970年12月号（203ページ参照）、「新パパイラスの舟」1973年8月号（221ページ参照）、「続パパイラスの舟　私立探偵の系譜」1975年8月号（222ページ参照）。

1「パパイラスの舟」の初航海

大づかみに言うと、私にとって七〇年代は何だったのか。主軸はどこにあったのか。身辺で起きた出来事や仕事の成果を順に並べてみると、私にとって七〇年代は《HMM》誌上での「パパイラスの舟」の旅だったと言える。

前にも述べたように、《HMM》での六〇年代の連載記事は長くても半年しかつづかない短距離ランナー級ばかりだった。しかし、〝パピルス〟ではなくキザな英語読みで「パパイラスの舟」と名乗った七〇年代の三度の航海は、最短でも二年はつづいた中距離ランナー級ぞろいで、合計すると約七年になる。一回めの航海は七〇年十二月号から三十二回、最長の旅だった。

当時の《HMM》の連載陣の顔ぶれをみてみよう。「地獄の仏」（石川喬司）のあとを継いだ青木雨彦の「夜間飛行」（七〇年八月号から）、片岡義男は「現代アメリカのフォークロア」に引きつづいて「予言するアメリカ1950年代」（同九月号から）、石上三登志は「紙上封切館」（同）、小林信彦は「深夜の饗宴」のあと、小説『オヨヨ大統領の冒険』（七〇年十月号から）、都筑道夫の「黄色い部屋はいかに改装されたか」も同じ号から始まった。十二月号からの私の「パパイラスの舟」は一歩遅れてスタートした最後のランナーだった。

連載が始まった号の編集者ノートで太田博編集長は私の連載を「就眠儀式には不適当なものであることを保証」すると紹介した。刺激が強すぎて頭が冴えてしまう中身だと読者に警告したのだろうが、書き出しの一節はのんびりとしたものだった。

　このエッセイを書きはじめるために用意したメモ用紙に、十日間ほどのあいだにふと思いついては書きつけておいた単語が十ほどランダムに並んでいます。

このように私は七〇年代の「パパイラスの舟」の連載を「です」「ます」調で通した。ややもすると一方的に決めつける語り口に流れる気味が自分にあることに気づき、それを封じこめようとしたのかもしれない。

　連載第一回めの巻頭ページにはハリウッドを中心としたロサンジェルスのロードマップが掲げられ、ロス・マクドナルドの当時まだ未訳だった最新作の書き出しの一節が翻訳されて配され、私がメモ用紙に記した十の単語も示されている。

　その十の単語の最初の三つは、「ロサンジェルスの地図」「ロス・マクドナルド」「リュウ・アーチャー」。新作というのは、私が初めてロス・マクドナルドの翻訳をすることになった『一瞬の敵』だった。試訳を載せているのは、正式に依頼を受け、すでに翻訳にとりかかっていたことを示している。『ブラック・マネー』の二年後の一九六八年に発表された『一瞬の敵』が、早川書房の世界ミステリ全集の第六巻におさめられたのが七二年七月、「パパイラスの舟」の航海が半ばをすぎた頃のことだった。その頃にはすでに、ロス・マクドナルドのリュウ・アーチャー・シリーズは、ハードボイルドの枠の外に身を置き、著者自身は自作をふくめて〝私立探偵小説〟という呼称をひんぱんに用い始めていた。ハードボイルドの新しい船出の兆しだった。

『一瞬の敵』の翻訳にとりかかる前、六〇年代末から七〇年代の初めにかけて、私がミステリとは少し離れたところでどんな活動をしていたかを、ここでざっとふりかえっておこう。

前に出てきた〈パロディー・ギャング〉の仕事は《問題小説》の色ページで「パロディー・ジャーナル」「問題ジャーナル」「雑誌・痛快」などと名前を変えて七〇年代の半ばまでつづいた。《週刊読売》の巻末ページでは七〇年の六月から「ブラック・ユーモア歳時記」を二年三カ月連載、そのあともパロディー特集を二十回ほどつくった。当時同誌の編集部にいた塩田丸男におもしろがられて、長期間起用されたのである。

一九七〇年九月号で終刊を迎えた《漫画読本》でも準常連寄稿者として、アメリカのメンズ・マガジンや性風俗を題材にした読物記事や連載コラムを担当した。《マンハント》時代の先輩、山下諭一のあとについていって《えろちか》でもあれこれ書き、尾崎秀樹が主宰していた大衆文学研究会の会報に、山下諭一と一緒にアメリカのポルノグラフィについて短い文章を書いたこともあった（七一年四月号）。たぶん少人数の例会でしゃべったことをまとめてもらったのだろう。

少しあとのことだが、アメリカのポルノ解禁の動きについてあちこちで書いたり、しゃべったりしているうちに、お固い英語学習雑誌からも声がかかり、「世界の性文学」というテーマで座談会に出たこともあった。座談会の主役は大先輩の植草甚一。神保町界隈で何度もお会いするうちにおぼえてもらったのだろう。私の顔を見るなり、担当の編集者に、「これがコタカ・シンコウ」と紹介してくださった。名前を音読みされるようになってやっと半人前という言いならわしが文筆業界にある。だが、わざわざ私にくださるために用意してきていた新刊の自著の見返しにも、有名なイラスト風のサインの上に **To Mr. S. Kotaka** とあらかじめ記されていたのにはまいった。日付は一九七三年六月七日。

その座談会で自分が何をしゃべったのか、めずらしく切り抜きも残っていないので見当もつかない。もう一人の大先輩、中田耕治もいたように記憶しているが、それも定かではない。駆け出しの私がひっぱりだされたのは後出の『めりけんポルノ』のおかげだが、私の出る幕はたいしてなかったと思う。そのときにいただいた『映画だけしか頭になかった』は晶文社から出たばかりの本だったが、その中に「なぜ西部劇が好きじゃないんだろう」というエッセイ（《映画音楽》六〇年二月号）がおさめられていた。

　ぼくは西部劇はあとまわしにして、フランス映画やイタリア映画のほうをさきに見にいくだろう。そんなとき試写室はガランとしている。……ともだちはみんな西部劇を見にいってしまった。西部劇って、そんなに見たくなるものかなあ（中略）
　いままでにイマジネーションを感じさせた西部劇はフレッド・ジンネマンの「真昼の決闘」だけだった。要するに出来あがったものを、そのまま楽しんでもらい、みんなで仲よくサカナにしてもらうのが西部劇の本質なんだから、ガンの種類や射ちかたを知らないぼくは西部劇がみんな一緒くたになってしまい、見ても見なくてもいいや、ということになっちゃうんだろう。

西部劇映画とその延長線上にあった「ハードボイルド」小説からこの業界に入った私とはまったく正反対の夢想の世界で、植草甚一は楽しく生きたのにちがいない。
　私のほうはくそリアリズムの世界でガツガツと生きていた。ポルノ解禁、ヒッピー・ムーヴメント、性革命、ＬＳＤなどのアメリカ情報《ネタ》をつかって軟派記事をもったいをつけて書きまくるマガジン・ライター稼業をつづけていたのである。そこから得られるかなり高額の原稿料が、地道なミステリ研究の資金源になってくれた、という都合のいい説明も可能だが、肝心なことは私自身がマガジン・ライターという浮草稼業を存分に楽しんでいたことである。極めつきは一九七〇年から七一年にかけて《週刊新潮》に一年間連載をつづけた悪名高き「めりけんポルノ」だった。「ポルノ」という用語が商業誌上で用いられたのはこの連載を嚆矢とするらしい。「ポルノ・ライターの名前は一生ついてまわるぞ」と人に言われたのもこのときだった。前出の中田耕治がスピレインを翻訳したとき受けた〝悪評〟よりもっときびしい言葉だったが、私は意に介さなかった。

このような状況下での、けっして波静かな航海とは言えなかった「パパイラスの舟」の旅は私にとっての安らぎの場所でもあった。連載は二年八カ月つづいたが、七五年に一書にまとめたときには二十六の章と二つのインタールードで構成した。手を抜いて道草に終始しているような章は省かざるを得なかったからだ。

たとえば、単行本で省略した「紙魚が泳いでいる」（七一年一月号）には、私がやりかけていたミステリの夫婦探偵物についての書誌学的研究に関連してこんな忠告をうけたことが記されていた。

「きみのやろうとしていることは、とてもむなしいことだよ」と、T氏はいいます。柔和な目もとに皮肉な笑みが浮かんでいます。ミステリの翻訳家、評論家、ビブリオグラファーとしての二十数年来の経験を積んだ上での重味のある言葉です。

このやりとりがふくまれている章を単行本に収録しなかったのは、T氏とのあいだに生じたトラブルだけでなく、私自身の心の中にも葛藤があったからだろう。九カ月後に書いた「船酔い明けの朝」（七一年十月号）には、午前一時四十四分に原稿を書き始め、十五時間後にサンフランシスコ行きの便が出発するせっぱつまった状況で、一行ずつ筆を進めてゆくありさまが分刻みで記されている。そこで私は『めりけんポルノ――エロス世代の新文化論』という著書の校正を終えたことを報告したあと、その本の「あとがき」で自分が「とても素直に、フランクに、私と性にかかわるありのままの自己表出をおこなっています。／羨ましくなるほどです。／それなのになぜ……いま書いている文章のなかでそれができないのでしょう？（中略）この雑誌が、ミステリの専門誌だからでしょうか。それは理由になりません。私は、私に課せられた〝ミステリ研究家〟というお仕着せにみずから束縛されているだけなのです」となにかを必死に訴えかけている。T氏とのやりとりの文章を受け、「ミステリへの絶縁状ではなく、〝空しくないつき合い方〟で新たなアプローチを試みてみたい」というのが本音だったようだ。というのも、単行本から省いたこの二つの章のちょうど中間の「ハードボイルド・ジャーニー」（七一年五月号）で、私は明らかな新ハードボイルド宣言をしていたからである。それは「新」ではなく、「反」とも「脱」ともとれるアンチ・ハードボイルド論とも言えた。そのネタに選んだのが、レイモンド・チャンドラーの『プレイバック』だった。

ハードボイルド小説の本質は、「もろさ」や「やさしさ」といった情感を直接描写することなしに、しかも非情でタフな外面があくまでも衣であることをわからせるスタイルにあるのです……マーロウに思わず「やさしい」という言葉を吐かせてしまった『プレイバック』は明らかにハードボイルド小説失格です。

しかしここで私は『プレイバック』を否定するつもりはなかった。むしろ積極的に認めようとさえしていたのである。この小論の結びはこうなっていた。

人類がもし……生きのびる唯一の道を発見し得るとすれば、それは「タフな衣」を棄て、人間本来の「やさしさ」「もろさ」「情動性」にたちかえること以外にありません。「やさしさ」「もろさ」こそが人間の長所であり、強さであるのです……

ルールに縛られたハードボイルド小説の主人公たちは、結局とても不幸な人間たちだったのですね。（中略）スタイルとしてのハードボイルド小説を楽しむことはこれから先もできるでしょう。しかし〝英雄《ヒーロー》〟は私の中で死滅したのです。

その後私はこの脱ハードボイルド宣言をたえず心の奥にかかえながら、「ハードボイルド」と向きあってきた。ほどなくネオ・ハードボイルドと呼ばれるようになる一群の新しい流派が台頭し、私はその応援団長役を買ってでた。「ネオ」と命名したのは私自身だったが、「ネオ」は単純に「ニュー」でもよかったし、もしかすると「ノン」でもよかったのかもしれない。それは「ハードボイルド」の〝拡散〟というよりむしろ、時代に即した必然的な変容だったのである。

話をまた「パパイラスの舟」の旅に戻そう。この連載でとりあげる毎回のテーマはもちろんハードボイルドだけにかぎらなかった。先ほどの夫婦探偵物のミステリを精査したり、一篇の短篇小説をじっくりと精読したり、硬派男性雑誌に載る冒険小説を吟味したり、なるべく間口を広げようと努力していた。それでもハードボイルド系のテーマは、ホレス・マッコイ論（七二年六月号）や二回にわたるセリ・ノワール研究（「資料1」参照）もふくめて約半数に達した。

その中でもとりわけ力を注いだのはいま挙げたホレス・マッコイ論だった。この小論の元ネタに用いたデイヴィッド・マッデン編の三〇年代のタフガイ作家を題材にした評論集については「レポート

2」の一九六八年の項に記したが、この評論集について初めて私が言及したのは「パパイラスの舟」の連載第十九回めにあたるその小論の中でだった。「〃ハードボイルド・スクール〃の一常連作家として、パルプの山のなかに埋没せしめ得るに充分な諸要素を完備した中篇（「マーダー・イン・エラー」）」、「安直な〃正義の御旗〃を掲げるタフな私立探偵の一人称形式で語られているこの作品」の著者、ホレス・マッコイに強い関心をいだいたのもその時だった。「ハードボイルド」の仮面の下に隠れた感傷性を指摘したマッデンの序文にも目新しさを感じた。

マッデンが編んだ画期的な評論集に初めて接したのは刊行からしばらくたった一九七二年のことだった。この本との出合いもその一つだが、七〇年代の初めにはいろいろな新しいことが重なって起こった。七二年の前後に私は二度アメリカへ行ったが、そのときのカルチャー・ショックも大きかった。ポルノや性革命といった新奇な風潮に対する免疫を私に植えつけたのは、一九七一年夏の二度めのアメリカ旅行だった。早稲田の英文C級の同級生で、東京12チャンネルのディレクターをやっていた野村光由の助っ人として同行したドキュメンタリ番組の取材旅行だった。カメラマンの宮内一徳をふくめてスタッフはこの三名のみ。滞在期間約一カ月。完成後、九月と十月にそれぞれ放映された二本の一時間番組のタイトルは『アメリカの週末族』と『アメリカの性革命のその後』だった。

前者は優雅なアウトドアの週末レジャー族がテーマだったのでウエストコースト一帯を昼間楽しく走りまわる取材ができたが、後者は〃夫婦交換パーティ潜入〃〃数千人のホモ集会〃〃密室でのポルノ映画制作シーン〃といった具合にもっぱら取材は夜間だった。この時の取材で初めて私はコースト1を車で走った。小さなポルノ出版社をやっている男に招かれて内輪のマリワナ・パーティにも顔をだした。

のんびりと怠惰に、心も体も自由に泳がせて過ごしたカンカン照りの一カ月の夏。それが私の心の中にあったさまざまな抑圧感やタブーを解き放った。

東京12チャンネルで『ドキュメンタリ・青春』にかかわっていた野村光由とは一九七三年にもニューヨーク取材に出かけ、九分署のパトロールカーに同乗するニューヨーク犯科帳ドキュメンタリ製作に手を貸した。その顚末は『マイ・ミステリー』の「ミステリーの旅」の章におさめられている。彼が中心になって活動をつづけていた同人誌に参加したこともふくめて七〇年代を共に生きた友、野村光由は八〇年六月に脳血管障害の再発でこの世を去った。「いい男ほど早死にする」という教えを身をもって知らされたのはそのときだ。

2　世界ミステリ全集でのハードボイルド談義

早川書房の世界ミステリ全集は一九七二年の二月から刊行が開始された。企画の検討は前年の半ば頃から始まっていたはずだ。編集委員は石川喬司、稲葉明雄の両氏と私の三人。若輩の私に声がかかったのはなぜだったのか。新しいミステリを原書で入手し、読みまくっている新世代のミステリ・マニアと評価されたのか、「パパイラスの舟」の連載の評判がよかったのか、あるいは常盤新平が去った早川書房の編集部の中枢に、私と同期の太田博（各務三郎）、やがてフランス・ミステリのすぐれた翻訳家となる長島良三、ＳＦの森優といった若手編集者が顔を並べていたためだったのかもしれない。全十八巻の世界ミステリ全集は長島良三が担当し、のちに《ＨＭＭ》の編集長となる菅野圀彦もスタッフに加わった。

〝現代の古典を集めた画期的全集！〟と帯に謳われた同全集の第一回配本はアガサ・クリスティー集

だった。小林信彦をゲストに招いた巻末の座談会の冒頭で〈編集部〉として発言したのは長島良三だったのだろう。

クリスティーとクイーンは三篇を選ぶのに大変苦労しました……『そして誰もいなくなった』は初期の傑作として、『愛国殺人』はポアロものの傑作として、『フランクフルトへの乗客』は最新作ということで入れたわけです。

クイーンへの言及がちらっとあるだけで、全集そのものの出版意図は示されていない。各巻に付録としてつけられた四ページの月報には、毎回、瀬戸川猛資の「名探偵群像」という連載のほかに巻頭エッセイが載ったが、第一回は荒正人が「探偵小説礼讃」の中で、イギリス本格派の古典の話（コナン・ドイルやフィルポッツの『赤毛のレドメーン一家』）やアメリカのヴァン・ダインの名を挙げているが、「ハードボイルド派」については、「非情派とでも訳すのがよいだろうか。もと、ヘミングウェーなどに端を発している」と記されているだけで、ハメットの名はでてこない。

いまになって思えば、〝現代の古典〟と謳うことでヴァン・ダインとハメットを相討ちの形で落としたということなのだろう。他社の古典的なミステリ全集とは異なる現代性をもたせようという意図が読みとれる。

チャンドラーが入っていて、ロス・マクドナルド集には私の新訳の収録がきまっていて、しかもスタークの『悪党パーカー／人狩り』までおさめてもらえるという陣容の中に、なぜハメット集がなかったのか奇妙な感じがするが、巻末に載る座談会に顔を並べられるだけでも私にとっては大きな収穫だった。各巻にふさわしいゲストの方々と膝を交えて話ができ、テーマや作家によっては思う存分ハードボイルド談義ができたからである。

ゲストに招かれたのは、先ほどの小林信彦を始めとして、鮎川哲也（クイーン篇）、中薗英助（アンブラー篇）、福島正実（ガーヴ他）、都筑道夫（シムノン他）、三好徹（デイトン、ル・カレ他）などの作家たちや元検事の平出禾弁護士、青木雨彦（マクベイン篇）、井上一夫（フレミング他）、虫明亜呂無（ライアル、フランシス他）、そのほか福田淳、犬養智子、三輪秀彦などの多彩な顔ぶれだった。

私自身があまり読んでいなかったり、関心の薄い作家がテーマのときはほとんど発言できないこともあったが、それなりに毎月予習もしていったので、いろいろなことが身についた座談会だった。ごく個人的な思い出としては、たぶん座談会のあと場所を変えて食事に出かけることになり、日本SF作家界の〝主〟だった福島正実を助手席に乗せて車を走らせたときのことが忘れられない。短い距離だったが、無事目的地に到着したとき、「コダカさんは、ハンドルをレーサーみたいに握るんだね」といわれたのだ。両方の親指をステアリング・ホイールに巻きつけずに、縁をおさえるようにして握るくせのことを指してそういったのだろう。大先輩の一人だったので、緊張しっぱなしの冷や汗もののドライヴだった。

楽屋話をしていると際限がないので、ミステリ全集の座談会でのハードボイルド談義に移ろう。まずは第三回配本のガードナー篇。

石川（喬司）　ガードナーの出発は《ブラック・マスク》ですよね。それでハードボイルドとの関係についてちょっと触れてみたいんですが、ガードナーは、「自分は行動派である」という見解を持っていたわけですね。

稲葉（明雄）　ハードボイルドという言葉自体がね。私もずっと考えているんですけど、やっぱり原点へ戻して、動物的な、行動を主体としたポキポキしたもの〔文体〕だと規定すると、ガードナーもやはりハードボイルドだ、と言える。ただ、ハメット以後の文体中心に考えるのを、ハードボイルドであるとすると、ガードナーはそうじゃない、ということになる。（中略）情を心の奥にひめて、口語的で非情な表現でそれを裏打ちする、といった行き方が、ハメット以後のハードボイルドですね。叙情派の一種です……ハメットにしろ、チャンドラーにしろ、ハードボイルド派作家というよりは、その後、それぞれに自分の個性……作風を打ちだしている。

私自身はとりたてておもしろい発言をしていないが、このあと稲葉明雄は「（日本では）非情派でなく、抒情派、優情（有情？）派が、ハードボイルドということになっている」とも指摘している。一方、ゲストの平出禾弁護士は「普通ハードボイルドといえば、非情でスピーディで、なぐりっこをやったり、ポンポン拳銃が鳴ったり、セックスの場面とくに探偵の女関係の描写があったり、そういうのがハードボイルドのように思います」とあっさり言い切っている。

座談会には出席しなかったが、お馴染みの映画評論家、双葉十三郎はガードナー篇の月報にこんなエッセイを寄せた。

こんなことを書くとトシがわかってしまうが、ぼくがミステリ・ファンになったのは……関東大震災〔大正十二年＝一九二三年〕の前後……原本で読むようになったのは大学に入るころからで……とくにアメリカの作家に親しんだが、ガードナーもごひいきの一人だった。（中略）一方では、ダシェル・ハメットを旗頭とするハードボイルド派の作品にも惚れこんだ。ジェームズ・

M・ケインも大好きになった。ガードナーはこの本格派とハードボイルド派の中間に位する……つまり両方の面白さをカクテルしたようなものである。

つづいては大本命のチャンドラー篇から出席者の発言を二つずつ紹介しておく。この巻に収録されたのは『さらば愛しき女よ』と『長いお別れ』『プレイバック』の三作だった。

ゲストの権田萬治は「マーロウにはまだ、社会正義というものに対する夢が残っている」ので魅力を感じるとヒーローのロマンティシズムを強調すると同時に、「文学上におけるハードボイルドというものを、文学だけの流れからとらえないで、むしろほかの芸術運動、たとえば映画における記録主義……運動という観点からとらえようという考え方がある」と間口を広げた発言をしている。

稲葉明雄はまず、ある全集のハメット篇の「あとがき」で「開高健氏が……ハードボイルド探偵小説が結局は大衆小説におわるのは、主人公が作品の中で成長しないで、事件のなかをすっと通り抜けているだけだ」と述べていたのを紹介し、『長いお別れ』では「それが少し違ってきますね。（中略）作者自身が年とっていくのに呼応してマーロウも年をとっていく。そういう感じがセンチメンタルと非難されるぐらい濃くなってきます」と指摘した。そして、「『プレイバック』とか、『長いお別れ』を最初に読んだ人は、妙にセンチメンタルで、文学青年みたいな男だなという感じをもつでしょうね」とも言っていた。

また、石川喬司は、「単純なる殺人芸術」での本格推理小説批判については、推理小説が「日常性の泥沼にひきずりおろされ（中略）象徴性というか、卑俗な日常の現実を越えた高嶺にいきかけたものを……よごされてしまったような気が」して、憎しみを感じる、という感想を述べている。

そして石川喬司は、座談会の初めのほうではいきなり「チャンドラーについて、ぼくがいま関心があるのは、どんな男だったのか、ということだけ」であると言い切り、「ハードボイルドの作家にしては、非常にめめしい……ぐちっぽさが気にいらない」「チャンドラーにとっては、推理小説というのは目的ではなくて手段だったのだ、というところが……非常に不満」だと追い討ちをかけている。

議論がうまくかみあっているとは言えないこの座談会での私の発言は「パパイラスの舟」での脱ハードボイルド宣言を受けたものに終始した。

「ハードボイルドというものが先にあって、その枠にあわせて作家を考える必要はない……ハードボイルド・ヒーローにたいするぼく自身の訣別の気持ちは〔例の〕エッセーに書いた。（中略）ロス・マクドナルドの新作なんかは、いままでみんながしゃべってきたどんなハードボイルドのジャンルにも入りきらないし、まったく違うと思う……ハードボイルドというようなうたい文句の必要もない」

「どうしてもそういうスタイルが好きなんだという人たちのチャンドラー観みたいなものは……認めた上で、ぼくは議論を別の次元にすりかえているわけです。つまり、やさしさとか、もろさとかいうものこそ人間にとって大切なものなので、そういうものをかくしながら生きていかなければならないコード・ヒーローというのは、非常に〝不自由な〟人間だということです。（中略）〔私は〕そういう人間には興味を失った……ヒーロー像はぼくの中で崩壊したということなんです」

その翌月に出た第六回配本のロス・マクドナルド篇では私がゲスト格となり、編集委員だけによる座談会になった。この巻におさめられたのは中田耕治訳の『人の死に行く道』、小笠原豊樹訳の『ウィチャリー家の女』、そして私の新訳『一瞬の敵』だった。私自身の主要な発言は、次の二つに要約されている。

アメリカの探偵小説の世界でハードボイルドというと、スタイルも精神も両方含めてひとつの伝統があって、そういう作風でものを書きはじめるからには、伝統との闘いがあるわけです。どうのりこえるかという。『運命』以後……ハードボイルドという枠のなかでロス・マクドナルドの作品をどうこういう必要もない。

彼の作法は探偵小説の形を有効に使うというか、ハードボイルドといいかえてもいいですが、徹底した一人称で私立探偵が動き回っていくつくり方です。

こんな愉快なやりとりもあった。内輪の座談会でも、採点となると新参の翻訳者はあまりよい点はつけてもらえない。

小鷹　（黄金時代では）ぼくは『さむけ』がいちばん好きです。小笠原氏の訳が格段にいいんです。

石川　同感ですね。ぼくの採点だと、『ウィチャリー家の女』が八十九点、『さむけ』が八十五点、『縞模様の霊柩車』が八十四点です。

小鷹　そのスタンダードで、『一瞬の敵』以降は……

石川　『一瞬の敵』は八十一点です（笑）。

そして結びはこんな具合だった。

石川　リュウ・アーチャーの捜査の仕方が精神病理学者的なんですね……つまり精神分析医です。

小鷹　もう一歩すすめて……彼自身が精神病理の患者だと思う。（中略）興味をもった人間の過去を偏執的に調べまわっていくことが〝生活〟であるような男です。（中略）事務所にはだれもいなくて、独身で、身寄りがなくて……

稲葉　『地中の男』にそういう感じが濃く出ている。冒頭は〝木枯し紋次郎〟じゃないが、自分からはあまり人の世にかかわりたくないけれども……いやいやかかわっていくというぐあいで（中略）それが彼の〝円熟〟でしょうかね。ハメットもチャンドラーも円熟した作家じゃありませんね。ある時期、燦めくような、いい仕事をしたけれども、あとは末枯《すが》れてしまった……だがマクドナルドはずっと同じような調子で、末枯れてしまわずに書きつづけている。

「ハードボイルド」の話題は意外な作家の巻にも出てきた。次のやりとりは、クイーン篇のときのもので、ゲストは鮎川哲也。

鮎川（哲也）　私はハードボイルドの読み方を知らないんですよ。だから……

稲葉　好みがどうのというより、これは個人的な事情でしょうね。

鮎川　私は《別冊宝石》に『湖中の女』という傑作の翻訳がのったとき、訳文が好みに合わなかったせいでしょうか、一ぺんにいやになりましてね。

小鷹　「ハードボイルドの読み方を知らない」といわれると、ギクッとしますね。

そしてこのときも愉快な話がとびだした。

石川　（クイーンは）ヴァン・ダインやハメットをかなり強く意識していたようですね。初期の作品でクイーンが父親に「お父さん、ハメットのものなんか読まないで」といったり……

（中略）

鮎川　クイーンは、作品のなかじゃ、ハードボイルドを敵みたいにいってるけれども、実際には仲よくやっているなと思いますよ。「ハメットを読まないで下さい、お父さん」なんてところは、愛嬌があって面白いですね。

「ハードボイルド」が話題の中心となって盛りあがった座談会は、スピレイン、マッギヴァーン、スタークの三本立となった第十巻（七三年一月刊）だった。

まずスピレインの『裁くのは俺だ』についての石川喬司の短評は「成熟しきらないアメリカ人のためのマンガ」だった。ゲストに招かれた片岡義男は殺人者の残酷な殺し方についての言及に終始し、「そういう残酷さは（コミックスにはあったが小説では）当時はたいへんに新鮮だった」と繰り返し、「ほんとうにいいものを、スピレインは、わずかに持っています」と認め、「暴力に関してだけならば、この三人のなかでは、スピレインが一番いい。マッギヴァーンがもっともスクエアで、スタークは多少ともスケールの小さいアーティザン〔職人作家〕ですね」と、スピレインに軍配を挙げている。

片岡義男はリチャード・スタークの悪党パーカー・シリーズでは『犯罪組織』を訳したが、自分が一番気にいっているのは二作めの『逃亡の顔』だといい、「あれは傑作です」と断じ、「かなりの距離を車で走る」と、「だいたいにおいて名作ができることは確実です」とおもしろい発言をした。実際の発言は少し前後しているが、次のようなやりとりもあった。

稲葉　いつかあなた〔小鷹〕と話したように、各作家の個性……が表に出てくる。ハードボイルド派ミステリを規定するとすれば、やはり、ハメットのような、かさかさした文体で……〝非情〟へもどっていく。

小鷹　パーカー・シリーズには情感はまったくない。

稲葉　……それが新鮮で好きなんです。ハードボイルドは本来、そういうものだったでしょう。

片岡　情感のなさというよりも、猛烈人間のひとつの変形だと思います。

石川　いまの時代に生きている、普通に考えている人間ならば、スタークの……心の中に風が吹き抜けていく、何もない虚しさは、共感できるでしょう。

ウィリアム・P・マッギヴァーンをめぐるやりとりで、この座談会でおもしろかったのは次のくだりだった。

小鷹　古い作品でビル・ピーターズ名義の一人称の私立探偵物がありますね。『金髪女は若死する』という。

稲葉　今でも、ちょっとひねくれた読者には、ひじょうに評判がいい。

小鷹　よくできた作品でしたね。この全集に入れてもよかったくらいです。

と、私が半ば本気でこたえたとたんに、片岡義男が「なぜいれなかったのですか」とツッこんで、笑いになった。マッギヴァーンといえば、やはり悪徳警官物ということで『殺人のためのバッジ』を選んだのだが、「入れたかったのなら、好きな作品のほうを入れればよかったじゃないか」というのは確かにあたっていた。社会派マッギヴァーンの顔を立てようとしたためだったのだろう。

世界ミステリ全集は、遅れていた第四巻（アイリッシュ＝ウールリッチ篇）が七三年九月に刊行されて全巻がそろった。巻末に載せる座談会には一回も休まずに出席した。その一年半の間のどこかで先輩の稲葉明雄に、「物を書くということは恥を残すことだ」と教えられたのがいまでも忘れられない。

3　私立探偵ヒーローきどり

ミステリ全集の完結と相前後して、私の「パパイラスの舟」の航海も無事終わり、七三年八月号からは「新パパイラスの舟」の新たな航海を始めた。その第一回が「忘れられぬ美味」——〝殺人美食学〟と呼ぶべき怖い話を集めて一冊の架空アンソロジーを編むプロセスをそのままエッセイにするという新趣向だった。テーマを変えてこれを毎回つづけようと思い立ったのである。

ハードボイルドの世界とはしばらく離れていたい、という強い思いがあったわけではないが、脱ハードボイルド宣言のあと、進むべき道をいくつか模索した時期だったのだろう。

《奇想天外》の第一期（七四年一月号～十月号）にかかわって（編集長がワセダ・ミステリ・クラブの後輩、曽根忠穂だった）、作品選びを手伝ったり、〈パロディー・ギャング〉の仲間と愉快な特別付録（日本沈没予想地図とか百人のモナリザ・パズルとか）を作ったりして一年間楽しませてもらったのもこの時期だったし、リチャード・マシスンの短篇集『激突！』やヘンリイ・スレッサーの『夫と妻に捧げる犯罪』を編纂したのも同じ頃だった。

ミステリやファンタジーの好短篇をひたすら読み漁る〝至福の時〟が一方にあり、他方ではリアリズムに徹したドキュメンタリやノンフィクションの仕事も多かった。前にも記したように《HMM》に二年間連載したクラレンス・ダロウ伝（アーヴィング・ストーン）が『アメリカは有罪だ』のタイトルで一書にまとまり、ほかにも『プレイボーイ帝国の内幕』とか『一一七日間死の漂流』などもあった。だが、なんといっても本命はエド・サンダースの『ファミリー』である。六〇年代末に起こったシャロン・テートらの惨殺事件の首謀者チャーリー・マンソンとそのグループの行状を、微細に追跡した出色の犯罪ノンフィクションだ。この本の翻訳を手伝ってくれた石田善彦らの仲間と共に、あのヒッピーの時代を追体験することになる貴重な翻訳作業だった。

そして、『ファミリー』の対極に位置するリチャード・バックの『ぼくの複葉機』にかかわりあった数カ月のことも、忘れがたい思い出となる。男のロマンティシズムを〝ぼく〟で語る快感を、そのとき私はほんの少しだけ味わわせてもらった。

短篇小説とノンフィクションに明け暮れた七〇年代中頃までの二年間は、私にとってしばしの休息の歳月だったようだ。

そして「パパイラスの舟」の三度めの航海は「続パパイラスの舟　私立探偵の系譜」だった。六〇年代末から七〇年代初めにかけて登場した私立探偵小説作家を毎回紹介しながら、照準は新しい世代に受け継がれたハードボイルド小説に合わされた。

ロジャー・L・サイモンのモウゼズ・ワイン・シリーズをとりあげた第一回は一九七五年八月号。翌七六年に私は、東中野にオフィスを持った。入口から突き当りの窓まで七歩か八歩しかない折りたたみベッドつきのワンルーム・アパートメントだった。独り暮らしの私立探偵ヒーローきどりだったのだろう。マガジン・ライターとして多忙をきわめた六〇年代の後半にも約二年間、内神田にオフィス（違法建築の隠れ三階の一室。仲間のKと月額一万円の部屋代を折半した）を持ったことがあったが、東中野のオフィスには二十年間たてこもった。住まいのある所沢市と東中野を二日で一往復する〝半家出〟の生活だった。

ヒッピー探偵、モウゼズ・ワインに始まって、チェルシー（ロウアー・マンハッタンのウエストサイド）のスラム街に住む隻腕探偵、ダン・フォーチューン、肺がんを気にしながら煙草がやめられないサンフランシスコの名無しの中年探偵、ユダヤ人探偵、ジェイコブ・アッシュなどを次々に紹介していきながら、私自身彼らの生き方や信条に共感し、女性関係の葛藤などにも大いに感情移入をしていたのだと思う。

副題に「私立探偵の系譜」と謳ったのは、ロス・マクドナルドが唱え始めた「私立探偵小説」という呼称を受けた結果だった。「ハードボイルド」ではひとくくりにできない新しい波が押し寄せてきたように思えた。読物小説のヒーローだったプロの私立探偵という伝統的な役柄を踏襲しながら、非情な現代に生きる男たちの肖像がくっきりと描かれていた。ひとりひとりの男たちがこれまでに植えつけられてきた「ハードボイルド」の意味をもう一度考え直し始めたように思えて興味深かった。

警官あがりもいれば、（ベトナム）戦争帰りも……社会的落伍者も……酔いどれもいます。彼らの多くは、志を立てて私立探偵稼業に足を踏みいれたのではないでしょう。（中略）しかし私にとっては、私立探偵小説はやはり「一人の男の物語」なのです。

「続パパイラスの舟」第三回（七五年十月号）

私が「続パパイラスの舟」の連載を始めた七〇年代半ばの《HMM》では、青木雨彦の「課外授業」(七四年一月号から)や都筑道夫の「推理作家の出来るまで」(七五年十月号から)が常設コラムだった。日影丈吉の「ふらんすミステリ・ハント」というコラムもつづいていた。

現代はハードな時代、ハードボイルドな人間たちが形づくる社会。だから、その中でとりわけロマネスクな行為をするのは、むしろデリカシーのある人間でなければならない。ハードボイルド物の主人公は、暴力の詩人といった男たちだった。

これは連載第十六回(七五年七月号)の「暗黒小説とはなにか」の一節である。これを糸口にして日影丈吉が紹介したのが『おれは暗黒小説だ』でセリ・ノワールに登場した〝若き狼たち〟の一人、A・D・G(アラン・カミーユ)だった(「資料1」参照)。

これらの常連による連載コラム以外でとりわけ目を惹いたのは「ザ・ロング・グッドバイ」である。劇画化権を正式に取得し、矢作俊彦がダーティ・グース名義で絵も描いた毎回十五ページの長期連載(十五回)コミックである。連載当時の編集長、太田博の証言によると、チャンドラーを自分で訳してみたかったというのが矢作俊彦の思いだったらしい。

当時私はこのコミックにさほど関心はいだかなかったが、いま眺め直してみると、キャスティングが興味深い。私の目には、マーロウ役はデヴィッド・ジャンセン、ウェイド夫人がマリリン・モンローに見えるのだ。

もう一人、一九七三年に《HMM》に初登場した異色の人材は、当時マンハッタン暮らしをやっていた木村二郎である。八月号から始まった見開き二ページの連載コラム「ニューヨーク便り」の第一回のネタが、同じ日にジョージ・ラフト主演の『ガラスの鍵』（一九三五年作）と、『マルタの鷹』の第一回映画化作品（一九三一年作）を観た話だったのにはおどろかされ、それが可能な状況がとてもうらやましく思えた。

この連載は彼の投書と私との文通がきっかけになって実現したのだが、七三年の七月に前述のTVドキュメンタリの仕事でニューヨークを訪れたとき、初めて木村二郎と顔を合わせ、アメリカの南端、キー・ウエストをめざすドライヴの旅につきあってもらった。実際にはサウス・カロライナ州の北部にたどりついたところで南下をあきらめ、引き返してきたが、私にとってはアメリカでの初の長距離ドライヴだった。これが病みつきになり、以後三十数年かけて私は、アメリカのほぼ全土を約二十万キロ車で走りつづけることになる。未走の六つか七つの州を走り終えるのはいつになるのだろうか。

一九六八年、大学一年のときにアメリカの田舎の大学に編入し、その後マンハッタンに移って気ままなひとり暮らしをつづけていた木村二郎には第一期《奇想天外》でもおもしろい文化情報をいろいろ紹介してもらった。この連載に手を加えて一書になったのが『ニューヨークその日暮し』（三修社、一九七六年刊）である。

話は新しい私立探偵小説の動きに戻るが、「ネオ」と呼ぶことになる一群の新種族とは別に、諜報員（スパイ）に転向する古参組も目立った。マイクル・アヴァロンのエド・ヌーンはやがて大統領専属スパイに出世するが、その前にG・G・フィックリングのハニー・ウエスト（TV映画ではアン・フランシスが扮した）も女スパイに転向。初めから私立探偵と諜報員の二股をかけていたアル・ドレイク（ダン・J・マーロウ作）、マイロ・マーチ（M・E・チェイバー作）、チェスター・ドラム（スティーヴン・マーロウ作）などはスパイ専業に転身した。これも、ハードボイルド・ヒーローが生きのびるための一方法だったと言えるだろう。

4　ネオ・ハードボイルド派の台頭

諜報員に転向した古参探偵のようには非情に生きられない新しいタイプの探偵たちのなかで、現代の新マッチョ型ヒーローとしてまず抜けだしたのが、ロバート・B・パーカーの探偵スペンサーだった。第一作『ゴッドウルフの行方』の刊行前後に私は未訳だった『誘拐』『失投』をふくめた初期三作をまとめて紹介し、積極的にこのシリーズを推した。

「ものごとのけじめをはっきりつける、男っぽいきれいなやつ」「言葉の選択や使い方が慎重で、練りに練った文章」と褒めまくり、「この若い教授作家が博士論文にハメット、チャンドラー論をえらび〔のちに『ハメットとチャンドラーの私立探偵』として一書にまとめられた〕、大学では〝暴力の文学〟について講義をしている」といった情報を流し、「〝宿題〟をよくやってきた作家〔アレン・J・ヒュービンのコメント〕という指摘はとても正しい。（中略）ハメット、チャンドラーのおさらいだけでなく……五〇年代の私立探偵ものの隆盛期（小説、映画、TV）をちょうど私と同じように熱心な〝受け手〟として体験してきたことが、随所にうかがわれる」と好意的な共感を示している。

シリーズ第三作『失投』についての短評は、「この作品は、捜査小説でも、謎解き小説でもありません。まさに危難の美女（元娼婦）を救う白馬の騎士（しがない私立探偵）の勇壮かつロマンティックな冒険物語なのです。（中略）しかし、正義の御旗をふりかざすヒーローが、悪漢退治のあと、これほど女々しく泣き言をもらす通俗小説があったでしょうか」となっていた。

そして私の結びの一節はこうだった。

それでも私立探偵スペンサーは、おのれのえらんだ道をひとり歩きつづけるのです。孤独と人間相互の不信のなかで生きつづける七〇年代のヒーローには、それしかほかに耐えてゆく手だてがないのでしょうか。

初期の頃の探偵スペンサーと並んで私が気に入っていた新しい私立探偵ヒーローがほかに二人いた。その一人がマイクル・Z・リューインの『A型の女』（七一年作）に登場したアルバート・サムスンである。サムスンが風変わりな趣向で脇役として顔をだす『夜勤刑事』（リーロイ・パウダー警部補シリーズ第一作）をのぞいて『眼を開く』（〇四年作）まで全八作（七作が石田善彦訳）と数こそ少なかったが粒よりの作品ぞろいだった（本書最終校正中に石田善彦急逝のしらせあり。合掌）。

そしてもう一人が、ウエストコーストの弁護士出身探偵、ジョン・タナー（スティーヴン・グリーンリーフ作）だった。「世直し保安官でも救世主でもない一介の市井人という立場を固守しながら地道な捜査活動をつづけ、ひとつの真実を明るみにさらすと同時に、自分自身も深傷を負っていく……この私立探偵の正道をひたむきに進みつづける」と私が書評で記したジョン・タナーのシリーズは、デビュー作『致命傷』、第二作『感傷の終り』から『最終章』と名づけられた最終作まで、二十年にわたって全十四作が刊行された。しかも全作がポケミスにおさめられている。ネオ・ハードボイルド派の中ではもっともみごとな形で初志を貫徹した名シリーズと言える。佐々田雅子（三作）、大久保寛（一作）など複数の訳者のあと、黒原敏行が第七作以降の翻訳にあたった。

「ヒーローとしての私立探偵がますます時代錯誤的な存在になっていく」のだとしたら「いっそのこと、時代をひと昔前にさかのぼって、四〇年代初期にしてしまおう、とうまいところに目をつけた」

と、これも私が書評で紹介したスチュアート・カミンスキーのレトロ調シリーズのヒーローはハリウッドのしがない中年探偵、トビー・ピーターズ。ジュディ・ガーランド、ミッキー・ルーニー、クラーク・ゲイブル、新聞王ハースト、特別出演として〝レイモンド・チャンドラー〟までがセリフ入りで登場する『虹の彼方の殺人』など、初期五作までが翻訳されたがあとがつづかなかった。しかしアメリカでは、各界の有名人が出演する回顧趣味がうけて、合計二十作以上に達する長寿シリーズとなった。

「続パパイラスの舟」のごく早い船旅で紹介したのに、ついに最後の航海時になっても翻訳が出なかったシリーズはいくつもあったが、翻訳開始が遅れた割には（一九八三年から）、地道に長くつづいたのが、ジョゼフ・ハンセンのデイヴ・ブランドステッターのシリーズだ。このシリーズを翻訳が出る前に初めて紹介したときの私のとまどいぶりを明かしておこう（七六年一月号）。

ホモセクシュアルの心情や人間関係をかなり深くつきつめていて（中略）とうていとけこむことのできない異質の世界……

はげしく愛し合い、求め合った束の間の蜜月の日々、そして悲劇的な幕切れ。それから二十数年が経過したいまも、デイヴは失った愛人の面影をすれちがう男たちのなかに追い求めながら生きつづけている……

デイヴの負っているこの性的妄執は、物語の本筋と平行して重りあい、やがて死体となって発見される失踪した中年男が妻や社会的地位を棄てて身をかくしたほんとうの動機が表面に浮かびあがってきます。

《ニューヨーク・タイムズ》の広告に「ホモの保険調査員を主人公にしたシリーズ最新作」と堂々と記されたこのシリーズが、いつ日本で翻訳されるのか、はたして「陽の目をみることがあるのかどうか」と記した私の危惧とはうらはらに、デビュー作『闇に消える』（七〇年作）以降、シリーズ第十二作『終焉の地』（九一年作）まで全作が翻訳されたのは時代の移り変わりのあらわれといえるだろう。ロバート・B・パーカーの長篇シリーズのファンとはまったく異なる、地味で誠実な読者の支持を受けたからこそ完投できたのだ。

デビューは比較的早かったのに「続パパイラスの舟」では最終回（七七年八月号）でかろうじて名前だけを紹介できた大物作家も二人いた。

その一人は、ゴールド・メダルのPBO時代からお馴染みだったローレンス・ブロック。一九七六年からデル・ブックで書き始めたアルコール依存症の警官あがりの無免許探偵、マット・スカダーのシリーズが評判になり、翻訳は少し出遅れたが（八〇年代後半から）二見文庫の看板となり、デビュー作『過去からの弔鐘』以降、第十五作めの『死への祈り』まで好評がつづく長寿シリーズとなった。全作を訳したローレンス・ブロック専任翻訳家、田口俊樹のがんばりを称賛したい。

もう一人の大物は言わずと知れたジェイムズ・クラムリー。私立探偵小説シリーズのデビュー第二作『さらば甘き口づけ』の翻訳が刊行されたのが一九八〇年、デビュー作『酔いどれの誇り』を私が訳したのが一九八四年。どちらも原作が出たのは七〇年代半ば以降だが、日本紹介が遅れてしまった。このクラムリーとの二十年を超える長いつき合いについては次章以降で記すことにしよう。

ローレンス・ブロック、ジェイムズ・クラムリーなどの新情報を「続パパイラスの舟」の最終回で日本の読者に伝えることができたのは、ニューヨークからこまめにニュースを送ってくれた木村二郎のおかげだった。木村二郎は三年間つづいた「ニューヨーク便り」のあと《HMM》で新たに「マンハッタン・ミステリ日記」（七六年九月号から）の連載を始めたが、基本的には私以上のハードボイルド・バフ（おたく）で、新しい私立探偵小説ブームの陰の仕掛人でもあった。

一九七六年の『ニューヨークその日暮し』のあと、私も一役買った『ニューヨーク徹底ガイド』という二冊めのマンハッタン本を刊行したが、翻訳家としても同年、ロジャー・L・サイモンのモウゼズ・ワイン・シリーズ第一作『大いなる賭け』でデビューした。そのあとワイン・シリーズを『誓いの渚』まで全七作訳し通したのはみごとである。

「続パパイラスの舟」の航海が終わりに近づきかけた頃、「失われたアメリカの夢」と題してまとめたエッセイ（七七年七月号）の中で、私は私立探偵ヒーローに寄せる私自身の思いを次のように語った。

青春のある重苦しさのなかで人なみにあえいでいた二十代前半の私にとって、「私立探偵」はアメリカに現存する〝自由な精神〟と〝個人主義〟の見本の一つであったのです。（中略）権力と金力が生みだす底知れぬ社会悪をかかえこんだ巨大な資本主義国家の中で、カッコよく、徒手空拳で巨大な社会のカラクリに挑戦する一匹狼の私立探偵の姿に、自由と個人主義の理想像を見出し得れば、それで充分だったのでしょう。／その挑戦がいかにむなしいものであったか、無力なものであったかを思い知らされるために、ある意味で私は、二十年間、アメリカの私立探偵小説とつきあってきたのかもしれません。しかし、巨大なものにおしつぶされてゆく個人の悲劇にいたずらに共感して、センチメンタルに嘆き悲しむのは愚かしい。非力な私立探偵たちをアナクロニズムのヒーローときめつけるカラクリにこそ目を向けていかねばならないのです。

いま振り返れば、良く書かれたシリーズだけが生き残り、長く読み継がれたというただそれだけのことだったのだが、じつは七〇年代末に、ネオ・ハードボイルドをめぐるちょっとした論争が発生した。標的にされたのはネオ大売り出しの張本人であった私だったのかもしれない。正統派ハードボイルドの擁護者にとっては、「ネオはハードボイルドにあらず」と極論したくなるほどの由々しき事態と受けとめられていたのである。

そのきっかけとなったのはたぶん新訳『血の収穫』（七八年四月刊）に付した訳者、田中小実昌の「あとがき」の中での次のような控え目な、それでいて深い意味合いのある発言だった。

ミステリの主人公の私立探偵にも、生活のかげがなければだめだ、と言う人がいる……だけど、なんにでも生活がいるだろうか。（中略）この作品の主人公は、名前もなく、飲むウイスキーだって名前がないくらいだから、生活などはない……ハメットは、生活をすてるように、たえず注意し、努力して、この作品を書いたのにちがいない。

明らかにこれは、主人公である私立探偵の私生活をべったり書きこむ手法をおおむね活用していたネオ・ハードボイルド派批判だった。実際には、作家としての田中小実昌の小説作法を語っているだけなのだが、「探偵たちの生き方、生活ぶりを描いた小説」という作法そのものに疑問を呈したのだろう。

ちょうどこの頃、作家の矢作俊彦と翻訳家の稲葉明雄が「ネオ・ハードボイルド派の推理小説に死刑を宣告」する過激な誌上対談が話題を呼んだ。だが私がこの対談のことを知ったのはしばらくたってからだった（後出）。

話を田中小実昌の「あとがき」の一節にもどそう。田中小実昌訳の『血の収穫』が恵送され、その「あとがき」を読んで、「痛いところをつかれた」と感じたのが、作家の都筑道夫だった。

あるとき、職業別の電話帳をひらいて、おびただしい数の私立調査機関があることを知った都筑道夫は、「これならひとりぐらい、アメリカのハードボイルド・ミステリーに出てくるような、自己の信条を持った私立探偵を創作しても、あながちファンタスティックとはいえないだろう」と考える。そして生みだしたのが、私立探偵、西連寺剛だったのだが、その連作集『くわえ煙草で死にたい』の「あとがき」で都筑道夫は、田中小実昌の指摘を受けて、「むろん、足が地についていなくてもいい、ということではない。私立探偵の生活は、事件とそれを形成する人間たちとの係わりあいによって、描かれるべきなのだ」と反省する。物語とは無関係の〝私小説〟はよろしくないということだ。そしてこれが「日本でのハードボイルド小説が、暴力と男の生きかたを書くことにだけ、熱心なように見えるのも、この最近のアメリカの傾向の影響かもしれない」という批判につながっている。

そしてこの年の暮に、さらに鮮明なネオ・ハードボイルド批判が二つあらわれた。その一つが稲葉明雄が《HMM》十二月号の「プライヴェート・アイ」という小さな書評欄に発表したエッセイの冒頭に出てくる次の一節だった。

『約束の地』のロバート・パーカーやビル・プロンジーニ、ジョー・ゴアズなど、すこし前から読んでいたが、ああやっぱり、という感じは拭えなかった。この感じはなにかというと、ハメットとチャンドラーを頂点とする〝ハードボイルド小説〟とは、やはり似て非なるものだな、という意味だ。〝私立探偵小説〟という呼び名は、わが国では小鷹信光氏の本誌連載ではじめて見かけたのだと思うが、これには私もおおむね賛成である。ただそれでもちょっと気になるのは、これらの作品がなんらかの糸で、ハメットやチャンドラーと結びついているという疑惑があることだ。つまり〝模作〟ないし〝贋作〟でしかない（むろん、それなりの面白さは否定しない）ものが、なんだか〝元祖〟と血のつながりがあるように思われているような気がするのだ、これは私だけの僻目《ひが》であろうか。

引用が長くなってしまったのは、改行のない長い段落のどの部分を省いても文脈を読みとりにくくするおそれがあったからだ。ただし、私が傍点を付した「疑惑」という言葉の意味がつかみ難いのは確かである。「ネオ」と「元祖」がなんらかの糸で結びついているかのように、私が〝私立探偵小説〟という新語をもちだして画策しているふしがある、という意味の「疑惑」なのか。それでなければ、そのあとに、パーカーやプロンジーニやゴアズは〝元祖〟とは何の血のつながりもないニセモノ作家だときめつける結文につながっていかない。

つまり稲葉明雄はこの一文で〝私立探偵小説〟という用語でミソもクソもいっしょくたにしてしまう小鷹信光のレトリックに異を唱えつつ、元祖とニセモノを峻別すべしと明言しているのだ。ネオ・ハードボイルド派への〝死刑宣告〟をうけての発言だったのだろう。

このあと稲葉明雄はハメットを題材にとり、《HMM》に連載エッセイを半年間つづけた。和洋色とりどりの、のんびりとした昔話で、ネオ・ハードボイルドなど眼中になしといった悠然たる語り口は頼もしく思えたほどだった。しばらくあと、〝ニセモノ〟の一人と見なしていたジョー・ゴアズのモデル小説『ハメット』を翻訳し、それを原作にした映画が公開されて本がよく売れたという皮肉な後日談もある。

稲葉エッセイの本論は、その年の八月に刊行されたスティーヴン・マーカス編のハメット短篇集に付した私の特別解説と、《HMM》に連載中の権田萬治の「孤独な男たちの肖像」に関する感想だったのだが、もう一つのネオ・ハードボイルド批判はこの権田萬治による「ネオ・ハードボイルド派への疑問」というエッセイだった。この結びで彼は、「新鋭作家の矢作俊彦」と「翻訳家の稲葉明雄」の二氏が前出のように「早々とネオ・ハードボイルド派の推理小説に死刑を宣告している」と記し、『約束の地』〔MWA賞受賞作〕を「ネオ・ハードボイルドの弱点の集大成」と評したのである（《幻影城》七八年十二月号）。

二氏による〝死刑宣告〟の判決文がどのようなものであったのか、私は実物を確かめなかったが、〝死刑〟というのはいささかゆきすぎた指摘ではないかと次のように応酬した。

アメリカの私立探偵小説は、いつの時代においてもそのドン・キホーテ物語の亜流の域からさえ逃れられなかった。（中略）最近あちこちでかなり過大評価されているネオ・ハードボイルド派の代表選手、ロバート・B・パーカーの探偵スペンサーのドン・キホーテぶりなどはその好見本といえるだろう……たとえ他人迷惑であろうとドン・キホーテは名誉と死を賭けて危難の姫君を救うのである。このあたりのシカケがのみこめない人はさっさと私立探偵小説ごときにみきりをつけたほうがお得だろう。（中略）何がおもしろくて（権田萬治）氏がハードボイルド小説を読んでいるのか……いずれ機会を得て死刑執行人というきびしい稼業についてじっくりとお話をうかがいたいものである。

《幻影城》七九年五月号

これだけでなく私は、ハードボイルド正統派に弓を引くような発言もした。

純アメリカ産のハードボイルド私立探偵小説にもそろそろ本格的なシャーロキアンがあらわれてもよい（中略）buff（狂、マニア）をもじって私立探偵小説バカというのもわるくない……ハメット、チャンドラー、ロスマクばかりを神様のように祭りあげ……稚気を忘れ、きな臭い精神主義や社会主義までもちだし、なにかとたてまつる習癖も気にくわない。しょせんは現代のドン・キホーテたちなのだから、もう少し気楽に下世話な興味で眺めたっていいはずだ。

《EQ》七九年五月号

マーカス編のハメット短篇集の翻訳作業を通してやっと自分なりのハメット研究の出発点に立ったばかりだった私は、正統派ハードボイルドをゼロから見直したいと考えていたのである。そして逆にネオ・ハードボイルド派を強く擁護する立場をとりつづけた。

こういう呼称（ネオ・ハードボイルド）を日本でうれしがって最初につけたのはたしかに私だと思う……ひょいと思いつきで、探偵スペンサー・シリーズの『失投』（立風書房）の帯に用いたのがきっかけだったんじゃないかな。口当りのいい惹句と考えてもいい。（中略）あの連載（「続パパイラスの舟」）でいちばんうれしいことは、あそこで紹介した私立探偵たちが、ほんの数年遅れであらかた翻訳されはじめたということ……一人でも多く同好の士がみつかったという意味で、ごく単純にうれしくなってくる。

《HMM》七九年六月号

私がこの一文を寄せたのと同じ号に、二十一回つづいた権田萬治の「孤独な男たちの肖像」の最終回が載った。その結文はつぎのようになっていた。

七〇年代の米国の新しい私立探偵小説は、二〇年代から四〇年代にかけてのハードボイルド派と違った人間の弱さと深い心の傷を秘めた新しい主人公を生みだした。（中略）けれども、現代が夢なき時代であればなおのこと、私は、孤独な戦いに必死に生きようとする男たちの肖像に強くひきつけられてしまうのだ。かつての古典的なハードボイルド推理小説の時代は終わった。ロス・マクドナルドの精神分析世界はこのハードボイルドの流れに対する静かな弔鐘であった。厚い権力の壁に向かって高らかに挑戦のトランペットを吹く男が再びわれわれの目の前に姿を現わすのは一体いつのことであろうか。

結文の反語の意味は明白である。挑戦のトランペットを吹く男は二度と現われず、古典的ハードボイルド・ヒーローは死滅した、というのがここでの結論であろう。それはとりもなおさず、前出の「ネオ・ハードボイルド派への疑問」を受けた、明らかなネオ・ハードボイルド否定論でもあったのだ。正統派でなければ真のハードボイルドではない。その正統派は死滅した。ゆえに、ハードボイルドは完全に息絶えた、という三段論法だった。

ハードボイルド派の変容を受け入れることができず、ハードボイルドを過去の古典の枠の中に閉じこめることによっていったい何を言わんとしたのか、私には古典信奉派の思いが充分に伝わってこなかった。ハメットとは何だったのか、それを確かめるために原点に立とうと、私は漠然と考え始めていたのだと思う。

5 『探偵物語』で作家デビュー

ネオ・ハードボイルド派大売り出しのほかにも、七〇年代半ばからの仕事は多方面にわたった。ノヴェライゼーションの翻訳も重なり、『刑事コロンボ』や『刑事コジャック』のテレビ・ドラマ・シリーズ、ピーター・フォークがトレンチコートを着てハードボイルド・ヒーローをきどったパロディ映画『名探偵登場』と『名探偵再登場』の連作など、楽しみながら気軽にできる仕事は大歓迎だった。

硬派の翻訳では、石田善彦と共訳したダグラス・フェアベアンの〝不条理の暴力小説〟『銃撃！』、宮脇孝雄と共訳した、テキサスを舞台にした犯罪ノンフィクション『血と金』があった。

私より五つか六つ、あるいはひとまわり以上年下の若い翻訳家たちの名前が共訳者として出てくるようになったのは、七〇年代半ばから八〇年代の初めにかけて「海外ミステリ研究会」と称する会を私が主宰し、若手翻訳家を中心にした一派を結成したためである。悪口として言えば、〝小鷹組〟の名のもとに徒党を組み、出版社への売り込みをはかったともいえる。翻訳で食べてゆくにはそれなりの努力が必要だったのだ。

会を結成するための準備用のメモを見ると、会費制にすることや翻訳者養成機関として企業化することまで考えていたらしい。だがそんな試みはすべて机上プランとして消え失せ、結局成果として残ったのは、数回のパネル・ディスカッションと、会の中心となる翻訳者グループのゆるやかな形成の二つだけだった。第一回のパネル・ディスカッションが開かれたのは一九七六年七月、テーマはロス・マクドナルド、パネリストは権田萬治、各務三郎、片岡義男と司会役の私の四名だった。だがこのときの正式の記録は残っていない。

七年間の「パパイラスの舟」の航海のあと《ＨＭＭ》での連載は小休止のあと、七八年一月号から

「ミステリの旅」というアメリカ紀行エッセイを半年つづけた。七七年の九月中旬から十月にかけて約一カ月、ウエストコーストをミステリ仲間の各務三郎や大井良純と一緒に車で走りまわったあと、ニューヨークで木村二郎と再会し、若い翻訳家の宮脇孝雄とミステリ・コンヴェンションの〈バウチャーコン〉に出席したり、MWA（アメリカ探偵作家クラブ）のオフィスに押しかけたりした大騒ぎの旅の顚末をおふざけ調で記したものだった（『マイ・ミステリー』収録）。

エラリイ・クイーンの一方であるフレデリック・ダネイとローズ夫人にまた会ったのもそのときだった。その直前の九月九日に初めて日本を訪れた夫妻と内輪の歓迎パーティかどこかで一度お目にかかっていたのである。

そのときのクイーン来日の目的の一つは、光文社が引き継ぐことになった《EQMM》の創刊に立ち合い、日本推理作家協会を脱会して話題になっていた松本清張との対談を行なうためだった。その対談を巻頭に載せ、誌名を《EQ》とした新装《EQMM》（隔月刊）の創刊号（七八年一月号）が七七年末に刊行された。

T編集長の采配の下にスタートした《EQ》誌上で私の連載評論「EQアメリカーナ」が始まった。第一回のテーマは「一八四〇年代――ポーが描かなかったニューヨーク」だった。チャンドラーもハメットも遙かに通り越して十九世紀中葉のアメリカに出発点を置いたのである。

この創刊号で私は、「クイーン談話室」の一篇を翻訳し、五百字の著者紹介コラムを八本書き、本名の中島をもじって〝ナック・ジンマー〟というふざけたペンネイムでミステリ情報も一ページ担当した。T編集長の方針に従って目次にも編集後記にもそのことはいっさい触れられていなかったが、私と二人の協力者は定額報酬つきの〝編集顧問〟契約を《EQ》と交わしていた。そのためもあって、《HMM》での連載は「ミステリの旅」を最後に約四年半休載し、八三年一月号からの「ペイパーバックの旅」まで再開しなかった。この〝移籍〟によって、一九九四年までの十六年間、ミステリ評論家としての私の主戦場は《EQ》に移った。この雑誌で私は無署名の五百字著者紹介をただひたすら六百本近く書いた。隔月刊で四年、二十四回つづけた「EQアメリカーナ」は、『ハードボイルド以前』と『ハードボイルド・アメリカ』の二書として実った。分載されたクレイグ・ライスの二作の未訳旧作は単行本になった。

三誌競合の時代が終わってから十四年、久しぶりに翻訳ミステリ界に活気を甦らせた二誌併立の時代が始まったのである。

《EQ》創刊の一九七八年、ハードボイルド業界でちょっとしたスキャンダルが発生した。第三章でも紹介したが、レイモンド・チャンドラーの名セリフが、角川映画『野性の証明』（森村誠一原作）の広告で〝盗用〟されたと騒がれた事件である。

この〝盗用〟を公然と指摘したのは作家の三好徹だった。「近ごろ推理小説考」と題された《東京新聞》での記事（七八年五月十八日夕刊）で森村誠一の文章を批判したあとに、「ついでにいうと、これは氏に直接の関係はないかもしれないが、近作（『野性の証明』）の（映画）広告に〝男はタフでなければ生きていけない。やさしくなければ生きる資格がない〟の文章がある」と記し、これがチャンドラーの『プレイバック』中のセリフであり、清水俊二訳に納得がいかなかった生島治郎が、原文の「ハード」を「タフ」に置き変えて紹介したいきさつを明らかにしたのである。そしてさらにつづけて、「いいかえれば、生島氏はこの短い文章の移しかえに自己の小説観をこめたわけである。／だが、広告の作品は、チャンドラーとは無関係である。生島氏に確かめたところ……彼にはことわりなく使われているという。（中略）作家は自分の文章に対してと同じく、他人のそれにも、シビアであってほしい」ときびしい注文をつけた。

これだけではくわしい事情はのみこめなかったが、七九年七月に刊行された生島治郎の『ハードボイルド風に生きてみないか』を読んでことの背景が明らかになった。角川映画の宣伝に使われたキャッチフレーズが「テレビやラジオで流されたあげく、すっかりポピュラーになってしまい、この言葉の上っ面のカッコよさにシビれる若者がずいぶんといるらしい」が、「実をいうと、この名台詞、ハードボイルドの原点として、私は自分の処女作『傷痕の街』のあとがきに引用した」と記していたのである。

私は生島治郎がこの台詞を出発点として小説を書き始めたことを処女作のあとがきで明らかにしていたことまでは知らなかった。そのあとがきの中に出てくる「ハードボイルド小説といえば、非情さと荒っぽさが売りもののようだが……こういうやさしさがふいと顔をのぞかせることがある」という箇所をみずから引用し、生島治郎はあらためて「これが私のハードボイルド小説観であり……出発点でもあった」と新著の中で明言していた。

参考までに、ことの焦点となった〝名セリフ〟の訳例を並べておこう。

しっかりしていなかったら、生きていられない。やさしくなれなかったら、生きている資格がない。
清水俊二訳

タフじゃなくては、生きていけない。やさしくなくては、生きている資格がない。
生島治郎訳

きびしくなかったら、生きてはいられない。だが一度もやさしくなれなかったら、生きる資格

もないだろう。　小鷹信光訳

私の試訳は「パパイラスの舟」の第四章で示したものだが（《HMM》七一年五月号）、そのとき悪のりして、「情に流されていたんじゃ、いのちがいくつあってももたねえんだ。だがよ、情けのひとつもかけられねえようじゃ、生きていたってはじまらねえ」というもう一つの試訳も示した。清水俊二は前出の自著の中で、「私もいま翻訳するなら、〝しっかりしている〟よりも〝タフ〟の方が適切であると考えたろう」と記していた。

話は少し前後するが、三好徹の指摘に始まって盗用の噂がじわじわと広まってゆき、ついに《毎日新聞》が十一月六日の夕刊で、ことの成りゆきを〝「盗まれた」名セリフ〟という大見出しつきで報道した。角川映画『野性の証明』の宣伝ポスターも大きく掲げられ、そこに使われている「男はタフでなければ……」のセリフも呈示、「せめて出典を」とチャンドラー・ファンらが怒っているという見出しもつけられていた。同紙の取材に応じた生島治郎は、このセリフが生まれたいきさつを語ったあと、その後の経過を次のように記者にこたえたという。

八月ごろ角川の編集者が来て、あなたの言葉とは知らず無断借用して申し訳ない。今後も使わせていただきたい、と私に一札入れ、迷惑料十万円を置いていった。（中略）その直後から宣伝が激しくなった。森村作品の内容とは無関係だし、なじまない……せめてチャンドラーの『プレイバック』と、引用元を明記するのが出版モラルだ。

生島治郎はこのセリフをよく色紙に書くことがあったが、必ず著者と出典を明記していたという。

また、短篇集『タフでなければ生きられない』を出した都筑道夫が「角川のマネだと思われてはかなわない。小学生の間で流行語になっているそうなので、本のトビラに、レイモンド・チャンドラー『プレイバック』より、と断りました」と言ったことも引用されていた。

このお粗末なセリフ盗作事件の元凶は『野性の証明』という日本映画だったが、七〇年代のハードボイルド調の外国映画はどうだったろう。例によって双葉十三郎を引き合いにだすと、映画評に「ハードボイルド」が用いられたのは七〇年代前半に、イタリア映画『夜の刑事』『かわいい女』『ペンダラム』『コールガール』『アルファヴィル』、リチャード・スターク原作のフランス映画『メイド・イン・USA』『黒いジャガー シャフト旋風』『大捜査』、フランスでつくられた八七分署物の『刑事キャレラ 10＋1の追撃』、パロディ風の『ボギー！ 俺も男だ』、そして本命の『チャイナタウン』の計十一本。

ジェイムズ・ガーナーがマーロウに扮した『かわいい女』を双葉十三郎は買っていないが、辛口映画評論家、石上三登志も「紙上封切館」の第一回（《HMM》七〇年九月号）で、「ハードボイルド今、昔」というエッセイ（《本の本》七六年七月号）の中で双葉十三郎もしている。

「ストーリーを売るだけではこのジャンル独自の面白さが出ない。（中略）原作小説に近づけることは他の大衆文学の映画化よりはるかに難しい。秀作とよべる作品がすくない理由もここにあると思う」

七〇年代後半は、私もノヴェライゼーションの翻訳でつき合った『名探偵登場』と『名探偵再登場』の連作、『ハッスル』『さらば愛しき女よ』、ポール・ニューマンの『新・動く標的』、ブロンソンが柄にもなく作家に扮した『セント・アイブス』、ジーン・ハックマンが私立探偵役に挑んだ『ナイトムーブス』の七本の映画評に双葉十三郎は「ハードボイルド」を用いた。ただし、すべてがポジティヴな使用法ではなく、「もっとハードボイルドに徹すべし」といった指摘もふくまれている。

七〇年代公開作品にはいま名前が出た映画以外にもおもしろい作品が多かった。七〇年代のしょっぱなに公開された『イージー・ライダー』『ゴッドファーザー』の第一作、ペキンパーの四作（『ゲッタウェイ』『ガルシアの首』『ジュニア・ボナー　華麗なる挑戦』『ビリー・ザ・キッド　21才の生涯』）、私自身がリチャード・マシスンの原作中篇を翻訳した『激突！』『ロング・グッドバイ』（初見時は気に入らなかったが、エリオット・グールドのマーロウはそんなに悪くないと思うようになった）、クリント・イーストウッドの『ダーティハリー』シリーズ、そして『スティング』『フレンチ・コネクション』などなど、粒よりの名作、傑作、快作が並んでいる。今にして思えば、こんな十年間は二度とないといえるだろう。

七〇年代の最後の年、一九七九年は私にとって思い出深い二つの刊行物が生まれた年だった。一つは、各務三郎編による名探偵読本『ハードボイルドの探偵たち』（パシフィカ刊）。読物風のムック本仕立てだが、内容的には日本におけるハードボイルド研究の集大成と言うべき出来栄えの読本だった。この中で私は「ハードボイルド50作家略伝」「ハードボイルド年表」、評論「私立探偵の系譜」、エッセイ「酒とハードボイルド派」、二つの翻訳「パルプ・マガジンの探偵たち」（ロン・グーラート）、「主人公《ヒーロー》としての私立探偵と作家」（ロス・マクドナルド）、資料「ハードボイルド・ディック」（ジェイムズ・サンドー）の編訳などを担当し、「ハードボイルドの魅力を語る」という座談会にも顔を出している。

ロス・マクドナルドの話がほんのわずかでてくるだけでチャンドラーとハメットの話題に終始した

この座談会の出席者は、各務三郎と田中小実昌、小泉喜美子。ネオ・ハードボイルドの話題などちらともでなかった。「コンチネンタル・オプはぶつぶつ言わないのが取り柄」、「(ロス・マクドナルドは)ハメットには似てねえよな。でも、チャンドラーと間違うばかがいるかもしれないね。ハメットと間違うばかはいなくとも」と、コミさんはさすがによくわかっている。

好きな探偵は「もちろんマーロウ……この人のために、この道に引きずりこまれたような……チャンドラーは、おめず臆せず彼をとってもいい男に描いている」と、かつてチャンドラーの短篇の下訳翻訳をやったことのある小泉喜美子はマーロウ狂いの心情を吐露した。

そしてもう一つは、とうとう出番が最後になってしまったが、私自身の長篇小説デビュー作『探偵物語』(徳間書店)だった。

松田優作主演の連続テレビ・ドラマ『探偵物語』とのタイアップ企画として陽の目を見たこの小説についてのデータをまず記しておこう。

①連続テレビ・ドラマ『探偵物語』は日本テレビで一九七九年九月十八日から翌年四月一日まで全二十七話(火曜日午後九時から)が放映され、私の名前はクレジットに原作者として記されている。

②放映期間中に刊行された私の『探偵物語』(七九年九月刊)と続篇『赤き馬の使者』(八〇年二月刊)のストーリーはテレビ・ドラマとはまったく重なっていない。主要キャラクターのみを登場させた独立した小説である。

③私がこの企画に加わったのは、ワセダ・ミステリ・クラブの同期生、山口剛(日本テレビ・プロデューサー)の誘いがあったためで、番組制作のスタート時から立ち合い、七九年二月に企画原案を提出した。

④この企画原案そのものも収録されている『甦れ! 探偵物語』というムック本の増補決定版が二〇

〇一年十二月に日本テレビから刊行された。この本に私が寄稿した「日本にハードボイルドの夜明けはくるのか」というエッセイの一部を少し長めに引用させていただこう。

企画会議での私の仕事は、おもに主人公である私立探偵のキャラクター設定だった。日本の社会では定着しにくい私立探偵という職業をどうやって視聴者に説得するか。理想の私立探偵像とはなにか。私立探偵が絶対に曲げてはならない信条とはなにか……といったことを、アメリカの伝統的なハードボイルド小説の流れにそって講釈するという仕事だったのである。

キャスティングが決まり、その企画会議に松田優作自身が参加したことも、一、二度あったように記憶している。

物見高い私は、一度だけ撮影所に出かけていって、撮影現場を見学したことがあった。そのとき、ひとことふたこと、優作と言葉を交わした。

いまにして思えば、たぶんそれは第12話『誘拐』を制作中の撮影現場だったのだろう。

このエピソードで、優作扮する工藤俊作探偵は、家出娘を探しに六本木のディスコに赴く。娘（ホーン・ユキ）は簡単に見つかり（じつは探偵を利用する罠）、娘と踊りまくってくたくたになった探偵は椅子にへたりこむ。すると娘が「おぬし、なにもの？」とたずねる。二度訊かれた探偵は「フィリップ・マーロウ」ととぼけてこたえる。娘は、その名前がピンとこない。で「それ、なに」と訊き返す。探偵は「タ・ン・テ・イ」とこたえる。「あっ、ピンク・パンサーか」という娘の反応で、探偵はこける。

ここまではおそらく台本通りなのだろうが、問題はこの先につづく優作のアドリブだ。娘がピンク・パンサーといったので、情けないという顔をした探偵が、いきなりこっち（視聴者）を向いて、こうのたまうのである。

「日本のハードボイルドの夜明けは、いつくるんでしょうかね。コダカノブミツさん？」

松田優作が、カメラとマイクの前でこのセリフを発したとき、スタッフはきっと腰をぬかしたにちがいない。

だが結局この場面は、当時もそのまま放映されたし、ビデオ版にもちゃんと収録されている。とんでもない私的なアドリブを押し通してしまった優作のワンマンぶりも偉いが、その遊びをあえて目をつむって通させてしまったスタッフ陣もみごとなものだ。いま、こんな遊びを楽しんでいる連続ドラマがひとつでもあるだろうか。

撮影所を訪れた私の顔をたまたま見た松田優作が、その直後の撮影現場で思わずこのアドリブを口にしてしまったのではないか、というのが私の推測である。

ドラマの主人公が、テレビの画面からいきなり私のほうを見て、私の名前を呼びかけてきたのだから、びっくりするのも無理はないだろう。

だが、もっとおどろいたのは、松田優作という男が、その頃、あるいはもっとずっとまえから、「ハードボイルド」という伝統的なサブカルチャーについて、自分なりに深くものを考え、役者としてハードボイルドをどう表現すべきかをとことんまでつきつめていることが、そのアドリブから知ることができたからだった。

それほどのハードボイルド役者も、いまは見当らない。

テレビ『探偵物語』の企画が煮つまり、やがて制作が開始されようとしていた頃、私は私なりの『探偵物語』を、文章で表現する作業に追われていた。テレビ放映にあわせて、私のデビュー小説の仕上げにとりかかっていたのである。

「アメリカ探偵小説の翻訳家、評論家としてつとに知られる小鷹信光が、その長年にわたって蓄積してきたすべてのエネルギーを投入した」と著者紹介に刷りこまれた私の処女長篇小説『探偵物語』はテレビ放映スタート直前の一九七九年九月に刊行された。

物語の主人公は、下北沢に私立探偵事務所を構える工藤俊作。オフィスがある雑居ビルにはファッション・モデルの卵のナンシーと女優志望のかほりも住んでいる。

だがおそらく、テレビの『探偵物語』と私の『探偵物語』の類似点はそこまでだろう。私のほうのストーリーの筋立てはテレビのエピソードには使われなかったし、処女作ということもあって、私の語り口にはテレビの軽妙さが欠けていた。

軽さはあっても、つくりものの軽さで、優作が教えてくれた、しっくりと身についた軽やかさがなかった。その軽やかさが肝心の場面（テレビでなら1シーン）でのメリハリのきいた、いくぶんオーバーめの演技を逆に自然に見せ、きわだたせることを、彼は物書き以上に心得ていたのである。

ハードボイルドに対する優作の本能的な直感が備わっていたら、私ももう少し大人の小説が書けたかもしれない。

こんなことを考えながら、めまぐるしく流れゆく日々の中で、七〇年代が終わり、私のハードボイルド人生の最盛期となる八〇年代が始まった。

第七章 収穫のとき 一九八〇年代

松田優作主演の連続テレビ・ドラマ『探偵物語』とタイアップして発表された小説『探偵物語』の続篇『赤き馬の使者』（徳間書店、1980年２月刊）。

装画、山野辺進（253ページ参照）。

1　郵便配達夫は六度ベルを鳴らす

男の厄年も過ぎた八〇年代の十年間になんと私は合計六十八冊の本を世に送り出した。その内訳は、自著が小説『探偵物語』の第二部『赤き馬の使者』と九点のミステリ関連書をふくめて十三冊、編訳書が十七冊。これには『ブラック・マスクの世界』（全六巻）とテーマ別アンソロジー集（全五巻）という二つの大仕事がふくまれている。そして翻訳書が二十八冊。共訳書（四点）、ポルノ（『女教師』など三点）、雑本（三点）以外はすべてミステリ関連書だが、最大の収穫はハメットの『マルタの鷹』『赤い収穫』および二冊のハメット評伝、そしてケインの『郵便配達夫はいつも二度ベルを鳴らす』とクラムリーの『酔いどれの誇り』である。

これで五十八冊。残りの十冊は、八四年から八五年にかけて河出書房新社から刊行された〈アメリカン・ハードボイルド〉選書である。「一九三〇年代のアメリカが生んだ独自のミステリー、ハードボイルド・ロマンの古典から現代〔ネオ〕まで選りすぐった初めてのシリーズ。孤独なヒーロー十人の頑なな生き方が生み出す面白小説集」という謳い文句をつくったのは私ではないが、収録作品の選択から翻訳者の割りふり、全篇の解説、および巻末の「ハードボイルド雑学事典」まで引き受け、月一冊のペースで出しつづけたあげく、私が翻訳を受けもった第一巻の刊行はとうとう最後になってしまった。それがハメットの『マルタの鷹』だった。翻訳をするためのほんとうの意味での精読を始めたとき、私は四十八歳になっていた。三十年待って、ついにハメットと正面から向き合うチャンスがめぐってきたのだ。

その頃の私がどれほど多忙だったかを記した短いエッセイの一部を見てみよう。新聞記事が載ったのは八五年の七月十三日。その前月の六月末、私は渋谷区立西原図書館の招きを受けて「マイ・ミステリー」と題するささやかな講演を二回おこなった。

じつをいうと私にとってはこの二回の講演がなによりの息ぬきだった。（中略）一回めは、新訳を終えたダシール・ハメットの『マルタの鷹』の校正をすませた直後の土曜日。そして次の土曜日までの一週間に、私は二十五年の物書き稼業を通じておそらく新記録であろうと思われる仕事量をこなしていた。一週間で、半ペラ二百字詰の原稿用紙三百枚のマス目を埋めたのである。一日ペラ五十枚はそれほど難しい作業ではない……長篇の翻訳のように単一の仕事であれば、私自身も過去に経験があったように思う……だが、この三百枚は、大小十以上の個別の原稿の総枚数だった。大は『マルタの鷹』雑学事典から、小は新刊ミステリーの書評まで、われながらよくぞこなしたものだと思う。二回めの講演のあと、世間話をしながら館長にすすめられた自家栽培のビワ……小粒で甘味もあとひと味だったが、とてもおいしかった。

こんな具合に八〇年代の「私のハードボイルド」を語りつづけるだけでこの章は満パイになりそうだが、「ハードボイルドの周辺」で起こった出来事やさまざまな発言もできるだけ多く振り返ってみたい。となれば、あれこれ語り口を考えても始まらない。年代順に淡々と「八〇年代日記」を作成してゆくしか道はなさそうだ。

一九八〇年

二月。『探偵物語　赤き馬の使者』刊。前年、『探偵物語』刊行直後の九月中旬、北海道へ取材旅行に出かけ、車で走り回った場所をすべて作品にとりこむ方法で書き上げたが、現場を踏まないと物語を書けないのは、自分に〝小説家〟としての想像力が欠けているからではないか、と思った。テレビの『探偵物語』放映中の半年間に、二つの物語をつくりだしたあと、次の長篇を発表するまでに二十年が経過する。こういう物書きもめずらしいだろう。具体的に言えば、徳間書店の担当編集者（金城孝吉）に、三作めは「三人称で非シリーズ物」を書いたらどうかとすすめられ、その気になって書き始めたスケールの大きな強奪小説をついにまとめあげることができなかった、それだけの力量と持続力がなかったというだけのことである。

六月。河出書房新社から『O・ヘンリー・ミステリー傑作選』刊。八〇年代に量産した編訳書を支えてくれたのは、私が主宰した翻訳工房（ワークショップ）の熱心な生徒たちだった。翻訳者志望の人たちを対象に通信教育やクラス単位の講座を始めた「日本翻訳家養成センター」の軒を借りて七〇年代末にスタートした私のワークショップの第一期生との共同作業の初めての成果がこの本だった。O・ヘンリーの膨大な未訳短篇の中から、ミステリ周辺の作品を発掘するところから始めたこの仕事は、私ひとりではとても為しとげられなかったろう。

このワークショップは毎年、あるいは二年ごとに顔ぶれを変え、最後の五期生と一緒につくった国書刊行会刊の『ブラック・マスクの世界』までつづいたが、八五年末でひと区切りをつけた。たしかに多くのプロの翻訳家が私のワークショップから生まれた。きびしい感想をひとつだけ洩らせば、良い翻訳家になる条件は、もって生まれた資質と、努力心。この二つに尽きる。『O・ヘンリー・ミステリー傑作選』はのちに河出文庫におさめられ、ロングセラーになった。教訓は一つ。良い本は長く売れる。

七月。隔月刊の《EQ》で二年間連載した「EQアメリカーナ」が『ハードボイルド以前』と題されて草思社から刊行。命名者は加瀬昌男社長だったと聞かされた。この本の結びの三つのパラグラフを引用しておきたい。

フィリップ・ダラムの言葉を借りれば、「既製品的なウエスタン・ヒーローが、私立探偵の姿を借りて登場した最初の人物が、キャロル・ジョン・デイリーのレイス・ウィリアムズであり、ハメットのコンチネンタル・オプであった」(中略)チャンドラーが書きはじめたころには、ハードボイルド・ヒーローの理想像化はいっそう明確になっていた。ダラムがあげているその資質とは、「勇気、肉体的な力、不屈の精神、危険や死をおそれない態度、騎士的なふるまい、禁欲主義、暴力性、そして正義感」などだが、これらはすべて……ウエスタン・ヒーローの必須条件と合致している。

ハードボイルド小説の私立探偵ヒーローは……都会のジャングルによみがえった。六連発のコルトは自動拳銃に、カウボーイ服はトレンチ・コートに、馬は車に変じたが、己れに課したきびしい掟と名誉を重んずる心は不変であり、西部の男と同じように寡黙で禁欲的な騎士であった。

だが彼には、定住を嫌い、町に背を向けて放浪の旅に向かうべき自由な大地は、すでになかった。(中略)ウエスト・コーストが、自由な男の行き止まりの街だった……フロンティアは閉ざされていた。誕生と同時に負わされていたこの悲劇性から私立探偵ヒーローを解き放つ力が、一九二〇年代以降のアメリカにあったろうか？　それが、「私のアメリカ」と私自身に課せられた新たなテーマであるように思える。

こう宣言した「EQアメリカーナ」のパートⅡは《EQ》三月号の「一九二〇年代」から連載を開始。また『翻訳の世界』では「これがアメリカ語だ！」の連載を八月号からスタートさせた。どちらも原点に立ち戻っての新たな出発だった。

ところで七月刊の『ハードボイルド以前』には、演出家の武市好古となんと映画評論家、双葉十三郎の両氏による署名入りの書評をいただいた。

著者はきっと何か秘密の方法でその時代のアメリカへ何度もタイムスリップしているに違いない。そうでなければこれほどリアリティの色濃い文章が書けるはずがないのだ。（中略）ハードボイルド私立探偵の原型が西部の男にあるという章もうれしい。腕ききの私立探偵が自在に本の中を散歩し、実感で書いた報告書を読むようなスリルがこの本にある。（武市評）

少年のころからアメリカ映画に熱中し、その余波でミステリーを主体にアメリカの大衆小説にも親しむようになった私にとって、この一冊は故郷に帰ったような思いだった。（中略）考証に裏付けされた楽屋話的な面白さにあふれたエピソードが紹介され……そして筆は探偵小説の発達期に及び……ハードボイルド私立探偵が西部の英雄の変身であるという説をめぐる考証が試みられる。（双葉評）

この年の八月、それまで未公開だったボガート映画の旧作（四七年作）が『大いなる別れ』という怪しげな邦題をつけられて公開された。いま出てきた双葉十三郎は、主人公は「私立探偵ではないが……ハードボイルド・スクール探偵物おなじみの場面がくりひろげられる」とご機嫌だった。

一九八一年

二月。ジーナ・ローランズ主演『グロリア』公開。「ハードボイルド演出がみごと」（双葉評）。この映画のタフなヒロインとは直接つながりはないが、八〇年代は女流ミステリ作家が創造した女性私立探偵の活躍がめだった。先陣を切ったのは、『人形の夜』でデビューしたシャロン・マコーン（マーシャ・マラー作）、現在まで二十作をゆうに超える長寿シリーズとなった（既訳七作）。そして、本国では同じ一九八二年に、キンジー・ミルホーン（スー・グラフトン作）が『アリバイのA』で、V・I・ウォーショースキー（サラ・パレツキー作）が『サマータイム・ブルース』でデビュー。前者は八〇年代に五作、九〇年代に九作、後者は八〇年代に四作、九〇年代に四作が翻訳され、やはり現在にいたる長寿シリーズとなった。彼女たちの女性ファンはハーレクイン・ロマンスの優等卒業生なのだろうか。

三月。そういう女性読者におそらく受けたであろうリリアン・ヘルマンの『未完の女』（六九年作）の翻訳が平凡社から出た（稲葉明雄・本間千枝子訳）。第五章にも記したように、同書の第十六章「ダシール・ハメット」は、前にヘルマン編のハメット短篇集につけられた序文をそっくり移したものだが、単行本のために二つのパラグラフが追加された（……もう何年もたっているのに、あのひとがいまだに私の気持ちをかき乱したり、あれこれ命令したりしていることに腹を立てている）。ヘルマンを入口にしてハメットにたどりついた人たちもいたのだろう。

八月。実際にはその一部が七七年に《ＨＭＭ》誌上で紹介されていた（連載十回）フランク・マクシェインの『レイモンド・チャンドラーの生涯』（早川書房、清水俊二訳）が刊行された。五百五十数ページの大部の評伝である。これが、ミステリ分野を超え、チャンドラーへの関心を広めたことはまちがいない。

九月。ハードボイルド調の短篇を集めた『アメリカン・ハードボイルド！』というアンソロジー刊（双葉社）。収録十篇中、デイヴィッド・グーディス「堕ちる男」は大井良純訳、ヘンリイ・ケイン「失われたエピローグ」は石田善彦訳、ブルノー・フィッシャー「死を運ぶ風」は三条美穂訳。Ｗ・Ｒ・バーネットの短篇二篇をふくむ残り七篇を私が担当した。

同じ月の中旬、ジャック・ニコルソン主演でリメイクされたジェイムズ・Ｍ・ケインの『郵便配達は二度ベルを鳴らす』の公開を前に、海外ミステリ研究会主催のパネル・ディスカッションを企画し、私はゲストに田中小実昌、片岡義男の両氏を招いた。ハードボイルド談義をやるつもりはなく、焦点はあくまでも田中小実昌新訳が出たこの小説の吟味だった。私自身の新訳もまもなく出ることになっていたので、機は熟していたといえる。

このパネル・ディスカッションには若手の翻訳家も多数参加し、司会役も兼ねてくれた石田善彦をはじめ、木村二郎、沢万里子、その他青山南、村上達朗らの発言も記録に残っている（『翻訳の世界』十一月号）。海外ミステリをテーマにこのような公開討議が実現しただけでも大きな意味があったと思う。

討議の中からおもしろい箇所をいくつか引用しておこう。『郵便配達……』という小説について、二年前に新訳を出した田中小実昌はこう語った。

「ひっくり返りが最初にヒョイと頭に浮かんでさ、後でメリケン粉をつけ足してさ、それで、できてみたらよくできたというようなね。名古屋のてんぷらうどんみたいでさ。しっぽしかなくて、全部、エビはてんぷらの粉でね——名古屋の人がいたらごめんね……」

次は片岡義男のコメント。

「ケインは、ぼくにとってはペイパーバックを読むきっかけになった小説で、作品そのもののできばえとは余り関係なく、自分がおもしろさを感じることができたということのほうが大事だったのです。なつかしい本です」

こんな掛け合い漫才もあった。

片岡（義男） 主人公の二人が、自分たちの犯す犯罪を悪いことだと思っているし、それからそれを恐れてもいるし、結果がわかっているような感じもあるという、そのへんが最大の欠点でしょうね、今読む作品としては。これはいけないことだと思っているわけです、二人とも。

田中（小実昌） いけなきゃ、やらなきゃいいと思う（笑）。

石田（善彦） でも、やめようと思っても、やっぱりやってしまうことというのはあるわけで……。

小鷹 そこに神様が出てくるんだねえ……。

片岡 その辺がちょっとアンティークなんですよね。

田中 だから……神様が出てくるのも、出してきたということがあるような感じがするんだなあ。

主人公の言っていることがわかりにくい箇所を私が原文で示すと、片岡義男がすらすらと、「男をそういう気持ちにさせてくれる女というのは、そうめったにいるもんじゃない」という意味だと教えてくれる場面もあった。すると田中小実昌が、「ちょっと待って」とわきから声をかけ、自分の訳文を確かめ、「〈……しかし、これはずいぶんたくさんのことかもしれない〉これ全然日本語になってないじゃない。ひどいよ、あんた……いやだなぁ、もう（笑）」とつづけ、「『翻訳とは裏切り行為である』なんて……書いてるひともいるけどさ（中略）だから、私はしないというのは、上等けっこう……だけれども、そんなことを言ってるやつというのは、ほれ込みようが足りないんだよ。本当にほれてごらん。訳したいもの」と堂々とひらき直ってみせたのは立派だった。

あとで私が「手の内見えすぎて訳しにくかったでしょう」と水を向けると、コミさんは「片岡さんが言うから見えてきたんだよ。初めて見えた（笑）、でも、**やっぱりおもしろかったよぉ**」と、声を張りあげたのもおかしかった。

その頃、『郵便配達……』の六人めの訳者として翻訳作業の仕上げにとりかかっていた私はこんな発言をした。

「翻訳中に何回も行き詰って都筑道夫さんに相談したとき、二つのことを言われたんです……一つはこの作品は行間を読む小説だと（中略）もう一つは、アメリカのこととかこの小説の背景とか、そういうことにやたら詳しい人間が訳すより、何にも知らない人間が力任せに、エイ、ヤッと訳したほうがきっといいものができるんじゃないか」

あとのほうは皮肉だったのかもしれないが、これを教えられて私は、言葉が足りないときに意味を補うような訳し方をしていた箇所をあらため、読みとるのは読者にまかせる訳し方に軌道修正をした。それがうまくいった。

私の訳書は映画公開の直前の十一月初旬にできあがったが、しばらくして田中小実昌訳（講談社文庫）のほか、中田耕治の旧訳の新版（集英社文庫）や田中西二郎訳（新潮文庫）も一斉に書店の棚に並んだ。もちろん映画公開をあてこんでの競争だったが、同じ小説の翻訳が四種類も同時に並んで売られたのはめずらしい。諸先輩の訳業と肩を並べながら、正直言って私は負けたくない、と思った。

なお、このディスカッションのときには話題にならなかったが、それまで未公開だったジョン・ガーフィールド、ラナ・ターナー共演のアメリカでの初の映画化作品（四六年作）が八〇年代末にビデオ化（ヘラルド・ポニー）され、幻の作品とついに涙の対面が叶い、「初恋の女性と何十年ぶりかでめぐりあったようなセツなさで胸がいっぱいになった」などという映画評を書いたおぼえがある。

いずれにしろ一九八一年は、ケインの『郵便配達夫はいつも二度ベルを鳴らす』が六度めのベルを鳴らし、ふたたび日本で華やかな脚光を浴びた年だった。

2　マルタの鷹協会発足

一九八二年

二月。十数年間のマンハッタン暮らしのあと、前年の夏に帰国した木村二郎が〈マルタの鷹協会〉日本支部を結成（本部は八一年五月にサンフランシスコで発足）。ニューズレター形式の会報《The Maltese Falcon Flyer》（ＭＦＦ）の創刊号は一九八二年三月号。日本初の「ハードボイルドのファン・クラブ」と「発足の辞」に記されていた。創刊号には二月二十日付の会員名簿が付録としてつけられ、三十名の名前が記されている。海外ミステリ研究会の常連メンバーは全員顔をつらね、創刊号から「獄中日記」を書き始めた池上冬樹や東理夫、森慎一、各務三郎、染田屋茂などの名もある。発足後、会員は増えつづけ、第六号（八二年八月号）の時点で百名を突破した。新入会員の中にはその後の例会にゲストとして招かれた馬場啓一、桜井一、内藤陳、稲葉明雄、小泉喜美子、石上三登志、郷原宏や会員として数藤康雄、山口剛、鏡明、山前譲、斉藤匡稔、曽根忠穂らの名がある。

〈マルタの鷹協会〉は発起人である木村二郎と一枝夫人の献身的な努力で（例会の大半は下落合の夫妻のアパートメントで開かれた）順調にハードボイルド・ファンの輪をひろげていった。関西例会も開催。主催者木村二郎夫妻の金沢への転居時、会報《MFF》の刊行は事務局に委ねられたが、熱心なスタッフの奉仕精神と努力の積み重ねによって《MFF》は二〇〇六年末に創刊二百五十号を迎える。

同協会は毎年、会員の投票による〈年間最優秀ハードボイルド作品賞〉にあたる〈ファルコン賞〉の選出をおこなってきた。その受賞作を一覧にしておこう。

八二年　ロバート・B・パーカー『初秋』
八三年　L・A・モース『オールド・ディック』
八四年　ジェイムズ・クラムリー『酔いどれの誇り』
八五年　ジョー・ゴアズ『ハメット』
八六年　ローレンス・ブロック『聖なる酒場の挽歌』
八七年　マイクル・Z・リューイン『刑事の誇り』
八八年　アンドリュー・ヴァクス『赤毛のストレーガ』
八九年　原尞『私が殺した少女』
九〇年　スー・グラフトン『逃亡者のF』
九一年　ローレンス・ブロック『墓場への切符』
九二年　スティーヴン・グリーンリーフ『匿名原稿』

九三年　ドン・ウィンズロウ『ストリート・キッズ』
九四年　マイクル・コナリー『ブラック・アイス』
九六年　ジェイムズ・エルロイ『ホワイト・ジャズ』
九八年　ジョージ・P・ペレケーノス『俺たちの日』
〇四年　矢作俊彦『ロング・グッドバイ』
〇五年　マイクル・コナリー『暗く聖なる夜』

日本作家が二人選ばれていることに注目。八〇年代について言えば、「ネオ」と呼ばれた作家たちのおもだった面々が順当に受賞していることがわかる。その反面、投票数が規定に満たずに、九〇年代以降は該当作なしの年がめだつようになった。これは何を意味するのだろうか。

〈マルタの鷹協会〉とファルコン賞の二十数年の〝歴史〟にそって八〇年代以降のハードボイルド・ミステリを語ることも可能なのだが、それはひとまずおいて、同協会発足時の様子を会報《MFF》の誌面からうかがってみよう。

《MFF》創刊号（大判四ページ）の一ページから三ページに、〝発足会〟で私が行なった〝記念講演〟が再録されている。読み返してみるとかなりの正論をブっていたことがわかった。

ハメットの右に出る作家はいないが、左に出る作家はいる。チャンドラーとロス・マクドナルドだ。この三人は、ハードボイルドという呼称の持つ宣伝的な意味合いなど、超えている作家である（中略）ケインもそのひとり……ハメットの横あたりに位置する作家である。

コリン・ウィルコックスの歓迎パーティで、結城昌治さんや各務三郎さんと会って、ハードボイルドということばについて話をした。結城さんは、僕に対して、そろそろハードボイルドっていうことばをひとつのジャンルの呼称として、書いたり喋ったりするのを「あなたくらいから止めてくれないか」と、クレームをつけた。（中略）ハードボイルド作家というレッテルを貼られると……そういうものしか書けないと思われるので、困るというわけ。彼は、ハードボイルドというのは、スタイルの問題だという。だから、どんなジャンルであっても、ハードボイルド・スタイルで書けるという。

裸の女やアクションだけがハードボイルドではないという言い方は、ごく初心者に対して……有効な論理なのであって、みんなはもう……卒業して欲しい。僕が言いたいのは、アクションや裸の女があっても、やっぱりハードボイルドが書けるということ。そういう要素を〔無理に〕排除してハードボイルドらしきものを書こうとすると、ロス・マクドナルドが陥ったような問題につき当たる。（中略）そういう要素があっても本当のハードボイルドは成立するというところまで進めていくとおもしろいと思う。

商業誌とちがって気軽に自由にしゃべれることもあり、前に紹介した中田耕治、山下諭一の例のように例会でのゲストの発言は本音がちらついて楽しい。五月刊の創刊第三号では、稲葉明雄、片岡義男と私とのあいだで次のようなやりとりがあった。

稲葉　私立探偵の小説を書いている人として、私立探偵のコードというものをどう思うか？

片岡　僕がなぜ書いたかというと、私立探偵という存在が、フィクションを支える存在としてとてもおもしろいから。だから、あまり強烈な個性とか、強いコードを持たない。ロボットみたいな人を作ってみたかった。性格的に陰影があったりするんじゃなくて……
小鷹　その人物はあるものを見届けたときに、何らかの力や影響の変化を受けるわけでしょう？
そういうものに興味がない？
片岡　あるんですよ。例えば残酷にならなければいけないときには徹底して残酷になる。だから殺さなければいけないときには殺す。ロマンチックにならなければならないときには、そうなれる。そういう人物だとおもしろいかな、と思って書いているんです。

その翌月の創刊第四号のゲストは作家の小泉喜美子だった。

私の愛するハードボイルドはあくまでチャンドラー……何度読んでもいい……お経ですよ。桜井一さんが第二号で、ハードボイルドはハメット、チャンドラー、ロス・マクドナルドまで（中略）ネオは問題提起しない〔ネオがついたら、もうハードボイルドではない、との発言があった〕とおっしゃっていましたが、まさにわが意を得たという感じです。

この例会の二年後の一九八四年、私は自分が編者となった〈アメリカン・ハードボイルド〉選書のチャンドラー集の訳者に小泉喜美子を選んだ。それが、自分の名前が訳者として記された彼女の唯一のチャンドラー本となった。その本が刊行されたあと、彼女は〈マルタの鷹協会〉の八五年夏の例会にもゲストとして招かれて気炎を吐いたが、その直後に事故で急死。ハードボイルドびいきの〝女俠客〟を失った。
五月。文芸誌《海》五月号に、「都市小説の成立と展開――チャンドラーとチャンドラー以降」という村上春樹の評論が載った。

いま、初めてこの評論に目を通し、私が興味深く感じた箇所をいくつかひろってみよう。

まず冒頭まもなく、「ここに百万人のチャンドラー・ファンがいるとする。そこには百万のチャンドラー評価が存在し、その百万のチャンドラー評価はあらゆる意味で等価である。等価でありながら交換性はない。これが大衆文化の持つアナーキズムである」という一節があり、「僕のチャンドラー論はそのような個々の〔ファンの〕リアクションを越える普遍性をそもそも有していない」とつづく。そして第一節の結びは、「チャンドラーの諸作品はもちろん古典である。（中略）そしてそれは「今でも面白いよ」という先頭集団の示唆によって大衆の中に確実に受け入れられている。そのような等価の海の中で僕にできることはチャンドラーを「チャンドラー以降」という文脈の中で取りあげ、次の小節に連結させることしかない」となっている。

そして、次の小節では「狭義のチャンドラー展開はいわゆる「ネオ・ハードボイルド」である。これは問題がないだろう。それでは広義のチャンドラー展開は何か？　僕は広義のチャンドラー展開は「都市小説」の系譜に組みこまれていると見る」および「現象的に見ればチャンドラー評価の高まりはヘミングウェイ評価の凋落と平行している」という二つの指摘と「拡大と限定」という用語に関心をいだいた。

「都市小説としてのチャンドラー」という第三節には、ハメットとチャンドラーを対比させたあと、「もちろん僕はハメットの諸作品をけなしているわけではない。ハメットの幾つかの作品は素晴しいし、手法的には先駆である。しかし都市という鏡を通してみれば、彼はチャンドラーほど熟していない」という指摘もある。

最終節は「チャンドラー以降の「ハードボイルド」」と題され、「〔前節で述べられた〕チャンドラーのそのような都市小説ラディカリズムはチャンドラー以降の狭義のハードボイルド作家たちに引き継がれたか？」と疑問を投げかけ、「答えはノーである」と記し、ロス・マクドナルドを例にとったあと、「他の凡百の「ネオ・ハードボイルド」作家に対しては改めて述べることもないのかもしれないが、それぞれの凡庸化・セクト化を総括しておくこともそれなりに大事である」と振って、ミッキー・スピレイン（アナーキズムのためのアナーキズムというセクト）、ロジャー・L・サイモン（凡庸、無価値）、マーク・サドラー（同程度に無価値）、M・Z・リューイン（それほど悪くない……しかし自己憐憫の要素が強すぎる。要するに凡庸）などの短評がつづき、ジェイムズ・クラムリーは「彼らよりはずっとましだ……しかし所詮は「チャンドラーの小型化」である」「僕が個人的にいちばん好きなのはロバート・B・パーカーのスペンサー・シリーズである。これはとにかく楽しい」となっている。

この評価は、ハードボイルド・ミステリという狭いジャンルの内側からの発言ではなく、都市小説という観点に立った、外側からの「チャンドラー以降」論なのだが、やがて大成するこの若き文芸作家が、たとえばクラムリーをすでにこの当時に原書で読んでいたということをあらためて知っただけでも、私はうれしかった。

この村上春樹の評論の結び、最後から二つめの段落もきわめて意味深く思える。

それではチャンドラーはどこに引き継がれたか？　それに対する答えはひとつしかない。チャンドラーの核は都市に引き継がれたのである。それは都市という名の地底に吸い込まれ、まったく別の形となって現出するであろう。

このことばは予言ではなく確信だったと思う。この評論を《海》に発表したとき、村上春樹はまだ『風の歌を聴け』と『1973年のピンボール』しか発表していない。まもなく《群像》に掲載される青春三部作の三つめ『羊をめぐる冒険』の仕上げにとりかかっていたさなかだった。

七月。村上春樹がチャンドラーと都市小説についての評論を《海》に書いたのが引き金になったのか否かは定かでないが、《ユリイカ》が七月号でチャンドラーを特集し、「都市小説としての解読」という副題を掲げた。ハードボイルド・ミステリのジャンルからは、各務三郎が「『大いなる眠り』の雨について」、小泉喜美子が「映像美のなかのチャンドラー」、そして私が「R・チャンドラーの文体」という比喩表現の分析（のちに文庫版の『アメリカ語を愛した男たち』に収録）を寄稿したが、特集全体の狙いは、まさに副題どおりで、チャンドラーの世界に従来とは異なる方角からの光をあてることにあったようだ。特集の巻頭に「だが、ハードボイルド／探偵小説という従来の文脈では汲み取れない、都市小説的側面の今日性は注目されるべきだろう」という編集者ノートがある。

この特集には、いま挙げた私をふくむミステリ畑の三人のほかにも、青山南、金関寿夫、栗本慎一郎、富山太佳夫、内田裕也、宇田川幸洋など多方面からの寄稿者がそろっていた。企画の意図とはうらはらに、それぞれがてんでばらばらに好き勝手にチャンドラーを題材にしているだけなので、都市小説としての「解読」などはどこかに吹き飛んでしまったが、これ以外に一つだけきわめて真剣に都市小説について語っている企画があった。それが、文芸評論家、川本三郎と前出の村上春樹による対談だった。じつを言うと、あらためて読み返したこの対談の中に《海》のチャンドラー論の話がでてくる。そこで私は図書館でコピーをとり、初めてそれを読むことができたのである。そしてこの対談のほうにも思わぬ〝再発見〟があった。村上春樹のデータとして私がひろった発言をいくつか挙げておこう。

1　村上春樹はチャンドラーを高校時代に「英語半分と日本語半分」で読んでいた。「田中小実昌さんとか、清水さんとか、訳自体が面白いし、原文とは違った面白さってのがあったから」。

2　「僕の場合はチャンドラーの方法論というのを……いわゆる純文学の土壌に持ち込みたいというのが最初にある。（中略）チャンドラーのやってたことを、ハードボイルドとは別の形で、自分なりに持ち込みたいというのがテーマなんです」。

この発言の前後に、川本三郎が「チャンドラーの方法論」とは何かと問いかけ、村上春樹は「探し求めて、探し出す」ことで、探しあてたときには、探し求めていたものが変質しているというようなことだとこたえている。このやりとりですぐ思いつくのは『さらば愛しき女よ』のヴェルマや『長いお別れ』のテリー・レノックスと『羊をめぐる冒険』の羊との類比性だ。村上春樹は「『1973年のピンボール』の場合もそうだったし〔ここではピンボール・マシーン〝スペースシップ〟探し〕、今度書いたのはもっとそうなんです」と言っている。

3　この対談の時点で、三十三歳の村上春樹はまだロサンジェルスに行ったことがなかった。

4　この時期、村上春樹は、年に二回ぐらい『長いお別れ』を読んでいた。「何回読んでも飽きないですね」と言い、「今度の長編もね、『長いお別れ』を徹底的に下敷きにしてるんですけど、途中から勿論変りましたけどね」と明言している。

村上春樹に対する私自身のある期待は、この本の最後の章で述べることにしよう。

九月。『マイ・ミステリー——新西洋推理小説事情』刊（読売新聞社）。二人の先輩、青木雨彦、石川喬司の両氏が司会役をひきうけてくださり、最初で最後の面映いほど盛大な出版記念パーティを山の上ホテルで開いていただいた。

十二月。デイヴィッド・アンソニー『ミッドナイト・ゲーム』刊（角川書店）。モーガン・バトラー・シリーズの『真夜中の女』の既訳があるアンソニーの賭博師スタンリー・バス・シリーズの一篇。この年公開されたハードボイルド系の映画は、ウィリアム・ハート、キャスリーン・ターナー共演の『白いドレスの女』とアーマンド・アサンテ主演のB級映画『探偵マイク・ハマー 俺が掟だ！』の二本のみ。後者は未見。「ハードボイルド派らしいムードはある」（双葉評）。

3 書評コンクール

一九八三年

一月。《EQ》で七回にわたって厄介な翻訳作業がつづいた「クイーンの定員」のあと、軽いエッセイ風の「ミステリー・ジョッキー」の連載を一月号から開始（八七年十一月号まで三十回）。同時に《HMM》で久しぶりに連載を開始した「ペイパーバックの旅」は八六年末まで四年間、四十八回つづいた。

六月。『ハードボイルド・アメリカ』刊（河出書房新社）。《EQ》に二年間連載した「EQアメリカーナ」の第二期をまとめたもの。この本に関する十四本の書評や紹介記事が新聞、雑誌に載った。こういうのをぜんぶ切り抜いておく習慣、というか行為そのものに、ときどき我ながら嫌気がさすこともあるのだが、それはそれとして、耳に痛かったり、心地よかったりした書評のさわりを二つ、三つ紹介しておく。世のハードボイルド愛好派の代表からエール（正しくは**yell**——叫びのこと）が送られたということだ。

小鷹信光の研究は、アメリカ本国の研究を一歩も二歩もぬきんでたもので、ハードボイルドの時代の非情と優しさが新鮮に見える。

中田耕治《朝日新聞》八三年七月二十五日

「裁くのは俺だ」のハマーは実は〔作中で〕一度も女と寝ていない。殺人もハマーによるのは二人だけ。しかも、拳銃による単純な射殺だ。／こんな具体的な分析と指摘から作家と作品に迫っている。（中略）クールな眼が見るものは見すえている……ハードボイルドを論じた最もハードボイルド的なエッセイ……

川西夏雄《週刊文春》八三年八月四日号

ハードボイルドへの異常な愛……

郷原宏《月刊宝石》八三年九月号

ハードボイルド探偵小説にひたすらな愛情を寄せる男……の姿がくっきりと浮かび上がってくる。

《イングリッシュ・ジャーナル》八三年十月号

アメリカの古典的ハードボイルド小説の概説書としては現在の所最良のもの……最新の資料に基づいて公平に流れを追っている。

権田萬治《週刊読書人》八三年九月五日号

ハードボイルドの世界に引かれて三十年、男のナルシシズムに裏打ちされたロマンが好きだという著者が……生粋のハードボイルド時代の流れを追う。小説・映画を中心とした年表も付き、見逃せない。

《週刊アサヒ芸能》

これはハードボイルド概観ないしアメリカ文明論である前に、なによりも著者自身の私的な「マイ・ハードボイルド・アメリカ」である。

矢野浩三郎《EQ》八三年十一月号

私的には『『マルタの鷹』は三文メロドラマか』が面白かった。『マルタの鷹』は由緒正しい恋愛小説だったのだ。

香山二三郎《HMM》八三年九月号

非情、冷酷、無表情そして果敢な行動――乾いた文体と不死身の主人公に象徴されるハードボイルドの世界を縦横に描いたミステリーエッセイ。

《赤旗》八三年八月一日

一部熱狂的ファンを除いては……傍流であった冒険小説、ハードボイルド小説が、最近はアノ自称〝スーパー・ミーハー〟の内藤陳さんや北上次郎を核弾頭とする〝面白本おススめ人〟の強烈かつ個性的アピールによって急速にファン層を拡大しつつある。（中略）小鷹さんが三十年熱中体験をぶちまけていざなうハードボイルドの世界は、面白小説を熱望するものにとってはたまらない世界なのだ。

井家上隆幸《日刊スポーツ》

もっともハードボイルドな男がもっともセンチメンタルになるという逆説の魅力。

川本三郎《HMM》八四年三月号

ハードボイルドに対する思い入れに感激。とかく激しい思い入れがあるとわめき散らしたくなるものだが、そこは年の功?!　というかハードボイルド的というか、熱い思いを優しい言葉で語ってくれているのが心地よい。

藤田宜永《HMM》八四年三月号

二つ、三つの予定がとまらなくなってしまった。各人各様の個性や気づかいが読みとれる心優しい書評、ありがとうございました。

私自身は《週刊朝日》（八月十九日号）の自著PRコラム「ひと／本／ひと」の結びでネオ・ハードボイルドについて水を向けられ、「最近の探偵たちは女々しく、泣き虫になりました。タフなマスクの下の優しさではなく、モロに優しかったりして。でも……まだまだ見捨てられません」とこたえ、七〇年代以降の新しい私立探偵小説にまだ大きな期待をかけていたことがうかがえる。

これより少し前、〈マルタの鷹協会〉の春の例会に青木雨彦が登場し、一歳年下の作家、生島治郎の若き頃の秘められたエピソードをバクロした。

生島治郎と私のつき合いが始まったのは昭和二十二年。あいつが外地から引き揚げてきて、私と同じ学校に入ってきてからなんです……卒業後、《東京タイムス》を一緒にうけたが、僕だけが受かった……なぜ落ちたんだろうと言ってましたが、生意気な顔をしてるからですよ……街で呼びとめられて、振り向いたとたんに殴られたりしてたんですから。

太宰治と魯迅が好きで、探偵小説などは軽蔑していた生島治郎をコネをつかって早川書房に無理矢理就職させ、半額になる社員割引きでポケミスを毎月買わせたなどという裏話を披露。「小鷹信光とのつき合いは、昭和三十八年頃から（中略）吉展ちゃん事件が起こり、誘拐物で連載を書けと編集長に命じられ……ローブ＝レオポルド事件を書くとき、早川書房にいた常盤新平から、あの男ならおもしろいと紹介されたのが、小鷹信光。当時、商事会社の社員かなんかでした」という発言もあった。〝商事会社勤務〟などといい加減なことを言われて訂正されていないのは、たぶん私がその例会に出席していなかったためだろう。青木雨彦はこの例会でのスピーチを、骨っぽい体験的ハードボイルド論でしめくくった。（青木雨彦、一九九一年没。生島治郎、二〇〇三年没）

生島や僕はしょっちゅう殴られていた。でもくやしいから泣かなかった……ハードボイルドの主人公たちは全然泣かない。それを読んで、これが本当の小説ではないかな、と思った……（人は）殴られたり、殴り返したり、いじめられたり、圧迫を受けたりする。それをはね返していくのは、ここでは泣かないぞ、ここでは泣かないぞと、自分に言い聞かせる気持ちだと思う。そういう意味で、ハードボイルドというのはとてもおもしろいと思ったのです。

当時まだ売り出し中の若手作家だった大沢在昌も〈マルタの鷹協会〉の夏の例会にゲストとして参加した。

（中学一年生の頃）チャンドラーの『かわいい女』とか『大いなる眠り』を読んだんですが、全然その良さがわからない。（そのうちに）マッギヴァーンに出会った。『最悪のとき』や『ビッグ・ヒート』……メロドラマなんですね。主人公が初めから窮地におとし入れられる。孤立した主人公が巨大な敵にいどみ、最後に勝ちを治めるまでに艱難辛苦を味わうという……メロドラマ小説がたまらなくよくって、今も読んでる。（中略）『ロング・グッドバイ』に触れるのはずっと後のこと……

僕が中学生時代、日本の作家でハードボイルドと言われていたのは中田耕治さん、結城昌治さん、生島治郎さんで、大藪春彦さんっていうのはまだハードボイルドっていう言い方はされてなかったと思います。僕にとっては、生島治郎さんが、一番肌が合う感じで好きでした……『男たちのブルース』のようなセンチメンタルな雰囲気の作品が好きです。（中略）五木寛之さんも、その頃は『狼たちのブルース』『裸の街』とかの、ハードボイルドの匂いをもった作品を出されていました。

このときまだ二十代だった大沢在昌は、同年代の二十代の探偵、佐久間公シリーズをしばらく休もうと考えていると発言し、「僕が三十代になったら、またシリーズを再開して、今度は多分、〝私〟という一人称で書き始めるつもりです」と宣言した。「僕の年齢に合わせて書いていく……佐久間公は……僕の分身という面があります」とも。

七月。ロス・マクドナルド没（十一日）。

八月。大和書房から私の編纂したテーマ別アンソロジー・シリーズの第一巻『とっておきの特別料理』と第二巻『冷えたギムレットのように』が刊行された。既訳を借りた作品もあったが、第三巻『ラヴレターにご用心』（八四年五月刊）、第四巻『ブロードウェイの探偵犬』（八四年十二月刊）、第五巻『ハリイ・ライムの回想』（詐欺師ミステリ集）（八五年六月刊）はおもに「翻訳工房」の三期生の手によるものだった。

《ＨＭＭ》十一月号がロス・マクドナルド追悼特集を組み、私は未訳だった二つの序文の翻訳、「生涯と全作品」という詳細な年譜の作成を担当。「ロス・マクドナルドの死」と題した誌上座談会に結城昌治、権田萬治の両氏とともに出席した。

この座談会で結城昌治は、ロス・マクドナルド自身の戦争体験が作家として重要な経験になったはずだと指摘し、「後のハードボイルド作家では、それがベトナム戦争であり、あるいは反戦運動でもかまいませんが、そういうものを経験してこなければ、ハードボイルドは書けないと思う。ただふらふらと平和な時代を生きてきただけでは」と、きびしい発言をした。「ハードボイルドっていうのは、評論家がつけたレッテル」という持論もまた飛びだした。権田萬治のネオ否定論風の発言を受けて、「ぼくはロス・マクドナルドでいわゆるハードボイルドは完成されて、もうその先は行きどまりだと思っている。だから小鷹さんの気持ちはわかるけど、ネオには悲観的です」とおかしな慰められ方もした。そして「私立探偵はネクラだもの。世の中からはみ出していなくちゃ」が結城昌治の決めのセリフだった。

一九八四年

《EQ》で一月号からH・R・F・キーティングの「代表作採点簿」の翻訳。連載六回。これも難儀な作業だった。《HMM》では青山南が一月号から、「ハードボイルド知らずのハードボイルド探険」と称して「ハメットにダッシュ！」の連載を開始した。連載は四年半、五十四回つづき、意表をつく発想や新解釈や新情報で楽しませてくれた。

ヘミングウェイの『日はまた昇る』の一節（「レポート１」参照）を、「昼間ならば、どんなことにでも簡単にハードボイルドな態度にでれるが、夜になると、そういう具合にはゆかないのだ」と訳し、「これと比べると、『血』のクールさ、というか、ハードボイルドさは完璧にハードボイルドだ」と断じ、「『陽』はソフトコアの、『血』はハードコアのハードボイルド」と結論づけたりしている（第十一回）。ヘルマン没後のインタヴューでダイアン・ジョンスンが洩らした本音（第二十二回）とか、ウィリアム・ライトの評伝がバクロしたヘルマンのついた数々のウソとか、いろいろなことを教えてくれたコラムだった。『デイン家の呪』にポイズンヴィルという地名がでてくることを知ったのも、青山南のおかげである。

このコラムがスタートした当初、私は《HMM》でダイアン・ジョンスンのハメット伝のさわりの部分を紹介、毎号写真入りで連載していた。そっちのほうも、初めて知ることが次から次にあらわれる刺激的な、楽しい作業だった。一枚ずつヴェールが剝がされ、ハメットの素顔が少しずつ浮き彫りになってくるのを、たくさんの読者が固唾を飲んで見守っているのが感じられるようだった。長年の夢が現実になり、私自身にとっても、〝ハメットにダッシュ！〟の具体的な、実際的な第一歩だったのである。

一月下旬、前にネオ・ハードボイルド派の一番手として、ヒッピー探偵モウゼズ・ワインを最初に日本に紹介したのが縁で、新作取材のために来日したロジャー・L・サイモンと誌上で対談することになった。

小鷹　『ペキン・ダック』以後、四年間も休業だけど、ワインは元気なのかい。
サイモン　もちろんさ。（中略）大手コンピューター会社の保安課長になっている。
小鷹　えっ？　一匹狼の私立探偵はやめたのかい？
サイモン　そんなのはもうアナクロだ。ワイン保安課長の下には部下が七十人もいる。
小鷹　で、ワインは日本に来るの？
サイモン　後半でね。それでぼくも来日したわけだけど、ワインが見たままの日本を書きたいね。
小鷹　それは一人称形式の私立探偵小説の利点だな。でも、ワインには見えなかった日本は、どうやって読者に……

サイモン　それはタフな質問だなあ（笑）

《週刊プレイボーイ》二月七日号

夫人同伴のあわただしい日程の日本訪問だったが、ワイン・シリーズの訳者でもある木村二郎とも会い、〈マルタの鷹協会〉の《MFF》に載ったインタヴューでは、「「ハードボイルド」という言葉は、もはや通用しない……四〇年代と同じ騎士でいられるはずがない……役に立たないし、馬鹿げている。（中略）わたしは、サム・スペイドの伝統の範囲内で書いている。それは否定しない。でも、その伝統を変えずに、成長せず、違ったことをしないとなると、なぜ、わざわざ書く必要があるのだ？」と疑問形でこたえた。

ロジャー・L・サイモン・インタヴューが載った《MFF》の八四年一／二月号にはもう一人、例会のゲストに招かれた北方謙三インタヴューも掲載された。

北方謙三は、「ハードボイルド作家の中ではハメットがいちばん好き」だと言明し、チャンドラーのようにセンチメンタリズムが漏れてこないからだと補い、「登場人物の心理描写を凝縮して、作品の中にとじこめたような文体を、ハードボイルドと呼んでいい」と定義した。

この例会の前後に、私はどこかの雑誌で彼と対談をしたおぼえがある。そのために初期の作品をまとめ読みしていた。書評もしていたらしい。「町の中で、誰かわからない敵がいきなりおそいかかってくるところ、あそこはよかった。ゾッとするというか」という私の発言を受けて、「あそこは、精魂をこめたところですから」とこたえ、「どういうふうに、アメリカのハードボイルドを超えていくか、というのがひとつの課題だと思う」と頼もしい抱負を述べてくれた。

五月末の〈マルタの鷹協会〉主催ハメット・バースデイ・パーティのゲストは稲葉明雄だった。話は、ハメットやチャンドラーやウールリッチの翻訳昔話からスタートした。

僕は、ハードボイルドの作家というより、いい文章を書く人ということで彼らに傾倒したわけです。（中略）僕がやり始めた頃はとかくハードボイルドの派手な面が受けまして、雑誌でもよく買ってくれました。

この「よく買ってくれました」はミステリ雑誌がよく売れたという意味ではなく、「翻訳者が原本を見つけ、勝手に翻訳して売り込みにいった原稿を《探偵倶楽部》や《宝石》がいい稿料で買ってくれた」という意味にちがいない。まさに隔世の感があるが、稲葉明雄はそういう乱世の時代を生きのびた〝野武士〟だったのである。彼は、自身の翻訳術をこんなふうに語っていた。

〝作品が全て〟なんて言い方がされますが、バカバカしいですね。（中略）まず作品を読んで惹かれて……その作者のことを知りたくなっていく……そういう人が書いたこういう小説だという味わい方になってくる。これが非常にオーソドックスだと思います。

稲葉明雄がパーティでこの話をしたときにはすでに三冊のハメット評伝が出そろっていた。その三冊のトップバッターだったリチャード・レイマンの評伝を、「かなり客観的で、伝記としては正攻法、翻訳してると無味乾燥ですが、資料的にはたいへん面白い」と評したように、すでに翻訳にとりかかっていたのだろう。前述したように、その後体調をくずし、訳業半ばにして他界された。

九月。私が訳したジェイムズ・クラムリーの『酔いどれの誇り』がやっと陽の目を見た。難産だった。小泉喜美子訳の『さらば甘き口づけ』が先に刊行されていたが、実際は七五年作の『酔いどれの誇り』がミステリとしての第一作、ミロ・ミロドラゴヴィッチのデビュー作だった。

八〇年に出た『さらば甘き口づけ』を、私はその頃から担当していた《読売新聞》書評欄でとりあげ、「プロットにはいささか無理があるが、場面で読ませてゆく語り口のよさは先達チャンドラーを思わせる。ネオ・ハードボイルドのなかで、一足遅れて登場したぶんだけトクをした有力馬か」と持ちあげたことがあった。おかしな文章だ。いったいクラムリーが何をトクしたというのだ。この生半可な書評のツケを、そのあと二十年以上背負わされることになるとは考えてもいなかったのだろう。

自著では前出の『ハードボイルド・アメリカ』の十四本がトップだったが、翻訳書で書評が多かったのはクラムリーの『酔いどれの誇り』だった。合計十三本。評者たちの褒め比べをみてみよう。

ネオ・ハードボイルド派と呼ばれながら、ドロップ・アウトした作家が多い中で生き残ったバイタリティを評価したい……小鷹信光はハードボイルド小説の翻訳家ではトップクラスの人で造詣も深い。　(幻)《週刊アサヒ芸能》十月十八日号

良かった、が、少し長すぎ、思い入れが多すぎる。父親のことなど、後戻りせずに会話などに折りこめば感傷を押えられたのでは。　都筑道夫《ＨＭＭ》十二月号

主人公も脇役も実に素晴らしい。それに酒場が最高ですな。　関口苑生《ＨＭＭ》十二月号

ネオ・ハードボイルドと呼ばれる作品群が七〇年代に続々と登場……そのどれもが一時的な波でしかなかった。（中略）本書は、おそらく唯一、例外的に成功した小説である……極めつきの上質本だぞ。

（鷲）《週刊プレイボーイ》十月二日号

私立探偵ミロに、今度は泣いた……待望久しきジェイムズ・クラムリー……まさに期待《ハードボイルド》を裏切らぬ一冊。（中略）老サイモンに涙せよ！

内藤陳《月刊プレイボーイ》十月号

これがハードボイルドですかねえ……小説の舞台はなんと西部モンタナの田舎町……さよう、これは西部劇なのだ（中略）全編豪快な酔っぱらいムードがよい。

《ダカーポ》十一月二十日号

本書はウエスタン小説だといったのは、物語が〈酒場〉を軸として展開していくさまから感じたことである。そこには、さまざまな人生を耐えてきた酔っぱらいたちがいる。（中略）へども吐けぬ酒飲みは信じるな……など、酔ったときの父親のセリフを遺訓とするミロ探偵に、満腔の賛意をあらわす読者があらわれるにちがいない。

各務三郎《マリ・クレール》十二月号

クラムリーを訳し始めるようになったあと、最もひんぱんに私が聞かされた皮肉は、「酒も飲めないでよくクラムリーが訳せるね」というものだった。そう、私は生来の下戸なのである。そして、同期の各務三郎も。大酒を飲みつづけて一足先に（一九九九年）逝ってしまった桜井一（作家、イラストレーター）によく言われたのは、「酒も飲まずにハードボイルドですか、ケッ」だった。

私自身は自分が惚れて訳した『酔いどれの誇り』について、「おさらいをすませたしっかりした小説書きが、私立探偵小説の伝統と形式を借りながら書いた成熟した読物小説」という評価を下した（《HMM》八四年十一月号）。

この号は「アイ・ラヴ・ハードボイルド」という軽いノリの特集号だったが、その中に非常に辛口のエッセイが一本まじっていた。志水辰夫の「昔はよかった」である。それはきわめて明白なネオ・ハードボイルド否定論だった。

肺ガンの恐怖におののく私立探偵を新しいキャラクターだ、などと言って持ち上げるのはどうも納得できない。そこにどんな意味があるというの？（中略）男色、自慰なんかがかっこいい探偵の基本的条件になってきたんだろうが……悪口のひとつも叩きたくなってくる。（中略）目先の変化みたいなものをみんなが眼の色変えて追っかけている。ほかでもないそれが現代のわたしたちなのである。それだけ安っぽく、薄っぺらで、貧しい。（中略）恐らくもうハードボイルド小説には、第二のハメットもチャンドラーも現れてこないだろう。（中略）ネオだとかニューだとか名のつくものは、限りなく本物に近づいたようでやっぱり本物と違うというのはマーガリンで経験ずみである。

理路整然、一刀両断、問答無用の痛快な一文だ。ネオの応援団長だった私としてはもっと痛がらなきゃいけないのだが、このエッセイの結文にはつい共感してしまう。「映画と小説以外何の楽しみもなかった青春時代に、ジョン・フォードや、ハメットや、チャンドラーに巡り合えたことは何というこの身の幸せであったことか。厭味になるがとうてい若いあなたがたには理解していただけまい」と志水辰夫は言い切っているのだ。

十月。河出書房新社から〈アメリカン・ハードボイルド〉選書の刊行が始まり、十月にはエリオット・ウェストの『殺しのデュエット』（石田善彦訳）とトマス・B・デューイの『涙が乾くとき』（汀一弘訳）の二冊、十一月は前出のチャンドラー集『ベイ・シティ・ブルース』、十二月にはアンドリュー・バーグマンの『ハリウッドに別れを』（木村二郎訳）が刊行された。このあと、翌年にはジョン・エヴァンスの『灰色の栄光』（石田善彦訳）、ウェイド・ミラーの『罪ある傍観者』（田口俊樹訳）、マイケル・ブレットの『デス・トリップ』（沢万里子訳）、アーサー・ライアンズの『ハード・トレード』（宮脇孝雄訳）、エド・レイシイの『死の盗聴』（池上冬樹訳）が続刊。古典と戦後派とネオがごっちゃに盛りつけられた選書のトリをつとめたのが、この章の冒頭に記したように私の『マルタの鷹』だった。

この選書は九冊までが刊行された時点で、造本、装丁、活字の組み方、定価の設定などを争点にした激しい議論の対象になった。《本の雑誌》上で、小林俊夫の批判（四十一号）、三橋アキラの返答（四十二号）、小林俊夫の反論（四十三号、全四ページ）とつづいたのである。詳細は記さないが、収録作品の出来栄えにバラつきがあり、たまたま内容がもっとも弱かった作品が質だけでなく量も乏しかったことが引き金になり、表紙の装画が人によっては稚拙と呼ばれかねない画風だったことも原因の一つになった。

だが作品選択をふくめた選書全体の印象、あるいは個々の作品に対する書評は概して好意的だった。例によって心地よい評言のみをいくつかひろってみよう。

これまで佳作、傑作という噂ばかり先行していた私立探偵小説の数々を、体系的に翻訳紹介

（中略）ハードボイルド・ファンにとって、実に贅沢な企画が実現したものである。

三橋アキラ《本の雑誌》四十号

よし、いよいよ絶讃本だ……実は、翻訳ハードボイルドは……この欄でとりあげたことはほとんどない（中略）壁に直面した初老ヒーローの姿を……ストーリーに自然に溶け込ませルールを持ち続ける男の悲哀を実にあざやかに描いている。これはもう何といっても私好みなのである……とりあえず自信の◎（ウェスト）。

北上次郎《小説推理》

まさに典型的な「卑しい街を高貴な心で渡っていく」私立探偵の物語（デューイ）。

鎌田三平《ＥＱ》チェックリスト八五年三月号

「つらいときには、マーロウを想う」とまでおっしゃる……女流が訳したことに新味があり、服装の訳語などに神経がゆきとどいている（チャンドラー）。

《マリ・クレール》三月号

こういう異色作を発掘した編者の柔軟な姿勢には共感をおぼえる（バーグマン）。

権田萬治《読売新聞》一月二十一日

ハードボイルド・ミステリが真にハードボイルドでありえた時代を思いおこさせてくれる良質の作品。★★★★½（エヴァンス）。

三橋アキラ《本の雑誌》四十一号

妻と別れ、酒に溺れたわびしい私立探偵の見事な立ち直りを描いて、九十点（ミラー）。

《週刊文春》

本書は、六〇年代の作品ながら多分にスピレーン的で、台頭しだしていた内省的探偵とは趣きを異にしている（ブレット）。

各務三郎《EQ》チェックリスト八五年七月号

妙な私立探偵物とは思ったが、ブラッドベリの弟子とはね。もっと読みたい（ライアンズ）。

瀬戸川猛資《HMM》八五年九月号

いったん挫折したタフガイ探偵が、その現状を受容し再生していく姿は感動的（レイシイ）。

香山二三郎《HMM》八五年十月号

4《ブラック・マスク》の世界へ

この年の最後に、私は「ハードボイルドづくし」という短いエッセイを《文芸》十二月号に寄稿し、「レッテルやラベルではなく、ハードボイルド小説のハード・コアだけがたいせつなのだ。せんじつめればそれは、おのれの道をかたくなに守り通す男の意地である」と大見得を切った。それを支えてくれたのがこの〈ハードボイルド〉選書であり、クラムリーの『酔いどれの誇り』だった。

一九八五年

三月中旬から十日間、アメリカの西海岸取材。案内人は木村二郎。主要目的は幻のパルプ・マガジン《ブラック・マスク》関連の調査と収集だった。

この十日間の旅を、大げさに言えば私は三十年間待ちつづけた。アメリカの知らない町を歩いていると、路地裏に小さな本屋があり、中に足を踏みこむ。声をかけるが店の主人の姿は見えない。狭い通路の両側の棚には古いパルプ・マガジンが埃をかぶってうず高く積まれている。手をのばし、一冊とりだしてみる。黒い仮面とBlack Maskのロゴ……。鼓動が高なり、棚から次々にバックナンバーをとりだしはじめたところで、たいていは目が覚める。「探しものかね？」と奥から声がかかって目を覚ますこともあった。

「レポート3」に記したが、戦前《ブラック・マスク》を目にしていた日本人はわずかだが存在した。だが、戦火をまぬかれたバックナンバーがどれほどあったかはわからない。

この《ブラック・マスク》という雑誌の名前を私が初めて見かけたのは、高校入学の頃入手した乱歩の『随筆探偵小説』の中だったが、もう少し具体的な内容を知ったのは高校卒業後の二年間の浪人時代だったはずだ。日本版《EQMM》の創刊第三号（一九五六年九月号）に載ったジョン・D・マクドナルドの「悪者は俺に任せろ」というスピレイン調のタイトルがつけられた短篇の冒頭に、一ページ半の編集者ノートがあり、黒い仮面とロゴをイラストがわりにあしらった長文の解説記事が掲載されていたのだ。誌名そのものは日本版《EQMM》創刊号にも出てくるが、《ブラック・マスク》の歴代編集長名や主要作家とヒーロー名などがきちんと紹介されたのはそれが初めてだった。文末には（編集部）という署名があり、クイーンの名前はない。あとで確認したのだが、ジョン・D・マクドナルドの短篇を載せた本国版（五四年十一月号）のクイーンの編集者ノートは《ブラック・マスク》にはひとことも触れていなかった。日本版のこの記事を書いたのは編集長の都筑道夫だったにちがいない。

ただしこの記事には、《ブラック・マスク》の創刊者、H・L・メンケンの名前も、創刊の年号も記されていなかった。そんな基礎的なデータさえまだ伝わっていなかったのだろうか。

たぶんそうだったのだろう。それを裏づける例証の一つが、「レポート2」に記した本国版《EQMM》の五三年五月号の記事である。ここでクイーンは廃刊になった《ブラック・マスク》の権利をロゴもふくめて《EQMM》が取得し、吸収合併したことを誇らしげに読者に報告した。しかしこの記事には、創刊者のことも創刊年（一九二〇年）や終刊年（一九五一年）のことも記されていない。しかもこのクイーンの合併宣言そのものも日本版には翻訳されなかった。これを巻頭に配して再録したハメットの短篇がすでに《宝石》で翻訳されていた「身代金」だったので、新訳を見合わせたためである。

日本版《EQMM》五六年九月号の都筑道夫による解説記事や《宝石》五六年十月号の解説（前出）のあと、私がふたたびこの誌名に接したのは、同誌の四代目編集長、ジョゼフ・T・ショーが編纂した《ブラック・マスク》アンソロジー *The Hard-Boiled Omnibus*（ハードボイルド・オムニバス）（「レポート2」の一九四六年の項参照）のポケット・ブック版を入手したときだった。一九五二年に刊行されたこのペイパーバックを私が入手したのは一九五九年後半だった。ここにおさめられていたチャンドラーの「猛犬」を《宝石》五五年八月号に訳載したのは妹尾アキ夫である。ほかには原本の入手経路が考え難いので、このアンソロジーから翻訳したことはほぼまちがいない。しかし、同書につけられていたショーの資料価値の高い序文はそのまま手つかずだった。

その序文をネタにして私が初めて《フェニックス》に小論を発表したのは六〇年の一月である。ところが、いま再確認したのだが、実際にはショーのこの序文にも創刊者と創刊年のことは記されていなかった。《ブラック・マスク》の沿革を、私はいつ、どこで知ったのだろう。

それがきゅうに気になりだしたので、文献を古い順にあたってみた。ヘイクラフトの『娯楽としての殺人』や『ミステリの美学』には出ていない。ということは後者に収録されているガードナーの行動派探偵小説についての四六年の評論にもでてこないということだ。少し時代が飛ぶが、クイーンの編集者ノートを集めた『クイーン談話室』（五七年刊）にも《ブラック・マスク》の沿革は記されていない。六二年刊のアメリカ文芸百科事典には《ブラック・マスク》の項は確かにあったが、創刊者の名はなく、しかも創刊は一九一九年と誤記されていた。

一九四二年以来何度も版を重ねたカーニッツ＆ヘイクラフト編の『二十世紀著作家辞典』のＨ・Ｌ・メンケンの項には《スマート・セット》の誌名は出てくるが《ブラック・マスク》の名前は七三年版にも記されていない。また、チャールズ・ボーモントが本国版《プレイボーイ》の六二年九月号に寄稿した「血まみれのパルプ・マガジン」（《ＥＱＭＭ》六四年五月号から三回分載）では《ブラック・マスク》はまったく言及されていなかった。翌年の六五年十二月号に私は「パルプ・マガジン盛衰史」という読物記事を書いたが、ここにも《ブラック・マスク》についてのくわしい記述はない。

その記事を読み返して気づいたのだが、この頃私は《ブラック・マスク》のバックナンバーにやっとめぐりあい、初めて手を触れ、ページを繰ったらしい。記事の中に、「三二年頃の《ブラック・マスク》誌などをみてみると」という記述があり、検閲と伏字のことに私は言及していたのだ。ぼんやりと思いだしたのだが、当時早川書房の編集部には〝三二年頃の〟《ブラック・マスク》のバックナンバーを五、六冊束ね、茶色っぽいクロス表紙でくるんだ合本があった。これが夢でないとしたら、私が初めて目にした《ブラック・マスク》はそれだったにちがいない。

その合本のバックナンバーの発行年月と巻号数から私はこの雑誌の創刊年月を割り出したのだろうか。

そろそろこのへんで種明かしをしよう。《ブラック・マスク》を創刊したのがジョージ・ジーン・ネイサンとヘンリー・L・メンケンの二人の文人だったことを(たぶん)初めて明らかにする文章を書いたのは、フランク・グルーバーである。六六年刊の短篇集の序文「パルプ小説の生命と時代」にそう記しているのだ(《HMM》六七年十二月号から三回分載。この記述は二回めにでてくる)。

だが、しかしそこには創刊年は記されていなかった。《ブラック・マスク》の創刊号は一九二〇年四月号だとグルーバーが(正しく)推定したのは、その序文を大幅にひきのばして、翌一九六七年に刊行した自伝 ***The Pulp Jungle***(パルプ・ジャングル)の中でのことだったのである。この本を入手したのがいつだったにせよ、《ブラック・マスク》の創刊年を私が知ったのはそのときだった。

これがことのあらましである。そして、あと一つひっかかっているのは、現在私の手元にある数十冊のバックナンバーの中で、入手時期も発行年も最も古い二冊を、いつ、どこで、入手したのかについての記憶や記録がまったく残っていないことだ。その二冊、一九二八年七月号と、チャンドラーの「″シラノ″の拳銃」が載っている″宝物″のような一九三六年一月号(本書の帯参照)を、私は一九八五年三月のウエストコースト取材のときに入手したのだろうか。

三月二十日から活動を開始し、三月三十日の帰国の途につくまでの十日間はまさに強行軍の一語に尽きる。まもなく五十歳になろうとしていたのによくぞこなしたものだ。取材に同行してもらったカメラマンのT氏は、高校時代の同期生でゴルフの達人(翌八六年のゴルフ・ツアーのことは前にも記した)。取材の合い間を縫って彼ともつき合わねばならなかった(ゴルフを四ラウンド)。ある日などは昼間の取材を終えたあと、作家のアーサー・ライアンズに会うために夕方からパーム・スプリングスへ出かけ、ハイランド通りの安モテルに戻ったのが午前二時。仮眠をとり、バーバンク飛行場から朝一番の便でラスヴェガスへ日帰りギャンブル・ツアーなんてこともあった。

この取材ではライアンズをふくめて、ウエストコーストに住む七人のハードボイルド系の作家たちと会ったが、サンタバーバラのマイクル・コリンズとはモテルの駐車場で立ち話と記念撮影のみ。一年ぶりの再会となったロジャー・L・サイモンとは帰国日の朝、これもちらっと会っただけで、新作『カリフォルニア・ロール』に登場するという怪しい日本人ポルノ作家、ミスター・ホタカについて問いつめるひまもなかった。サンフランシスコの北、マリン郡のサンアンセルモに住むジョー・ゴアズとは彼の自宅で会い、いくらかゆっくり話ができた。背は低いががっしりとした体軀のゴアズを、その後私は〝ビッグ・ジョー〟と呼ぶようになり、五つ年上の兄貴のつもりで親しくつきあうようになった。

彼らとの交わりもこの旅の大きな収穫だったが、最初に記したように主要な目的は《ブラック・マスク》取材だった。八五年から下準備にとりかかった『ブラック・マスクの世界』という全集のための資料収集が具体的な仕事だったのである。このときの旅の顚末はのちに《EQ》で報告したが、最大の目標であった《ブラック・マスク》創刊号との対面は成就しなかった。最もあてにしていたUCLAの資料図書館内にある特別収書部門にも、創刊号は保存されていなかったからだ。

不勉強、不注意のため気づくのがずっとあとになってしまったのだが、「《ブラック・マスク》の創刊号はUCLAにはない」という事実を、じつはフランク・グルーバーがとっくに前出の自伝の百二十七ページに記していた。「だが彼らは、ボロボロになってくずれかけている創刊第二号は保存していた。一九二〇年五月号だった。ということは、創刊号は同年四月号ということになる」と明記されていたのである。えらいぞ、フランク！

《ブラック・マスク》の創刊号は、ミステリ作家であり、伝記作家（ジョン・ヒューストンやスティーヴ・マックイーンの小評伝とハメット伝の大仕事）であり、パルプ研究家でもあるウィリアム・F・ノーランも持っていなかった。重複していたバックナンバーを木村二郎が数冊プレゼントすると大喜びしたくらいだから、当時のパルプの収集量は、あとでサンフランシスコの近くで会ったビル・プロンジーニにとても及ばなかった。が、二人とも創刊号は見たこともないと言った。サンタバーバラで自宅まで訪ねて行って会ったヘヴィ・スモーカーのヴェテラン作家、ビル・ゴールトには彼の短篇が載っているバックナンバーを土産がわりに進呈。自分の作品の掲載号さえ持っていないのだから、創刊号など所持しているはずがない。

ポケットマネーのことなのか、全集の版元（国書刊行会）が資料費を計上してくれたのか、私には《ブラック・マスク》のバックナンバーを購入するための六百ドルの予算があった、とメモに記されている。広告を見て、店を探し当てたスタジオ・シティの〈アメコミ・ブック・カンパニー〉で、その六百ドルの一部を投じ、何冊か入手。三〇年代のバックナンバーでもわずか二十ドルで購入できたが、コレクターが漁りつくした後なので、ハメットやチャンドラーの掲載号はみあたらなかった。私の〝宝物〟はこの店で入手したものではなかったと思う。ただし、五一年七月号（最終号）は四ドル五十セントで広告に載っているので、この店で買ったのかもしれない。

創刊号は表紙さえ見ることができなかったが、中身のほうはコピーを入手することができた。ノーランに教えてもらったサンフランシスコに住むビル・ブラックビアドという謎のパルプ収集家のおかげである。《ＥＱ》の記事を引用しよう。

遠路八百キロ、ユーロア通りの昼なお暗き地下の書庫で会ったブラックビアドは人当りのいい、おしゃべり好きなおじさんだった。黒い顎ひげはない。（中略）もちろん彼も創刊号は持っていなかった。だが代わりに、希望する号のコピーを一部十ドルの実費でわけてくれた〔表紙のカラー・コピーは一枚一ドル〕。（中略）あつめた《ブラック・マスク》の表紙をはずし、本文はコピー用原本として全部ばらしてしまったという。営利を目的にしてはいないそうだが、やはり奇人の部類にはいりそうな人物だ。

いま思うとこのときの取材の最大の収穫は全三百四十号の三分の二にあたる表紙のカラー・コピーと、ハメットの『赤い収穫』『マルタの鷹』の二作の連載掲載号のコピーをすべて入手できたことだった。これが、その後の私のハメット研究の重要な基礎資料になってくれたのである。

LA取材に出かけた三月には『小鷹信光・ミステリー読本』が講談社から出ていた。巻末の初出一覧を見ると、大半が八〇年代初めに新聞、雑誌などに発表したり、単行本につけたあとがきや解説で占められている。新聞は、《読売新聞》《赤旗》《公明新聞》、雑誌は《Street》《Big Success》《イングリッシュ・ジャーナル》《HMM》《EQ》の「ミステリー・ジョッキー」、《週刊小説》《スコラ》《文芸》《歴史読本》《流行通信》《女性セブン》《問題小説》《週刊文春》など。巻末の「私立探偵に託した男の夢とは?」というインタヴュー（聞き手は佐藤洋潤）は《男子専科》だった。郵便貯金振興会のパンフレット《You‐ゆう》なんてのもまじっている。口がかかればどこにでもホイホイと出かけていった姿がうかがわれて、情けない。

「ハードボイルド・ヒーローの新旧交代」などハードボイルド関連のエッセイや解説記事は同書の第一部にまとめられている。

四月。半分書き下し、語り下しの『翻訳という仕事』刊（プレジデント社、担当天野恵二郎）。このあと同書の改訂・増補版がジャパンタイムズから刊行され（九一年）、のちにちくま文庫に収められた。

この同じ月に、野崎六助の『獣たちに故郷はいらない』が田畑書店から刊行された。『幻視するバリケード――復員文学論』につぐデビュー第二作で、あとがきには未完の『北米探偵小説再論』をすでに千百枚まで書きあげたがまだ完成のめどがたっていないというようなことが記されている。この未完の大著は九一年に『北米探偵小説論』（青豹書房）としていったん実を結び、そのあと「アメリカの運命を描ききる最高最大のミステリ論全三千枚」の増補決定版（発行・インスクリプト、発売・河出書房新社、一九九八年刊）に変身した。空前絶後の一書である。

じつを言うと、私は『獣たちに故郷はいらない』を刊行当時見すごしてしまった。実際に手にとったのは増補決定版刊行時の前後だった。うかつだったと思う。ネオ・ハードボイルドを題材にとった第一章「白人種馬男《ホワイト・マッチョ》の考古学《アーケオロジー》」はきわめて示唆的な現代ハードボイルド考であるし、第四章、第五章は、性根のすわった大藪春彦論である。

野崎六助は、事実上の長篇第一作と見なしうる『血の罠』（五九年作）をまずとりあげ、「大藪の傑出は明白であり、他の和製ハードボイルド作家が、一九六〇年代にやっとその輸入バーゲンセール的な頭角を現わしてきたことに比して、彼は、五〇年代後半の北米ハードボイルド小説の傾向と同等あるいはそれ以上のレベルにいた」と断言した。「二度と、大藪は、チャンドラーの文学的センチメンタリズムには、近付かなかった」という記述があり、『血の罠』は、「ハメットの『赤い収穫』を原型とする一つのヴァリエーションとして、同種の傑作であるウェストレイクの『殺し合い』に数年、先行していたわけだし、その殺戮の徹底したすさまじさにおいて、すでに、どのような比較の作品も見当らなかった」という指摘からはじまる〝暴力論〟へとつながってゆく。

七月。研究社出版から『アメリカ語を愛した男たち』刊。《翻訳の世界》に連載した「これがアメリカ語だ！」をまとめたもの。「アメリカ語探検日記」の副題をつけ、ハードボイルドの語源探索の初旅（「レポート1」と「3」参照）についてくわしく記した。この本もちくま文庫に収められた。

書店に並んだのはこの本に一足遅れたが、〈アメリカン・ハードボイルド〉選書の最終配本として私の『マルタの鷹』がついに世に出た。そのことへの素直な喜びの気持ちは胸の奥に秘めたまま、私は同書のあとがきに、「みわたしてみれば、ハメットのように書くことができる物書きはひとりもいない。模倣し、分析し、論評し、我田引水の評論を仕立て上げる者は多いが、だれもハメットのようには書けない。ハメットはハメットであり、偉大なオリジナルであるからだ。だれもハメットを真に真似ることはできない。これは最大の讃辞である」と記した。ここにはじっくりと原文を読み終え、翻訳作業を完了させたあとの私自身の心の昂ぶりがあらわにさらされている。

九月。ジョー・ゴアズ『ハメット』刊。訳者、稲葉明雄は「小説そのものにも楽屋落ちに類する部分が多々あって、ハメット・ファンにとっては楽しい構成になっている」と述べ、それ以上の評価や感想は記さなかった。同書（文庫版）の表紙には当然、映画『ハメット』のフレデリック・フォレストのトレンチ・コート姿があしらわれた。

この月の二日付の《読売新聞》書評欄で、私はクラムリーの『ダンシング・ベア』（大久保寛訳）をとりあげ、「四十七歳になったミロが、コカインをやりながら破天荒に北国であばれまわる本編には、絶望的なまでの陽気さがあり、一人の探偵ヒーローの狂躁の人生が浮かびあがってくる。（中略）背景にあるアメリカ社会そのものを映しだしているようだ」と評した。

十一月四日付のマイクル・Z・リューインの『沈黙のセールスマン』評では、「（娘への）処世訓が説教にならないのは、父親であるヒーローに男として、探偵としての信念とプライドがあるからだ」と指摘した。

十二月。原作の翻訳のあとを追って映画『ハメット』公開。ハメット・マニアを喜ばせる小道具がいろいろ配されたいい感じの作品だった。「ハードボイルド・ミステリーの典型的なお膳立て」と評した双葉十三郎は「彼〔ヴィム・ヴェンダース〕も〔『チャイナタウン』の〕ロマン・ポランスキーその他のヨーロッパ監督と同じく、アメリカのハードボイルド派に憧れを持っていたことがわかる」と指摘した。この年はグレゴリー・マクドナルド原作の『フレッチ 殺人方程式』も公開されたが、こっちのほうは「ハードボイルド私立探偵もどきなのが気に入った」と評している。

一九八六年

八二年に刊行されたE・R・ヘイグマン編の貴重な《ブラック・マスク・インデックス》〈著者別総索引〉を翻訳工房の仲間たちとの共同作業で、手造りの《ブラック・マスク》総目次に変身させた。インデックスから数千枚の短冊をつくり、創刊号から順に並べ替えていったのである。

四月。この総目次と著者別索引とを基礎資料にして、前年後半から入念な編集、翻訳作業を開始していた『ブラック・マスクの世界』の第一巻刊行。このあと順次、第五巻（十一月刊）まで刊行をつづけた。第一巻に付した私の巻頭言には、「《ブラック・マスク》は、アメリカン・ハードボイルド揺籃期に数多くのタフガイ・ライターを育て、旧態然たるミステリー・ジャンルに強烈な衝撃をあたえたパルプ・マガジンだった。アメリカ固有のハードボイルド・ミステリーの世界を開拓し、種を播き、血の収穫を実らせたパイオニアだった」とあり、この『ブラック・マスクの世界』のシリーズを、「忘れられた栄光のブラック・マスク・ヒーローたちに捧げよう」と結ばれていた。

「コトの起こりはこうだ」という宣伝用のチラシの結文は「この雑誌を読んで育った次代の新しい作家たちが、暗黙のうちにその伝統を受け継いでいる……ノスタルジアを超え、新たな《ブラック・マスク》の時代を築きあげようとしている」だった。

この全集の各巻には「ブラック・マスクの栄光」（第三巻）、「忘れられたヒーローたち」（第四巻）、「異色作品集」（第五巻。西部小説、怪奇小説、スパイ小説も収録）などの特集題名をつけ、それぞれ十篇前後の短篇を収録。ほかに、ポール・ケインの『裏切りの街』（村田勝彦訳）の連載、海外ハードボイルド系作家インタヴュー（前年春に取材したノーラン、プロンジーニ、ゴアズ、ゴールト）、および解説と口絵（カラー四ページ、モノクロ八ページ）などをにぎやかに盛りつけた。これほど豪華な《ブラック・マスク》アンソロジーはもちろん世界中を探しても類はない。

五月。『ハードボイルドの雑学』刊。〈アメリカン・ハードボイルド〉選書の巻末に連載したハードボイルド雑学事典を収録。

七月。《読売新聞》に次の書評を寄稿。

「文章は簡潔なハードボイルド調でプロットはミステリー仕立てになっているが……リアルで、しかもファンタスティックな〝ブラッドベリ・ワールド〟が繰りひろげられている。（中略）分身であるナイーブな青年の姿を暖かく追想しながら、〝これが私のハードボイルドだよ〟と皮肉っぽく語りかけてくる……」

レイ・ブラッドベリ『死ぬときはひとりぼっち』（小笠原豊樹訳）

八月。七月三十一日から八月十二日まで、一九八六年の大行事「ミステリー展」が池袋東武百貨店で開催された。総合プロデューサーは各務三郎。いつもご苦労なまとめ役にされてしまうのは人徳のしからしむるところだろう。私はハードボイルド部門の担当部長、木村二郎は資料購入・渉外部長役だった。

予算と会場スペースの奪い合いで本格派対ハードボイルド派の綱引きが熱を帯びたが勝負は伯仲した。外国からのゲストは、本格派がP・D・ジェイムズ、ハードボイルド派がジョー・ゴアズ。

私が担当した展示は、『ブラック・マスクの世界』の口絵でも活躍してくれた二百数十枚の表紙を総出演させた〈ブラック・マスク六面屛風〉、ペイパーバックの〝お宝本〟を八十冊ずつおさめた二十五面のパネル（トンネルや仕切りの壁として利用）、『マルタの鷹』のサンフランシスコの立体模型（名物のケイブルカーも運行させる予定だったのだが……）などだった。

あまりの過重労働のため、深夜帰路についた私は二度居眠り運転で所沢ICの出口を通り過ぎ、三度めは料金所に並んでいた標識コーンをなぎ倒してしまった。物音におどろいて「大丈夫か？」と飛びだしてきた料金所のおじさんが心配したのは私でも車でもなく散乱したコーンのほうだった。

大騒ぎの当事者たちはそれなりに楽しんだ行事だったが、「催事評論家」の採点は辛かった（《毎日新聞》八月九日）。「入場料七百円、見学所要時間十五分。大学の文化祭でお目にかかるミステリー研究会の展示場に毛の生えた程度……名作の舞台となった土地や街の地図・模型の労作も展示されているが、しょせん小説は頭で読むもの……ミステリーを見世物に仕立てようというのなら……むしろ子供だましの趣向がほしかった。（中略）和製ミステリーの展示が皆無というのはご立派。あれはミステリーではない、とおっしゃりたいらしい」

《ブラック・マスク》の表紙と二千冊のペイパーバックの見学所要時間は各三十秒といったところだったのだろう。

催事としては大赤字となり、内輪で展示物の競売会が開かれ、私は〝報酬〟の未決済分を上乗せして、ハメットとチャンドラーの初版本六冊を〝強奪〟した。危うく事故死しかけた〝恐怖の報酬〟である。

十一月。ローレンス・ブロック原作の映画『800万の死にざま』公開。ジェフ・ブリッジスがマット・スカダーに扮したが「ハードボイルド・タッチを避けて情緒的に運ぼうとしている」ということで、双葉十三郎評は辛かった。

5　ハメット漬け

一九八七年

「ミステリ・オン・ザ・ロード」と題して久しぶりに《HMM》で連載開始（一月号から二十回）。テーマはウエストコーストを車で走りまわるミステリ・ドライヴ紀行。「パシフィック・ポイント」や「サンタ・バーバラ」などロス・マクドナルドのリュウ・アーチャー・シリーズのロケーション探しの話が多かった。コースト1完走記もある。

三月。コーエン兄弟の『ブラッドシンプル』公開。ハメットゆかりの作品ということで試写会にひっぱりだされ、「〝映画は一人称多視点〟と断定するときの〝一人称〟は、たとえば一人称で語られることが多いハードボイルド・ミステリーの探偵ヒーローの〝一人称〟とは大いに異なっている。映画の一人称はカメラ・アイ、すなわち映画監督の視点である」などとプログラムに書いた。双葉評は「ケインのハードボイルド小説を連想させる」。

この年は春から夏にかけて、ジョン・ウーの香港映画『男たちの挽歌』（「日本のやくざ映画よりはるかにハードボイルド・タッチ」、双葉評)、リチャード・ギアがシカゴの刑事に扮し、キム・ベイシンガーとからむ『ノー・マーシイ 非情の愛』、マックイーンの『拳銃無宿』の主人公ジョッシュの曾孫にあたるという現代の賞金稼ぎ(ルトガー・ハウアー)が登場する『WANTED ウォンテッド』、チェイス原作のフランス映画『蘭の肉体』などが公開され、双葉評はすべて十八番の「ハードボイルド・タッチ」で通していた。その他六月には、「ハードボイルド」評はなかったがメル・ギブソンの『リーサル・ウェポン』のパート1とミッキー・ロークの『エンゼル・ハート』。こっちは「久しぶりにハードボイルド私立探偵ミステリー」とあった。エルモア・レナード原作の『デス・ポイント 非情の罠』も公開されたが未見。

五月。『ブラック・マスクの世界』別巻刊。ハメットの中篇「血の報酬」と他二篇の新訳を収録。評論、資料(作家総リストなど)、第五巻と別巻には各務三郎との対談も分載した。「ハードボイルドを真に継承したのは日本人である!」と謳い、二人ともかなり好き勝手な発言をしているが、おもしろかったのは彼がハードボイルド小説をハーレクイン・ロマンスと対比させて語った部分である。

ヴェトナム戦争以降、内省的な男のほうがよりリアルだというような捉え方をされて……小説の作り方としては、ハーレクイン・ロマンスと似てきている。(中略)しかもそれが受けるというのは、(ロバート・B・)パーカーにとっちゃいいことだろうけど、ハードボイルド、あるいは私立探偵の分野としてはえらく退行していると思う。

私は前年のミステリー展とこの『ブラック・マスクの世界』の仕事でくたびれたので、しばらく充電期間をとりたい、という発言をした。

六月。休養もかねて六月中旬すぎから約七週間、ウエストコーストでのんびり過ごした。小さな町に一週間以上滞在したのは初めて。この月にリチャード・スタークの『悪党パーカー／標的はイーグル』（木村二郎訳）が刊行され、シリーズ第一期全十六作がすべて翻訳された。《ユリイカ》六月号に「ハードボイルドの復活」を寄稿。総論、小史、および新しい時代の展望。アメリカでも復活の兆しあり、と書いた。

七月。ジョー・ゴアズ『裏切りの朝』刊。彼のDKAファイル・シリーズの短篇はいくつか訳していたが、長篇は初めて。根はロマンティストということがよくわかった。

十月。ダイアン・ジョンスン著の『ダシール・ハメットの生涯』刊。《HMM》にさわりの部分を連載で紹介したのが八三年末からだったので、四年がかりの翻訳作業だった。

多くの読者が待ち望んでいたのだろう。反響は非常にすばやく、あちこちから伝わってきた。

私の目にとまっただけでも書評の数は十八本。ぜんぶはくわしく紹介しきれないので、順にさわりだけひろっていこう。

推理小説の……一つに、ハード・ボイルドというのがあって、今やもっとも隆盛を誇っている。その創始者として広く知られている……ダシール・ハメット……の伝記である。（中略）劇作家リリアン・ヘルマンとの長い暖かい交情も、晩年のマッカーシズムによる受難も、書けない有名作家というアイロニーの前では色あせて見える。波瀾はすべて彼自身の内にあった。（中略）翻訳は周到で明晰。書誌や索引が完備しているのもよい。

《読売新聞》十一月二十三日

ハメット・ファンの座右の書。

（仁）《週刊朝日》十一月十五日号

ハメットの知られざる側面に光を当てた見事な評伝。

権田萬治《日本経済新聞》十二月六日

桁はずれの破滅型人間を描き切っている。

（敏）《週刊東洋経済》十一月二十八日号

綿密な註釈がつき、訳文もこなれて読みやすい。
仁賀克雄　共同通信

集団ヒステリアに屈せず「人間として自分の言葉を守った」ハメットと後半生を共にした、ヘルマンの弔辞が感動的だ。

山本武《朝日新聞》十二月七日

人の真価を証明するのは成功の後の長い空白の歳月、と著者は述べている。「空白」は埋められたといえる。翻訳も読みやすく、好著。

千束一彦《朝日ジャーナル》十二月十八日号

人間ハメットがそこにいる。静かな感動の書。（中略）巻末の著作リストや索引の丁寧な編集ぶりにとても好感を持った。

（良）《本の雑誌》六二年十二月号

ハードボイルド……を熱狂的に愛読する男どもが……教祖さまのように崇め奉り続けているのがダシール・ハメット（中略）ぶ厚い伝記がようやく出版されてとても嬉しい。

《エル・ジャポン》十二月二十日号

いきなり研究書研究書したものが出るよりよかった。（中略）いまだ、その作品の大半を古色蒼然たる翻訳で読まなければならない僕たちにとっては。

西夜朗《ＨＭＭ》八八年一月号

現実のハメットは……酒に溺れ、家庭を省みることもせず、女好きのせいで淋病に悩まされていた結核病患者であった。（中略）私人ハメットの一生を刻明に描きだした労作の伝記。

各務三郎《マリ・クレール》八八年二月号

本書の締めくくりに引用されている……「先日世を去ったダシール・ハメットは、世にも稀な存在——大地を揺ぶる、ホンモノだった。（中略）リアリズム、力強さ、精力、冷酷さ、乱行、不品行、男っぽさ、ハードボイルド。これらの言葉は、いろいろな場面でハメットに冠せられてきた。だが、ホンモノという言葉のほうが彼にふさわしい」／この文章こそ、孤独な誇り高きハメットへの著者の讃歌であり、レクイエムだったのではあるまいか。

川成洋《正論》八八年三月号

このほかにも小さな書評や紹介文が《週刊プレイボーイ》《週刊新潮》《家庭画報》《Tokuma Burg》《ＥＱ》に載った。この書評の数と多分野への広がりはハメットへのただならぬ関心を示している。

八七年秋、片岡義男と対談。「カリフォルニアの旅と私立探偵」（《ＨＭＭ》十一月号）。

一九八八年

ハメット関連書を四冊刊行。ハメット漬けはピークにさしかかっていた。

二月。中短篇集『ブラッド・マネー』刊。「血の報酬」と処女短篇をふくむ非シリーズものの初期短篇六篇を収録。

五月。ハードボイルド・エッセイ&評論集『サム・スペードに乾杯』刊。《EQ》の書評で菊池道子が私自身について触れ、「八六年夏のミステリー展の裏方としてお会いしただけなのだが、関係者初顔合わせのとき、氏ひとりがイラスト入りの綿密な計画書を提出されたのに感動した」と書いてくれた。そうか、そうだったのか！

この月、チャンドラーの『さらば愛しき女よ』の初映画化作品（四五年作）が『ブロンドの殺人者』の邦題名で劇場公開。「ハードボイルド的なムードをよく出し、前半がとくに好調」（双葉評）。ほかにも『殺しのイリュージョン』『ザ・コップ』に「ハードボイルド評」があったが、デ・ニーロが警官くずれの賞金稼ぎに扮し、獲物をひき立ててアメリカを横断する痛快な『ミッドナイト・ラン』の評には「ハードボイルド」はなく、『ロジャー・ラビット』には「ロス・マクドナルドの私立探偵ミステリーのパロディ」という表現が使われていた。

六月。私の『マルタの鷹』がついにハヤカワ文庫におさめられた。これをきっかけに、毎年一作ずつハメットの作品を新たに翻訳する約束をした。全作まとめて、ハメットの新訳を読者に読んでもらおうという計画を果たして私は完遂できるのだろうか。

『マルタの鷹』がハヤカワ文庫に入ったことを祝って、ある書評が《産経新聞》に載った。

……いままた、ハメットの人気は過熱ぎみだ［と］訳者の小鷹信光さんは書いている。（中略）『マルタの鷹』はそんなハメットのミステリーのなかでも、とくべつに代表作あつかいなのに……なぜか、長いあいだ〔新しい〕翻訳がなかった。／それをこんど、小鷹信光さんが訳した。（中略）小鷹さんはハメットの研究家であり、なによりもミステリーが好きでたまらないひとだ。（中略）おそらく二十年ぐらいまえから、自分で翻訳しようとおもっていたのではないか。惚れこんだ作品の翻訳で、よろこばしいことだとおもう……小鷹信光さんは酒を飲まないから信用できる。

ありがとう、コミさん（田中小実昌、二〇〇〇年没）。

この月の末から八月にかけてふたたび長期間アメリカに滞在し、『赤い収穫』の舞台となったモンタナ州ビュートまで足をのばした。

九月。生誕百年を記念して『レイモンド・チャンドラー読本』刊。大昔に書いたチャンドラーの訃報についてのエッセイが再録されただけで、私はこの読本にほとんどかかわらなかったが、十月にはチャンドラーのオリジナル脚本『ブルー・ダリア』を出した。

そして、十月。二冊めのハメット評伝であるウィリアム・F・ノーラン著の『ダシール・ハメット伝』刊。めずらしいものもふくめて原著には三十葉近い写真が入っていたが、手持ちの材料や自分で撮影したものなども大幅に補った。この本にも十数本の書評が寄せられ、ハメット人気の高まりが感じられた。以下、例によって、さわりのみ。

ハメットの著作活動に関する基礎的な役目を果たす書誌学的な記述もこの本に魅力をそえている。

山下武《世界日報》十二月五日

最も現代的な「伝記」。

田村隆一《産経新聞》十二月八日

ハメットの人と作品に対する著者の愛情があふれた好著である。

権田萬治《週刊文春》十二月十五日号

アルコールと肺患に肉体と精神を消耗しつくした晩年、死に至るまで小説を書こうと努力していた作家魂のすさまじさにも胸打たれる。

高柳芳夫《中央公論》八九年一月号

「チャンドラーの方が好きだけど、ノーランや小鷹氏の何分の一かはハメットにも思い入れのあるハードボイルド・ファン」の僕としてはノーラン版を取りたい。でも、コンマ以下の差だ。

西夜朗《HMM》八九年一月号

なぜハメットやチャンドラーの追随者が美しくないことが多いのかを示唆する要素もこの本にはある……

栗本慎一郎《朝日新聞》八九年一月三十日

ヘルマン経由でないハメットの魅力、神話や伝説に振り回されまいとしながらも愛着ゆえについ振り回されそうになったりするノーラン経由のハメットの魅力。

青山南《マリ・クレール》八九年三月号

ハメットの小説家へのあこがれなど、じつはどうでもよいことなのだ。

各務三郎《EQ》八九年三月号

十二月。ハメットがリリアン・ヘルマンと最晩年を過ごしたマーサズ・ヴィニャード島の〝隠れ家〟を訪ねる旅に出かけた。

一九八九年

十二月の冬のニューイングランド紀行が《翼の王国》二月号に載った（撮影・普後均）。ハメットとヘルマンの二人にとっての最後の夏（一九六〇年）の思い出がまだそのままのしみこんでいる閑静な別荘の写真が公開されたのはこれが最初だったかもしれない。

ところがこの無人の館の隣に、館の管理人のような男が住んでいた。ヘルマンより二まわり年下の作家、ピーター・フィーブルマンだ。彼女の死をみとったこの最後の愛人のことを私は「ダッシュの後釜に座った男」と題して、写真入りで《EQ》七月号に掲載した。

三月。《HMM》に四年連載した「ペイパーバックの旅」を『ペイパーバックの本棚から』という題名で刊行。巻末には八六年夏のミステリー展の顚末をおさめた。

五月。この月の下旬から七月上旬にかけて約七週間アメリカに滞在。初めてアリゾナの地を踏み、ユタ州との境、モニュメント・ヴァレーまでの長距離ドライヴを楽しんだ。サボテンとジョン・フォードの〝故郷〟を訪ねる旅だった。

九月。約束どおり、新訳した『赤い収穫』刊行。「ポイズンヴィルの夏」と題したあとがきに、八八年夏のモンタナ紀行（ジェイムズ・クラムリー未会見記をふくむ）のことを記した。

十一月。ウォルター・ヒル監督、ミッキー・ローク主演『ジョニー・ハンサム』公開。「ハードボイルド悪女が登場するのは久しぶり」（双葉評）。私はこの映画を最近たまたまヴィデオで観たが、映画の中で形成手術を受ける前のロークのメイクアップが、近作『シン・シティ』の野獣男そっくりなのでおかしかった。原作は『サブウェイ・パニック』と同じジョン・ゴーディ。

この年は『ダイ・ハード』のパート1や『D.O.A.』というサスペンス物もあった。「ハードボイルド・ミステリーらしい味」と双葉十三郎は『ぼくの採点表Ⅳ　1980年代』収録の映画評に記している。八〇年代の双葉評に「ハードボイルド」が用いられたのはぜんぶで十六作。これにはノワールの古典『過去を逃れて』（四七年作）とテレビのミニ・シリーズをまとめた『デイン家の呪い』（七八年作）の二本のヴィデオ版もふくまれている。

かくして、一九八〇年代は幕を降ろした。あとはゴールに向かってのんびりと駆けるだけだ。

第八章　ファイナル・ラウンド　一九九〇年代以降

『酔いどれの誇り』から『ファイナル・カントリー』まで、20年間に4作の翻訳を通じて親しんできたジェイムズ・クラムリーとついに宿願の対面が叶った。2004年9月27日、モンタナ州ミズーラにて（315ページ参照）。

1　東奔西走

ダシール・ハメットの二つの評伝と宿願の『マルタの鷹』『赤い収穫』の新訳のあと、九〇年代に入って『影なき男』『ガラスの鍵』、そして九四年に『コンチネンタル・オプの事件簿』をまとめ、私のハメット漬けの時代は終わった。「ハードボイルド」の布教者でも解説屋でもなく、ただ自分が積みあげてきたすべてのものをだしきって、正典と向きあうことができた十年だった。この本の中で何度か繰り返して記したように、真の翻訳作業を通じて原著と四つに組んだものにしか到達し得ない理解の深みというものが翻訳にはある。原文を具体的に日本語に置き替える作業そのものが作品論であり、作家論であり、文体論なのだ。

こむずかしい話はこれでおしまい。

ミステリとハードボイルドからいっとき離れて、一九九〇年以降の私の海外での旅の話から始めよう。

九〇年代に入って、私の海外旅行の頻度はきゅうに高くなった。九〇年代の十年間に五十四回、のべ九百十九日、海外に出かけている。二〇〇〇年以降はいくぶんペースがおちたが、それでもすでに二十六回、のべ三百三十三日に達する。

一九六五年の初旅から数えると、回数はまもなく百回、のべ千六百四十余日。〝東奔西走〟で言えば東の方角にあたるアメリカ合衆国へは合計八十三回、約四年間滞在したことになる。

では西の方角はどこか。東南アジアも中近東もヨーロッパ大陸も通り越して西端の小島、アイルランドがもっぱらの目的地だった。この島をとりまく海岸線にそって、荒れた砂地に展開するリンクスコースを仲間たちとめぐり歩くのが、毎年六月の恒例行事になったのだ。このリンクス・ツアーを一九九二年から連続十二年間つづけ、ついに私は〝ギヴアップ〟したが、一つ年上のゴルフの先輩、永井淳はそのあと数年ツアーをつづけ、記録をさらにのばした。

遅く始めたゴルフ（四十五歳から）だったので、それだけ熱中したのだろうが、腕前が上達するより先に、私はこの世界でも物を書くようになっていた。知れば知るほど、興味深いエピソードを秘めたゲームだということがわかってきた。だが、その伝統や〝ゴルフ文化〟が日本には充分に伝わっていないこともすぐに気づいた。

さいわいなことに私の身近に、個人としては世界有数のゴルフ資料館をもつ人物がいた。日本ゴルフ協会に勤務していた藤岡三樹臣である。北園高校の同期生だった彼の厚意で、私は無数とも言える彼の蔵書に目を通させてもらう機会にめぐまれた。生来の収集癖が頭をもたげ、自分でも資料を集め始めた。

技術論は書かない（書けない！）、未紹介の外国ネタのみを利用する、実地調査を旨とする。この三本柱を掲げて、私はゴルフ関連記事にとり組んだ。本格的に勉強を始めて三年後には、業界でゴルフ・ライターのような顔をしはじめ、〝ゴルフ放浪記〟と題して、各地のゴルフコースやそこで触れ合ったゴルファーの話をゴルフ雑誌に連載させてもらったりした。

かつて、ベン・ホーガンをプレイオフで破り、全米オープン・チャンピオンとなった老ゴルファー

(ジャック・フレック)を訪ねて、アーカンソー州の奥地まで足を運んだこともある。彼は手造りのコースを案内してくれた。今にして思えば、そのとき私は元全米オープン・チャンピオンと一緒にプレイをしたのだ!

アイルランド(ときにはスコットランドもかけもちで)のリンクスコースだけでなく、私はアメリカ各地のゴルフコースやゴルフリゾートの記事も書きまくった。たいていがカメラマンと二人きりの貧乏取材旅行だったが、それが私の性分に合っていた。

話は少しさかのぼるが、一九九〇年の二度めのアリゾナへの旅で、私は大きな買物をした。プライベート・コース内の分譲地を後先も考えずに買ってしまったのだ(バブルのさなか、日本のゴルフ会員権は最高値に達し、私が準備した資金では、中の下のコースさえ買えなかった)。その資金を私はアリゾナの砂漠の千坪の土地に投じたのである。こうなると、もうとまらない。翌年には、その土地にささやかな(プールつきの!)家まで建ててしまった(これでもまだ日本では中の上の会員権しか買えなかった。もしそっちに使っていたら、いまは紙きれ同然になっていただろう)。

にわかゴルフ・ライターの時代は約六年つづき、『気分はいつもシングル』というゴルフ・エッセイ集をまとめたり、ゴルフ・ミステリを翻訳したり、はてはゴルフ週刊誌に連載するゴルフ劇画の原案を書いたりもした。それがすべての資金源だったとは言わないが、アリゾナの別荘の維持費や年に五、六回の海外ツアーの資金の多くの部分をまかなってくれたのが、この〝ゴルフ・ライター〟としての稼ぎだった。

結局、このアリゾナの別荘は、リンクス・ツアー同様、二〇〇三年に〝ギヴアップ〟したが、十二年間、無上の夢を与えてくれた思い出は生涯忘れないだろう。私が引退をして、アリゾナで悠々自適の別荘暮らしをしているという噂が立っていたようだが、実際は維持費がまかないきれなくなって退却を余儀なくされたのである。

だがその十二年間、アリゾナの別荘はゴルフだけでなく、私のすべてのアメリカの旅の前進基地になってくれた。これがなかったら、これほどひんぱんに通うことは不可能だったろう。

アリゾナに土地を買った九〇年には、ゴルフぬきでテキサス州を一周した。九二年はウィスコンシン州、九三年はオレゴン・コーストとコロラド・ロッキー、九四年は北西部のワシントン、アイダホやユタ、コロラド、九五年は《翼の王国》の取材でアメリカの東のどんづまりメイン州へ、カメラマンの富山治夫と一緒に出かけた。

九六年はやはり《翼の王国》の特集のためにルート66の二分の一を取材。カメラマンは長浜治だった。九七年はマイアミから、最南端キー・ウエストへ。カメラマンは小尾淳介。ヘミングウェイゆかりの小島への海上ハイウェイをついに完走した。これらの長期ツアーのときは、アリゾナの家が基地として役立ってくれた。


一九九七年の独立記念日（七月四日）、私の別荘から北に三時間ほどのところにあるキングマンという小さな町で、日本人強制収容所で生まれたベトナム帰りの五十三歳の日系人がスーパーマーケットや給油所でライフルを乱射し、二人を射殺、三人に重軽傷を負わせる事件が発生した。ルート66上にあり、通過する町の名を歌いこんだ有名な曲にもでてくる古い町で、それまでに何度か訪ねたことがあった。

年の暮にこの事件のことを知った私は、依頼人もスポンサーもなしに調査・取材活動を開始した。

「これがおれの事件だ」と、内心粋がっていたのだと思う。それが結果的には、それから八年間つづく長い、無報酬の取材活動の端緒だった。

二〇〇〇年に刊行した私の『新・探偵物語』にちらっと出てくるが、ほかにはどこにもこの事件に関する記事は発表していない。十回の取材旅行に無報酬で参加してくれたカメラマン、宮内一徳が二〇〇三年に急死後、弔い合戦のつもりで〈フリー映像〉の佐々木敬三と共にまとめた九十分のドキュメンタリー映画も、ごく身近の二百人ほどの人たちに観てもらったあと、一般公開は考えなかった。先輩の井家上隆幸（私の三一新書のデビュー作『アメリカ暗黒史』の編集者）が《HMM》に連載中の「冒険小説の地下茎」第七十六回（二〇〇六年八月号）に、次のようなコメントを記しているので引用させていただく。

わたしは、昨年見る機会があった、小鷹信光製作・監督のドキュメンタリー映画「檻を逃れて ある日系アメリカ人の53年の生涯」を思い出す……知的で快活な日系二世がなぜ殺人者に変貌したのか。小鷹信光は、ニシ〔警察に包囲されて自殺した加害者〕の生涯を追ってアメリカ大陸はもちろんのこと、ニシが戦ったベトナムの戦場にまで旅して、彼を知るさまざまな人々をインタヴューする。（中略）彼もまた……「栄光なき凱旋」をした兵士であり、悪夢との終わりなき戦いに敗れたのだ。

残酷シーンの処理や被害者周辺のプライヴァシー問題にきちんと対処するにはたいそうな手間がかかりそうだから、というのが非公開の理由だが、観てもらいたかった友人、知己にはあらかた観てもらったので、封印したことに悔いはない。

井家上隆幸のほかにも、このドキュメンタリー映画を大きくとりあげてくれた同志がいる。なんとも官能的な一書『渋く、薄汚れ。——ノワール・ジャンルの快楽』を二〇〇六年の五月に出した滝本誠である（口絵の『復讐は俺に任せろ』の宣伝用スティルにはニヤリとさせられたよ、滝本さん）。

初めてといっていいのではないか、これほど一堂に会したミステリ業界のお歴々と遭遇することになったのは！（中略）ニシ……が起こしたこの事件がなぜ日本では一行も報道されなかったか？に小鷹氏は疑問を持ち現地で取材を続ける。なぜ、この事件にかくも小鷹氏が？

滝本誠《TV Bros.》〇五年八月二十日号

ニシの一家が移送された反抗的日系人用の強制収容所跡、ニシが通っていた南部の黒人カレッジ、ニシが所属していた第百七十三空挺旅団の戦友会にも私は足を向けた。しかし、それ以上つづけても出口のない迷路にさまよいこむだけだと思い切り、二〇〇〇年のベトナムを最後に私はこの事件の取材に終止符を打った。

そのあともアメリカ国内での東奔西走はつづいた。二〇〇〇年のユタへの長距離ドライヴ、二〇〇一年は春にオレゴン、ネヴァダ取材、そして九月はアリゾナ。このアリゾナ・ツアーから帰国して四日後にあの「9・11」が起こった。衝撃の映像をリアル・タイムで目撃したとき、私はいかなる機会があろうとも、この映像を二度と見るのはやめようと決意し、いまも実行している。脳に封印することで、〝記憶の風化〟を阻止せねばならないと考えたのだ。

《HMM》には九〇年代の初めに、『赤い収穫』の舞台であるポイズンヴィルを再現する「ミステリの地理学」を二十回にわたって連載したが、これは紀行文ではなく『赤い収穫』の変形作品論だった。九〇年代に七十回近くアメリカを旅したが、それをミステリに直接活かしたのは、前述した『新・探偵物語』と、その続篇『国境のコヨーテ』だけである。連続テレビ・ドラマとタイアップして刊行した初期二作の『探偵物語』から二十年後に、私はアメリカに渡って無為の人生を送っていたかつてのヒーロー工藤俊作を小説の中で甦らせようと試みたのである。ただし、彼の行動範囲は、私が掌のように熟知しているカリフォルニア南部と死の谷、ネヴァダのラスヴェガス周辺、そしてアリゾナ全域にかぎられていた。だがもちろん、馴れ親しんでいる土地にひそかに〝架空の地〟をすべりこませて楽しむことも少しはやれるようになった。

正篇があって『赤き馬の使者』、また正篇があって『国境のコヨーテ』、この二度の正続、計四作で私の『探偵物語』は完結した。

「９・11」のあとも私のアメリカ・ドライヴの旅はつづいている。〇二年はサウス・カロライナ（これはゴルフ）、〇三年はシカゴからＬＡまでルート66完走、二十日かけて五千六百キロ、〇四年はモンタナをふくむ北西部ツアー、十四日四千キロ、〇五年は南北ダコタを中心にした大平原ツアー、十八日四千キロ。ラシュモア山に彫られた四人の大統領の顔やその近くの巨大な岩山を削り、百年後に完成するというクレイジー・ホース像も確と検分してきた。そして、二〇〇四年の北西部ツアーで、私はついにジェイムズ・クラムリーと会うことができた。彼の町、モンタナ州ミズーラで、昼下りの二時間を二人っきりで過ごしただけの短い触れ合いだったが、十六年ぶりに思いが叶ったのである。

２　クラムリーとの二十年

一九八四年に『酔いどれの誇り』が刊行され、そのあと一九八八年にモンタナ州ビュートを訪れたとき、私はクラムリーに会おうと八方手をつくした。その顛末は前にも書いたように『赤い収穫』のあとがき「ポイズンヴィルの夏」に記した（このエッセイはのちに小森収編『ベスト・ミステリ論18』、宝島社新書、二〇〇〇年刊に収録された）。もう二度とチャンスはないかもしれないと考えて、二〇〇四年のときは、版元の早川書房を通して、正式にアポイントメントをとってもらった。だが、約束の時間に五分遅れてしまったのは私のほうだった。十六年待って五分の遅刻とは情けない。

このときとりつけておいたアポイントメントは、九月二十七日午後一時、ミズーラの町の〈ダブルツリー・イン〉にあるバー〈フィン&ポーター〉にてというものだった。一九六六年以来クラムリーが住むこの町は人口約五万七千人（六〇年代初めは人口二万七千人だった）、モンタナ州立大学の所在地で、州内唯一ともいえる〝文化圏〟の中心地である。

二〇〇四年のツアーの出発点をこの町にしたのは、アナコンダ、ビュートを経てさらに南下し、イエローストーン、グランド・ティートンの両国立公園めぐりのあとの帰り道にふたたびここに戻って来て、クラムリーとゆっくり会いたいと考えたからだった。だが、先約があるということで、私が希望した二十五日には会えなかった。

五分の遅刻を詫びたついでに、「二日前ならこの町に泊まっていたのに」とうらみがましく言うと、「あの日は、古い仲間たちとの徹夜ポーカーの日だった。二十五年つづけてきたんだ」といなされた。私はその日、北西に二百キロ離れたアイダホ州のコーダレーンから州境を越えてミズーラに逆戻りしてきたのだ。おまけに友人のOを近くのバード・サンクチュアリへ運んだりしていたために、約束の時間に五分遅れてしまったのである。

クラムリーは円形の大きなバーのカウンターにグラスを前にして座っていた。目が合い、笑みを交わした。おたがいにすぐに相手がわかった。こっちはタフな西部男面を写真で見馴れていたし、あっちは、親しげに笑いかけてきた東洋人というだけで充分だったはずだ。〝それにしてもジイさまだなあ！〟というのが私の第一印象。これはおたがいさまだろう。

　軽く握手をしながら「ジムと呼んでくれ」と自己紹介をされたので、とりあえず「私のことはシンと呼んでほしい」とこたえたあと、「日本人はすぐにはファーストネイムで呼び合ったりしないんだけどね」と、よけいなことをつけたしてしまった。「文化のちがいだ」とクラムリーはあっさりかわし、グラスを手にとり、私を窓際のテーブルへ案内してくれた。水量の多い清流を眺められる席だった。グラスに目をやって、

「ウォッカ&トニック？」と訊くと、「そうだ。何か飲むか？」と問い返されたので、「私は飲めない」とこたえるハメになってしまった。酒飲みを相手に、これだけは言いたくない台詞だった。

　あとで気づいたのだが、クラーク・フォーク川を臨むこの〈ダブルツリー・イン〉が、『酔いどれの誇り』その他に出てくる〈リヴァーサイド・イン〉だったのだ。そこを会見の場所に選んだのは、さりげないもてなしだったのかもしれない。

　大病のあとだというのにたえず笑みを絶やさない温厚な感じの男が、二時間の会見のあいだに二度、感情をあらわにして、私を「おやっ？」と思わせた瞬間があった。

　一度めは、少ししか手をつけずにいたサンドイッチを「下げてもいいですか？」とボーイが手を出しかけたとたん、「おれの食い物に触るな！」と一喝したとき。

　二度めは、彼の車で町の大通りをゆっくり走っていたとき、別の車の乱暴運転に出くわして大声でわめいたとき。「昔はああいうヒッピー連中がいっぱいいたんだ」そうだ。

　クラムリーに会う前に、私は日本で彼の新作 *The Right Madness*（正当な狂気）のゲラ刷りに目を通していた。その本につけられた長い献辞に出てくる〈停車場酒場《ディーポ・バー》〉に案内してもらい（もちろん真昼間から開いてはいなかった）、店の前で記念撮影。近くにいた若いカップルの女性のほうに声をか

け、シャッターを押してもらう。

そのあと車の中で、クラムリーがおもしろいことを言った。「見たか、いまの女、この町で一番デカいダイヤモンドの指輪をしてたぞ！」

町をひとまわりして〈ダブルツリー・イン〉へ戻り、そこの駐車場で私たちは別れた。「もし日本へ来たければおぜん立てをしよう。会いたがっているファンが大勢いる」と別れぎわに言うと、「それはマーサしだいだな。そのときは連絡する」との返答だった。が、それっきり丸二年間、クラムリーからは何の音沙汰もない。

マーサというのは、九三年作の『友よ、戦いの果てに』以降新作まで四作つづけて献辞を捧げられたマーサ・エリザベスのことだが、「五年前に結婚したんだ」と言ってクラムリーは大きなターコイズの結婚指輪を私に示した。

「つまり、五度めの？　マイロと同じだね」と言うと、彼はニヤリと笑った。献辞でプロポーズをつづけ、ついに口説きおとしたらしいが、マーサはミネアポリスで法律関係の仕事を持つキャリア・ウーマンで、結婚はしても暮らしは別のようだ。

あっというまの二時間だったが、あとでまとめたメモを見ると、いろんなことをポツポツと話してくれていたことがわかった。

入院について。二〇〇二年九月から二〇〇三年五月にかけて約八カ月入院。自分の名前さえタイプライターで打てなくなり、仕方なしにパソコンを始めた。

家族について。父親は三十年ほど前に没。八十九歳の母は自分は九十歳だと言い張っている。二十三歳と二十歳になる息子が近くに住んでいて、孫は少なくとも三人いる。ＬＡにいる娘たちが何人の孫を産んだかは知らない。

友人について。私との共通の友人がジョー・ゴアズとドリ夫人だということが判明。

仕事について。ビッグ・ニュースは『さらば甘き口づけ』の映画化権がまた売れて、かなりの収入があったことと。新作の校正は終わったのに刊行は来年（二〇〇五年）の夏の予定。NYの編集者の質が低下した、と嘆いていた。「マイロをもう一度登場させるか？」と水を向けると、「どうかな」とこたえ、「それよりもレスターを主人公にした小説を書いてみたい」と言った。ハイティーンのレスターを中心に、二人のジイさまが（三人称で）登場する作品を書いたらおもしろいかもしれない。

私が自分の物書きとしてのキャリアを教えると、「そんな数の仕事をこなす人間がいるとは信じられない」と言われてしまった。

ゴルフについて。下手なので仲間に入れてもらえない。「この肌の色が黄色に見えるか？」と私がゴルフ焼けの腕を見せると、彼は言下に「ノー」とこたえた。

日本について。

知っている日本語は「アリガトウ」と「タトル・モリ」。彼の日本での著作エージェントであるタトルの森武志から「タトルのモリ」と名乗られ、それが名前だと思いこんだのだろう。「おもしろい男だった」と言うので、亡くなったことを教えるとびっくりしていた。

「あなたの作品に出てくる日本人はみんなステレオタイプだが、日本および日本人に何か偏見をもっているのか」とつっこむと、「あれはずっと昔の話だ」と、すぐに太平洋戦争につながる返答をした。

取材メモによると、初めての相手に私はかなりずけずけ物を言っている。非常識で風変わりなやつだとあきれたのはクラムリーのほうだったかもしれない。

変わり者だという風聞や、小説に出てくる二人の主人公像から私は、ある先入観をいだいていた。その先入観が形成した人物像と、目の前にいる実像とがうまくかさなり合わなかった。私が会ったのは、温厚で（ときどきカッとすることはあるにせよ）学識豊かな一人の初老の小説家だった。彼はシュグルーでもミロでもなかった。

だが、二十年のあいだに四つの長篇と一つの短篇を通してつき合ってきたクラムリー像は現実に二時間ほど会っただけでは変わらない。しかも、それに影響を与えるほど深くつっこんだ会話を交わしたわけでもなかった。親しいつき合いが始まる端緒になるかもしれないという期待を持ったのは事実だが、結局そんな方向には展開しなかった。生きている御本尊にたまたま対面できたというミーハー的成果だけで満足しよう。

さて、『酔いどれの誇り』にならって、九〇年代以降に私が訳したクラムリーの三作の品定めといこう。

原作の刊行から三年後の一九九六年に翻訳が出た『友よ、戦いの果てに』はC・W・シュグルー（第一作『さらば甘き口づけ』ではスルーとなっていたのを正しくあらためたのもこのときだった）が登場する二作め。十五年ぶりの続篇ということで、シュグルーはもちろん、彼をとりまくアメリカの社会状況も大きく様変りしていた。いつまでもチャンドラーにオマージュを捧げつづけるわけにはいかないだろうな、ということだ。この作品への書評は散逸してみつからなかったが、一つだけ目についたのは《HMM》〇四年九月号の二度めのクラムリー特集に載っていた「本書の面白さはほんの数行しか登場しない名もない酔っ払いたちや、本筋とは関係のない小さなエピソードにこそある。冒頭のジュークボックスを破壊するくだりだけでも本書を読む価値は十分ある」という短評の一節である。

その冒頭のジュークボックスを破壊するくだりというのが、なんと『ミステリの名書き出し100選』（早川書房刊）で私が選んだ一節だった。

『友よ……』の刊行に合わせて《ＨＭＭ》九六年八月号で組まれた一度めのクラムリー特集に私は、「生を愛しながら人も殺せる男とは」という、かなりナイーヴな題名（ここに私自身のハードボイルド小説創作時の葛藤があらわれている）のエッセイを寄稿し、「次作には大いに期待したい。〝戦いの果てに〟シュグルーになにが起こったか、じっくりと聞かせてもらいたい。『友よ……』という小説は、あのヴェトナム戦争と同じように、渦中の人間たちはいかに真剣に生きようとつとめても、すべては無為な戦いにすぎなかったと語りかけているようにも思えるからだ」と、次作への期待を示している。

次は、日本では一九九八年に刊行された、シュグルーとミロ（どちらかと言えば、ミロが主役）が共演する『明日なき二人』。まずは辛い採点から。

> 前作『友よ……』に対して「老ランボーのハチャメチャ活劇」という酷評が一部にあったそうだが、初期のクラムリー作品を読んでいない読者は、老ランボーが二人になっただけという印象をもつかもしれない。
>
> 新保博久《毎日新聞》九八年九月四日

> 本書は、文中に引用されているサム・ペキンパー監督の破滅型西部劇『ワイルドバンチ』を彷彿とさせるが、しかしその底流には、クラムリーならではの哀切な情感が流れている。
>
> 茶木則雄《週刊現代》九八年九月十九日号

これもどちらかと言えば留保つきの褒め言葉だ。なかなか褒めにくい出来栄えだったのだろう。『明日なき二人』が二〇〇六年の四月に文庫になったとき、私が訳したクラムリー本の文庫では初めて、私以外のクラムリー・ファンによる解説がおさめられた。

ようこそクラムリー・ロードへ。

この栄光の道に道標はない。

ただ突っ走れ。作者のドライヴィング・テクニックのままに疾走していけばいい。ストーリーは並外れているし、視界を飛び去っていくサイド・エピソードの風景はじつに呆れかえるほど豊饒《ほうじょう》だ。ジェイムズ・クラムリー。こんな野郎は他にいない。

こんなテンポでトントンと、それでも評者の野崎六助は自分の深い思いをさりげなくこめて、クラムリーの世界を讃えている。映画化時の架空キャスティングは、ミロがトミー・リー・ジョーンズ、シュグルーがジェフ・ブリッジスだそうだ。

クラムリー節は健在です。もしかすると、節まわしのうなり方だけが健在だったりして……いやはや。(中略)じつはストーリーなんかどうでもいい/正統ハードボイルド派が情念だけでもっているとすれば、クラムリーはいわば最後の星……明日なきハードボイルドを支える偏屈おやじに乾杯!

そしてこれは野崎六助が、この本の初訳時に《朝日新聞》の書評欄に寄せた書評の一節。クラムリーへの思いと、ハードボイルド小説への絶望的な思いとが複雑に交錯しているように見える。大著『北米探偵小説論』ではまだがっぷりと四つに組んでいなかったが、野崎六助こそ、いずれクラムリー論の大作をものするのではないか、と私は勝手に期待している。もう私には原材料をできるだけ丁寧に提出することしかできないかもしれないのだから。

三つめはいよいよ二〇〇四年刊の『ファイナル・カントリー』。これには多数の書評が群れ集《つど》った。出づっぱりだがまずは野崎六助評から。

> クラムリー節はますます健在だ。絶望的にまで古風で未来《ファイナル》がない。（中略）「男の美学」に昇華していく混沌たる内面は、クラムリーのこれまでの全作品をはるかに凌駕して危機的《ファイナル》だ。充満する暴力衝動の奥にひそむイノセンスが心を撃ちつづける。
> 《エコノミスト》〇四年八月二十四日号

> 巻末に驚きの一幕も待っていて、最高に楽しませてくれる。含蓄一杯の大人のエンターテインメントで、ミロ同様、こちらも酔いどれてしまったぜ。　児玉清《産経新聞》〇四年八月十六日

> 痛めつけられ満身創痍になりながらも、「人生で見失っていたもの」を見つけたいというミロの思いが切なく心に響く。
> 羽田詩津子　共同通信

> 主人公の苦い心中を背景に、複雑にいりくんだ事件を例によって狂騒のロード小説とでもいうべき手法で物語っていく。ＣＷＡのシルバーダガー賞受賞というのは伊達ではなく、ミステリ色もこれまでになく濃厚で、読み応えも十分。周囲に年寄り扱いされながらも、ひたすら行動する、いや突っ走る男ミロの無骨な魅力は、この作品でも健在だ。　三橋暁《本の雑誌》〇四年十月号

『ファイナル・カントリー』は日本冒険小説協会から第二十三回外国部門大賞を授与され、内藤陳会長直筆によるクラムリーあての賞状が贈られた。

貴方は探偵が職業でなく生活の一部と化した還暦を迎えんとする酔いどれミロの無様でありながらも清々しい生き様を詩情豊かに描いた本作により栄えある大賞を獲得されました。（中略）老いて益々盛んな探偵ミロの破天荒な冒険譚を倦む事なき疾走感《ママ》とハイテンションで描き切った貴方の圧倒的な筆力と尽きる事なき発想に敬意を表し、ここに称します。

酔って一気に書きあげたのであろうこの賞状の名文をクラムリーに理解してもらうために英訳するのはひと苦労でしたよ、陳サマ。

最近読んだ小説では、アラン・ロブ＝グリエの『反覆』の次くらいに難解な作品だ。ロブ＝グリエと違うのは、読んでいる間は、面白くて、どんどんページが進む。でも、二百ページほど読んで、何か読み落していたような気がして、第一ページに戻り、もう一度読み、夜中の一時過ぎまでかかって読了。翌朝の十時から始めて、よくわからない点の解答を探して拾い読みしたら、午後三時までかかった。（中略）ほかの読者がどう言うか、そっと様子を見ることにしよう。

直井明《ＭＦＦ》〇四年九月号

直井明のような読み巧者をこれほど悩ませる小説は、ひとことで言えば出来の悪い小説ということだ。でもいちばんシンどかったのは訳した私ですよ、直井御奉行さま。大目に見ておくんなせえ。

私自身は《HMM》〇四年九月号のクラムリー特集に寄せた長文のエッセイで、「筋金入りのファンからは〝待ってました！〟のかけ声がかかること間違いなしの極上のハードボイルド小説である。クラムリーはこの一冊の完成に渾身の力をふりしぼってくれた。この小説は時代錯誤ともいえるこのジャンルの救世主となってくれるかもしれない。少なくともじいさまたちには、ほろ苦い人生の哀しさと束の間の喜びを心ゆくまで味わわせてくれるはずだ」と持ち上げた。

だが本音を言えば、私にも、ときどきこれ以上クラムリーにはついていけないと思う瞬間がある。とくにこれからとりかかろうとしている新作 ***The Right Madness*** の翻訳ではひと苦労させられそうな気配がある。たかが男性用のハーレクイン・ロマンスだとしたら、なんでこんなに苦労させられるのか！

3　〝ヒーローたちの荒野〟

この項のタイトルは二〇〇二年に刊行された池上冬樹の〝新ハードボイルド論〟の正式書名を借りたものである。《本の雑誌》の九一年五月号から〇二年二月号まで足かけ十二年間連載したコラムを一書にまとめたものだ。まさに私の〝東奔西走〟の時期、池上冬樹はこれだけ根気よく、ネオ・ハードボイルドとポスト・ネオのことを真剣に考えていたことになる。

一回ずつの量は少ないが、言うべきことを簡潔にピシリと結文で示しているので頭に入りやすい（疑問を投げかける形で文章を結ぶくせが少し目立つけれど）。いくつか例を挙げよう。

事件や関係者よりも主人公の内面を描ききることに主眼をおくのは、私立探偵小説よりも純文学のスタンスである。ネオ・ハードボイルド以降の流れを〈私立探偵小説の私小説化〉と指摘してきたが、さらに進んで、本書〔ザカリー・クライン『いまだ生者のなかで』〕は〈私小説の私立探偵小説化〉である。（中略）過剰な〈私〉の比重、これが九〇年代ハードボイルドの可能性のひとつだろうか。

現代の探偵スタンリー〔パーネル・ホール『お人好しでもいい』〕は、窮地に立った自分の滑稽さを充分意識し、行動と発言をする。これはほとんど喜劇を演じる行為に等しいだろう（刑事との対決、私立探偵を雇うくだりなど特にそう）。内面の問題を真摯に捉えるのがネオ・ハードボイルド派、それを見事なパフォーマンスに変えるのが、ポスト・ネオ・ハードボイルド派といえるだろうか。

デビューしたとき四十四歳だったデイヴ〔・ブランドステッター〕も、『終焉の地』では六十八歳……肉体的にはひどく弱っている……体調を回復させ、さらなる冒険譚を綴ることも可能だったはずである。にもかかわらず〔ジョゼフ・〕ハンセンは、デイヴにあっけなく死期を迎えさせた。もはやシリーズにおいて、同性愛と社会的な主題を生かす役割が終わったとみたからだろう。

〝ハードボイルド〟という表現は、ハメットにおいては、①探偵の行動、②探偵対人物（ないし社会）、③作家と探偵の関係、④文体、の四点全部に掛かった言葉だが、〔サム・〕リーヴズ（をはじめとする現代作家たち）にとっては、その四点よりも、⑤探偵のくぐり抜けてきた精神状況、をあらわす言葉になっている〔『長く冷たい秋』〕。

（この本）を読んで、最初に思いついたのは“old fashioned”という言葉だった。あえて古い装いをしたのだろうが、果たしてこれは若い人たちに支持されるだろうか（中略）これは、殺人を契機に物語を劇的に展開させる現代のノワール……に対するアンチ・テーゼなのかもしれない。作者自身、あるインタヴューで、〝最近のミステリーは〟〝過剰な刺激ばかり求める〟といっているのだから……

最後にとりあげられた本は、二十年ぶりに工藤俊作をロサンジェルスで甦らせた私の『新・探偵物語』だった。池上冬樹は別のところでは「ハードボイルドのお馴染みのパターンを使いつつも、いかにリアルに語ることができるかをハードボイルドの権威が実証した」とも記したという。三回にわたった言及の結びはこうなっていた。

二十年前に書かれていたら、「現実」と拮抗しうるもっとハードな作品になったのではないか。ヒーローももっと汚れていただろう。だが、結果的に二十年のインターヴァルをおいたことが、ハードボイルド・ヒーローの純粋培養に寄与した感がある。いまは使われない（というか使う作品が見つからない）〝正統派〟という由緒正しき言葉が似合う、まさにハードボイルドファンの夢の産物でもあるからだ。

一九九一年に始まる十二年間の動向が対象になっているので、『ヒーローたちの荒野』がとりあげた作品の多くはネオ・ハードボイルドというよりむしろポスト・ネオのものが多い。私自身は未読の作品が大半なので、いい勉強（読むか、読まないかの判断）をさせてもらった。ところがこの本には、というか《本の雑誌》での連載時に、池上冬樹があえてとりあげ、話題を呼んだテーマが一つあった。「〝清水〟チャンドラーの弊害について」という三回にわたる論評である。

池上冬樹はまず田中小実昌訳から新しい文庫版で清水俊二訳に変った『高い窓』を読み始め、「全然心が躍らない」と記し、なぜかと考え、最大の理由は、田中訳の「おれ」が「私」に変えられたためではないかと思う。そしてさらに俗語の訳し方や、〝はしょり訳〟について指摘。

清水訳となると、この辺の俗語が俗語として訳されていない。『高い窓』でマーロウは〝覗き屋〟（peepers）と何度か呼ばれるが、田中訳では〝覗き屋の探偵〟と補い訳をして原文の意味をくんでいるが、清水訳はあっさり〝私立探偵〟。……『長いお別れ』では文章の一段落がいくつも抜けているし、小鷹信光氏によれば『さらば愛しき女よ』でも同じらしい。（中略）清水の訳文には、生き生きとしたリズムがあるし、そこはかとないロマンティシズムが醸しだされている。そこが日本でチャンドラーが人気を呼ぶ原因でもあるが、しかしそれこそがまさに、清水チャンドラーの弊害でもあるのだ。

清水訳批判はこのあともつづくが、論点はほぼ同じ。三回めでは『プレイバック』の例の名セリフ（第六章参照）についての言及もあり、『別冊野性時代　矢作俊彦』というムック本に収録されている久間十義との対談での矢作俊彦発言を紹介しながら、生島治郎試訳の「タフ」という訳語に異議を唱えている。

ところで、半ば公になっているビッグ・ニュースだが、レイモンド・チャンドラーの『長いお別れ』の新訳が二〇〇七年春刊行されるという。訳者は村上春樹。たとえば池上冬樹が指摘したような問題点を、新訳がどう対応しているか、〝完訳〟と謳われることになるのか、マーロウは「私」になるのか「おれ」になるのか（まさか「ぼく」ではないだろう）。大いなる期待と信頼をもって、私はこの新訳の刊行を待ち望んでいる。

小さなことだが一つだけ、村上春樹訳に寄せる私の信頼の気持ちの根拠となった発見があった。それを記しておこう。

若い女性向けの雑誌に一年間連載した短いエッセイを一書にまとめた『村上ラヂオ』という文庫本に「さよならを言うことは」という題の一章がおさめられている。『長いお別れ』に出てくる〝名セリフ〟について書かれた一文だ。清水訳では「さよならをいうのはわずかのあいだ死ぬことだ」となっているが、村上春樹はこのセリフを「さよならを言うのは、少しだけ死ぬことだ」とこのエッセイの中で訳している。これが正解なのだ。じつは清水訳は、このセリフの直前の二つのセンテンスも言葉をはしょりすぎていて原文のニュアンスをとりそこなっていた。このセリフが元はフランスの詩人の有名な詩の一節だったことを、チャンドラーはさりげなく示しているのである。

といったことを、なぜ私が知っているのか。昔、《EQ》の「ミステリー・ジョッキー」（八四年一月号）で記し、のちに『小鷹信光・ミステリー読本』におさめたエッセイで、この〝名セリフ〟のことをしつこく書いたことがあるからだ。だから、「わずかのあいだ」を「少しだけ」と言い替えた村上春樹を私は信頼する。

ただし引用符に入れたように、これはチャンドラーの名セリフではない。うまい盗用である。

4　ハードボイルド・クロニクル

それほど完璧とは言えない私自身のスクラップ・ブックから一九九〇年以降の「ハードボイルド年代記《クロニクル》」を編んでみよう。

一九九〇年

この年の春、《中央公論》に載った加藤典洋の「ハードボイルドの行く末」の冒頭の一節がまず私の目を惹いた。

> 一カ月ほど前、必要があってはじめてダシール・ハメットの小説『マルタの鷹』を読んで、ちょっと一口では言えない強い印象を受けた。ハードボイルド小説という、その「ハードボイルド」とは何だろう。（中略）エンターテインメント小説の既成の文脈から切り離して、このことを考えてみるなら……どのような小説世界を前にしてこれに「ハードボイルド」という呼称を与え、ここからこの名をもつ概念を受けとっていることになるのか、そんなことが考えられたのである。

この評論は後段で大岡昇平『俘虜記』をとりあげ、さらには遺作『堺港攘夷始末』にいたる論考であり、私にはその展開にただちについてゆく準備はない。「ハードボイルド」を掘りさげてゆく方向も手段も異なっているように見える。にもかかわらず私は、この評論の冒頭の一節をささやかな感動をいだいて受けとめた。世代は私より一まわり若い、このすぐれた文芸評論家に、私自身が発したあるメッセージ――あるいはただたんに道具として投じられた一石だったのかも――がまぎれもなく伝わった、という思いを強くしたためだった。この評論には、私が訳した『マルタの鷹』のハヤカワ文庫版の書影が掲げられ、私自身の訳文もかなり長めに、七カ所にわたって引用されていたのだ。

私のハードボイルド論あるいはハメット論のあらわれでもある自分の訳業が、確かにある人に伝わった、単純に言えばそれだけのことがうれしかったのである。

加藤典洋にとって、そのときが『マルタの鷹』初体験だったのと同じように、私にとってはそのときが加藤典洋初体験であり、彼が同世代の村上春樹をある方法で読み解く作業を十年前からやっていたことを知ったのもごく最近のことだった。文庫版になった加藤典洋の『村上春樹　イエローページ１』には、当然というべきだろうが、私が第六章で触れた《ユリイカ》での、チャンドラーにまつわる川本三郎との対談がしっかりと取りあげられていた。

だが、ほんの少しばかりあてにしていたのに、『世界の終りとハードボイルド・ワンダーランド』の書名中の「ハードボイルド」をご本尊の村上春樹がどのような意味合いで用いたのかを知る手がかりは『イエローページ１』には見つからなかった。それを、これ以上探しに行く気は私にはない。人それぞれのハードボイルドがあって、いっこうにかまわないと思うからだ。村上春樹を入口にしてチャンドラーにたどりつき、春樹ハードボイルドとは異なるハードボイルドの別の味を味わってくれる新しい女性読者が増えてくれたらいいのだが。

でも、わざわざ男性用のハーレクイン・ロマンスを読んでくれる好奇心旺盛かつ心やさしき女性読者などいるのだろうか。少なくともハードボイルドは正統派だろうとネオだろうとポスト・ネオだろうと、男とは何か、を知る手がかりにはなってくれると思うのだけど。

一九九一年

ふたたび《中央公論》。十一月号で「ハードボイルド・ミステリの現在」という小特集が組まれ、北上次郎「この魅惑的な男たちの行方」と大沢在昌・馬場啓一の対談「〝パーカー以後〟の意味と変容」の二本が掲載された。どうやらいろいろな人がハードボイルドの将来を気にかけてくれているようだ。まず、北上次郎から。

> 世界的な規模で男全般が自信を失っていた時代だったから、自信を失った男たちの物語＝ネオ・ハードボイルドも生まれたのではないか……
>
> どんな小説もその作品が書かれた時代の空気と無縁ではあり得ない。ネオ・ハードボイルドは、結果的にはハードボイルドの私小説化を招いたが、この私小説ハードボイルドの流行には時代的必然性がある……
>
> 私小説に接近した70年代ハードボイルドから、探偵たちの私生活の匂いを消すことで普通小説に近づいた80年代ハードボイルドの流れは、クック〔トマス・H・クック『だれも知らない女』、『過去を失くした女』〕によって今、新たな方向に行こうとしているのか（中略）同時代ノベルとしてのハードボイルドの面白さは、そういう行方を見ていくことにあるのではないか……

次は「背中に重たい荷物を背負ったハードボイルドのヒーローたちの、昨日・今日・明日」を語った対談から。

馬場　言わば彼（ロバート・B・パーカー）は今日のアメリカでは、ハードボイルドの語り口で現代の諸問題を上手に切り取って人々に伝える「語り部」みたいなものじゃないでしょうか……

大沢　僕自身は、そうしたパーカーのスタンスを含め、何となくアメリカのハードボイルドは日本より一足先に閉塞状況が来ているというふうに思えるんです。

馬場　……リアル・タイムでの、面と向かった正調ハードボイルドというのは存在しにくい状況はあると思いますが、昔のお神輿《みこし》を今でも再現して作る人がいるように、ハードボイルドはなくならないと思うんですね。

大沢　伝統芸能になってくる。（笑）

大沢　ここまで断言すると怒られるかな……ハードボイルドは今、大人の読物から子供の読物に変わりつつある……。

馬場　……結局、何もギンギンのハードボイルドでなくてもいいわけですから、その意味では、ハードボイルドというのはもっと多様化してゆくと思いますし、そこに可能性としての未来もあるんじゃないですか……自分の身体を張っていく都会派の冒険小説といったものがどんどん出てくるんじゃないかと思います。

一九九二年

この年に刊行された〈昭和ミステリー大全集〉の『ハードボイルド編』(新潮文庫)に私の短篇がおさめられたことは第四章の最後のほうで記したが、縄田一男と共にこのアンソロジーの監修にあたった長谷部史親が巻末につけた解説は、簡潔なハードボイルド史であると同時に、すぐれた日本ハードボイルド小説小史になっていた。

一九九四年

ダシール・ハメット生誕百年。私は『コンチネンタル・オプの事件簿』をまとめた。《HMM》は生誕百年記念の小特集を組んだ。《EQ》では私がインタヴューに出席、そのインタヴューで私は、前にも出てきた私のゴルフの師、大久保康雄について触れ、『マルタの鷹』『赤い収穫』『影なき男』の三冊は大久保さんとは絡まないんだけど、この『ガラスの鍵』だけは大久保訳がある。今年、大久保さんの七回忌に永井淳さんや創元の戸川安宣さんと出席したときに、お墓の前で『ガラスの鍵』を訳させていただきますと、声に出して宣言したんです。そのとき数えてみたら、大久保さんの訳は私より五歳若い訳だった。五十二歳のときの訳だったんです」と内輪話を披露。そのあとに掛け合いがつづいた。

小鷹　……私が死ぬころには、また若い人が新訳を出すのかな、それまでハメットはもつのかな……

郷原(宏)　それは、もつでしょう。ポオやコナン・ドイルだって、もってるわけだから。

数藤(康雄)　と思います、当然。ハードボイルドの始祖ですから。

小鷹　ハードボイルドはもつんですか？
郷原　もつでしょう。もう完全に根を張ったと見ていいんじゃないですか。
小鷹　……甘いですね。
郷原　甘いと思いますか。
小鷹　……早稲田ミステリー・クラブ……の中間ぐらいの年齢の会員の話によると、伝統はまったく受け継がれていない。私が集めてきたペイパーバックやパルプマガジンは、今や粗大ゴミにすぎないというんです。（中略）私は自分が一人で走っていて、後ろを見たら誰もいないという感じがして仕方がない。

一方、《ＨＭＭ》七月号の小特集では、私はオプものの短篇一篇の新訳と「註解『マルタの鷹』」という記事を担当。そのほかに賑やかなゲスト・エッセイ集もあった。その中から二人の方に登場してもらおう。

ハードボイルドという言葉は、ある小説の中に描かれた特定の個性、精神世界を意味するものではなく、それらを表現、描出する作家の手法なりスタイルを意味する、と考えるべきである。（中略）心理描写や感覚描写をいっさい排し、外面的な行動描写だけでストーリーを構成、展開する。しかもその中で、登場人物の性格や個性をいきいきと浮かび上がらせる、書き手からすれば至難ともいうべき手法、スタイルである。

ハメットといえども、その小説作法を完璧に貫くことができたわけではないが、おそらくはそれに挑戦した最初の冒険者の一人として、文学史に長く記憶される作家だろう。

逢坂剛「冒険者としてのハメット」

世上の通念どおり、やはり太宰治の代表作は『人間失格』であり、ハメットのそれは『血の収穫』であろう。（中略）暇潰しのために寝転んで読んでも、どきりとする緊張を行間に孕んでいるし、その緊張は時空を越えた凄味を帯びている。

船戸与一「ポイズンヴィル発……」

一九九八年

前出の野崎六助著『北米探偵小説論』増補決定版刊。再度確かめたが、クラムリーについての言及は『さらば甘き口づけ』一作にとどまっていた。

《ＧＱ Ｊａｐａｎ》五月号に、エッセイ「卑しい街を行く男たち」を寄稿。

私立探偵ヒーローの生き方との対比の上で、卑しいアメリカを描いてきた後続の作家たちは、第二次大戦後の混乱と赤狩りの時代、朝鮮戦争、暗殺と退廃の60年代、近づきつつあった東南アジアへの軍事介入の前触れの中で、とまどい、足踏みし、試行錯誤を繰り返した。ただ一人、明確に己れの道を突き進んだのは、ミッキー・スピレインの、あのマイク・ハマーだったかもしれない。

だがいまは、チャンドラー、ロス・マクドナルドを乱読して育ったというジェイムズ・エルロイ（なぜか、ハメットには言及したがらない）の時代。「人の感傷にへつらうような、安っぽい善良さは、最後のひとかけらまで破壊してやる」「チャンドラーは過大評価されすぎている」

「ミステリーも犯罪小説も私立探偵物もくそくらえ」と勇ましい。

「アメリカが清らかだったことはかつて一度もない」と断ずるかつてのアル中の前科者が、いまやアメリカのクライム・ノベルズをリードしているのだ。何とも心強いかぎりである。

《Old Boy》という新雑誌の創刊号（六月号）にも私は「ハードボイルドって何だ？」という総論を書いた。「ハードボイルド入門ブックガイド」と題された特集には、正統派、ネオ、ポスト・ネオに区分けされたブックガイド（竹田真理子）と北方謙三をとりあげた「孤高の男を描く北方ワールド」（丸山貴未子）のセクションが設けられていた。仕掛人の〝顔〟は見えないが、この業界には次々に新しいハードボイルドおたくの編集者があらわれるようだ。長続きはしないけれど。

ここでひと休みして、ついに九〇年代までつき合っていただくことになった「双葉十三郎ハードボイルド・ワールド」の最終回といこう。

『ぼくの採点表Ｖ　１９９０年代』で「ハードボイルド」が使われている映画評は合計で十六。総数も減っているが、しかもそのうちの五本は「ハードボイルド調にすればよかった」というネガティヴな評価が与えられていた（アンディ・ガルシア主演の『デンバーに死す時』『ＮＹ検事局』やケヴィン・コスナーの『ボディガード』、ヴァル・キルマーが私立探偵に扮した『もういちど殺して』など）。『ハード・ボイルド　新・男たちの挽歌』というそのものズバリの香港製アクション映画（ジョン・ウー監督）もあったが、どこがハードボイルドなのかよくわからない。

双葉評で「ハードボイルド」がポジティヴに使われていた十一本を公開年順に記すと、まず『黄昏のチャイナタウン』、ニコルソンが監督まで買って出た名作の続篇（「ハードボイルド私立探偵もトシをとると頼りなくなる」）。

次が、ジム・トンプスン原作の『グリフターズ　詐欺師たち』（「近頃には珍しいハードボイルド・タッチ」）。トンプスン原作はもう一本『アフター・ダーク』もあったが、これには「ハードボイルド」はなし。

以下、『ディープ・カバー』（「序盤はハードボイルド私立探偵ドラマの黒人版」）、『パブリック・アイ』（「ハードボイルドなムード」）、コーエン兄弟の『ファーゴ』（「ハードボイルド・サスペンス・コメディ」）、ミッキー・ローク主演の『欲情の媚薬』（「ハードボイルド・ミステリーのスタイル」）、ジョージ・クルーニーの『アウト・オブ・サイト』（「ハードボイルド的なタッチを感じさせる演出」）、ブライアン・デ・パルマの賭博物『スネーク・アイズ』（「ニコラス・ケイジのしゃべり方がハンフリー・ボガートを代表とするハードボイルド私立探偵みたいなのが楽しめる」）、もう一本の『8mm』でも「なかなかのハードボイルド私立探偵ぶり」とニコラス・ケイジは褒められている。

双葉評に「ハードボイルド」はなかったが、私自身がおもしろく観たハードボイルド系の映画は、タランティーノの『レザボア・ドッグス』と『パルプ・フィクション』。なぜか双葉評では前者が「ネオ・ハードボイルドというべきか」となっていた。

そしてノワールの〝王者〟、ジェイムズ・エルロイ原作の『L.A.コンフィデンシャル』やリドリー・スコット監督の『テルマ&ルイーズ』。

このようなタイプの映画に私はハードボイルドの影響を強く感じるのだが、双葉十三郎の「ハードボイルド」の美学はもう少し古めかしく、正統的な感覚に根ざしているのだろう。双葉評でトリをつとめたのは、九九年五月に公開された『ペイバック』だった。当然双葉評は、決まり文句の「ハードボイルド・タッチ」。

この映画は言うまでもなく『悪党パーカー／人狩り』をもとにした古典『殺しの分け前　ポイント

・ブランク』のリメイク作品。リー・マーヴィンが演じたパーカーはウォーカーと名前を変えられたが、『ペイバック』のメル・ギブソンの役名はポーター。原作の翻訳者ということでひっぱりだされ、「原作ではパーカーの内面描写は極力避けています（中略）形容詞や副詞を使わず、感情を表さない。映画でのメル・ギブソンも、持ち味のおふざけを徹底的に抑えていましたね」と、この映画を特集記事にした《産経新聞》のインタヴューにこたえた（もちろんおかげさまで再版にもなったし）。

奇妙な偶然だが、リチャード・スタークの悪党パーカー・シリーズは二十三年ぶりに甦り、この年にリバイバル第一作『エンジェル』が翻訳されて評判になった。私は復帰第二作『ターゲット』、第三作『地獄の分け前』を翻訳。翻訳作業による疲労度はクラムリーの二十分の一ぐらいか。スタークの悪党パーカー二十冊でクラムリー一冊といい勝負だろう。

一九九九年には、長いあいだ二見書房でやってきた刑事コロンボ・シリーズの一作として『殺人依頼』を一気に書きあげた。この本はコロンボ・シリーズの二人のクリエイター（ウィリアム・リンクとリチャード・レヴィンスン）と私とによるめずらしい合作だった。元になる放映ずみのテレビ映画があったわけではなく、おクラになっていたシナリオなどという元ネタもない状況で、無から有を生じさせた奇っ怪な本なのだ。

種明かしをすれば、ネタに窮した二見の名編集長（浜崎慶治）が私をそそのかし、英文でオリジナル・シノプシスをつくらせ、それをアチラに送り、それをもとにして、日本語によるコロンボ物語を書いて刊行してもよいかという問い合わせをしたのだ。

すぐにOKの返事がきた。で、私は日本語で一篇のコロンボ物語を書きあげた。犯人はトップ・クラスのアマチュア・ゴルファー。それに、よくある交換殺人をからめ、コロンボとの対決にもっていこうという段どりだ。これほど好き勝手に楽しく仕事ができたのはめずらしい。

二〇〇〇年

PR誌《TQ》に「チャンドラーが愛さなかった街、ロサンジェルス」を寄稿。私のコレクションからLAの古い絵葉書をもちだし、回顧調の誌面づくりをしてもらったが、私の記事はチャンドラー自身の南カリフォルニアとLAに向けられた怨嗟の言葉が中心だった。新しく編まれたチャンドラー書簡集におさめられている手紙がネタ元で、評伝などに一度も引用されていないものばかりをみつけるのに苦心した。

カリフォルニアのあらゆるものに不毛の砂漠の感じがあります。そして、ここに住んでいる人たちにも……

カリフォルニアと、それが生みだす人種に反吐がでそうだ。

ここは、人が住むにはあまりにもグロテスクで住みづらい土地になってしまいました。

LAはもはや私になんの意味もない街です……カリフォルニアはもううんざり。

彼が生みだした私立探偵マーロウはこの街をどんな目で見つめていたのだろう。

二〇〇一年

《HMM》連載の「ミステリ再入門」の第十八回（〇一年十月号）で新保博久が、「ロス・マクドナルドはノワール作家か」と問題提起。

後期作品においては、探偵の名前は実はアーチャーでも誰でもよかった。家庭の悲劇を明るみに出すための触媒にすぎないのだから……

先年、朝日新聞東日本版に連載されたリレー・エッセイ「私が愛した名探偵」全八十八回においても、スペイド、マーロウ、スペンサー、スカダーと、登場して然るべき存在は出揃ったのに、たまたまなのかアーチャーは誰も挙げなかった。

私にリレーのバトンがたまたま回ってこなかったから、というだけのことだとつぶやくのみである。新保博久はこの連載の第三十五回（〇三年三月号）ではマイク・ハマーに言及し、「ミステリの既成のモラルを打ち破った点では確かに画期的だったろうが、そうしたモラルが破壊された地点から読書体験を始めている戦後世代にとっては、歴史的価値しか感じられない」というきわめて示唆的な〝新世代〟発言もしている。ここで私は自問せざるを得ない。私自身はどちらの世代に属するのか、私にとってスピレインは既成モラルの破壊者と言えるほどの衝撃力を持っていたのかと。

この年の十一月十九日、明治大学で「わが創作と翻訳を語る」という特別講義をおこなった。考古学の小林三郎教授（北園高校同期生）の紹介で英米文学専攻の立野正裕先生と親しく話を交わし、講義に顔を出していただいたかの堀内克明先生ともお会いすることができた。私が最も尊敬するアメリカ語の言語学者である。

二〇〇二年

《朝日新聞》七月二十六日付で池上冬樹が「ハードボイルドの受難」と題した現状分析論を発表。

罪と罰が正しく機能せず、正義がどこにあるのかわからない状況、さらには人々が精神的価値を見失っているなかでは伝統的なハードボイルド探偵よりも、己が欲望を正当化し、解放へと向かわせてくれる悪のヒーローたちに読者はより切実な親近感をもつ。（中略）言葉をかえていうなら、僕らはいまそういう時代に生きている。

そう、まさしくこれは、正しい現状分析である。で、なぜそれが「ハードボイルドの受難」なのか？　ジャンルということにとらわれすぎた発言だと、私は思う。

二〇〇三年

私にとっての因縁の一書、ウィリアム・R・バーネット作『リトル・シーザー』刊。この本のことは第五章の第3項でくわしく触れたので、ここでは省く。

《HMM》四月号に映画『ノー・グッド・シングス』に関するエッセイを寄稿。コンチネンタル・オプ物語の一篇「ターク通りの家」を下敷きにした新しい映画の公開に合わせたもの。「犯罪の形態が虚しいほど現代風になり、ボスの中国人が白人に変わっているだけで、本筋はほとんど同じ」だった。だが撮影されたのはサンフランシスコではなくカナダのモントリオール。オプを演じたのは白人役者ではなくサミュエル・L・ジャクソンだった。

二〇〇五年

八〇年代に六十八冊の本をつくった私は、一九九〇年以降の十五年間に二十四冊の本しか生みださなかった。二〇〇五年は、再刊のみでついに新刊はゼロ。そろそろファイナル・ラウンドを迎えたということだろうか。この年、つまり去年の大仕事と言えば『ジム・トンプスン最強読本』に書き下した四百字百枚の「50年代ペイパーバック・オリジナル小説と私」一本だけだった。できることなら、アメリカン・ノワール・ジャンルの補強として本書に丸ごと収録してしまいたいほど気に入っている〝大評論〟である。

ほかには、七月六日に亡くなったエド・マクベイン（エヴァン・ハンター）の弔文が二本。こんな状態だったからこそ、本書に本腰を入れて取り組むことができたのだろう。

5　ハードボイルドのいま

私がこの本を書き始めることになったきっかけは、「ハードボイルドという言葉を日本で初めて活字にしたのはぼくだよ」という、映画評論家、双葉十三郎の控えめだが誇りに満ちたひとことだった（第二章参照）。

その発言を初めて直接耳にしたのは二〇〇三年の八月末か九月の初め、《朝日新聞》の毎週金曜日の夕刊に載る連載コラム（九月五日付から五回）「私のハードボイルド」の資料整理の最終段階にさしかかっていたときのことだった。

双葉十三郎が日本ハードボイルド輸入史の草創期に立ち会ったことは知っていたし、だからこそ親しく話をうかがう機会をつくらせていただいたのだが、まさかそんな重大な発言がいきなり飛びだすとは予想もしていなかった。ハードボイルドというカタカナ用語を最初に活字にしたのは、たぶん江戸川乱歩だろうと、探索を切り上げかけていた矢先の出来事だった。

連載二回めの結びで私は「ハードボイルド」の初紹介者として双葉十三郎の名を挙げ、「ついに〝ハードボイルド〟が日本に上陸したのだ」と記した。タッチの差の先陣争いを確実な資料で裏付けることに成功したことが、大きな自信になった。「私のハードボイルド」という連載記事そのものも好評だった。小さなスペースに表にはでない大きな原材料が隠れていることを感じさせるエッセイだったのだろう。正しくそのとおりだったのである。

愉快なエピソードだが、二〇〇四年度の大学入試シーズンが終わったあと、諏訪東京理科大学の学長（重倉祐光）の名前で、私あてに一通の手紙と資料が届いた。私の連載エッセイの第一回目を同年度の「国語」の入試問題に使用させてもらったという通知だった。「入試問題のため、事前に許可をいただくことができなかった」旨のことわり書きもついていた。びっくりもしたし、いくぶん得意な気分にもなった。一回めのエッセイは「例文」としてそっくり試験問題の対象になっていた。何百人かの若者が、私の書いた文章を真剣に読んだ。それだけはまちがいない。

ところが試験問題として使われたその問題文に「誤植」があることに私は気づいた。大学側には教えなかった。誤植を理由にその試験問題が有効か無効かなどという騒ぎにでもなったらたいへんだろうと考えてのことだった。誤植は一カ所。私が「非情」と書いたのを試験問題は「非常」としていたのである。

しばらくあと、「私のハードボイルド」を元にして本を書かないかという話がいくつか持ちあがった。二〇〇五年の八月には、企画が前向きに進行しはじめ、とにかく書きはじめてみようということになった。そのために九月上旬に再度双葉十三郎インタヴューをおこなって、テープをおこした。

そのあと私は自分の本のセールスを本格的に開始した。といっても、私のターゲットは一社にしぼられていた。その社に私の企画意図を告げ、それが受け入れられなければ、企画そのものが挫折することも辞さない気持ちだった。私が背水の陣を敷いていることを理解し、私の企画を受け入れてくれたのが、早川書房だった。早川浩社長、千田宏之編集部長に感謝したい。

　早川書房と正式に出版契約を結んだとき、草稿はすでに三分の一ほど出来あがっていた。それが六月上旬。そして本書の残りの三分の二を、私は三ヵ月半で書き上げた。我ながら驚異の力業だった。ハードボイルドのド根性だったのかもしれない。

　前段階もふくめて約十ヵ月間、あることを進めながら私はこの本を書きつづけた。「日本のハードボイルドの現況」を実地検証する仕事である。その一部はすでに「はじめに」の中で紹介したが、それ以後現在までの〝収穫〟を順に並べてみよう。このやり方は、この本全体の〝方法〟だったので、あいかわらずの引用の多用を許していただきたい。

　ハードボイルドはいかに〝浸透〟と〝拡散〟をつづけ、どこに向かおうとしているのか、それを予測する一助となるかもしれない。


　香港に集まった映画人たちが香港を去ることによって、香港映画はいったん終わる。映画の衰亡は、現実の社会の歴史のハードボイルド的な反映なのだ。

川村湊《東京新聞》〇五年十一月十三日

　ボギーが「三つ数えろ」で着用してからハードボイルドの定番、ことに私立探偵の〝正装〟となり、「青い戦慄」のアラン・ラッド〔私立探偵役ではない〕や「さらば愛しき女よ」のロバート・ミッチャムに引き継がれている。

「ボギーのトレンチコート」（竜）《東京新聞》〇五年十一月十七日夕刊

古き良きハードボイルド・アクションの匂いがする。

W・L・リプリー『夢なき街の狩人』の文庫版帯

同書は《HMM》〇六年三月号で「古めかしささえ感じさせるアクション系ハードボイルドだ。しかし作者は伝統を重んじることに対し寸毫もためらいがない。揺るぎない確信が美学にまで昇華している」（中辻理夫）と評された。記号は〝伝統〟と〝美学〟。

また《東京新聞》〇五年十二月三日夕刊の「大波小波」は「復刊本のブーム来たる?」の見出しを掲げ、「レイ・ブラッドベリが初めて書いたハードボイルド探偵小説『死ぬときはひとりぼっち』（古本マニア）という表現をした。

《月刊プレイボーイ》〇六年二月号では若手落語家の立川志らくが「男の美学が学べるハードボイルド映画」というエッセイで、「私のとらえるハードボイルドの条件とは「三枚目が頑張る」である。だからハードボイルドの代名詞であるハンフリー・ボガートは私にとっては違うのである」と書きだし、〝ポパイ刑事〟の『フレンチ・コネクション』、ダメ男ウディ・アレンの『ボギー！　俺も男だ』、デ・ニーロの『タクシー・ドライバー』をベスト3に選んでいる。記号は〝男の美学〟。

ついで、ミステリ回顧〝番組〟から。まずは日本推理作家協会会報の〇六年六月号掲載の「推理小説・二〇〇五年」（笹川吉晴）。この日本ミステリの総括で「ハードボイルド」は六回使われた。

『犬はどこだ』（米澤穂信）ではハードボイルドの定型を巧みにずらしながら……

ハードボイルドのファンタジックなパロディである梶尾真治の『精霊探偵』。北國浩二の『ルドルフ・カイヨワの憂鬱』……アメリカを舞台に、遺伝子問題専門の弁護士が巨大な陰謀に突き当たるハードボイルド調。

ハードボイルド系では……東直己の《ススキノ探偵》シリーズ最新作『ライト・グッドバイ』。伊岡瞬の『いつか、虹の向こうへ』は（中略）オーソドックスなハードボイルドにあえて挑戦した点が評価された。

深町秋生の『果てしなき渇き』も……自分が遭遇した殺人事件との係わりが明らかになっていくハードボイルド・タッチの作品。

ここでの記号は〝定型〟、〝オーソドックス〟、〝ハードボイルド・タッチ〟と同類の〝系〟、〝調〟。《HMM》〇六年三月号の「ハードボイルド、警察小説、ノワール」回顧（中辻理夫）では、「ハードボイルドの私立探偵が元刑事という設定は定型パターン」（マイクル・コナリー『暗く聖なる夜』）、「ユーモア漂う古き良き時代のヒーロー・ハードボイルド」（リチャード・S・プラザー『ハリウッドで二度吊せ！』）、「主人公の内省によって明確にハードボイルド精神を浮かび上がらせている」（イアン・ランキン『獣と肉』）など。記号は〝定型〟と〝古き良き〟と〝内省〟。「ノワール色の濃いハードボイルド……といった言い方も可能」という一文もある。

まったくジャンルの異なる業界のPR誌から。《翼の王国》〇六年四月号では、古参ライターの寺﨑央が「いまや無国籍地帯となにやらハードボイルドの香り濃厚な東京は新宿歌舞伎町、大久保界隈であるけれど」で始まる食のエッセイを物している。同じ号で片岡義男の巻頭一ページ・コラム「ハードボイルド音楽との再会」の連載が始まった。なにやら回顧調。

《ｅｎ-ｔａｘｉ》〇六年春季号には吉田司の「東野圭吾よ、〈敗戦文学〉を破壊するハードボイルドをふたたび」という文芸時評があった。

> 「内面を語らない」ハードボイルドな手法は、昔は大藪春彦なんかがよく描いた若くてみずみずしい反社会（反権力）的〈悪のヒーロー像〉に必須な文体だったが、いまはむしろ「さえない中年男の純愛物語」〈善のヒーロー像〉を描く文体として機能しているところが、実に面白いよな。
> 〔東野圭吾『容疑者Ｘの献身』についての言及〕

記号は〝ハードボイルドな〟と〝文体〟と〝反権力〟。同じ《ｅｎ-ｔａｘｉ》の夏季号には松浦寿輝の「フィリップ・Ｋ・ディックの聖痕を追って」中に、「『ブレードランナー』の場合はいったいどうなのか。なるほどナラティヴという点では一人称ハードボイルド探偵小説に似たこの映画」「ハメットやチャンドラーの映画化すなわちフィルム・ノワール」などの表現がある。記号は〝ナラティヴ〟、〝一人称ハードボイルド探偵小説〟、〝フィルム・ノワール〟など。

《ＨＭＭ》はハードボイルドの新しい書き手として売り出し中のジョージ・Ｐ・ペレケーノスを〇六年十月号で特集。これにおさめられた「ハードボイルドは男子にとってのハーレクイン・ロマンスみたいなもので」という、前に聞いたことのある一節（「はじめに」参照）で始まる豊崎由美エッセイの冒頭はたのしい。「〝男の矜持〟やら……そーゆー特権意識丸出しの遠吠え的言説に何の関心も持てないわたしにとっては、マイナーなジャンルにすぎないのだけれど、そんな嫌みな意地悪ババアの心の琴線に触れる固ゆで卵が存在しないわけでもない」ときて、ペレケーノスの「ハードボイルドの枠を飛び越えて、移民国家としてのアメリカを描く大河小説」となったワシントン・サーガ四部作への言及が始まる。ここでの記号は〝枠を飛び越えて〟とからかいで用いられている〝矜持〟だ。

この特集号ではほかにも「ペレケーノスの小説の大半は、私立探偵が主人公となり、事件を追って解決する物語、いわゆるハードボイルドと呼ばれるアメリカの私立探偵小説の伝統を守っている」（吉野仁）や「都合よく視点が移動し、都合よく心理を描写する……かつての日本の小説に、そしていまだに海外の小説にその手のが多いのはわかっているが、ハードボイルドの分野の作家（つまりペレケーノスだ）なら、もっと厳格になってほしい」（池上冬樹）などの発言があった。この二つでの記号は前者が〝伝統〟と後者は〝視点〟である。

《ＨＭＭ》のこの号には書評欄に「軽ハードボイルド＋コージー」（三橋暁）の見出しもあった。懐かしの〝軽ハードボイルド〟を思い起こさせると紹介されたのはカート・コルバートの『ラット・シティの銃声』。記号は〝古き良き〟だ。

日本の雑誌の誌上でも、「ハードボイルド」は死んでいない。むしろひんぱんに見かけるようになっている。毎月ご恵送いただいている《小説すばる》の最新号（十月号）をパラパラめくると、北方謙三と山田裕樹編集長の対談（司会・大沢在昌）には〝ハードボイルド・ワンダーランド〟などという見出しも立てられているが、「ただでさえ売れない日本のハードボイルド業界」（大沢）という表現もでてくる。その対談のすぐあとに、池上冬樹の「北方ハードボイルドと歴史小説の連動」があり、自社広告には、〝幕末ハードボイルド〟『薩摩組幕末秘録』（鳴海章）と「ハードボイルドの名作は驚くべき美意識で彩られていた」と謳われた『フィリップ・マーロウのダンディズム』（出石尚三）の二書の名があった。後者はチャンドラーの描写から〝服装美学、おしゃれの極意〟を読み解く本だという。

「本項で使用した「記号」という言葉は、一見含蓄がこめられているように見える業界常套句という意味合いで用いた」
このように浜の真砂のように尽きることのないハードボイルドの消費の仕掛けを眺めてみると、つくづく日本人（の男）はこの言葉が好きなのだな、ということに思いがいたる。同じような感慨を、私はことあるごとに記してきた。「日本人ほどこの言葉にこだわりと思いいれを抱いている国民はいないのではないか。ハードボイルドなみせかけの裏に秘められた男の感傷という錦の御旗を掲げつづけてきたのも日本のハードボイルド信仰者たちだった」（《ユリイカ》一九八七年増刊号）。

最後の最後に、ほんの少しだけ頭を冷やそう。「ハードボイルド」や「ミステリ」の相対的な価値の比較、事の軽重の計量化を試みてみる。

最近刊行された四百七十六ページの大著『王になろうとした男』は映画監督ジョン・ヒューストンのいささか型破りな自伝である（宮本高晴訳、清流出版刊）。ヒューストンと言えば、まず私などは監督デビュー作の『マルタの鷹』からすべてを考えはじめる。ところが、この本の中でハメットの名前はたったの一度しか出てこない。「私はダシール・ハメットの『マルタの鷹』を選んだ」（同書九十ページ）、この一行だけなのだ。ヒューストンにとってハメットは一万分の一。

かつて探偵小説罵倒論（「レポート2」参照）がミステリ界で騒ぎを起こし、それが日本にも飛び火したことがある。その爆弾発言の張本人、エドマンド・ウィルソンという〝尊大な〟文芸評論家の五百ページを超える評伝をつい最近手にとって軽い驚きをおぼえた。『グループ』で知られた女流メアリー・マッカーシーとの破滅的な結婚生活の裏話にショックを受けたのではない。索引を引いて知ったのだが、ミステリ界を揺るがしたかの罵倒論がこの膨大な伝記に出てくるのは《ニューヨーカー》時代が記された第二十章中のわずか十二行にすぎないことを知ったからだ。

「探偵小説に対する彼のよく知られた攻撃は……」に始まって、セイヤーズとドイルの名が一度ずつでてくるたった四分の一ページの記述しかみつからなかったのである。ウィルソンの文芸人生にとって「探偵小説」は二千分の一にも満たなかった。

アンドレ・ジッドはどうか。何巻にも及ぶジッドの日記の一巻だけを例にとると、「一九三九年〜一九四九年」の日記（十年分）にハメットの名が出てくるのはたったの三日。一生に換算するとジッドにとってのハメットは六千分の一といったところか。

では、双葉十三郎にとって「ハードボイルド」は？　四〇年代から九〇年代まで五巻の『ぼくの採点表』で「ハードボイルド」がでてきた映画評は百本に近い。だがそのすべてがお気に入りの映画というわけではなかったようだ。前にも出てきた近著『外国映画ハラハラドキドキ　ぼくの５００本』では、「ハードボイルド映画評」はわずか二十本にしぼりこまれている。つまり、五百本中二十本。四パーセントということだ。

私のこの本に初めから終わりまでつき合っていただいたハードボイルドの元祖、双葉十三郎にとって、ハードボイルドは全映画のたったの四パーセントの〝存在〟でしかなかったのか？　私はそうは思わない。本当はもっと比率は高いにちがいない。

では、私にとってハードボイルドは何パーセントか？　チャンドラーを借りれば「人生の十パーセント」がカッコいいが、実際はもう少し高かったろう。えっ？　百パーセントじゃなかったのかだって？

最後に、私をはげまし、煽てあげ、息が切れかかるまで奔走させてくださった多くの方々に心から感謝の気持ちを捧げたい。

ビギナーの私を鍛えてくれた編集者時代の中田雅久、常盤新平、井家上隆幸の三氏、ワセダ・ミステリ・クラブの先輩、同期、後輩諸氏、迷ったときにいつも舵とりをしてくれた各務三郎氏、英語で窮したときに何度も助けてくれた村上博基氏、私製原稿用紙にサインペンで書き殴られた悪筆を〝機械〟に入力してくれただけでなく、たくさんの有用な資料を集めてくれた並木智子さん、情報収集〝機械〟のインストラクター、鈴木豊雄さん、私の不備・不明を補って「資料2」の代表作リストを作成してくれた門倉洸太郎、霜月蒼両氏、顔写真の掲載をためらった私のために見事な似顔絵を描いてくれた山崎多郎氏、そして、デレク・ハートフィールド（ハードボイルド？）の存在（非存在）を私に教えてくれた東浩紀氏に。

「ハードボイル道《ドウ》」に乾杯！

二〇〇六・九・二十一

研究篇

häṛd′⸗bĭlled″(⸗bĭld″). ㊖ 播餌ノ〔鳥〕.
——⸗bĭt″tĕd (bĭt″ĕd; -tid*). ㊖ 制馭シニクイ, 頑強ナ, 強情(ガウジヤウ)ナ. **[**又 **~⸗bitten].** **——⸗boiled″**(boild″).㊖ ㊀ 硬(カタ)ク煮タ. ㊁ 手ニオヘヌ,一筋縄デユカヌ. **~ egg with shell on.** 手ニオヘヌ代物.
——⸗bound″.㊖ 硬結シテキル;祕結シテキル,大便不通ノ. **——⸗chēeṣe″**(chēz″). ㊔ 〔俚〕不祥, 不運. **——-cūṛed″** (kūṛd″; kjuəd*), **——⸗drīed″**(drīd″). ㊖ 干物(ヒモノ)ニシタ. **——⸗eaṛned″** (ûṛnd″). ㊖ 辛苦シテ儲(マウ)ケタ, 自制シテ得タ;骨折ッタアゲクノ〔骨休ミナド〕.

hard-boiledの別義を記載した最も古い英和辞典。
三省堂英和大辞典　1928年(昭和3年)刊。

Peter Tamony interviewing Louis "Satchmo" Armstrong, August 1943, on radio station KSAN, San Francisco, for his program "Jive at Eleven Five."

ピーター・タモニー（右）は〝言語探偵《ワード・スルース》〟の異名を持つアメリカ語収集家。" Jive at Eleven Five "という自分のラジオ番組でルイ・アームストロングにインタヴュー中の写真（1943年8月）。*MALEDICTA 1983*より。

レポート1 「ハードボイルド」の言語学

いまでこそハードボイルド・ミステリ、あるいはハードボイルド探偵小説といった用語が、かなり年季の入った常套句として、ほとんど何の註釈もなしに、使い手のさまざまな思いをこめながら使われているが、この言葉には長い歴史的背景がある。「ハードボイルド」という言葉がミステリの書評の中で初めて用いられたのは一九二九年、そしてそれが「ハードボイルド・スクール（派）」という固有のジャンルあるいは作風を指す用語として認知されたのは一九四一年だった。その発生と変遷の過程は「レポート2」で詳述するが、その前にまず確かめておきたいことがある。

そもそも「ハードボイルド」とはどういう意味の言葉なのか。字義通りの〝固く茹でた〟という形容詞はいったいどのような意味合いに転じていったのか。

二十年前に『アメリカ語を愛した男たち』の中で記した事柄を整理し、新たに掘り出した事実を補いながら、「ハードボイルド」の意味の移り変わりをここで検証してみたい。

1　十九世紀末の四つの用例

a　ケチん坊、締まり屋

十九世紀末のアメリカ西部で「ハードボイルド・エッグ」は擬人的に「ケチん坊」「しみったれ」「締まり屋」の意味で使われた。その最も古い例は一八八五年に用いられた西部の口語にまでさかのぼることができる。

スパイダー・ケリーら三人の客がこの表現をリノのカジノ（ファロゲーム）からサンフランシスコへ伝えた。
T・A・ドーガン（一八八五年）

ケチな締まり屋の客は「ハード・ボイラー」（hard boiler）とも呼ばれ、そういう連中がゲームに加われないように、人を雇って席を占拠しておく店もあったという。

ここに名前が出てきたスパイダー・ケリーは、一八八七年に初の公式バンタム級チャンピオンとなったボクサー（のちにトレイナーとして有名になる）で、おそらくアーネスト・ヘミングウェイの『日はまた昇る』（一九二六年刊）の冒頭にでてくる人物と同一人であろう。

T・A・ドーガン（TAD）は二十世紀の初めにハースト系の新聞で活躍した漫画家で、市井のアメリカ男性を題材にした漫画に生き生きとしたスラングまじりのキャプションを付して人気を集めた。一九一〇年代の中頃、サンフランシスコの《コール》紙に掲載された漫画批評でもカード用語や酒場用語として「ケチん坊」の意味で用いられた例をいくつも紹介している。

「固茹で玉子野郎はエースを百枚持っていても大きく賭けようとしない」
「カネを払って飲もうとしない固茹で玉子野郎は磁器の卵と同じだ」

「ハードボイルド・エッグ」がケチん坊の意味で用いられた例はニューヨークのブロードウェイでもみかけられた。ビリヤードの経営者ジャック・ドイルが、賭けをするとき極端にケチなプレイヤーのことを「固茹で玉子野郎」と名づけ、それが広まったのだ。

一九一五年頃から《ニューヨーク・マガジン》に俗謡を寄稿し始めたブロードウェイ作家のデイモン・ラニアン（一八八四年〜一九四六年）も同じようにケチん坊の意味で用いている（Little Song of a Hard-boiled Egg）。

ところがこの言葉は第一次世界大戦（一九一四〜一九一八年）中にまた意味が変わり、「エッグ」が落ちて単純に「ハードボイルド」となって古くからの犯罪者用語に戻った。

……同情を求めたり期待されたりせず、まったく譲歩せず、他人から何かを強いられることを拒む、したたかで、抜け目のない、目はしのきく男という意味である。

《アメリカン・スピーチ》（一九二七年五月号）

b　物知り顔な

『ハックルベリー・フィンの冒険』や『トム・ソーヤーの冒険』などで知られる作家マーク・トウェイン（一八三五年〜一九一〇年）が一八八六年のある講演の中でペダンティック（知ったかぶり、物知り顔な）という意味で用いた。これには「エッグ」はついていない。

この用例は、批評家、ジャーナリスト、言語学者として高名なH・L・メンケン（一八八〇年〜一九五六年）が名著*The American Language*（一九一九年刊）の中で言及しているのだが、講演名は定かではない。「物知り顔な」という意味での用法も広まらなかった。

c　きわめつきの

ごく最近、インターネット検索を通じて、一八八六年ではなく一八八七年の講演の中で、トウェインが「ハードボイルド」を用いていることを発見した。ネット上で見つかった一八八六年の二つの講演で空振りを喫したあと、データにおさめられている〝全講演〟を対象に「ハードボイルド」という語を検索してみると、三つヒットしたのだが、そのうちの二つは、「茹でたハムと固く茹でた玉子」に出てくる「ハードボイルド」で、残りの一つが次の用例だった。

（故グラント大統領の発言は）とびきりアルコール度の高い、きわめつきの融通のきかなさを有するいかなる文法のかたまりもいまだかつて為し得なかった力を持って、この国を目覚めさせた。

マーク・トウェイン（一八八七年）

ところが原文は〈A No.1, fourth-proof, hardboiled hidebound（融通のきかない）grammar（文法）〉となっていて、形容詞として用いられている「ハードボイルド」の正確な意味がつかみにくい。とりあえず、「きわめつきの」という強意の形容詞と解釈してみたが、じつはこれがH・L・メンケンの言及した「ペダンティックな」の意味での用法だったのかもしれない。

この新発見の「ハードボイルド」は一八八七年の四月二十七日、コネティカット州ハートフォードの陸海軍クラブで開かれた第九回同期会の夕食会で、ユリシーズ・グラント大統領（一八八五年没）の文法を無視した演説を諷刺したスピーチの中で用いられたものである。

d　手ごわい

「一番やっつけにくい（hard to beat）のはなぁんだ？」
「固茹で玉子さ」

これは大道演芸のガイド本（*The Witmark Amateur Minstrel Guide & Burnt Cork Encyclopedia* 一八九九年刊）に収録されている謎問答である（beatには攪拌するの意もある）。

「ハードボイルドの起源」（The Origin of "Hard-boiled"）という評論（《アメリカン・スピーチ》一九三七年十月号）の中でこの謎問答を紹介したピーター・タモニーは、「ケチん坊」「締まり屋」という意味より前に「苛酷、無情」の意味があったと指摘している。

この「ハードボイルドの起源」という四ページの評論をブルックリンの図書館でコピーにとってくれたのは、当時〝マンハッタン無宿〟を楽しんでいた木村二郎だった（『アメリカ語を愛した男たち』第七章）。それから四半世紀、またしてもネット検索の結果、謎の人物ときめこんで追跡調査を怠ってきたピーター・タモニー（一九〇二年〜一九八五年）が〝言語探偵《ワード・スルース》〟という異名を持ついささかマニアックなアメリカ語収集家だったことを知って、私はびっくりした。タモニーさんが一生を費やして、足と耳で集めた無数のアメリカ語が、いまはすべて有料の電子データにおさめられている。

2「ハードボイルド」の意味の広がり

ピーター・タモニーやH・L・メンケンが指摘しているように、「ハードボイルド」は第一次世界大戦中から戦後にかけて、「非情な」という形容詞の意味が優勢を占めるようになった。だが言葉はイキモノだ。一筋縄ではとらえられない千変万化の動きをする。その言葉の百面相をとにかくすべて網羅しようという目的で編まれた辞典がシソーラス、つまり類語辞典である。

アメリカ語を対象にした初めての大規模な類語辞典 *The American Thesaurus* が編まれたのは一九四二年だった。編者はレスター・V・ベリーおよびM・ヴァン・デン・バークの二人。古典的な労作だが、さいわいなことに一九八三年に名著普及会から復刻版が刊行された。

この類語辞典を参考にして、「ハードボイルド」の意味の広がりを検証してみよう。まず索引ページをひらき、〈hard-boiled〉という単語が記されている全項目の収録ページをぬきだす。項目数は八。つまりこの単語が八つの概念の項目にそれぞれ収められているということだ。

a　上品でないこと（ungentility）

荒っぽい（rough）、洗練されていない（unpolished）、粗野（crude）といった意味合いを持つ俗語。類語に「猪首野郎」（bull-neck）、「革首」（leatherneck＝牧場夫、のちに海兵隊員。研究社『英語雑学事典』によると原義は革のヘルメットをかぶった軽歩兵部隊）、「油玉」（grease ball＝軍隊のコック）、「ジョン安」（cheap-John＝節操のない）、「拳固野郎」（fisty）、「ラフネック」

(roughneck ＝油井やサーカスの荒くれ)、「タフィー」(toughie ＝タフ野郎)など。

b　**抜け目のない**(**wise, shrewd**)

おツムがいい(brainy)、ヒップ、誰もバカにできない(nobody's fool)、剃刀のように鋭利、固頭(hard-headed)などの同類。

c　**決然とした**(**determined**)

断固とした(dead set)、不屈の(hell-bent)の同類。

d　**頑固な**(**stubborn**)

弾丸頭(bulletheaded)、猪首(bullnecked)、骨のように固い(hard as a bone)、鉛のように固い(hard-lead)、鼻っ柱の強い(hard-nosed)、固い殻(hard-shell)など。

e　**世慣れした**(**worldly-wise**)

スマート(smartened-up)、悪ずれした(wised-up／have been around)、ライオンをたくさん見てきた(have seen the lions)、あらゆる答えを知っている(know all the answers)、昨日生まれたわけじゃない(not be born yesterday)、その手はよく知っている(know the ropes／time of the day／what's what)などおもしろい類語が多い。

f　**年季を積んでいる**(**experienced**)

阿呆じゃない(no dumbbell)、青二才じゃない(no green pastures)、手練れの(sophisticated)、手綱に慣らされた(bridle-wise)など。

g　**情知らず**(**unsympathetic**)

凍った顔つきの(frozen-faced)、釘のように固い(hard as nails)など。

h　**悪ずれしたやつ、世故にたけたやつ**(**hard-boiled baby**)

クールなカード（cool card）、クールな客（cool customer）、クールな魚（cool fish）、町の紳士（gentleman about town）、固茹で玉子野郎（hard-boiled egg／hard-boiler）、スマート・ガイ、ワイズ・ガイなど。

このように「ハードボイルド」は、粗野、抜け目のない、決然とした、頑固な、世慣れした、年季を積んだ、情知らず、悪ずれしたなどの意味合いを持つ言葉だということがわかる。好感度の高い言葉とは言えず、むしろ悪口の部類だろう。

また、「ハードボイルド」とは別に「ハードボイルド・エッグ」も個別にひろわれているが、概念としては「評判の悪い人間」の中の「悪党／やくざもの」（scoundrel）に区分けされ、類語としては、「大根役者」bad actor（egg／penny／hat／baby）や「悪いもの」（baddie）、黒い羊などが挙げられている。

前出の「ケチな人間」（stingy person）の意味で用いられると、類語には、スコットランド人（Scotchman）、「しみったれ」（tightwad）、「片道ポケット」（one-way pockets）とか、一セント玉（penny-pincher）や五セント玉（nickel-nurser／squeezer）を用いた表現がある。

そのほかにも「ハードボイルド」を用いた俗語用法がいくつか収録されている。

〈hard-boiled yegg〉

犯罪者、ならずものの意では類語にタフ野郎（toughie）、ハードボイルド・ケイス（hardboiled case）、フーリガン（hooligan）、やくざ（hoodlum）など。荒くれもの（desperado）の意では、ゴリラ、ヘヴィ（heavy）、タフなやつ（tough mug）などの類語があり、盗っ人、金庫破りの意味で用いられることもある。

〈hard-boiled hat〉
ダービー・ハットのこと。
〈hard-boiled lemonade〉
ジンにレモン水、ソーダ水、氷を加えたカクテル、トム・コリンズ（Tom Collins）のこと。
〈hard-boiled baby〉
「ハードボイルド」の項目では男性のみを対象としていたが、女性を対象とすると「身持ちの悪い女」「ふしだらな女」の意で用いられることが多い。類語は「ベッドのウサギ」（bed bunny）、セクシーな女（bimbo）、ビスケットなど数多い。おもしろいことに「ハードボイルド・ベイビー」は、金庫破りたちのあいだでは、「手に負えない金庫」「難攻不落の金庫」の意味で使われた。

「ハードボイルド」にはこれだけの意味の広がりがあることがわかった。これがまず基本だ。その中からある特定の意味がとりわけ好まれるようになり、優勢を占めてゆく過程は誰にも予想がつかない。しだいにすたれてゆく意味合いもあるし、生き残るものもある。

アメリカの古典的な類語辞典をこのようにくわしく調べてみてわかったのだが、この形式の辞典には一つ大きな弱点がある。ある言葉が別の意味合いで用いられるさまざまな用例は確かに示されているのだが、それがいつ、どこで、誰によって使われたのかを知る手がかりはほとんど与えられていない。ある言葉の特定の意味合いがいつ生まれ、その後どうなったのかを推測することもできない。一九四二年という刊行年を考えれば、はっきり言ってこの辞書に収められているのはおびただしい数の「死語」の群なのかもしれない。

だがなにも「流行語」や「現代語」ばかりがエライわけではないだろう。そんな言葉は「もう古い」とか「死語じゃないか」などと言われる表現や言葉も、かつては現代語であり、キラキラと輝いていた新語だったのだ。

3「非情な」の文例

私たちのヒーローについての基本概念は、言うなれば〝固茹で玉子野郎〟なのである。

《ハーパーズ》（一九二二年）

どのような文章の中で用いられたのかは不明だが、第一次世界大戦後の〝現代〟のヒーロー（実社会での）の資質として「非情さ」を挙げているのが興味深い。「ハードボイルド」のいくつもの意味合いの中で優勢を占めるようになったのはこの例のような「精神的に強靭な」「非情な」の用例だった。おもに当時の小説からこの用法の文例をひろってみよう。

父のオフィスに架かっていた（私の大伯父の）、ややいかめしい感じの肖像画。

F・スコット・フィッツジェラルド『偉大なるギャツビー』（一九二五年）

ここでは「ハードボイルド」が「いかめしい」「厳格な」の意味で用いられている。昼間はどんなことにでもたやすくハードボイルドになれるが、夜はまた別の話だ。

アーネスト・ヘミングウェイ『日はまた昇る』（一九二六年）

〝偉大なる〟ヘミングウェイの長篇第一作にでてくるこの一節（第四章の結文）の「ハードボイルド」にはあえて訳語をあてなかった。この作品の翻訳を手がけてきた先人たちの訳文をここで比較検討してみる。

（1）昼間は何事につけても感情をおさえて非情《ドライ》になることもやさしいが、夜ともなるとそうはいかなかった。
大久保康雄（一九五四年、三笠書房→新潮社）

（1'）昼間は何事につけても、感情をおさえるのが何でもないのだが、夜ともなると、そうはいかないのだ。

同（一九六〇年）

（1）は初訳。（1'）は同じ訳者による五年後の改訳だが、「ハードボイルド」に当たる「非情になる」が改訳では省かれている。そのため、次の（2）の訳例に非常に似通ってしまった。なお、大久保康雄訳の新潮文庫版は二〇〇〇年には百刷を超える長寿翻訳書となったが、その年に同じ新潮文庫から高見浩による新訳（9）が刊行された。

（2）日中なら、どんなことにでも感情をおさえることは、すごくやさしいのだが、夜は別だ。
高村勝治（一九五五年、三笠書房）

（３）昼間であったならどんなことにでも非情な態度を装おえるのだが、夜はやはり別の世界だった。
及川進（一九五七年、角川書店）

この（３）と次の（４）で「ハードボイルド」にはふたたび「非情」の訳語が当てられている。また（３）では『日はまた昇る』に寄せられた女流ガートルード・スタインの〈ロスト・ジェネレーション〉を用いた有名なエピグラムが「あなたがたはみな迷える世代ですよ」と充分に意味を解した訳文になっている。そして最も新しい高見浩訳では〈失われた世代〉が〈自堕落な世代〉に置き換えられた。いっそのこと私なら〈落ちこぼれ世代〉とするかもしれない。ロスト・ジェネレーション＝失われた世代という公式は〝世紀の名誤訳〟といえるのではないかと思う。

（４）昼間なら、何彼につけて非情にやってのけるのは至極やさしい、しかし夜になると事情がまるでちがってくる。
谷口陸男（一九五八年、岩波文庫）

（４）の岩波文庫版は二〇〇四年刊の第五十八刷になっても初版時の解説をそのまま載せているので、ヘミングウェイがとうの昔に亡くなったことも解説には記されていない（カバーにのみ記載）。

（５）日中なら、どんなことにでも感情をおさえてドライになることはやさしいが、夜ともなればそうはいかないのだ。
大橋吉之輔（一九七一年、筑摩書房）

（６）昼のあいだなら、万事に非情《ハードボイルド》を気どることもやさしいが、夜となると、話がべつになる。

佐伯彰一（一九八九年、集英社）

（5）の大橋訳と（6）の佐伯訳の初訳は一九六六年刊だが、ここに引用したものとは訳文が同じか否かは未確認。（6）では「非情」という訳語をあてたうえで、原文の「ハードボイルド」をルビとして付している。これは原文と訳語がたがいに充分に馴染んでいないと感じられるときに一種の〝アリバイ〟として翻訳家が用いるテクニックだ。佐伯彰一には〝ハード・ボイルド手法〟について言及した「探偵・ヒーローの魅力と栄光」（『レイモンド・チャンドラー読本』収録）という評論があるが、そのなかでハメットとチャンドラーに関連して次のようなことを述べている。

もちろん、この二人（ハメットとチャンドラー）を結びつける絆ともいうべきハード・ボイルド手法を、たんに両者のアウトサイダー性だけで片づける訳にはゆくまい。改めて言うまでもない話ながら、あの寡黙で、しかも切れ味鋭いヘミングウェイ文体という見事な先例があり、口語的、俗語的ダイアローグの絶妙の巧さというのも、ヘミングウェイをぬきにしては、考えられない。

ヘミングウェイびいきを自認する佐伯訳のすぐあとに、さらに二人のアメリカ文学びいきの翻訳家による訳書がつづく。（7）の宮本陽吉訳（初訳は一九六七年）は（6）と同様に「非情《ハードボイルド》」とし、（8）の加島祥造訳はあえて「ハードボイルド」を訳さない方法を採っている。

（7）昼は何にでも非情《ハードボイルド》になるのはわけないが、夜は話が別だ。

宮本陽吉（一九七六年、講談社）

（8）人間は昼日中なら何についてだって冷静な気分でいられる。それは簡単だ、しかし夜の場合には、そうはゆかないものなのだ。

加島祥造（一九六八年、中央公論社）

そして最後が前出の高見浩訳。「ハードボイルド」は〝無感動〟のルビとして処理されている（初版は角川春樹事務所刊、二〇〇〇年）。

（9）昼間なら、何につけ無感動《ハード・ボイルド》をきめこむのは造作もないことだ。が、夜になると、そうはいかなかった。

高見浩（二〇〇三年、新潮文庫）

このように、私が数えただけで『日はまた昇る』には九人の翻訳家による異なる翻訳書がある。ヘミングウェイだけでなく、ミステリの分野ではダシール・ハメットやジェイムズ・M・ケインにも同じことが起きた。翻訳権を取得せずに刊行が可能だったために生じた混乱である。

各社が乗り遅れまいとヘミングウェイに群がった商魂とは別の次元で、一つの作品に九つの異なる訳書が存在するということ自体はすこぶる興味深い。いま私が「ハードボイルド」について試みたように、いずれも名のある翻訳家の苦心の訳文の手の内を、どのようにも比較することができる楽しみがあるからだ。〝翻訳という仕事〟の実際――各訳者の解釈と技法を検証するのにこれほど有効な材料はないと思う。

残念ながらここではヘミングウェイ競訳についてこれ以上深入りはできない。先へ進もう。

次は、二〇年代のパルプ・マガジンの誌上で、ダシール・ハメットに先んじてタフな私立探偵ヒーローを活躍させたキャロル・ジョン・デイリーの作品から二例。

やつにとっちゃ自業自得ってもんだ……情容赦のない冷血漢にみえるかもしれないが、あの新米の殺し屋野郎が道にころがりでてきたとき、おれは下手な同情などクスリにしたくもなかった……拳銃に生きる男は拳銃に死ぬ。そいつがいまの世にどんぴしゃりのきまりってもんだ。

そうよ。おれは情知らずだ——そんなところさ。いろんなことをたっぷり見ちまったんで、おれのハートは化石になって花崗岩みたいなタコができちまった。

「情容赦のない冷血漢」は原文では〈hard boiled or cold blooded〉となっていた。小説は辞書ではない。ある言葉を作家がどんな意味合いをこめて用いたかを読みとるのは読者の仕事である。二つめの文例では「おれのハートは化石」になって花崗岩のように固くなってしまったという説明から「ハードボイルド」に情知らずの訳語を当てた。

どちらの文例も強がりのセリフを吐いているのは一九二三年に《ブラック・マスク》に登場した私立探偵、レイス・ウィリアムズ。一九二七年に連載後、同年単行本になった長篇第一作 ***The Snarl of the Beast***（けものの唸り声）から採った。

レイス・ウィリアムズに一歩遅れて《ブラック・マスク》に登場したダシール・ハメットの名無しのヒーロー、コンチネンタル・オプもやはり一人称記述でセリフの中に「ハードボイルド」を使っている。次に挙げる二例とも同じ一九二七年の文例。この言葉が当時の流行語だったことをうかがわせる。

「あの女にひょっこり出会い、ハートがやわになって、警察につきだせなかっただけの話だ。ところがおまえの見栄が、自分にもそれを認めさせなかった。自分が冷酷なやり手だと思いたがる見栄があった。うわべだけでも冷酷非情にみせかけたかった」

中篇「ブラッド・マネー」の第二部（《ブラック・マスク》一九二七年五月号）の結びで、主人公が裏切者の若い調査員を告発するシーン。原文は〈You had to have a hardboiled front〉となっている。

「あんたたち科学探偵って、そんなふうに仕事を運ぶのね。なんてことかしら！　デブで、中年で、情知らずの頑固者のくせに、きいたこともないいい加減なやり方をするのね」

この文例は《ブラック・マスク》一九二七年十二月号に掲載された長篇第一作『赤い収穫』の連載第二回めからの引用（一九二九年刊の単行本では第十章）。娼婦ダイナ・ブランドがオプの卑劣さを罵るセリフの中で使われている。この訳文は私自身のものだが、この箇所を私の先輩翻訳家たちはどんな具合に訳していたのだろうか。

「やっぱり、科学的探偵さんらしいわね。肥っちょの、中年の、非情の、強情っぱりのくせに……
……」

砧一郎訳（一九五三年、ハヤカワ・ミステリ）

「じゃ、あれが科学的探偵のやりかたなのね。あきれた！　でぶの、中年の、心臓の強い、こちこち頭の強情っぱりのくせに……」

田中西二郎訳（一九五九年　創元推理文庫）

「……あきれた！　でぶの、中年の、がっちり屋《ハード・ボイルド》の、ばか強情のくせに」

能島武文訳（一九六〇年　新潮文庫）

「……あきれた！　でぶっちょの、中年の、がっちり屋の、強情っぱりかと思ってたら……」

河野一郎訳（一九七七年　中公文庫）

「……ああ、おどろいた！　あんたって中年のデブで、ハードボイルドで、やたら強情なくせに、まったく、予想もつかないようなやりかたをするんだから」

田中小実昌（一九七八年　講談社文庫）

『赤い収穫』の初訳は一九五三年刊のハヤカワ・ミステリ（ポケミス）版だが、きわめて正確に「ハードボイルド」は「非情の」と訳されていた。そのあとの四例では、「心臓の強い」が一つと「がっちり屋」が二例、そして田中小実昌訳では「ハードボイルド」がそのままカタカナになっている。「こんなの、おっかなくて、ぼく訳せないよ」ということだったのかもしれない。あるいは読者に丸投げしてしまったのか。たまたま重なってしまった「がっちり屋」という訳語は、一時期よく用いられた「ケチん坊」「締まり屋」の意味を採ったのだろう。ここではそれが正着であったとはちょっと考え難い。
デイリーやハメットと同時代の作家が用いた「ハードボイルド」の文例をあといくつか記しておこう。

彼女は警官にはさまれて青白いきびしい《ハードボイルド》顔をしていた。

W・R・バーネット『リトル・シーザー』（一九二九年）

女性の表情を形容したこの「ハードボイルド」は、F・スコット・フィッツジェラルドの文例と同じように「いかめしい」「きびしい」の意であろうと推察される。映画『犯罪王リコ』の原作であり、犯罪小説の古典と言われるこのデビュー作で、バーネットがなぜ、あえてこの言葉をハイフンなしの一語で、しかも女性の形容に用いたのかについては、確かなことは何も言えない。一つだけ言えるのは、ここでは精神的な意味合いはまったくなく、あくまでも外面的な形容詞として用いられているということだ。
一方、シカゴ生まれのアイリッシュ系作家、ジェイムズ・T・ファレルの次の文例では「ハードボイルド」の意味合いは少し異なってくる。

彼はスタッズ・ロニガン。やわな気持ちなどこれっぽっちも持ってない男だ。鍋んなかに二時間ほど入れっぱなしにされていた固茹で玉子《ハードボイルド・エッグ》野郎さ。

『若いロニガン』（一九三二年）

一九五五年刊の訳書（石川信夫訳）では「ガッチリした男」という訳注がついていたが、ここでは肉体的な意味ではなく、強がりや感情を外にあらわさないという意味合いで用いられているのではないだろうか。ファレルの文体は貧民街に住む多感な少年が日常的に使う口語体で、俗語やはげしい差別用語に色どられている。それでいながら主人公の少年は好きな女の子に気軽に声もかけられない純真な悪ガキなのだ。

ところで、最近見つけたのだが、チャンドラーにも《ブラック・マスク》に載った短篇に「ハードボイルド」の文例がある。

「あなたは、自分じゃハードボイルドだと思ってるんでしょうけど、めんどうごとをかかえている安っぽい女を見かけるとすぐにひと肌ぬぎたくなる大男のろくでなしよ」

レイモンド・チャンドラー「〝シラノ〟の拳銃」（一九三六年）

そしてもう一つ、『さらば愛しき女よ』の中でも「ハードボイルド」を使っていたことをなにかのはずみで思いだした。清水俊二訳ではただ「あくの強いすれっからし」となっているが、マーロウが自分の好みのタイプの女は〈smooth shiny girls, hard-boiled and loaded with sin〉であると白状する場面があるのだ。「磨きのかかったしたたかな海千山千の悪女」といったところだろうか。

チャンドラーがのちに評論「単純なる殺人芸術」の中で用いた「ハードボイルド」については「レポート2」で述べる。彼がその評論を発表した一九四四年には、「ハードボイルド派」という〝業界用語〟がすでに普及し、自分たちがひとくくりにされることなど、デイリーもハメットもチャンドラーも、もちろんまだこの時点では知る由もなかった。『赤い収穫』の書評の中に「ハードボイルドな言葉」という評言を用いたハーバート・アズベリーでさえも、この言葉が将来どれほどもてはやされることになるかなどということは考えてもいなかったろう。

現代はハードボイルドダム（hardboiled-dom）の時代だ。

ソール・ベロー『宙ぶらりんの男』（一九四四年）

収集癖が昂じると〝言語探偵〟はつい自分の獲物を人に見せたくなる。ヘミングウェイ同様〝偉大なる〟（つまり、ノーベル文学賞をもらった、ということ）純文学作家であるソール・ベローのデビュー作からの引用は、よほどこじつけないかぎり「私のハードボイルド」とはかみあってこない。でも、第二次世界大戦の終局期に、この世を「ハードボイルドだ！」と喝破したのはさすがなのかな。

4　ハードボイルドはアメリカ語か

じつは私には、もっと前に明記すべきだった大きな疑問が一つある。いや、あった、と記すべきだろう。すでにほとんど謎は解けているのだから。

「固く茹でた」以外の意味で用いられる「ハードボイルド」は純正なアメリカ語なのか？　大きな疑問というのはそれだ。しかもこれはごく最近芽生えた疑問だった。この「ハードボイルド」がアメリカ起源の言葉ではない、などと思ったことはこれまで一度もなかったからだ。ところがこれが、思いもかけない錯覚だったのである。かなり古くから使用してきた古い二冊の俗語辞典も「ハードボイルド」はスタンダード・イングリッシュであると明記していたのだ。

明記してあるのになぜわからなかったのか。それはつまり、その二つの辞書の記述が私にはどうにも納得がいかず、未解決のままそのままにしてあったということだ。ごく最近、ついに思い立って、友人であるすぐれた翻訳家M氏におうかがいを立てたところ、たちどころに明快な答えが返ってきた。その答えを参考にして、「ハードボイルド」が俗語でさえなかった言語学上の見解をここに記しておく。

私の手元に昔からあったその二つの辞書というのは、どちらも高名な言語学者、エリック・パートリッジ（一八九四年〜一九七九年）によるスラング辞典である。パートリッジはニュージーランドに生まれ、オーストラリアのクイーンズランド大学で学んだあと、一兵卒として第一次世界大戦に従軍。一九二一年にオックスフォードに入学。卒業後、教師をつとめ、一九三二年に著述家として独立。言語学者、辞書編集者として数々の著作を残したが、俗語の分野ではまず次の一書が有名だ。

A Dictionary of Slang and Unconventional English

初版は一九三七年刊だが、私が持っているのは一九五一年刊の第四版。ここでは「ハードボイルド」は一項目としてではなく〔　〕内の記述として次のように示されている。

hard-bitten は標準英語であり、他書ではそう記されているようだが、けっして口語ではない。まったくあらずもがなな（不必要な）アメリカ語扱いをうけている hard-boiled も、米国では本来口語であったにもかかわらず、一般に広まっている見解とは異なって、やはり標準英語である。

かなりわかりづらい記述であると言った意味がおわかりいただけただろうか。なおこの〔　〕内の記述は、一九八〇年代の半ばに刊行された第八版には収録されていない。話がさらに混乱してくるのは、パートリッジのもう一つの四九年刊の辞書 *A Dictionary of the Underword: British & American* の記述のためだ。

　この辞書では hard-boiled は独立した一項として立てられ、しかも言葉の頭に＊印がつけられている。この辞書ではこの＊印はアメリカ語（少なくとも語源は）を指すので、前著で標準英語と明記しておきながら、なぜパートリッジが考えを変えたのか長いあいだ私は疑問に思っていた。

　ところが先ほどのM氏が、全文に目を通して、パートリッジは考えを変えたわけでもなく、二つの辞書の記述は少しも矛盾していないと教えてくれた。この辞書の「ハードボイルド」の説明は次のとおりである。

＊ハードボイルド「刑務所内の規律違反を正す調教がきびしく、確固不動で仮借のないさま」〔ルイス・E・ロウズ著、*Life and Death in Sing Sing*（シン・シン刑務所における生と死）一九二八年刊〕という文例は囚人口語と一般的な刑務所俗語の境界線上の用法である。この用法は、この語の一般的な俗語の意味――〝精神的に強靭《タフ》な〟の特例。

　つまり、「精神的にタフな」という英語の俗語の意味が先にあって、アメリカの刑務所内で使われる「規律がきびしい」というアメリカ語用法は英俗語の特殊な応用例であると述べられているのだ。

　さて、ここまではなんとか理解できた。だが、パートリッジの俗語辞典については、さらにもう一つの疑問がある。一九七二年に、パートリッジの最初の俗語辞典の一九六一年版のアブリッジ版が *Dictionary of Historical Slang* と銘打たれてペンギンから刊行されたのだが、奇妙なことにこの辞書には「ハードボイルド」の項目がない。それはなぜなのだろう。

「歴史的な俗語」と称するのは、「この辞書には第一次大戦前に用いられていた言葉や表現のみを収録した」からだという説明がついているところをみると、収録洩れの「ハードボイルド」は第一次大戦後の比較的新しい俗語だということになるのだが……。

もしそうだとすれば、タモニー先生やメンケン先生が苦労してひろいあげた十九世紀末の「ハードボイルド」の古い用法はどうなるのだろう。やはりまだ謎は残る。

だが「ハードボイルド」は必ずしもアメリカ語ではない、ということを例証する証拠がじつはもう一つある。あまりにも身近にあったのでうっかり見過ごしてしまったのだが、*Webster's New World Dictionary of the American Language*（一九五三年初版）がそれを明確にしていたのだ。私の手元にあるのは一九七〇年刊のカレッジ版第二版だが（ということはその頃から使い始めていたことになる）、この辞書の特長の一つは、収録されているアメリカ語に☆印を付していることである。ある単語の第二義以降がアメリカ語である場合にもその箇所にこの☆がつけられている。

ところがこの辞書の「ハードボイルド」の項には☆はついていない。

「1．玉子について。白身も黄身も固くなるまで茹でた。2．（口語）感傷、憐れみなどに影響されない。タフ。苛酷」と記されているだけで、2の項目にも☆はつけられていないのだ。たまたま同じページの少し下方に、別の言葉のこんな項目が立っている。

☆hard-nosed（スラング）1．抑えようのない、タフな、頑固な。2．目はしのきく、実際的な。

これは「鼻っ柱の強い」という純正アメリカ語だ。こうなると〈hard-boiled〉に☆がついていない事実を厳然たる証拠として認めざるを得ないだろう。

だが、言葉の起源はパートリッジの言うとおりだとして、探偵小説や映画の中でこの言葉を育てあげ、花咲かせたのは一九二〇年代以降のアメリカの大衆文化だった。それもまたまぎれのない事実である。

＊「ハードボイルド」にひけをとらないほど解釈の難しい言葉に「タフ」がある。ブロードウェイ派の作家、デイモン・ラニアンの ***The Snatching of the Bookie Bob***（ブッキー・ボブの誘拐）という愉快でドジな誘拐犯たちの物語に六回でてくる「タフ」を例にとって、前に私はこの言葉を分析した（『アメリカ語を愛した男たち』）。

そこでは「タフ」は１．きびしい（せち辛い）、２．ケチ、３．難しい、困難な、４．やっかいな、５．しんどい（タフ・デイなら厄日）、６．つらいという具合に、少しずつ意味合いがことなる使い方をされていた。ひと口に「タフ」といっても正確な意味を読みとるのはなかなか難しい《タフ》のである。しかもこの六例には「肉体的な強靭さ」の意味は一つもない。だが、日本語になってしまった「タフ」のほうはもっとややこしい。めいめいが思い思いに勝手に意味を理解しているからだ。それこそが「私のハードボイルド」だと宣言した作家、生島治郎の解釈については本篇第六章の〝「盗まれた」名セリフ〟を参照していただこう。

5　辞書の中の「ハードボイルド」

「ハードボイルド」を一般の人に初めてくわしく説明してくれた辞書はメリアム－ウェブスターの *New International Dictionary* の新改訂版（一九六一年刊）である。この辞書についてのおもしろいエピソードについてはまた後段で触れるので、ここではその辞書に載った「ハードボイルド」の内容をくわしく記しておこう。

語義としてはまず、1.玉子についての形容（固く茹でた）、2.衣類についての形容（糊のきいた）が先にあり、そのあとに人間の性質や文芸用語、物事の形容の意味がつづく。

3a.感傷性や弱さの欠如。冷酷無情、強靭《タフ》。「ハードボイルドな南海の荒くれである俺がとりわけおどろいた」（《アトランティック・マンスリー》）、「ハードボイルドな政治屋」「ハードボイルドな指導者に率いられたハードボイルドな組織」（E・J・フィッツジェラルド）。

3b.文芸用語。次のような特性を持つ小説や作品について用いられる。自然主義的あるいは暴力性を帯びたテーマや出来事をあるがままに、非情に提示する手法。概して非感情的あるいはストイックな話法。道徳的判断の（明白な、あるいは隠された）完全な欠如による表現など。「探偵小説のハードボイルドの伝統」（ジョン・ペイタースン）、「ハードボイルド派の小説」（ジョージ・スティーヴンス）。〔この二つの文例については「レポート2」の一九五五年、一九六一年の項参照〕

3c.現実的、実際的。感情に左右されない、リアリスティックな。「アメリカのシステムについての最もハードボイルドな調査によれば、これは大災害の青写真だ」（A・A・バール）、「基本的にハードボイルドであくまでもビジネスライクな人種」（《ニューヨーク・タイムズ》）。

四十年前にこの辞書のこのページに出会っていたら、きっと私のハードボイルドの旅のよき水先案内人になってくれただろう。ではこれ以前に刊行されていた戦後の大きな英英辞典では、「ハードボイルド」はどのように記されていたのか。次はその追跡調査の報告に移る。

各務三郎の紹介で二年ほど前からつき合いが始まった千年堂という古書業者がいる。「こんな本を探している」と依頼すると、必ずその周辺の本を見つけてきてくれる若くて優秀な古書ハンターだ。

二〇〇五年の暮もおしせまった頃、頼んでおいた古い英語の辞書を千年堂が四種類見つけだして届けてくれた。上下二巻組が二セットまじっていたので、冊数は六。総重量が約二十キログラム。この重さはただごとではない。

一冊で一番重いのはファンク＆ワグノールズの①*New Standard Dictionary of the English Language*で七キロ。三十四ページの補遺がついている一九五三年版で、約三千ページ、四十五万八千項目、イラスト七千。一九一三年の初版は三十万四千項目だったそうだから、四十年間で五十パーセント増ということになる。

上下二巻組の重いほうのセットはメリアム‐ウェブスターの②*New World Dictionary of the American Language*で**Encyclopedic Edition**と謳われた一九五一年版の初版。上下合わせても五キロ強と言えば、いかに①が超重量級であるかがおわかりになるだろう。

上下二巻組の軽いほうのセットはミットフォード・M・マシューズ編の③***A Dictionary of Americanisms***でオックスフォード大学出版局、一九五一年刊の初版。「ハードボイルド」についての大きな収穫がこの辞書に隠されていた。

六冊めの最も軽量級（約三キロ）の辞書は日本製だった。冨山房刊の④大英和辞典・修訂増補版である。明治三十七年に〝事業計画〟が始まり、二十八年がかりで完成したこのみごとな英和辞典の初版の刊行は昭和六年だった。「言語の意義を了解せられた上で、文雅な言葉なり、通俗な言葉なり、将亦流行の言葉なりに随意にこれを改訳せられたい」と「はしがき」（飯島廣三郎）にある。訳語に「野卑な国語は使用せず」とも明記されている。

この冨山房の大英和辞典は第二次大戦終結直後の昭和二十一年二月にいち早く第百六十版が刊行さ

れたようだが、私が今回入手した昭和二十六年（一九五一年）七月刊の修訂増補版（千八百五十五ページおよび新語二百四十三ページ）には初版以来のこの辞書の編者である市川三喜氏の新たな「序」がつけられていて、斎藤静氏の協力を得て、昭和十四年から十九年にかけて「戦火の真最中に五年がかりで完成」させたと記されている。ところが完成直後に終戦となり、また手を加える必要が生じ、五年がかりで改訂を加えて完成したのがこの版だったのである。

この四つの辞書から入手した「ハードボイルド」についての収穫。

①人生の過酷さに接して心情的に頑になること。無感覚な。非情な（ハードボイルドな軍曹）。

この辞書は一九一三年の初版以来十数回の改訂を経ているが、この字義がいつ刊行されたどの版に初めてあらわれたかは不詳。それを特定する作業は容易ではない。

②（口語表現で）感傷や泣きごとに左右されない。タフ。過酷。

③②と同じく一九五一年初版のこの辞書は「ハードボイルド」について三つの語意を掲げ、それぞれ文例を示している。

1．厳格な、狭量な、物知り顔な。

一八八六年のマーク・トウェインの講演より。

2．ダービー・ハットや糊のきいたシャツについての形容。（一九〇三年、一九一九年の文例）。

3．強情、過酷、ぬけめのない。

この辞書での大きな収穫は言うまでもなく第1項のマーク・トウェインの文例だ。仔細に点検すると講演番号137と記され、〈Hard-boiled, hide-bound grammar〉の一句が引用され、言葉の採集年は一八八六年と明記されている。だが「レポート1」の冒頭で記したように、最新のインターネット情報ではこの同じ文例がハイフンなしで「一八八七年の講演」に出てくると教えている。さて、正しいのはどっちなのだろう（その追跡まではとてもつき合いきれない）。第3項の文例としては「二人のハードボイルドなアイルランド人の軍曹が兵舎を恐慌状態におとしいれた」（一九三〇年）や「税金で給料をまかなわれ、喜んで市民の希望どおりに働くこの連中は少しもハードボイルドではない」（一九四五年）が挙げられていた。

先ほどから文例中の「ハードボイルド」に訳語を当てずにきたのは、語義を参考にして各自好みの訳語を選んでいただきたかったからである。

なお④の冨山房の大きな辞典の旧版には、「ハードボイルド」は「固くなるまで茹でた」の意しか記されていなかったが、増補版には1．冷徹な、2．峻厳苛酷な、規則などに厳格な、頑固な、3．乱暴な、4．実際的な、5．（米俗）わるずれした、といった具合にほぼすべての意味がひろわれていた。

「レポート3」で記すが、じつは戦前にも「ハードボイルド」の別義（手に負えないや一筋縄ではいかないなど）をひろった古い英和辞典は存在した。そこに記載されていた「ハードボイルド」の別義が一九五一年刊の冨山房の大きな辞典より先に戦後、どんな辞典に受け継がれていたかを見てみよう。

いいかえれば、戦争で戦前版の辞書を焼失した日本人が、戦後まもなく、「ハードボイルド」という言葉が雑誌などにいきなりあらわれたとき、それを理解するためにどんな辞書を手に入れられたのだろうか、という話である。

本書の執筆にとりかからなかったら、永遠に対面する機会はなかったと思うが、私は神保町ではなくわが家の書庫でも探し物を始めた。おぼろげな記憶をたよりに私が見つけだしたのは、いまから約十六年前に、大先輩の長谷川卓也が送ってくれた〝珍書〟だった。この人からは折にふれていろいろな〝珍品〟をいただくのだが、私がこのとき見つけだした〝珍書〟とは、戦後すぐに日本で刊行された英語関係の辞書や用語集だった。

　ジェームス・ビー・ハリス著『現代米語ガイド』（旺文社、昭和二十二年刊、定価三十円）や英文毎日編集部編『最新米英新語略語集』（昭和二十二年刊、定価四円五十銭）などと一緒に出てきたのは、〈初めて世に贈る米人監修の本格的米語辞典 *A Dictionary of Current American Usage*〉なる貴重な辞書だった。

　監修はルイズ・W・ドル博士（三輪武久、鈴木幸久共編）、語学出版社、昭和二十二年（一九四七年）十一月刊、百四ページ、定価五十円。「スニーカー」「バブルガム」「ジープ」「ジューク・ボックス」（自動電気蓄音機）「ヒッチハイク」など目新しい単語が並ぶ中に、「ハードボイルド」もしっかりとひろわれていて、「悪ずれした」「頑固な」という訳語があり、「災禍や死は日常茶飯事である頑固な巡査と消防夫もさすがに外聞もかまわずに泣いた」という文例も掲げられている。ドル博士がどんな監修をしたのかは、いまとなってはつきとめようもないが、ここは「頑固な」というより「したたかな」の感じかもしれない。

　しかし、いずれにしろ、「ハードボイルド」は「固茹で玉子」だけではないらしい、ということを昭和二十二年の英和辞典が立派に教えているのである。

　この訳例はそれ以後の米語辞典にも正しく受け継がれてゆく。

一九四八年刊の研究社『米語辞典』（高部義信編、四百六十四ページ、二百円）では、「わるずれした」、「乱暴な」と記され、一九四九年刊の三省堂『米語辞典』（斎藤静編、五百六十六ページ、三百円）では、「手硬い、御し難い、頑固な」のあとに口語として「頭のかたい」「無情な」の意味もひろわれ、軍隊用語として「訓練の厳格な」のほか、「きびしい」「辛辣な」「乱暴な」「粗野な」まで示されている。小型で細長く、黄表紙にくるまれたこの米語辞典は、私自身がかなり昔から実際に使っていたものだが、五〇年代初め、高校生の頃古本屋で安く入手したのだろう。

　この三つの米語辞典は、アメリカのペイパーバックや探偵映画にとり憑かれていた私にとっては非常に役に立つ武器となった。通常の英和辞典、たとえば一九五六年刊の三省堂『初級コンサイス英和』には「固く茹でた」という語義しか記載されていなかったからである。一九六一年に丸善からアジア版が出たフレックスナー&ウェントワースのアメリカ俗語辞典（後述）の出現がどれほど大きな意味をもっていたかが納得していただけるのではないだろうか。

　このアメリカ俗語辞典が世に出たあと、国産の英和辞典の「ハードボイルド」の項の記述がどう変わったかを大ざっぱに見てみよう。

　一九六三年刊の『米語ハンドブック』（研究社）の「ハードボイルド」の項はこうなっていた。

1. 非情の（tough and merciless）
文例　Mystery writer, Dashiell Hammett, founder of the hard-boiled school
非情派の創始者たる推理作家ダシエル・ハメット。
2. 世俗的な、世間ずれした（worldly）
文例　The actress played the part of a hard-boiled night-club entertainer
その女優は世間ずれのしたナイトクラブの芸人の役を演じた。

　一九八四年刊の『リーダーズ英和辞典』（研究社）の記述は、1. 固く茹でた、2. 堅く糊づけした、のあとに、3. 非情な、動じない、ひどくきびしい、仮借のない、情にほだされない、シニカルななどの語義を並べ、さらに〈文芸〉として、「純客観的表現で道徳的批判を加えない」、〈口語〉

として、「ちゃっかりした」「現実的な」の意味を掲げたあとに〈novels of the hard-boiled school〉（ハードボイルド派の小説）という文例も示している。メリアム - ウェブスターの大辞典を翻訳しているだけにしても、「ハードボイルド」はこれでやっと日本語として市民権を得たと言えるだろう。いま広く使われている研究社の『新英和大辞典』になると、「作風などが非情な、ハードボイルドな」となり（日本語化に注目！）、「ダシール・ハメットの非情な語り口《スタイル》」といった文例までつけられている。

たいへんな長旅になってしまったが、これだけの語義が出まわったあと、「ハードボイルド」は辞書にどのように記載されるようになったかを現代類語辞典風にまとめておく。

A　非情な／無情な／無感覚な
unsentimental（hard-boiled cop ＝情知らずのおまわり）／unfeeling

B　冷酷な／冷淡な／酷薄な／情にほだされない／動じない
merciless／callous

C　きびしい／厳格な／仮借のない／妥協しない／頑固な／扱いにくい／手強い／御し難い／弱身のない
severe／strict（hard-boiled drillmaster ＝きびしい教練担当教師）／stern／exacting／uncompromising／stubborn／hard to beat（hardest-boiled exam. ＝ものすごく難しい試験）

D　現実的／実際的／直接的／現金な／ちゃっかりした／がっちりした／世間ずれした／世俗的な／悪ずれした
realistic／practical（hard-boiled businesslike people＝商売優先の現金な連中）／down-to-earth／hardheaded／direct（hard-boiled approach＝直接的な対処法）／worldly（She is a hard-boiled night club entertainer＝彼女は世間ずれしたナイトクラブの芸人である）

E　シニカルな／辛辣な／ドライな
cynical／harsh

F　好戦的な／乱暴な／粗野な／タフな
pugnacious／rough／coarse／tough

「ハードボイルド」とほとんど同じニュアンスで用いられる「タフ」が最後にまた登場したが、この言葉について語り始めるとキリがなくなる。このレポートはここでひとまず切りあげることにしよう。

レポート2　文芸用語としての「ハードボイルド」の発生と推移

「ハードボイルド」という言葉が、アメリカのある新しい流派の探偵小説に関する評言として初めて用いられたのは一九二〇年代末、それを使ったのは、『ギャング・オブ・ニューヨーク』の映画化で死後四十年ぶりに注目を集めた社会史を専門とする評論家、ハーバート・アズベリー（一八九一年～一九六三年）だった。高級文芸誌《ブックマン》（一八九五年創刊、一九三三年終刊）の一九二九年三月号で、アズベリーは、世に出たばかりのダシール・ハメットの長篇『赤い収穫』を批評し、文体や言葉について述べた一節で「ハードボイルド」という言葉を一度だけ用いたのである。

「殺し屋とジンとギャングたちのこの異常な物語をいろどる効果的な台詞まわしはたとえアーネスト・ヘミングウェイでも太刀打ちできるかどうか疑わしい。本書の著者は、文学的な気取りや余計な飾り物を排除した、驚くほど澄明で簡潔な文体を披露し、あたかも機関銃のごとき機敏さと破壊力を備えた物語の中を疾駆する登場人物たちは、暗黒街のきびきびとしたハードボイルドな言葉を口にする。さらにつけ加えるなら、その話しっぷりにはひとかけらの誤りや淀みもないほど真実味がこもっている。なぜなら、老練なピンカートン社の探偵であったハメット氏は、長年にわたって自らかかわった犯罪と犯罪者を熟知しているからである。無器用なつくりものじみた筋立て、設定、会話などによって成り立つ似たりよったりの現代の探偵小説に飽きがきはじめていた人たちは、リアリスティックで、なんの虚飾もないこの小説によって、本を読む楽しみを甦らせることだろう。この物語は、生き生きとした激しいアクションをなによりもたいせつにし、高等数学や降霊術や奇矯な論理などに頼らずに己れの目的を果たす探偵を一人、私たちに紹介してくれる。まるで、シカゴ発の最新ニュースのような物語である」

この書評はこれまで部分的にしか紹介されてこなかったが、ごく最近私自身やっと全文に目を通す機会を得ることができた。ここに紹介したのは全文四百語弱の書評の前半の二分の一で、後半は物語のあらましや登場人物の紹介に当てられている。

のちに効果的な惹句としてあちこちで引用される『赤い収穫』に寄せたこの書評がきっかけとなって、アズベリーは三つ年下のハメットと親交を結ぶようになった。『デイン家の呪』に次いで刊行された『マルタの鷹』をアズベリーはふたたび激賞した。百万の味方を得たハメットは版元であるクノップ社の編集者に次のような手紙を書いた。

「次に殺し屋《ガンマン》の話を書こうと計画していたのですが、アズベリーによると、（ウィリアム・R・バーネットの）『リトル・シーザー』がまさにそういう話だというので、それを読むまで計画をのばします」

その計画というのは、いうまでもなく『ガラスの鍵』のことだった。そして作品が完成に近づいた頃、ハメットは大いなる理解を示してくれたアズベリーあてに、こんな手紙も書いている。

「あなたの評決をどれほど喜んでいるか……『ガラスの鍵』は次週の後半までに必ず仕上げます。この本がでたら、一緒に祝いましょう。祝うべきことをなにか見つけだして」

アズベリーはハメットのこの新作を「私がこれまでに読んだ中で最も刺激的な、最高の探偵小説」

と何物にもまさる祝福の言葉で絶賛した。

ハメット大売出しの仕掛人、ハーバート・アズベリーが生みだした文芸用語「ハードボイルド」も、ハメットの人気の上昇にともなってしだいに認知されるようになり、三〇年代末のレイモンド・チャンドラーの長篇デビューにいたる十年間の幼年期を歩み始める。「ハードボイルド派」「ハードボイルド小説」「ハードボイルド・ヒーロー」という概念さえもまだ明確になっていなかった一九二九年以降、この言葉が実際にどのように進化し、成長していったのかをこのあとくわしく追跡していこう。

一九三〇年

アズベリーの書評をうけた形で、ハメットの『マルタの鷹』を評した新聞・雑誌の書評に「ハードボイルド」が次々と姿を見せた。

「〝ハードボイルド〟という表現がなにを指すのかまだ明確にされていなかったのなら、ダシール・ハメットの最新の探偵小説に登場する人物たちを指す用語として認知する必要があるだろう」と宣言したのは《ニューヨーク・タイムズ》だった。評者は不明だが、このあとさらに登場人物について、「とりわけハードなのは（the hardest boiled）サム・スペードだが、その他の登場人物も彼に劣らずハードボイルドぞろい」であると記された。

《ニューヨーク・ヘラルド・トリビューン》に載ったウィル・カッピーの書評の一部は『ダシール・ハメットの生涯』にも引用されているが、カッピーはそのあとに「効果的な話術とハードボイルド散文の最高の形」とつけ加えていた。

テネシー州の《チャタヌーガ・ニューズ》は「ハードボイルド私立探偵」という呼び名を創案し、週刊誌《ジャッジ》誌上ではテッド・シェインがハメットを「あの二十分間固茹でボーイ」と呼んだ。

《ニューヨーク・グラフィック》に載った書評はギルバート・セルデスの署名入りで、「……人物描写、筋立て、創作の姿勢など、どれをとっても新鮮で、新奇で、才気にあふれている。スペードは口八丁手八丁の、ハードボイルドで不品行な男である……」と記された。

ヴァン・ダインを題材にした評論（《ニュー・リパブリック》一九二九年六月十九日号）なども物したセルデスのこの書評を気に入ったハメットはわざわざコピーをとって、リリアン・ヘルマンに送ったという。

セルデスがここで用いた「ハードボイルド」はおそらく〝悪ずれした〟〝したたかな〟〝世慣れた〟といったニュアンスだったのだろう。〝不品行〟と対になっているところを見てもけっして褒め言葉ではなかったはずだ。

また、「ハードボイルド」という用語は使わなかったが、《タウン＆カントリー》誌のウィリアム・カーティスは、「ヘミングウェイ、『リトル・シーザー』のバーネット、ボクシング小説のリング・ラードナーなどの見事な混合物を想定すれば、ハメット氏の文体と技法がよく把握できるのではないか」と同時代作家たちの作風を対比させた。

一九三一年

この年の暮にハメットは二年前に『赤い収穫』の書評が掲載された文芸誌《ブックマン》のインタヴューに応じた（翌年一／二月号に掲載）。

女性記者エリザベス・サンダースンによるこの三ページのインタヴュー（パブリシティ用のハンサムなポートレートが三点収録されている）は〈Q＆A方式〉ではなく、会談後に記者が私的な観察をまじえながらソツなくまとめたものである（本篇第二章参照）。

「新しい形式の小説の送り手……このあとまず戯曲を書き、それからストレート・ノヴェルに挑戦したいと語った……彼の小説にでてくる台詞はドラマティックで正確で経済的〔語数が少ないこと〕である……登場人物は生き生きとしていて善と悪との混合体であり、フォークナーにひけをとらぬほど苛酷で貪欲な描写に長けている。フォークナーの登場人物は精神病理的だが、ハメットはもっと容赦なく直截的に人物を描く……」

この記事には「ハードボイルド」は一度もでてこないが、興味深かったのは、このインタヴューでハメットが、好きな作家としてヘミングウェイ、フォークナー、ベン・ヘクトの名を挙げ、最高のストーリー・テラーであり最も残酷な文章の書き手として ***The Women at Point Sur***（サー岬の女）を発表した詩人ロビンスン・ジェファーズを推していることだった（映画『ハメット』に彼が図書館でこの詩集を読むシーンがでてくる）。ハメットは自作を「バカバカしい話」（『デイン家の呪』）、「それほど悪くない」（『ガラスの鍵』）と評し、この頃早くも「もう探偵小説は書きたくない」と漏らしていた。

のちにハメット、ヘルマンの二人と親しい仲になる女流作家であり文芸評論家のドロシー・パーカーも『ガラスの鍵』の書評の中で少しふざけながら「ハードボイルド」を用いた（《ニューヨーカー》一九三一年四月二十五日号）。

「……彼はとても固くゆであがって《ハードボイルド》いるので、ホワイト・ハウスの芝生の上をころころ転がすこともできそうだ……銃身を切りつめたショットガンと同じくらいアメリカ的……手強い女たちの振舞いを見透かす鋭い目ときびしい男たちの言葉を聞きとる鋭い耳をもった、過激で冷酷な、そして優れた作家」。

一九三二年

《ブラック・マスク》デビュー前のレイモンド・チャンドラーが「特務曹長の帽子の中のビール（あるいは〝陽はまたくしゃみをする〟）」というパロディを書いた。作家に転向するのが遅かったチャンドラーは、自分よりずっと若い二人の作家、ハメット（六歳下）、ヘミングウェイ（十一歳下）の華々しい文壇デビューを見守り、ライヴァル意識を保ちつづけることになる。とりわけヘミングウェイについては『書簡集』にもひんぱんに記述があり、長篇第二作『さらば愛しき女よ』の第二十四章（既発表の短篇をもとにしていない書き下ろし部分）には、〝ヘミングウェイ〟とマーロウに呼ばれる悪徳警官がでてくる（「そのヘミングウェイって、どんな奴なんだ？」「同じことを何度もくりかえしていってる男さ。そのうちに、みんなそれがいいことだと思いはじめるんだ」）。

そう言えばハメットもかつて短篇「メイン氏の死」（一九二七年作）の中に、ペルシャ絹のオレンジ色のドレスを着て煙草をくゆらしながら、ヘミングウェイの『日はまた昇る』を読んでいる十九歳の人妻を登場させたことがあるが、チャンドラーがやったような直接的な悪ふざけはしかけていない。その短篇の前年に出版されて評判になったヘミングウェイの長篇デビュー作に一種の敬意を表したのだろう。それとも、あるいは、『日はまた昇る』は流行に敏感な女子供が喜びそうな小説、という皮肉がこめられていたのだろうか。逆に、ヘミングウェイもハメットを気にかけていた（一例として『デイン家の呪』が「午後の死」に出てくる）。

一九三三年

この年、エラリイ・クイーンが《ミステリ・リーグ》誌を創刊。日本の〈エラリー・クイーン・ファンクラブ〉の斉藤匡稔（飯城勇三）、林克郎の両氏のご協力を得て、以下のようなことを確かめることができた。

《ミステリ・リーグ》は一九三三年十月号から一九三四年一月号まで四号のみ刊行。当時はまだクイーンがフレデリック・ダネイとマンフレッド・リーの合作ペンネームであることもバーナビー・ロスが同一作家であることも明らかにされていなかった。

創刊号の巻頭はロス名義の『ドルリイ・レーン最後の事件』が飾り、そのすぐあとにハメットの短篇「夜陰」が掲載されている。この非ミステリ短篇は同誌が初出。ハメットにつづいて収録されているドロシイ・セイヤーズの短篇にもクイーンは高額の原稿料を支払ったという。

クイーンによる作品および著者紹介文は次のようになっている。

現代のミステリ／冒険小説の〝強力派〟の主導者による非常に風変りな物語。O・ヘンリー調のびっくりするようなオチがついている。

アーネスト・ヘミングウェイ同様、ダシール・ハメットは小説の世界に大胆な足跡を印してきた。彼が切り開いたのはミステリ小説に消すことのできない印を残した、虚偽の仮面をあばく、残酷で急テンポの力づくの語り口である。

ハメットの物語は、一か八かに賭ける激しい闘いの物語である。（中略）ハリウッドにおいても彼の生き生きとした力強く鮮明な行動描写と台詞まわしは傑出している。（中略）そのリアリスティックな文体はまぎれもなく私立探偵としての経歴に拠っている。

この紹介文の中でクイーンは「ハードボイルド」という用語は用いていない。一つめの段落の引用文（目次ページより）にある〈強力派〉の原文は〈the strong-arm school〉。似通った作風の作家たちをひっくるめて総称するときに〈〜school〉という表現を用いる例は古くからあった。《ミステリ・リーグ》ではこのほかに「クイーン好み」という連載評論中にリアリズム派の探偵小説について次のような言及があるが、やはり「ハードボイルド」は用いられていない。

「これらの作家たちのリアリズムとは、スラング、寡黙で腕っぷしの立つ男、恐しい銃声、女を殴る探偵、汚い悪態などにまみれている。（中略）しかし、ハメット、ニーベル、ホイットフィールド、デイリーたちの〝リアリズム〟はロマンチシズムというニスで光沢を帯びているのではないだろうか」

ちなみに同誌が第四号までつづけた読者投票による〈オールタイム・ベスト10〉の中間集計ではこの派の作品のトップはかろうじて第19位に顔をだしたハメットの『ガラスの鍵』だった。

一九三三年の暮には、秋季号として創刊された《エスクァイア》誌にヘミングウェイとハメットが顔を並べるというちょっとした出来事があった。ただし、量的に測れば、扱いはヘミングウェイのほうが三倍以上の分量である。ハメットが「アルバート・パスターの帰郷」というイラスト一枚入りの一ページの掌篇だったのに対して、ヘミングウェイは写真入りの巻頭の紀行文「キューバからの手紙――モロ沖のマーリン」で合計四ページ。

著者紹介文も、ハメットは「上品な客間に血と雷鳴を持ちこんだ男。最も知られている小説は『マルタの鷹』、最新作は『影なき男』である」と五行ですまされている（ヘミングウェイはトップ扱いで十五行）。いずれにしろ、《エスクァイア》の創刊号を手にした二人の男は相手の存在をあらためて意識したにちがいない。

この年、海の向こうのイギリスでも、アメリカの探偵小説に関するかなり辛辣なエッセイが発表された。原題名は"Death to the Detective!"（探偵たちに死を！）といい、ユースタス・ポーチュガルという文人がイギリスの文芸誌《ブックマン》に寄稿した一文である（一九三三年四月号付録）。このエッセイでポーチュガルは探偵小説に登場する凡百の探偵たちに死の宣告を下し、かろうじて十人の探偵に及第点をつけた。アメリカからは四人が選ばれているが、ここではそのうちの二人についての記述を紹介しておこう。

さてお次は一群のアメリカ探偵たちだ――強面《こわもて》（tough-egg ＝タフエッグ）の私立探偵が二人、道楽家が一人（ヴァン・ダインのファイロ・ヴァンス）、そして警視の息子が一人（エラリイ・クイーン）。

ダシール・ハメット氏の物語の主役であるサム・スペードを、その完璧な過酷さゆえに私は敬愛する。彼は、チーズをワイヤーで切るように謎を断ち、誰も信じず、何者にも情けをかけず、悪人どもを同士討ちさせる。たとえ望んでも、サム・スペードをアルバート・ホールにとじこめるのは無益なことだ。内戦をおっ始め、あたりを破壊しつくして脱出してしまうこと必定だからである。〔注・アルバート・ホールはアルバート公を記念して一八七一年にロンドンのケンジントンに開設された多目的ホール〕。

キャロル・ジョン・デイリー氏によってつくりだされた〝レイス〟・ウィリアムズも生かしておいてよいと言ってもいい。この男は犯罪に関して粗野だがきわめて効果的な哲学を持っている。しかも拳銃の早撃ちにかけてはニューヨークで彼の右に出る者はいない。

この一文を引用したのは言うまでもなく〈tough-egg private dicks〉というフレーズが用いられていたからである。「探偵」に〈dick（ディック）〉という俗語をあてているのもおもしろいし、「タフエッグ」は「ハードボイルド・エッグ」とほぼ同じ意味である。海の向こうのイギリスにはまだ「ハードボイルド」は逆輸入されていなかったのかもしれない。

＊一九三三年四月にイギリスの文芸誌に載ったこのエッセイは、同じ年（昭和八年）の《ぷろふいる》という日本の探偵雑誌の八月号に「名探偵を葬れ！」という題名であらましが紹介された。書き手は、江戸川乱歩も一目置いた名古屋在住の海外探偵小説通の翻訳家、井上良夫だった（「レポート3」参照）。

一九三四年

ハメットは一度だけだったが、ヘミングウェイは《エスクァイア》に常連で登場するようになり、「アフリカからの手紙」（三回）、「キー・ウェストからの手紙」（一九三五年五月号）とつづいた。また、一九三四年六月号には『リトル・シーザー』のW・R・バーネットの短篇ボクシング小説が掲載され、著者紹介欄に、「〝アメリカ文学界の最もタフな野郎ども〟の称号の権利をハメット、ヘミングウェイと三分の一ずつ共有する」と記された。「最もタフな野郎ども」の原文は「ハードボイルド」ではなく〈Toughest Egg〉。「ハードボイルド・エッグ」に掛けた呼称であるのは明白である。

またこの年には、ジェイムズ・T・ファレルとジェイムズ・M・ケインに関する論評の中で「ハードボイルド」が用いられているのを見つけた。

ファレルについては「レポート1」に記した『若いロニガン』の文中の用例をうけ、《エスクァイア》の書評欄（五分間の本棚）を担当していたバートン・ラスコウ（同年、《スマート・セット》アンソロジーに一万四千語の長序を付した）が、「……だがスタッズは、自分でみせかけようとしているほどハードボイルドではない」という表現を用いていた。

ケインについてはまず《ニューヨーク・ワールド》紙で同じ釜の飯を食っていたフランクリン・P・アダムズが《ニューヨーク・ヘラルド・トリビューン》紙上で次のような比較文体論を試みた。「ケインの文体は、いずれヘミングウェイの文体と比較するものがでてくるだろうが、ほとんどのヘミングウェイの文章より出来がいいし、「五万ドル」にもひけをとらない。緊密に書きこまれ、口語表現はラードナーに匹敵する……文体上の欠点は一つも認められない」

また、ハロルド・ストラウスは「六分間茹でた玉子」と題した『郵便配達夫はいつも二度ベルを鳴らす』の《ニューヨーク・タイムズ》での書評の中でこう記した。「リアリズムに感銘をうけた。（中略）ケインは完璧な叙述のための武器としてハードボイルド作法をきわめてきた。（中略）ケインは古手の新聞記者出身で、報道記事にかけてはかなりの腕前であり、彼に比べるとヘミングウェイはまるで辞書編集者のように見える」

ここではすでに「ハードボイルド作法」という評言が定着しているという印象がある。

一九三五年

ハメット『ガラスの鍵』がパラマウントで映画化され、「ハメットの最高傑作！　ジョージ・ラフト（主人公ネド・ボーモント役）は〝影なき男〟のハードボイルドの兄弟……鉄の拳を握りしめている！」という宣伝文がつくられた。フランク・タトル監督によるこの映画では原作の会話ができるだけ多くそのまま流用された（アラン・ラッド、ブライアン・ドンレヴィ共演のリメイクは一九四二年）。

一九三六年

老舗の雑誌出版社ストリート＆スミス社がそのものズバリの《ハードボイルド》という誌名のパルプ・マガジンを十月に創刊した。だがわずか五号で終刊。「ハードボイルド」という言葉がかなり普及してきたことを示してはいるが、この雑誌は探偵小説雑誌ではなく普通の読物雑誌で、ミステリ作家はスティーヴ・フィッシャーただ一人。その後《ポピュラー》と改称した。

奇妙な偶然だが、一九三六年は私自身の誕生年。そしてそれから二十七年後に、休刊となった日本版《マンハント》を継いで《ハードボイルド・ミステリィ・マガジン》が誕生した。私が作品選択と解説を担当し、編集者の〝黒子役〟をひきうけたこの幻の雑誌の寿命も短かった。六号目の一九六四年一月号が終刊号となってしまったのだ。元祖《ハードボイルド》より一号だけ多かっただけでもよしとしなければいけないのかも。

一九三八年

のちに『娯楽としての殺人』（一九四一年刊）に収められる「ポーからハメットまで」という探偵小説の里程標を、ハワード・ヘイクラフトが、図書館員のための雑誌に寄稿した。題名にあるように、一八四一年のポーの *Tales* に始まって一九三八年にいたる約百年間の里程標的な探偵小説を並べ、ハメットの作品は『マルタの鷹』が挙げられた。

一九三九年

そしてこの年、ついにレイモンド・チャンドラーの長篇第一作『大いなる眠り』が、ハメット、ジェイムズ・M・ケインのデビュー作の版元クノップ社から刊行された。

「われわれは、一九二九年にハメット、一九三四年にケイン、そして一九三九年にレイモンド・チャンドラーをお届けすることになった」という有名な宣伝文が扉に刷りこまれていた『大いなる眠り』をまず迎えてくれたのは、《ニューヨーク・ワールド・テレグラム》に載った次の書評だった。

「本書はハードボイルドの伝統をうけ継ぎながら、その伝統の中の〝蜂蜜〟とでも呼ぶべき一篇で……生々しく、刺激的で、真実味をもって語られ、テンポは早い」

〝蜂蜜〟というのは（a honey of its kind）〝愛すべきもの〟〝すばらしいもの〟の意の常套句だろうが、ただひたすらに荒々しく、むきだしではないというたとえともうけとれる。ここで注目すべきは、「ハードボイルドの伝統」（hard-boiled tradition）という用語がこの時点でしっかりと定着していることである。

一九四〇年

この年刊行された第二作『さらば愛しき女よ』の裏表紙には同作の短評として、「この動きの早い、衝撃と興奮にあふれ、緊密に織り成された文句なしのハードボイルド物語」という表現も用いられている。

興味深いことに、同じ年の暮に《タイム》（十月二十一日号）に載ったヘミングウェイの『誰が為に鐘は鳴る』評にも「ハードボイルド」がでてくることに気づいた。

「一九二〇年代にアーネスト・ヘミングウェイは、落ちめの闘牛師、役立たずのプロボクサー、勇ましいあばずれ女、同性愛者、ギャング、戦争神経症の被害者などがでてくる簡潔でハードボイルドな物語を語るために、むきだしの（stripped）ハードボイルドな文体を創造した……」

短文中に「ハードボイルド」が二度出てくるが、注目すべき点は〝物語〟と〝文体〟の形容詞として用いられていることである。登場人物の性格ではなく、「ハードボイルド」はおもに文体や語り口を形容する用語としてうけとめられ、その特徴として挙げられるのが簡潔さ、テンポの早さ、口語表現だったのである。

いずれにせよ「ハードボイルド」という新しい用語はチャンドラーの登場によって最後の熟成段階に入った。

一九四一年

アメリカの探偵小説の始祖、エドガー・アラン・ポーの「モルグ街の殺人」が世に出て百年めに当る記念すべきこの年は「ハードボイルド」にとっても決定的な意味をもつ刻みめの年となる。「ハードボイルド派」という言葉が明確な文芸用語として広く認知された年だったのだ。

その認知にかかわった識者の筆頭に挙げるべき人物は文芸評論家、ハワード・ヘイクラフトである。探偵小説生誕百年に合わせて出版された評論書『娯楽としての殺人』の第八章〈黄金期　アメリカ一九一八〜一九三〇年〉の第三節でヘイクラフトはハメットに言及して次のように記している。

「……リアリスティックな、あるいは〝ハードボイルド〟流の探偵小説の創始者と目されるダシール・ハメットは、E・C・ベントリー、フランシス・アイルズなどそれぞれの分野に真に新しい技法をもたらした数少ない貢献者にのみ与えられる第一級の〝創造主〟の名で呼ばれるにふさわしい」

この時点ではヘイクラフトは〈"hard-boiled" division〉といくぶん留保条件を付した形で表現しているが、探偵小説の一派として〈ハードボイルド派〉を初めて認知したことに変わりはない。

彼はまたハメットを《ブラック・マスク》の無数の〝同級生〟たちの筆頭生であると紹介し、『赤い収穫』（「推理と言うよりギャング物と言うべき、構成にいくぶんゆるみのある血と雷鳴の物語」）

や『マルタの鷹』(「モダン・ライブラリー版に収められた唯一の現代探偵小説」)などに触れ、「台詞まわしの妙はヘミングウェイを超えている」という書評(前出)は「いまでは若干褒めすぎだが、若干という程度であることは確かだ」と記している。

だが最も傾聴すべきは、「当初は目を見張るほどの独創性を備えていたが、あまりにも多くの模倣者の出現によって見慣れたものになってしまった。(中略)すべての創造者の宿命で、ハメットは後続の模倣者たちによって被害をこうむったが、アメリカの探偵小説に真にアメリカ的な要素をもたらした功績は揺るがない」という発言だ。

さらに同書の第十章〈現代 一九三〇年〜〉でも「ハメット派」(ここではthe school of Hammett followersと記している)について言及し、〈American wise crack〉〈hard-boiledness〉といった用語を使って、ジョナサン・ラティマー、A・A・フェア、フランク・グルーバー、クリーヴ・F・アダムズ、ブレット・ハリデイ、ホイットフィールド、チャンドラーらの名前と探偵名(チャンドラーのマーロウは出てこない)を挙げ、これらの〈the hard-boiled tale of detection〉(ハードボイルド調推理物語)もまずハメットというお手本があったからこそ生まれたと断言している。

〈——派〉という表現にこだわれば、ヘミングウェイびいきの文芸評論家で、しばらく後に探偵小説罵倒論を発表して物議をかもしたエドマンド・ウィルソンも、ジェイムズ・M・ケインに関する *The Boys in the Back Room*(隠れ部屋の男たち)というカリフォルニア作家を扱った小冊子の中で、いくつか興味ある発言をしている。

まず、ケイン氏と彼の一派(his school)から始めよう。(中略)もともとは全員がヘミングウェイから枝分かれしたグループだが、言うなればピカレスク版ヘミングウェイであり、ダシール

・ハメット風のミステリ作家の新派（the new school）とも結びついている。

この評論は初め《ニュー・リパブリック》に発表し、若干手を加えて小冊子（サンフランシスコのコルト社）に仕立てたもので、ケインのほか、ジョン・オハラ、ウイリアム・サローヤン、ジョン・スタインベック、ホレス・マッコイなどがとりあげられていた。

これは小さな参考資料にすぎないが、ヘミングウェイに関連して「ハードボイルド」という言葉が用いられている例が一九四一年に一つだけ目についた。

年齢順に若い作家から先に収録されたため短篇「殺人者たち」が巻頭におかれた ***The Pocket Book of Short Stories***（ポケット・ブック＃91　一九四一年一月刊）という短篇集の長文の編者序文の中で、M・E・スピアは、「ヘミングウェイの短篇小説の登場人物は通常、薄気味悪い冷酷な人物、ハードボイルド野郎、ギャングなどであり、それらの人物を彼はテンポの早い、直截的で辛辣な筆づかいで描写する」と紹介したのだ。ここで用いられた「ハードボイルド」は登場人物を形容する「非情で、こわもての」という意味だろう。二十二篇が収められたこの短篇集にはポー、ブレット・ハート、マーク・トウェインなど十二人のアメリカ作家の作品が収められている。

エラリイ・クイーンがミステリの解説や評論、エッセイの中で初めて「ハードボイルド」を用いたのも一九四一年だった（少なくとも私が調べたかぎりではそれ以前の例は見当らない）。しかもそれはこの年の秋に創刊された《エラリイ・クイーンズ・ミステリ・マガジン》（ＥＱＭＭ）の記念すべき第一号の誌上でのことだった。《アメリカン・マガジン》一九三二年十月号初出の短篇の再録に当たって「『マルタの鷹』と『影なき男』の原作者によるハードボイルドで動きの早い物語に登場するサム・スペード」という短い紹介文をつけ、その中で「ハードボイルド」を用いたのである。

ヘイクラフトの『娯楽としての殺人』同様、アメリカ探偵小説生誕百年に合わせて刊行されたクイーン編のアンソロジー ***101 Year's Entertainment***（百一年めの娯楽）にもクイーンはハメットの短篇を収めたが、これに付したいくぶん長めの紹介文では「ハードボイルド」は用いていない。

ということで、結局一九四一年には、厳密には「ハードボイルド派」（hard-boiled school）という用語は登場していないことになる。最接近したのがヘイクラフトの〈"hard-boiled" division〉だった。ところが、つい最近私は〈hard-boiled school〉のかなり古い用例を一つ、たまたまある辞書で発見した。しかもしばらく調べていくうちに、その用例が一九四一年のものである可能性があることに気づいた。

その辞書というのは、「レポート1」で紹介したメリアム‐ウェブスターの *New International Dictionary* の新改訂版だが、そこに〈novel of the hard-boiled school—George Stevens〉という用例が見つかったのだ。

すべてのメリアム‐ウェブスター辞典の親版ともいうべきこの大きな辞書（物理的に計測すると、タテ三十三センチ、ヨコ二十二・五センチ、厚さ八・五センチ、重量四・六キロ）は新改訂版と謳われ、一九六一年六月一日と日付が記された序文もつけられていた。だが、どんなに大きな辞書であっても、語源辞典ではないのだから収録されている用例が、いつ、どこで用いられたのかは記されていない。「ハードボイルド派の小説群」という表現をしたジョージ・スティーヴンスが何者であるかも明らかにされていない。さらに言えば、この用例がこの辞書のどの版に初めて収録されたのかも定かではない。つまり、言葉の起源をたどる作業に取り組んでいる私にとっては、新しい謎が一つ増えたことになる。

「ジョージ・スティーヴンス」が、『シェーン』や『陽のあたる場所』の映画監督と同一人であるとは考え難いが、ミステリ畑の評論家や研究者の中にはスティーヴンスはいない。では、何者なのか。インターネットで追跡してみたが手がかりは得られなかった。

この第一の謎のこたえを教えてくれたのは書棚の片隅に隠れていたデイヴィッド＆アン・メルヴィン共編の ***Crime, Detective, Espionage, and Thriller Fiction & Film*** という研究論文や評論を対象とした書誌（一九八〇年刊）だった。この書誌にジョージ・スティーヴンスの名前があり、《サタデイ・レヴュー》の一九四一年十月十八日号に掲載された“Death by Misadventure: Centennial of the Detective Story”という評論の題名が記されていたのである。

ビンゴ！

と思わず私は手を打ち鳴らした。何者であるのかはまだ明らかではないが、ヘイクラフトでもクイーンでもなく、このスティーヴンスなる人物が、一九四一年に、探偵小説生誕百年を記念した評論を高級文芸誌に発表し、その中で初めて、誰よりも早く〈hard-boiled school〉という用語を用いたらしい。もしそうだとしたら、これは大発見だ！

だが、その期待とぬか喜びは、苦心して入手した問題の評論のコピーに目を通すまでの話だった。目を皿にして、鮮度の悪いコピーを再読、三読したが、ついに〈hard-boiled school〉には対面できなかったのである。

とはいえ、収穫がゼロだったわけではない。ジョージ・スティーヴンスが《サタデイ・レヴュー》の元編集者で、そのあとリピンコット社の編集部に移り、同社の重職に就いた人物であったこと、「ミスアドベンチャーによる死」と題されたこの評論が、その年に刊行されたヘイクラフトの『娯楽としての殺人』の紹介を軸にした最新ミステリ事情風の内容であったことなどを確認することができた。しかしミステリ百年の歩みの回顧が先に立ち、新しい風潮を積極的に紹介する姿勢は見られない。

従って、当然まだ「ハードボイルド派」の出番はない。このジョージ・スティーヴンス氏が「ハードボイルド派」という用語を実際に用いたのは、ヘイクラフトやクイーンの用法をしばらく勉強したあとだったのだろう（それなのになぜ、いわば門外漢の編集者の言葉が、あたかも〝起源〟のごとくメリアム－ウェブスターに収録されているのか、そのへんのことは謎である）。

一九四二年

「ハードボイルド」という用語は使っていないが、英国の作家、批評家のH・E・ベイツがヘミングウェイの「殺人者たち」や「五万ドル」などの短篇小説について言及し、「彼は愚鈍な牡牛のようにタフで非文学的と思われがちだが、じつは正反対であり、登場人物たちに牡牛のような、本能的で思慮に欠けた言葉を使わせるのは、自分の最大の弱点であるセンチメンタリズムを断固忌避するためだ」と鋭い指摘をしている。

版元のクノップ社の宣伝文でハメットの後継者と目され、ハードボイルド派の犯罪小説作家と喧伝されたジェイムズ・M・ケインの場合は、みずから「自分はハードボイルドだろうと何だろうと、いかなる流派にも属さない」と宣言し、『殺人保険』に付した長い自序（一九四二年八月二十四日記）の中で次のように述べている。

「……正直いって私は、自分の文体についての批評にはいつもある種の驚きを感じる。私は、タフだとか、ハードボイルドだとか、冷酷だとかいった文体を意識的に試みたことは一度もないからだ。その登場人物たちであればそう書くであろう文体で書こうとつとめているだけのことである。畑であれ、街であれ、酒場や事務所、あるいは路地裏からやってきたありふれた男であれ、彼らの言葉が私の創りだすいかなる文章にもまして生き生きとしていることを忘れたことはないし、うけつがれてきたこの遺産――アメリカの方言というロゴスに執着しつづければ、最小の努力で最大の効果を得られるにちがいない」

ケインとほぼ同時期に世に出たホレス・マッコイも同じ主旨のことを言っているが、「私はどの流派にも属さない」という発言は、己れの誇りや自尊心やうぬぼれを表現する物書きの常套句と言ってもいい。そしてしばらくあとに、このケインを、チャンドラーが私信の中で悪しざまに罵るというエピソードがつづく。

ところで、ハメットを高く評価していたエラリイ・クイーンは「ハードボイルド」をどのように扱ったか。創刊号でこの言葉をちらっと用いたあと、《EQMM》の一九四二年九月号では《ブラック・マスク》作家、フレデリック・ニーベルの短篇に付した紹介文の冒頭で、「ミステリ文学のハードボイルド探偵派を代表する生きた巨匠の一人」という使いかたをしている。〝ミステリ文学〟とか〝生きた巨匠〟といった大げさな表現はともかくとして、ここでクイーンが〈hard-boiled-detective branch〉という用語を初めて用いた点は見落とせない。前にヘイクラフトは「ハードボイルド」をカッコつきで用いたが、クイーンはカッコをはずしているのだ。

しかしこの時点でもまだ〈hard-boiled school〉というすっきりとした用語は生まれていない。しかも「ハードボイルド」が言葉や文体を形容するのか、おもに私立探偵である物語の主人公の人格や生き方を指すのか、あるいはまた探偵小説のある特定の流派を意味する言葉であるのかが正確には示されていない。そのあいまいさをそのまま許容しながら「ハードボイルド」はひとり歩きを始めてしまった。

一九四三年

この年の暮に刊行されたレイモンド・チャンドラーの長篇第四作『湖中の女』のダスト・ジャケットの袖に「この数年来の最高のハードボイルド・ミステリ」という、第二作『さらば愛しき女よ』に対する書評の一節が刷りこまれていた。

「これまで〝ショッキングでスリル満点な物語〟と呼ばれてきた分野のタフな小説は、やがてこの新しい流派に属することになるだろう」と予測しているこの書評は、評論家のウィル・カッピーによるもので《ニューヨーク・ヘラルド・トリビューン》に掲載されたものである。『さらば愛しき女よ』に寄せられた「ハードボイルド」を用いたもう一つの書評（評者名不詳）は一九四〇年の項で紹介したが、ウィル・カッピーの書評も当然同じ年だったはずだ。『湖中の女』の袖に引用されるまで気づかなかったことになるが、これは「ハードボイルド・ミステリ」という用語の使用第一号だったにちがいない。

ウィル・カッピーは「ミステリの読み方」という評論を戦後《ミステリ・ブック・マガジン》（一九四六年一月号）に発表している（ヘイクラフト編『ミステリの美学』に収録）。「ハードボイルド」にとりわけ強い関心を抱いた評論家ではなかったが、戦後の日本に「ハードボイルド」という言葉をもたらした情報源の一つだった可能性があることは確かだ。

チャンドラーのほうは二つのハードカヴァー本のダスト・ジャケットだが、ハメットのほうはこの年の十月にポケット・ブックにおさめられた『赤い収穫』の扉に、ハーバート・アズベリーの一九二九年の書評（前出）の一節が早くも再引用された。

一九四四年

すでに長篇四作を発表して知名度が高くなっていたレイモンド・チャンドラーが評論誌《アトラン

ティック・マンスリー》の十二月号にミステリ評論「単純なる殺人芸術」（“The Simple Art of Murder”）を寄稿。この中でチャンドラーは「ハードボイルド」という言葉を二度使っている。

一つめはハメットについての次の記述だ。なんらかの意図があったと思われるがハイフンなしで〈He is said to have lacked heart…he was spare, frugal, hardboiled…〉としている。

最初のセンテンスは直訳すれば「彼は情味がなかったと言われている」となるが、これがハメット個人の人間性についての言及だとは考え難い。ミステリ評論の中で、現存する作家の性格や人格を現在形で云々するなどということはあり得ない。ここは、彼の作風が情味のない文体で成り立っているという指摘だと理解すべきだ。

次のセンテンスの〈spare〉（節約）、〈frugal〉（質素な）、〈hardboiled〉（非情な）の三語もハメット個人の生活や生き方を指しているはずがない。あえて過去形を用いたのはハメットがすでに物を書かなくなっていたからであり、往時の作風が「無駄を排した」「簡潔な」「非情な」語り口だったと述べているのである。

チャンドラーは評論の後半で、「ハードボイルド」をハイフンつきでもう一度用いているが、その箇所の原文は“hard-boiled chronicles of mean streets”で「卑しい街の非情な年代記」がほぼ正解。このフレーズはチャンドラーの独創である。

チャンドラーの本評論にはごく初期の二つの〝怪訳〟は除外して少なくとも次の四つの訳文がある。ところが、最初の二つのセンテンスはおどろいたことにいずれも、ハメット個人の人間性や生き方についての言及として訳されていたことに気づいた。

「単純な殺人芸術」鈴木幸夫訳　『殺人芸術』（荒地出版社、一九五九年刊）に収録

「簡単な殺人法」稲葉明雄訳　『チャンドラー傑作集２』（創元推理文庫、一九六五年刊）に収録

「殺人の簡素な芸術」清水俊二訳、各務三郎編『チャンドラー傑作集』（番町書房、一九七七年刊）に収録

「素朴な殺人美学」須藤昌子訳　『ミステリの美学』仁賀克雄編訳（成甲書房、二〇〇三年刊）に収録

チャンドラーの評論のこの部分はサザランド・スコット『現代推理小説の歩み』（長沼弘毅訳、東京創元社、一九六一年刊）にも引用されていて、チャンドラーがハメットを評して「倹約家でつつましく、ハード・ボイルドで……」と述べたという訳文が示されていた。

この翻訳上の解釈に対する疑問がなぜ四十数年ものあいだ呈示されなかったのか、その怠慢を責められるべきなのは私自身であるのかもしれない。「むだのない殺しの美学」（この評論のこの部分に目を通してもらった翻訳家、村上博基の命名）に「ハードボイルド」が二つでてくることに最近やっと気づくまで、私もこの箇所をうっかり読みすごしていたのである。〝翻訳恐るべし〟とはまさにこういうことを言うのだろう。

チャンドラーのこの評論が発表されたのは一九四四年末のことだが、それ以前にこの年には「ハードボイルド派」の探偵小説に言及したきわめて興味深い発言が二つあった。

一つは、亡命中のフランスの文人、アンドレ・ジッドの発言。本篇第二章第2項（五九ページ）で紹介したように、《ニュー・リパブリック》一九四四年二月七日号に掲載された「現代アメリカ小説」の中に次の一文があり、これが大きな話題になった。

「新しいアメリカの作家と言えば、いまとりあげた偉大な四作家（ヘミングウェイ、フォークナー、スタインベック、ドス・パソス）とは同列に並べられないとはいえ、ダシール・ハメットという最新

の作家がいる。彼に目を向けさせてくれたのはまたしてもマルローだったが、彼がとりわけ推していた『ガラスの鍵』を私は二年間探しまわったが入手できなかった……ハメットが大いなる才能を探偵小説に無駄づかいしているのはまちがいない。『影なき男』や『マルタの鷹』のように彼の作品はとびきりすぐれているが、いくぶん安っぽいところがある。これはシムノンについても言える。にもかかわらず私は、ハメットの『赤い収穫』はみごとな出来栄えだと思う。残虐性、冷笑主義、恐怖の極致である。ハメットの台詞まわし――それによってすべての登場人物が全員をだまそうと試み、薄ぼんやりとした疑惑の霞を通して真実がゆっくりと少しずつ明るみにでてくる――に比肩し得るのは最高のときのヘミングウェイだけだ。私がハメットをもちだしたのは、彼の名前が私の耳にめったに届かないからである」

このようにジッドの採点はけっして甘くはない。探偵小説に才能を浪費しているという辛口の指摘もある。そして第四章第2項でも記したように、エラリイ・クイーンがジッドのこの発言を《EQMM》四五年九月号の編集者ノートでアメリカの読者に紹介した（後述）。のちにその編集者ノートは日本版《EQMM》五七年一月号にほぼ全文が訳載された。日本の読者はその時点で、ジッドが実際にハメットをどのように褒めたのかを正しく伝えられていたのである。

だがジッド自身は、それよりかなり前にすでにハメットを読んでいた。一九四四年六月にニューヨークで刊行された『新・日記抄』（一九三九～一九四二年）によると、彼が「ほとんど讃嘆に近い大きな驚きを感じながら、ハメットの『血の収穫』を読むことができた」と記したのは一九四二年六月十二日のことだった。

さらにジッドは翌四三年三月十六日の日記においてもハメットについて長い言及をおこなっている。「（あえて言うなら驚嘆しながら）ハメットの『マルタの鷹』をじっくりと興味深く読む。去年の夏、私はこの『マルタの鷹』や『影なき男』、題名は忘れたが、注文で書いたにちがいないもう一つの作品などよりずっとすぐれている、あのすばらしい『赤い収穫』を翻訳で読んだ。英語というか、アメリカ語でそのまま読んだので会話の微妙さについてはおぼえていないが、『赤い収穫』での会話部分のみごとな筆致はヘミングウェイ、あるいはフォークナーにさえまさっている。そして物語全体は器用に、比類なき冷笑主義によってまとめられている」

＊一九四二年と四三年の『ジッドの日記』にハメットと彼の作品についての言及があることを私に初めて教えてくれたのは日本推理作家協会の会報（二〇〇五年十一月号）に載った逢坂剛の「新・剛爺コーナー」だった。初めてというのは、つまりこれを日本で初めて記したのがたぶん逢坂剛であろうということだ。ほかに知ってた人いますか？

前出の《ニュー・リパブリック》の記事を岩波の《世界》がいくぶん脚色して創刊号（一九四六年一月号）に紹介し、それを読んだ江戸川乱歩がジッドがらみでハメットに関心をいだき始めるエピソードが、本篇第二章および第四章で述べたように、〝日本ハードボイルド輸入史〟の序章となったのである。

アンドレ・マルローにすすめられて初めて一九四二年にハメットを読んだジッドは、二年後に亡命先のチュニジアで、のちに米版『架空会見記』の一章となる「現代アメリカ小説」を記したときもまだ未読だった『ガラスの鍵』を探していた。はたしてジッドは『ガラスの鍵』にめぐりあえたのだろうか。

くわしい追跡はまだ終わっていないが、ハメットの長篇五作はいずれも戦前フランスのガリマール社から翻訳が刊行されていたと思われる。そして一九四五年、第二次大戦終結直後にマルセル・デュアメルが刊行を開始した同社のセリ・ノワール（暗黒叢書）に全五作が二年以内にすべて再録された。セリ・ノワールに最初に収められたのは『ガラスの鍵』だったので、もし読む気があればジッドは未読だった待望の一書をその時手にとったはずである。

セリ・ノワールの初期二十八年についての総括は「資料1」におさめたが、ハメットの諸作は『ガラスの鍵』のあと『赤い収穫』『マルタの鷹』『影なき男』『デイン家の呪』の順で収録され、そのあと六〇年代末に三つの短篇集が加えられた。

一方のレイモンド・チャンドラーの初期五作は、ハメットの『ガラスの鍵』より前に『湖中の女』『さらば愛しき女よ』『大いなる眠り』が収録され、そのあとに『高い窓』と『かわいい女』がつづき、しばらくのちに残りの二長篇と二つの短篇集がおさめられた。

セリ・ノワールの刊行開始時期と戦中の空白が、フランスにおいても、ハメットとチャンドラーの同時期刊行を生んだことになる。しかし実際にはハメットには戦前訳があり、そのために早い時期にマルロー、ジッドの二人の文人の目にとまった。それが、セリ・ノワール刊行の口火となったとも考えられる。

アンドレ・ジッドがハメットを褒めたことが大きな話題になった同じ年に、アメリカ国内では、このハメットだけでなく探偵小説そのものを徹底的にこきおろすミステリ罵倒論が世間を騒がせた。少し前にジェイムズ・M・ケインをもちあげたこともある大物の文芸評論家エドマンド・ウィルソンが、みずから文芸欄の編集委員をつとめていたハイブラウな高級誌《ニューヨーカー》の十月十四日号で、レックス・スタウト（「ホームズの安手な二番煎じ」）、アガサ・クリスティー（「薄っぺらな人物描写」）をけなしまくり、ことのついでにハメットの『マルタの鷹』をこっぴどくこきおろしたのだ。

……これほど大勢の人々が夢中になっている文学の一分野に不当な評価を下すのを懸念してまた気をとり直し、私は『マルタの鷹』を再読してみた。アレグザンダー・ウルコットが「アメリカが生んだ最高の探偵小説」と褒め、刊行当時ハメット氏をたちどころに、ジミー・デュランテに言わせれば〝インテリさんたちの人気者〟にたてまつった作品である。だが一九三〇年に、人々はいったい何をそれほど褒めそやしたのか、私にはとても理解し難い。確かにハメット氏はピンカートン探偵としての実体験を有効に利用し、ギャングたちへの関心が流行の最先端であった時代に、新しい種類の戦慄を与える冷酷な暗黒街の残酷性を武器にして、ホームズ調の古い公式に再充電を行なったことはまちがいない。しかし、それ以上のものは何もない。彼は物語に想像力を掻き立てる生命を与える能力に欠けている。よく耳にしてきた賛辞とはうらはらに、作家としてのハメット氏の地位は、ジェイムズ・M・ケインよりずっと下のレックス・スタウトよりもさらに低いと言わざるを得ない。いま読むと『マルタの鷹』は、まるでごつい顎をしたヒーローと向こう見ずでハードボイルドな美女の日変わりの冒険を扱った連続コミックそっくりだ。

「ハードボイルドな美女」という表現が目につくが、とにかくこの評論 **"Why Do People Read Detective Stories?"**（人はなぜ探偵小説を読むのか）は大いに物議をかもした。ウィルソンがあえてこの一文を発表したのは、戦時の用紙統制下、紙のムダづかいのような探偵小説の隆盛ぶりに水を差すためでもあったのだろう。

そして三カ月後、編集部に殺到した読者や識者からの反論の山に対抗して《ニューヨーカー》の一九四五年一月二十日号に掲載されたのが、悪名高き探偵小説罵倒論「誰がアクロイドを殺そうが」だった（『殺人芸術』や『ミステリの美学』に収録）。

このときはドロシイ・L・セイヤーズ、ナイオ・マーシュ、マージェリー・アリンガムなどの女流がおもに俎上にのせられたが、ウィルソンがただ一人すぐれた作家（「グレアム・グリーンには遠く及ばないとしても、だ」）と認めたのが〝ハメットを師と仰ぐと明言している〟レイモンド・チャンドラーだった。

一方、エラリイ・クイーンはこの議論騒然の中で着実に《EQMM》の刊行をつづけ、ハメットとその仲間たちの「ハードボイルド派」に対してもむしろ好意的な視線を投げかけつづけた。『郵便配達夫はいつも二度ベルを鳴らす』の〝観測気球〟の意味をもっていたケインの短篇「冷蔵庫の中の赤ん坊」を《EQMM》一九四四年七月号に再録したとき、クイーンは編集者ノートで、「人間と非人間の非情《ハードボイルド》な要素が集められ、あなたの血を凍らせる」と記した。

また《EQMM》ではないが、一九四四年に刊行されたハメットの第一短篇集の編者序文、「サム・スペード登場」でも「ハードボイルド」を用いている。

> 『マルタの鷹』の荒々しくタフな探偵登場……ハメットの首には数多くの形容詞が巻きついている。彼の文体はハードとかハードビトゥンとかハードボイルドと呼ばれてきた。引き締まった、ダイナミック、非感傷的とも呼ばれる。突き通すような、雄々しい、衝撃的なという呼び名もある。最も多く用いられるのはリアリスティックだろう。彼は現代のリアリズム派の始祖とみなされている。（中略）だがあえて呼ぶなら、彼はロマンティックなリアリストである。

翌一九四五年もクイーンは何度も「ハードボイルド」を用いた解説を書いた。《EQMM》七月号に《ニューヨーカー》に前年掲載されたユーモア作家、S・J・ペレルマンのパロディ「さらば愛しきオードブルよ」を再録したときは、「本篇は現代ハードボイルド探偵小説をサカナにしたおふざけの連発銃であり、とりわけ標的にされているのはレイモンド・チャンドラーとダシール・ハメットの作品である」と記した。エドマンド・ウィルソンの罵倒論につづいて、こんどは名のあるユーモア作家がハードボイルド小説をパロディの対象に選んだのである。「ハードボイルド」の認知度がここまで高まったとも言える。

さらにその翌月の九月号（用紙不足のために《EQMM》は当時隔月刊だった）には『赤い収穫』調ではないハメット短篇」として《コリアーズ》から「二つのナイフ」を再録し、クイーンは前掲のジッドの『架空会見記』の一節をミステリ読者に紹介した。そして結びは、「……ジッド氏の耳にハメットの名前が届かないとは何事なのか。この方は荒野でお暮らしになっておられるのだろうか。（中略）ともあれ明白なことは、アンドレ・ジッドが《EQMM》の読者ではないということである。取り残されたような気分でとても残念です、ムッシュー」とクイーンも負けてはいない。《EQMM》がハメットの再録に力を入れていることを誇りにしていたのだ。

ちなみに、当時ハメットは、一老兵として第二次世界大戦に従軍し（一九四二年九月志願入隊）、一九四三年夏には第十四通信中隊に所属してアリューシャン列島に赴任、一九四四年五月の五十歳の誕生日も極北の駐屯地で迎えた。約三年の従軍のあと、本国で初めてクリスマスを祝ったのは終戦の年、一九四五年になってからだった。ダイアン・ジョンスンのハメット伝にくわしいが、従軍期間中、〝消えたコミュニスト作家〟ハメットの行方をコミカルに追跡しつづけていたのがFBIのJ・エドガー・フーヴァーだった。これが戦後のアカ狩り（マッカーシズム）と入獄というハメットの受難につながってゆく。

このこととは直接関係はないが、戦地や基地の兵隊の慰問用につくられた軍隊文庫にハメットの作品は一冊も収められなかった（ポケット・ブックの戦時版には全作収められている）。ところがチャンドラーの本は第一作『大いなる眠り』と第四作『湖中の女』の二作が一九四五年に軍隊文庫に収められ、『湖中の女』の裏表紙には、《シカゴ・ニューズ》紙の書評の一部として「チャンドラーはふたたび、シニカルでハードボイルドな探偵小説の分野における最高にしてすばらしい職人の一人であることを本書で証明する」という一文が刷りこまれた。

そしてこの年の八月、ハードボイルド探偵小説に関する重要な発言がハワード・ヘイクラフトによってなされた。

……職人芸は概して向上しているが、ハードボイルド探偵小説〈hardboiled whodunit〉は業が煮えるほどみせかけだけの退屈なものになってきた。雄々しきハメットの時代を思うと（チャンドラー、A・A・フェアとその他の二、三の例外はあるが）、タフガイたちが派手な立ち回りを〝行動性〟ととりちがえ、アルコール依存症をユーモアと思いこみ、ポルノをリアリズムと勘ちがいしているのは少しばかり情けない。

これは「第二次大戦中および今後のフーダニット」と題されて《ニューヨーク・タイムズ》八月十二日号の書評欄に掲載された長文の概論（『ミステリの美学』収録）の一節である。

さて文芸用語としての「ハードボイルド」の使用例を追いつづけてきた本章もついに一九四五年八月にさしかかった。

ハードボイルド派をふくめて探偵小説がこれからどうなるかを論じたヘイクラフトの評論が一流紙

の《ニューヨーク・タイムズ》に載った日付は「八月十二日」。八月六日、広島、八月九日、長崎に原始爆弾が投下されてから一週間も経ていないこの時期に、アメリカ国内ではミステリ界の戦後に思いをめぐらし、ハードボイルド派の堕落を憂える記事が新聞紙上を賑わしていたのである（ヘイクラフト氏はミッキー・スピレインの登場を予知したのかもしれない）。

一九四六年

ここまでに記したように、四〇年代の初めから、日本語に訳せば「ハードボイルド派」となるさまざまな表現が、ミステリ評論や書評に用いられるようになった。だが、「ハードボイルド・ミステリ」「ハードボイルド・ディヴィジョン」「ハードボイルド・ティル」「ハードボイルド・フーダニット」「ハードボイルド・ブランチ」など、呼称はいろいろあり、統一はされていなかった。くわしく調べてゆくと、まだ誰も「ハードボイルド・スクール」と言い切っていなかったこともわかった。

では、明確に「ハードボイルド・スクール（派）」という用語を初めて使ったのは誰だったのか。

そのこたえは、エラリイ・クイーンである。クイーンは《EQMM》一九四六年四月号に掲載したフレデリック・ニーベルの短篇に付した編集者ノートを次のように書き始め、そこに明確に〈hardboiled school〉という表現を用いた。

一九三〇年代初期、フレデリック・ニーベルは、ダシール・ハメット、ラウール・ホイットフィールド、キャロル・ジョン・デイリーといった《ブラック・マスク》ライターたちの「ハードボイルド派」の一員だった……

ほとんど〝一瞬の差〟と言うべきだろうが、同じ一九四六年に、二人の人物がやはり「ハードボイルド・スクール」を使った文章を書いている。その一人がハワード・ヘイクラフトだった。一九四六年七月に刊行された *The Art of Mystery Story*（『ミステリの美学』）中の評論やエッセイに付した編者ノートの中でヘイクラフトは、〈American “hard-boiled” school〉（ハメットの探偵時代の回想メモの序）と〈American medium-to-hard-boiled school of crime writing〉（ジェイムズ・サンドーのミステリ・ガイドの序）という表現をしているのだ。後者にはもう一カ所「マンネリ化したハードボイルド派」（the mannered hardboiled division）という記載もある。だがいずれにせよ、引用符をつけたり、冗談めかしたりしているので、クイーンのようにはすっきりしていない。しかしクイーン自身も《ＥＱＭＭ》四六年六月号に掲載したケネス・ミラーの「女を探せ」（記念すべきリュウ・アーチャー物語第一作の原型）につけた編集者ノートでは、「ハードボイルド派」は使わずに、たんに「ハードボイルド探偵小説」と記している。

同様な例は『ミステリの美学』に収録されているＥ・Ｓ・ガードナーの重要な評論「黎明期の問題——行動派探偵小説の起源」（初訳は荒地出版社、一九五九年刊『殺人芸術』収録の「行動派ことはじめ」）の中でも起こっている。ヘイクラフトはこの評論への序では〈hard-fisted school〉（拳骨派）とふざけているが、ガードナー自身は、「いわゆるハードボイルド調」（so-called “hard-boiled” type）とか「ハードボイルド・ストーリー」「ハードボイルド・ディテクティヴ」などとしか記していない。表現方法はまだ不統一だった。

この一九四六年に「ハードボイルド派」という明白な表現を用いたもう一人の人物は、本篇第五章第２項で触れた《ブラック・マスク》の名物編集長、ジョゼフ・Ｔ・ショーである。その箇所で紹介した *The Hard-Boiled Omnibus*（ハードボイルド・オムニバス）〔ハードボイルドが書名に使われた最初の本」というアンソロジーの序文の中で《ブラック・マスク》の作家たちをひっくるめて〈"hard-boiled" school〉の呼称で紹介しているのだ。同書の刊行月は十月だったので、ショーはこの表現を《EQMM》の編集者ノートから借用した可能性もある。

なお、本篇第二章で言及した《タイム》のクレイグ・ライス特集で用いられた「ハードボイルド」には「派」に該当するスクールもディヴィジョンもブランチもついていなかった。

一九四九年

のちに名著 *Down These Mean Streets A Man Must Go*（このみすぼらしい街を一人行かねばならない男がいる）を発表するフィリップ・ダラムがノースウェスタン大学での博士論文として『アメリカ小説におけるハードボイルド・ヒーローの客観描写』（未訳）を提出した。

一九五一年

爆発的な売れ行きを示す超ベストセラーとなったミッキー・スピレインのマイク・ハマー・シリーズの第四作『大いなる殺人』を、ミステリ評論家、アントニー・バウチャーが《ニューヨーク・タイムズ》の常設書評欄で、「〝ハードボイルド〟派の決定的な堕落」ときびしく評した。この書評の現物は未見なので、これを評論書 *One Lonely Night*（ある寂しい夜）の第三章に引用した筆者ら（マックス・アラン・コリンズとジェイムズ・L・トレイラー）がなぜ「ハードボイルド」に引用符を付したのかは不詳。実際にはバウチャーは「ハードボイルド」という言葉を使っていなかったのかもしれない。そこで少し気がかりになって、五〇年代前半にあいついでペイパーバックになったスピレインの初期七作の表紙の裏表をくわしく調べてみたが、ここには「ハードボイルド」はたった一度しか使われておらず、「テンポの早い、センセーショナルな新しいミステリ（あるいはスリラー）」といった呼称のほうが多かった。スピレインを「ハードボイルド」と結びつけて惹句に用いたり、評論の対象にするのは少し筋ちがいだという認識があったのだろう。いま挙げた二人の若い作家たちも、その八四年刊の評論書の中で「ハードボイルド」という用語はほとんど用いていない。ひとつだけチラッと見つけたおもしろい指摘は、マイク・ハマーの〝永遠の恋人〟ヴェルダの名前が、チャンドラーの『さらば愛しき女よ』のヴェルマ、ジェイムズ・M・ケインの *Mildred Pierce*（ミルドレッド・ピアス）にでてくるヴェダ（ヒロインの性悪な娘）の合成ではないかという推測だった。

なお、同じ書評欄でバウチャーは、ロス・マクドナルドの『人の死に行く道』を「ハードボイルドの傑作」と評し、ハードボイルド派の正統な後継者であるというお墨付を与えた。

一九五二年

コロラド大学で書誌学および英文学の教授をつとめるジェイムズ・サンドーが本文九ページの私家版の小冊子 *The Hard-Boiled Dick – A Personal Check-list* を刊行した。ハードボイルド系の作家を約四十人挙げ、作風や代表作についてのコメントを付したものだが、その序文でサンドーは「ハードボイルド探偵小説の誕生はハメットの『赤い収穫』が単行本として刊行された一九二九年とするのが妥当である。（中略）それ以来、ハードボイルド種族《ソート》はジャングルのように急速に増殖し……」と記した。このチェックリストはまずヘイクラフトの『ミステリの美学』に収められ、さらに若干の修正を加えられてミステリ評論集 *The Mystery Story* にも収録された。私はこのリストに原文の倍以上の補注を付したものを作成し、『ハードボイルドの探偵たち』の巻末に付した。

同じ年の《サタデイ・レヴュー》の五月三十一日号には、文人ベン・レイ・レドマンの「探偵小説の堕落と崩壊」（これを翌五三年に紹介した江戸川乱歩の命名）という〝爆弾的論文〟が登場し、『赤い収穫』をもって、パルプ・マガジンという裏部屋から、ハードカヴァー本となって陽の当る場所に姿をあらわした」ハードボイルド探偵小説がこのまま野放図に増殖してゆくと、探偵小説は死滅し、埋葬されてしまうと警告を発した。ミッキー・スピレインを槍玉にあげることが主たる目的だったことは明白だが、この論文でレドマンは明白に「ハードボイルド派《スクール》」という用語を用いている。

この時点で「ハードボイルド」に関する用語上の混乱に終止符が打たれ、「ハードボイルド派」が定着したとみてよいだろう。先ほど出てきた「女を探せ」がこの年のMWAアンソロジーに収録されたとき、ケネス・ミラー（ロス・マクドナルド）は自作について「さしずめ〝玉ねぎ入りチャンドラー〟というところだろう。しかしそんなことをいえば、チャンドラー自身は〝フロイド・ポテトつきハメット〟ではないか……私たちはみんな、ハメットの《黒い仮面《ブラック・マスク》》の下から生まれてきたのだ」と、ハードボイルド派への仲間入りを宣言した。

一九五三年

その《ブラック・マスク》が一九五一年七月号をもって休刊となったあと、クイーンは《EQMM》五月号から《ブラック・マスク》を吸収合併すると宣言し、再録したハメットのコンチネンタル・オプ物語につけた編集者ノートで、ハードボイルド派について次のような総括をしている。

> この新しいタイプのミステリはアクションと早いテンポに重点を置き、やがて〝ハードボイルド派〟として知られるようになった。（中略）《ブラック・マスク》を吸収合併することによって、埋もれていたハードボイルド物の傑作をお届けすることができるようになる。（中略）ラフ

でタフ、3G（肝っ玉《ガッツ》と殺し合い《ゴア》と娘っ子《ギャルズ》）、3B（血《ブラッド》と棍棒《ブラッジョン》と急襲《バスト》）派の探偵たちのお出ましだ。

サザランド・スコット著『現代推理小説の歩み』が刊行された。ハメット、ジェイムズ・M・ケイン、チャンドラーについての長い言及もあり（「……ハメットのスタイル、ことにその性格描写はなんといってもすばらしい。（中略）ただ、彼の登場人物は、ほとんど全部不快な人物であり、また彼の描写する世界は、われわれのほとんど知らない世界であり……住みたいとは決しておもえないような世界である」）、他にフランク・グルーバー、ジョナサン・ラティマーらの名前も挙げられている。チャンドラーの評論「単純なる殺人芸術」から同書が引用した訳文中に決定的な誤訳があることは一九四四年の項で記した。

一九五四年

ロス・マクドナルドのリュウ・アーチャー・シリーズのほぼ全作を《ニューヨーク・タイムズ》の書評欄でとりあげてきたアントニー・バウチャーが新作『犠牲者は誰だ』を「ハードボイルド探偵小説が達し得る最高の作品」と賞賛し、「スタイル、アクション、構成の緊迫感と性格描写……心理スリラーとしても文芸作品としてもすぐれ、従来のハードボイルド小説とはまったく異なるジャンルを創造した」という微妙な発言をつけ加えている。ロス・マクドナルドはハードボイルドにあらずとみなしたのだろう。

一九五五年

ハワード・ヘイクラフト編『二十世紀著作家辞典』の増補版が刊行され、レイモンド・チャンドラーの項が追加された。その項目はチャンドラー自身が記述し、ヘイクラフトが若干補う形になっていたが、その中でヘイクラフトは「犯罪小説ジャンルのいわゆる〝タフ派〟の代表作家であり、ヒーローのフィリップ・マーロウは（サム・スペードと並んで）ハードボイルドでハード・ヒッティングな〝プライヴェット・アイ〟（私立探偵）の原型である」と記した。また「〝ハードボイルド〟なアメリカ口語用法」という表現もしている。

ちなみにヘイクラフトは、ハメットの項でも、「これらのハードボイルドでハード・ヒッティング（荒っぽい）でハード・ドリンキング（大酒飲み）な〝プライヴェット・アイ〟」および「ジョン・ペイタースンが一九五三年に《サタデイ・レヴュー》で記したように〝探偵小説のハードボイルドの伝統の中で抜きんでているサム・スペード〟」の二カ所で「ハードボイルド」を用いた。

このペイタースンの評論は未見だが、《サタデイ・レヴュー》の五三年八月二十二日号掲載の“A Cosmic View of the Private Eye”（私立探偵概論）のことだと思われる。そしてここに引用された一節はのちにメリアム‐ウェブスターの大辞典に記載されたものと同一である（「レポート1」参照）。

一九五六年

フレイドン・ホヴェイダ著『推理小説の歴史』（福永武彦訳、東京創元社、一九六〇年刊）が刊行された。同書には「『マルタの鷹』からレミー・コーション〔ピーター・チェイニーの作品の主人公〕まで」という章が立てられ、ハメット、チャンドラー、ドナルド・ヘンダースン・クラーク、W・R・バーネットやフランスのセリ・ノワールについての言及があるが、「ハードボイルド」という用語は、原註に用いられているだけで本文では使われていない。その後『推理小説の歴史はアルキメデスに始まる』と改題された増補版が一九六五年に刊行された（三輪秀彦訳、東京創元社、一九八一年刊）。

一九五七年

エラリイ・クイーン著『クイーン談話室』（谷口年史訳、国書刊行会、一九九四年刊）が刊行された。一九四二年以降、《EQMM》に載ったエディターズ・リーフ（編集者ノート）をまとめたものだが、原型に手を加えたり、一つに寄せ集めたり、《EQMM》以外に書いたものがまじっていたりするので、発表年度を特定し難いものもある。厳密に「ハードボイルド派」という用語がでてくるのは四つのリーフだが、ハードボイルド情報として最も重要なのはリーフ5の「殊勲章」だ。「ハードボイルド派」が三つでてくるほかに〈hard-boiledism〉という造語も用いられている。同じ「殊勲章」というタイトルがつけられた編集者ノート（五六年四月号）もあるが、これは単行本収録の一文とはまったく異なり、「ハードボイルド派」という用語も使われていない。単行本収録の「殊勲章」には「故ジョゼフ・T・ショー」（一九五二年没）という記述があり、五二年以降五七年前に書かれたものであるとしか推定できない。

一九六〇年

本書の「はじめに」で紹介した本格的なアメリカ俗語辞典 *Dictionary of American Slang* が刊行された。トマス・クロウェル社から出たスチュアート・バーグ・フレックスナー&ハロルド・ウェントワース共編のこの辞典は、日本では翌年四月に丸善からアジア版が販売された（六百七十ページ）。アジア版と言っても内容はまったく同じで、Maruzen の名前を表紙と扉に重ね刷りし、日本語の奥付を貼りつけただけのものである。リプリント版ということは、この辞書は英和辞典ではなく、英英辞典だということだ。偉そうに言えばシロウト向きの辞書ではない。しかも中身はスラングが中心になっている。この辞典にすぐさまとびついたのは私一人ではなかった。その頃、翻訳業界にいた翻訳者、編集部員およびその予備軍全員がこの辞書のお世話になったはずだ。この辞典の出現はまさに〝言葉の革命〟だった。

＊この辞典は編者の一人であるハロルド・ウェントワースが、一九六五年に還暦を迎えたばかりの若さで亡くなったあと、一九六七年に小改訂、一九七五年に補遺を追加した増補版が刊行された。そして日本版の刊行が一九八六年。私にはどうしても承服できないのだが、『現代スラング英和辞典』という奇妙な名前をつけられたこの日本語版（秀文インターナショナル刊、C・ゴリス／大久保雪見訳編）には、原著者の一人、スチュアート・バーグ・フレックスナーの長文の序文と「アメリカン・スラングの背景と構成」は収録されているのに、増補版につけられた新語を中心とした補遺はおさめられていない。
フレックスナーには ***I Hear America Talking***（『アメリカ英語事典』秀文インターナショナル、一九七九年刊）と ***Listening to America*** という二冊の大判、イラスト入りの言葉の百科事典もある。どちらも〝言語探偵〟にとっては宝の山へのガイドブックのように楽しい本だ。

ところで、フレックスナー＆ウェントワースのアメリカ俗語辞典が話題になった理由の一つは、この辞典に「ハードボイルド」という項目が設けられ、この言葉について初めて詳細な記述がされていたことだった。これを孫引きした〝ハードボイルドの語源学〟がしばらくのあいだ流行ったものである。それも懐かしい昔話だが、この辞典に関しては私にとって長年の懸案だったテーマが一つあった。巻末に収録されている書誌の分析作業である。ひとことで言えば、ハードボイルド系の作家のうち、誰が最も多くこの辞典に引用されているかの検討だ。

あいにくなことに九八年に第三版が出たこの辞典はまだCD-ROMになっていない（二〇〇六年四月現在）。ということは、これからご披露するデータはすべて私が実地検証をおこなった手造り検索の結果報告だということである。


〈フレックスナー&ウェントワース『アメリカ俗語辞典』実地検証〉

第一の特徴は、文例が引用されているミステリ作家の中ではハードボイルド系の作家が圧倒的に多いこと。言うまでもなく、ハードボイルド小説が俗語や生きた口語を多用しているためだ。

引用文例の多い作家を順に配列すると、

1. レイモンド・チャンドラー　156例（五長篇、二短篇、一評論から引用）
2. ジェイムズ・M・ケイン　84例（五長篇より）
3. ジョン・エヴァンス　70例（〈栄光シリーズ〉三部作）
4. W・R・バーネット　69例（『リトル・シーザー』『アスファルト・ジャングル』他一作）
5. ダシール・ハメット　38例（長篇はなく、「ブラッド・マネー」他一短篇。前にざっと数えたときより倍近くに増えた）
6. フレドリック・ブラウン　32例（ハードボイルド系ではないが長篇一作からこれだけの文例が引用されているのは文体のためだろう）
7. ミッキー・スピレイン　23例（『大いなる殺人』より）
8. R・S・プラザー　13例（長篇一作）

この八名の主要作家からの文例だけで合計約五百例。この俗語辞典がおもしろいのはあたりまえだ。ハードボイルド用語読本の役目も果たしている。

また、ハードボイルド系ではないが、大衆小説、読物小説、都会小説などで人気のあるアメリカ作家の文例も数多く引用されている。

1. デイモン・ラニアン　137例（四短篇集より。総数ではチャンドラーに及ばなかった）
2. ジョン・オハラ　102例（おもに『パル・ジョーイ』と雑誌記事）
3. ネルソン・オルグレン　65例（『黄金の腕』など）
4. F・スコット・フィッツジェラルド　52例（『偉大なるギャツビー』など二作）
5. ジェイムズ・T・ファレル　44例（短篇小説から）
6. J・D・サリンジャー　32例（『ライ麦畑でつかまえて』より）

これでこの俗語辞典の二人の編者の好みもおわかりいただけるだろう。この辞典は良きアメリカ文学ガイドでもあるのだ。

一九六一年

前出のメリアム＝ウェブスターの *New International Dictionary* の新改訂版が刊行された。すべてのウェブスター辞典の親版とも言うべきこの「正典」と初対面がかなったのは、恥ずかしながらごく最近のことだった。

二十七年の歳月を費やして、アメリカ人の手に成る初めての大部の英語辞典を一八二八年に完成させたノア・ウェブスター（一七五八年〜一八四三年）は言語学上の〝アメリカン・ヒーロー〟と呼んでもいい。コネティカット州ハートフォードで生まれ、イエール大学卒業後教職に就き、有名な文法教科書を著し、四十三歳の時から辞書の編纂にとり組み始めたウェブスターの信念は「アメリカ人のための、アメリカ人による英語」の確立だった。

一八二八年に完成した初のウェブスター辞典には七万語が収録されたが、その中には標準英語にはないアメリカ語もひろわれ、アメリカ独自の綴りも採用された。この原典が何度も改訂を重ねた上で登場したのがこの一九六一年版だった。大学の図書館や篤学の翻訳家の書斎にはいまでも必ず居座っているはずだ。ごく身近の各務三郎、永井淳も持っている。稲葉明雄も使っていたそうだ。この年は丸善版のアメリカ俗語辞典も刊行されたので、私の目はそっちに向いていたのだろう。俗語辞典に頼るまでもなくこの正典には、レポート1の第5項で記したように「ハードボイルド」が詳細に記載され、初出年不詳とはいえ、「ハードボイルド派」という文芸用語まで文例としてひろわれていたのである（一九四一年の項参照）。

一九六二年

トマス・クロウェル社から *The Reader's Encyclopedia of American Literature* というアメリカ文芸百科事典（千二百八十ページ）が刊行され、〈hard-boiled fiction〉が項目として立てられた。「ハードボイルド小説」が百科事典の一項目として挙げられたのはこれが最初だろう。古書店で入手したのが比較的最近だったので、初めて仔細に目を通したのは二〇〇五年の十月だった。つまり、それまでの「ハードボイルド」追跡の旅の中間報告には一度も出てこなかった資料である。

「ハードボイルド小説」の項目はぜんぶで二十九行。大要次のような説明がつけられていた。

暗黒街を背景に、残虐行為と流血沙汰を至近距離から、簡潔かつ俗悪な語り口で描くことによってリアリズムの雰囲気をかもしだす探偵・犯罪小説の一型。コナン・ドイル派のきれいごとの世界に対抗し、ヘミングウェイ、ドス・パソスなどのアメリカの純文学が教えてくれた作法に呼応する試みでもある。（中略）そのタイプの先駆者は《ブラック・マスク》に拠るダシール・ハメットであることは多くの批評家の認めるところだが……近年は、ミッキー・スピレインの作品に見られるような煽情主義とむきだしのサディズムの見本市に堕落しつつある。

この百科事典にはハードボイルド系の作家はチャンドラー（二十五行）、ジェイムズ・M・ケイン（二十四行）、ハメット（二十三行）、W・R・バーネット（二十一行）、ホレス・マッコイ（十九行）の順で五人がおさめられている。ちなみに、ヘミングウェイの項目は顔写真つきで六ページ。軽重の差は明白である。

また、ハードボイルド小説名が独立した項目として立てられているのは『ガラスの鍵』（十行）、『かわいい女』（十一行）、『郵便配達……』（九行）、『リトル・シーザー』（九行）、ハードボイルドではないが人気の高いハメットの『影なき男』には最多の十六行があてられている。

一九六三年

一九四九年の項で記したフィリップ・ダラムの本格的なチャンドラー論がノース・カロライナ大学出版局から刊行された（本文百六十八ページ）。「ザ・ヒーロー」と名づけられた同書の第六章（パシフィカ刊『ハードボイルドの探偵たち』に収録、各務三郎訳）は、「アメリカの文学的ハードボイルド・ヒーロー」〔小説に登場するハードボイルド的な資質を有する主人公、という意味〕の原型を西部小説の主人公にみいだすところから論を起こしている。ハードボイルドを論ずるというより主人公の人間像の分析に重点を置いているのは当然だろう。そして最後は「……探偵としての主人公は、象徴《シンボル》としてならすばらしいが、象徴のならいとして実在することは決してできない。結局のところチャンドラーは、ロマンチックな小説を書きつづけたということだ。しかし、非情《ハードボイルド》な姿勢をとらせながら真実感を高めることで、アメリカ文学の伝統に生きることができた」という作品論風の記述につづいている。

一九六四年

「ハードボイルド派について何か書くようにとスペースを与えられたので」と、ロス・マクドナルドはアメリカ探偵作家クラブの会報に載せた「ハメットに脱帽」というエッセイを書きだしている《ＥＱＭＭ》六四年十一月、岩下吾郎訳）。このエッセイの一部は本篇第五章でも紹介したが、きわめて簡潔なハメット論になっている。とくに文体を論じるときの筆づかいはきびしい。たとえば、「通俗的な口語を、冷笑的に、文字通り、ありのままにとらえすぎた。（中略）そのため、決定的にというわけでもないが、すでに時代のずれを感じさせる」とか、「もっとも調子の悪い時、そのような文章はデモクラシーの最低の公分母を描く筆記具の役を果たすにすぎない。だが、最良の状態の時は偉大なる婉曲語法の力を発揮する。それはヘミングウェイの初期の作品にも似て」いるといった具合だ。

ロス・マクドナルドはこの翌年も、ハードボイルドとハメットのサム・スペードについて論じた評論を発表する。

一九六五年

「……《ブラック・マスク》革命そのものは本物だった。アメリカ民主主義が生んだ、階級をもたない、根なし草のような男、街の言葉をしゃべる種類の主人公としての探偵が、そこから生まれたのである」

ロス・マクドナルドが《ショウ》という雑誌の一月号に発表した「主人公《ヒーロー》としての探偵と作家」(《HMM》七六年八月号、小鷹信光訳)は、エドガー・アラン・ポーのデュパン探偵から書き起こし、英国紳士ホームズについて触れ、彼らと対比の上で、世俗の男たちを主人公にした《ブラック・マスク》の世界に踏みこんでゆく。

ハメットの『マルタの鷹』については「もし感情を隠した悲劇と呼び得るものがあるとしたら、サム・スペードから人間的なすべての遺産を一つずつ過酷に剝奪してゆく作法上のきびしさが、この物語を一つの悲劇に仕立てあげている」と分析し、チャンドラーのマーロウについては「(彼を)興味深い男にしているのは、彼の二重性であり、チャンドラー自身の詩的で風刺的な精神がなかばのぞいてみえるハードボイルドの仮面である」と記している。これでもわかるように、フィリップ・ダラム同様、ハードボイルド論そのものにはむしろ関心はなく、主人公像の分析を通しての作家論となっている。

ロス・マクドナルドは自分自身の物語の主人公であるアーチャーに、『運命』の中で「軽度なパラノイアックなジャングルに住むどちらかといえば世俗的なターザン」という自己批判をやらせたと言い、その『運命』こそが、「消化するのに数年を費やしたチャンドラーの世界に明白な訣別を告げ、そこから私自身を解き放ち、犯罪と人生の悲哀に対する私流のアプローチを確立させた作品だった」と、脱チャンドラー宣言をおこなった。

同じ一九六五年に、ジョゼフ・T・ショー編の《ブラック・マスク》アンソロジーに次ぐ「ハードボイルド」を書名に冠した二冊めの本が登場した。ロン・グーラート編の *The Hardboiled Dicks*（ハードボイルド・ディックス）である（シャーボーン・プレス刊。のちにポケット・ブックにおさめられた）。たぶん編者はあえてはずしたのだと思うが、ハメットとチャンドラーの作品は収録されず、ニーベル、ホイットフィールド、ガードナーなどのパルプ・マガジン・ストーリーが八篇おさめられた。《ブラック・マスク》だけでなく《ディテクティヴ・フィクション・ウィークリー》《ダイム・ディテクティヴ》からも作品が選ばれているのが新しい試み。パルプ・マガジン復興運動の兆しが見えかけていた時期でもあった。作品は収録しなかったが、序文の中でチャンドラーについては「ハードボイルドで同時に詩的であるのは難しいが（彼は）それを成功させた」と評価している。結びは「これらの作品は、パルプ・マガジンの探偵たちの埋葬が早すぎたことを、きっと教えてくれるに違いない」となっている。

グーラートのこの序文は『ハードボイルドの探偵たち』に「パルプ・マガジンの探偵たち」（小鷹信光訳）と題されて全文がおさめられている。

一九六六年

「資料3」にあるように、この年はリリアン・ヘルマン編のハメット短篇集がついに陽の目を見た年である。しかもハメットの遺著管理者であったヘルマンは、前年、長篇五作のオムニバス本の刊行も認めていた（クノップ、六五年十月刊）。イギリスのキャッセルから五〇年に刊行されたオムニバス本（五長篇と四短篇）から数えて十五年ぶりのことだった。

「ダシール・ハメットの人気はあっというまに薄れた。三〇年代の彼は人気作家で、シンクレア・ルイス、ロバート・グレイヴス、モーム、ジッドなどにも認められた。だがそのジッドは、一九四四年に、〝めったに彼の名前を耳にしない〟とこぼしていた」で始まる《ニュー・リパブリック》（一月八日号）の「ハメットの英雄的オプ」という記事は、そのヘルマン編のオムニバス本を対象とした論評である。復活ハメットの総評にあたったレナード・モスという評者については明らかではないが、探偵小説にはあまり馴染みがない人物のようにみうけられる。なにしろ、いきなり「最高と言われている『マルタの鷹』はたぶんハメットの最悪の作品だろう」と決めつけているのだ。『赤い収穫』についてはまたしてもジッドの褒め言葉を引用しているが、これは孫引きではない。そもそもジッドの『架空会見記』の第十六章が載ったのがこの《ニュー・リパブリック》だったからである（前出）。しかもレナード・モスなる人物は「いささか疑わしげなジッドの褒め言葉」という正しい解釈もつけたしている。

そして「ハードボイルド」という用語は、「従来の知的パズル風な推理小説とは決定的に異なる、テンポの早い、いわゆる〝ハードボイルド〟なスタイル」という箇所で一度だけ引用符つきで使われている。この硬派の文芸評論誌からみれば、「ハードボイルド」は遠い異次元の世界なのだろう。どのような文脈でこうなったのかはよくのみこめないが、結びは「たいした名文句も口にせず、みかけもしょぼくれたコンチネンタル・オプは、行動だけは堂々としていて、現代のマッチョ派男性の役を演じている」となっていた。

一九六八年

ハードボイルド研究史上に一時代を画すデイヴィッド・マッデン編の名評論集『三〇年代のタフガイ作家たち』（未訳）が刊行された。原題は ***Tough Guy Writers of the Thirties***（サザーン・イリノイ大学出版局刊）と俗っぽいが、収録されている十七篇はいずれも高度な博士論文並みの充実した内容を備えている。顔ぶれもすごい。チャンドラー論で名を挙げたフィリップ・ダラム、ヘミングウェイ研究ですでに高名だったフィリップ・ヤング（ペンシルヴェニア州立大学教授）、作家ベンジャミン・アペル、デビュー前の女流ジョイス・キャロル・オーツ、書誌学者として知られるマシュー・J・ブラッコリ（サウス・カロライナ大学教授）、ホレス・マッコイ論で博士号を取得し、UCLAで教職に就いているトマス・スチュラック、のちにハメット論やハードボイルド・アンソロジーの編者として知られるようになるハーバート・ルーム（ニューヨーク州立大学分校講師）、ミステリ書誌家ジョージ・グレラ（ロチェスター大学講師）、硬派雑誌の常連寄稿者である評論家チャールズ・シャピロ（ブライアクリス大学講師）、作家兼評論家のR・V・キャッシルなどがこの本で一堂に会しているのである。

ほとんどが学識派で、戯曲や小説も書いている編者マッデン自身もジェイムズ・M・ケイン論や映画関係の評論で広く知られた人物だった。彼は自分が編纂したこの評論集を、「二十分の固茹で玉子作家」と呼んだジェイムズ・M・ケインに献じ、同書の長文の序で興味深い発言をしている。

……異常なほど過酷な時代（二〇年代末の大恐慌から三〇年代の大不況期）が「ハードボイルド・ヒーロー」を産みだした。

……タフガイの内に秘められている思いもかけぬ感傷性は、ハードボイルドな態度が日々の出来事に対して意思的にとられたつっぱりの姿勢であり、しばしば自己欺瞞の表われであることをはからずも示している。（中略）感傷性はタフな外面によって隠されているものの一つである。

……タフなプロレタリアート・ヒーローはときには法に刃向かうアウトサイダーであり……思

想的に結集すれば、タフな犯罪者やギャングよりも危険な存在になる。労働組合やラディカルの群は、ハードボイルド小説では私立探偵となって卑小化し、若いプロレタリアートと同じように、彼は犯罪者の追跡を通して社会的不公正に直面する。

マッデンがこの序文を書いたのは一九六七年だが、翌六八年に刊行された『三〇年代のタフガイ作家たち』の中から「ハードボイルド」がらみで三人の執筆者に登場してもらおう。一人めは、シンクレア・ルイス論やジョン・オハラ論を物したシェルドン・ノーマン・グレッブスタイン（ハーパー大学助教授）で、評論の題名は「タフ・ヘミングウェイとそのハードボイルドな子供たち」。いささかそそられるタイトルだ。文中には「ハードボイルド・ヒーローの道徳的実用主義」とか「タフガイ作家たちに微妙に再現される階級差意識」などの言いまわしがある。ヘミングウェイの作品との対比でこの論者がもちだすのはハメットの『赤い収穫』とチャンドラーの『大いなる眠り』だ（この二人を〝タフ派〟の有能な実践者と呼んでいる）。

二番手のフィリップ・ヤングの評論は『持つと持たざると』に焦点をあてた十八番のヘミングウェイ論。「もちろん、彼が影響を与えたという関係にちがいないが、たしかにヘミングウェイは〝ハードボイルド派〟とかかわりのある立場に立っている」となる。そして、この長篇の主人公、ハリー・モーガンと短篇「五万ドル」の主人公、ジャックの二人を情け容赦のないタフな人物像の典型と評している。

最後の一人は、「客観的抒情性」というホレス・マッコイ論を寄せたトマス・スチュラック。その一節を引いてみよう。

マッコイの小説は、デイリー、ホイットフィールド、ハメットらのいわゆる〝ハードボイルド〟古典と比較して並べられることがあったが、登場人物は常に動きまわっていなければいけないという《ブラック・マスク》の作法上の公式をたえず踏みにじったのがマッコイだった。象徴主義的で、かつ叙情的手法がめだつ、あまりにも洗練された小説作法だった。

この評論を下敷きにして、私が『パパイラスの舟』の航海の一つ、「実存的叙情航路」というマッコイ論を書きあげたのは、四年後の一九七二年のことだった。

文芸用語としての「ハードボイルド派」あるいは「ハードボイルド探偵」「ハードボイルド小説」などの用法は、マッデン編の『三〇年代のタフガイ作家たち』によって完全に普及し、やがてまぎれのない通念としてミステリの世界に〝浸透〟していった。

この言葉の布教師の一人でもあったエラリイ・クイーンに、一九六八年刊の『クイーンの定員』の中から、締めくくりのひとことを聞かせてもらおう。

一九四四年はダシール・ハメットの最初の短篇小説集の刊行も記録している――われらが同時代における犯罪コンサートのシンフォニーである。ハメットが創始者とみなされているハードボイルド派は、言葉の暴力性、すなわち文体《スタイル》、洗練度《ソフィスティケーション》、セックス、殴り合い《スラッギング》と探偵活動《スルースイング》など5Sの暴力性を専門にしている。純然たるメロドラマを背景としながら、今日私たちがハードボイルド小説と関連づけて考えているリアリズムという剝げやすい塗料を、ハメットはいかにして克《か》ち得たのだろうか。

その秘密は彼の方法にある。ハメットは現代のおとぎ話をリアリズムの「用語」で語る。（中略）お話は夢想のかたまりだが、登場人物は生々しい血肉を備えている。（中略）彼は、初めて百パーセント〝アメリカ的〟な、初めての真の〝国産〟探偵小説をもたらした。ハメットは……新種を発明したのではない……古い物語を語る新しい語り口を発明したのだ。

語り口こそが要だということがわかったところで、文芸用語「ハードボイルド」の長旅を心安らかに終えることにする。

昭和の初めに「ハードボイルド」の意味を日本人に伝えた谷譲次（本名、長谷川海太郎、昭和10年6月没）の4冊の本が、戦前、新潮文庫におさめられた。『テキサス無宿』『浴槽の花嫁』（初出は牧逸馬名義）および『もだん・でかめろん』は没年の12月末刊、『踊る地平線』は昭和12年（1937年）刊。

レポート3　日本ハードボイルド輸入史——戦前篇

1　谷譲次と固茹で玉子

「ハードボイルド」にエッグをつけた〝固茹で玉子〟がアメリカでは〝鼻っぱしらの強いごろつき〟の意味で用いられていることを初めて日本人に伝えたのは、昭和初期に盛名を轟かせた大衆読物作家、長谷川海太郎だった。

彼には、『丹下左膳』の林不忘、『浴槽の花嫁』などの犯罪実話で知られた牧逸馬という二つの高名なペンネイムがあるが、私は、生のアメリカ口語をふんだんに用いて、『テキサス無宿』『めりけんじゃっぷ商売往来』などを書いた谷譲次というもう一つの顔にとりわけ深い関心をいだいてきた。三年余のアメリカ暮らしを経験し、大正十三年（一九二四年）に帰国後、谷譲次名義で発表した気っぷのいい文章の中で、びっくりしたことに彼は「ハードボイルド」をこんなふうにいとも無造作に紹介していたのである。

……スマルデング運動具店《うんどうぐてん》の前《まへ》の舗道《ほだう》で地廻《ぢまは》りの「固茹玉子《かたゆでたまご》」——Hard Boiled eggで、これは鼻《はな》つぱしらの強《つよ》いごろつきの意味《いみ》だが、こいつをもう一つ捻《ひね》つて15 Minutes in hot water ——お湯《ゆ》といふのがはる・うおらとしか聞《きこ》えない。——お湯《ゆ》の中《なか》へ十五分《ふん》も漬《つ》けておけば大概《たいがい》の玉子《たまご》がい、加減《かげん》かちかちになるから、いかさまこれは道理《だうり》にかなつた洒落《しやれ》かも知《し》れないが、いきなり「おいあいつは十五分間熱湯《ふんかんねつたう》の中《なか》に這入《はい》つてゐた玉子《たまご》だよ」とやられては、こつちこそ正確《せいかく》に玉《たま》子《ご》みたいに潰《つぶ》れ降参《かうさん》しちまう。一たい玉子《たまご》eggはよく俗《ぞく》に擬人的《ぎじんてき》に使《つか》はれる言葉《ことば》で、ちよつと考《かんが》へてみてもこれだけある。

1　半熟《はんじゆく》といふのがおとなしい男《をとこ》、組《くみ》し易《やす》いやつの意《い》、これをもじつて「二分間茹《ふんかんゆで》た玉子《たまご》」なんかと細《こま》かいことをいふ。

2　悪い玉子《バッド・エッグ》は読《よ》んで字《じ》の如《ごと》く「食《く》へない野郎《やらう》」

3　**Fresh egg**も新鮮《しんせん》な玉子《たまご》とばかりはきまつてゐないで、生意気《フレッシュ》なやつ、すなはちきざで図々《づうづう》しい男《をとこ》のことだ。

「MEN・ONLY」《文藝春秋》一九二七年八月号

半熟には英語のルビはふられていないが、おそらく「ソフト・ボイルド」だろう（ハーフボイルドともいう）。これとは逆の「ハードボイルド・エッグ」が擬人的に「鼻っぱしらの強いごろつき」を指すということを、谷譲次は自分の耳と目で確かめた。辞書からではなく、実際に町へ出て俗語や口語を体験的に身につけていったのだ。

この用例より一年早いべつのエッセイにも「ハードボイルド・エッグ」が出てくる。

……遠《とほ》く食堂《しよくだう》のはうから、流行《りうかう》の『もしお前《まへ》は俺《おれ》が固煮《かたにえ》の卵子《たまご》だと知《し》つたなら、お前《まへ》はきつと何《ど》処《こ》か他《よそ》の柔《やはら》かい卵《たまご》を探《さが》しはじめることであらうよ。お、、わが赤《あか》んぼよ。』——面白可笑《おもしろをか》しくもない——とか何《なん》とかいふ上海《シャンハイ》と布哇《ハワイ》と紐　育《ニューヨーク》を一つにして、それを前髪《バブ》で割《わ》ってらっぱずぼん《ベル・バタムズ・パンツ》とステコムで掛《か》けたやうな狐　蹠《フォックス・ツラッ》足のジャズが聞《きこ》えてくる。

「テキサス無宿」《新青年》一九二六年十月号

この「固煮《かたにえ》の卵子」はなぜか前出例では「固茹玉子」に変身していた。文字面はそのほうがずっとよい。いまもって不明なのはここに出てくるジャズの歌詞の原文だ。もっともこれは谷譲次の〝創作〟であるのかもしれないのだが。

長い船旅のあと、一九二四年の初夏に大連、朝鮮半島を経て日本に帰りついたという谷譲次は、その年の後半から故郷の《函館新聞》に寄稿を始め（阿多羅緒児、田野郎、迂名気迷子などのふざけた筆名を用いた）、翌年一月号の《新青年》にデビュー。谷譲次と牧逸馬の二つの筆名で注目を浴びる一方、林不忘名義で早くも時代小説も書き始めた（「釘抜藤吉捕物覚書」《探偵文芸》）。

そしてデビューから八年めの一九三三年には、こんな戯文も書いている。

第三街の裏町。ギャングの大親分ハアド・ボイルドの経営する秘密酒場《スピイク・イージイ》。

薄暗いフロントの居間で、主人公のハアド・ボイルド親分が、ひとりでソファに腰かけ、桃いろ絹襯衣《シャツ》の腕捲りをして、密　造　酒《ムウン・シャイン》をちびりちびり飲《や》っていると、そばの小卓で慌《あわただ》しく電話のベルが鳴る。（中略）

階段の上の扉《ドア》があって、四人の人影が地下室へ降りて来た。ハアド・ボイルド親分、USA与論製造会社から来た写真師、山猫《カイヨテ》ジャックと、もう一人は、裏の売春窟から雇われてきた若い私

「日米戦争は斯くして」《改造》一九三三年四月号
唱である。

三つの筆名を使いわける長谷川海太郎が超ベストセラー作家に出世した頃、時代も世相も大きな変化をとげていた。中国侵略（満州事変）を端緒に、日本はさらに大きな戦争への道を歩み始めていたのだ。

アメリカという国がどれほど強大であるかを自分の体で感じとり、アメリカとの戦いがいかに無益かを人に先んじて主張できる知識を備えながら、谷譲次は、きたるべき日米戦争を必須のものとするパロディ風の近未来小説に戯文の筆を遊ばせることしかしなかった。

三つの筆名を使いわけて、めりけん・じゃっぷ物や紀行文、翻案小説や翻案怪奇実話、捕物帖や丹下左膳、あげくのはては大ベストセラーとなる家庭小説まで書きまくり、長谷川海太郎はその絶頂期に過労死をとげた（一九三五年六月）。

この怪物作家は、戦後何度も復刊ブームによって甦った。一九六九年から七〇年にかけて、河出書房新社から一人三人全集（全六巻、尾崎秀樹解説）が、一九七五年には現代教養文庫版（全十二巻）が刊行された。

私が戦前の新潮文庫版の『テキサス無宿』（昭和十年刊）を高校生の頃に耽読していたことを思いだしたのはその頃だ。しかしその古い文庫本を初めて読んだとき、谷譲次が「ハードボイルド」という言葉を英語で教えてくれていたことには気づかなかった。

「ハードボイルド」にからめて、私が初めて谷譲次に関する話を書いたのは《翻訳の世界》の一九八〇年八月号である。その話を皮切りにアメリカ語とアメリカの作家についての連載をつづけ、一九八五年に一書にまとめたのが『アメリカ語を愛した男たち』だった。それからちょうど二十年が経過し、本書執筆をきっかけに、私はまた、めりけん・じゃっぷ時代の谷譲次の足跡を追う作業を再開させた。その話はいずれまたどこかで発表する機会があるだろう。

うかつにもごく最近まで未見だった室謙二『踊る地平線――めりけんじゃっぷ長谷川海太郎伝』（晶文社、一九八五年刊）は、谷譲次のアメリカ滞在期間が、これまでの説よりずっと短いわずか三年数ヵ月であったことを私に教えてくれた。川崎賢子の『彼等の昭和』（白水社、一九九四年刊）は長谷川四兄弟（海太郎、潾二郎、濬《しゅん》、四郎）を題材にした労作（サントリー学芸賞受賞）であり、川崎賢子／江口雄輔監修の《新青年》アンソロジー『谷譲次』（博文館新社、一九九五年刊）も資料として大いに役に立ってくれそうだ。

たとえばこのアンソロジーに収録された「米国の作家三四」（《新青年》一九二五年夏季増刊号、牧逸馬名義）という初期のエッセイには、「一しよにゐたヘレン・ホルヴエスといふ文学少女の医科大生」にはいやがられたが、「仕事の帰りに四つ角の雑誌店《ニユウス・ステンド》へ立ちよつて、そこの猶太人《ゆだや》の小僧と悪口の言ひあひをしながら、安つぽい亜米利加趣味の笑話《ジヨウク》と悪評《スキヤンダル》と**Jazz**と離婚とお俠《フラパア》の三文雑誌と、それから必ず新刊の探偵雑誌二三とを、けんかするやうにして買ふことは……わたしにとつては楽しい亜米利加生活の一つだつたのです」といった興味深い日常生活がでてくる。「一緒にいた」というひかえめな記述をしているが、私生活のこまかなことにまで口をはさんでくる関係だったということは、室説にあるとおり、このヘレンという女性と同棲もしくは結婚していた時期が確かにあったのではないだろうか。

このエッセイでさらに興味深かったのは、谷譲次が《ＤＳＭ》（Detective Story Magazine 一九一五年創刊、一九四九年終刊のパルプ探偵小説雑誌）を読んでいて地下鉄サムのシリーズが気に入っていたこと、長篇や「強力《がうりき》の犯罪やそれに対する探偵の経過」は好みではなかったことを明らかにしているることだった。三面記事のような犯罪物や血なまぐさい事件を犯罪学的に考察したものなどは大嫌いで、詐欺のようなちょっとした話（彼が言うところのコン・ゲームのような話）のほうがずっと好きだというのだ。

断定することは不可能だが、これらの記述から、谷譲次が、ちょうど彼がアメリカにたどりついた一九二〇年に創刊されている《The Black Mask》（彼がアメリカを去った一九二四年にはまだTheがついていた）という雑誌を店頭でみかけていたことはまずまちがいないだろう。手にとったことも、買ったこともあったかもしれない。

想像力をさらに駆使すれば、谷譲次はダシール・ハメットがピーター・コリンスン名義で《ブラック・マスク》に載せた「帰路」（一九二二年十二月号）や《ブリーフ・ストーリーズ》の「犯罪の価」（一九二三年二月号）を見かけていたかもしれない。同じくコリンスン名義で発表したコンチネンタル・オプ・シリーズの第一作「放火罪および…」や同シリーズの第二作「身代金」の著者名「ダシール・ハメット」を実際に目にしていた可能性もある。

だがたとえ目に触れても、ハメットとコンチネンタル・オプは谷譲次の記憶にはとどまらなかっただろう。ハメットの作風が彼自身の好みとはかけはなれていたからだ。帰国後彼は、《ブラック・マスク》についてもダシール・ハメットという新しい作家についてもひと言も言及しなかった。

もし谷譲次が、なにかのはずみでこの雑誌とハメットに興味をいだき、ひとことでも触れていたら、「ハードボイルド」という言葉の初紹介者というだけでなく、ハードボイルド派の誕生に現場で立ちあった初めての日本人と認知されることになったはずだ。

だが、ただたんに路上ですれちがっただけにしろ、谷譲次とハメットが同じ日、アメリカの同じ土地にいた可能性はある。

横浜から香取丸に乗船し、シアトル港に一九二〇年八月四日入港。船内で一泊後、八月五日に谷譲次は初めてアメリカの地を踏んだ、と諸種の資料が教えてくれている。

ちょうどその頃、ダシール・ハメットはどこで、なにをしていたか?

彼は一九二〇年の五月、全米に支社網をもつ大規模な探偵社、ピンカートン社のオプとして、ワシントン州スポケン支社に配属されていた。一九一五年、月給二十一ドルでピンカートン社に入ったハメットは、軍隊への入隊と結核治療のための入院暮らしをはさみながら、すでにかなり年季のはいった探偵になっていた。

スポケンはシアトルと同じワシントン州にある中都市だが、州の東端に位置し、アイダホ州北部、モンタナ州北西部に近接している。谷譲次より六歳年長のハメットは、その年、二十六歳になっていた。配属されたのはスポケンだったが、ワシントン州だけでなくモンタナ、アイダホ、オレゴン、カリフォルニア、アリゾナなどの西部諸州を担当させられていた。

時も場所も一致する。ハメットと谷譲次は、シアトルからシカゴに向からCM&ST・P鉄道の車中で気づかずに顔を合わせていたかもしれない。あるいは、谷譲次が深夜に降り立ったというモンタナ州ビュートの鉄道駅（南モンタナ通り八二九番地）で、ハメットは汽車から降りる何者かを待ちうけて張りこんでいたかも。

鉱山町ビュートは、その三年前の一九一七年の夏に、ハメットがアナコンダ銅山会社のストライキを妨害するスト破りの傭兵として訪れた町だった。鉱山組合の指導者、フランク・リトル暗殺の手助けまでもちかけられたという深い因縁のある町である（リンチは実際に決行された）。労働組合運動で揺れるこの騒乱の町を舞台に、名無しのコンチネンタル・オプが殺人事件の謎や陰謀の数々を解明してゆくデビュー作『赤い収穫』が《ブラック・マスク》の誌上に登場するのは七年先、一九二七年のことである。

アメリカ滞在中に谷譲次がダシール・ハメットと偶然出会ったという妄想をふくらましていけば楽しいお伽話ができるかもしれない。

さて、本題に戻ろう。谷譲次がアメリカ土産として持ち帰った「ハードボイルド」は、どのように日本の「言葉の世界」に溶けこんでいったのか。大正末期から昭和にかけて、この「ハードボイルド」という言葉は、日本ではどんなふうに理解されていたのだろう。それを知るにはまず何をしたらよいか。

ふとあることに気づいた私は、二〇〇五年の十月某日、神保町の古書店街である探し物を始めた。目ざす書物は五軒めの古書店で見つかった。それは、昭和三年（一九二八年）刊の『三省堂英和大辞典』（*Encyclopaedic English-Japanese Dictionary*）だった。戦前版の英和辞典の中で、「ハードボイルド」が独立した単語として掲げられ、しかも「固く茹でた」以外の日本語訳が示されていた最も古い辞典がこれだったのである。小型版だがイラスト入り二千六百八十ページ（定価三円五十銭）のこの辞典に「hard・boiled（形）一　硬ク煮タ　二　手ニオヘヌ、一筋縄デユカヌ」という記載があったのだ。つまり、「手に負えない」「一筋縄ではゆかない」というきわめて特殊な意味が、一九二八年に、早くも日本の辞書（三省堂辞典編輯所　代表・亀井寅雄）にひろわれていたということになる。

大辞典と謳うだけあって、百分野以上にわたる分担執筆をもとに編集され、「米俗熟語」の担当は工藤六三郎理学博士（イリノイ大学講師）となっている。

この訳語を発見したささやかな感動のあとに小さな疑問が生じた。おそらく「ハードボイルド」の項を担当したであろう工藤博士は、「手に負えない」という意味をいったいどうやって知ったのだろうか？

可能性は三つ考えられる。1．当時すでに一般の大きな英英辞典に「ハードボイルド」の口語、俗語の意味が記されていて、それを参考にした。2．工藤博士自身がイリノイ大学で講師をしていたときに、ハードボイルドの起源について書かれた《アメリカン・スピーチ》誌の一九二七年の評論（「レポート1」参照）を読んだか、辞書や別の資料などを介して知った。そして、3．谷譲次のめりけんじゃっぷ物から知った。

私としては、工藤博士かあるいは当時の三省堂の辞書編集部員が谷譲次の熱烈な愛読者で、彼の作品をもとにアメリカ俗語の用語集を作成していたのだと想像したいのだが、事実を確かめるには、とりあえず戦前の英英辞典を検索する作業から始めねばならない。

参考までに記しておくと、同じ古書店で見つけて購入した『熟語本位英和中辞典』（斎藤秀三郎著、日英社、再訂版大正十二年刊、定価四円五十銭、千五百九十四ページ）には、「うで玉子」の訳例しかひろわれていなかった。この辞書は英文題名を *Saito's Idiomological English-Japanese Dictionary* といい、初版大正四年（一九一五年）刊の、日本の先駆的英和辞典である。

どちらも古書店価格は千円ポッキリ。保存状態良好。たった一語を調べるだけの買物だったのにとても得をしたような気持になった。そしてもう一つオマケ。その古書店にはあと一冊大きな英和辞典（*A New English-Japanese Dictionary* 研究社刊、主幹・岡倉由三郎、二千四百十八ページ、定価六円）があったが、これは立ち読みですませた。初版が一九二七年（昭和二年）。店にあった一九三二年刊は第九十九刷。非常によく売れた辞書だったのだろう。大正から昭和にかけて英語学習ブームがあったのにちがいない。この辞書には、〈hard-bitten＝手硬い。hard-bitten horse＝頑固な強情者〉という記載はあるが〈hard-boiled〉の項には「硬く煮た」という訳語しか載っていなかった。

ことのついでに戦前の三省堂の各種の英和辞典を調べて確認した他の結果をまとめておこう。

大正八年（一九一九年）刊の『模範英和辞典』には「ハードボイルド」は「硬ク煮タル」の語義のみ。ところが昭和四年（一九二九年）刊の『コンサイス英和辞典』には『英和大事典』の記述をうけて、「硬煮ノ」のほかに「手ニオエヌ」の訳語も記載されていた。さらに昭和八年（一九三三年）刊の『センチュリー英和辞典』になると、第二義として「手ニオエヌ」「一筋縄デユカヌ」に加えて「硬骨ノ」という新訳も記されている。

これで明白なように、英和辞典を引きさえすれば、どんな日本人でも「ハードボイルド」にこのような俗語風の別義があることを知ることができたのである。その意味では、「ハードボイルド」は戦前すでに日本に輸入されていたといえるだろう。「ハードボイルド」の別義を日本人に教えたのは谷譲次だけではなかったのだ。

2《ブラック・マスク》とハメットの初荷

谷譲次が日本に帰った年の翌年、《ブラック・マスク》の誌名が初めて雑誌《新青年》に載った。大正十四年（一九二五年）夏季号に掲載された「探偵小説と洋書――古本漁り新本漁り雑誌漁り」という、五ページにわたる長い情報記事の中でのことである。

この記事を発表した匿名の「XYZ」氏は「一体に私はアメリカものは好まぬ」ので、アメリカの雑誌についてはよく知らないがと前置きして、《コスモポリタン》《メトロポリタン》〔一八八五年創刊〕、《レッド・ブック》《ブルー・ブック》〔一九〇七年創刊〕などの伝統のある雑誌名を列記し、ことのついでに《ブラック・マスク》の名前も挙げているのだ（内容に関する言及はない）。

翻訳家の妹尾韶夫や作家の森下雨村らの名前がでてきたり、洋書や洋雑誌の購入法などについて詳細な知識を持っていること、アメリカものは好まないと言っていることなどから、この「XYZ」氏は小説も書いたことのあるベテラン翻訳家、西田政治のペンネイムではないかと推測される。

「XYZ」氏がアメリカの雑誌について触れた情報にはほかにも興味深い箇所があるので引用させていただこう。

The Detective Story Magazine 何《な》んと云《い》つても、探偵小説専門《たんていせうせつせんもん》の大雑誌《だいざつし》である。百五十頁《ページ》（日本《にほん》の雑誌《ざつし》にすると三百頁《ページ》にはなる）の挿畫《さしゑ》なしのものを週刊《しうかん》で出《だ》すのだから驚《おどろ》き入《い》らざるを得《え》ぬ。われ／＼の讀書力《どくしよりよく》ではこれ一つ購《か》つてゐれば先《ま》づ他《た》のものは讀《よ》んでいるひまが出《で》まいと恐《おそ》れられる。その代《かは》り一ケ年《ねん》八弗《ドル》五十仙《セント》（現在《げんざい》の相場《さうば》で一弗《ドル》は二圓《ゑん》四十一銭《せん》ぐらゐ）。地下鐵《ちかてつ》サムを始《はじ》め、詐欺《さぎ》もの等《とう》の輕妙《けいめう》なものが面白《おもしろ》い。分量《ぶんりやう》から見《み》て探偵雑誌《たんていざつし》の王様《わうさま》である。

The Flynn's Magazine これは米國秘密探偵局《べいこくひみつたんていきよく》に二十五ケ年《ねん》ゐたといふフリンといふ男《をとこ》の編輯《へんしふ》する雑誌《ざつし》で、ちよつと特色《とくしよく》のある探偵専門雑誌《たんていせんもんざつし》である。最近《さいきん》のにはウオーレスの短篇《たんぺん》が出《で》てゐる。週《しう》刊《かん》一六〇頁《ページ》一ケ年七弗《ドル》である。

The Mystery Magazine は百五十頁《ページ》ばかりの隔週刊《かくしうかん》である。私《わたし》もしばらく取《と》つてゐたが、どうも極端《きよくたん》にアメリカ式《しき》を發揮《はつき》して推理的《すゐりてき》な分子《ぶんし》が少《すく》なく、馬鹿囃《ばかばやし》を聞《き》くやうな感《かん》じがして嫌《いや》になつたから止《や》めた。

また当時（大正末期）の古本屋についての貴重な情報も記されている。東京の古本屋街のベスト3は神田、本郷、早稲田。その他、戸塚、大久保、渋谷、目黒、五反田、大森、品川の遊郭内にも三軒……いま横浜には古本屋はほとんどなく……大阪には横文字の本など売る古本屋は一軒もない……新本の輸入商は丸善、教明社、教文社、大同洋行など、と記されている。

「XYZ」氏本人である可能性のある西田政治は「翻訳道楽三十年」と題したエッセイ（《別冊宝石》十三号、五一年八月刊）で翻訳家としての長い経歴の中で出会ったおもしろいエピソードを披露していたが（「延原謙、妹尾アキ夫、浅野玄府の諸氏は、いづれも相当まとまつた仕事をしているのに、私ひとりは永い三十年間に、これと云ふ……まとまつた仕事をしてゐないのに気づいて……」）、「XYZ」氏同様「アメリカ雑誌の探偵小説には、殆んど失望してしまつた」という感想を洩らしている。そしてそのすぐあとに「探偵小説雑誌《デテクチブ・ストリイ・マガジン》は……探偵パルプ雑誌の代表的なものであつた。毎月四回もこんな雑誌が溜つては邪まになるばかり……私はその頃、黒仮面《ブラック・マスク》誌を一冊横溝正史君から貰つて」と記している。西田政治だけでなく、横溝正史も《ブラック・マスク》に目を通していたことがこれで明らかになった。

だが、話はそこまで。《ブラック・マスク》もハメットも次なる証言の如く、あっさりと無視されてしまったのである。

……今評判のハメットの「マルタの鷹」や「ガラスの鍵」などが連載されたのは、この黒仮面《ブラック・マ》誌《スク》であったが、私は読まずに積み重ねてしまつてゐた。

ところで一九三三年にイギリスの文芸誌《ブックマン》に載った「名探偵を葬れ！」というエッセイの翻訳が、早くも同年に日本の《ぷろふいる》という探偵雑誌に載ったことは「レポート2」でも触れたが、このエッセイの紹介者である井上良夫は本格派の推理小説が興味の対象で、そのためにイギリスの文芸誌を直接購読していたらしい。一九九四年には井上良夫の古い評論をまとめた『探偵小説のプロフィル』という本が出ている（国書刊行会）。

ハメットとサム・スペードだけでなく、キャロル・ジョン・デイリーと彼が《ブラック・マスク》に登場させたタフなニューヨークの私立探偵、レイス・ウィリアムズのことまで紹介されていたエッセイ「名探偵を葬れ！」は残念なことに収録されていないが、この本の別の箇所にもハメットの名前が出てくる。「欧米の探偵小説界展望」という評論だ。初出は《新青年》一九三五年八月号。ただし出てくるのはベスト二十の表の第十九位に、ダシール・ハメット『グラス・キイ』とあり、「幾分毛色を異にした作品であるが、これとても動的スリラーというのではなく、本格的探偵小説とみて差支えない」というコメントがつけられているだけだった。

この海外ミステリ通の井上良夫がアメリカの俗悪なパルプ・マガジンの大将のような《ブラック・マスク》などという雑誌にどれほど関心をもっていたかはわからない。だが、先ほど登場した翻訳家の西田政治、作家の横溝正史のほかにも、戦前の《ブラック・マスク》を確かに手にとっていた先人がすくなくとも二人いる。その一人が、本篇の第二章以降ひんぱんに登場する映画評論家の現役最長老、双葉十三郎だ。前に紹介したインタヴュー（二〇〇五年九月二十八日）の中にこんなやりとりがあったのである。

小鷹　南部（圭之助）さんは、戦前に《スタア》をやってらっしゃいましたね。

双葉　ぼくの師匠。《スタア》と《新映画》。彼は当時の最先端ですよ。（中略）ぼくは《スタア》の外人部隊だった……ジャズのこととか、学生の時から書いてました。

小鷹　ハードボイルド系のものについては？

双葉　書いてないですね。神田に《ブラック・マスク》とかが出ている古本屋があったんです。

小鷹　戦争前に神田で《ブラック・マスク》を？　でも買わなかった？

双葉　二、三冊買いましたよ、グルーバーが書いたのなんかが載っていたかな。一九三五、六年です。

そしてもう一人の体験者は大江専一。日本で初めて商業誌にハメットの翻訳を載せた翻訳家兼探偵小説研究家である。

昭和七年（一九三二年）の《新青年》夏期増刊号に載った大江訳「恐ろしき計画」は、私ものちに「死の会社」と改題して翻訳することになるハメットのコンチネンタル・オプ・シリーズの最終作（二つの長篇分載分もふくめて第三十六作め）だった。《ブラック・マスク》初出は一九三〇年十一月号。記念すべき最終作という以外にはほとんど取得のない凡作で、アンソロジーに収録されたとはとても考えられず、大江専一が《ブラック・マスク》掲載の原文をテキストに用いたことはまちがいないと断定してよいだろう。この経緯を精査した長谷部史親は「続・欧米推理小説翻訳史」の連載第一回（《EQ》九五年九月号）で、大江専一について次のように記している。

……大江専一は、他に伴大矩、露下弴などの別名も用い……コーネル大学に留学したことがあるといい、とくにアメリカの新しい推理小説の情報を積極的に摂取……クイーンなどの作家の邦訳史には欠かせない名前だが、同時に『ブラック・マスク』にも目を配り、ハメットの作品をいち早く日本へもたらしたのはさすがである。

……昭和九年（一九三四年）に……『アメリカの大衆小説』というものを出している。これは推理小説を中心に、十九世紀から一九三〇年代までのアメリカ大衆小説の流れを要領よくまとめたもので、当時としては貴重な概説書であった。「その他の作家」という一項にハメットも言及されているので、以下に原題の綴りの誤植も含めてそのまま抽出してみたい。

ダシール・ハメット……は、桑港出身の私立探偵社ピンカートンで犯罪戦上で戦つた本職だけに、最も現実味のある作品を書く人である。作中の探偵ニック・チャールス……ほど生きた探偵はない。またもう一人のサム・スペード探偵も亦百パーセント生粋のヤンキーである。『赤い収穫』（Red Harvest）、『ヅエーン家の呪』（The Duane Curse）、『マルタの鷹』（The Mallese Falcon）、『ガラスの鍵』（The Glass Key）の外に、最近のベストセラーズ『痩せ男』（The Thin Man）などが彼の代表的作品である。

……このほか『探偵春秋』誌の昭和十一年（一九三六）十二月号に掲載された「欧米探偵作家名簿」では、大江専一は西田政治と二人で「英・米篇」を担当している。そこにはハメットの項目が十行余ほど設けられ、末尾に「アメリカ式の作家たることは、まぬがれぬところで、どことなく機関銃の臭ひがする」とのコメントが見られる……

ハメットの長篇五作はとうに出そろっていたが、一作も翻訳はされておらず、映画化で評判になった『影なき男』（日本公開は一九三五年）の抄訳（大門一男）が一九三四年一月に映画雑誌《スタア》に分載された。未見なので確かなことは言えないが、これも原作からの抄訳ではなく〝映画ストーリー〟のようなものだったのではないだろうか。

短篇は前出の「恐ろしき計画」（死の会社）のあと、一九三四年から三七年にかけて同じ《新青年》に次の四篇が翻訳された。

「暗闇から来た女」吉岡龍訳《リバティ》一九三三年四月（三回分載）より
「二つのナイフ」訳者不詳《コリアーズ》一九三四年一月十三日号より
「緑色のネクタイ」浅野篤訳《アメリカン・マガジン》一九三二年七月号より
「黒い羊」延原謙訳《コリアーズ》一九三二年十一月号より

うしろの二篇はサム・スペード物の短篇で、戦後「スペードという男」「貴様を二度は縊れない」の題名で改訳された作品である。つまり、サム・スペードも、まがりなりにも戦前日本に輸入されていたということだ。

だが、厳密にハメットの日本初紹介はいつだったかということになると、ハメット作品を原作にしたごく初期の映画のことを調べておく必要がある。

ハメットの名前が映画史に初めて出てくるのはパラマウントが『赤い収穫』の映画化権を買ったときということになっている。ただし、できあがったのはベン・ヘクトの短篇（"The River Inn"）をもとにした『河宿の夜』という映画で、ハメットの名はクレジットに出なかった。

まぎれもなくハメットの名前がクレジットに刻まれたのは『マルタの鷹』の第一回映画化時（一九

三一年）で、同じ年に日本でも公開されているから、サム・スペード（リカルド・コルテスが扮した）の名前もその年に伝来していたことになる。

その次が、ハメットのオリジナル原案をもとに同じ年につくられた『市街』。ゲイリー・クーパーが若いギャング役で、恋人がシルヴィア・シドニー。

映画に関して言えばハメットの日本初輸入は一九三一年だったということだ。ごく最近、ネットの古本市でやっと入手した双葉十三郎『ぼくの採点表——戦前篇』をひもとくと、いまの『マルタの鷹』『市街』の短評にどちらにも「ハードボイルド」が出てくる。前者は「ハードボイルドというよりメロドラマ」という言いまわしで、後者は「ハードボイルド作家ハメット」として。一瞬ギクッとしたが、「まえがき」を読んでホッとした。この本におさめられている千百本以上の映画評のうち九百本余は九〇年代に、資料をもとに四年がかりで書きおろしたものだという。『マルタの鷹』も『市街』も新しく書くときに、つい十八番の「ハードボイルド」が出てしまったのだろう。戦前の映画の評に、戦後の言葉である「ハードボイルド」を使ったために妙な違和感が生じたのだ。これと同じ例が『アリバイ』（「チェスター・モリスのハードボイルド的……芝居ぶり」）と『アメリカの恐怖』（「ウォルシュ演出はハードボイルド・タッチ……グラントはハードボイルドとはいい難い」）でも発生していた。公開当時に発表したと思われる『犯罪王リコ』の長文の評にはさすがにどこにも「ハードボイルド」はでてこない（よかった、よかった）。

確かに探偵小説の輸入では、アメリカ産は非常に立ち遅れていたが、その他の大衆文化は映画を筆頭にむしろアメリカ物の輸入は盛んだった。時代の尖端をゆくジャズは、音楽そのものだけでなく「ジャズ文学」と称するものまで輸入された。

春陽堂刊「世界大都会尖端ジャズ文学」と題されたハードカヴァー、全十五巻の全集の予告が、たまたま私の手元にあるそのうちの二冊の巻末に載っている。東京は『モダンTOKIO円舞曲——新興芸術派作家十四人』と『大東京インタナショナル——プロレタリア作家十人』の二巻（くわしい内容紹介がないので逆に気をそそられる）。ほかに『モン・パリ変奏曲・カジノ』（これは手元にある）やロンドン、ベルリン、上海、パリ、モスコーなどの都市名が書名についているものが六巻。あとはすべてアメリカものだ。全巻完結したか否かは不詳だが、私の手元にある一九三〇年刊のアメリカものの一巻はベン・ヘクトの『一〇〇一夜・シカゴ狂想曲』（*1001 Afternoons in Chicago* 一九二二年刊）で、定価一円五十銭、四百三十二ページ、きわめてシャれた装幀で、著者代表、愛知謙三の朱の検印がある。

　映画『河宿の夜』の話にも出てきたベン・ヘクトの短篇小説のいくつかは《新青年》にも訳されたことがあった。そのときも谷譲次風の言語やカタカナまじりの訳文が試みられたかどうかは知らないが、この『シカゴ狂想曲』のモダンな訳文も、当時かなり話題になったにちがいない（……追跡《つひせき》——HUNTの真盛中《まつさいちゆう》だ！　巡査《コツパー》の一群《ぐん》／探偵《たんてい》・STOOL＝PIGEON《ストウールピジヨン》——作《つく》り鳩《バト》！　も彼《かれ》を追《つひ》跡《せき》！）。目を皿にしてもう一度全文にざっと目を通してみたが、残念ながら「非情・しぶとい《ハードボイルド》」はみつからなかった。

　前に『アメリカ語を愛した男たち』の第十五章でこの本をくわしく紹介したときには気づかなかった特ダネがこの全集の広告に隠されていた。アメリカものの残り五巻のブロードウェイ小説の一冊に、ネル・マーティンの『幻想曲——ブロードウェーのバイロン卿』（*Lord Byron of Broadway*）の書名が挙がっていたのである。ハメット評伝にも出てくるが、ネル・マーティンは二〇年代末から三〇年代にかけてニューヨークで活躍していた「はちきれんばかりの知性と精力を備えた……腰のすわらない前歴（タクシー運転手、女優、キャバレーの芸人など）のある」新進女流作家だった。そして、ニューヨーク時代のダシール・ハメットの恋人でもあった。一九三三年に刊行された彼女の *Lovers Should Marry*（恋人たちは結婚すべし）はハメットに献じられている。『ガラスの鍵』を献じられたことへのお返しだった。

もし予告どおりに彼女の本が刊行されていたのなら中をのぞいてみたいものだ。ハメットをモデルにしたようなハンサムでクールな男性が登場するのかもしれない。

3　年譜・ハードボイルド正史——一九一五年〜一九三九年

一九二〇年代に産声《うぶごえ》をあげ、年とともに成長していったアメリカでの「ハードボイルド」の成長の過程は戦前の日本にはほとんど伝わらず、輸入活動も微々たるものだった。「ハードボイルド」の市場となる大衆小説や読物雑誌、アメリカ独自のリアリズム文学に、当時どのような新しい動きがあったのか、その概要を資料として年譜にしておく。

一九一五年

《ディテクティヴ・ストーリー・マガジン》創刊。マッカレーの「地下鉄サム」シリーズなどを掲載。一八八八年創刊の《アーゴシー》という大衆読物雑誌の古参がいるが、ＤＳＭはそれに次ぐ古手のパルプ誌（定価は十セントから二十セント）。

一九一八年
第一次世界大戦終結。

一九二〇年
高級文芸誌《スマート・セット》の資金稼ぎのために、言語学者、ジャーナリスト、評論家のH・L・メンケンが評論家でもあるジョージ・ジーン・ネイサンと共同で読物パルプ雑誌《ブラック・マスク》を四月に創刊。同年十一月に投資額の二十倍以上の金額で権利を売却。同誌はこのあと一九五一年までつづいた。アメリカ全土で禁酒法施行。

一九二二年
キャロル・ジョン・デイリー、ダシール・ハメット、あいついで《ブラック・マスク》誌にデビュー。ハメットの第一作はピーター・コリンスン名義の「帰路」。

一九二三年
デイリー作の私立探偵、レイス・ウィリアムズが《ブラック・マスク》に初登場。四カ月遅れでハメット作のコンチネンタル・オプが「放火罪および……」でデビュー。E・S・ガードナーも同誌に初めて登場した。ハメットの「私立探偵の回想」がメンケンの《スマート・セット》に掲載。

一九二四年
アーネスト・ヘミングウェイの第一短篇集『われらの時代』がパリで出版され、一部で話題になる

（アメリカでは翌年刊行）。シカゴでローブ＝レオポルド誘拐殺人事件。

一九二五年

一九〇六年にニューヨーク州で起きたグレイス・ブラウン（十八歳）殺人事件をもとにしたシオドア・ドライサーの『アメリカの悲劇』刊。F・スコット・フィッツジェラルドの『偉大なるギャツビー』刊。

一九二六年

ジョゼフ・T・ショーが《ブラック・マスク》の四代目編集長に就任し、ハメット売り出しに力を入れる。ヘミングウェイの長篇第一作『日はまた昇る』刊。

一九二七年

クラシックなミステリを中心にしていたパルプ誌《ミステリ・マガジン》終刊。キャロル・ジョン・デイリーの長篇第一作 ***The Snarl of the Beast***（けものの唸り声）が《ブラック・マスク》連載後、単行本化。ハメットは同誌に中篇「ブラッド・マネー」を二回分載。ヘミングウェイの第二短篇集『男だけの世界』刊。このなかに闘牛師の話「敗れざる者」や「殺人者たち」、ボクサーの話「五万ドル」などが収められた。

一九二八年

パルプ週刊誌《ディテクティヴ・フィクション・ウィークリー》創刊（四二年終刊）。

一九二九年
聖ヴァレンタイン・デイの虐殺（シカゴ）。株式大暴落。この年に三人の作家の記念すべき長篇第一作が刊行された。ハメット『赤い収穫』、ウィリアム・R・バーネット『リトル・シーザー』、ニューヨークの暗黒街を舞台にしたドナルド・ヘンダースン・クラークの *Louis Beretti*（ルイ・ベレッティ）。ヘミングウェイは第二長篇『武器よさらば』、ウィリアム・フォークナーは『響きと怒り』刊。

一九三〇年
大不況全土に広まる。ハメット『マルタの鷹』、ラウル・ホイットフィールド『グリーン・アイス』、ドス・パソス『北緯四十二度線』刊。
三〇年代はアクション中心の探偵小説やミステリを専門にした読物パルプ誌の全盛期で数多くの雑誌が創刊された。

一九三一年
ハメット『ガラスの鍵』刊。『マルタの鷹』第一回映画化。ホイットフィールド『ハリウッド・ボウルの殺人』刊（七十年後に小学館文庫におさめられた同書の帯には〈ハメットよりもハード！　チャンドラーよりもタフ！〉と刷りこまれた）。《ダイム・ディテクティヴ》創刊。

一九三二年
リンドバーグ二世誘拐事件。《ブラック・マスク》出身のポール・ケインの『裏切りの街角』刊。

フォークナー『サンクチュアリ』、シカゴの貧しいアイリッシュの世界をリアルに描いたジェイムズ・T・ファレルの長篇第一作『若いロニガン』、アースキン・コールドウェル『タバコ・ロード』、ドス・パソス『一九一九』などがあいついで刊行された。

一九三三年

ギャングエイジの背景の一つだった禁酒法が解禁される。E・S・ガードナーの弁護士ペリイ・メイスン・シリーズ第一作『ビロードの爪』刊。コールドウェル『神の小さな土地』刊。主だったパルプ誌の創刊は五誌。エラリイ・クイーンが《ミステリ・リーグ》の編集を始め、翌年初めに第四号を刊行して撤退した。

一九三四年

ジョン・ディリンジャー射殺。レイモンド・チャンドラー、「脅迫者は撃たない」で《ブラック・マスク》デビュー。ジェイムズ・M・ケインの『郵便配達夫はいつも二度ベルを鳴らす』刊。

一九三五年

ハメットの『ガラスの鍵』第一回映画化。ホレス・マッコイ『彼らは廃馬を撃つ』、ジョナサン・ラティマー『処刑六日前』刊。主要パルプ誌三誌創刊。

一九三六年

ハメットの『マルタの鷹』第二回映画化。ケイン『殺人保険』、ラティマー『モルグの女』刊。

一九三七年
マッコイ『屍衣にポケットはない』、ヘミングウェイ『持つと持たざると』、ジョン・スタインベック『二十日鼠と人間』刊。《プライヴェット・ディテクティヴ・ストーリーズ》創刊。

一九三八年
下院非米活動調査委員会発足、〝赤狩り〟の前兆。ラティマー『モルグの女』映画化。

一九三九年
第二次世界大戦勃発。スタインベック『怒りの葡萄』刊。行動派ミステリでは四人のヒーローがそろって登場。まず、レイモンド・チャンドラーのフィリップ・マーロウが『大いなる眠り』でデビュー。ブレット・ハリデイのマイアミの赤毛の私立探偵、マイク・シェイン・シリーズ、ガードナーのA・A・フェア名義による私立探偵、ドナルド・ラム・シリーズ、女流クレイグ・ライスのシカゴの酔いどれ弁護士マローン・シリーズがそれぞれ始まった。

二つの世界大戦の谷間の約二十年間、「ハードボイルド」にとっては、パルプ・マガジンの時代であり、デイリー、ハメットを中心とした《ブラック・マスク》派台頭の時代だった。その最後の年、一九三九年に〝第二の波〟の主役となるレイモンド・チャンドラーが長篇デビューを果たした。

人名索引

配列はカタカナ表記、漢字表記の順にそれぞれ50音順。

「ハードボイルド」に関する創作、研究活動に直接深い関わりのない人名の一部と架空ヒーロー名は対象外。

資料２および４は対象外。

〔ア〕
A・D・G→アラン・カミーユ
アーデン，ウィリアム→マイクル・コリンズ
アード，ウィリアム……………………505
アーロンズ（アロンズ），エドワード・S（E・S）……………………………………………144, 507
アイリッシュ，ウイリアム（＝コーネル・ウールリッチ）……………………………………………53, 64, 82, 105, 106, 221
アヴァロン，マイクル……………143, 198, 225, 504
アズベリー，ハーバート…………373, 387, 389, 407
アダムズ，クリーヴ・F…………401, 505
アミラ，ジャン（ジョン）………507
アリグザンダー，デイヴィッド……………………………………………503
アルバート，M・H→アントニー・ローム
アンソニー，デイヴィッド………268, 269

青木雨彦…………………………………3, 166, 203, 213, 224, 268, 272, 273
青木日出夫（秀夫）……………24, 165, 184, 197
青山南…………………………………257, 267, 275, 276, 304
東直己…………………………………347
鮎川哲也………………………………213, 218, 219
荒正人…………………………………167, 212
淡路瑛一→都筑道夫

〔イ〕
イーストウッド，クリント………243

飯島正…………………………………56, 75〜77
飯城勇三→斉藤匡稔
伊岡瞬…………………………………347
生島治郎（＝小泉太郎）…………3, 130, 145, 168, 185, 239〜241, 272〜274, 329, 378, 473
井家上隆幸……………………………271, 313, 352
池上冬樹………………………………260, 282, 325, 327〜329, 341, 349, 473
石上三登志……………………………203, 242, 261
石川喬司………………………………194, 203, 211, 213, 215, 217〜220, 268
石川信夫………………………………372
石田善彦………………………………149, 222, 227, 237, 257, 258, 282
石原慎太郎……………………………118, 124, 125, 132, 152, 171
出石尚三………………………………349
泉真也…………………………………181
五木寛之………………………………274
稲田隆紀………………………………11
稲葉明雄（＝稲葉由紀、久慈波之介）……………………………………………3, 128, 145, 166, 167, 176, 178〜181, 211, 214, 215, 218, 220, 221, 231〜234, 256, 261, 263, 278, 293, 408, 428, 479, 480〜483
稲葉由紀→稲葉明雄
井上一夫………………………………122, 167, 181, 191, 213
井上良夫………………………………396, 451
岩田宏→小笠原豊樹

〔ウ〕
ヴァクス，アンドリュー…………261
ウィドマーク，リチャード………32, 33, 37〜39, 41, 111
ウィリアムズ，チャールズ………507

ウィリス，ブルース……………………10
ウィルソン，エドマンド…………350, 351, 401, 412〜415
ウィンズロウ，ドン………………262
ウールリッチ，コーネル（＝ウイリアム・アイリッシュ）
……………………………………56, 63, 64, 73, 82, 83, 105, 131, 134, 147, 176, 221, 278, 503
ウェスト，エリオット……………282, 283
ウェストレイク，ドナルド・E（＝リチャード・スターク、タッカー・コウ）
……………………………………165, 197, 199, 212, 219, 220, 242, 292, 299, 339, 508
ウェブスター，ノア………………427, 428
ウェルティ，ユードラ……………478
ヴェンダース，ヴィム……………294
ウェントワース，ハロルド………384, 424〜426
ウォー，ヒラリー…………………506
ウォルシュ，トマス（トーマス）
……………………………………112, 198
ウルフ，ピーター…………………478

植草甚一……………………………56, 72, 75, 76, 94, 121, 143, 164, 181, 205, 206
上野たま子…………………………88
宇野利泰……………………………143, 145, 167, 181
海野弘………………………………473

〔エ〕

エヴァンス，ジョン（＝ハワード・ブラウン）
……………………………………94, 104, 143, 195, 282, 283, 426
エリントン，リチャード…………503
エルロイ，ジェイムズ……………262, 336, 338

江戸川乱歩…………………………54, 56〜59, 61〜67, 70, 72, 82, 84, 89, 94, 95, 101, 102, 105〜107, 119, 120, 129, 130, 133〜135, 141, 143, 285, 343, 396, 411, 421

〔オ〕

オハラ，ジョン……………………73, 108, 402, 427, 435
O・ヘンリー………………………253, 254, 393
オルグレン，ネルソン……………427

逢坂剛………………………………336, 411
大井広介……………………………94
大井良純……………………………198, 238, 257
大江専一（＝伴大矩、露下弴）
……………………………………452, 453
大岡昇平……………………………330
大久保寛……………………………227, 293
大久保康雄…………………………123, 124, 334, 365
大沢在昌……………………………13, 273, 274, 332, 333, 349
大下宇陀児…………………………134
太田博→各務三郎
大塚勘治→仁賀克雄
大坪直行……………………………178
大伴昌司（秀司）…………………163, 164, 181
大原寿人→常盤新平
大藪春彦……………………………120, 131〜138, 143, 144, 152, 153, 168, 170, 171, 178, 182, 274, 292, 348, 485
小笠原豊樹（＝岩田宏）…………181, 197, 216, 217, 295
岡俊雄………………………………151
荻昌弘………………………………167
尾崎秀樹……………………………205, 442
小山内徹……………………………127

〔カ〕

ガードナー（ガードナア、ガアドナア），E・S（アール・スタンリイ）〔＝A・A・フェア〕
……………………………………50, 53, 55, 57, 63, 64, 67, 85, 86, 106, 134, 184, 186, 187, 213〜215, 287, 418, 432, 458, 461, 462, 475, 477, 503
ガーナー，ジェイムズ……………242
ガーフィールド，ジョン…………32, 96, 110, 111, 260
ガーフィールド，ブライアン……503
カウェルティ，ジョン・G………475
カッピー，ウィル…………………389, 407
カミーユ，アラン（＝A・D・G、アラン・フルニア）
……………………………………224, 502

カミンスキー，スチュアート……228
ガン，ジェイムズ…………………503

開高健………………………………189, 215
鏡明…………………………………142, 261
各務三郎（＝太田博）……………24, 165, 196, 204, 211, 224, 237, 238, 243, 244, 260, 262, 267, 280, 284, 295, 298, 301, 305, 352, 379, 409, 428, 429, 473, 477, 479, 480, 482
梶尾真治……………………………11, 347
片岡義男（＝テディ・片岡、三条美穂）……………………………………163, 165, 181, 184, 196, 197, 203, 219, 220, 237, 257〜259, 263, 264, 301, 347
加島祥造……………………………367, 368
加藤典洋……………………………330, 331
門倉洸太郎…………………………352
鎌田三平……………………………283
上島春彦……………………………127
香山二三郎…………………………271, 284
川口冬生→永井淳
川崎賢子……………………………443
川成洋………………………………301
川西夏雄……………………………270
川村湊………………………………345
川本三郎……………………………267, 268, 271, 331

〔キ〕
キーン，デイ………………………73, 143, 507
ギブソン，メル……………………298, 339
キャグニー，ジェイムズ…………34, 37, 39, 112
キャッシル，R・V………………434
ギャバン，ジャン…………………31, 112, 149, 150
キューブリック，スタンリー……150, 198

菊池道子……………………………302
北方謙三……………………………277, 337, 349
北上次郎……………………………271, 283, 332, 473
北國浩二……………………………347
紀田順一郎…………………………164, 181
砧一郎………………………………68, 70, 71, 105, 106, 370
木村二郎……………………………113, 149, 224, 225, 229, 238, 257, 260, 261, 277, 282, 285, 290, 296, 299, 359, 473, 483

〔ク〕
クイーン（クィーン），エラリイ（エラリー）……………………………………50〜52, 57, 62, 63, 65, 66, 69, 70, 73, 82, 83, 128, 129, 212, 213, 218, 219, 238, 269, 285〜287, 392〜395, 402〜406, 410, 414, 415, 417, 418, 421, 424, 436, 453, 461
グーディス，デイヴィッド………257, 476, 504
グーラート，ロン…………………243, 432, 475, 477, 503
グールド，エリオット……………243
クック，トマス・H………………332
クック，マイクル・L……………474
クラーク，ウォルター・ヴァン・T……………………………………187
クラーク，ドナルド・ヘンダースン……………………………………423, 460
クライン，ザカリー………………326
グラフトン，スー…………………256, 261, 477
クラムリー，ジェイムズ……………………………………229, 251, 261, 266, 279, 280, 284, 293, 305, 308, 315〜325, 336, 339
グリーン，グレアム………………76, 84, 414
グリーンリーフ，スティーヴン……………………………………227, 261
グルーバー，フランク……………42, 44, 130, 145, 194, 288〜290, 401, 422, 452, 475, 477
グレイ，ハリイ……………………503
クレイグ，ジョナサン……………143, 147
グレップスタイン，シェルドン・ノーマン……………………………………435
グレラ，ジョージ…………………434

陸井三郎……………………………125, 126
久慈波之介→稲葉明雄
工藤六三郎…………………………446, 447
栗本慎一郎…………………………267, 304
黒沼健………………………………101, 102, 104〜106
黒原敏行……………………………227

〔ケ〕
ケイン，ジェイムズ（ジェームズ）・M…………52, 53, 76, 107, 108, 111, 130, 134, 147, 149, 151, 214, 251, 257, 258, 260, 262, 297, 368, 396〜398, 401, 402, 405, 406, 412〜414, 420, 422, 426, 429, 434, 461, 474, 502, 503
ケイン（ケーン），フランク……137, 144, 504
ケイン（ケーン），ヘンリイ……94, 106, 143, 144, 179, 192, 198, 257, 476, 506, 507
ケイン，ポール……………295, 460, 503
ケネディ，アーサー……………37, 45
ケネディ，ジョン・F……………186, 189
ケネディ，ロバート……………200
ゲヘリン，デイヴィッド…………474, 475

〔コ〕
ゴアズ，ジョー……………232, 233, 261, 289, 293, 295, 296, 299, 319, 482, 503
コウ，タッカー→ドナルド・E・ウェストレイク
ゴールト，ウィリアム（ビル）・キャンベル…………147, 290, 295, 504
コールドウェル，アースキン……461
コナリー，マイクル……………262, 347
コリンズ，マイクル（＝マーク・サドラー、ウィリアム・アーデン）…………266, 289, 503
コリンズ，マックス・アラン……419, 474
コリンスン，ピーター→ダシール・ハメット

小泉喜美子……………3, 244, 261, 264, 267, 279, 473
小泉太郎→生島治郎
高城高……………133, 152, 171, 178, 182
河野一郎……………371
河野典生……………152, 171, 177, 178, 182
郷原宏……………261, 270, 334, 335, 473
児玉数夫……………181
児玉清……………323
小林俊夫……………282
小林信彦（＝中原弓彦）…………85, 142, 143, 152, 153, 166, 168, 185, 186, 203, 212, 213
権田萬治……………24, 168, 185, 215, 234, 235, 237, 270, 274, 275, 283, 300, 304

〔サ〕
サイモン，ロジャー・L…………222, 230, 266, 276, 277, 289
サドラー，マーク→マイクル・コリンズ
サリンジャー，J・D……………427
サンダースン，エリザベス………70, 390
サンドー，ジェイムズ……………243, 418, 420

斉藤匡稔……………261, 392
斎藤美奈子……………7, 16
佐伯彰一……………367
桜井一……………3, 261, 264, 280
笹川吉晴……………346
佐々田雅子……………227
沢万里子……………257, 282
三条美穂→片岡義男

〔シ〕
ジェサップ，リチャード→リチャード・テルフェア
シェパード，ジョン→W・T・バラード
ジェファーズ，ロビンスン………391
ジッド（ジード、ジイド、ジィド、チード），アンドレ…………58〜62, 64, 65, 69〜71, 90, 95, 101, 107, 129, 169, 351, 409〜412, 415, 433
シニアック，ピエール……………505
シモナン，アルベール……………151, 502
シモンズ，ジュリアン…………480, 482
シュヴェイアウゼール，J‐P…………502

ショー，ジョゼフ・T……………174〜176, 286, 287, 418, 419, 424, 432, 459, 477
ジョバンニ，ジョゼ……………502
ジョンスン，ダイアン……………7, 8, 275, 276, 299, 415, 482
ジンネマン，フレッド……………75, 206

しとうきねお（＝紫藤甲子男）……135, 196
島田一男……………………………89, 90
清水俊二……………………………88, 89, 91, 93～95, 101, 102, 105, 106, 194, 239～241, 257, 328, 373, 409, 480
清水聰（＝間羊太郎）……………135
志水辰夫……………………………281, 282
清水康雄……………………………181
霜月蒼………………………………352
城昌幸………………………………94
仁賀克雄（＝大塚勘治）…………24, 119, 120, 134, 136, 138, 142, 171, 300, 409
新保博久……………………………321, 340, 341

〔ス〕
スコット，サザランド……………409, 422
スコット，リドリー………………338
スターク，リチャード→ドナルド・E・ウェストレイク
スターリング，スチュアート……94
スタインベック，ジョン…………58, 61, 402, 409, 462
スチュラック，トマス……………434, 435
スティーヴンス，ジョージ………379, 403～405
スピア，ジェリー…………………478
スピレイン（スピレーン），ミッキー
……………………………………10, 15, 76, 85, 95～98, 101～105, 107, 111, 113, 121, 122, 131～134, 137, 144, 148～150, 168, 195, 207, 219, 266, 284, 285, 336, 341, 417, 419～421, 426, 429, 474, 477, 503, 507

鈴木幸夫（＝千代有三）…………119, 120, 134, 135, 139, 408, 475
数藤康雄……………………………261, 334

〔セ〕
セイル，リチャード………………194, 503
セルデス，ギルバート……………390

西夜朗………………………………301, 304
関口苑生……………………………279
瀬戸川猛資…………………………212, 284
妹尾アキ夫（韶夫）………………73, 286, 449, 450

千束一彦……………………………300

〔ソ〕
曽根忠穂……………………………221, 261

〔タ〕
ダッシン，ジュールス……………74
タモニー，ピーター………………359, 360, 377
ダラム，フィリップ………………254, 419, 429, 431, 434
タランティーノ，クエンティン
……………………………………10, 338

高木彬光……………………………87
高見浩………………………………365, 366, 368, 479
高柳芳夫……………………………304
滝本誠………………………………313, 314
田口俊樹……………………………229, 282
武市好古……………………………255
立川志らく…………………………346
田中小実昌…………………………3, 91, 145, 151, 166, 167, 181, 194, 198, 231, 232, 244, 257～259, 268, 303, 328, 371
田中潤司……………………………128, 181, 194
田中西二郎…………………………123, 124, 259, 371
谷譲次（＝長谷川海太郎、林不忘、牧逸馬）
……………………………………90, 140, 439～448, 456
田村隆一……………………………130, 304

〔チ〕
チェイス，ジェイムズ・ハドリー
……………………………………146, 198, 298, 508
チェイニー，ピーター……………192, 423
チェイバー（チェーバー），M・E
……………………………………190, 225, 505, 506
チェンバーズ，ピーター…………506
チャータリス，レスリー…………503
チャンドラー（チャンドラア），レイモンド
……………………………………10～16, 49, 50, 52～54, 56, 57, 63～67, 76, 79, 80～83, 85, 87～97, 101, 106, 107, 110, 112, 120～

122, 127, 130〜132, 134, 136, 137, 146〜149, 151, 168, 170, 176, 179, 184, 192〜195, 208, 212, 214〜216, 218, 224, 226, 228, 232, 233, 235, 238, 239, 241〜244, 254, 257, 262, 264, 265〜268, 273, 277〜279, 281〜283, 286, 288, 290, 292, 297, 302〜304, 320, 328〜331, 336, 340, 348, 349, 351, 367, 373, 389, 392, 398, 401, 406〜409, 412, 414〜416, 420〜423, 426, 429〜432, 434, 435, 460〜462, 476, 479, 480, 483, 504, 505

千野帽子……………………………11
茶木則雄……………………………321
千代有三→鈴木幸夫

〔ツ〕
都筑道夫（＝淡路瑛一）…………3, 128〜131, 140, 141, 144〜146, 151, 162, 164〜168, 177, 179〜181, 190, 203, 213, 224, 232, 242, 259, 279, 286
露下弴→大江専一

〔テ〕
ディーン，ジェイムズ……………32, 33, 117, 118
デイリー（デイリイ），キャロル・ジョン
……………………………………66, 254, 369, 372, 373, 394, 395, 417, 436, 451, 458, 459, 462
ディリンジャー，ジョン…………461
デ・ニーロ，ロバート……………302, 346
デミング，リチャード……………143, 147, 503
デュアメル，マルセル……………412, 505
デューイ，トマス・B（T・B）
……………………………………147, 169, 192, 282, 283, 504
デラメア，マキシム………………505
テルフェア，リチャード（リチャード・ジェサップ）
……………………………………190, 503

テディ・片岡→片岡義男
寺崎央………………………………347
寺山修司……………………………24, 152

〔ト〕
トウェイン，マーク………………357, 358, 381, 402
ドーガン，T・A…………………356
ドス・パソス，ジョン……………90, 409, 429, 460, 461
ドミニック，アントワーヌ＝L
……………………………………508
ドライサー，シオドア……………459
トレイシー，ドン…………………503
トレイラー，ジェイムズ・L……419, 474
トンプスン，ジム…………………97, 338, 343, 473, 505

堂場瞬一……………………………139
戸川安宣……………………………334
常盤新平（＝大原寿人）…………145, 165, 166, 170, 187, 190, 196, 211, 272, 352
戸田奈津子…………………………88
伴野朗………………………………24
豊崎由美……………………………348

〔ナ〕
ナルスジャック，トーマ…………182

内藤陳………………………………261, 271, 280, 324
直井明………………………………324, 473
永井淳（＝川口冬生）……………123, 166, 181, 310, 334, 428
中島河太郎…………………………103
長島良三……………………………24, 165, 211, 212
中田耕治……………………………101〜103, 105, 106, 122, 129, 143, 164, 166, 167, 169, 170, 172, 173, 177〜179, 182, 187, 206, 207, 216, 259, 263, 270, 274
中田雅久……………………………140, 141, 145, 162, 163, 167, 181, 185, 352
中辻理夫……………………………346, 347
中原弓彦→小林信彦
中村真一郎…………………………61
鳴海章………………………………349
縄田一男……………………………334
南部圭之助…………………………50, 451

〔ニ〕
ニーベル（ネーベル），フレデリック
……………………………………66, 394, 406, 417, 432

ニコルソン，ジャック……………257, 337
ニューマン，ポール………………38, 199

仁木悦子…………………………85
西田政治…………………………194, 449〜451, 453

〔ネ〕
ネイサン，ジョージ・ジーン……288, 458

〔ノ〕
ノーラン，ウィリアム・F………8, 290, 295, 303, 304, 476, 482, 483
ノーラン，トム……………………477

能島武文…………………………127, 371
野坂昭如…………………………181
野崎六助…………………………292, 322, 323, 336, 473
野中重雄…………………………167
延原謙……………………………450, 454
野村光由…………………………119, 133, 210, 211

〔ハ〕
パーカー，ドロシー………………391
パーカー，ロバート・B…………15, 226, 229, 232〜234, 261, 266, 298, 332, 333, 479
バーグマン，アンドリュー………282, 283
ハート，ブレット…………………402
パートリッジ，エリック…………375, 376, 378
バーネット，W・R（ウィリアム・R）……………………………………96, 144, 150, 186, 257, 342, 372, 388, 390, 396, 423, 426, 429, 460, 476, 505
ハイムズ，チェスター……………475, 504
バウチャー，アントニー…………419, 420, 422
ハギンズ，ロイ……………………112, 198
バコール，ローレン………………82, 87, 110
バック，リチャード………………222
ハミルトン，ドナルド……………158, 165, 186, 189〜191, 506
ハメット（ハミット、ハメエット），ダシール（ダシェル、ダシエル、ダシル、ラッシェル、ダッシェル）〔＝ピーター・コリンスン〕……………………………………7〜9, 15, 37, 48, 53, 55〜58, 61〜73, 75, 76, 84, 85, 89, 90, 94〜97, 101, 103, 105〜107, 120〜129, 131, 132, 134, 137, 145, 146, 151, 168〜170, 172, 173, 176, 177, 184, 192, 193〜195, 212, 214, 215, 218〜220, 226, 231〜233, 235, 236, 238, 243, 244, 251, 252, 254, 256, 261, 262, 264, 265, 275〜278, 281, 286, 290〜294, 297, 〜305, 309, 326, 330, 331, 334〜336, 348, 350, 351, 367〜369, 372, 373, 384, 385, 387〜401, 403, 405〜418, 420〜423, 426, 429〜437, 444〜446, 448, 450〜462, 481〜483, 504
バラード，W・T（＝ジョン・シェパード）……………………………………503
バランス，ジャック………………38, 43, 150
ハリデイ，ブレット………………197, 401, 462, 503
パレツキー，サラ…………………256
ハワード，クラーク………………503
ハンセン，ジョゼフ………………228, 326
ハンター，エヴァン（イーヴァン）〔＝エド・マクベイン〕……………………………………144, 147, 150, 343, 507

間羊太郎→清水聰
橋本福夫…………………………195
長谷川海太郎→谷譲次
長谷川修二………………………94
長谷川卓也………………………382
長谷部史親………………………334, 452
羽田詩津子………………………323
馬場啓一…………………………261, 332, 333
林不忘→谷譲次
原尞………………………………13, 14, 261, 473
春山行夫…………………………62, 69
伴大矩→大江専一

〔ヒ〕
ピーターズ，ビル（＝ウィリアム・P・マッギヴァーン）……………………………………220, 506
ヒューズ，ドロシイ・B…………475
ヒューストン，ジョン……………9, 96, 109〜112, 290, 350
ヒュービン，アレン・J…………226, 507

日影丈吉……224
東野圭吾……348
東理夫……260
久間十義……329
平井イサク……102
平出禾……213, 214
平岡敦……502
平野謙……122
広瀬正……196

〔フ〕

ファレル，ジェイムズ・T……372, 396, 427, 461
フィーブルマン，ピーター……305
フィックリング，G・G……197, 225
フィッシャー，スティーヴ……398
フィッシャー，ブルノー……257, 476
フィッシュ，ロバート・L……504
フィッツジェラルド，F・スコット……110, 364, 372, 427, 459
フーヴァー，J・エドガー……415
フープス，ロイ……474
フェア，A・A（＝E・S・ガードナー）……401, 416, 462
フェアベアン，ダグラス……237
フォークナー（フォークナア），ウィリアム……58, 61, 65, 90, 391, 409, 411, 460, 461
フォード，ジョン……33, 35, 40, 281, 305
フォルスター，ジョージ・トマス……87
ブラウン，カーター……143, 146, 151, 166, 197, 508
ブラウン，ハワード（＝ジョン・エヴァンス）……104, 143, 476, 503
プラザー（プレイザー），リチャード・S（R・S）……144, 198, 347, 426, 503
ブラックビアド，ビル……290, 291
ブラッコリ，マシュー・J……149, 434, 474, 478, 480
ブラッドベリ，レイ……295, 346
フランシス，ディック……504
フリン，J・M（ジェイ）……507
フルニア，アラン→アラン・カミーユ
ブルワー，ギル……504
プレスリー，エルヴィス……38, 151
フレックスナー，スチュアート・バーグ……384, 424～426
ブレット，マーティン……507
ブレット，マイケル……282, 284
フレミング，イアン（アイアン）……144, 146, 189, 190, 213, 503
ブロック，ローレンス……229, 261, 297, 506
ブロンジーニ，ビル……232, 233, 290, 295, 474
ブロンソン，チャールズ……242

深町秋生……347
福島正実……130, 164, 213
福永武彦……61, 423
藤田宜永……272
双葉十三郎……3, 49～52, 54, 56, 67, 74～77, 80, 81, 91～95, 109～113, 143, 148, 149, 151, 199, 214, 242, 255, 256, 269, 294, 297, 298, 302, 306, 337, 338, 343, 344, 351, 451, 452, 455
船戸与一……336

〔ヘ〕

ヘイグマン，E・R……294
ヘイクラフト，ハワード……52, 57, 63, 67, 89, 107, 287, 398, 400, 403～407, 416, 418, 420, 423
ヘイゲン，オーディーン・A……475
ペイタースン，ジョン……379, 423
ペイン，ジョン……37, 111, 149, 150
ペキンパー，サム……200, 243, 321
ヘミングウェイ（ヘミングウェー），アーネスト……52, 58, 61, 65, 66, 69, 90, 108, 110, 111, 124, 129. 199, 212, 265, 275, 312, 356, 365～368, 374, 387, 390～394, 396, 397, 399, 401, 402, 405, 409～411, 429, 430, 434, 435, 458～460, 462, 481

ヘルマン，リリアン……………7, 8, 10, 194, 195, 256, 275, 276, 299, 300, 304, 305, 390, 391, 432, 433, 481, 483
ペレケーノス，ジョージ・P……262, 348, 349
ベロー，ソール……………………374
ヘクト，ベン……………………391, 454, 456
ベンスン，ベン……………………198, 503

〔ホ〕
ホイッティントン，ハリイ………506
ホイットフィールド，ラウル（ラウール）……………………………………66, 73, 394, 401, 417, 432, 436, 460, 503
ホヴェイダ，フレイドン…………423, 502
ホークス，ハワード………………112
ポーチュガル，ユースタス………394, 395
ボーモント，チャールズ…………287
ホール，パーネル…………………326
ボガート（ボギー），ハンフリー……………………………………9, 32, 35, 77, 96, 97, 109, 110, 112, 149, 150, 199, 242, 256, 338, 345, 346
ボックス，エドガー………………144
ポランスキー，ロマン……………200, 294
ポリトー，ロバート………………473
ホワイト，ライオネル……………143, 144, 150, 198, 199, 506

保篠龍緒……………………………86
堀内克明……………………………341

〔マ〕
マーヴィン，リー…………………37, 43, 150, 199, 339
マーカス，スティーヴン…………233
マーティン，ネル…………………456
マーロウ，スティーヴン…………147, 225, 503
マーロウ，ダン・J………………225, 504
マクシェイン，フランク…………257, 480
マクドナルド，クレゴリー………294
マクドナルド，ジョン・D………192, 197, 285, 476, 507
マクドナルド，ロス（ジョン・ロス、J・R）〔＝ケネス・ミラー〕……………………………………15, 76, 101, 105〜107, 120〜123, 131, 134, 137, 144, 146, 147, 169, 170, 193, 195, 197, 199, 204, 212, 216〜218, 223, 235〜237, 243, 244, 262〜264, 266, 274, 275, 297, 302, 336, 340, 418, 420〜422, 430, 431, 477, 478, 483, 503
マクパートランド，ジョン………505
マクベイン，エド（＝エヴァン・ハンター）……………………………………143, 144, 146, 213, 343, 507
マシスン，リチャード……………221, 243
マスア（マスル），ハロルド・Q……………………………………147, 197, 504
マスタースン（マスタスン），ホイット（ホウィット）〔＝ウェイド・ミラー〕……………………………………121, 145, 147, 150, 198, 505
マッカーシー（マッカシー），ジョゼフ……………………………………61, 125, 415
マッカレー，ジョンストン………86, 89, 457
マッギヴァーン，ウィリアム・P（W・P）〔＝ビル・ピーターズ〕……………………………………13, 96, 121, 144, 146, 147, 150, 198, 219〜221, 273, 506
マックイーン，スティーヴ………290, 298
マッコイ，ホレス…………………209, 210, 402, 406, 429, 434〜436, 461, 462, 502, 503
マッコーリィ，マイクル・J……473
マッデン，デイヴィッド…………209, 210, 433〜436
マラー，マーシャ…………………256
マンシェット，ジャン＝パトリック……………………………………502
マンソン，チャーリー……………200, 222

牧逸馬→谷譲次
松浦寿輝……………………………348
松田優作……………………………244〜247, 250
松野一夫……………………………86, 87
松本清張……………………………134, 238
丸谷才一……………………………89

〔ミ〕
ミッチャム，ロバート……………32, 35, 37, 45, 345
ミラー（ミラア），ウェイド〔＝ホイット・マスタースン〕

……………………………………………94, 169,
282, 284, 505
ミラー，ケネス→ロス・マクドナルド
ミラー，フランク…………………10, 11
ミラー，ヘンリー…………………155, 160

汀一弘………………………………282
水野良太郎…………………………24, 196
三橋暁（アキラ）…………………282, 283,
323, 349
南山宏（＝森優）…………………24, 165, 211
宮内一徳……………………………210, 313
宮田昇………………………………87, 102, 165
宮脇孝雄……………………………237, 238,
282
三好徹………………………………213, 239,
241
三輪秀彦……………………………213, 424

〔ム〕
向井啓雄……………………………102
村上春樹……………………………265～268,
329, 331
村上啓夫……………………………61, 106
村上博基……………………………24, 181,
352, 409
村田勝彦……………………………295
村松剛………………………………153
室謙二………………………………443

〔メ〕
メンケン，H・L（ヘンリー・L）
……………………………………………286～288,
358, 360, 377, 458

〔モ〕
モース，L・A………………………261
モス，レナード……………………433

森優→南山宏
森幹男………………………………181
森村誠一……………………………89, 239, 241

〔ヤ〕
ヤング，フィリップ………………434, 435

矢野浩三郎…………………………24, 164,
165, 271
矢野徹………………………………181
柳下毅一郎…………………………10
矢作俊彦……………………………13, 14, 224,
231, 234, 262, 329
山口剛………………………………119, 133,
135, 136, 244, 261
山下武………………………………303
山下諭一……………………………145, 151,
166, 167, 181, 205, 263
山野辺進……………………………123, 250
山前譲………………………………73, 261
山本武………………………………300

〔ユ〕
結城昌治……………………………3, 192, 193,
262, 263, 274, 275
湯川れい子…………………………154

〔ヨ〕
横溝正史……………………………87, 450, 451
吉田司………………………………348
吉野仁………………………………349
淀川長治……………………………74
米澤穂信……………………………346

〔ラ〕
ラードナー，リング………………390, 397
ラードナー・ジュニア，リング……126
ライアル，ギャビン………………503
ライアンズ，アーサー……………282, 284,
289, 473
ライス，クレイグ…………………50, 51, 53,
56～58, 63, 64, 73, 83, 106, 239, 419, 462
ライト，ウィリアム………………276, 481
ラッド，アラン……………………37, 39, 43,
45, 110, 112, 148, 149, 345, 397
ラティマー（ラティマア），ジョナサン
……………………………………………56, 64, 84,
198, 401, 422, 461, 462, 504
ラティモア，オーエン……………125
ラニアン，デイモン………………73, 89, 357,
378, 427
ラフト，ジョージ…………………111, 149,
225, 397
ランキン，イアン…………………347

〔リ〕
リーヴズ，サム……………………327

リック，フランシス……………………505
リプリー，W・L…………………………346
リューイン，マイクル・Z………227, 261, 266, 293

〔ル〕
ルーム，ハーバート……………………434, 476
ルールマン，ウィリアム………………475
ルノワール，ミシェル→ミシェル・ルブラン
ルブラン，ミシェル（＝ミシェル・ルノワール）…………………………………………502
ルブラン，モーリス……………………86
ル・ブルトン，オーギュスト……502

〔レ〕
レイシイ，エド…………………………147, 282, 284, 474, 503
レイブ，ピーター………………………503
レイマン，リチャード…………………177, 278, 474, 481, 482
レナード，エルモア……………………298

〔ロ〕
ローク，ミッキー………………………10, 298, 305, 338
ローブ＝レオポルド……………………272, 459
ローム，アントニー（＝M・H・アルバート）…………………………………………506
ロスコウ，マイク（マイクル）…………………………………………147, 503
ロドリゲス，ロバート…………………10
ロビンソン，エドワード・G……37, 149

〔ワ〕
ワイルダー，ビリー……………………480
ワームザー，リチャード………………503

資料１　初期セリ・ノワール収録作家リスト

次に掲げるのは、1945年に刊行を開始したフランス・ガリマール社のセリ・ノワール（暗黒叢書）の初期28年間に収録された約500名の作家のうち、収録作品が８作以上の42作家を、収録作品数順に配列したものである。この1973年の時点で、セリ・ノワールは初期の仕事を終え、アメリカのネオ・ハードボイルド派の台頭を迎えて新たな時代に入ろうとしていた。端的に言えば新旧作家の交替の時期でもあった。

初期セリ・ノワールの本リストを見れば、この28年間にアメリカン・ハードボイルドがいかにフランスに〝侵攻〟したかが充分に読みとれるだろう。フランスはその〝侵攻〟にどう立ち向かい、とり入れ、消化し、新しい花を咲かせたのか。いわばこれはもう一つの〝ハードボイルド輸入史〟の基礎データでもある。

1　カーター・ブラウン（オーストラリア）113
『世界ミステリ作家事典［ハードボイルド・警察小説・サスペンス篇］』収録の書誌はオーストラリア版に拠ったもので総作品数は270を超えている。英米版での改題名も記され、ポケミス既訳が64点。セリ・ノワールは113点だからもっとすごい。61年以降の作品の多くはゴーストライターによるものという説もある。

2　ジェイムズ・ハドリー・チェイス（イギリス）58
39年作の『ミス・ブランディッシの蘭』でデビュー。『悪女イブ』『世界をおれのポケットに』（いずれも創元推理文庫）など既訳は30作近い。別ペンネイムの作品をふくめると総作品数は90作以上だからまだ未訳が三分の二ある。

3　アントワーヌ＝L・ドミニック（フランス）50
62年の引退時は収録作品数第１位だった。秘密諜報員ゴリラ・シリーズ第１作（映画『情報《ネタ》は俺が貰った』の原作）でデビュー。

4　ドナルド・E・ウェストレイク　35
リチャード・スターク名義（16作）、タッカー・コウ名義もふくむ。73年刊までの〈悪党パーカー〉シリーズは全作収録ということだろう。数年間でいきなり第４位に躍進した。

資料1　初期セリ・ノワール収録作家リスト

4　デイ・キーン　35

パルプ・マガジン発表の短篇集でデビュー（48年）。50年代には『危険がいっぱい』などペイパーバック・オリジナル（ＰＢＯ）を30作近く出した。私のおすすめ本はライオンから54年に出た *Sleep with the Devil*（悪魔と同衾）。

6　エドワード・Ｓ・アーロンズ　30

サム・デュレル（スパイ）・シリーズは55年にスタート。『秘密指令――ゾラヤ』など、ゴールド・メダルから20年間で40作以上。ＰＢＯの鑑のような作家だったが、30年前、還暦を迎える前に他界した。

7　ヘンリイ・ケイン　23

ニューヨークの伊達男探偵、ピート・チェンバーズ・シリーズで47年デビュー。『マーティニと殺人と』『地獄の椅子』など約30作。

8　エヴァン・ハンター　21

大半がエド・マクベイン名義の87分署シリーズだが、カート・キャノン物も入っている。

9　チャールズ・ウィリアムズ　16

ゴールド・メダルの51年作ＰＢＯ *Hill Girl*（山の女）でデビュー（200万部のベストセラー）。『土曜を逃げろ』『絶海の訪問者』など、ノワール系作家。

9　ジャン・アミラ（フランス）16

初期はアメリカ風に「ジョン」と名乗っていた。本名、ジャン・メケール名義の小説もある。代表作は *Y a pas de bon Dieu!*（じゃまだては無用）。59年に日本で公開された『暴力組織』の原作（脚本？）も書いている。

11　マーティン・ブレット（カナダ）15

〝カナダのスピレイン〟と呼ばれ、ダグラス・サンダースン、マルコム・ダグラス（ゴールド・メダルのＰＢＯ）のペンネイムもある多作家だが日本には紹介されなかった。

11　ジョン・Ｄ・マクドナルド　15

50年にＰＢＯでデビューした多作なプロ作家。『シンデレラの銃弾』『ケープ・フィアー』などが訳されたが、64年からスタートしたトラヴィス・マッギー・シリーズ21作（10作既訳）で知られる。

13　Ｊ・Ｍ・フリン　14

ジェイ・フリンのペンネイムもあり、おもにエイス・ブックのＰＢＯライターだが、アレン・Ｊ・ヒュービンの書誌には73年までの作品が９作しかあげられていない。ほかにも隠れたペンネイムがあるのか、セリ・ノワールのた

めにオリジナル作品を書いたのか（日本未紹介）。

13　M・H・アルバート　14

ニック・クォーリイ名義4作、既訳のあるアントニー・ローム名義3作（いずれも私立探偵物）およびアルバート・コンロイ名義6作。

15　ドナルド・マッケンジー（イギリス）　13

冒険小説、スパイ小説を得意としたベテラン作家。大半がイギリスでハードカヴァーとして出版され、73年までに17作。

16　ライオネル・ホワイト　12

ノワール系の読物作家。代表作に映画『現金に体を張れ』の原作『逃走と死と』、『気狂いピエロ』の原作 *Obsession* などがある。全35作中ＰＢＯが16作。

16　ハリイ・ホイッティントン　12

51年にゴールド・メダルのＰＢＯでデビュー。既訳は『殺人の代償』など。１ダース以上のペンネイムをつかって、西部小説、ロマンスなど150作以上の作品を書いた。

16　ドナルド・ハミルトン　12

60年からゴールド・メダルのＰＢＯとしてスタートしたタフなスパイ小説シリーズ（『誘拐部隊』『破壊部隊』など既訳多数）で有名。単発のクライム・ノヴェルも多い。

16　ヒラリー・ウォー　12

『事件当夜は雨』などフレッド・フェローズ署長シリーズ（11作）で知られる。『麻薬密売人殺し』など私立探偵サイモン・ケイのシリーズもある。

20　ウィリアム・P・マッギヴァーン　11

誘拐小説『ファイル７』や悪徳警官物で知られる社会派作家。ビル・ピーターズ名義でごく初期に書かれた『金髪女は若死する』が懐かしい。

20　ローレンス・ブロック　11

62年頃初めてセリ・ノワールに収録されたが、60年代後半になって急上昇。初期作品の既訳に『緑のハートを持つ女』がある。73年にはマット・スカダーはまだ登場していない。

20　ピーター・チェンバーズ（イギリス）11

別名ピーター・チェスター。ヘンリイ・ケインのヒーロー名とは無関係だが、同じニューヨークの私立探偵マーク・プレストンを主人公にしたシリーズもある。おそらく日本未紹介。

20　M・E・チェイバー　11

本名、ケンデル・フォスター・クロッセン。リチャード・フォスター、クリストファー・モーニグのペンネイムもあるが、私立探偵（のちに諜報員に転

向）マイロ・マーチ・シリーズ（全21作）を発表したM・E・チェイバーの名前が最もよく知られている。《ハードボイルドMM》休刊後、60年代後半に久保書店からとぎれとぎれに刊行されたQTブックスの一冊としてスパイに転向後の『秘密指令』がおさめられている。

20　マキシム・デラメア　11

Maxim Delamare の名前は私の知るかぎりいかなる書誌にも出てこない。セリ・ノワールの創設者マルセル・デュアメルと頭文字が一致しているのも妙だが、あるいはハウスネイムなのかもしれない。

20　フランシス・リック（フランス）11

既訳に『奇妙なピストル』『パリを見て死ね』などがある。66年に登場し急上昇した作家。

26　ウェイド・ミラー　10

ビル・ミラー、ロバート・ウェイドの幼馴染の2作家の合作チームで、サンディエゴの戦争帰りの私立探偵、マックス・サーズデイのシリーズ（全6作。既訳に『罪ある傍観者』）を47年に書き始め、そのあとPBOや、ホイット・マスタースン名義で『黒い罠』などの警察小説も書いた。

26　ピエール・シニアック（フランス）　10

ダメ男2人組のシリーズが有名。既訳に『ウサギ料理は殺しの味』がある。

26　ウィリアム・アード　10

ニューヨークの私立探偵、ティモシー・デイン・シリーズでデビュー。ほかにルー・ラーゴ、ダニー・フォンテインの2人の私立探偵ヒーローを持ち、全20作（ベン・カーのペンネイムもある）。60年に40前の若さで亡くなった。

29　ジム・トンプスン　9

初期5点はライオン・ブック時代の作品ではなかった。初めて入ったライオンの作品は66年刊の『内なる殺人者』（おれの中の殺し屋）。

29　クリーヴ・F・アダムズ　9

40年作の *Sabotage*（サボタージュ）でデビューした戦中派作家。LAの私立探偵、レックス・マクブライド・シリーズが6作ある。日本未紹介。

29　ジョン・マクパートランド　9

大半がゴールド・メダルのPBO。52年デビュー。日本未紹介。

29　W・R・バーネット　9

多作なベテラン作家。29年刊デビュー作『リトル・シーザー』『ハイ・シエラ』『アスファルト・ジャングル』などの既訳がある。

29　レイモンド・チャンドラー　9

ごく初期に『湖中の女』『さらば愛しき女よ』『大いなる眠り』の順でおさ

められ、長篇全作のほか短篇集２点が追加された。

34　ダシール・ハメット　8

チャンドラーより少し遅れて、『ガラスの鍵』『マルタの鷹』『赤い収穫』（いずれも30年代末にフランス語に翻訳されていた）の順で全作がおさめられ、短篇集３点が追加された。

34　デイヴィッド・グーディス　8

46年デビューのノワール系作家。ゴールド・メダルのＰＢＯでミリオン・セラーを出したこともある。既訳は『深夜特捜隊』『ピアニストを撃て』など。

34　クリフトン・アダムズ　8

ヒュービン書誌にはジョナサン・ギャント名義もふくめて５作しかない。オリジナル作品もあったのか。

34　トマス・Ｂ・デューイ　8

47年デビューのシカゴのマック・シリーズが全17作。『非情の街』『死はわがパートナー』。

34　ディック・フランシス（イギリス）　8

62年にスタートした競馬ミステリ・シリーズから73年までに８作が翻訳された。

34　ロバート・Ｌ・フィッシュ　8

73年までに『ブリット』など５作がロバート・パイク名義で出ていた。

34　ダン・Ｊ・マーロウ　8

初期は探偵ジョニー・キレイン・シリーズ。62年からゴールド・メダルのＰＢＯでプロの泥棒、アール・ドレイク（のちに諜報員に転向）のシリーズを12作書いた。

34　ハロルド・Ｑ・マスア（マスル）　8

1947年刊のニューヨークの弁護士、スコット・ジョーダン・シリーズ（全10作）でデビュー。『私を深く埋めて』など既訳多数。

34　フランク・ケイン　8

ニューヨークの私立探偵ジョニー・リデルを1947年に登場させ、シリーズ全作で28作。ほかに２短篇集がある。前出のＱＴブックスに51年作の『弾痕』がおさめられた。

収録作品数８作未満のアメリカ作家

７作収録の古い作家はジョナサン・ラティマー、チェスター・ハイムズ（２人ともほぼ全作収録）、95年に物故したウィリアム・キャンベル・ゴールトやマイクル・アヴァロン、83年没のギル・ブルワーなど。その他にネオ・ハード

ボイルド派の先陣として、マイクル・コリンズが、マーク・サドラー、ウィリアム・アーデン名義もふくめて73年までに早くも７作が収録された。

７作未満の作家は、６作が日本では未紹介のドン・トレイシー、リチャード・デミング（短篇は多数翻訳された）、５作がシェル・スコット・シリーズの『消された女』などの既訳があるリチャード・Ｓ・プラザー、『死への旅券』などのエド・レイシイ、リチャード・ワームザー、４作が『恐怖のブロードウェイ』他の既訳があるデイヴィッド・アリグザンダーをはじめとして、スティーヴン・マーロウ、リチャード・ジェサップ（前出のＱＴブックスに『英国情報部員』、リチャード・テルフェア名義の『コンプレックス作戦』などがある）、古手のＷ・Ｔ・バラード（ジョン・シェパードのペンネイムもある）、ハロルド・ダニエルズ、ピーター・レイブ（未訳）ら。『彼らは廃馬を撃つ』のホレス・マッコイ、近年『ハリウッド・ボウルの殺人』やデビュー作『グリーン・アイス』が翻訳されたラウル・ホイットフィールドが３作収録されている。

意外に収録作品数が少ないのは、ジェイムズ・Ｍ・ケイン（２）、Ｅ・Ｓ・ガードナー（１）、ミッキー・スピレイン（２作収録されているがたぶんマイク・ハマーものではない）、ケネス・ミラー（２作。ロス・マクドナルドは１作もおさめられていない）、イアン・フレミング（２）、ギャビン・ライアルは１作のみ。これはセリ・ノワールの偏向というより、版権上の問題がからんでのことだろう。セリ・ノワール以外の叢書にまとめておさめられている可能性もある。同様の事情からか、セイント・シリーズのレスリー・チャータリス、マイアミの赤毛の私立探偵マイクル・シェイン・シリーズのブレット・ハリデイ、サスペンス派のコーネル・ウールリッチ、警察小説を得意としたベン・ベンスンらの作品も１作もおさめられていない。

その他ハードボイルド系の古手の作家では、ハワード・ブラウン、リチャード・セイル、ハリイ・グレイ、マイク・ロスコウが各２作、リチャード・エリントン、ポール・ケイン、ジェイムズ・ガンが各１作。もっともジェイムズ・ガンは未訳の幻の１作のみの早逝した作家なのでそれ以外に収録のしようがない。当時の新人作家としては、ブライアン・ガーフィールド、ロン・グーラートが各３作、クラーク・ハワード、ジョー・ゴアズも73年までに１作ずつおさめられている。

日本未紹介作家でしかもペイパーバック・オリジナルのライターもまじっているので、ただ名前のパレードのようなリストになってしまったが、私の〝めりけん図書館〟ではいずれも重要作家の専用棚を占める〝有名市民〟たちである。

その他のフランス作家（収録作品数８作未満）
『殺人四重奏』『自殺志願者』など多数の既訳があり、ミシェル・ルノワールなどのペンネイムを持ち、ジェイムズ・M・ケインやホレス・マッコイの翻訳もやった多作なミシェル・ルブランなど、収録作品数が八作に満たないながら高名なノワール系作家を最後に挙げておく。

ジョゼ・ジョバンニ　7
『穴』『おとしまえをつけろ』『墓場なき野郎ども』など。シモナン、ル・ブルトンと並ぶベテラン作家。
アルベール・シモナン　7
ノワールの名文家。自作『現金に手を出すな』の映画化時に脚本も担当した。
A・D・G（本名、アラン・フルニア）　6
アラン・カミーユ名義もふくむ。既訳に『病める巨犬たちの夜』『おれは暗黒小説だ』など。デビューは1971年。
ジャン＝パトリック・マンシェット　5
A・D・Gとともに「セリ・ノワールの若き狼たち」と呼ばれた。『狼が来た、城へ逃げろ』『地下組織ナーダ』など。
アンジュ・バスティアニ　4
エロティックな小説もふくめて50作以上あるベテラン作家（30年前に没）。*Arrête ton char, Ben Hur!*（でたらめをいうな、バン・ユール）など。
ミシェル・ランベスク　4
やはり30年以上前に亡くなった古い作家で *Un pont d'or*（黄金の橋）、*La horse*（ヘロイン）など。
オーギュスト・ル・ブルトン　3
３つの代表作は映画『筋金《ヤキ》を入れろ』の原作 *Razzia sur la chnouf*（麻薬収奪）、『男の争い』、*Le rouge est mis*（赤い灯はつけられて）。

付記。本リストはセリ・ノワールの１作ずつの巻末についている刊行リストをもとにして作成した。フランスのノワール小説については、フレイドン・ホヴェイダの『推理小説の歴史』とその増補版『推理小説の歴史はアルキメデスに始まる』の２書でも触れられているが、近年の参考書では、J－P・シュヴェイアウゼールの『ロマン・ノワール――フランスのハードボイルド』（平岡敦訳、白水社文庫クセジュ、1991年刊）の記述が詳細である。フランス作家の作品で未訳（原題を掲げたもの）としたのは同書のデータによる。

資料2　ハードボイルド派作家／代表作リスト

海 外 篇　　門倉洸太郎編

〈私立探偵・ヒーロー小説〉

〔ア〕

マイクル・アヴァロン Michael Avallone（1924～1999）
『のっぽのドロレス』（1953）／ニューヨークの陽気な探偵エド・ヌーン。後に大統領直属の諜報員探偵に出世する。シリーズは30作。（ハヤカワ・ミステリ）

デイヴィッド・アンソニー David Anthony（1929～1986）
『真夜中の女』（1969）／海兵隊を除隊後、オハイオで農業を始めたモーガン・バトラーは古典を愛し、パートタイムで探偵をする。（角川文庫）

アンドリュー・ヴァクス Andrew Vachss（1942～）
『赤毛のストレーガ』（1987）／逮捕歴が27回ある施設出身のアウトロー探偵バークは落ちこぼれ仲間と共に幼児虐待犯人と戦う。（ハヤカワ・ミステリ文庫）

チャールズ・ウィルフォード Charles Willeford（1919～1988）
『マイアミ・ブルース』（1984）／犯罪常習者がマイアミ空港で物乞いを殺して逃走。ホウク・モウズリー部長刑事のデビュー作。シリーズは4作。（創元推理文庫）

ドン・ウィンズロウ Don Winslow（1953～）
『ストリート・キッズ』（1991）／大学で英文学を専攻するニール・ケアリーは失踪した政治家の娘を捜すためにロンドンに渡る。（創元推理文庫）

ジョナサン・ヴェイリン Jonathan Valin（1948～）
『シンシナティ・ブルース』（1980）／ヴェトナム戦争を経験後、生まれ故郷で探偵事務所を開業したハリイ・ストウナーは自然体の探偵。シリーズは11作。（ハヤカワ・ミステリ）

ジョン・エヴァンス John Evans（1908～1999）
『灰色の栄光』（1957）／シカゴの探偵ポール・パインが登場。自殺とされる探偵の死を探る。本名ハワード・ブラウンで発表された〈栄光シリーズ〉4

部作最終作。（河出文庫）

ローレン・D・エスルマン Loren D. Estleman（1952〜）

『シュガータウン』（1984）／エイモス・ウォーカーは古いタイプの私立探偵。本作でＰＷＡ賞最優秀長篇賞受賞。他にラルフ・ポティート・シリーズがある。（ハヤカワ・ミステリ）

アーロン・エルキンズ Aaron Elkins（1935〜）

『古い骨』（1987）／遺骨から事件を推理する人類学者ギデオン教授は“スケルトン探偵”と呼ばれる。ＭＷＡ賞最優秀長篇賞受賞作（ハヤカワ・ミステリ文庫）

ジェイムズ・エルロイ James Ellroy（1948〜）

『血まみれの月』（1984）／“詩人”と呼ばれる殺人者が若い女性を次々に惨殺。ＬＡ市警のロイド・ホプキンズ部長刑事が初登場。シリーズは３作。（扶桑社ミステリー）

〔カ〕

スチュアート・カミンスキー Stuart Kaminsky（1934〜）

『ロビン・フッドに鉛の玉を』（1977）／時代設定は1930年代後半、中年探偵トビー・ピーターズは脅迫に悩まされている映画スター、エロール・フリンを救う。（文春文庫）

カート・キャノン Curt Cannon（1926〜2005）エド・マクベインの別名。

『酔いどれ探偵街を行く』（1958）／探偵カート・キャノンは妻の浮気相手に重傷を負わせたため、免許を取り上げられた。酒に溺れる無免許の負け犬探偵登場。（ハヤカワ・ミステリ文庫）

ロバート・キャンベル Robert Campbell（1927〜2000）

『ごみ溜めの犬』（1986）／シカゴの民主党活動家ジミー・フラナリーが初登場する。ＭＷＡ賞最優秀ペイパーバック賞受賞作。（二見文庫）

デイヴィッド・グーディス David Goodis（1917〜1967）

『深夜特捜隊』（1961）／刑事コーリー・ブラッドフォードは酒に身をくずし、汚職も発覚して警察を追われ、用心棒に身を落とす。（創元推理文庫）

トマス・H・クック Thomas H. Cook（1947〜）

『だれも知らない女』（1988）／アトランタ市警のフランク・クレモンズ警部補は、ひとり娘が自殺し、酒に溺れ妻とも別れる。だが捜査は相手の心理を巧みに読む。（文春文庫）

スー・グラフトン Sue Grafton（1940〜）

『泥棒のＢ』（1985）／刺激を求めて女性私立探偵となったキンジー・ミルホ

ーン。第2作の本書でPWA賞、アンソニー賞を受賞。（ハヤカワ・ミステリ文庫）

ジェイムズ・クラムリー James Crumley（1939〜）

『酔いどれの誇り』（1975）／酔いどれ探偵ミロは数年先に莫大な遺産が入ることをあてにして酒に明け暮れる。2作目『さらば甘き口づけ』には探偵シュグルーが登場。（ハヤカワ・ミステリ文庫）

スティーヴン・グリーンリーフ Stephen Greenleaf（1942〜）

『匿名原稿』（1991）／出版社社長の机の上に密かに置かれた匿名原稿は迫真性をもっていた。探偵ジョン・タナーは作者を探す。（ハヤカワ・ミステリ文庫）

フランク・グルーバー Frank Gruber（1904〜1969）

『笑うきつね』（1940）／いんちきセールスマン・コンビ、フレッチャーとクラッグが貸した部屋で借り主が殺され、黒い狐が死体の上にいた。（ハヤカワ・ミステリ）

ロバート・クレイス Robert Crais（1953〜）

『モンキーズ・レインコート』（1987）／探偵エルヴィス・コールはお調子者だが、本質はしっかり見据えている。この処女作では、気弱な女性依頼人を自立させる。（新潮文庫）

ヘンリイ・ケイン Henry Kane（1918〜）

『マーティニと殺人と』（1947）／ニューヨークのプレイボーイ探偵のピート・チェンバーズ登場。シリーズ29作。（ハヤカワ・ミステリ）

フランク・ケイン Frank Kane（1912〜1968）

『弾痕』（1951）／1944年よりパルプ・マガジンに登場したニューヨークの探偵ジョニー・リデルの長篇第1作。28作の長寿シリーズ。（久保書店）

ジョナサン・ケラーマン Jonathan Kellerman（1949〜）

『大きな枝が折れる時』（1985）／小児病院の医師アレックス・デラウェアは小児虐待を撲滅することに意欲を燃やす。（扶桑社ミステリー）

ジョー・ゴアズ Joe Gores（1931〜）

『死の蒸発』（1972）／ダン・カーニー探偵事務所は月賦不払いの自動車回収を生業にしている。シリーズ1作目で個性あるメンバーが紹介される。（角川文庫）

タッカー・コウ Tucker Coe（1933〜）ドナルド・E・ウェストレイクの別名

『刑事くずれ』（1966）／ニューヨーク市警の殺人課刑事ミッチ・トビンは捜査と称して犯人の妻と密会中、相棒を見殺しにした。自責の念で私立探偵になるのだが。（ハヤカワ・ミステリ）

マイクル・コナリー Michael Connelly（1956〜）

『ナイトホークス』（1992）／ＬＡの刑事ハリー・ボッシュは11歳の時、街娼だった母が絞殺された暗い過去を持つ。ＭＷＡ賞最優秀新人賞を受賞。（扶桑社ミステリー）

エド・ゴーマン Ed Gorman（1941〜）

『夜がまた来る』（1991）／60過ぎのジャック・ウォルシュは渋い魅力がある心優しき老年探偵だ。32も歳の離れた恋人の病気を気づかう。（創元推理文庫）

マイクル・コリンズ Michael Collins（1924〜2005）

『恐怖の掟』（1967）／隻腕のダン・フォーチューンは移民の住む貧困層に育った。貧しさ故の犯罪を悲しむ。ＭＷＡ賞最優秀新人賞受賞作。（ハヤカワ・ミステリ）

マックス・アラン・コリンズ Max Allan Collins（1948〜）

『想い出は奪えない』（1983）／駆け出しのミステリ作家マロリーが初登場。他に強盗ノーラン・シリーズ、シカゴの私立探偵ネイト・ヘラー・シリーズがある。（創元推理文庫）

ウィリアム・キャンベル・ゴールト William Campbell Gault（1910〜1995）

『百万ドル・ガール』（1958）／南カリフォルニアを舞台に私立探偵ジョン・ピューマが登場。シリーズ７作。他にブロック・キャラハン・シリーズ（10作）もある。（創元推理文庫）

〔サ〕

ロジャー・Ｌ・サイモン Roger L. Simon（1943〜）

『大いなる賭け』（1973）／元過激派のユダヤ系白人モウゼズ・ワインが登場。従来の私立探偵にない現代っ子探偵だ。ＣＷＡ賞最優秀新人賞受賞作。（ハヤカワ・ミステリ）

マーク・サドラー Mark Sadler（1924〜2005）　マイクル・コリンズの別名

『落ちる男』（1970）／ポール・ショウは俳優志望だった私立探偵。深夜ポールの事務所に忍び込んだ男が墜落死し、手首に電話番号が記されていた。（ハヤカワ・ミステリ）

ジェイムズ・サリス James Sallis（1944〜）

『黒いスズメバチ』（1996）／ニューオーリンズの黒人探偵ルー・グリフィンのシリーズ３作目。白人ばかりを狙った連続狙撃犯を追う。（ハヤカワ・ミステリアス・プレス文庫）

リチャード・スターク Richard Stark（1933〜）ドナルド・E・ウェストレイクの別名
『悪党パーカー／人狩り』（1962）／非情でタフな主人公パーカーと、その仲間の強奪プロ集団の人気シリーズ第１作。（ハヤカワ・ミステリ文庫）

ミッキー・スピレイン Mickey Spillane（1918〜2006）
『裁くのは俺だ』（1947）／暴力と.45口径の拳銃を多用する探偵マイク・ハマーの記念碑的デビュー作。戦友を殺した犯人を追う。（ハヤカワ・ミステリ文庫）

〔タ〕

アーネスト・タイディマン Earnest Tidymann（1928〜1984）
『黒いジャガー』（1970）／ベトナム帰りの一匹オオカミの黒人私立探偵ジョン・シャフトのデビュー作。映画化も多数あり。（ハヤカワ・ノヴェルズ）

ピーター・チェイニイ Peter Cheyney（1896〜1951）
『女は魔物』（1937）／アメリカやフランスでも有名な英国人作家。本書は米国連邦捜査局員レミイ・コウション・シリーズの３作目。（ハヤカワ・ミステリ）

レイモンド・チャンドラー Raymond Chandler（1888〜1959）
『長いお別れ』（1953）／絶大な人気を誇る私立探偵フィリップ・マーロウの代表作。品性のある酔漢テリー・レノックスとの出会いと友情が描かれる。（ハヤカワ・ミステリ文庫）

ジェフリー・ディーヴァー Jeffery Deaver（1950〜）
『ボーン・コレクター』（1997）／元科学捜査本部長のリンカーン・ライムは事故により四肢麻痺となったがハイテク機器を利用して異常犯罪者と対決する。（文春文庫）

キャロル・ジョン・デイリー Carroll John Daly（1889〜1958）
「ＫＫＫの町に来た男」（中篇）（1923）／共産主義を嫌う熱烈な愛国者レイス・ウィリアムズは頭より得意な拳銃を使って事件を解決する。（国書刊行会）

ラルフ・デニス Ralph Dennis（1931〜1988）
『死の街の対決』（1974）／ジム・ハードマン元刑事は酒をこよなく愛する中年探偵。シリーズ12作あり。1974年に７作が発表された。（ＴＢＳ出版会）

リチャード・デミング Richard Deming（1915〜1983）
『クランシー・ロス無頼控』（1963）／非合法クラブのオーナー兼マネージャー、クランシー・ロス。日本で独自に編まれた短篇集。義足探偵ムーン・シ

リーズもある。（ハヤカワ・ミステリ）

トマス・B・デューイ Thomas B. Dewey（1915〜1981）

『涙が乾くとき』（1964）／シカゴの探偵マックの仕事は下院議員の問題を抱えた娘の警護だった。上流家庭に巣くう悲劇を描いた傑作。（河出書房新社）

〔ナ〕

マイケル・ナーヴァ Michael Nava（1954〜）

『このささやかな眠り』（1986）／貧しいヒスパニック系アメリカ人の家に生まれたヘンリー・リオスはゲイであることを公言した正義派のフリーランスの弁護士。（創元推理文庫）

スティーヴ・ニックマイヤー Steve Knickmeyer（1944〜）

『殺し屋はサルトルが好き』（1976）／負傷してＦＢＩを退職したクランマーは中年の独身探偵。煙草とバーボンが離せない。女好きの青年ブッチとのコンビ・シリーズ。（改題『ストレート』創元推理文庫）

〔ハ〕

T・ジェファーソン・パーカー T. Jefferson Parker（1953〜）

『サイレント・ジョー』（2001）／ジョー・トロナは顔に醜い傷を持つ保安官補。夜は尊敬する義父の運転手兼用心棒だが、その義父が襲われる。心に響く佳作。（ハヤカワ・ミステリ文庫）

ロバート・B・パーカー Robert B. Parker（1932〜）

『初秋』（1981）／両親の離婚のいざこざから心を閉ざした少年を探偵スペンサーは親代わりになって自立させていく。長寿シリーズの代表作。（ハヤカワ・ミステリ文庫）

ジェイムズ・リー・バーク James Lee Burke（1936〜）

『ネオン・レイン』（1987）／湖沼で黒人娼婦の溺死体が発見された。デイヴ・ロビショー警部補は犯罪の臭いをかぎ、独自に調査を開始する。（角川文庫）

チェスター・ハイムズ Chester Himes（1909〜1984）

『イマベルへの愛』（1957）／ハーレムの黒人警官コンビ、墓掘りジョーンズと棺桶エドが登場。金鉱石の入ったトランクを持ち逃げした妖婦イマベルを追う。（ハヤカワ・ミステリ）

ダシール・ハメット Dashiell Hammett（1894〜1961）

『マルタの鷹』（1930）／貴重な宝石類で飾られた鷹の彫像の争奪戦。探偵サ

ム・スペードが登場。ハードボイルド私立探偵小説の最高傑作。（ハヤカワ・ミステリ文庫・他）

ブレット・ハリデイ Brett Halliday（1904～1977）

『死の配当』（1939）／探偵マイケル・シェーン初登場。実母殺しの容疑をかけられた依頼人女性の嫌疑を晴らしたシェーンは後に、この女性を妻とする。（ハヤカワ・ミステリ文庫）

サラ・パレツキー Sara Paretsky（1947～）

『サマータイム・ブルース』（1982）／他人に依存しないことを信条とする女性探偵V・I・ウォーショースキーの第1作。女性読者から絶大な共感を得ている。（ハヤカワ・ミステリ文庫）

ジョゼフ・ハンセン Joseph Hansen（1923～2004）

『闇に消える』（1970）／デイヴ・ブランドステッターは同性愛者の保険調査員。男性歌手の死因に疑義をもち調査を始める。シリーズは12作。（ハヤカワ・ミステリ）

キース・ピーターソン Keith Peterson（1954～）

『暗闇の終わり』（1988）／記者ジョン・ウェルズは子供の連続自殺事件を追う。自分の家庭も問題をかかえ、社会の病弊を看過できない。（創元推理文庫）

ジェレマイア・ヒーリイ Jeremiah Healy（1948～）

『つながれた山羊』（1986）／探偵ジョン・カディの第2作。PWA賞最優秀長篇賞を受賞した。カディは窮地に陥ると亡妻の眠る墓を訪れる。（ハヤカワ・ミステリ）

テレンス・ファハティ Terence Faherty（1956～）

『輝ける日々へ』（1997）／元俳優の警備員スコット・エリオットは落ち目の映画監督に警備を依頼されるが様々な妨害が始まる。PWA賞最優秀長篇賞受賞作。（ハヤカワ・ミステリ文庫）

G・G・フィックリング G. G. Fickling（1925～1988）

『ハニー貸します』（1957）／フォレスト&グロリア・フィックリング夫婦合作のペンネームによるセクシーでキュートな女探偵ハニー・ウェストが登場。自立した女性探偵の先駆けとなった。（ハヤカワ・ミステリ）

A・A・フェア A. A. Fair（1889～1970）E・S・ガードナーの別名

『ラム君、奮闘す』（1940）／未亡人で探偵事務所長バーサ・クールと青年探偵ドナルド・ラムの凸凹コンビ。シリーズは29作。（ハヤカワ・ミステリ文庫）

カーター・ブラウン Carter Brown（1923～1985）

『死体置場は花ざかり』(1959)／軽ハードボイルドの代名詞的な量産作家。アル・ウィラー警部シリーズの他、グラマー探偵メイヴィス他多数のシリーズがある。(ハヤカワ・ミステリ文庫)

フレドリック・ブラウン Fredric Brown (1906～1972)

『シカゴ・ブルース』(1947)／印刷見習工エド・ハンターは殺された父の犯人を追う。長篇初登場。MWA賞最優秀新人賞受賞作。(創元推理文庫)

リチャード・S・プラザー Richard Scott Prather (1921～)

『消された女』(1950)／銀髪のプレイボーイ私立探偵シェル・スコットがアパートに帰ってみると見知らぬ金髪女性が中にいて半裸で酔いつぶれていた。(ハヤカワ・ミステリ)

ディック・フランシス Dick Francis (1920～)

『利腕』(1979)／落馬事故で現役を引退した元花形ジョッキーのシッド・ハレーは競馬専門の調査員。片手は不自由だが自分の弱さを克服していく。(ハヤカワ・ミステリ文庫)

ローレンス・ブロック Lawrence Block (1938～)

『八百万の死にざま』(1982)／アルコール依存症の元警官マット・スカダーはニューヨークの安宿で無免許探偵をしている。断酒との壮絶な戦いが強烈。(ハヤカワ・ミステリ文庫)

ビル・プロンジーニ Bill Pronzini (1943～)

『誘拐』(1971)／主人公はヘビー・スモーカーで肺癌を恐れ、パルプ・マガジンの蒐集が趣味。〈名無しの探偵〉シリーズの第1作。(新潮文庫)

ジョージ・P・ペレケーノス George P. Pelecanos (1957～)

『俺たちの日』(1996)／第二次世界大戦をはさんでワシントンDCを舞台にギリシャ、イタリア、アイルランド移民の子たちが織りなす人間ドラマ。(ハヤカワ・ミステリ文庫)

パーネル・ホール Parnell Hall (1944～)

『探偵になりたい』(1987)／私立探偵とは名ばかりの過失訴訟専門調査員ヘイスティングズは、いつもへまばかりしている。夢は役者になることだ。(ハヤカワ・ミステリ文庫)

〔マ〕

ジョン・D・マクドナルド John D. MacDonald (1916～1986)

『濃紺のさよなら』(1964)／トラヴィス・マッギーはポーカーで手に入れたヨットに在住。犯罪者に奪われた財産を取り戻すのを生業としている。シリーズ第1作。(ハヤカワ・ミステリ)

ロス・マクドナルド Ross Macdonald（1915～1983）
『さむけ』（1964）／リュウ・アーチャーは、新婚旅行中に失踪した新妻を探してほしいと依頼される。家庭の呪縛を見つめる後期の傑作。（ハヤカワ・ミステリ文庫）

ハロルド・Q・マスア（マスル） Harold Q. Masur（1909～2005）
『わたしを深く埋めて』（1947）／ジョーダンの本職は弁護士だが探偵業も兼務。女性秘書とともに事件を追うがガードナーのペリイ・メイスンものとはひと味ちがう。（ハヤカワ・ミステリ）

マーシャ・マラー Marcia Muller（1944～）
『カフェ・コメディの悲劇』（1989）／シャロン・マコーンは人気コメディアンの失踪事件を追う。現代女性ハードボイルド私立探偵の母と評される長寿シリーズ。（徳間文庫）

ウェイド・ミラー Wade Miller　ホイット・マスタースンの別名
『罪ある傍観者』（1947）／ビル・ミラー（Bill Miller, 1920～1961）とロバート・ウェイド（Robert Wade, 1920～）の合作筆名。酒に溺れる孤独なサンディエゴの負け犬、私立探偵マックス・サーズデイが登場。（河出書房新社）

ウォルター・モズリイ Walter Mosley（1952～）
『ブルー・ドレスの女』（1990）／第二次大戦から引き上げてきた黒人のイージー・ローリンズは小遣いかせぎのため得意な人探しのアルバイトを始める。（ハヤカワ・ミステリ文庫）

L・A・モース L. A. Morse（1945～）
『オールド・ディック』（1981）／ジェイクは78歳。史上最年長の老いぼれ探偵だ。元ギャングから誘拐された孫の身代金運びに同行することを依頼される。（ハヤカワ・ミステリ文庫）

〔ラ〕

アーサー・ライアンズ Arthur Lyons（1946～）
『歪んだ旋律』（1984）／ユダヤ系の探偵ジェイコブ・アッシュはロック界の大物プロモーターから警備を依頼される。腐敗した音楽界が描かれている。（ハヤカワ・ミステリ）

ジョン・ラッツ John Lutz（1939～）
『深夜回線の女』（1984）／制酸剤を手放せない胃弱な私立探偵アロー・ナジャーは女性ばかりを狙う連続殺人鬼と対決する。（ハヤカワ・ミステリ）

ジョナサン・ラティマー Jonathan Latimer（1906～1983）
『処刑6日前』（1935）／ビル・クレインは酒好きなシカゴの私立探偵だが、

死刑執行を一週間後に控えた囚人を救おうと限られた時間で真相に迫る。（創元推理文庫）

ジョー・ランズデール Joe R. Lansdale（1951〜）

『罪深き誘惑のマンボ』（1995）／白人ハップとゲイの黒人レナードのコンビは失踪した黒人女性弁護士を捜すためにＫＫＫの支配する町を訪れる。（角川文庫）

マイクル・Ｚ・リューイン Michael Z. Lewin（1942〜）

『Ａ型の女』（1971）／探偵アルバート・サムスンは離婚経験者。依頼人は少なく、生活は苦しいが矜持は保っている。他にリーロイ・パウダー警部補シリーズがある。（ハヤカワ・ミステリ文庫）

デニス・ルヘイン Dennis Lehane（1965〜）

『スコッチに涙を託して』（1994）／ボストンの探偵パトリックとアンジーは大物政治家から失踪した掃除婦を探す依頼を受ける。ＰＷＡ賞最優秀新人賞受賞作。（角川文庫）

エド・レイシイ Ed Lacy（1911〜1968）

『ゆがめられた昨日』（1957）／黒人探偵トゥセント・モーアは殺人の濡れ衣を晴らすため奔走する。作者レイシイは白人だが黒人に対するまなざしは温かい。（ハヤカワ・ミステリ文庫）

ディック・ロクティ Dick Lochte（1944〜）

『眠れる犬』（1985）／14歳のセーラは失踪した愛犬を捜してほしいと中年探偵のレオに依頼し、ドタバタ・コンビとなって一緒に犬を捜すのだが。（扶桑社ミステリー）

〈ヴァイオレンス／アクション／ノワール〉

〔ア〕

エリオット・ウェスト Elliot West（1924〜）

『殺しのデュエット』（1976）／まもなく50歳になる中年探偵ブレイニーは年頃の娘をかかえた、やもめ暮らし。映画館を出たとたん銃撃戦に巻き込まれる。（河出文庫）

ドナルド・Ｅ・ウェストレイク Donald E. Westlake（1933〜）

『やとわれた男』（1960）／女と寝ていたクレイはドアのベルで起こされ、のぞき窓を開いたとたん銃撃された。（ハヤカワ・ミステリ文庫）

ジェイムズ・エルロイ James Ellroy（1948〜）

『ホワイト・ジャズ』（1992）／ケネディ政権の頃、ロサンゼルスでは地方検

事と連邦検事の権力争いが激しさを増していた。ＬＡ四部作の代表傑作。（文春文庫）

〔カ〕

トマス・H・クック Thomas H. Cook（1947〜）

『緋色の記憶』（1996）／小さな村に緋色のブラウスを着た女性が降りてから悲劇がはじまる。〈記憶シリーズ〉の代表作でＭＷＡ賞最優秀長篇賞受賞作。（文春文庫）

ジェイムズ・M・ケイン James M. Cain（1892〜1977）

『郵便配達夫はいつも二度ベルを鳴らす』（1934）／放浪青年フランクは立ち寄った安食堂で雇われ、やがて食堂の女房と深い関係になり、亭主を殺そうと共謀するのだが……（ハヤカワ・ミステリ文庫・他）

〔タ〕

ジェイムズ・ハドリー・チェイス James Hadley Chase（1906〜1985）

『ミス・ブランディッシの蘭』（1939）／美貌の女をめぐってとギャング同士が抗争し、女性を取り戻すために探偵フェナーが雇われた。暴力的な描写が物議を醸した。（創元推理文庫）

ボストン・テラン（生年公表せず）

『神は銃弾』（1999）／保安官事務所刑事のボブはカルト教主に拉致された娘をカリフォルニアの砂漠の中で追跡する。（文春文庫）

トレヴェニアン Trevanian（1931〜2005）

『夢果つる街』（1976）／モントリオールのうらぶれた街で発見された奇妙な死体を調査する老警部補ラポワント。人生の悲哀が、しみじみと描かれている。（角川文庫）

ジム・トンプスン Jim Thompson（1906〜1977）

『内なる殺人者』（1952）／復讐のため殺人を繰りかえす保安官補ルーの内に秘めた狂気。ノワール小説のバイブル的傑作。（改題『おれの中の殺し屋』扶桑社ミステリー）

〔ハ〕

W・R・バーネット W. R. Burnett（1899〜1982）

『リトル・シーザー』（1929）／イタリア系ギャングの行動、心理を巧みに描写し、暗黒社会の盛衰を描いたギャング小説の古典。映画『犯罪王リコ』の原作。（小学館）

ダシール・ハメット Dashiell Hammett（1894〜1961）
『赤い収穫』（1929）／新聞社主から町の腐敗を一掃する役目を依頼された名無しのオプが鉱山町にやって来る。ハメットの名声を確立したデビュー作。（ハヤカワ・ミステリ文庫・他）
トマス・ハリス Thomas Harris（1940〜）
『羊たちの沈黙』（1988）／連続殺人犯を突きとめるため、ＦＢＩの女性訓練生クラリスは悪の天才といわれる服役中のレクター博士に面会する。（新潮文庫）
クラーク・ハワード Clark Howard（1934〜）
『シティ・ブラッド』（1994）／「ホーン・マン」でＭＷＡ賞最優秀短篇賞を受賞。本作はシカゴ裏町のダンサー殺人事件を描いた長篇。（ＴＢＳブリタニカ）
エドワード・バンカー Edward Bunker（1938〜2005）
『ドッグ・イート・ドッグ』（1996）／12年間の刑期を終えて出所したばかりのトロイは大物麻薬業者のブツ横取り作戦をたてる。作者は入獄経験者。（ハヤカワ文庫ＮＶ）
エヴァン・ハンター Evan Hunter（1926〜2005）エド・マクベインの別名
『暴力教室』（1954）／ハンター名義で発表した出世作。高校生の非行をセンセーショナルに描いた作品で映画化もされた。（ハヤカワ文庫ＮＶ）
デイヴィッド・ピース David Peace（1967〜）
『１９７４　ジョーカー』（1999）／ヨークシャーの記者ダンフォードは少女の惨殺事件を追うが、周囲から圧力が加わる。エルロイに心酔するノワール作家の出世作。（ハヤカワ・ミステリ文庫）
ダグラス・フェアベアン Douglus Fairbairn（1926〜1997）
『銃撃！』（1973）／ふとしたことから猟場の河をはさんで無意味な銃撃戦が始まり、全員射殺されるバイオレンス小説。（ハヤカワ・ミステリ）
ジェラルド・ペティヴィッチ Gerald Petievich（1944〜）
『ＬＡ捜査線』（1984）／ロサンゼルスで悪質なドル偽造グループを追いつめる財務省の調査官の葛藤を描いた作品で映画化もされている。（ハヤカワ・ミステリ文庫）
ドン・ペンドルトン Don Penedleton（1927〜1995）
『マフィアへの挑戦１／戦士起つ』（1969）／ヴェトナム帰還兵マック・ボランはマフィア組織に単独でゲリラ戦を挑む。〈マフィアへの挑戦〉シリーズ第１作。（創元推理文庫）

ライオネル・ホワイト Lionel White（1905～1985）
『逃走と死と』（1955）／一攫千金を狙う犯罪仲間が競馬場の売上金を強奪する。映画『現金に体を張れ』の原作。（ハヤカワ・ミステリ）

〔マ〕

ウィリアム・P・マッギヴァーン William P. McGivern（1922～1982）
『最悪のとき』（1955）／腐敗した警察の内部組織の描写やギャングとの関わりなど社会の暗黒面にスポットをあてた代表作品。（創元推理文庫）

ホレス・マッコイ Horace McCoy（1897～1955）
『彼らは廃馬を撃つ』（1935）／マラソン・ダンスという長時間踊りつづけたカップルだけに賞金を贈る過酷なショウを題材にした作品。大恐慌時代の虚無を描いた。（王国社）

ジャン＝パトリック・マンシェット Jean-Patrick Manchette（1942～1995）
『眠りなき狙撃者』（1981）／引退を決意したプロの殺し屋が愛する女性のために、犯罪の世界に舞いもどる。作者最後の長篇。（学習研究社）

〔ラ〕

エルモア・レナード Elmore Leonard（1925～）
『ラブラバ』（1983）／元捜査官で今はフリー・カメラマンのジョーはあこがれの元女優が悪党に食い物にされるのを救う。MWA賞最優秀長篇賞受賞作。（ハヤカワ・ミステリ文庫）

〈警察小説〉

〔ア〕

トマス・ウォルシュ Thomas Walsh（1908～1984）
『マンハッタンの悪夢』（1950）／グランド・セントラル駅を舞台に誘拐犯との緊迫した駆け引きをする鉄道公安官。MWA賞最優秀新人賞受賞作。（創元推理文庫）

スチュアート・ウッズ Stuart Woods（1938～）
『警察署長』（1981）／ジョージア州の農場主ウィル・ヘンリーが初代署長となりヘンリー家は三代にわたって署長をつとめるが未解決の事件に遭遇する。MWA賞最優秀新人賞受賞作。（ハヤカワ文庫NV）

〔カ〕

スチュアート・カミンスキー Stuart Kaminsky（1934〜）

『愚者たちの街』（1991）／不眠症に悩む老刑事エイブ・リーバーマン・シリーズの第1作。他にロシアのロストニコフ捜査官シリーズもある。（扶桑社ミステリー）

パトリシア・コーンウェル Patricia Cornwell（1956〜）

『検屍官』（1990）／女性外科医が自宅で殺害される。女性検屍局長ケイ・スカーペッタは局の最新技術を駆使して捜査にあたる。人気シリーズの第1作。（講談社文庫）

〔タ〕

ロス・トーマス Ross Thomas（1926〜1995）

『女刑事の死』（1984）／女刑事が車に仕掛けられた爆発物によって死亡。政府役人である刑事の兄は妹の死の謎に迫る。MWA賞最優秀長篇賞受賞作。（ハヤカワ・ミステリ文庫）

〔ハ〕

トニー・ヒラーマン Tony Hillerman（1925〜）

『祟り』（1970）／傷害罪で逃走中のナヴァホ族の若者が殺された。事件を追うナヴァホ出身のベテラン刑事リープホーン警部補が登場。（角川文庫）

ベン・ベンスン Ben Benson（1915〜1959）

『脱獄九時間目』（1956）／マサチューセッツ州警察のウェイド・パリス警視は脱獄囚から人質を解放する指揮をとる。パリス・シリーズは10作。（創元推理文庫）

〔マ〕

エド・マクベイン Ed McBain（1926〜2005）

『警官嫌い』（1956）／警察署の全員が主役という斬新な警察小説が誕生した。87分署の刑事たちが、つぎつぎに狙撃される事件が発生。（ハヤカワ・ミステリ文庫）

〔ラ〕

イアン・ランキン Ian Rankin（1960〜）

『黒と青』（1997）／スコットランドで連続絞殺事件が発生し、迷宮入りのサイコキラーの再来かと色めき立つ警察。一匹狼のリーバス警部が登場する。（ハヤカワ・ミステリ文庫）

国 内 篇　　霜月蒼編

〈私立探偵小説〉

〔あ〕
安部公房（1924～1993）
『燃えつきた地図』失踪人を追う探偵を主人公とし、ハードボイルドのスタイルを導入した長篇小説。（1967、新潮社→新潮文庫）
生島治郎（1933～2003）
『追いつめる』第57回直木賞受賞作。志田司郎シリーズ第1作。（1967、光文社→徳間文庫・他）
石田衣良（1960～）
『池袋ウエストゲートパーク』池袋の街のトラブルシューター、真島誠シリーズ第1作。（1998、文藝春秋→文春文庫）
大沢在昌（1956～）
『感傷の街角』私立探偵・佐久間公シリーズ第1短篇集。同シリーズは96年に再開される。（1982、双葉社→角川文庫）

〔か〕
片岡義男（1940～）
『ミス・リグビーの幸福』私立探偵アーロン・マッケルウェイ・シリーズ第1作品集。（1985、早川書房→ハヤカワ・ミステリ文庫）
桐野夏生（1951～）
『天使に見捨てられた夜』私立探偵・村野ミロ・シリーズ第2作。（1994、講談社→講談社文庫）
河野典生（1935～）
『殺意という名の家畜』第17回日本推理作家協会賞受賞作。作家探偵・晨一（姓は作品によって異なる）シリーズ第1作。（1963、宝石社→双葉文庫）
小鷹信光（1936～）
『新・探偵物語』私立探偵・工藤俊作シリーズ第3長篇。（第2期第1作）（2000、幻冬舎→幻冬舎文庫）

〔さ〕

斎藤純（1957～）
『黒のコサージュ』中古会社ディーラー「ぼく」を主人公とする連作短篇集。単発作品。（1991、角川書店→角川文庫）
真保裕一（1961～）
『ボーダーライン』ＬＡの私立探偵・永岡を主人公とする長篇小説。単発作品。（1999、集英社→集英社文庫）

〔な〕
中田耕治（1927～）
『暁のデッドライン』川崎隆（本作では新聞記者）を主人公とするシリーズ第２長篇。（1964、河出書房新社→桃源社）
楢山芙二夫（1948～2003）
『冬は罠をしかける』日系アメリカ人探偵エドワード・タキ・シリーズ第１作。舞台はニューヨーク。（1981、集英社→祥伝社ノン・ポシェット）
法月綸太郎（1964～）
『一の悲劇』素人探偵・法月綸太郎シリーズ第４作。（1991、祥伝社→祥伝社ノン・ポシェット）

〔は〕
原尞（1946～）
『そして夜は甦る』私立探偵・沢崎シリーズ第１作。（1988、早川書房→ハヤカワ文庫ＪＡ）
藤沢周平（1927～1997）
『消えた女』彫師・伊之助シリーズ第１作。ハードボイルドの作法が導入された時代小説。（1979、立風書房→新潮文庫）
藤原伊織（1948～）
『てのひらの闇』企業の宣伝マン、堀江雅之を主人公とするシリーズ第１作（1999、文藝春秋→文春文庫）

〔や〕
矢作俊彦（1950～）
『リンゴォ・キッドの休日』神奈川県警・二村永爾刑事シリーズ第１作。（1978、早川書房→角川文庫）
結城昌治（1927～1996）
『暗い落日』私立探偵・真木シリーズ第１作。（1965、文藝春秋→講談社文

庫）

米澤穂信（1978～）

『犬はどこだ』私立探偵・紺屋長一郎シリーズ第1作。（2005、東京創元社）

〔わ〕

若竹七海（1963～）

『悪いうさぎ』私立探偵・葉村晶シリーズ第3作、第1長篇。（2001、文藝春秋→文春文庫）

〈ヴァイオレンス／アクション／ノワール〉

〔あ〕

池波正太郎（1923～1990）

『殺しの四人』仕掛人・藤枝梅安シリーズ第1作。（1973、講談社→講談社文庫）

石原慎太郎（1932～）

『汚れた夜』（1961、新潮社→文春ネスコ）

逢坂剛（1943～）

『禿鷹の夜』悪徳刑事・禿富鷹秋シリーズ第1作。（2000、文藝春秋→文春文庫）

大沢在昌

『砂の狩人』（2002、幻冬舎→幻冬舎文庫）

大藪春彦（1935～1996）

『野獣死すべし』伊達邦彦シリーズ第1作。（1958、講談社→光文社文庫）

小川勝己（1965～）

『彼岸の奴隷』（2001、角川書店→角川文庫）

〔か〕

垣根涼介（1966～）

『ヒートアイランド』強盗アキ・シリーズ第一作。（2001、文藝春秋→文春文庫）

北方謙三（1947～）

『擬態』（2001、文藝春秋→文春文庫）

桐野夏生

『ダーク』私立探偵・村野ミロ・シリーズ第3長篇。（2002、講談社→講談

社文庫）

高城高（1935～）

『微かなる弔鐘』著者の唯一の短篇集。（1959、光文社）

河野典生

『群青』（1963、早川書房→角川文庫）

〔さ〕

佐々木譲（1950～）

『仮借なき明日』（1989、集英社→集英社文庫）

笹沢左保（1930～2002）

『赦免花は散った』木枯し紋次郎シリーズ第１作。（1971、講談社→光文社文庫）

志水辰夫（1936～）

『行きずりの街』（1990、新潮社→新潮文庫）

〔た〕

筒井康隆（1934～）

『おれの血は他人の血』ハメットの『赤い収穫』の超暴力的パロディ。（1974、河出書房新社→新潮文庫）

戸梶圭太（1968～）

『クールトラッシュ』強盗・鉤崎シリーズ第１作。（2004、光文社）

〔は〕

馳星周（1965～）

『不夜城』（1996、角川書店→角川文庫）

藤沢周平

『暗殺の年輪』著者の第１短篇集。表題作は第69回直木賞受賞作。（1973、文藝春秋→文春文庫）

船戸与一（1944～）

『猛き箱舟』（1987、集英社→集英社文庫）

〔や〕

結城昌治

『幻の殺意』（1964、角川書店／初刊時題名『幻影の絆』→改題のうえ角川文庫）

資料3　ハードボイルド関連書目

ここでは「レポート2」で記した資料、データ以外の比較的新しいハードボイルド関連の研究書、ガイド本、評伝、エッセイ、短篇集、アンソロジー類を1.ダシール・ハメット関連書、2.レイモンド・チャンドラー関連書、3.ロス・マクドナルド関連書、4.アンソロジーおよび短篇集、5.その他、6.和書、の6項目に分類して記載した。すべてを網羅することより、入門書としての利用価値、必携書、実用性の高いものなどの重要度によって選択した。各項目ごとの配列順は刊行年順。邦訳がある場合も原著の刊行年に従っている。なお、本リスト作成に当たって木村二郎氏より多くの情報をいただいた。

1　ダシール・ハメット関連書

Lillian Hellman(ed.): *The Big Knockover*/Random House（1966）→ Penguin（1969）

リリアン・ヘルマン編によるハメット短篇集。半自伝風の小品「チューリップ」、中篇「ブラッド・マネー」、7篇のオプ物語と長文の編者序。

E. H. Mundell: *A List of the Original Appearances of Dashiell Hammett's Magazine Work*/ Kent State Univ. Press（1968）

E・H・マンデル著、雑誌発表時のハメット作品のチェックリスト。

William F. Nolan: *Dashiell Hammett; A Casebook*/ McNally and Loftin（1969）

ウィリアム・F・ノーラン著、最初期のハメット研究書。詳細な作品論とチェックリスト、書誌。

『ハメット傑作集』1、2／稲葉明雄訳／創元推理文庫（1972, 1976）

独自に編纂された短篇集。

Steven Marcus(ed.): *The Continental Op*/ Randam House（1974）

『コンチネンタル・オプ』小鷹信光・他訳／立風書房（1978）

Richard J. Anobile(ed.): *John Huston's Maltese Falcon*/ Pan Books（1974）

映画『マルタの鷹』をすべてのセリフとカット写真で再現。リチャード・J・エイノバイル編。

Joe Gores: *Hammett*/ Putnam（1975）
ジョー・ゴアズ著『ハメット』稲葉明雄訳／角川文庫（1985）／ハメットを主人公にした実話風小説。映画にもなった。（1982）

『ハメット　死刑は一回でたくさん』各務三郎編／田中融二訳／講談社文庫（1979）

Richard Layman: *Shadow Man; The Life of Dashiell Hammett*/ Harcourt Brace Jovanovich（1981）
リチャード・レイマン著、*A Descriptive Bibliography*（1979）をもとにしたハメット伝。

Diane Johnson: *Dashiell Hammett; A Life*/ Random House（1983）
ダイアン・ジョンスン著『ダシール・ハメットの生涯』小鷹信光訳／早川書房（1987）

William F. Nolan: *Dashiell Hammett; A Life on the Edge*/ Congdon and Weed（1983）
ウィリアム・F・ノーラン著『ダシール・ハメット伝』小鷹信光訳／晶文社（1988）

Julian Symons: *Dashiell Hammett*/ Harcourt Brace Jovanovich（1985）
ジュリアン・シモンズ著、写真が多く入っている評伝。

『ブラッド・マネー』小鷹信光・編訳／河出文庫（1988）
中篇「ブラッド・マネー」および非シリーズ短篇6篇を収録。独自に編纂された短篇集。

『コンチネンタル・オプの事件簿』小鷹信光・編訳／ハヤカワ・ミステリ文庫（1994）
独自に編纂された短篇集。オプ物語書誌。

Richard Layman & Julie Rivett(ed.): *Selected Letters of Dashiell Hammett*/ Counterpoint（2001）
リチャード・レイマン&ジュリー・リヴェット編、ハメット書簡集。

Jo Hammett: *Dashiell Hammett; A Daughter Remembers*/ Carroll & Graf（2001）
娘ジョーの回想録。未公開だった写真多数収録。

Richard Layman(ed.): *Discovering Maltese Falcon and Sam Spade*/ Emery Books（2005）
リチャード・レイマン編。『マルタの鷹』とサム・スペードに関するすべて（書評、広告 etc.）を集めたお宝本。

ヘルマン／ハメット関連書
Lillian Hellman: *An Unfinished Woman*/ Little, Brown（1969）→ Bantam（1970）
リリアン・ヘルマン著『未完の女』稲葉明雄・本間千枝子訳／平凡社（1981）／最終章がハメット回想記。

Lillian Hellman: *Pentimento*/ Little, Brown（1973）→ Signet（1974）
リリアン・ヘルマン著『ジュリア』中尾千鶴訳／パシフィカ（1982）→大石千鶴訳／ハヤカワ文庫ＮＦ／映画『ジュリア』（1977）の原作他「亀のこと」など6篇。

Lillian Hellman: *Scoundrel Time*/ Little, Brown（1976）→ Bantam（1977）
リリアン・ヘルマン著『眠れない時代』小池美佐子訳／サンリオ（1979）→ちくま文庫（1989）

William Wright: *Lillian Hellman; The Image, The Woman*/ Simon & Schuster（1986）
ウィリアム・ライト著。ヘルマンはウソばかり書いている（とくにヘミングウェイ関連で）という説を意図的に数多く紹介しているいわば反ヘルマン本。

Joan Mellen: *Hellman and Hammett*/HarperCollins（1996）
ジョウン・メレン著、ヘルマン、ハメット関連書。

2　レイモンド・チャンドラー関連書

Dorothy Gardiner & Kathrine Sorley Walker(ed.): *Raymond Chandler Speaking/* Houghton Mifflin（1962）
ドロシー・ガーディナー＆キャスリーン・ソーリー・ウォーカー共編『レイモンド・チャンドラー語る』清水俊二訳／早川書房（1967）／膨大な書簡をテーマ別に編集。エッセイ２篇、覚え書２篇、短篇「二人の作家」、未完の小説「プードル・スプリングス物語」を併録。

『チャンドラー短編全集』１〜４／稲葉明雄訳／創元推理文庫（1963〜1970）独自に編纂された短篇集。

『マーロウ最後の事件』稲葉明雄訳／晶文社（1975）／チャンドラー短篇集。

Frank MacShane: *The Life of Raymond Chandler/* Dutton（1976）
フランク・マクシェイン著『レイモンド・チャンドラーの生涯』清水俊二訳／早川書房（1981）

Matthew J. Bruccoli(ed.): *The Blue Dahlia/* Southern Illinois Univ. Press（1976）
マシュー・Ｊ・ブラッコリ編『ブルー・ダリア』小鷹信光訳／角川書店（1988）／1947年公開の『青い戦慄』のためのオリジナル脚本。

『チャンドラー傑作集』各務三郎編／清水俊二訳／番町書房（1977）、のちに『チャンドラー　美しい死顔』と改題／講談社文庫（1979）

Miriam Gross: *The World of Raymond Chandler/* A & W（1978）
ミリアム・グロス編、パトリシア・ハイスミス序文、ジュリアン・シモンズ、マイクル・ギルバートら十数人の回想や作家論収録。ビリー・ワイルダー・インタビューもある。

Matthew J. Bruccoli: *Raymond Chandler; A Descriptive Bibliography/* Univ. of Pittsburgh Press（1979）
マシュー・Ｊ・ブラッコリ著。原型は*A Checklist*（1968）とその増補版（1973）

Frank MacShane(ed.): *Selected Letters of Raymond Chandler/* Colmbia Univ. Press（1981）

書簡集。トム・ハイニーの協力を得てAtlantic Monthly Pressから増補版刊（2001）

Edward Thorpe: *Chandlertown; The Los Angeles of Philip Marlowe*/ St. Martin's（1983）
エドワード・ソープ著、マーロウの街を写真入りでガイド。

Raymond Chandler's Unknown Thriller; The Screenplay of Playback/ Mysterious Press（1985）
『過去ある女――プレイバック』小鷹信光訳、サンケイ文庫（1986）／未製作の映画脚本。ロバート・B・パーカー序文。

Alain Silver & Elizabeth Ward: *Raymond Chandler's Los Angeles*/ Overlook Press（1987）
アレイン・シルヴァー&エリザベス・ウォード共著。チャンドラーの"天使の街"を写真入りで丹念にガイド。

『レイモンド・チャンドラー読本』早川書房（1988）／「創作ノート」（稲葉明雄訳）、「イギリスの夏」（高見浩訳）や30数本のチャンドラー・エッセイや評論、小百科事典などを収録。

Byron Preiss(ed.): *Raymond Chandler's Philip Marlowe*/ Knopf（1988）
バイロン・プライス編『フィリップ・マーロウの事件』2巻本、早川書房（1990）／現代の23作家によるパスティーシュと「マーロウ最後の事件」を収録。

各務三郎・編著『チャンドラー人物事典』柏書房（1994）／長篇・短篇の2部にわけてチャンドラー小説に出てくる人名を総チェック。

Al Clark: *Raymond Chandler in Hollywood*/ Proteus（1982）、増補版（1996）
チャンドラー関連の映画の裏話と評論。カラー・ポスターやスティル入り。

Tom Hiney: *Raymond Chandler; A Biography*/ Atlantic Monthly Press（1997）
トム・ハイニー著。久しぶりに刊行された大部の新評伝。

Gene D. Phillips: *Creatures of Darkness; Raymond Chandler, Detective Fiction, and*

Film Noir/ Kentucky Univ. Press（2000）
ジーン・D・フィリップス著。未発表の『湖中の女』の脚本や『大いなる眠り』のオリジナル版の脚本などに言及。

Marty Asher: *Philip Marlowe's Guide to Life*/ Knopf（2005）
マーティ・アッシャー著。「フィリップ・マーロウの人生ガイド」と題された名言集。

3　ロス・マクドナルド関連書

Peter Wolfe: *Dreamers Who Live Their Dreams; The World of Ross Macdonald's Novels*/ Bowling Green Univ. Press（1976）
ピーター・ウルフ著。長篇解題つきの研究書。

Lew Archer: Private Investigator/ Mysterious Press（1977）
9短篇と序。『ロス・マクドナルド傑作集』小鷹信光・編訳／創元推理文庫（1977）／「解説」に詳細なロス・マクドナルド研究書誌あり（1982年まで）

Jerry Speir: *Ross Macdonald*/ Ungar（1978）
ジェリー・スピア著。詳細な作品分析による作家論。スピアは*Raymond Chandler*（Ungar, 1981）も発表した。

Self-Portrait: *Ceaselessly into the Past*/ Capra Press（1981）
ロス・マクドナルドの序文、短い評論、エッセイなど21篇収録。ユードラ・ウェルティ序。

Matthew J. Bruccoli: *Kenneth Millar/ Ross Macdonald; A Descriptive Bibliography*/ Univ. of Pittsburgh Press（1983）
マシュー・J・ブラッコリ著のチェックリスト。1971年版の増補版。ロス・マクドナルド序。

Ralph B. Sipper(ed.): *Inward Journey; Reflections on Ross Macdonald*/ Mysterious Press（1984）
ラルフ・B・シッパー編。25作家による回想。

Tom Nolan: *Ross Macdonald; The Life of a Mystery Writer*/ Scribner（1999）

トム・ノーラン著。初めての本格的な評伝。ロス・マクドナルドの秘められた一面も描かれている。スー・グラフトン序。

Tom Nolan(ed.): *Strangers in Town*/ Crippen & Landru（2001）
編者トム・ノーランの序文（40ページ）と3短篇／「溺死」（私立探偵ジョー・ロジャース＝「女を探せ」の探偵はたんにロジャースでファースト・ネイムは不詳だった）（1945）／「よそ者」（1950）長篇『象牙色の嘲笑』の原型の一部／「怒れる男」（1955）長篇『運命』の原型の一部／3篇とも《HMM》2001年10月号掲載。

Tom Nolan: *The Archer Files; The Complete Short Stories of Lew Archer, Private Investigator, Including Newly Discovered Case Notes by Ross Macdonald*/ Crippen & Landru（2006）
トム・ノーラン編。上記3作をふくむ完全版短篇集。

4　ハードボイルド・アンソロジーおよび短篇集
Joseph T. Shaw(ed.): *The Hard-Boiled Omnibus*/ Simon & Schuster（1946）
ジョゼフ・T・ショー編。《ブラック・マスク》掲載の15篇収録。Pocket Book（1952）版は3篇が省かれている。編者序。

Ron Goulart(ed.): *The Hardboiled Dicks*/ Sherbourne Press（1965）→ Pocket Books
ロン・グーラート編。8短篇、序および必読書リスト。

Frank Gruber: *Brass Knuckles*/ Sherbourne Press（1966）
フランク・グルーバー短篇集。自伝風序文。

『ガードナー傑作集』各務三郎編／池央耿訳／番町書房（1967）

『スピレーン傑作集』1、2／小鷹信光訳／創元推理文庫（1971、1972）／独自に編纂された短篇集。長文解説。

フランク・グルーバー『探偵人間百科事典』各務三郎・編訳／番町書房（1977）／独自に編纂された短篇集（5短篇収録）。のちに『殺しの名曲5連弾』と改題。講談社文庫（1979）

Herbert Ruhm(ed.): *The Hard-Boiled Detective Stories from Black Mask Magazine*/ Random House（1977）
ハーバート・ルーム編。《ブラック・マスク》初出の14短篇と序。

小鷹信光編『ハードボイルド・アメリカ！』双葉社（1981）
バーネット、フィッシャー、グーディス、ヘンリイ・ケインなど10短篇。

John D. MacDonald: *The Good Old Stuff*/ Gold Medal（1982）
『死のクロスワード・パズル　ジョン・D・マクドナルド短編傑作集 1』、『牝豹の仕掛けた罠　ジョン・D・マクドナルド短編傑作集 2』サンケイ文庫（1987）。続篇 *More Good Stuff*（1984）もある。

William F. Nolan(ed.): *The Black Mask Boys*/ Morrow（1985）
ウィリアム・F・ノーラン編。《ブラック・マスク》史とライヴァル誌リスト。

小鷹信光編『ブラック・マスクの世界』1〜5および別巻／国書刊行会（1986〜1987）／《ブラック・マスク》掲載作品のアンソロジー。総リストなど資料性も高い。

Robert Weinberg et al.(ed.): *Hard-Boiled Detectives*/ Gramercy（1992）
《ダイム・ディテクティヴ・マガジン》初出23短篇を収録（チャンドラーは「湖中の女」）

Robert Weinberg et al.(ed.): *Tough Guys and Dangerous Dames*/ Barns & Noble（1993）
《ブラック・マスク》その他のパルプ誌掲載の24篇（チャンドラーは「黄色の王様」）を収録。

Howard Brown: *Incredible Ink*/ Dennis McMillan（1997）
ハワード・ブラウンの自選短篇集（16篇）。小伝も収録。

5　その他（評論、評伝、エッセイ、回想）

Frank Gruber: *The Pulp Jungle/ Sherbourne*（1967）

フランク・グルーバー著。不況下を生きのびたパルプ・マガジン・ライターの半生。

Ordean A. Hagen: *Who Done It?*/R. R. Bowker（1969）
オーディーン・A・ヘイゲン編著。大部のミステリ作家書誌。このあと次々によりすぐれた書誌が出版されたが、本書はその先駆者。

Ron Goulart: *Cheap Thrills; An Informal History of the Pulp Magazine*/ Arlington House（1972）→ Ace Book
ロン・グーラート著。パルプ・マガジンの歴史。

Chester Himes: *Black on Black*/ Doubleday（1973）
チェスター・ハイムズ著。黒人作家自伝。

William Ruehlmann: *Saint with a Gun; The Unlawful American Private Eye*/New York Univ. Press（1974）
ウィリアム・ルールマン著。ハードボイルド探偵小説の研究書。『拳銃を持った聖者——無法のアメリカの私立探偵』と題されている。

John G. Cawelti: *Adventure, Mystery and Romance*/ Univ. of Chicago Press（1976）
ジョン・G・カウェルティ著『冒険小説・ミステリー・ロマンス』鈴木幸夫訳／研究社出版（1984）／ハードボイルド小説に関する2つの章が立てられている。

Dorothy B. Hughes: *Erle Stanley Gardner; The Case of the Real Perry Mason*/ Morrow（1978）
ドロシイ・B・ヒューズ著『E・S・ガードナー伝』吉野美恵子訳／早川書房（1983）

David Geherin: *Sons of Sam Spade; The Private Eye Novel in the 70s*/ Ungar（1980）
デイヴィッド・ゲヘリン著。ネオ・ハードボイルド私立探偵小説論。

Roy Hoopes: *Cain*/ Southern Illinois Univ. Press（1982）

ロイ・フープス著。大部のジェイムズ・M・ケイン評伝。

Bill Pronzini: *Gun in Cheek*/ Mysterious Press（1982）
ビル・プロンジーニ著。ハードボイルド探偵小説エッセイ。

Max Allan Collins & James L. Traylor: *One Lonely Knight; Mickey Spillane's Mike Hammer*/ Bowling Green State Univ. Popular Press（1984）
マックス・アラン・コリンズ＆ジェイムズ・L・トレイラー共著によるミッキー・スピレイン論。

Robert A. Baker & Michael T. Nietzel: *Private Eyes; Hundred One Knights*/ Bowling Green State Univ. Popular Press（1985）
ベイカー＆ニーツェルの私立探偵ヒーロー書誌。労作。

David Geherin: *The American Private Eye*/ Ungar（1985）
デイヴィッド・ゲヘリン著。私立探偵ヒーロー論。レイス・ウィリアムズからマット・スカダーまで27人。

Michael L. Cook & Stephen T. Miller: *Mystery, Detective, and Espionage Fiction; A Checklist of Fiction in U. S. Pulp Magazines 1915-1974*/ Garland（1988）
Monthly Murders（1982）のマイクル・L・クックによるパルプ・マガジン総書誌。驚異的な参考図書。

John L. Breen & Martin Harry Greenberg: *Murder off the Rack; Critical Studies of Ten Paperback Masters*/ Scarecrow Press（1989）
ブリーン＆グリーンバーグによる10作家論。めずらしいところではエド・レイシイ、ヴィン・パッカー、M・H・アルバートなども。

Matthew J. Bruccoli & Richard Layman: *Hardboiled Mystery Writers; Raymond Chandler, Dashiell Hammett, Ross Macdonald*/ Carroll & Graf（1989）
ブラッコリ＆レイマンのコンビによる新研究書。

John Conquest: *Trouble Is Their Business; Private Eyes in Fiction, Film and Television, 1927-1988*/ Garland（1990）

とにかくすごい参考図書。500ページ。ハードボイルド系の全作家（私立探偵ヒーローも一緒に）リストのほかにテレビ題名、チェックリスト、題名索引完備。

Michael J. McCauley: *Jim Thompson; Sleep with the Devil*/ Mysterious Press（1991）
マイクル・J・マッコーリィ著のジム・トンプスン評伝。

Robert Polito: *Savage Art*/ Knopf（1995）
ロバート・ポリトー著の詳細なジム・トンプスン評伝。

Ed Gorman, Les Server & Martin H. Greenberg(ed.): *The Big Book of Noir*/ Carroll & Graf（1998）
エド・ゴーマン他編によるハードボイルド／ノワール・アンソロジー。

Arthur Lyons: *Death on the Cheap; The Lost B Movies of Film Noir*/ Da Capo Press（2000）
ジェイコブ・アッシュ・シリーズの作家アーサー・ライアンズ著のノワール系B級映画案内。知らない映画がぞろぞろ……。

6　ハードボイルド関連の和書

生島治郎『ハードボイルド風に生きてみないか』ＫＫベストセラーズ（1979）
各務三郎編『ハードボイルドの探偵たち』パシフィカ（1979）
木村二郎『ニューヨークのフリックを知ってるかい』講談社（1981）
小泉喜美子『やさしく殺して』鎌倉書房（1982）
北上次郎『冒険小説の時代』早川書房（1983）
直井明『87分署グラフィティ』六興出版（1988）→双葉文庫（2003）
郷原宏『名探偵事典海外編』東京書籍（1997）
野崎六助『北米探偵小説論』発行インスクリプト／発売河出書房新社（1998）
海野弘『ＬＡハードボイルド』グリーンアロー（1999）
池上冬樹『ヒーローたちの荒野』本の雑誌社（2002）
原尞『ハードボイルド』ハヤカワ文庫ＪＡ（2005）

資料4　小鷹信光著作リスト（全151作）

●翻訳書（長篇小説）＝58作

1『破壊部隊』ドナルド・ハミルトン
ハヤカワ・ミステリ（1964）、ハヤカワ・ミステリ文庫（1979）
2『悪党パーカー／人狩り』リチャード・スターク
ハヤカワ・ミステリ（1966）、ハヤカワ・ミステリ文庫（1976）
3『コンプレックス作戦』リチャード・テルフェア
ハヤカワ・ミステリ（1966）
4『気ちがい科学者』ジョン・T・フィリフェント
ハヤカワ・ミステリ（1966）
5『掠奪部隊』ドナルド・ハミルトン
ハヤカワ・ミステリ（1968）
6『ミス・クォンの蓮華』ハドリー・チェイス
創元推理文庫（1969）
7『悪党パーカー／襲撃』リチャード・スターク
ハヤカワ・ミステリ（1969）、ハヤカワ・ミステリ文庫（1976）
8『暗闇からきた恐喝者』ハドリー・チェイス
創元推理文庫（1970）
9『あぶく銭は身につかない』ハドリー・チェイス
創元推理文庫（1970）
10『カジノ島壊滅作戦』リチャード・スターク
角川文庫（1971）
11『不思議な性の大冒険』メリル・ハリス
二見書房（1972）、改題『アリスの夢』ロマン・ダムール文庫（1978）
12『一瞬の敵』ロス・マクドナルド
世界ミステリ全集　早川書房（1972）、ハヤカワ・ミステリ（1975）、ハヤカワ・ミステリ文庫（1988）
13『女教師』トー・クン
フランス書院（1975）、フランス書院文庫（1985）→合本『トー・クン全

書』(2000)
14『戦慄の包囲作戦』ヴィクター・B・ミラー
ハヤカワ・ブックス(1975)
15『警官のレクイエム』ヴィクター・B・ミラー
ハヤカワ・ブックス(1975)
16『死のクリスマス』アルフレッド・ローレンス
二見書房(1975)、改訂改題『人形の密室』二見文庫(2001)
17『ザ・シスターズ』アン・ラムトン
KKベストセラーズ(1976)
18『別れた女』マルコ・ヴァッシー
フランス書院(1976)
19『名探偵登場』ニール・サイモン
三笠書房(1976)
20『ビッグO』R・J・セイント
フランス書院(1976)名和立行名義
21『拳銃を持つヴィーナス』ギャビン・ライアル
ハヤカワ・ミステリ(1977)、ハヤカワ・ミステリ文庫(1990)
22『背徳の聖女』リーラ・セフタリ
富士見ロマン文庫(1977)
23『俳優強盗と嘘つき娘』リチャード・スターク
ハヤカワ・ミステリ(1978)名和立行名義
24『名探偵再登場』ニール・サイモン
三笠書房(1978)
25『トコ博士の性実験』マルコ・ヴァッシー
富士見ロマン文庫(1979)
26『スワップ』ケイト・リー
フランス書院(1979)名和立行名義
27『姦殺』ロバート・ムーア
徳間書店(1981)
28『デス・マーチャント登場』ジョゼフ・ローゼンバーガー
創元推理文庫(1981)
29『デス・マーチャント・憂国騎士団の陰謀』ジョゼフ・ローゼンバーガー
創元推理文庫(1981)
30『デス・マーチャント・サンダーボルト作戦』ジョゼフ・ローゼンバーガー
創元推理文庫(1981)

31『郵便配達夫はいつも二度ベルを鳴らす』ジェイムズ・M・ケイン
ハヤカワ・ミステリ文庫（1981）
32『ミッドナイト・ゲーム』デイヴィッド・アンソニー
角川書店（1982）
33『酔いどれの誇り』ジェイムズ・クラムリー
ハヤカワ・ノヴェルズ（1984）、ハヤカワ・ミステリ文庫（1992）
34『姉』トー・クン
フランス書院（1985）→合本『トー・クン全書』（2000）
35『ニューヨーク夢物語』ローレンス・サンダース
徳間文庫（1985）
36『マルタの鷹』ダシール・ハメット
河出書房新社（1985）、ハヤカワ・ミステリ文庫（1988）
37『三つ数えろ！』ロバート・ディキアラ（ゲーム本）
二見書房（1986）（翻訳協力・木村二郎）
38『過去ある女』レイモンド・チャンドラー
サンケイ文庫（1986）
39『ダブルボーダー』R・ドビンズ、E・スロースン
角川文庫（1987）
40『マローン売り出す』クレイグ・ライス
光文社文庫（1987）改題改訳『時計は三時に止まる』創元推理文庫（1992）
41『裏切りの朝』ジョー・ゴアズ
角川文庫（1987）
42『迷路』ビル・プロンジーニ
徳間文庫（1987）（翻訳協力・矢島京子）
43『ウクーサ（ＵＫ＝ＵＳＡ）協定秘密作戦』ジョージ・マークスタイン
ダイナミックセラーズ（1988）（翻訳協力・矢島京子）
44『マンハッタン・アフター・ダーク』ローレンス・サンダース
徳間文庫（1988）
45『ブルー・ダリア』レイモンド・チャンドラー
角川書店（1988）シナリオ
46『赤い収穫』ダシール・ハメット
ハヤカワ・ミステリ文庫（1989）
47『死体は散歩する』クレイグ・ライス
創元推理文庫（1989）

48『ダブルイーグル殺人事件』キース・マイルズ
徳間文庫（1991）
49『影なき男』ダシール・ハメット
ハヤカワ・ミステリ文庫（1991）
50『ゴルファー・シャーロック・ホームズの新冒険』ボブ・ジョーンズ
ベースボール・マガジン社（1991）
51『ウォールストリート・ディック』ローレンス・サンダース
徳間文庫（1992）（翻訳協力・世古芳樹）
52『ガラスの鍵』ダシール・ハメット
ハヤカワ・ミステリ文庫（1993）
53『友よ、戦いの果てに』ジェイムズ・クラムリー
ハヤカワ・ノヴェルズ（1996）、ハヤカワ・ミステリ文庫（2001）
54『明日なき二人』ジェイムズ・クラムリー
ハヤカワ・ノヴェルズ（1998）、ハヤカワ・ミステリ文庫（2006）
55『悪党パーカー／ターゲット』リチャード・スターク
ハヤカワ・ミステリ文庫（2000）
56『悪党パーカー／地獄の分け前』リチャード・スターク
ハヤカワ・ミステリ文庫（2002）
57『リトル・シーザー』W・R・バーネット
小学館（2003）
58『ファイナル・カントリー』ジェイムズ・クラムリー
ハヤカワ・ノヴェルズ（2004）

●翻訳書（ノンフィクション）＝14作

1『ハワード・ヒューズ』ジョン・キーツ
ハヤカワ・ノンフィクション（1968）、ハヤカワ文庫ＮＦ（1977）
2『きみ自身をテストする』ウィリアム・バーナード、ジュールス・レオポルド
ハヤカワ・ライブラリ（1968）
3『プレーボーイ王国』ジョー・ゴールドバーグ
ハヤカワ・ノンフィクション（1969）
4『ヘンリー・ルース』ジョン・コブラー
早川書房 現代ジャーナリズム選書（1969）
5『プレイボーイ帝国の内幕』スティーヴン・バイヤー
日本リーダーズダイジェスト社（1973）

6『アメリカは有罪だ』アービング・ストーン
サイマル出版会（1973）
7『ファミリー』エド・サンダース
草思社（1974）
8『ぼくの複葉機』リチャード・バック
早川書房（1974）
9『117日間死の漂流』モーリス・ベイリー、マラリン・ベイリー
講談社（1974）
10『世界変人型録』ジェイ・ロバート・ナッシュ
草思社（1984）
11『ダシール・ハメットの生涯』ダイアン・ジョンスン
早川書房（1987）
12『ダシール・ハメット伝』ウィリアム・F・ノーラン
晶文社（1988）
13『プロ』フランク・ベアード、ディック・シャープ
東京書籍（1988）
14『タイガー・ウッズ』デビッド・ラフォンテイン
岩崎書店（1997）

●共訳（『血と金』のみノンフィクション。ほかは小説）＝8作

1『夜の訪問者』リチャード・マシスン
ハヤカワ・ノヴェルズ（1971）（共訳　片岡義男）
2『潜入捜査官』チャールズ・ホワイテッド
立風書房（1975）（共訳　石田善彦）
3『女秘書』ヘンリイ・ケーン
立風書房（1976）（共訳　石田善彦）
4『血と金（上下）』トーマス・トンプスン
パシフィカ（1977）（共訳　宮脇孝雄）
5『銃撃！』ダグラス・フェアベアン
ハヤカワ・ノヴェルズ（1977）（共訳　石田善彦）
6『炎の女（上下）』ローレンス・サンダース
徳間文庫（1986）（共訳　和泉晶子）
7『ルーシーの秘密』ローレンス・サンダース
徳間文庫（1987）（共訳　和泉晶子）

8『ミッション』ロバート・ボルト
ヘラルド出版（1987）監訳（森村裕名義）

●翻訳書 分担訳（監訳・解説・編集等に関わったもののみ）＝11作

1『ＦＢＩ』アンドリュー・タリー
ハヤカワ・ノンフィクション（1968）、ハヤカワ文庫ＮＦ（1977）
2『ローラーボール』ウィリアム・ハリスン
ハヤカワ・ノヴェルズ（1975）、ハヤカワ文庫ＮＶ（2002）（短篇集）
3『コンチネンタル・オプ』ダシール・ハメット
立風書房（1978）（短篇集）
4『私は目撃者』ブライアン・ガーフィールド編
サンリオ（1979）（ＭＷＡアンソロジー）
5『現代アメリカ推理小説傑作選１』
立風書房（1979）（ＭＷＡアンソロジー）
6『現代アメリカ推理小説傑作選２』
立風書房（1981）（ＭＷＡアンソロジー）
7『メン・イン・ラヴ』ナンシー・フライデイ
富士見書房（1981）
8『現代アメリカ推理小説傑作選３』
立風書房（1982）（ＭＷＡアンソロジー）
9『エドガー賞全集（上下）』
ハヤカワ・ミステリ文庫（1983）（ＭＷＡアンソロジー）
10『巨匠を笑え』ジョン・Ｌ・ブリーン
ハヤカワ・ミステリ文庫（1984）（短篇パロディ集）
11『世界の名銃』イヴァン・ヴァレンチャック
ノーベル書房（1988）（部分訳かつ下訳のみ。訳者は本が出たことすら知らされなかった）

●編纂書（※印は単独訳、他は分担訳）＝23作

〈作家別短篇集〉
1『スピレーン傑作集１／狙われた男』ミッキー・スピレーン
創元推理文庫（1971）※
2『スピレーン傑作集２／ヴェールをつけた女』ミッキー・スピレーン

創元推理文庫（1972）※
3『激突！』リチャード・マシスン
ハヤカワ文庫ＮＶ（1973）
4『夫と妻に捧げる犯罪』ヘンリイ・スレッサー
ハヤカワ文庫ＮＶ（1974）
5『怪盗ニック登場』エドワード・Ｄ・ホック
ハヤカワ・ミステリ（1976）　ハヤカワ・ミステリ文庫（2003）
6『ミッドナイトブルー　ロス・マクドナルド傑作集』
創元推理文庫（1977）※
7『ウェストレイクの犯罪学講座』ドナルド・Ｅ・ウェストレイク
ハヤカワ・ミステリ文庫（1978）
8『Ｏ・ヘンリー・ミステリー傑作選』
河出書房新社（1980）　河出文庫（1984）
9『ブラッド・マネー』ダシール・ハメット
河出文庫（1988）※
10『コンチネンタル・オプの事件簿』ダシール・ハメット
ハヤカワ・ミステリ文庫（1994）※

〈テーマ別アンソロジー〉
1『アメリカン・ハードボイルド！』
双葉社（1981）※
2『とっておきの特別料理』
大和書房（1983）、改題『美食ミステリー傑作選』河出文庫（1990）
3『冷えたギムレットのように』
大和書房（1983）、改題『美酒ミステリー傑作選』河出文庫（1990）
4『ラヴレターにご用心』
大和書房（1984）
5『ブロードウェイの探偵犬』
大和書房（1984）
6『ハリイ・ライムの回想』
大和書房（1985）、改題『詐欺師ミステリー傑作選』河出文庫（1990）
7『ブラック・マスクの世界１』
国書刊行会（1986）
8『ブラック・マスクの世界２』
国書刊行会（1986）

9『ブラック・マスクの世界3』
国書刊行会（1986）
10『ブラック・マスクの世界4』
国書刊行会（1986）
11『ブラック・マスクの世界5』
国書刊行会（1986）
12『ブラック・マスクの世界別巻』
国書刊行会（1987）
13『バンカーから死体が』
東京書籍（1988）

●小説＝7作

1『女主人』チャールズ・バートン名義
フランス書院（1978）
2『探偵物語』
徳間書店（1979）、幻冬舎文庫（1998）
3『好色日記』チャールズ・バートン名義
フランス書院（1980）、改題『未亡人の宿』フランス書院文庫（1986）
4『探偵物語　赤き馬の使者』
徳間書店（1980）、幻冬舎文庫（1999）
5『刑事コロンボ　殺人依頼』
二見書房（1999）パスティーシュ
6『新・探偵物語』
幻冬舎（2000）、幻冬舎文庫（2001）
7『新・探偵物語2　国境のコヨーテ』
幻冬舎文庫（2001）

●ノベライゼーション＝6作

1『秒読みの殺人』（「二つの顔」同時収録）
二見書房（1985）　二見文庫（1991）
2『刑事コロンボ　最期の一服』
二見文庫（1995）
3『新・刑事コロンボ　幻のダービー馬』

二見文庫（1996）
4『新・刑事コロンボ　探偵の条件』
二見文庫（1997）
5『新・刑事コロンボ　二つめの死体』
二見文庫（1998）
6『刑事コロンボ　サーカス殺人事件』
二見文庫（2003）

●小説以外の著書＝24作

〈ミステリ関連書〉
1『アメリカ暗黒史』
三一新書（1964）
2『メンズ・マガジン入門』
ハヤカワ・ライブラリ（1967）
3『パパイラスの舟』
早川書房（1975）
4『ニューヨーク徹底ガイド』
共著・木村二郎　三修社（1976）
5『ハードボイルド以前』
草思社（1980）、改題『アメリカン・ヒーロー伝説』ちくま文庫（2000）
6『マイ・ミステリー』
読売新聞社（1982）
7『ハードボイルド・アメリカ』
河出書房新社（1983）
8『小鷹信光・ミステリー読本』
講談社（1985）
9『翻訳という仕事』
プレジデント社（1985）、改訂版　ジャパンタイムズ（1991）、ちくま文庫（2001）
10『アメリカ語を愛した男たち』
研究社出版（1985）、ちくま文庫（1999）
11『ハードボイルドの雑学』
グラフ社（1986）

12『サム・スペードに乾杯』
東京書籍（1988）
13『ペイパーバックの本棚から』
早川書房（1989）

〈ミステリ以外〉

1『これがホントのパズルでござる』
パロディー・ギャング　共著　コダマプレス（1965）
2『この猛烈な男たちと名言』
片岡義男・共著　明文社（1969）
3『めりけんポルノ』
サイマル出版会（1971）
4『㊙ポルノ』
明文社（1971）
5『西洋快楽作法』
ＫＫベストセラーズ（1972）
6『続㊙ポルノ』
明文社（1973）、改題『告白版めりけんポルノ』明文社（1974）
7『絶頂』
ロングセラーズ（1980）
8『英語おもしろゼミナール』
立風書房（1983）
9『和英ポルノ用語事典』
講談社（1990）
10『ピンナップ！』
二見文庫（1993）名和立行名義
11『気分はいつもシングル』
二見書房（1994）

検印廃止

私《わたし》のハードボイルド
固茄で玉子の戦後史

二〇〇六年十一月三十日　初版発行
二〇〇七年九月十五日　四版発行

著者　小《こ》鷹《だか》信《のぶ》光《みつ》

発行者　早川浩
発行所　株式会社　早川書房
郵便番号　一〇一・〇〇四六
東京都千代田区神田多町二ノ二
電話　〇三・三二五二・三一一一（大代表）
振替　〇〇一六〇・三・四七七九九
http://www.hayakawa-online.co.jp
定価はカバーに表示してあります

印刷・製本／中央精版印刷株式会社
ISBN978-4-15-208776-8 C0095

DEVIL
DAY KEENE
FROM THE BOYS
BLUE CITY
The Instant Enemy
MARGIN OF TERROR
Soldiers of '44
KILLER'S CHOICE
WADE MILLER
SIGNET BOOKS
S. PRATHER
OVER HER DEAR BODY